汪文学学术作品集

边省地域与文学生产
——文学地理学视野下的黔中古近代文学生产和传播研究

汪文学 著

贵州出版集团
贵州人民出版社

图书在版编目（CIP）数据

边省地域与文学生产：文学地理学视野下的黔中古近代文学生产和传播研究 / 汪文学著 . -- 贵阳：贵州人民出版社，2020.11
（汪文学学术作品集）
ISBN 978-7-221-16406-3

Ⅰ.①边… Ⅱ.①汪… Ⅲ.①地方文学史—古代文学史—贵州②地方文学史—贵州—近代 Ⅳ.① I209.973

中国版本图书馆 CIP 数据核字 (2020) 第 229652 号

边省地域与文学生产：文学地理学视野下的黔中古近代文学生产和传播研究

汪文学 / 著

出 版 人：王　旭
责任编辑：刘泽海
封面题签：李华年
封面设计：陈　电
版式设计：元典文化 / 温力民
出版发行：贵州出版集团　贵州人民出版社
地　　址：贵阳市观山湖区会展东路 SOHO 办公区 A 座
印　　刷：深圳市新联美术印刷有限公司
开　　本：787 毫米 × 1092 毫米　1/16
字　　数：420 千字
印　　张：35.25
版　　次：2020 年 11 月第 1 版
印　　次：2020 年 11 月第 1 次印刷
书　　号：ISBN 978-7-221-16406-3
定　　价：150.00 元

版权所有，盗版必究。
本书如有印装问题，请与出版社联系调换。

作者简介

汪文学,男,1970年生,苗族,贵州思南人,文学博士,教授。现任贵州省安顺市人民政府副市长,九三学社贵州省委副主委,贵州省政协委员。曾任贵州民族大学图书馆副馆长、文学院院长、教务处处长,贵州省旅游发展委员会副主任、贵州省文化和旅游厅副厅长,全国青联第十、十一届委员。曾获得"全国各族青年团结进步优秀奖""贵州青年五四奖章",获得"国务院全国民族团结模范个人""贵州省甲秀文化人才"称号,被评为贵州省高校哲学社会科学学术带头人、贵州省教学名师。主讲的"中国人的精神传统"被评为国家级中国大学精品视频公开课,获得贵州省哲学社会科学优秀成果奖、贵州省文艺奖、贵州省高校人文社科优秀成果奖、贵州省高校教学成果奖多项。主要从事中国古代文化与文学、贵州地域文化与文学研究,独立主持国家社科基金课题研究2项,发表学术论文60余篇,出版学术著述10余种,即《正统论——发现东方政治智慧》(2002)、《汉晋文化思潮变迁研究》(2003)、《传统人伦关系的现代诠释》(2004)、《汉唐文化与文学论集》(2008)、《贵州古近代文学理论辑释》(2009)、《诗性风月——中国古典文学中的情爱》(2011)、《中国古代性别与诗学研究》(2012)、《中国人的精神传统》(2012)、《道真契约文书汇编》(2014)、《边省地域与文学生产》(2016)、《扬雄与六朝之学》(2019)、《蟫香馆使黔日记(点校)》(2019)、《贵州地域文化精神研究》(2020)、《贵州地域形象史研究》(2020)、《温柔敦厚:中国古典诗学理想》(2020)等,主编大型地域文献丛书《中国乌江流域民国档案丛刊》《贵州古近代名人日记丛刊》《中国西南布依族抄本文献丛刊》等数种。

"汪文学学术作品集"序

在新近出版的一本学术专著的"后记"中,我曾写下这样一段话:"人到中年,经营一些大的课题,常感力不从心。但此生已无改行的可能,学问之路还得继续走下去,只能勉力为之。孤灯夜伴,展玩书卷,摆弄文字,后半生的日子大概只能这样去过了。"(《边省地域与文学生产——文学地理学视野下的黔中古近代文学生产和传播研究》,上海古籍出版社2016年版)。当时提笔写下这段文字的时候,我的内心是真诚的,绝无半点矫情。可大大出乎意料的是,在我写下这段文字之后不到三个月,不可能的事情终于发生了,我真的改行了,从工作了二十三年的大学教师岗位,调到政府部门做公务员,从事文化和旅游管理工作。说实在的,这个变动完全出乎我的意料,真的是人世变幻,沧海桑田,人在江湖,身不由己。二十三年的学术生涯,几乎占去了一个人可以正常工作时间的三分之二,剩下三分之一的时间得从头开始去做一件完全陌生的工作,想起来确是心有余悸。从专业的学术研究者转身为职业的行政工作者,师友间戏称为是"学而优则仕",或者称之为"华丽转身"。这个"转身"是否可称作"华丽",

现在很难断言。

在这样一个人生与学术之重要转折时期，对既往的学术工作进行总结，对未来的业余学术研究进行规划，当是一件很有意义的事情。因此，编辑个人学术作品集的计划便提上议事日程，并得到出版界朋友的积极支持和大力襄助。

在过去二十余年的学术经历中，我先后出版专题研究著述五种（《正统论——发现东方政治智慧》《汉晋文化思潮变迁研究——以尚通意趣为中心》《传统人伦关系的现代诠释》《诗性风月——中国古典文学中的情爱》《边省地域与文学生产——文学地理学视野下的黔中古近代文学生产和传播研究》），学术论文集两种（《汉唐文化与文学论集》《中国古代性别与诗学研究》），文献整理著述三种（《贵州古近代文学理论辑释》《道真契约文书汇编》《蟫香馆使黔日记》），学术普及读物一种（《中国人的精神传统》），主编地域文献丛刊两种（《贵州古近代名人日记丛刊》《中国乌江流域民国档案丛刊·沿河卷》），待出版的专题学术著述四种（《扬雄与六朝之学》《温柔敦厚：中国古典诗学理想》《贵州地域文化精神研究》《贵州地域形象史研究》），等等。

如今编选个人学术作品集，并非是对个人学术作品的汇编，而是选择其中自认为比较重要，有出版和再版之价值，围绕某问题进行专题研究并提出核心观点且能自圆其说的专题学术著述。经过慎重选择，共计十种：《正统论——中国古代政治权力合法性理论研究》《汉晋文化思潮变迁研究——以尚通意趣为中心》《中国传统人伦关系的现代诠释》《诗性风月之光华——传统中国语境中的情爱精神研究》《中国人的精神传统》《边省地域与文学生产——文学地理学视野下的黔中古近代文学生产和传播研究》《扬雄与六朝之学》《温柔敦厚：中国古典诗学理想》《贵州地域形象史研究》《贵州地域文化精神研究》。以下，略述各书要旨，以便读者选择阅读。

《正统论——中国古代政治权力合法性理论研究》。此书于2002年由陕西人民出版社首次出版，原名为《正统论——发现东方政治智慧》，这是当时应出版社的要求改定，现更名为《正统论——中国古代政治权力合法性理论研究》，如此与书稿本身的内容更加吻合。与传统学者仅仅将正统论视为一种史学观念不同，本书认为，作为一种观念或理论，正统论既属于史学范畴，又属于政治学范畴。准确地说，它首先是一种政治观念，然后才是一种史学观念。虽然古代中国的正统之争多以史书为载体，通过史家的褒贬书法表现出来。但是，史学上的正统之争是政治上的正统之争的一种手段，并且不是唯一的手段。所以，正统论，本质上是一种政治理论；正统之争，本质上是一种政治权力的合法与非法之争；正统论是具有古代中国特色的权力合法性理论。本书分析其产生的社会根源，探讨其本身的理论结构及其对中国古代政治文化的影响，辨析其与西方权力合法性理论之异同。通过这项研究，一方面试图对中国历史上遗留下来的一些聚讼不已的政治、文化问题提供一种可能的解释，另一方面是藉此发掘出中国古代的政治智慧，为当代中国的政治文化建设提供一些可资借鉴的制度文化资源。本书是我的第一本学术著作，写作于十五年前，虽然文字表述不免稚嫩，但其基本观点至今仍然坚持。本次再版，仅作部分文字上的修订和润饰，基本内容和框架结构未作大的改动。

《汉晋文化思潮变迁研究——以尚通意趣为中心》。此书于2003年由贵州人民出版社首次出版。本书研究汉晋文化思潮之变迁，以汉末魏初为转折点，以汉朝四百年为一阶段，以魏晋六朝四百年为一整体。汉晋文化思潮发生根本性的改变，是在东汉末年，与当时盛行的人物品鉴和尚通意趣，有密切关系。或者说，魏晋之学始于汉末，始于汉末之人物品鉴，起于汉末知识界盛行的尚通意趣。本书力图从汉末魏晋六朝知识界广泛盛行的尚通意趣之角度，对汉晋八百年间文化思潮之变迁作总体的考察，探讨其变迁之"内在理路"。揭示出在汉末魏晋六朝知识界普遍盛行而又被现当代学术界普遍忽略的尚通意趣，分析这种具有时代精神特点的尚通意趣，对其间人物品鉴、士风、学风和文风的影响。本书的目的在于，通过尚通意趣这个独特的视角，对汉晋文化思想史上的若干分歧问题，对汉晋文化思潮变迁之"内在理路"问题，增加一个理解的层面，提供一种可能的诠释。此次再版，在引用的材料上做了部分增减和再次核实，在文字上作了一些润饰和调整，但基本观点未作任何变动。

《中国传统人伦关系的现代诠释》。此书于2004年由贵州民族出版社首次出版，原名为《传统人伦关系的现代诠释》，现更名为《中国传统人伦关系的现代诠释》。本书研究传统中国社会的人伦关系，以儒家五伦（君臣、父子、夫妇、兄弟、朋友）为基础，旁及由父子伦理衍生而来的祖父、母子、父女、师徒伦理，援用现代社会心理学、民俗学等理论，对其伦理现状形成之原因，从历史、文化、心理、习俗等方面，进行追本溯源的诠释。尤其是对传统民间社会诸多隐而不显的人伦现状，或者是被道德家有意掩饰的人伦关系的真面目，进行充分的揭示和深入的阐释，从而展示传统中国民间社会秩序的真实状态。真实地展现传统人伦关系的本来面目，并用现代观点予以充分诠释，是本书的宗旨。本次再版，在章节题目上作了较大的变动，使之更为醒目;删去部分略显枝蔓的文字,使之更为紧凑;在文字表述上作了一些润饰,使之更为简练;在材料上作了部分补充,使之更为充实。至于其基本观点,则未作任何改动。

《诗性风月之光华——传统中国语境中的情爱精神研究》。此书于2011年由中央编译出版社首次出版,原名为《诗性风月——中国古典文学中的情爱》,这是当时应出版社的要求改定,现更名为《诗性风月之光华——传统中国语境中的情爱精神研究》。本书综论传统中国社会两性情爱关系之现状,研究传统中国人情爱生活的理想追求与现实现状的反差,讨论传统中国人诗意化、审美化的人生态度,探讨华夏民族文化心理中的诗性精神。传统中国人的诗性精神,在其情爱生活中得到最充分的体现。研究华夏族人的文化心理和诗性精神在其情爱生活中的具体呈现,是本书的主要目的。我们认为:诗性精神是传统中国社会情爱生活的基本特征。古典艺术作品是传统中国人诗性精神的直接体现,传统情爱生活是古代中国人诗性精神的间接展现。研究传统中国人的诗性精神,艺术作品是文本依据,情爱生活是鲜活证据。本次再版,在不影响整体阅读的情况下,删去了与《中国传统人伦关系的现代诠释》雷同的部分,增补了部分材料,在文字表述上作了一些修改。

《中国人的精神传统》。此书于2012年由武汉大学出版社首次出版。本书非专题研究著作,而是将自己过去从事的几项专题研究成果中,比较适合大众接受的十二个专题,如中国人的盛世精神、家国观念、经典意识、诗学理想、诗教传统、山水情怀、逐鹿策略、英雄崇拜、师道传统、父子伦理、地域意识、乡土情怀等,以通俗易懂、生动有趣的形式,呈现给读者。因此,本书介于专业研究与学术普及之间，论题的专业性与表述的通俗化，是我的工作目标和努力方向。因此，本书虽非专题学术著作，但论题的专业性是可以保证的，论题之观点亦非常识介绍，而是基于个人独立的学术见解。在表述上亦非原文照抄，而是做了尽量的通俗化和趣味性处理。本书曾作为大学文科学生通识课教材，部分内容录制成教学视频，发布在教育部"爱课程""网易公开课"等网站，被评为"中国大学精品视频公开课"。所以，作为"作品集"中的一种单独出版，亦有一定的价值。

《边省地域与文学生产——文学地理学视野下的黔中古近代文学生产和传播研究》。此书是2012年度立项的国家社科基金课题"边省地域对文学生产和传播的影响研究"的研究报告，于2016年由上海古籍出版社首次出版。本书以黔中古近代文学为例，依据文学地理学的理论和方法，研究边省地域空间对文学活动的影响，探讨边省地理环境、地域区位和地域文化对文学生产和传播的影响。认为以"多山多石"之黔中地理特征和"不边不内"之黔中地域区位为特点的黔中大山地理，孕育了多姿多彩、五方杂处、和而不同的黔中大山文化。在黔中大山地理和大山文化之影响下产生的黔中大山文学，不仅它的传播受到大山地理和大山文化之影响和制约，它的生产亦深深地打上了大山地理和大山文化的烙印。黔中大山地理和大山文化赋予黔中大山文学的创新精神和边缘活力，制约了黔中大山文学的文体选择，影响了大山文学的题材取舍，铸就了大山文学的大山风格。本次再版，在引用的资料上做再次核实，在文字表述上稍作修改，其他则未作大的改动。

《扬雄与六朝之学》。此书是我的博士论文，尚未公开出版。本书研究之论域有二：一是关于扬雄学术思想文化及其影响的研究，二是关于六朝之学之渊源的研究。简言之，就是关于扬雄与六朝之学之渊源影响关系的研究。通过对扬雄之生平经历、家族背景、师友网络、人生哲学、性情好尚等方面的研究，揭示其影响六朝之学的可能性；通过对其学术渊源、思想背景、学术观念、学术方法、学术思想、文学创作和文学理论等方面研究，揭示其对六朝之学的具体影响。其最终目的，就是证实"六朝之学始于扬雄"这个学术"假说"。本书是在《汉晋文化思潮变迁研究——以尚通意趣为中心》一书之基础上，在尚通意趣这个大背景下，对汉晋文化思潮变迁的持续研究，其基本观点亦有进一步的深化和修正（即从"魏晋之学始于汉末"发展至"六朝之学始于扬雄"）。

《温柔敦厚：中国古典诗学理想》。此书尚未公开出版，部分内容在研究生课程上讲授过。本书在区分中国古代诗学的古典美和现代性之基础上，力图呈现中国古典诗学之理想品格——温柔敦厚产生的理论基础、思想背景，分析其基本内涵和在诗歌创作中的体现，探讨其对中国文化特质之形成和中国人的精神传统之涵养所产生的影响，以及对当代国民教育的借鉴意义，对当代精神文化建设的现代价值。中国古典诗学以均衡、和谐为主要特征，以雅、厚、和为最高追求，以温柔敦厚为理想品格。本书即是从温柔敦厚这个理想品格的角度，讨论中国古典诗学的一般性特征，包括审美特征和教化功能。彰显温柔敦厚说的现实意义，消除长期以来积压在温柔敦厚之上的偏见和误解，还诗教说以本来面目，阐释诗教说的社会价值，是本书的主要目的。

《贵州地域形象史研究》。此书尚未公开出版。本书研究贵州地域形象的建构、解构和重构的历史过程，从对地域研究现状的反思和相关概念的界定入手，讨论地域意识之发生和地域形象的建构，分析地域形象建构之主体（"谁在建构"）、路径（"如何建构"）和目的（"为何建构"），并在地域历史的语境中，讨论作为地域称谓、地域空间、地域族群、地域文化和地域经济的"贵州"，回答"何谓贵州？何以贵州？"的问题。分析历代中央王朝对贵州的态度，呈现国家视野下的贵州形象。研究"他者"对贵州的异域感、"畏黔"心理及其在述异心态下对贵州的异化描写，"我者"的"去黔"心理、"向化"追求及其在"向化"追求的影响下对贵州地域文献的整理和地域文脉之建构。讨论在新时期建构"多彩贵州"地域新形象的方法和路径，建构以贵州形象、贵州精神和贵州文化三位一体的当代贵州精神文化体系的必要性和可能性。

《贵州地域文化精神研究》。此书尚未公开出版。本书通过对贵州地域文化及其所体现的文化精神的研究，呈现贵州地域文化精神的基本特质，揭示贵州地域文化精神的地理成因和文化背景，彰显贵州地域文化精神的现代价值，为建构"当代贵州人文精神"和"新时代贵州精神"提供文化资源，为建构以贵州形象、贵州精神和贵州文化三位一体的当代贵州精神文化体系提供理论支撑。概括地说，贵州地域文化精神，可名之为"大山精神"。"大山精神"是一种傲岸质直的精神，是一种包容创新的精神，是一种诗性浪漫的精神，是一种忠烈勇武的精神，是一种天人合一的精神。具体而言，多山多石的地理环境培育了贵州人的傲岸质直性格，不边不内的通道区位涵育了贵州人的包容创新精神，以阳明心学为核心的地域人文传统培育了贵州人的求真贵新精神，以游戏、情爱、歌舞为代表的民间文化传统培养了贵州人的浪漫精神和诗性气质，普遍流行的黑神崇拜培植了贵州人的忠烈勇武性格，广泛存在的生态民俗涵养了贵州人的"天人合一"精神。

从事学术研究，尤其是从事博大精深、积淀深厚的中国传统文化的研究，学术积累是一个长期的过程，传统经典文本和学者的研究著述，堪称汗牛充栋，需要大量的时间去理解、消化和思考。所以，在这个学科领域，"晚成"是必然的。在一般情况下，"不惑"之年方可"登堂"，"知天命"之年才算"入室"，"耳顺"之年才渐入佳境。而我在尚未步入"知天命"之年，就着手治学反思和学术总结，并编辑出版个人学术作品集，我深知这种做法有欠妥当，但亦是不得已而为之。在个人学术经历由"专业"转身"业余"之际，反思过往，展望未来，编选作品集，于自己是一个总结，亦是一个纪念；于长期以来关心、鼓励和支持我的师友，亦是一个交代。

汪文学

二〇一八年五月二十日

目 录

"汪文学学术作品集"序 　　001

绪论 文学地理学研究的历史现状与学科反省 　　001
一、从地域角度研究文学的可能性和必要性 　　002
二、对象·方法·学科——文学地理学研究的属性和内容 　　015
三、文学地理学研究的历史与反思 　　028
四、本书内容要旨 　　049

第一章 大山地理和大山文化
——黔中古近代文学产生的地域环境和文化背景 　　056
一、引论：概念及其他 　　056
二、大山地理：黔中的地理特征与地域区位 　　062
三、大山文化：黔中人文生态与文化品格 　　075

第二章　边省地域与黔中古近代文学的传播　　139

一、传播因素对作家文学地位的影响　　140

二、传出：黔中古近代文学的域外传播　　148

三、传入：黔中古近代文人对域外文学的接受　　173

四、传世：黔中古近代文人的地域人文传统建构和诗史意识　　237

第三章　边省地域与黔中地域文化和文学的创新精神　　282

一、但开风气不为师："边缘活力"与艺术创新　　283

二、黔中地理环境和地域文化蕴含着丰富的创新基因　　295

三、黔中古近代地域文化和文学的创新精神　　302

第四章　边省地域与黔中古近代文学文体　　329

一、文体与时代、作者和地域：影响文学文体分布诸因素之综合考察　　329

二、黔中古近代文学文体的地域性特征　　345

第五章　边省地域与黔中古近代文学创作题材　　369

一、地域环境与文学题材的一般性关系　　369

二、大山地理与黔中古近代文人的山水情怀　　378

三、边省地域与黔中古近代文学的乡土题材创作　　412

第六章 边省地域与黔中古近代文学风格　　449

一、地域环境与文学风格的一般性关系　　449

二、坚强清稳——"大山风格"类型之一　　459

三、野古浅直——"大山风格"类型之二　　478

结 语　　494

参考文献　　508

后 记　　516

"汪文学学术作品集"后记　　523

绪论 文学地理学研究的历史现状与学科反省

本书以黔中古近代文学为例，讨论边省地域环境对文学生产和传播的影响。从课题的论域来说，它属于地域文学研究，或者说是文学的地域性研究；从学科归属来说，它属于新近文学研究界比较关注的文学地理学范畴。因此，本课题的研究，不仅可以丰富地域文学的研究，而且亦能够为文学地理学的学科建构贡献力量。

近年来，地域文学的研究引起学者的高度重视，特别是在中国古代文学研究领域，文学的地域性研究成为一个重要的学术增长点；文学地理学的学科建构亦是方兴未艾，学者分别从学科性质、学科定位、学科目的、研究方法和研究内容等方面，进行了卓有成效的研究，"文学地理学"这个概念被广泛使用，"文学地理学"作为一门独立学科被普遍接纳。但是，学科的建设还任重道远，诸多基础性的理论问题还是众说纷纭，问题和缺陷显而易见。因此，在正式进入本书的论题之前，有必要对从地域视角研究文学的可能性和必要性，进行说明和阐释；对文学地理学研究的历史和现状，进行梳理和评估；对文学地理学学科的建设进行省察和反思。

一、从地域角度研究文学的可能性和必要性

1. 从地域角度研究文学的可能性

文如其人,文学即人学。文学创作乃"情动于中而形于言"的产物,所以,在古代中国的文学理论中,既有"言志""缘情"之厘分,亦有"诗道情性"之通说。文学是人的内在心灵的外现,是人性本真之自然流露,所以说"文如其人";文学创作展现的是人的内心世界,文学研究探讨的是文学如何展现人的内心世界,所以说"文学即人学"。

人的性情千差万别,因此人之文学亦各各不同。所以,研究文学的差异,不妨从研究人的性情之差别入手。关于人之性情,自先秦孟、荀以来,即有性善、性恶之说。情性或善或恶,自有其合理之处,但情性之善恶、聪愚亦与后天的成长环境不无关系。甚至可以说,后天的成长环境一定程度上可以改变先天的善恶本性。所以,一个人的性格,一个民族的精神,乃至一个国家的国民性的形成,皆与其生存的自然环境和人文环境有紧密的关系。虽然"穷山恶水出刁民"这样的话说得有些尖酸刻薄,但是"刁民"之"刁",与其生活的"穷山恶水"确有相当密切的关系。它虽不至于像"地理环境决定论"者说的那样绝对,但否认地域环境(包括自然地理环境和人文地理环境)对个体、民族或国家国民性格形成的重要影响,亦非实事求是之论。

支配人类心灵和影响人类性格的因素多种多样,如风俗、习惯、法律、礼仪、历史和文化等,但其根本性因素还在于山水、气候、土壤等自然环境,甚至人文环境之形成亦是以自然环境为基础。所以,不同的地域环境有相异的人文性格,如王充《论衡·率性》所谓"齐

舒缓、秦慢易、楚促急、燕戆投"是也。[1]古代中国学者很早就注意到人所生存的地域环境对其性情形成的影响关系，司马迁在《史记》中就多从地域环境的角度讨论地域社会风尚之产生和人群性格特征的形成，如《史记·货殖列传》说：

> 关中自汧、雍以东至河、华，膏壤沃野千里，自虞夏之贡以为上田，而公刘适邠，大王、王季在岐，文王作丰，武王治镐，故其民犹有先王之遗风，好稼穑，殖五谷，地重，重为邪。[2]

裴骃《集解》说："言关中地重厚，民亦重难不为邪恶。"[3]关中之地，因沃野千里，因"地重厚"，故养成其民"好稼穑"之习惯，形成民众"重为邪"之性情。又如《史记·货殖列传》说："中山地薄人众，犹有沙丘纣淫地余民，民俗懁急，仰机利而食。丈夫相聚游戏，悲歌慷慨，起则相随椎剽，休则掘冢作巧奸冶，多美物，为倡优。"[4]即"相聚游戏，悲歌慷慨"之性格，是在"地薄人众"的环境中培育出来的。另外，朱熹《诗集传》讨论十五国风之异同，亦常常追溯到地域环境之差别上，如论"唐风"云："其地土瘠民贫，勤俭质朴，忧深思远，有尧之遗风焉。"[5]如论"魏风"云："其地狭隘，而民贫俗俭，盖有圣贤之遗风焉。"[6]

无论是司马迁，还是朱熹，皆力图从地域环境的角度解释人之性格形成的原因。地域环境虽然不是性格形成的决定性因素，但一定是

---

[1] 黄晖：《论衡校释》第79页，中华书局1990年版。
[2] 司马迁：《史记》第3261页，中华书局1982年版。
[3] 司马迁：《史记》第3262页，中华书局1982年版。
[4] 司马迁：《史记》第3263页，中华书局1982年版。
[5] 朱熹：《诗集传》第45页，中国书店1985年据世界书局本影印。
[6] 朱熹：《诗集传》第43页，中国书店1985年据世界书局本影印。

影响性格形成的重要原因。所以，作者赞同班固在《汉书·地理志》中所说：

> 凡民函五常之性，而其刚柔缓急，音声不同，系水土之风气，故谓之风。好恶取舍，动静无常，随君上之情欲，故谓之俗。[1]

即民众性情的"刚柔缓急"，乃至"音声不同"，皆与其地之水土有关系。宋人庄绰亦持同样的观点：

> 大抵人性类其土风。西北多山，故其人重厚朴鲁；荆扬多水，其人亦明慧文巧，而患在轻浅。[2]

李淦《燕翼篇·气性》讨论"地气"与"人性"之关系，最为全面，其云：

> 地气风土异宜，人性亦因而迥异。以大概论之，天下分三道焉：北直、山东、山西、河南、陕西为一道，通谓之北人。江南、浙江、江西、福建、湖广为一道，谓之东南人。四川、广东、广西、云南、贵州为一道，谓之西南人。北地多陆少水，人性质直，气强壮，习于骑射，惮于乘舟，其俗俭朴而近于好义，其失也鄙，或愚蠢而暴悍。东南多水少陆，人性敏，气弱，工于为文，狎波涛，苦鞍马，其俗繁华而近于好礼，其失也浮，抑轻薄而侈靡。西南多水多陆，人性精巧，气柔脆，与瑶侗苗蛮黎疍等类杂处，其俗尚鬼，好斗而近于智，其失也狡，或诡谲而善变。[3]

---

[1] 王先谦：《汉书补注》第844页，中华书局1983年版。
[2] 庄绰：《鸡肋编》卷上，中华书局1983年版。
[3] 李淦：《燕翼篇》，张檀辑《檀几丛书》第二集，清康熙刊本。

其论虽然未必准确，但确是用全面系统的眼光讨论地域特征与人物性格之关系。刘师培讨论南北文化之异同，亦往往从地域影响性格着眼，他说：

> 学术所被，复以山国泽国为区分。山国之地，地土硗瘠，阻于交通，故民之生其间者崇尚实际，修身力行，有坚忍不拔之风。泽国之地，土壤膏腴，便于交通，故民之生其间者崇尚虚无，活泼进取，有遗世特立之风。[1]
>
> 大抵北方之地，土厚水深，民生其间，多尚实际；南方之地，水势浩洋，民生其间，多尚虚无。[2]

梁启超在《近代学风之地理分布》一文中，研究魏晋以来地域文化之差异，他指出：

> 气候山川之特征，影响于住民之性质，性质累代之蓄积发挥，衍为遗传。此特征又影响于对外交通及其他一切物质上生活。物质上生活，还直接间接影响于习惯及思想。故同在一国同在一时而文化之度相去悬绝，或其度不甚相远，其质及其类不相蒙，则环境之分限使然也。环境对于"当时此地"之支配力，其伟大乃不可思议。[3]

其论地域环境对"住民之性质"和"文化之度"的影响，可谓深切著明，切合实际。

---

[1] 刘师培：《南北学派不同论·南北诸子学不同论》，劳舒编《刘师培学术论著》，浙江人民出版社1998年版。
[2] 刘师培：《南北文学不同论》，劳舒编《刘师培学术论著》，浙江人民出版社1998年版。
[3] 梁启超：《梁启超全集》第4259页，北京出版社1999年版。

风土决定气质，地域影响性格，地域风土与性格气质之关系，已如上述。进一步说，人的性格气质与其所属之文化又互为因果关系，人的性格气质决定其所创造的文化的特征，特定的文化又反过来涵孕其人的性格气质。因此，地域风土与文化特质之间又存在着互为影响的关系，特定的地域风土决定其所属地域的文化特质和发展走向；同时，在地域风土之影响下形成的地域文化，又反过来塑造或改变其地域风土。简言之，地域影响文化，文化亦创造地域。因此，地域性的宗教、哲学、伦理、风俗、礼仪等文化观念之形成，皆可追溯到其所属地域的风土质性。相对来说，文学艺术的地域性特征是最明显的。换言之，文学艺术的地域分野，相对于宗教、哲学和伦理等文化，更为显著，文学艺术与地域风土有着更为直接的相关性。或者说，地域性的宗教、哲学、伦理、礼仪、风俗等文化观念是地域风土与地域文学之影响关系的中介系统。[1] 因为文学艺术根植于人的内在心灵，它所受周边地域环境的影响，不仅最直接，而且最显著。

讨论文学与地域之关联，最早见于《诗经》之编纂。《诗经》十五国风以地域归并诗歌，实际上彰显的就是诗歌的地域特色，以及地域环境对诗歌创作的影响。《汉书·地理志》的编撰，亦是贯彻"由诗以知俗，因俗以明诗"的原则，将天下分为秦、魏、周、韩、赵、齐、鲁、宋、卫、楚、吴、越十二区，并著其分野，正其疆界。凡有诗见于《国风》者，皆引诗以证之。楚无诗，则引屈原赋以证之。班固的这种做法，在汪辟疆看来，就是"由诗以知俗，因俗以明诗"，并且这种做法"亦足证诗与地域之关系"。[2] 文学与地域的亲密关系，在明清以来得到学者的不断强调，如沈德潜《芳庄诗序》说："古诗

---

[1] 参见陶礼天：《北风与南骚》第8～10页，华文出版社1997年版。
[2] 汪辟疆：《近代诗派与地域》，《汪辟疆文集》第293页，上海古籍出版社1988年版。

人得江山之助者,诗之品格每肖其所属之地。"[1] 孔尚任《古铁斋诗序》说得更明白:

> 盖山川风土者,诗人性情之根柢也。得其云霞则灵,得其泉脉则秀,得其冈陵则厚,得其林莽烟火则健。凡人不为诗则已,若为之,必有一得焉。[2]

汪辟疆讨论近代诗歌流派与地域之关系,亦说:

> 若夫民函五常之性,系水土之情,风俗因是而成,声音本之而异,则随地以系人,因人而系派,溯渊源于既往,昭轨辙于方来,庶无忒焉。况正变十五,已肇国风;分野十二,备存班志。观俗审化,斯析类之尤雅者乎。[3]

自周秦以来直至近现代,中国地域风土的差异,主要体现在南北地理之分别上。因此,学者认为:"中国文化史上最根本之问题,不是东西问题,而是南北问题。"[4] 所以,古代中国学者讨论文学与地域之关联,研究文学的地域特征和风土质性,多集中在南北文风之差异上。

比如,在文学风格上,南北差异最为显著,如《隋书·文学传序》说:"江左宫商发越,贵于清绮。河朔词义贞刚,重乎气质。"[5] 唐顺之《东

---

[1] 沈德潜:《归愚文钞余集》卷一,清乾隆三十二年刻本。
[2] 孔尚任:《孔尚任诗文集》卷六,中华书局1962年版。
[3] 汪辟疆:《近代诗派与地域》,《汪辟疆文集》第292~293页,上海古籍出版社1988年版。
[4] 胡晓明:《古典今义札记》第56页,海天出版社2013年版。
[5] 魏徵:《隋书》第1730页,中华书局1973年版。

川子诗集序》说:"西北之音慷慨,东南之音柔婉,盖昔人所谓系水土之风气,而先王律之以中声者。"[1]谢堃《春草堂诗话》卷五说:"北方刚劲,多雄豪跌宕之词;南方柔弱,悉艳丽钟情之作。"[2]茹纶常《梅崖刺史遗集序》说:"近世之论诗者,每有南北之分,誉之则谓南多风雅,北多雄健;訾之则谓南多卑靡,北多伧父。"[3]梁启超《中国地理大势论》亦说:"长城饮马,河梁携手,北人之气概也;江南草长,洞庭始波,南人之情怀也。"[4]

在文学思想上,南北差异亦比较明显,如日本学者青木正儿说:

> 就风土来看,一般地说,南方气候温暖,土地低湿,草木繁茂,山川明媚,富有自然资源。北方则相反,气候寒冷,土地干燥,草木稀少,很少优美风光,缺乏自然资源。所以,南方人生活比较安乐,有耽于南国幻想与冥想的悠闲。而其文艺思想则趋于浪漫主义,有流于逸乐的华丽游荡的倾向。反之,北方人要为生活奋斗,因而性格质朴,其特点是现实的,理智的,散文的,从而其文艺思想趋于有功利主义的现实主义,倾向于力行的质实敦朴的精神。[5]

文风上的南北之别,还体现在创作方法上,如王侃《瓣香杂记》说:"南人学诗讲用字,故精于炼句;北人学诗讲用意,恒拙于谋篇。南人之所不能者,北人能之者亦少;北人之所不能者,南人能之者

---

[1] 唐顺之:《荆川先生文集》卷十,《四部丛刊》初编本。
[2] 谢堃:《春草堂诗话》,蔡镇楚编《中国诗话珍本丛书》(第21册),北京图书馆出版社2005年版。
[3] 茹纶常:《容斋文钞》卷九,《续修四库全书》本。
[4] 夏晓虹编校:《中国现代学术经典·梁启超卷》第707页,河北教育出版社1996年版。
[5] [日]青木正儿:《中国文学思想史》第3~4页,孟庆文译,春风文艺出版社1985年版。

或多。盖北人性笨,南人性灵之故。"[1]饶宗颐《文学与释典》评《二南密旨》说:"观其例句,似以虚而尚比兴者为南宗,实而用赋体者为北宗。"甚至在文体的选择和优长上,亦存在着南北之分,如上引王偁《瓣香杂记》说:"咏物之作,北人断不及南,而考据吊古之诗,南人或逊于北。"刘师培在《南北文学不同论》中,亦认为北人多尚实际,南人多尚虚无,"民尚实际,故所著之文,不外记事、析理二端。民尚虚无,故所作之文,或为言志、抒情之体"。[2]梁启超《中国地理大势论》亦说:"散文之长江大河,一泻千里者,北人为优;骈文之镂云刻月,善移我情者,南人为优。盖文章根于性灵,其受四围社会之影响特甚焉。"[3]

总之,地域环境对文学的影响是多层次的,多角度的。就地域环境本身而言,举凡气候、植被、地形、景观、水土等自然环境对文学会产生影响,在特定的地域环境之基础上形成的地域文化风尚、地域性学术思潮、风土人情,乃至方言土语,亦会对文学特征产生重要影响。简言之,地域性的自然环境和人文环境皆是解释文学地域性特征的重要因素。就文学地域性特征而言,其风格特征、文学观念、创作方法、文学体裁、文学题材、文学意象、文学语言等,皆不可避免地烙上地域环境的印记。更进一步说,构成文学活动的三要素——作家、作品和读者,皆受到特定的地域环境的影响。正因如此,作者认为,从地域空间或地理风土之视角研究文学创作,分析文学活动,是完全可能的,因而亦是行之有效的。

---

[1] 王偁:《瓣香杂记》,清道光十四年刊本。
[2] 劳舒编:《刘师培学术论著》第162页,浙江人民出版社1998年版。
[3] 夏晓虹编校:《中国现代学术经典·梁启超卷》第707页,河北教育出版社1996年版。

2. 从地域视角研究文学的必要性

从地域空间和地域风土的角度研究文学，不仅是可能的，而且是非常必要的。特别是关于古代中国唐代以来文学的研究，必须从地域空间或地域风土的视角着手，许多众说纷纭的问题，才能获得合理的解释。

地域空间和地域风土是客观存在的，地域空间和地域风土与文学活动之间的互动影响关系，亦是必然存在的。但是，需要特别指出的是，人类的地域意识和地域文化观念，有自觉与不自觉的区分。自觉的地域意识往往是在"他者"的启示下被唤起的，自觉的地域文化观念是在自觉地域意识之影响下，由地域中的地方官员、在地文人和民间社会共同建构起来的。所以，朱伟华的观点值得重视："地域始终存在，而地域意识和本土文化却是被唤起的。没有异域的存在和他者文化的介入无法观照本土，就如鱼儿不离开水就很难意识到水的存在。"因此，"地域文化不是异域强者作为异国情调撷取的那些表浅的人情风貌，而是土地所有者被唤醒的自我意识，是处于劣势一方的自我体认和识别，是有比较因素存在下对自我的发掘与观察，是一种思考和固守"。[1] 通过与"他者"地理之比较，从而唤起"我者"的地域意识；通过与"他者"地域文化观念之对比，从而有助于自我认识的深化，有助于自我认同的形成，进而建立起"我者"的地域文化观念。自觉的地域意识是在与"他者"的比较中建构起来的，建构起来的自觉地域意识，又反过来强化"我者"的地域观念，增强"我者"的地域认同感，影响"我者"的日常行为、审美趣味和创作观念。所以，地域空间和地域风土对文学活动的影响是客观存在的，但是，自觉的地域意识和地域文化观念对文学活动的影响，则是深刻的、显明的、持久的。或者说，

---

[1] 朱伟华：《地域文化与地域文学之断想》，《山花》1998年第2期。

当地域意识和地域文化观念处于不自觉阶段，人们的文学活动所受的影响亦是不自觉的，是被动的。当人们具备了自觉的地域意识和地域文化观念后，其在文学活动中，则是主动地、自觉地、积极地呈现地域特色，表现地域观念。因此，其影响才是深刻而持久的。

古代中国人的地域意识起源甚早，早在《诗经》时代，《诗经》编纂者以地域分野编辑十五国风，就体现了周人的地域观念。不过，以地域分野编辑十五国风，其中可能存在着某种政治目的，或者出于编辑工作的便利，还不能算作是自觉的地域观念的产物。古代中国人自觉地域意识之产生，当是在汉末魏晋时期，这主要体现在两个方面：一是当时地方人士开始潜心研究地域景观、地域历史和地域风俗，大量的地记作品由此产生。这说明当时人们已经具备了自觉的地域意识，并且是在努力地建构地域文化传统，强化地域文化观念。二是当时地域人士的群体意识增强，他们相互激励和彼此称誉，企图以地域文人集团的姿态展现。同时后进之士对地域先贤的称扬，实际上就是力图建构地域文化传统，增强地域自豪感和荣誉感，大量郡书作品的产生，就是这种意识的体现。[1] 自觉地域意识的形成，培育起人们的地域认同感，进而影响文人的审美风尚和创作观念，文学的地域性差异就逐渐彰显，如南北朝时期南北双方诗歌风格之明显差异和乐府题材之显著区别，就应当是这种自觉地域观念影响下的产物，故有《隋书·文学传序》的南北文风差异之说。[2]

随着自觉地域意识的逐渐强化和地域文化观念之渐趋加强，文学的地域性特色亦越来越明显。据蒋寅说："文学创作中的地域差异，实际上到宋代才开始凸显。江西诗派以地域冠名，标志着地域观念在

---

[1] 王永平：《中古士人迁移与文化交流》第20页，社会科学文献出版社2005年版。
[2] 魏徵《隋书·文学传序》说："江左宫商发越，贵于清绮；河朔词义贞刚，重乎气质。"

诗学乃至在文学中的普及和明朗化,具有划时代的意义。"他认为:"文学史发展到明清时代,一个最大的特征就是地域性特别显豁起来,对地域文学传统的意识也清晰地凸显出来,理论上表现为对乡贤代表的地域文学传统的理解和尊崇,创作上表现为对乡里先辈作家的接受和模仿,在批评上则显现为对地域文学特征的自觉意识和强调。"[1]关于明清文学日益明显的地域性特征,严迪昌亦认为:"清代诗歌作为文化集合的一个高层分支,它的认识价值在文化性格上还应提到地域性特点和文化世族现象。"因为"就文学范畴言之,由地域命名的流派明代已多,但最为兴旺的则是清代",所以"清代诗歌的地域性、家族性特征的鲜明度和覆盖面,均远较前代突出,这对中国诗歌流派史的形成固然极为重要"。[2]文学的地域性特征是随着地域自觉意识和地域文化观念的强化而逐渐彰显。所以,当明清时代的文学地域性特征相当明显的情况下,明清文学的总体研究,就必须从地域的视角,采用文学地理学的理论和方法,才能正确揭示其总体特征和发展走势。对于这个问题,杨旭辉的说法值得参考:"倘若真要做到对明清文学发展之大势了然于胸,则必须对这一个个地域性特点突出的文学集群逐一进行文献的蒐集整理,分别做细致的个案分析和研究,在此基础上再作史之宏观整合,方不致过多的隔膜、误解,甚至是偏执。"[3]

从地域视角研究中国文学的必要性,不仅是因为宋元以来中国文学的地域性逐渐彰显,需要从地域视角方能揭示其基本特征和发展走势,而且还在于对文学特殊性和差异性的理解上,对边缘地域文学之价值的发掘和认识上,需要从地域视角出发,才能得出科学的结论和获得"同情"之理解。从地域角度研究文学,研究文学的地域性特征,

---

[1] 蒋寅:《清代诗学与地域文学传统的建构》,《中国社会科学》2003年第5期。
[2] 严迪昌:《清诗史》第12页,浙江古籍出版社2002年版。
[3] 杨旭辉:《地域人文生态视野与明清诗文研究》,《西北师大学报》2010年第1期。

讨论作家的地域性写作，探讨地理空间对文学活动的影响，建构地域性的文学史，实际上就是在传统文学史研究的单一的时间维度中，引入空间维度，在时间与空间的双重维度中立体地研究以作家、作品和读者为核心内容的文学活动。传统的文学史研究基本上是从时间维度展开，它虽然有利于从整体上掌握文学发展之承前启后的历史进程，但往往忽略了文学发展之地域特殊性和地区差异性，故而并不能全面整体地揭示文学发展规律。空间维度之引入文学史研究，则有利于揭示文学的特殊性和差异性。因为人类文化虽然荷载于时间与空间之中，但是，"时间是普遍的同一的，正是空间造成特殊性和差异性"。[1]地域文化的差异性和特殊性，特别是地域文化形成之早期的基因和特质，往往是由地理空间决定的。因此，地域空间和地域风土常常是我们理解地域文化之特殊性和差异性的源头，或者是决定性力量。

文学史研究如果只从时间维度出发，就仅仅只能够揭示文学发展的普遍性和同一性。过去的文学史研究基本上是在时间维度上展开，因此，过去的文学史，只能是揭示普遍性和同一性的文学史，甚至可以被称为"精英文学史"，正如过去的思想史和文学批评史只能被称为中土主流的"精英思想史"或者"精英文学批评史"。中土主流文人固然代表着全国文化的主流方向和发展趋势，但却无法显示文学发展的复杂性、差异性和特殊性。作者过去在整理和诠释边省地域文学理论材料时，曾经说过这样两段话：

  真正的文学批评史，理应包括精英文学批评家的文学理论和民间批评家的文学理论；既要讲钟嵘、刘勰，亦当讲不知名的民间理论家；真正的中国文学批评史，既要讲中土主流理论家的文学批评，亦当涉及边

---

[1] 朱伟华：《地域文化与地域文学之断想》，《山花》1998年第2期。

省和少数民族批评家的文学思想；真正的中国文学批评史，既要讲理论家的文学理论，亦不能忽略文学家的文学思想。过去的中国文学批评史，准确地说，只能称之为"中国中土文学批评史""中国精英理论家的文学批评史"。[1]

近代以来出版的中国文学批评史，基本上皆以中土主流精英的经典理论为研究对象，很少涉及地方文献，特别是边省地方文献中的文论材料。当然，能代表一时代文学思想之主体特色、发展方向和重要成就的，主要还是文化中心地区的主流知识精英，这是不容置疑的。但是，作为对文学批评史的整体研究，撰写题名为"中国文学批评史"的理论著作，建构所谓的"华夏民族文学理论体系"，除了重点考察文化中心的主流知识精英的文学观念，亦必须关注文化边缘地区的士子对文学的看法；除了重视中土人士之文学理论，亦当兼重边省少数民族民间艺术家的文学思想。如此"重写"的"中国文学批评史"和"重建"的"华夏民族文学理论体系"，才是名副其实的。[2]

以上两段文字，亦适用于中国文学史的研究和"重写"。那末，民间或边省的文学家，如何才能进入文学史家的视野；民间文学资料和边省地方文献中的文学材料，如何才能引起文学史家的关注和重视，这就涉及文学史家研究文学的视角或维度问题。如果只从时间的维度，以主流精英为中心，边省或民间的文学家和文学史料，则根本无法进入到文学史家的视野。作者认为，文学史家只有引入空间维度，从地域视角观照文学，边省或民间的文学家和文学史料，才能引起文学史家的关注和重视。

在文学史研究中引入空间维度，从地域视角讨论文学，其积极意

---

[1] 汪文学：《贵州古近代文学理论辑释》第10页，民族出版社2009年版。
[2] 汪文学：《贵州古近代文学理论辑释》第15页，民族出版社2009年版。

义主要体现在以下几个方面：第一，彰显文学活动的特殊性、复杂性和差异性。第二，弥补过去仅仅从时间维度开展的研究中对边省和民间文学活动的忽视，有利于"重写"整体的文学史。第三，拓展文学研究领域，突围文学研究困境，发掘文学研究的学术增长点，文学创作中的地域性集团和家族性集团受到关注，文学与地域景观、地域习俗、地域审美、地域学术思想之关系等课题得到重视。比如，2003年李浩发表《古代文学研究的困境与学术突围》一文，就明确提出用"文学地理学"的地域视角和空间维度来突围中国古代文学研究的困境。[1] 第四，彰显文学活动的空间背景，反映地域环境（包括自然环境和人文环境）对作家、作品和读者的影响，从而更加深入地揭示文学发展的内在规律。第五，亦是最值得注意的一点，即只有在文学研究中引入空间维度和地域视角，边缘地区的文学和文学家才能受到应有的重视和关注，其特殊性和差异性才能得到彰显，其文学价值才能得到确定，其文学成就亦才有可能得到客观公正的评价。

所以，作者认为，在中国文学史研究中引入地域视角和空间维度，不仅是可能的，而且是必需的。

二、对象·方法·学科——文学地理学研究的属性和内容

1. 从对象到方法到学科：文学地理学研究的属性

在文学研究中引入地域视角和空间维度，从地理角度研究文学，

---

[1] 李浩：《古代文学研究的困境与学术突围》，《河南社会科学》2003年第5期。

探讨文学活动中的地理问题，阐释文学活动与地理环境之间的互动影响关系，这种研究，被称为文学地理学研究。

文学地理学研究的属性，是需要进一步讨论的问题。它是研究对象？或者是一种研究方法？抑或是一门独立的学科？这在学术界是众说纷纭、含混不清的。如梅新林说："文学地理学是一门有机融合文学与地理学研究的新兴交叉学科，是一种以文学为本位，以文学空间研究为重心的跨学科研究理论与方法。"或以为是"新兴交叉学科"，又说它是"跨学科研究理论与方法"。的确，文学地理学研究跨越文学与地理学，是文学与地理学交叉融合的产物。但是，它到底是一门学科还是一种研究方法？或者说它只能是其中之一，还是二者兼而有之？这看起来是相当含混的。不过，梅新林的逻辑很清楚，他认为："文学地理学既是一种跨学科研究方法，也可以发展为一门新兴交叉学科，乃至成为相对独立的综合性学科。"[1]亦就是说，既有作为研究方法的文学地理学，亦有作为新兴交叉学科的文学地理学；作为交叉学科的文学地理学是在作为研究方法的文学地理学之基础上发展起来的；而作为综合性学科的文学地理学又有相当明显的方法论性质。

其实，这或许是许多新兴交叉学科的一种共同特性，如区域社会史和文学人类学的研究就有这样的特点。关于区域社会史研究，赵世瑜在《叙说：作为方法论的区域社会史研究》一文中，就明确指出：区域社会史研究具有方法论性质，虽然众多学者是将区域社会史作为一门新兴学科，但它仍然具有相当明显的方法论属性。[2]文学人类学亦是如此，文学人类学是用人类学的方法研究文学活动中的人类学现象，虽然经过叶舒宪等学者的苦心经营，文学人类学作为一门新兴的

---

[1] 梅新林：《中国文学地理形态与演变》之"导论"，复旦大学出版社2006年版。
[2] 赵世瑜：《大历史与小历史——区域社会史的理念、方法与实践》，生活·读书·新知三联书店2006年版。

交叉学科已经得到学术界的普遍认同,但它亦依然还具有相当明显的方法论性质。

实际上,按照作者的理解,文学地理学与区域社会史、文学人类学、文学伦理学等新兴交叉学科一样,皆经历着一个从研究对象到研究方法到独立学科的发展过程。对于文学地理学而言,既有作为研究对象的文学地理学,亦有作为研究方法的文学地理学,还有作为独立学科的文学地理学。

首先讨论作为研究对象的文学地理学。把文学中的地理问题和地理中的文学问题,作为文学的研究对象,是作为研究对象的文学地理学的基本内容。文学中的地理问题,包括文学作品对地域环境的描写和地理景观的建构,地域环境和地理景观对作家心理、创作题材、文学风格、文学意象和文学传播的影响。地理中的文学问题,就是研究地理景观中的文学性、地理著作中的艺术性等问题。简言之,作为研究对象的文学地理学,就是研究地理环境与文学活动的互动影响关系。

大体而言,早期的文学地理学研究,基本上皆是作为研究对象的文学地理学研究。如《诗经》的编纂以地域区分十五国风,《左传·襄公二十九年》所载吴公子季札观乐于鲁国所作的评论,历代关于《诗经》《楚辞》所作的地域性研究,班固《汉书·地理志》引《国风》《楚辞》为证讨论各地的地域文化特征和人群性格,以风俗为中介讨论地理环境与文学作品的关系,自《隋书·文学传序》以来关于南北文风异同与地理环境差异之关系的讨论等,皆属此类。实际上,同属新兴交叉学科的区域社会史的早期研究,亦有研究对象的性质,即着重区域社会特征和地方性知识的研究。早期的文学人类学研究亦不例外,即着重研究文学活动中的人类学现象。

其次讨论作为研究方法的文学地理学。作为研究方法的文学地理学是对作为研究对象的文学地理学的超越和发展，是在作为研究对象的文学地理学之基础上的提升和自觉。虽然早在《诗经》时代，学者已经着手研究文学中的地理问题，但是，与此差不多同时，学者讨论文学，强调"知人论世"，讲文学创作的背景，但其背景往往是指时代背景，其所论之"世"，常常是从时间维度上展开。至于刘勰《文心雕龙》所谓"文变染乎世情，兴废系乎时序"，在"世情"与"时序"之间，明显有重"时序"而轻"世情"的倾向。所以，《文心雕龙》中的《时序》一篇，就是专门从时间维度讨论文学风气之变迁与兴废。而明清以来学者反复强调的"一代有一代之文学"，则充分体现了古代中国人建构文学发展史时重时间维度轻空间视角的事实。

实际上，文学乃至于文化总是附着于时空交织的环境中，总是在特定的时间和空间之共同作用下的产物。时间固然重要，但空间亦不能忽略，因为特定空间中的地理环境、人文景观、语言文化、学术思想、礼仪风俗、人文传统等地域性因素，必定要对作家、作品和读者产生或轻或重，或深或浅的影响。文学现象的解读和诠释必须在时间维度之外引入空间维度，文学的整体研究必须在时空交织中进行。

空间维度和地域视角的引入可以导致文学研究格局的重大变化，特别是对于宋元以来中国文学的研究，空间维度和地域视角的引入，可能是解决研究困境和进行学术突围的重要途径。从这个意义上看，文学地理学研究实际上就是在传统文学研究的时间维度之外引入空间维度，从空间维度和地域视角重新审视作家作品、文学现象和文学思潮。从这个层面上讲，文学地理学为传统文学研究提供了一个新视角和新方法。所以，文学地理学实际上就是一种作为方法论的文学的地理学研究。

早期的文学地理学是把文学中的地理问题作为研究对象，是作为研究对象的文学地理学；20世纪七八十年代，文学地理学研究着重强调空间维度和地域视角对文学研究的重要性，是作为研究方法的文学地理学；从研究对象到研究方法，是一次超越和提升。在研究对象和研究方法的学术积累之基础上，建构文学地理学学科，是一个必然的趋势，亦是21世纪初的一个引人注目的学术课题。

追溯文学地理学学科建设的历程，首先应该提到的是金克木1986年发表的《文艺的地理学研究设想》一文，[1] 这是较早意识到要建立文学地理学学科的论文。曾大兴长期致力于文学地理研究，出版了有重要影响的《中国历代文学家之地理分布》一书，[2] 用黄霖的说话，这部著作"相当宏观和富有条理，与明确建构'中国文学地理学'实差一步之遥"。[3] 在此基础上，曾大兴致力于文学地理学的学科建构，他于2012在商务印书馆出版《文学地理学研究》一书，其中第一章"建设与文学史学双峰并峙的文学地理学"，第二章"文学地理学的几个理论问题"，体现了他对学科建设的不懈努力和深沉思考。其间，陶礼天在《北风与南骚》一书中，亦明确提出"文学地理学"概念，并对文学地理学的学科性质、研究对象、研究方法等问题进行了界定和讨论。而梅新林于2006年出版的《中国文学地理形态与演变》一书，就是企图建构中国文学地理学学科，用他说的话，此书的写作，就是"以创立中国文学地理学为学术宗旨，以具有原创性意义的'场景还原''版图复原'之'二原'说为理论支撑，力图通过文学与地理学的跨学科研究，深入揭示中国文学地理的表现形态与演变规律，系统建构起中

---

[1] 金克木：《文艺的地理学研究设想》，《读书》1986年第4期。
[2] 曾大兴：《中国历代文学家之地理分布》，湖北教育出版社1995年版。
[3] 黄霖：《梅新林〈中国文学地理形态与演变〉序》，梅新林《中国文学地理形态与演变》书首，复旦大学出版社2006年版。

国文学地理学的学术体系"。[1]

作为一门学科的文学地理学，其学科定位和学科属性是什么？陶礼天以为：文学地理学是介于文化地理学与艺术社会学之间的一门文学研究的边缘学科，致力于研究文学与地理之间的多层次的辩证的相互关系。[2] 前者界定其学科属性，后者设定其研究内容。梅新林认为：文学地理学"融合文学与地理学研究，以文学为本位，以文学空间研究为重心的新兴交叉学科或跨学科研究方法，其发展方向是成长为相对独立的综合性学科"。[3] 应该说，文学地理学作为一门学科，其学科性质或属性在学术界已经取得共识，即以文学为本位的、界于文学与地理学之间的一门新兴交叉学科，通过对文学活动与地域空间关系的研究，呈显特定地域内文学自身发展的特殊规律。

总之，文学地理学的研究，从研究对象到研究方法到独立学科，是一个逐渐超越和提升的过程。文学地理学作为一门独立学科，在学术界已经取得共识，虽然它的理论建构、研究内容和学科边界等问题，还有待进一步研究和探讨。

2. 地域文学与家族文学、区域文学、国家文学、世界文学

讨论文学地理学研究的内容，首先需要说明的是文学的家族性、地域性、民族性、国家性和世界性等问题，亦就是地域文学、区域文学、家族文学、民族文学、国家文学和世界文学的界定及其关系问题。

文学地理学以地域文学为研究对象，研究地域环境与文学活动之间的互动影响关系。首先需要辨析的是地域文学与家族文学的关系问题。大体而言，地域文学与家族文学在某种意义上有重叠的部分，家

---

[1] 梅新林：《中国文学地理形态与演变》之"内容提要"，复旦大学出版社2006年版。
[2] 陶礼天：《北风与南骚》，华文出版社1997年版。
[3] 梅新林：《中国文学地理形态与演变》之"导论"，复旦大学出版社2006年版。

族是在特定的地域中生存，家族本身就是地域性的，家族文人集团实际上就是地域文人集团，某个地区的地域文学实际上就是由若干家族文人集团和家族文学构成的，地域文学的特征往往体现在各个家族文学里面。这正如严迪昌所说：

> 地域文学流派的兴衰，每决定于文化世族的能量。这种世族群体网络把亲族、姻族、师生、乡谊等联结一起，组构成或紧密或松散的文学文化群。于是，地域的人文积累、自然气质与具体宗亲间的文化养成氛围，以及家族传承的文化审美习惯相融汇，形成各式各类的群体形态的审美风尚。[1]

所以，在地域意识普遍自觉的明清时代，文学史上引人注目的特征，除了地域性外，还有就是它的家族性，以及文学世家现象。因此，文学地理学研究文学的地域性特征，讨论地域环境与文学活动之间的互动影响，必然要探讨文学活动与家族网络的关系。

其次，研究文学地理学，地域文学与区域文学的关系亦需要加以分辨。一般人常常是把区域与地域混用，不加辨析。其实，二者大有区别。区域即行政区划，有明显的政治特征，是国家权力意志的产物，是为方便政治权力的推行和社会秩序的管理而划定的行政版图。地域则是基于自然环境和人文传统而自然形成的地理版图。虽然与区域的明确界线相比，地域的疆界往往含混模糊，但它的凝聚力和向心力，确是相当明显的，因为它不仅有大体相似的地理环境、气候特征和植被条件等自然环境，而且在风俗、礼仪、语言、历史等人文传统方面亦存在着同一性，所以更容易产生认同感，形成强大的向心力和凝聚

---

[1] 严迪昌：《清诗史》第12页，浙江古籍出版社2002年版。

力。当然，行政区域的划分亦常常要考虑因自然环境和人文传统而形成的地域因素，所以，区域与地域在相当程度上常常是重叠的，但其区别亦显而易见。一般而言，地域是一个自然的概念，文化的概念；区域则是一个政治的概念，权力的概念。因此，如法律、制度等政治性因素比较明显的东西，在区域之间的差异性就比较大；如文学、艺术、语言、风俗、礼仪等人文性因素比较明显的东西，在地域之间的差异性就比较大。换句话说，文学艺术的地域性特征远远大于其区域性特征，同一地域中的文学艺术和语言风俗往往有较大的相似性，而在同一区域中的文学艺术和语言风俗则不一定具有相似性，有时甚至有较大的区别。因此，学术界在地域文学概念之外，又有区域文学的提法。关于地域文学与区域文学的区别，周晓风说：

> 地域文学研究关注的是文学的自然环境和历史传统，它的地域界线是模糊的，它的眼光则是向后的；而区域文学研究关注的则是文学的社会条件和现实需要，它必须在明确的行政区划的前提下讨论问题。[1]

作者认为，自然环境和人文传统对文学的影响，远远大于政治和权力对文学的影响，因为真正的文学往往具有超越阶级、远离政治、疏淡权力的特点，所以文学的地域性特征远较其区域性特征显著。虽然我们可以从理论上作长远预测，即在全球化语境和一体化经济条件下，文学的地域性特征正在逐渐消逝，区域性特征将日趋明显。但是，在历史上，在当下，乃至在今后相当长一段时期内，文学的地域性特征仍是文学研究的主要内容，以行政区划为界线的区域文学，以省市

---

[1] 周晓风：《世界文学、国别文学与区域文学》，《文学评论》2002年第4期。

区为题名的区域文学史能否成立？这仍是一个备受质疑的问题，亦是需要认真考察的问题。

另外，需要辩论的还有地域文学与国家文学、世界文学的关系。在政治大一统背景下，挟裹着政治霸权的国家文学往往对地域文学构成压力，对地域文学的发展构成障碍和阻力。如新中国成立以来直至20世纪80年代中期，地域文学的创作和研究，常常被认为是对政治大一统的分裂行为，而往往遭到压制，谈论文学地域性和文化地域性亦就成为一个敏感的政治问题。所以，地域文学应该以一种什么样的姿态回应国家文学的强势霸权？地域文学的创作和研究如何回应政治权力要求下的国家认同？强调文学的地域性，是否意味着对国家大一统意识形态的分裂？对国家文学的叛逆？同样，在经济全球化背景下，地域文学又应当以什么姿态去回应世界文学的一体化进程？在世界文学的发展进程中，地域文学的意义和价值何在？

关于这些问题，最常见的回答是："越是民族的，就越是世界的。"因为人们相信，文学即人学，人类在精神本质上是一致的，地域文学和世界文学皆呈现了人类的精神本质，所以二者是相通的。而且，地域文学或民族文学甚至是在更深的层次上、更原始的意义上、更本真的水平上呈现人类的精神本质。因此，在揭示人类精神本质问题上，地域文学和民族文学比国家文学和世界文学更为深刻。于此，朱伟华指出："真正深刻开拓的地域特征必能找到人性内在的相通处，没有一定的封闭性就没有地域性，开放性必然导致深度的丧失。在流行文化时代，对地域文化的开掘是一种对个性和独特性的固守，以生香活色山野之泽冲击因循枯涩。在现代社会，地域文化、地域文学在某种意义上已经成为一种救赎，具有终极性意义。"[1] 所以，在国家文学

---

[1] 朱伟华：《地域文化与地域文学之断想》，《山花》1998年第2期。

的发展中，在世界文学的进程中，地域文学并未过时，亦不会消失，它反而可能在国家文学和世界文学的映衬下，其独特价值得以充分彰显，从而获得蓬勃发展的机会。

地域文学与家族文学、区域文学、国家文学、世界文学之界定与关系，已如上述。接下来，作者要讨论的是，文学地理学以文学活动和地域空间的互动影响关系为研究对象，那末，它的研究内容具体应该包括哪些方面？

3. 文学地理学研究的内容

概括地说，文学地理学致力于研究文学活动的地域性特征，讨论文学作品的地理风土质性，分析文学活动与地域环境之间的互动影响关系。

地域环境包括自然环境和人文环境两个方面，这两个方面对文学活动的影响显而易见，而文学活动对地域环境的反作用亦不容忽视。但是，长期以来，学者重视研究地域环境对文学活动的影响，而忽视文学活动对地域环境的影响。学者研究地域环境对文学活动的影响，比较注重的是地域自然环境对文学活动的影响，而于地域人文环境对文学活动的影响，则不甚重视，甚至普遍忽略。事实上，二者对文学活动的影响同等重要，甚至可以说，地域人文传统对文学活动的影响最直接，因而亦最深刻。因为地域自然环境往往要通过地域文化风尚和人文传统这个中介才能对文学活动发生影响，或者说，地域自然环境是通过塑造地域文化风尚和地域人文传统来影响文学活动的。因此，研究地域环境对文学活动的影响，不仅要关注地域自然环境对文学活动的影响，而且应该特别重视地域人文环境（包括人文传统、文化风尚、学术思想、风俗习惯、制度礼仪、方言土语等）对文学活动的影响。

大体而言，文学活动包括作家创作、作品特征和读者接受三个方面的内容。因此，文学地理学研究文学活动与地域环境之间的互动影响关系，讨论地域环境对文学生产和传播的影响，应该涉及地域环境对作家创作、作品特征和读者接受三个方面的影响。

首先，文学地理学应当研究地域自然环境和人文环境对作家思想性格形成的影响。不同的自然地理环境，其文化风尚和人文传统亦大有区别，其人之思想性格和好尚兴趣亦当迥然有别，此即古语所谓"十里不同风，百里不风俗"。故刘师培说："五方地气有寒暑燥湿之不齐，故民群之习尚悉随其风土为转移。"[1] 即地域环境塑造其地之文化风尚和人文传统，进而影响其人之思想和性格。

作家总是生活在特定的地域环境中，不可避免地要受到地域环境之影响。因此，探讨文学作品的思想内容与艺术特征，"知人论世"是必不可少的途径，知其人必论其世，必须分析作家的成长背景和生活环境对其思想和性格的影响。作家性格之养成，总是与其成长的自然环境有千丝万缕的关系；作家思想之养成，亦与其生活的地域文化风尚和人文传统有着不可分割的关系。因此，研究地域环境对文学生产和传播的影响，首先应当关注的是地域环境对作家思想性格和好尚兴趣的影响。

其次，文学地理学应当研究地域自然环境和人文环境对文学作品特质的影响。地域环境通过作家中介实施对文学作品特质的影响，通过影响作家的思想性格和兴趣好尚而左右文学作品的特质。因此，文学作品的文体、题材、主题、风格、意象、技巧等方面的特征，虽然皆是来自于作家的自主选择，但其决定性因素，一定程度上是来自作

---

[1] 刘师培：《南北文学不同论》，劳舒编《刘师培学术论著》，浙江人民出版社1998年版。

家所生长和生活的自然环境和人文环境。

比如，在文学史上，有些地区的作家擅长写诗歌，而某些地区的作家又迷恋写散文，有些地区的作者又热衷于填词，其原因就在于某种文体的特征与当地的自然环境和人文传统特别吻合，故而作者乐于采用，这说明文体的选择亦是有地域性影响的。[1] 再如，在文学风格上，"江左宫商发越，贵于清绮；河朔词义贞刚，重乎气质"，[2] "西北之音慷慨，东南之音柔婉，盖昔人所谓系水土之风气"，[3] 这说明文学作品之风格亦存在着明显的地域性特征。[4] 还有，文学题材和文学意象的选择亦受地域环境的影响，如某些地域的作家比较喜欢山水题材，而有些地方的作家又特别热衷风月题材。北方大漠上的作家与江南水乡的作家在文学创作中使用的文学意象，一定有显著区别。[5] 这些问题，可能只有从地域环境之影响的角度，才能获得有效的解释。

再次，文学地理学应当研究地域自然环境和人文传统对文学传播和读者接受的影响。过去的文学地理学研究，比较注重地域环境对作家和作品的影响研究，而于读者接受和文学传播的影响研究，则是语焉不详，或者略而不论。其实，读者的接受和文学的传播，犹如作家的创作一样，在特定的空间中发生，在特定的时间中完成，因而它肯定要受到特定时空的影响。

读者和作者，虽然有消费者和生产者之别，但他们都是审美性的主体，创作什么样的作品，选择什么样的作品来阅读，都与他们的审美态度和情感需求有关，因此都有或深或浅，或轻或重的地域性烙印。

---

[1] 参见本书第四章"边省地域与黔中古近代文学文体"。
[2] 魏徵：《隋书·文学传序》，《隋书》第1730页，中华书局1973年版。
[3] 唐顺之：《东川子诗集序》，《荆川先生文集》卷十，《四部丛刊》初编本。
[4] 参见本书第六章"边省地域与黔中古近代文学风格"。
[5] 参见本书第五章"边省地域与黔中古近代文学题材"。

读者是文学传播的主体，犹如作者是文学生产的主体，读者热衷于读什么样的作品，选择什么样的作品来阅读，实际上就决定了文学传播的方向和内容，所以，文学传播亦有一定的地域性。地域环境对文学传播的影响就更是显而易见。比如，同一篇作品，在文化中心城市和文化边缘地区的传播效果，就完全不一样。某作家的作品在某些地区受到特别的推崇，而在其他地方则可能受到冷遇。因此，作为文学活动的重要组成部分——文学传播，它与文学生产一样，皆有明显的地域性特征。研究地域环境对文学活动的影响，文学传播和读者接受，亦是不可或缺的重要内容。

最后，文学地理学应当研究文学活动对地域自然环境和人文环境的影响。作者认为，文学活动与地域环境之间存在一种互动影响关系，因此，文学地理学不仅要研究文学的地域性，而且亦要研究地域的文学性；不仅要研究地域环境对文学生产和传播的影响，而且亦要研究文学生产和传播对地域环境的影响；不仅要研究不同地域空间的文学活动，而且亦要研究文学活动如何赋予空间以意义。

文学活动反作用于地域空间，有创造地域空间之人文意义的功能，是塑造地方性人文风尚的一种力量。因为"作家的书写赋予地域特殊的文化感性和人文意义，文学的想象与叙事广泛而有效地参与'地方感'的编码与建构，并参与地理空间的生产"。[1]所以，迈克·克朗说："文学作品不能简单地视为是对某些地区和地点的描述，许多时候是文学作品帮助创造了这些地方。""诗歌可以激发人们对一个地方的强烈情感。"[2]作家在创作时获得山水之助，自然山水反过来亦获得文学之功。文学活动可以创造空间，可以改造空间，通过赋予空间以

---

[1] 蒋寅：《清代诗学与地域文学传统的建构》，《中国社会科学》2003年第5期。
[2] ［英］迈克·克朗：《文化地理学》第44页，杨淑华、宋慧敏译，南京大学出版社2005年版。

文化意义，从而将一个纯粹的自然环境改造成人文环境，将自然景观升华为人文景观或文学景观。文学地理学应该对文学活动的这种意义进行深入研究，而这恰恰又是我们过去的研究比较薄弱的地方。

总之，文学地理学致力于研究文学与地理之间的互动影响关系，它既要探讨地域环境对作家、作品和读者的影响，彰显文学活动的地域风土质性；亦要讨论文学活动对地域空间的影响，呈显地域空间的文学意义。

三、文学地理学研究的历史与反思

1. 文学地理学研究的历史与现状

"文学地理学"作为一个学术概念，是20世纪在文化地理学之影响下提出来的。把文学地理学作为一门学科来建构，则是当代学者正在努力的工作。然而，研究文学的地理风土质性，讨论地域环境对文学活动的影响，无论是在中国，还是在西方，皆是一种具有悠久历史的文学研究传统。

在西方，德国批评家赫尔德较早开始讨论文学的地域性特征，他把每部作品都看成是社会环境的组成部分，并从气候、地理、种族等方面讨论各地文学的差异。继赫尔德之后，斯达尔夫人在《论文学》一书中，分别讨论了以德国文学为代表的北方文学和以法国文学为代表的南方文学的特征，及其与地域环境之关系，认为以德国为代表的北方文学带有阴郁和沉思的气质，这与北方阴沉的气候和贫瘠的土地有关；以法国为代表的南方文学则耽乐少思，并追求与自然的和谐一致，这与南方的气候和风光相关。孟德斯鸠在《论法的精神》一书中，虽未直接讨论文学的地域性问题，但他那种很明显的地域环境决定论性质的文化观念，无疑对当时和后世研究文学地理学的学者有特别重要的影响，他认为："气候的王国才是一切王国的第一位……异常炎热的气候有损于人的力量和勇气，居住在炎热天气下的民族秉性懦怯，必然引导他们落到奴隶的地位。"[1] 在他看来，支配人们的东西很多，诸如宗教、法律、政府的准则、过去的榜样、习惯、风俗等，但只有包括土壤的肥瘠在内的气候才是决定一切的东西。英国哲学家泰纳主张用植物学的方法研究文学艺术，他在《英国文学史》的"序言"中，认为决定文学艺术的重要因素是种族、环境和时代，而环境因素如气候、土壤、河流、海洋、山地、交通、地理位置、森林植被、自然风景等，是影响文学艺术的决定性因素。[2]

古代中国人关于文学地域性特征的探讨，可谓源远流长。早在《诗经》时代，《诗经》编纂者将风诗按地域分为十五国风，就意识到文学的地域性特征，这是现存文献中最早将文学与地域联系起来的考察。刘向编纂以屈原、宋玉为代表的南方楚国作家的文学作品，将其命名为"楚辞"。所谓"楚辞"，据黄伯思《东观余论·翼骚序》说，就是"书楚语，作楚声，纪楚地，名楚物"，显然是有浓厚地域色彩的作品。刘向以地域命名文集，亦体现了他对文学与地域关系的初步认识。班固对文学与地域之关系，有更加自觉的认识，他在《汉书·地理志》中讨论全国各地之风俗及其成因，其云：

>凡民函五常之性，而其刚柔缓急，音声不同，系水土之风气，故谓

---
[1] [法]孟德斯鸠：《论法的精神》第三卷，第227页，商务印书馆1961年版。
[2] 刘小新：《文学地理学：从决定论到批判的地域主义》，《福建论坛》2010年第10期。

之风。好恶取舍，动静无常，随君上之情欲，故谓之俗。[1]

因风成俗，因俗成礼，由礼而法，民众之性情亦就涵孕其中。而其根本则在"水土之风气"，即由"水土之风气"培育地方之习俗。他将天下分为十二区，分别论述各区之水土与风俗，并引《诗经》十五国风以佐证各地之风俗。这种"由诗以知俗，由俗以明诗"的讨论方法，[2]亦足以证明班固深悉诗歌与地域之间的密切关系。魏晋六朝时期，随着地域性士人群体的壮大，门阀制度的影响深入人心，地域自觉意识逐渐形成，文学和文化的地域性特征渐趋显著，并引起学者的关注，如颜之推《颜氏家训·音辞》说：

> 南方水土和柔，其音轻举而切诣，失在浮浅，其辞多鄙俗。北方山川深厚，其音沉浊而钝鈍，得其质直，其辞多古语。然冠冕君子，南方为优；闾里小人，北人为愈。易服而与之谈，南方士庶，数言可辩。隔垣而听其语，北方朝野，终日难分。[3]

陆法言《切韵序》亦说："吴楚则时伤轻浅，燕赵则多涉重浊。"音声决定文辞，南北音声之不同，导致南北文辞之差异，因为"声律之始，本乎声音。神州语言随境而区，声音既殊，故南方之文与北文迥别"。[4] 六朝南北文风之差异，《隋书·文学传序》有一个很精准的概括：

---

[1] 王先谦：《汉书补注》第844页，中华书局1983年版。
[2] 汪辟疆：《近代诗派与地域》，《汪辟疆文集》，上海古籍出版社1988年版。
[3] 王利器：《颜氏家训集解》第474页，上海古籍出版社1980年版。
[4] 刘师培：《南北文学不同论》，劳舒编《刘师培学术论著》第161～162页，浙江人民出版社1998年版。

> 江左宫商发越，贵于清绮；河朔词义贞刚，重乎气质。气质则理胜其辞，清绮则文过其意。理深者便于时用，文华者宜于歌咏。此其南北词人得失之大较也。[1]

南北地区音声、语言和文辞之显著差异，皆是由"水土""山川"的"和柔""深厚"之差别所造成，这应当是其时学者的共识。文学活动与地域环境之关系亦逐渐受到学者的关注和重视，刘勰《文心雕龙·物色》说："然屈平所以能洞鉴风骚之情者，抑亦江山之助乎？"[2]作家在创作过程中，获得所谓的"江山之助"，实际上就是获得地域环境的浸润和感染。唐宋以来学者讨论作家的创作，每每归结于文人得"江山之助"，或者环境于创作有"江山之功"，而此论之首倡者，就是刘勰。

唐宋以来，随着地域分野的逐渐显豁和地域自觉意识的渐趋深入，文学艺术的地域性特征日益明显，文学活动与地域环境之关系亦更加受到学者的关注。一个引人注目的事实，就是地域性诗派的大量涌现。从历史上看，古代中国第一个以地域冠名的诗派是江西诗派。江西诗派的出台，"标志着地域观念在诗学乃至在文学中的普及和明朗化，具有划时代的意义"。至明代，以地域命名的诗派犹如雨后春笋，峰起林立，这实际上"预示了以地域性为主要特征的文学时代的到来，清代文坛基本上就是以星罗棋布的地域文学集团为单位构成的"，在这种情况下，"地域诗派的强大实力，已改变了传统的以思潮和时尚为主导的诗坛格局，出现了以地域为主的诗坛格局，地域成为一个强有力的纽带，将人们联系起来，其力量甚至超过时尚"。[3] 文学地域

---

[1] 魏徵：《隋书》第 1730 页，中华书局 1973 年版。
[2] 范文澜：《文心雕龙注》第 694 页，人民文学出版社 1978 年版。
[3] 蒋寅：《清代诗学与地域文学传统的建构》，《中国社会科学》2003 年第 5 期。

性的充分彰显，致使文学研究必须引入空间维度，从地域视角出发，才能获得有效而合理的解释。因此，明清时期产生的数百种诗话、词话、文话、曲说和赋话等文论著作，皆在不同程度上涉及文学的地域性问题，讨论文学活动与地域空间的互动影响关系。而且，书法、绘画、音乐等艺术门类与地域环境的关系，亦同样受到关注。

文学的地域性受到普遍关注，并且随着地域自觉意识的深化而逐渐加强。但是，古代学者对文学地域性特征的研究，往往是随性而发，有感而出，并无系统周全的理论建构，所以常常是吉光片羽，虽然弥足珍贵，但终因缺乏系统性和理论性，而不能产生普遍的影响。系统周全的理论建构，有赖于抽象思维的培育和科学观念的输入。因此，深入的文学地域性探讨，科学的文学地理学研究，则是从近代以来接受科学训练和影响的学者开始的，刘师培就是其中的代表学者。

刘师培的《南北学派不同论》，系统讨论古代中国学术文化的南北差别，其中的《南北文学不同论》，可谓集古今南北文学差别研究之大成，标志着传统学者研究文学与地理关系之自觉意识的形成，中国学者建构文学地理学学科的努力，从此起步。另外，王国维《屈子文学之精神》，可以视为文学地理学的一个典型个案研究。而汪辟疆《近代诗派与地域》，是从地域环境与社会风尚之角度，将近代诗歌分为湖湘派、闽赣派、河北派、江左派、岭南派、西蜀派，是对近代诗歌与地域环境之关系的一个全面总结和探讨。

民国时期的文学地理学研究在西方科学思想的影响下，呈现出系统化、理论化的发展趋势。其中，既有刘师培《南北文学不同论》这样高屋建瓴的宏观概括，亦有王国维《屈子文学之精神》、汪辟疆《近代诗派与地域》这样系统周全的个案研究。但是，这样一种良好的发展势头，却在新中国成立后至20世纪80年代中期被迫中断了。在那时，很少有人谈论文学的地域性问题，甚至地域与文学的关系问题成为一个讨论和研究的禁区。究其原因，主要有二：其一，古今中外关于文学与地域之关系的研究，或深或浅，或轻或重都有"地理环境决定论"的倾向。"地理环境决定论"的积极价值和消极意义显而易见，这本是一个学术问题。可是，在当时的思想领域，"地理环境决定论"是一个典型的唯心主义理论。因此，谈论文学的地域性问题，研究地域环境对文学创作的影响，不仅是一个敏感的学术思想问题，更是一个有风险的政治问题。其次，新中国成立后的三十余年，是一个激进的革命年代，当时激进的革命话语强调大一统，包括国家政治的统一，思想意志的统一，文化学术的统一。因此，谈论文化的多元性就成为一个敏感的政治问题。而研究文学的地域性，探讨地域环境对文学创作的影响，实际上就是研究文学的多样性问题，根本上就是认同文化多元的必然性，这与激进的革命话语所强调的大一统背道而驰，所以亦就成为一个受到压制的学术问题。

政治观念和革命话语的介入，禁锢了包括文学地理学在内的学术文化研究的深入开展。在20世纪80年代中期，伴随着改革开放而来的思想解放运动，破除了学术文化研究的禁锢，打破了文学多样性研究的禁区。文化与文学多样性问题，地域与文化、文学之关系问题，重新引起学者的重视，区域文化和地域文学作为当时文化研究热潮的一个重要组成部分，成为学界关注的焦点，并且有引领文化研究向纵深发展的积极意义。实际上，文化多样性和文学地域性研究是与当时的"文化热"同步开展起来的。1986年谭其骧发表《中国文化的时代差异和地域差异》一文，提示学术界要注意研究中国国内不同地域和不同民族的文化，借以打破被中西文化或封建文化与资本主义文化对比垄断的局面。[1] 这项提示在今天已成常识，可是在当时确有破除思想禁锢、打破文化一元论、倡导文化多元发展的重要意义。将文化的地域性差异旗帜鲜明地提出来，谭其骧当是"文革"后的先行者。差不多同时的是金克木发表的《文艺的地域学研究设想》一文，[2] 提出了关于文艺地理学研究的总体设想，发表了许多让人耳目一新的观点。之后，袁行霈在《中国文学概论》一书的"绪论"中，[3] 讨论中国文学发展的不平衡性问题，其中特别强调"地域的不平衡"，其书第三章"中国文学的地域性与文学家的地理分布"，专门讨论文学的地域性特征，他指出："中国文学的研究，除了史的叙述、作家作品的考证评论，以及文体的描述外，还有一个被忽略了的重要方面，就是地域研究。"通过上述三位学者的大力提倡和积极工作，地域文学和区域文化研究逐渐受到学术界的普遍关注，成为一时之显学，各种地域文化丛书和地方文学史丛书先后出版，如辽宁教育出版社出版的"中国地域文化丛书"，有《八桂文化》《滇云文化》《江西文化》《黔贵文化》《三秦文化》《琼州文化》《齐鲁文化》《三晋文化》《吴越文化》《台湾文化》，等等。湖南教育出版社出版的"20世纪中国文学与区域文化丛书"，有李怡的《现代四川文学的巴蜀文化阐释》、逢增玉的《黑土地文化与东北作家群》、朱晓进的《"山药蛋"与三

---

[1] 复旦大学历史系编：《中国传统文化再检讨》（上篇）第27～28页，香港商务印书馆1987年版。

[2] 金克木《文艺的地域学研究设想》说："我觉得我们的文艺研究习惯于历史的线性探索，作家作品的点的研究；讲背景也是着重点和线的衬托面，长于编年表而不重视画地图，排等高线、标走向、流向等交互关系。是不是可以扩展一下，作以面为主的研究，立体的研究，以至于时空合一、内外兼顾的多'维'研究呢？假如可以，不妨首先扩大到地域方面，姑且说是地域学（Topology）研究吧！"（《读书》1986年第4期）

[3] 袁行霈：《中国文学概论》书首，高等教育出版社1990年版。

晋文化》、李继凯的《秦地小说与"三秦文化"》、费振钟的《江南士风与江苏文学》、魏建和贾振勇的《齐鲁文化与山东新文学》、刘洪涛的《湖南乡土文学与湘楚文化》、马丽华的《雪域文化与西藏文学》,等等。以省级行政区划为单位的区域文学史亦先后出版,如陈伯海主编的《上海近代文学史》、王文英主编的《上海现代文学史》、陈庆元撰著的《福建文学发展史》、黄万机撰著的《贵州汉文学发展史》、崔洪勋和傅如一主编的《山西文学史》、王齐洲和王泽龙撰著的《湖北文学史》、陈书良主编的《湖南文学史》、邓经武撰著的《20世纪巴蜀文学史》、王嘉良主编的《浙江20世纪文学史》,等等。还有跨省区的地域文学史,如马清福撰著的《东北文学史》、高松年撰著的《吴越文学史》,等等。此外,胡阿祥的《魏晋本土文学地理研究》、曾大兴的《中国历代文学家的地理分布》和《文学地理学研究》、戴伟华的《唐代三大地域与诗歌研究》、梅新林的《中国文学地理形态与演变》、陶礼天的《北风与南骚》等学术著作的出版,亦广播士林,备受关注,对文学地理学学科的建构,起到了重要的推动作用。

20世纪80年代中期以来关于区域文化与地域文学研究热潮的兴起,与其时的思想解放运动和文化研究热潮息息相关。思想上的大解放,破除了学术文化上"中西文化或封建文化与资本主义文化对比垄断的局面",文化的多元性与文学的地域性得到普遍认同和尊重,区域文化和地域文学的研究亦因此获得了生存发展的空间和合法性。在西学浪潮之影响下激发起来的文化研究热潮中,通过中西文化的对比以彰显中国文化的特色,成为一时学术界的热门话题。反思传统文化和解剖国民精神,寻求民族文化之根源,成为当时文化界的主要任务。在反思中寻根,在寻根中反思,反思精神和寻根精神是20世纪80年代文化思想界的主流精神。寻根,寻民族文化之根,寻民族精神之根,避免一切精神文化上的泛泛言说，必然会走向对民族性、地域性和地方性等根本问题的关注。在如此背景下，区域文化和地域文学，乃至一切地方性知识，都从后台走上了前台，成为学术界关注的焦点，成为学术界近三十年来的显学。

2. 文学地理学研究的反思与省察

如果从《诗经》编纂和季札观乐算起，中国人对文学与地理之关系的关注和研究，大约已有两千五百多年的历史，可谓历史悠久，源远流长，其间成败参差，得失互见。在现代科学研究之背景下，从宏观的视野反思和省察过去若干年来关于文学与地理关系之研究，以为文学地理学学科之建设和发展积聚经验和成果，很有必要。抱着"理解之同情"的态度审视两千五百多年来关于文学与地理关系研究的成果，除了对前辈学人研究的崇高敬意和已有成果的"同情"与"理解"外，在这里，作者着重谈论的是过去研究的不足和今后努力的方向。

第一，传统学者研究中国文学与地域环境之关系，多注重南北文学的地域性特征，而普遍忽略东与西、中心与边缘的地理与文学之关系的研究。从汉代以来关于《诗经》《楚辞》的研究，到《颜氏家训》《隋书·文学传序》关于南北文风的讨论，到刘师培的《南北文学不同论》，乃至近现代的海派与京派之争，基本上都是在南北对比的模式下展开。因此在学人中形成一种思维定式，即一提到中国文学的地域性特征，就自然联想到南北文学之差异。

当然，从大体上讲，中国文学的地域性特征，主要还是体现在南北地理和文学的差异上，其原因主要是南北自然地貌、气候条件的显著差异和其他政治因素。俞樾《九九消夏录》说："凡事皆言南北，不言东西，何也？……南北之分，实江河大势使然，风尚因之异也。"[1]的确，在传统中国，几乎是"凡事皆言南北"，非仅文学如此，其他如绘画、书法、音乐、戏曲等艺术门类亦是这样，政治、经济、军事亦是如此。俞樾说得对，"实江河大势使然"。梁启超在《中国地理大势论》中亦有类似的观点，其云：

> 文明之发生，莫要于河流。……凡河流之南北向者，则能连寒温热三带之地而一贯之，使种种之气候，种种之物产，种种之人情，互相调和，而利害不至于冲突；河流之东西向者反是，所经之区，同一气候，同一物产，同一人情，故此河流与彼河流之间，往往各为风气。故在美国则东西异尚（美国之河流皆自北而南），而常能均调；在中国则南北殊趋（中国之河流皆自西而东），而间起冲突。于一统之中，而精神有不能悉一统者存，皆此之由。

因此，他断言："数千年南北相竞之大势，即中国历史之荣光，亦中国地理之骨相也。"[2] 中国是世界上少数完整拥有几条大江大河的国家之一，河流的流向和延伸塑造了中国人特有的空间观念。中国境内的两条大河——长江和黄河，皆是东西流向，这便天然地将中国大地划分为南北两大块，塑造了中国人以南北区位为主导的空间观念。由于长江、黄河的阻隔，致使南北交流有一定的障碍，造成民风、民俗、审美、思维乃至生活方式等方面的显著差异，文学风尚亦因此而呈现出不同的面貌。其次，气候条件的差异亦是造成南北之别的重要原因。虽然像孟德斯鸠《论法的精神》所谓"只有包括土壤肥瘠在内的气候才是支配一切的东西"的说法，未免过于绝对和片面。但是，不同的

---

[1] 俞樾：《九九消夏录》，中华书局1995年版。
[2] 夏晓虹编校：《中国现代学术经典·梁启超卷》第698页，河北教育出版社1996年版。

气候条件一定会对人的性格感情、文化心态和思维习惯发生影响，则是毋庸置疑的。南北地域在不同的纬度上，气候差异就比较明显，其文风、学风和士风就呈现出显著的差别。而东西地域在同一纬度上，气候差异不大，故民风民俗、文化心理和性格特征亦就大体相近。另外，政治上的南北对立亦是导致南北文化和文学呈现出明显区别的重要原因。在中国古代政治史上，由于江河大势之阻隔等原因，政治上多有南北对立，如东晋南朝与北朝的对立，南宋与金元的对立，乃至近代南方革命政权与北洋军阀的对立，南方国民党政权与北方共产党政权的对立。因频繁出现的南北对峙局面，阻碍了南北双方的交流，其文化在相对独立的环境中形成，其文学上的南北地域特征亦就比较明显。

因此，我们并不否认中国历史上的文化差异主要体现在南北差异上，但是，必须要强调的是，文化差异的多元性与复杂性，不仅仅表现在南北差异上，亦应该体现在东西方的差异上，边缘与中心的差异上，山国与泽国的差异上，平原与高原的差异上，大漠与草原的差异上。虽然我们并不否认文学的东西差异不如南北差异明显，但是亦不能忽视东西差异的实际存在，因为以泽国水乡平原为特点的东部地理与以山地高原为主的西部地理，其区别是显而易见。尤其是在近现代以来，东部经济文化之发达与西部经济文化之落后，亦是人所共知。这些因素对文化心理、社会风尚和情感思维都会发生影响，并进而导致文风之差别，这亦不能忽略。再说，文学风尚的地域性差异，不仅体现在南北、东西之间，亦体现在边缘与中心之间。边缘和中心是一组相对的地域性概念，地域之中心往往就是政治、经济、文化之中心，地域之边缘常常是政治、经济之边缘地带，因而亦是文化相对落后的地区。这种因地理位置之不同而导致的政治、经济、文化上的显著区别，其对文学的影响不言而喻，它不仅影响到文学的生产，还影响到文学的传播。它发生影响的深度和广度，往往要超过东西地理，甚至亦不次于南北地理。因此，研究中国文学的地域性特征，不仅要重视南北文学的地域性，亦要关注东西文学的地域性，尤其要关注边缘和中心的文学的地域性。

第二，文学与地理关系的研究，不仅要研究作者和作品与地域环境的关系，而且亦应该研究读者与地域环境的关系。过去的研究通常只重视前者（作者和作品），往往忽略后者（读者）。文学活动与地域空间关系的研究，不仅要研究地域空间对文学创作的影响，亦应该研究文学书写对地域空间创造的意义。过去的研究通常以前者为中心，于后者则是语焉不详，或是略而不论。文学的地域性研究，不仅要研究地域环境对文学生产的影响，亦应当研究地域环境对文学传播的影响。过去的研究往往是重视文学生产，而忽略文学传播。

研究文学书写对地域空间的创造，讨论地域环境对文学读者的影响，皆属于文学传播的研究范畴。文学传播研究包括传播主体、传播手段和传播效应的研究。传播主体主要是指文学接受者，即读者；传播手段是指文学传播的媒介和路径；传播效应是指文学作品产生的社会意义和社会影响。文学地理学研究地域环境对文学传播的影响，首先是研究地域环境对接受主体——读者的影响，因为读者的审美观念、文化心理和价值取向，必然受到地域环境的影响，亦必然影响到他对文学作品的接受、理解和取舍，所以，文学本身有地域性特征，文学接受亦有地域性特征。其次是研究地域环境对文学传播手段和传播途径的影响，特定的地域环境对文学传播起着或促进或制约的作用，如经济发达地区的传播媒介就先进快捷，经济落后地区则是单一简陋，甚至是口耳相传。文化中心地区的作品易于传布，作家容易成名，边域地区则是相反。这就必然影响到文学传播的效应及其相关的社会影响和社会意义的实现。在文学史上常常有这样一种比较普遍的现象：作家的创作水平与作品的社会影响和在文学史上之地位不一定完成正比例，它还要受到传播手段和途径的影响，还与作家所处的地域区位密切相关。所以，文学本身具有地域性特征，文学生产和传播受地域环境的影响，作家作品的社会意义和社会影响的实现亦受地域环境的影响。

文学地理学研究文学活动与地域空间的关系。文学活动包括文学生产和文学传播两个方面，文学地理学应当分别研究文学生产和文学传播与地域空间的关系。另外，不仅是文学活动受地域空间的影响，地域空间亦受文学活动的影响，文学地理学应该研究文学活动与地域空间之间的互动影响关系。因为文学生产和文学传播有创造空间的价值，是塑造地方性的一种力量，有改变空间的意义，有参与地域空间生产的作用，它可能将一个平淡无奇的地理空间创造成远近闻名的名胜古迹，亦可能将一个自然景观改造成一个人文景观，从而激发人们对一个地方的强烈感情，强化人们的地域认同意识。

第三，随着地域自觉意识的强化，文学地理学研究的深入，地域或区域文学史的编撰，自20世纪90年代以来，受到学者的普遍关注，亦得到地方社会的高度重视。因此，各种地方文学史先后编撰和出版。但是，当前的地方文学史编撰中存在的一些问题，需要提出来加以省察。

一是当代比较普遍的以省市行政区划为单位的地方文学史的编撰，是否有理论上的支撑和学理上的可行性？关于地域与区域、地域文学与区域文学的区别，作者在前面已有比较详细的讨论。大体上说，区域是行政区划，是一个有政治权力色彩的概念；地域是自然区划，是一个有自然特征和文化内涵的概念。或者说，地理区域的分类，有政治地理、自然地理和人文地理之分。虽然政治权力对文学艺术的影响显而易见，但是，真正的文学创作却是有意回避政治权力的渗透，它更亲近自然，更契合于人文。所以，人文地理才是决定文学地域性特征的首要因素，自然地理亦常常是通过人文地理来影响文学艺术。相对来说，政治地理或行政区划与文学地域性的关系就比较疏远。因此，以省市行政区划为单位研究文学的地域性特征，撰著地方文学史，虽然不能说完全不具备理论支撑和学理依据，但总不如以自然和人文地理为单位，更切合文学发展之实际和艺术创造之规律。所以，对于学术界关于以省市行政区划为单位编写地方文学史的合理性的质疑，作者持认同态度。

二是当代地方文学史的编撰，普遍缺乏鲜明的个性特征，多仿造之作，未能摆脱整体文学史的格局。纵观近三十年来出版的地方文学史，除具体作家和作品的叙述和讨论外，在总体框架结构上皆是大同小异，甚至在作家作品的讨论上，亦基本沿着背景介绍、作者简介、作品内容评价、艺术分析和社会影响这样几个环节展开，毫无个性特征可言，个性鲜明、特征显著的著作比较少见。这样的文学史实际上未能充分展示文学的地域性特征，未能呈现文学的地理风土质性，未能反映特定地域中文学自身发展的特殊规律，甚至算不上是真正的文学地理学研究。另外，当前的地方文学史编撰基本上未能摆脱国家文学史的格局。大多数地方文学史的编撰者，一开始就是抱着补充和印证国家文学史的动机进行构思和写作。这样的文学史，其学术价值就要大打折扣。因此，需要追问的是，地方文学史是否就是国家文学史的补充和印证？地方文学史是否应该参照国家文学史的模式撰写？地方文学史如何避免大同小异的缺陷？如何撰写真正能够揭示地域文学发展规律的地方文学史？这些问题都需要我们做进一步的研究和讨论。

　　三是在地方文学史的建构中，如何看待地理环境决定论？如何建构适应文学地域性研究的文学地理学理论？地理环境决定论起于西方，传至中国，曾经在学术界产生过重要影响，虽然在20世纪中后期曾一度遭到严肃批判。但是，直至今日，无论是西方的文学社会学研究，还是中国的文学地域性研究，皆有或轻或重的地理环境决定论倾向。地理环境决定论的缺陷显而易见：首先，它忽略了文学反作用于地理空间的一面，忽视了文学书写对空间生产的意义；其次，它突出了地域文学风格的同质性，却忽视了同一地域文学内部存在的异质性和多元性；再次，它缺乏地域文化政治的视域，忽视了地理空间生产中各种权力关系的嵌入；最后，它于地域对文学之影响的双重性和复杂性认识不足。[1]地理环境决定论把人类文化看成是地理环境的消极的复制品，否认人在适应环境的同时还有改造世界的主观能动性。虽然它有这样或那样的缺陷，但是，完全否定地理环境对人类文化创造活动的影响，亦有失公允。当前的地方文学史的编撰，或者片面夸大地理环境的决定性影响，或者完全忽略或有意回避地理环境对文学生产和传播的制约，皆有失公正。客观地说，地理环境必然会对人类的精神活动发生影响，虽然这种影响不一定是决定性的。所以，文学的地域性研究，必须强调地域环境对文学生产和传播的影响，只是应该注意程度和分寸的把握。强调文学生产和传播受地域环境的影响，但并不意味着可以将地理环境决定论作为文学地理学研究的指导思想和理论纲领。实际上，当前的文学地理学研究，最迫切的就是理论建构。当前文学地理学学科体系的建构困难重重，文学地域性的研究往往流

---

[1] 刘小新：《文学地理学：从决定论到批判的地域主义》，《福建论坛》2010年第10期。

于表面或者浮浅，地方文学史的编撰大同小异，其根本原因就是我们一直缺乏能够获得普遍认同的文学地理学研究理论。当前的地方文学史的编撰，所以缺乏个性特征，未能摆脱整体文学史的格局，就是因为缺乏文学地理理论的支撑和指导。所以，建构科学的文学地理学理论，是当前学者必须面临的重要工作。

第四，在文学地理学研究中，如何规避乡土情结的介入和政治权力的干扰，亦是一个值得关注的重要问题。

一般而言，具体的地域文学研究，往往是由本土学者率先开展起来的，或者说，本土人文学者是本地地域文学研究的主力军。比如，宋元以来的地域性文学总集或选集，差不多都是由本土人文学者编撰完成；当前的地方文学史编著，亦基本上是由本土学者担纲完成。因此，地域文学研究和地方文学史撰著，需要认真规避两个问题：一是乡土情结的介入，二是地方政治力量的干扰。

首先，地域文学的研究通常是由本土学者率先搞起来的，而且正是浓郁的乡土情结激发了他们研究本土地域文学的热情，撰写地方文学史的壮志。但是，毋庸回避的是，本土学者研究本土地域文学，出于对家乡先贤前辈的景仰，出于对故土的热情与惓念，或为表彰乡土先贤之需要，或为美化故土文化风物，往往无法避免乡土情结的影响，而对其文学的评价常常有拔高的嫌疑，做出有失客观的评论。虽然这种乡土情结的介入可以理解，但是携带乡土情结而拔高乡土先贤的文学成就，则是不科学的，亦是不可取的。应该说，在当前的地域文学研究中，这种现象比较普遍。因此，客观的地域文学研究，应该尽量避免研究者的乡土情结的介入，最好是以"他者"的视角审视本土地域文学，在比较的视野（与其他地域文学比较，与国家文学比较）中论定本土地域文学的水平和成就。

其次,地域文学的研究和地方文学史之撰写,往往会得到地方政府和其他地方势力的赞许和支持,因为这样的研究对于建构地域人文传统和提升地方文化形象,大有裨益。因此,地方政府和其他地方势力往往会介入到地域文学的研究中来。同样,毋庸回避的是,地方政府和其他地方势力的介入,亦会影响到地域文学研究的客观性。地方政府为了提升地方文化形象,打造地方文化品牌,为政治经济建设提供文化软实力,往往不遗余力地表彰乡土先贤,包装乡土文化名人,夸大乡土先贤的文化成就和社会影响,这就必然会影响到地域文学研究的客观性和科学性。在当前,同乡土情结的介入一样,地方政治权力介入地域文学研究从而影响研究的客观性,亦是比较普遍的现象。因此,我们应该将地方政府的文化建设和专家学者的学术研究区别开来,将地方政府的地域文化品牌打造与专家学者的地域文学研究区别看待。政府开发利用地方文化资源,打造地方文化品牌,提升地方文化形象,是为了实现政治经济的目的,追求的是宣传上的轰动效应,其夸大或夸张,不可避免,亦可以理解。而学者研究地域文学和区域文化,追求的是科学、客观和真实,所以,学者应当保持独立的学术品格,尽量避免乡土情绪的介入和回避政治权力的渗透。

第五,在地域文学的研究中,普遍存在重文学名家而轻普通作者的现象,这亦是需要认真省察的问题。

当前的地域文学研究和地方文学史撰写,往往集中在屈指可数的几位文学名家身上,对于那些作品少、地位低、影响小的普通作者,则是语焉不详,或者是存而不论。当然,代表特定地域的文学成就和发展方向的,往往确实是少数文学名家,地域文学研究和地方文学史撰写,以他们为重心,亦是符合实际的。但是,文学的地域性研究是揭示特定地域内文学自身的发展规律,是文学名家还是普通作者的创作更能呈现文学的地域性特征,这是需要认真评判的问题。一般来说,文学名家是流动性的,其之所以成为名家,除了创作实力外,部分原因还在于他们游走天下、宦游四方之经历所产生的社会影响。再说,文学名家常常四海为家,其作品往往有兼容并包、复杂多变的特点,其创作的本土地域特征并不是特别明显,亦不一定能够很好地体现其地域文学的自身特性和发展规律。相反,倒是那些固守本土的不知名的普通作者,对故土更有感情,更有认识,更有感受,其创作具有更明显的地域特色,更能代表地域文学发展的方向。所以,张廷银说:地域文学的研究更应该重视本地域内普通人的文学创作和文学接受,"要了解该地区的文化水平和文学创作情况,必须要关注方志及家谱中所辑录的出自普通之手的作品。只有这样,才能真正反映地方文学的全部内容和发展过程,也才能使地方文学史具有鲜明的地方特色"。[1] 林拓的提示亦值得注意:"事实上,那些及时感悟时风之变的所谓全国影响的文化名人有不少是游离于地域文化的进程之外的,尽管人们总是乐于让他们扮成某一时期地域文化的当然代表。"[2] 所以,地域文学研究,重视地域内的文学名家,无可厚非;但是,忽略普通作者的创作,则不符合地域文学研究之宗旨和取向。

与此相关的,是如何衡量一位作家的地域身份问题。在交通日益便利的情况下,作家的活动空间增大了,其地域身份往往有籍贯地、出生地、成长地和宦游地之分别。地域文学研究,是将其纳入籍贯地、出生地的地域来研究?还是归入成长地、宦游地的地域来研究?这亦是需要考察的问题。对于那些有全国影响的文学名家,目前比较普遍的做法,是各自为政,籍贯地、出生地把他视为当然的代表,成长地、

---

[1] 张廷银:《民间及地方文献中的文学史意义》,《齐鲁学刊》2008年第2期。
[2] 林拓:《文化的地理过程分析》第9页,上海书店出版社2004年版。

宦游地亦把他作为本地文学名人。作者认为，从地域环境对作家创作所发生的实际影响来看，地域文学研究应当重点研究那些在这块土地上长期生活的作家，包括文学名家和普通作者。至于其地域身份，包括籍贯地、成长地、宦游地、流寓地等，并不是特别重要，关键是看他在这块土地上生活了多长时间，创作了多少作品。

第六，从理论上讲，地域环境对文学活动的影响，应当存在着积极影响和消极影响两个方面。但是，目前学术界的研究，存在着重视积极影响而忽略消极影响的倾向，这亦是值得反思的问题。

作者认为，任何影响都具有两面性，地域环境对文学活动的影响亦不例外。因此，关于地域环境对文学活动影响结果的评价，既要重视它的积极意义，亦不能忽视它的消极意义。同样，文学的地域性特征亦有它的两面性，所以，评价文学的地域性特征，既要重视它的正面价值，亦要正视它的负面价值。

古代学者对这个问题的认识似乎要公允一些，如《隋书·文学传序》讨论"南北词人得失之大较"，既能指出南北文风各自之优点，亦能正视其缺点，并折中提出："若能掇彼清音，简兹累句，各去所短，合其两长，则文质斌斌，尽善尽美矣。"[1] 但是，现当代学者的文学地域性研究，则普遍存在重视积极影响和正面价值，忽视消极影响和负面价值的现象。究其原因，大体有如下两个方面：首先还是乡土情结的介入，影响了分析评价的公正与客观。当前从事地域文学研究的主力军，基本上都是本土学者，本土学者有服务桑梓之责任，有挖掘故土文化资源的热情，还有熟悉本土文化与文学的条件。但是，作者在前面已经说过，本土学者研究本土地域文学，往往因为乡土情结的介入而影响其评价之公正，常常重视地域环境对文学的积极影响，夸

---

[1] 魏徵：《隋书》第1730页，中华书局1973年版。

大文学地域性特征的正面价值，而对其消极影响和负面价值，则是视而不见，或者有意回护。其次是在寻根意识之影响下，片面夸大地域性和民族性的正面价值。寻求文化之根源，必然要追究到文化的民族性和地域性上来，因为任何文化在其最初总是由特定地域中的特定民族所创造。在现代化和全球化进程中，人们相信：越是民族的和地域的，就越是世界的。因此，学者认为：在流行文化时代，对地域文化的开掘是一种对个性和独特性的固守，甚至在某种程度上已成为人类的一种精神救赎，具有终极价值。[1] 正因如此，文化和文学地域性的正面价值得到充分重视，地域文学与区域文化的研究亦成为当代显学。当它成为人们顶礼膜拜的对象，被视为具有终极价值的救赎力量时，其负面价值亦就逐渐被忽略了。但是，事实上，地域环境对文学活动的影响，文学的地域性特征，皆有不可忽略的两面性。地域环境对文学活动的正面影响，自不待言；其负面影响主要表现在两个方面：首先，地域环境影响作家的文学生产，其负面价值是，一位作家"如果过度依恋地域文化所提供的安全感和归属感，强大的地域性也可能成为文学的一种局限"，"强大的地域影响有可能对文学的个性和创造力构成限制和压抑，作家因而成为长不大的地域之子或地域性囚徒，被地域性所奴役"。[2] 这种奴役或制约，包括文学风格、文学题材和文学体裁等方面。所以，如何吸取地域性之精华而超越其局限性，是地域文学创作必须面临的两难问题。其次，地域环境影响文学作品的传播，其负面价值是，边缘地域环境往往影响文学作品的传播，制约作家作品的社会影响。

第七，文学地域性研究的适应性问题，亦是必须认真考察的问题。

---

[1] 朱伟华：《地域文化与地域文学之断想》，《山花》1998年第2期。
[2] 刘小新：《文学地理学：从决定论到批判的地域主义》，《福建论坛》2010年第10期。

大体而言，文学的地域性研究，之所以具有可能性和必要性，是因为作为研究对象的文学本身具有明显的地域性特征。如果因为交通的发展而促进了文学交流的频繁，使地域不再成为影响作家创作的主要因素，文学的地域性特征逐渐丧失，那末，文学的地域性研究，从理论上讲，亦就逐渐失去了意义。所以，梁启超虽然认为文学具有显明的地域性特征，"文章根于灵性，其受四围社会之影响特甚"，但是，他又以为：对于中国文学来说，唐代以前地域环境对文学有决定性的影响，唐代以后，"交通益盛，文人墨客，大率足迹走天下，其界亦浸微矣"。[1] 从理论上讲，梁启超的意见是正确的，"交通益盛"必然导致文学地域性特征的弱化。因此，研究"交通益盛"之前文学的地域风土质性，是有必要的；在"交通益盛"之后，文学的地域性特征逐渐丧失，文学的地域性研究亦就失去了相应的价值。但是，对于黔中古近代文学来说，它的情况比较特殊，它在唐代以前基本上没有文人创作的作品，它的发展和兴盛是在明清时期，即便是在明清时期，黔中地区亦还相当闭塞，说不上是"交通益盛"。所以，运用文学地理学方法研究黔中古近代文学，不仅是可行的，而且是非常必要的。

这里有两个问题需要提出来讨论：一是从理论上讲，"交通益盛"之后的宋元以来，文学的地域性特征应当日趋式微。可是，事实却完全相反，前引蒋寅之言便说："文学创作中的地域差异，实际上到宋代才开始凸现。""文学史发展到明清时代，一个最大的特征就是地域性特别显豁起来。"[2] 理论与实际的如此矛盾，应当如何解释？二是在当今信息化和全球化语境中，"地域"概念再次粉墨登场，成为

[1] 梁启超：《中国地理大势论》，夏晓虹编校《中国现代学术经典·梁启超卷》第707页，河北教育出版社1996年版。
[2] 蒋寅：《清代诗学与地域文学传统的建构》，《中国社会科学》2003年第5期。

学术界关注的焦点问题之一,文学的地方性和本土性意义越发凸显出来,成为当代文学创作的一个新的发展方向,地域性或本土性作为一种文化身份和可信赖的文化根系,日益受到人们的重视,并隐含着一种抵抗全球化的文化与文学立场,构成了对文化全球化和文学世界化的一种反动。[1]解答这两个理论与实践相矛盾的问题,不是本书的任务。作者只是针对这个问题特别强调:即便是在"交通益盛"的宋元以后,甚至在信息化、全球化的当代社会,文学的地域性研究仍有相当广阔的空间。因为文学的地域性特征并没有像理论上所描述的那样,随着信息化和全球化而呈现出式微之势。

四、本书内容要旨

本书以"边省地域与文学生产——文学地理学视野下的黔中古近代文学生产和传播研究"为题展开研究。具体地说,本书是以黔中古近代文学为例,依据文学地理学的理论和方法,研究边省地域空间与文学活动之间的互动影响关系,侧重研究边省地理环境、地域区位和地域文化对文学生产和传播的影响。从论题的性质看,它属于文学地理学的研究范畴;从论题的论域看,它包括文学生产和文学传播两个方面的内容;从论题的视角看,它是从文学地理学的角度切入文学生产和文学传播的研究。

从文学地理学角度切入文学生产和文学传播的研究,首先必须对文学地理学的理论和方法进行介绍、说明和探讨,以作本书研究的理论前提,故著"文学地理学研究的历史现状与学科反省"一文以作本

---

[1] 刘小新:《文学地理学:从决定论到批判的地域主义》,《福建论坛》2010年第10期。

书之"绪论"。在此,作者对从地域角度研究文学的可能性和必要性,作简要的说明。认为构成文学活动的三要素——作家、作品和读者,皆受地域环境之影响;以为在文学史研究中引入空间维度和地域视角,对宋元以来中国文学的研究,对文学特殊性和差异性的理解,对地域文学之价值的认识和发掘,皆有很重要的意义。所以,从地域角度研究文学,不仅是可能的,而且是必要的。文学地理学是研究方法?还是研究对象?抑或是一门独立学科?此乃关于文学地理学研究的属性问题。作者认为,文学地理学研究,从研究对象到研究方法到独立学科,是一个逐渐超越和提升的过程。在文学地理学研究中,常常涉及地域文学、区域文学、家族文学、国家文学和世界文学等概念,本书对此详加辨析和略为界定。关于文学地理学研究的内容,大体而言,是研究文学与地理之间的互动影响关系;具体而言,既要探讨地域环境对作家、作品和读者的制约,亦要研究文学活动对地域空间的影响。文学地理学研究历史悠久,源远流长,当下更是成为一门备受关注的显学,对文学地理学研究中的若干问题,比如重视南北文学地域性差异,而忽视东西以及中心与边缘的文学地域性特征之差异的问题;重视地域环境对作者和作品的影响研究,而忽略对读者的影响研究问题;重视地域环境对文学创作的影响,而忽略文学活动对地域空间之反作用问题;当代区域文学史编撰中存在的普遍问题;地域文学研究如何规避乡土情结之介入和政治权力的干扰问题;地域文学研究普遍存在重文学名家而轻普通作者的问题;地域文学研究重地域环境对文学创作的积极影响而忽略消极影响的问题;文学地域性研究的适应性问题;等等,进行反思和省察。通过对上述诸问题的研究和分析,为以下各章之探讨奠定理论基础。

  本书的论题有三个关键词,即"地域环境""文学传播"和"文学生产"。本书第一章"大山地理和大山文化",围绕第一个关键词"地域环境"展开,主要讨论黔中古近代文学产生的地域环境和文化背景。"黔中""边省""大山地理""大山文化"和"大山文学"是本书研究所使用的几个基本概念,本章首先对之进行界定和诠释。黔中地理之特征,概括地说,是多山多石,是"塞天皆石,无地不坡";黔中地域之区位特点,简而言之,是不边不内,是"边疆的腹地,腹地的边疆"。多山多石的地理特征和不边不内的区位特点,是产生黔中地域文化和文学的地域环境。在不边不内之地域区位上产生的黔中文化,是被边缘的文化,被轻视的文化,被描写的文化。多山多石的地理特征,促进黔中士子质直傲岸性格的形成。在多山多石的地理特征和不边不内的地域区位之影响下,形成的黔中地域文化风尚,值得重视而又为作者特别留意的主要有民族风尚、黑神崇拜和阳明心学三个方面。丰富多彩的少数民族风尚,形成黔中地域文化杂而不争、共生共存的特点,有极强的开放性和包容性,亦涵育了黔中士子重真尚朴的性格特征和激情浪漫的诗性精神。遍布黔中社会各民族、各地域、各阶层的黑神崇拜,对黔中地域文化品格之形成,有重要影响;尤其是对黔中士子质直傲岸、忠鲠刚毅之性格的形成,有直接的促进作用。阳明心学在黔中地区的形成,与黔中地域文化的影响有关;而阳明心学在黔中地区的传播,对黔中地域文化品格的形成,亦有重要影响;尤其是对黔中士子的创新精神和求真意识,提供了理论支撑和精神动力。黔中古近代文学就是在如此地域环境和文化背景上产生、发展起来的。

本书第二章围绕第二个关键词"文学传播"展开,讨论边省地域对文学传播的影响。文学传播是实现文学价值的重要途径,传播因素对作家在当代文坛的地位和在文学史上的地位有重要影响。文学传播研究包括传播主体、传播手段和传播效应的研究。在特定的时空范围内，文学传播包括传出、传入和传世三个层面的内容。地域环境对文学生产的影响是重要的，对文学传播的影响，则是决定性的。无论是文学作品的传出、传入，或者是传世，均受地域环境的影响和制约。黔中地理环境和地域区位对黔中文学的域外传播产生了严重制约，致使其真实水平和实际成就被掩盖而不能彰显，所以长期处于被忽略和被轻视的地位。自明代以来，域外人文传统和诗学风尚的输入，对黔中文人的创作实践和诗学理念发生了重要影响。本章讨论黔中明清诗人对陶渊明的追慕，研究黔中明清文人对李白、王昌龄、柳宗元等与黔中地域有关联的唐代著名诗人的想象，呈现黔中文人对"诗学大传统"的体认情况。明清诗坛主流风尚在黔中地区广泛传播，影响深远。本章以越其杰为例，讨论以钟惺为代表的竟陵派诗风在晚明黔中的影响；以周起渭为例，研究以田雯为代表的清初宋诗派诗风在黔中地区的传播；以田榕等人为例，分析以王士禛为代表的"神韵说"和以袁枚为代表的"性灵说"在黔中地区的传播。黔中明清文人有强烈的文化传世意识，积极参与地域人文传统的建构。本章讨论黔中古近代文学的传世情况，具体描述黔中古近代文人对地域人文传统的体认和建构，概述黔中古近代文人对地方文献的搜集和整理，探讨黔中古近代文人的不朽观念和诗史意识。通过上述传出、传入和传世三个层面，呈现边省地域对黔中古近代文学传播的影响和制约。

  本书第三、四、五、六章围绕第三个关键词"文学生产"展开，讨论黔中边省地域环境对文学生产的影响和制约。第三章"边省地域与黔中地域文化和文学的创新精神"，讨论中国文学史上的"边缘活力"，分析"边缘活力"与艺术创新的关系，提出边省文人"但开风气不为师"、中土文人"不开风气自为师"的观点。在此基础上，探讨黔中地理环境和地域文化所蕴含的创新基因,以为黔中地理的开放性和立体性特征蕴含着创新基因,黔中地域文化的包容性特征蕴含着创新基因。此种丰富的创新基因,使黔中地域文化具有较强的"边缘活力"。本章举例说明黔中古近代地域文化的创新事件,着重探讨黔中古近代文学的创新精神和"边缘活力",以为黔中文人生长边隅,远离习气,不涉派别,学古而不泥古,师古是为创新。具体通过对越其杰、周起渭、郑珍等人的诗学观念和诗歌创作的分析,展示黔中古近代文人的创造意识和新变精神,呈现黔中古近代文学的"边缘活力"。

大体而言,黔中古近代文人擅长诗、文,而不擅长词、曲、小说,此与黔中地理环境和地域文化的影响密切相关。本书第四章"边省地域与黔中古近代文学文体",从空间的维度,借鉴文学地理学的研究方法,探讨文学文体的地域性特征和空间分布特点。一般而言,影响文学文体分布之诸因素,主要有时代、作者和地域等。本章以司马相如赋产生的客观条件为例,讨论文体与时代的关系;以司马相如赋产生的主观条件为例,讨论文体与作者的关系。当然,作者的重点是探讨文体与地域的关系,分析从空间维度研究文体的可能性和必要性。作者认为,地理空间影响作家性格、气质和才性,从而决定作家对文体的选择和取舍;地理空间影响时代风尚,从而决定时代性文体的发展和流变。因此,从地域角度研究文体有可能性。文学史上往往有甲地域的作家擅长此文体、乙地域的作家擅长彼文体的情况;常常有同一种文体在不同地域作家笔下有不同风格特点的情况。因此,从地域角度研究文体有必要性。黔中古近代文人擅长于诗,与黔中地理环境有关。或者说,黔境即诗境,黔中地理兼具荆楚之佳山秀水和塞漠之雄奇险峻,集阴柔与阳刚于一身,符合温柔敦厚的中和之旨,故黔人长于诗。黔中的"大山地理"和黔人的"大山性格",与偏重于世俗享乐精神的词、曲、小说等文体的创作，有水土不服或扞格不通的问题，故黔人不擅长于词、曲、小说的创作。即便是晚清时期出现了几位比较有影响的词人，亦因"大山地理"和"大山性格"之影响，在题材上较少涉及风月艳情，而多以人生际遇、伤时感乱、山川景物、民俗风情等题材为主；在风格上以清空豪放为主，较少香软艳绮之作。

地域环境对文学生产最直接的影响，是文学题材的选择。本书第五章"边省地域与黔中古近代文学创作题材"，在概述地域环境与文学题材的一般性关系之基础上，讨论边省地理环境和地域文化对黔中古近代作家创作题材之选择所发生的影响。大体而言，在边省地理环境和地域文化之影响下，黔中古近代文学题材之特点有四：一是普遍缺乏以表现男女情爱为主要内容的声色艳情题材；二是自然山水和田园生活题材受到普遍关注；三是乡土题材的创作占有相当大的比重；四是在文学意象上特别喜欢用大山意象和石头意象。本章重点讨论黔中古近代文人的山水情怀，分析黔中文人关于山水与文学之关系的讨论，对其提出的山水与文人"气类而情属"之关系、"无穷冰雪句，都赖山水成"的创作观点进行阐释。并以晚明诗人吴中蕃为例，讨论黔中古近代文人的山水田园诗创作。探讨边省地域对黔中古近代文学乡土题材创作的影响，以为黔中文学自明清以来，直至现当代，在地域环境之影响下，有一个一脉相承的乡土题材创作传统。并以晚清诗人郑珍为例，讨论黔中古近代文学的乡土题材创作。

地域环境对文学风格的影响，自魏晋以来，最为学者所关注。本书第六章"边省地域与黔中古近代文学风格"，在概述地域环境与文学风格的一般性关系之基础上，讨论黔中"大山地理"、黔人"大山性格"和黔诗"大山风格"之间的影响关系。概括地说，黔中古近代文学的"大山风格"，主要体现在坚强清稳和野古浅直两个方面。如果说多山多石、雄奇险峻的"大山地理"涵孕了黔中文学的"坚强之气";那末,山高谷深、清秀隽朗的"大山地理"则影响了黔中文学的"清稳"之风。而在率真自然的地域人文风尚和诗道情真之诗学观念的影响下,黔中古近代文学又大多呈现出野古浅直的艺术风格。或者说,黔地多山多石多水,黔人质直沉静和率真自然。黔人质直沉静,黔诗乃坚强清稳;黔人率真自然,黔诗乃野古浅直。

  总之,以多山多石的地理特征和不边不内之地域区位为特点的"大山地理",孕育了多姿多彩、五方杂处、和而不同的"大山文化"。在"大山地理"和"大山文化"之影响下产生的"大山文学",不仅它的传播受到"大山地理"和"大山文化"之影响和制约,它的生产亦深深地打上了"大山地理"和"大山文化"的烙印。"大山地理"和"大山文化"赋予"大山文学"的创新精神和"边缘活力",制约了"大山文学"的文体选择,影响了"大山文学"的题材取舍,铸就了"大山文学"的"大山风格"。

第一章 大山地理和大山文化
——黔中古近代文学产生的地域环境和文化背景

一、引论：概念及其他

本书以黔中古近代文学为例，研究边省地域对文学生产和传播的影响，"黔中""边省"将是本书中反复出现的两个概念。本书讨论黔中古近代文学、文化与地理之关系，"大山地理""大山文化"、"大山文学"等概念，是作者在前贤时哲研究之基础上，对黔中地理、文化和文学的界定。为了讨论的方便，作者在这里首先对这几个专用概念做出说明，并略述其内涵。

1. "黔中"和"边省"

本书使用的"黔中"和"边省"两个概念，其内涵大体指向同一个对象，"黔中"是地名，"边省"是指"黔中"的地域区位。一是地名，一是区位。

古代贵州异称较多，或曰"黔南"，或称"黔阳"，或称"黔中"。此类称号，在唐代已比较常见。如唐代诗人窦群《自京将赴黔南》云：

"风雨荆州二月天,问人初雇峡中船。西南一望云和水,犹道黔南有四千。"刘禹锡有《送义舟师却还黔南》,白居易有《送萧处士游黔南》,许棠有《寄送黔南李校书》等,是称"黔南"。[1]如杜甫《赠李十五丈别》云:"北回白帝棹,南入黔阳天。"《送王十五判官扶侍还黔中》云:"黔阳信使应稀少,莫怪频频劝酒杯。"是称"黔阳"。如白居易《送萧处士游黔南》云:"江从巴巫初成字,猿过巫阳始断肠。不醉黔中争去得,磨围山月正苍苍。"是称"黔中"。其"黔阳""黔南""黔中",皆指唐代黔州黔中郡,治所在今重庆市彭水县,包括今贵州沿河北部、务川及其北面。[2]但是,总体上说,在秦汉以来的公私文献中,虽偶见"黔南""黔阳"之称,但总不如"黔中"之称普遍。据考察,"黔中"一词起源甚早,其地战国时属楚国,故城在今湖南沅陵县西。秦昭襄王使司马错发陇西,因蜀而攻取之,秦始皇时始置黔中郡,辖地包括今湖南西部、贵州东北部。汉代改为武陵郡,唐开元二十一年(733)析江南道置黔中道,治所在黔州(今重庆市彭水县),辖今湖北省西南部、重庆市东南部、贵州省北部和湖南省西北部。[3]可见,在宋元以前,"黔中"虽包括贵州部分地区,但不专指贵州。明清以后,特别是在清代,当"黔"成为贵州通用的简称后,"黔中"便逐渐成为贵州省的代称,在当时的公私文献中,已是屡见不鲜。本书用"黔中"一词代指贵州,即本于此。

本书讨论贵州古近代文学,涉及古代语境时,概以"黔中"称之;涉及现当代语境时,则以"贵州"称之。至于本书涉及古代语境时,

---

[1] 在清朝乃至民国时期,亦仍有以"黔南"指称贵州的,如爱必达《黔南识略》、罗绕典《黔南职方纪略》中的"黔南"即是指贵州。民国年间编纂的《黔南丛书》,亦是如此。
[2] 唐莫尧:《"黔南"试释》,《贵州文史论考》,贵州教育出版社2000年版。
[3] 参见《辞源》"黔中"条。

采用"黔中"这个可能会引起分歧（因为在宋元以前"黔中"不专指贵州）的名称，而不直接采用"贵州"一词，其原因主要在以下两个方面：其一，是受米兰·昆德拉的影响和启发。米兰·昆德拉是捷克斯洛伐克人，但是，在他的作品中，他拒绝使用"捷克斯洛伐克"这个词，因为他觉得"捷克斯洛伐克"这个词太年轻，"在时间里没有根，没有美"，他说："假如必要时在这个如此虚弱的词上面建立一个国家也是可以的，但建立一部小说则不可能"。因此，在他的作品中，他只使用"波米希亚"这个词，因为只有"波米希亚"才是他能找回文化和历史感的地域称谓。作者认为，"贵州"一词，如同"捷克斯洛伐克"，是一个太年轻的词，是一个缺乏历史感觉和文化意味的区域称谓，因而亦是一个"没有根，没有美"的词。选择"黔中"这个古老的称谓，看重的是它的历史感觉和文化意味，尽管可能会带来理解上的分歧，但作者依然认为只有在它的基础上建构地域文化传统和地域文学精神，才是最恰当的。其二，"黔中"一词，作为一个古老的地域称谓，其历史感觉赋予其深厚的文化意蕴，所以是一个具有丰富文化意蕴和人文气息的文化地域称谓。"贵州"一词历史的短暂，致使其文化意蕴浅薄，因此主要是一个有较强政治权力色彩的政治区域称谓。作者在本书之"绪论"中说过：以省市行政区划为单位研究文学的地域性特征，撰著地方文学史，虽然不能说完全没有学理支撑和理论依据，但总不如以自然、人文地域为单位，更符合文学发展的实际和艺术创造之规律。所以，在本书中，作者选择作为文化地域称谓之"黔中"，代指作为政治区域称谓之"贵州"。

需要特别说明的是，作者深知以"黔中"代指"贵州"，会引起争议，或者被指斥为玩弄文字游戏，但我确实是有所偏爱，所以尚希读者鉴谅。或者说，作者使用"黔中"一词，是采纳清代以来的习惯性用法，与秦汉至隋唐时期的用法无直接的关联。实际上，无论是使用"黔中"还是"贵州"，于研究对象而言，均有歧义。如贵州自明代建省以后，与周边的四川、云南、广西、湖南等省的疆界不断有所调整。而遵义地区在雍正朝以前，一直隶属四川。那末，研究贵州古近代文学，如何界定遵义文学的区域归属，就是一个必须面临的难题。这涉及本书研究的对象问题，必须加以说明。沿用今日学术界的惯例，本书的研究对象，就以当代贵州行政区域为界。为了论述方便，历代在疆界上的调整，皆略而不论。至于用"黔中"代指"贵州"，就算是作者跟读者玩的一个文字游戏吧！

"边省"一词，是作者为论题的开展而设定的一个称谓。其词义显明，它是与中心省区相对而言，指边缘化的行政省区，在意义上更侧重于指称文化上的边缘地区。故"边省"之"边"，又有三义：一是地域上的"边"，是与中心地区相对而言；二是文化上的"边"，是与文化中心相对而言的；三是政治上的"边"，是与政治中心相对而言的。"黔中"地域，不仅在地域、文化上是"边"，在政治上亦是"边"。所以，"黔中"是典型的"边省"。

"边省"概念的提出，实际上是在文化或文学的研究中，引入空间维度和地域视角，重新衡定地方文化和地域文学的价值，彰显地域身份的自觉意识，给处于主流文化之边缘地带的文化区域和文化现象进行身份确认和价值重估。通过这种方式，对既往以主流为中心而忽略边缘存在的文化意识进行补救，以最终实现文化的价值和意义的重组。[1]

---

[1] 张晓松：《山骨印记——贵州文化论》第79页，贵州教育出版社2000年版。

2. "大山地理""大山文化"和"大山文学"

以"大山"概括黔中地理风貌,总结黔中文化特点,归纳黔中文学特征,实际上不是作者的独创,而是受自于黄万机观点的启发。黄万机以"大山风格"概括黔中明清诗文风格的特点,他认为:"贵州作家们生活在崇山峻岭之间,自幼感受着大山的雄伟奇崛之气,对其性格志趣和文学作品的风格气势,都产生不同程度的影响。"就其性格志趣而言,"刚强的性格特质,不仅为某些作家所具有,而且可以说是黔人的主导性格。因为他们生长在大山中,大山的形象、意蕴、气象使他们耳濡目染,逐渐镕铸成一种刚毅顽强的性格特质";就其文学风格而言,"大山风格"主要体现在两个方面:一是奇崛之气和阳刚之美,二是涵纳殊方,广采百家。[1]黄氏沿着地理—性格—文风的逻辑,讨论黔中诗文风尚,并将其命名为"大山风格",确为有启发性的卓见。

黔中地理最典型的特征是多山多石,多大山多奇石,故称"山国"。多山多石的地理环境,是黔人赖以生存的物质基础,亦是黔中文化赖以产生的基础条件。所以,黔人在性情上具有"大山性格",在文学上有"大山风格"。而且,黔中地理可以命名为"大山地理",黔中文化可以命名为"大山文化",黔中文学可以命名为"大山文学"。"大山地理"培育了"大山文化","大山文化"滋养了"大山性格","大山性格"之人创作了"大山文学","大山文学"拥有"大山风格"。

"大山地理"是黔中地理特征和地域区位的总体概括。黔中号称"山国",所谓"尺寸皆山""地无三尺平",虽然略有夸张,但山高谷深、山川险阻确是黔中地理的典型特征,山之大,石之奇,谷之深,道之险,确是其他地域不能相比的。所以,以"大山"概括黔中,

---

[1] 黄万机:《贵州汉文学发展史》第40~41页,贵州人民出版社1999年版。

以与江南之水乡、西北之大漠、华北之平原相区别。"大山"的黔中，既不是典型的边疆，亦非真正的腹地，或者说，它是边疆中的腹地，故称"西南之奥区"；又是腹地中的边疆，故称"边省"，此乃黔中地域的区位特点。多山多石的地理特征和不边不内的地域区位，致使其经济社会文化的发展受到严重制约，贫穷落后是其经济文化的主要表现，其土地不足中州一大郡，其财赋亦不足中州一大州，其文化亦常常遭到轻视和忽视，处于被描写的尴尬地位。

"大山文化"是对黔中地域文化的总体概括。"大山文化"或称"山地文化"，是指在多山多石、不边不内的"大山地理"之基础上发展起来的有明显山地特征的文化。所以，学者或称黔中地域文化为"岩石载体文化"，或者"山地文化"。"大山文化"总体上呈现出明显的诗性化、艺术化特征，是一种诗性文化。就其地域文化风尚来说，多姿多彩的民族风情，起源于黔中而流布于全国的阳明心学，普遍流行而影响深远的黑神崇拜，皆具有明显的诗性特征。而在"大山地理"之土壤上培育起来的黔人的"大山性格"或"大山心理"，更是一种具有明显诗性特征的性格或心理。至于因移民、地形、气候和民族等原因而养成的安足凝滞、自由散漫性格，亦颇具诗性特征。所以，"大山地理"是一种诗性地理，"大山文化"是一种诗性文化。

"大山文学"是对黔中地域文学的总体概括。"大山地理"激发了黔中士人的诗性精神，"大山文化"培育了黔中士人的诗性情怀，"大山文学"是一种以诗歌为主体的地域文学。其文人之聚合在形式上呈现出明显的家族化、地域化特点，与"大山地理"有关；其文学作品之题材、风格、体裁等方面，亦无不打上"大山地理"的烙印；其文学作品之传播与接受，亦深受"大山地理"的影响；其创作上之创新精神，亦得从多山多石、不边不内的"大山地理"中去寻找原因。"大山文学"自成一格,与清秀之江南水乡文学不同,亦与雄奇之塞北大漠文学迥异,犹如"大山地理""大山文化"与水泽南国和大漠北国之地理与文化的区别一样。

二、大山地理:黔中的地理特征与地域区位

大体而言,多山多石是黔中的地理特征,不边不内是黔中的地域区位。本书统称这种多山多石、不边不内的地理为"大山地理"。

1. 塞天皆石,无地不坡:黔中的地理特征

黔中号称"山国",多山多石,多奇山奇石,山高谷深,山川险阻,天下无有出其右者,故有"地无三尺平"之说。此说虽不免夸张,但亦不乏文学意义上的真实。如孟郊《赠黔府王中丞楚》云:"旧说天下山,半在黔中青。"刘基诗云:"江南千条水,云贵万重山。"黔人置身其中,见怪不怪,而异乡人的惊叹,虽有少见多怪之嫌疑,但亦的确能显示出黔中地理独特的地貌特征。如王阳明《重修月潭寺建公馆记》说:

> 天下之山,萃于云贵,连亘万里,际天无极。行旅之往来,日攀缘下上于穷崖绝壑之间。虽雅有泉石之癖者,一入云贵之途,莫不困踣烦厌,非复夙好。[1]

王阳明初入黔中,即目睹和感受到黔中山之多、山之大、山之奇、山之险。对于水乡泽国的江南人来说,少见奇山奇石,故以山、石为

---

[1] 吴光等编校:《王阳明全集》卷二十三,上海古籍出版社2011年版。

欣赏之物，而有"泉石之癖"。而在黔中，开门见山，出户即石，日日行走于群山之间，穿梭于岩石之上。所以，在异乡人是少见多怪，在黔人则是见怪不惊。江阴徐霞客在黔中的旅行，对黔中的山石、山路、山雨亦有很深刻的印象。他一入黔中，即感受到"其石极嵯峨，其树极蒙密，其路极崎岖"，而且"石齿如锯，横锋竖锷，莫可投足"。[1]其他客籍官员或文人的观感，亦大体类似，如王炳文《乾隆开州志略序》说："余以己亥岁来黔，所历山川险阻，皆平生所未睹。开州更层峦耸翠，上出重霄，直别是一洞天。"[2]丹达礼《康熙贵州通志序》称："黔介荒服，环以苗顽部落，唐蒙所通道，尺寸皆山，地极硗确。"[3]多山多石，故其交通亦尤其困难，如潘文芮《黔省开垦足食议》说黔中"层峦叠嶂，路不堪车，溪滩陡狭，复阻舟运"。[4]张澍《续黔书·驿站》说："黔之地，跬步皆山，上则层霄，下则九渊，其驿站之苦，有万倍于他省者。"[5]王杏《圣泉赋》曰：

> 眇兹牂州，蕞尔一陬，仰视中原，犹寄黑子于人身之一肢。其间怪石累累，如吐如盋；层岩业业，如结如浮；蟠苍耸翠，连亘绸缪。……人文正气，中原多抱。山谷之深，溪流之巧，彼苍或为殊方者造之，子胡视之乎渺溢也哉。[6]

曾燠《铜鼓山赋》亦说：

---

[1] 徐霞客：《徐霞客游记》第624页，河北人民出版社1998年版。
[2] （道光）《贵阳府志》卷五十一第995页，贵州人民出版社2005年版。
[3] （道光）《贵阳府志》卷五十第970页，贵州人民出版社2005年版。
[4] （道光）《贵阳府志》余编卷三第1647页，贵州人民出版社2005年版。
[5] 张澍：《续黔书》，《中国地方志集成·贵州府县志辑》（第3册），巴蜀书社等2006年版。
[6] （道光）《贵阳府志》余编卷四第1688页，贵州人民出版社2005年版。

> 今之贵筑,古之牂柯,西通六诏,北障三巴。塞天皆石,无地不坡。扪参历井,联岷拥峨。峪桅错崖,寒嵯岭岈。路悬鸟外,人在茧窝。或升木而从猱,乍出洞而旋螺。远蠕蠕其若蚁,高袅袅其若蛇。盖槃瓠廪君之所道,而竹王夜郎之所家。[1]

怪石累累,层岩叠嶂,塞天皆石,无地不坡,确是黔中地理特征的生动概括。故有"地无三尺平"或"八山一水一分田"的说法。据统计,在贵州境内,山地面积约占百分之八十七,丘陵面积约占百分之十,如若将山地与丘陵加在一起,则占全省总面积的百分之九十七,剩下的平地仅占百分之三。据说,像这样几乎全部由山地和丘陵构成的地域环境,在国内是绝无仅有,在世界范围内亦只有瑞士堪与贵州相比。[2] 所以,以"山国"称贵州,实乃当之无愧。说贵州"尺寸皆山""跬步皆山""开门见山""苍山如海",亦大体准确。

黔中地理以几座绵延不断的大山脉为基本骨架。黔北地区是大娄山,呈东北至西南走向,由三列山脉组成,娄山关位于其主脉之上。黔东北是武陵山,由湖南延伸入境,梵净山是其主峰。黔西北是乌蒙山,由三支走向不同的山脉构成,韭菜坪是其顶峰。黔西南是老王山。黔中地区则是苗岭山脉,是珠江水系和长江水系的分水岭,绵延一百八十多公里。山高自然谷深,黔中河网密布,溪流纵横,基本上属于山区雨源型河流,易涨易落,往往山高谷深,常多急流险滩。大抵以苗岭山脉为分水岭,苗岭以北,归入长江水系,以乌江为第一大河流;苗岭以南为珠江水系,以南、北盘江为主要河流。[3]

黔中"塞天皆石,无地不坡"的自然环境,不利于农业生产和

---

[1] (道光)《贵阳府志》余编卷四第1692页,贵州人民出版社2005年版。
[2] 参见张晓松:《山骨印记——贵州文化论》第3~4页,贵州教育出版社2000年版。
[3] 参见张晓松:《山骨印记——贵州文化论》第4~5页,贵州教育出版社2000年版。

经济发展，故黔中自古即以贫穷著称。其弹丸之地，土地狭窄，幅员蕞陋，往往"不足以当中州一大郡"，[1]或者"不敌江南一大郡邑"。[2]故其经济十分落后，"计其财赋，不足以当中州一大郡"。[3]如郭子章《黔记》称黔中"本非都会之地"，"为天下第一贫瘠处"。[4]贺长龄《奏建尚节堂并及幼堂疏》说"黔中更属极贫之地"。[5]江盈科《黔师平播铭》说："黔则弹丸之地，居恒仰给楚蜀，有如称贷。"[6]故"终岁丁赋所入，不足供文武庶僚经费，犹仰给于外省"。[7]（嘉靖）《贵州通志·财赋》说：

> 天下布政司十有三，而贵州为最后，故贵州财赋所出，不能当中原一大郡，诸所应用，大半仰给川、湖。[8]

罗绕典《道光黔南职方纪略自序》说：

> 黔居西南，介楚、蜀、滇、粤，据南条之脊，地高寒而瘠薄，赋税所入，不足以供官廉兵饷。唐宋常弃之而不顾，不欲烦内地以事遐方也。[9]

---

[1] 丘禾实：《黔记序》，（万历）《黔记》卷首，《中国地方志集成·贵州府县志辑》（第2册），巴蜀书社等2006年版。
[2] 王廷陶：（康熙）《贵州通志序》，（康熙）《贵州通志》卷首，《中国地方志集成·省志辑·贵州》，凤凰出版社2010年版。
[3] 范承勋：（康熙）《贵州通志序》，（康熙）《贵州通志》卷首，《中国地方志集成·省志辑·贵州》（第二册），凤凰出版社2010年版。
[4] 《中国地方志集成·省志辑·贵州》，凤凰出版社2010版。
[5] （道光）《贵州府志》余编卷二第1631页，贵州人民出版社2005年版。
[6] （道光）《贵阳府志》余编卷四第1700页，贵州人民出版社2005年版。
[7] （道光）《贵阳府志》余编卷四第1700页，贵州人民出版社2005年版。
[8] 《中国地方志集成·贵州府县志辑》（第1册），巴蜀书社等2006年版。
[9] 罗绕典著，杜文铎等点校：《黔南职方纪略》卷首，贵州人民出版社1992年版。

贫困差不多成了黔中的代名词，如王继文《预拨贵州兵饷疏》说：

> 黔省山高土瘠，夷多汉少，比他省为最苦。[1]

包祚永《饬黔督教民纺织疏》说：

> 黔素称土瘠民贫，山多田少，地皆刀耕，民多卉服。……黔远处天末，虽历来督抚，亦屡经劝导，无如愚民暗于生计，甘于玩愒，诚可悯念。[2]

宋如林《劝种橡养蚕示》说：

> 访察黔省，地固瘠薄，民多拮据。推原其故，由于素不讲求养生之道，则地利不能尽收，而民情又耽安逸，无怪乎日给不暇者多矣。[3]

描述黔中的贫穷落后，最为深切著明者，是董安国《康熙贵州通志序》，其云：

> 大抵山丛蛮杂，地确民贫，加以寇乱相寻，凋敝尤甚。辛未秋，忝备黔藩，由夜郎渡牂柯江，见夫万山截列，百里烟微，厥土黑坟，田皆下下。途间所值，率皆鸟言卉服，鹄面鸠形之伦。视事后，披览版籍，赋不过银七万两，米九万八千九百余石，户口壹万六千六百八十有奇。其幅员风土，可谓荒且陋矣。[4]

---

[1]（道光）《贵阳府志》余编卷一第1619页，贵州人民出版社2005年版。
[2]（道光）《贵阳府志》余编卷一第1619页，贵州人民出版社2005年版。
[3]（道光）《贵阳府志》余编卷二第1631页，贵州人民出版社2005年版。
[4]（康熙）《贵州通志》卷首，《中国地方志集成·省志辑·贵州》，凤凰出版社2010年版。

要之，"塞天皆石，无地不坡"的地理条件，不仅导致了黔中的贫穷和落后，而且亦决定了黔中文化的本质特征和发展走向，是黔中地域文化赖以产生的地理背景。在此，作者赞同张晓松的说法："在贵州，人类生存与发展所必需的一切物质资源、生产生活条件，都是由这个山地所提供的，这是贵州文化生存的根本和基础，是贵州人赖以生存的物质依托，山与贵州实在是有着至关重要的生命联系。"[1]

2. 边疆的腹地，腹地的边疆：黔中的地域区位

所谓地域区位，是指特定地域在某地区中所处的位置。地区的范围不同，地域在地区中所处的位置及其所呈现出来的意义就不一样。讨论黔中的地域区位，首先应该对其参照的地区作界定。若从亚洲乃至世界范围看，黔中的地域区位肯定与从全国的视角考察，完全不同；若从全国的范围看，黔中的地域区位特征又不一样；若从西南地区的范围考察，黔中的地域区位及其意义，又与从全国的视角考察不一样。因此，考察黔中的地域区位，呈现黔中地域区位的文化意义，不妨从亚洲、中国、西南三个参照视角展开。

首先，从亚洲的视野看，包括贵州在内的整个西南地区，位于中国文化和印度文化两大文化圈的交接地带。中国和印度两大文明古国，皆有源远流长、灿烂辉煌的历史文化，并形成了各具特色的地域文化特征。两大文化圈地域邻近，文化上彼此传播，相互影响，互相渗透，形成了所谓的"东方文化圈"。中国的西南地区位于中印两大文化圈相互交汇的地带，是中印文化交流的重要桥梁，通过南方丝绸之路和喜马拉雅山口，把两大文明古国联系起来，沟通了以佛教文化为主体的印度文化圈和以儒家文化为内核的中华文化圈，促进了两种文化的

---

[1] 张晓松：《山骨印记——贵州文化论》第8页，贵州教育出版社2000年版。

相互影响和彼此渗透。因此，西南地区作为两大文化圈的交汇处，同时受到两大文化的深刻影响。

但是，黔中在西南地区中的地域区位，又恰好处在中印两大文化圈向外推进、过渡的边缘地带。一方面，它远离印度文化中心，不像西藏、云南那样，直接受到印度文化的影响，接受印度文化的渗透，形成藏传佛教（西藏），出现小乘佛教和阿阇梨教（云南）。另一方面，它又远离中原文化中心，不像四川、湖广那样，大量接受中原文化的影响，接受儒家文化的渗透，产生可与中原地带比肩并论的儒家文化成就。因此，无论是中原文化，还是印度文化，当它们传播到黔中时，都已成为大河末流，强弩之末，其势其量都不能同其源头相比，甚至亦不能同流经中的那些地区相比。所以，黔中虽然与西南其他省区一样，位于中印两大文化圈的交汇处，但其受印度文化的影响是微弱的，藏传佛教和小乘佛教的影响均未到达黔中，阿阇梨教在黔中的影响亦极小，汉传佛教进入黔中已接近尾声，主要还是借助于明清之际的社会动乱中四川高僧之遁入而造成的一时兴盛之局面。中原儒家文化在黔中地区的传播，因距离遥远，山川阻隔，不如四川、湖广早，亦不如其传播面广，更不如其影响之深，只能算是强弩之末。儒家文化在黔中地区的传播亦只是在明代中期以后，迄今大约有六百年的历史。

所以，从总体上看，无论是佛教文化还是儒家文化，虽然都传入到黔中，但其兴起和传播的时间主要是在明清时期，时间晚，发展程度不充分，而且都呈现出弱化的趋势。因此，黔中虽然处于中印两大文化圈的交接处，但同时亦处在两大文化交汇的边缘地带。黔中地域在亚洲大文化圈中的这种区位特点，在文化上的意义主要表现在：主流文化包括中华儒家文化和印度佛教文化，在相当长的时期内，并不占据主流地位和绝对优势，这在一定程度上给黔中土著文化留下了一个较大的发展空间，使其能够继续保存和发展，这在客观上形成了黔中地域文化多元交融、平等共存的特点。[1]

其次，从全国的角度看，黔中是腹地的边疆，同时亦是边疆的腹地，具有"不沿海，不沿边，不沿江"的区位特点。宋太祖《赐普贵敕》云："维尔贵州，远在要荒。"所谓"要荒"，即"要服"和"荒服"。《禹贡》划分中国疆域，以畿为中心向四方扩展，分为"五服"，依次是甸服、侯服、绥服、要服、荒服。其中的"要服"和"荒服"是离王畿最遥远的地方。可见黔中是一个典型的边缘地区，故古代文献中常以"边徼"或"遐陬"称之。然而，黔中与四川、云南、西藏虽同属西南地区，同是"要荒"之地，但又有它的特别之处，即"处于不内又不外，既不中又不边，所谓不边不内、内陆临边的地方，是内地与边疆的过渡地带。若论边疆，无论就其区域位置还是文化特色，西藏、新疆可算是正宗；而四川、湖南相对而言更靠内地而近中原，但是贵州却是两不搭界。这种区域位置使贵州又多了一份复杂，一份尴尬，它的文化区域身份很难确立。贵州虽很早就被纳入了中央王朝的版图，可是因为它自身社会基础的薄弱，长期不能被纳入正统文化区域，又不能被看作真正的内地，始终处于边与内的夹缝中"。[2] 所以，黔中地域，从全国的视野看，它是腹地的边疆；从西南的角度看，它又是边疆的腹地。

正是这种不边不内的区位特征，决定其制度上的"土流并治"特点。更值得注意的，是中央王朝对它的暧昧依违态度，以及在这种态度中呈现出来的文化意义。因其不边不内的区位特征，使黔中自古及今在

---

[1] 本段文字主要参考张晓松《山骨印记——贵州文化论》第68~79页，贵州教育出版社2000年版。
[2] 张晓松：《山骨印记——贵州文化论》第82页，贵州教育出版社2000年版。

全国范围内都处于不利的地位，其发展过程中的诸多劣势皆由此产生。因其是腹地的边疆，未能真正进入中华主流文化圈，所以常常被轻视；因其是边疆的腹地，在国家安全和领土完整的意义上，远不如云南、西藏、新疆重要，因此往往被忽视。史继忠的意见值得注意："中国历史的活动舞台主要在中原和江南，贵州一直被看成'要荒'，是背靠内地面临边疆的地区。这种'不边不内'的位置，使贵州经常处于尴尬地位。因为它不是立国争霸的'内地'，也不是威胁王朝安全的'边陲'，所以很少进入中央王朝的视线范围。"[1] 但是，用史继忠的话说，中央王朝在某些特殊情况下亦会对黔中"瞟上一眼"，即中央政府有能力有计划控制经营西南边疆的时候。或者说，中央王朝在经营西南边疆时，黔中在西南地区作为一个重要军事基地的战略地位才呈现出来，才会被中央政府重视。黔中地理在经营西南时的军事战略地位，古人已有明言，如徐嘉炎在为田雯《黔书》所作序中说：

> 黔地居五溪之外，于四海之内为荒服，其称藩翰者未三百年。其地尺寸皆山，欲求所谓平原旷野者，积数十里而不得寻丈。其人自军屯卫所官户戍卒来自他方者，虽曰黔人，而皆能道其故乡，无不自称为寓客。其真黔产者，则皆苗、獞、犵狫之种，劫掠仇杀，犷悍难驯，易于负固。其土田物产，较他方之瘠薄者，尚不能及十之二。夫以黔之地之人之不可倚也如彼，其土田物产之无可利赖也如此，夫国家亦何事于黔哉？吾闻先生（引者按：即田雯）之言曰：无黔则粤、蜀之臂可把，而滇、楚之吭可扼。国家数十年来，亦知荒落之壤，无可供天府之藏，犹且日仰济于他省，岁靡金钱而不惜者，敉宁之道，固如是也。然则黔治则有与

---

[1] 刘学洙、史继忠：《历史的理性思维——大视角看贵州十八题》第34页，贵州教育出版社2004年版。

之俱治者，黔乱则有与之俱乱者。[1]

即黔中地区其地其人其物产皆不值得国家重视，而国家之所以"糜金钱而不惜"，就是看重它在军事上的重要位置。这种观点，应是古代学人的共识，如丹达礼《康熙贵州通志序》说："黔中形势，把粤、蜀之臂而扼楚、滇之吭，居然为西南一重镇矣。"[2] 江盈科《黔师平播铭》说："顾黔虽弹丸乎！而于蜀为内援，于楚为西蔽。"[3] 杨天纵《贵州舆图说》认为黔中地域具有"肘腋咽喉乎四省"的地理优势。[4] 顾祖禹《读史方舆纪要》对黔中军事战略地位有更精尽的阐说，其云：

> 尝考贵州之地，虽偏隅逼窄，然驿道所经，自平溪、清浪而西，回环于西北，几千六百余里。贵阳犹人之有胸腹也，东西诸府卫，犹人之两臂然。守偏桥、铜鼓，以当沅、靖之冲，则沅、靖未敢争也；踞普安、乌撒，以临滇、粤之郊，则滇、粤不能难也；扼平越、永宁，以拒川、蜀之师，则川、蜀未敢争也，所谓以守则固也。[5]

黔中"把粤、蜀之臂而扼楚、滇之吭"，有"肘腋咽喉乎四省"之军事优势，故当然为经营西南边疆的兵家必争之地。可以这样说，

---

[1] 田雯：《黔书》卷首，《中国地方志集成·贵州府县志辑》（第3册），巴蜀书社等2006年版。
[2] （康熙）《贵州通志》卷首，《中国地方志集成·省志辑·贵州》，凤凰出版社2010年版。
[3] （道光）《贵阳府志》余编卷四第1700页，贵州人民出版社2005年版。
[4] （道光）《贵阳府志》余编卷三第1658～1659页，贵州人民出版社2005年版。
[5] 顾祖禹：《读史方舆纪要》（第11册）第5231页，贺次君、施金和点校，中华书局2005年版。

在古代中国，经营中原之关键在关中，经营江南之关键在荆益，[1] 而经营西南之关键则在黔中。在经营西南边疆的军事行动中，黔中是"冲要之地"，具有战略通道的地位，所以顾祖禹讲黔中军事优势，尤重其"驿道所经"。因此，从军事策略上讲，占领黔中，亦就等于控御了西南。所以，明代在黔中建省，设布政使，主要是着眼于经营云南，着眼于西南边疆的安全。明白了这一点，你就能理解，为什么朱元璋调三十万大军征服云南后，还要留下二十万大军屯守黔中？为什么要动用大致相当于全国十分之一的兵力把守不足全国国土面积百分之二的黔中？[2]

黔中地域在经营西南边疆之战略地位，如上所述。但是，在古代中国，中央王朝着力经营的国内地区是中原和江南，以及与之休戚相关的荆益地区。古代中国的外患主要来自北方，威胁国家安全和领土完整的外来力量主要来自西北和东北。所以，古代中国中央政府的边疆经营亦主要是在西北地区和东北地区。对于西南边疆的经营，往往是在西北边陲和东北边疆大体稳固的时候，才被提上议事日程。因此，以黔中为重要战略通道的西南边疆的经营与维护，就处于相对次要的地位，亦就常常成为被忽视的对象。

总之，黔中不边不内的地域区位，造成了黔中在经济文化发展中的劣势，中央王朝重视其在西南边疆经营中的战略通道地位，而忽视和轻视其在经济文化上的发展。所以，黔中经济之落后和文化之后进，与其不边不内的地域区位有关，更与因此而来的中央王朝对它的轻视和忽视相关。

---

[1] 参见汪文学：《从"逐鹿中原"到"游兵江南"——关于中国古代逐鹿策略的探讨》，汪文学《汉唐文化与文学论集》，贵州大学出版社 2008 年版。

[2] 参见刘学洙、史继忠：《历史的理性思维——大视角看贵州十八题》第 60 页，贵州教育出版社 2004 年版。

最后，从西南的角度看，黔中是西南的腹地，是中央王朝经营西南边疆的战略通道，这层意义上文已有讨论。在此需要进一步说明的，是在西南区域视野中，黔中与云南、广西、四川、湖南相比，其地理特征及其文化意义。

区域经济社会的进步和发展，端赖内因与外因两种因素的合力。所谓外因，是指周边区域的促进和激发，特别是中央政府的重视和支持。而内因则是指本土内部渴求进步和发展的内在驱动力。古代黔中地区经济社会发展的外因是欠缺的，内因亦很不充分。正如史继忠所说："本土内在的社会发展驱动力是十分重要的"，但是，"贵州发展的本土内在动力是比较薄弱的"。因为"塞天皆石，无地不坡"的环境中，全境土地为万山千谷所阻隔，在古代的交通条件下，很难形成统一全境的强大的地方政治经济实力。因此，除了秦汉时期的夜郎国外，黔中没有出现如云南南诏、大理那样可以威慑邻省的力量，亦不可能有如东北、西北等地区那种单一强大的少数民族统治全境甚至能够问鼎中原的地方民族政权。[1]黔中本土内在发展动力薄弱，换句话说，就是黔中内部的向心力和凝聚力薄弱，难以形成一个有紧密联系的整体，以求自身内部的发展和应对外来力量的侵蚀。追溯其原因，除了上述史继忠所说的山高谷深所造成的交通阻隔外，还有多民族杂居的因素，移民数量过于庞大的因素，更有黔中地理因建省之需要而分割邻省之地以构成的特点有关。关于民族杂居和移民数量过于庞大的问题，下节将专门讨论。在此，仅就因建省的需要而导致的黔中地理之分割特点加以说明。

明朝永乐十一年（1413）设立贵州承宣布政使司，贵州作为一个

---

[1] 刘学洙、史继忠：《历史的理性思维——大视角看贵州十八题》第6~7页，贵州教育出版社2004年版。

省级行政区正式成立。贵州之建省,实际上是"割楚、粤、川、滇之剩地"组合而成,[1]即将原属四川、云南、广西、湖南的部分地区,划出归并作为贵州行省的地理区域。因此,从地理特征看,其西部实际上与云南是连成一片的,北部则是四川盆地的边缘,东部是湖广丘陵的过渡地带,南部则与广西丘陵相衔接。所以,贵州地理实际上就像一个拼图版。与此相关,贵州文化亦是一种拼合的文化,一种多元共生的文化。黔北地区,实际上属于巴蜀文化的延伸部分;黔西北的威宁、普安、盘县等地,则是滇文化的扩展;黔东南、东北与楚文化有很深的渊源关系;黔南和黔西南等地,又与粤文化有密切关系。这种拼合的特点,"决定了贵州不能成为一个文化特征集中统一的行政区域","它的文化不是统一的类型,从一开始就呈现出多样混杂的特点","五方杂处,边缘化的相交聚合,就成为贵州文化最鲜明的景观"。[2]这与周边省区那种特色鲜明、优势明显的巴蜀文化、荆楚文化、滇文化、粤文化,形成了鲜明的对比。

由"割楚、粤、川、滇之剩地"拼合而成的黔中地理,决定其文化具有"五方杂处""边缘聚合"的特点,致使其文化身份不明确,文化特性不显明。不明确的黔中文化身份和不显明的黔中文化特征,导致其向外的影响力减弱,故而长期遭到忽视和轻视;对内是导致黔人缺乏本土文化认同感,向心力和凝聚力薄弱,从而致使其本土内在发展动力的弱化。大体而言,地域认同首先体现在文化认同上,犹如国家认同和民族认同亦主要体现在文化认同方面。文化认同是地域认同、民族认同和国家认同的基础和前提,共同的文化信仰是维系人类族群和地域共同体的黏结剂,是维持族群共同体成员之间向心力和凝

---

[1] 阎兴邦:(康熙)《新补贵州通志序》,(康熙)《贵州通志》卷首,《中国地方志集成·省志辑·贵州》,凤凰出版社2010年版。
[2] 张晓松:《山骨印记——贵州文化论》第90~93页,贵州教育出版社2000年版。

聚力的重要纽带，亦是促进形成其生存发展之内在动力的重要源泉。古代黔中地区的族群之间缺乏共同的文化信仰，文化认同感不强烈，地域认同感亦薄弱，族群之间的向心力和凝聚力亦就淡薄，所以其追求共生共荣的内在驱动力亦就不强大。

综上所述，站在亚洲的高度看，黔中处于印度佛教文化圈和中华儒家文化圈交接的边缘地带；从全国的视角考察，黔中地理具有不边不内的特点，是边疆的腹地，又是腹地的边疆；从西南地理单元看，黔中又是"割楚、粤、川、滇之剩地"拼合而成。黔中地域的这种区位特点，其影响及于文化，就积极意义一面说，是为多元文化的共生共存提供了一个广阔、宽松而自由的发展空间，使文化的多样性得到充分的体现；就消极意义一面言，就是淡化了地域认同意识，削弱了文化认同感，从而导致地域向心力和凝聚力的弱化。

三、大山文化：黔中人文生态与文化品格

"塞天皆石，无地不坡"的地理特征，使黔中经济之发展一直在全国处于落后的位置。"边疆的腹地，腹地的边疆"的地域区位，又使黔中经常处于中央政府重点关注的视线之外，往往被忽视和轻视。多山多石的地理特征和不边不内的地域区位是产生黔中文化的地理背景。我们统称这种多山多石、不边不内的地理为"大山地理"，依此推之，我们称在"大山地理"之背景上产生的有明显山地特征的文化为"大山文化"。

1. 地域区位与黔中文化品格

由于地处边疆之腹地和腹地之边疆这种不边不内的特殊地域区位

的影响，黔中文化一直处于被忽视的地位，处于被动的状态。其被动之状态，主要体现在三个方面：被边缘、被轻视和被描写。或者说，在不边不内之地域区位上产生的黔中文化，是被边缘的文化，被轻视的文化，被描写的文化。

(1) 被边缘的黔中文化

黔中文化是一种被边缘的文化。这种文化上的边缘性特征，是由其地理空间上的边缘性特点决定的。如前所述，从亚洲的角度看，黔中地域处于中印文化之边缘地带；从全国的视野考察，黔中地域的不边不内的位置，是中央政府不甚关注的边缘地带；从西南的区域单元考察，黔中地域有"边缘聚合"的特点，又是西南地区的边缘地带。所以，无论是从地域的角度看，还是从文化的视野考察，黔中皆是一个边缘地带。它不仅是亚洲的边缘，还是中国的边缘，亦是西南的边缘。因此，黔中地理是典型的边省地理，黔中文化是典型的边缘文化。

但是，无论是黔中地理的边缘性，还是黔中文化的边缘化，皆是被动的，不是主动的。即对于黔人来说，不管是地域还是文化，肯定都是以自我为中心的。只是将之置于西南、全国乃至亚洲的视野中，它的边缘性才凸显出来，只是在跳出黔中的外省人的视野中，它的边缘性才彰显出来。所以，它的边缘化是被动的，是被边缘化的。因此，我们说黔中文化是一种被边缘的文化。

被边缘就意味着被忽视，乃至被轻视，以至被描写。或者说，被边缘就意味着远离中心，脱离主流视线，所以就被忽视。长期的被忽视，其优长之处亦逐渐被忽略或被掩盖，所以被轻视。长期的被轻视，就逐渐丧失了表述自己的话语权，自身的话语失去权威性和公信力，自身的立场需借助"他者"的话语以传达，所以被描写。

黔中文化的被边缘和被忽视，直接原因就是黔中地域文化的特色优势不显著。如前所说，黔中地域文化是一种多元共存、五方杂处的拼合文化，其特色优势尤其是其代表性品格不明显，故与周边的巴蜀文化、滇文化、荆湘文化、粤文化等强势文化品牌形成鲜明对比。导致黔中地域文化特色不鲜明的原因，除了上述地域区位特征之影响外，还有以下几个方面的原因：

第一，地理特征的影响。黔中多山多石，在万山丛中零星分布着若干或大或小的坝子，这种坝子与外界隔离，在经济上自给自足，在文化上封闭发展，形成一种所谓溪峒型自然经济文化状态。所以，难以产生大范围的、高度集中的、全境型的强势文化。[1]

第二，河流流向的影响。河流的流向和布局往往影响当地文化品格的形成，就像黄河、长江的东西流向导致中国南北文化的显著差别一样，黔中河流的流向和布局亦对黔中地域文化特点的形成产生了重要影响。黔中地区的河流多发源于西部和中部，顺地势向北、东、南三面分流，分别注入长江水系和珠江水系，是古代黔中通往邻省的天然水道。其主要河流如赤水河、乌江、清水江、潕阳河、都柳江、北盘江、红水河等，都流向省内，是黔中与四川、湖南和两广的主要联系纽带。在山路崎岖，陆路交通不便的情况下，水路必然成为方便的交通路径，如此的河流流向及其形成的交通格局，必然形成黔中内部联系不紧、向外开放有余的格局，亦必然影响黔人的向心力和凝聚力的形成。[2]

第三，明清时期大规模的移民进入黔中地区，冲淡或离散了黔中文化的向心力和凝聚力。黔中是个移民大省，自明代以来，中央政府

---

[1] 张晓松：《山骨印记——贵州文化论》第91页，贵州教育出版社2000年版。
[2] 张晓松：《山骨印记——贵州文化论》第5页，贵州教育出版社2000年版。

经营西南边疆，黔中成为关键的军事通道，于是在黔中设立卫所，屯戍重兵。据统计，明初全国军队共有200余万，在黔中的驻军就达20余万人，相当于全国总兵力的十分之一。据葛剑雄《中国移民史》统计，明代洪武年间的大移民运动中，黔中是一个重要的移民迁入区，当时移民总人口约221.9万人，其中黔中就占了42万人，云南占36万人，四川占10万人，黔中移民人口居全国之首位。[1] 大规模的移民进入黔中，对黔中经济、文化的发展起着重要的推动作用。但是，它在一定程度上又冲淡了黔中文化的地域特色，特别是移民那种强有力的、根深蒂固的祖籍文化认同，必然削弱当地文化的向心力和凝聚力。并且这种祖籍认同至今仍有相当顽强的生命力，如安顺一带的屯堡文化，就是一个典型的例子。

第四，多民族"大杂居、小聚居"的族群构成格局，亦对黔中地域文化统一集中的优势特色之形成产生了负面影响。黔中是一个多民族聚居区，仅世居民族就有十八个之多，还有一些"待识别民族"，其中以苗、布、侗、彝、水为主体，各民族之间虽然相互影响，彼此渗透，但其文化、风俗、礼仪、信仰、习惯、制度等方面的独立性仍然相当明显，并最终形成一种多元并存、五方杂处的文化格局。这与西藏、新疆、内蒙古等省区以单一民族为主体的族群构成完全不一样。单一就意味着集中，集中就能显示出优势和特色。多元就意味着分散，分散就不具备统一集中的优势特色。

在以上几个方面原因的综合影响下，黔中文化的身份特征便呈现出极不显著的面貌。关于这个问题，作者赞同张晓松的看法：

---

[1] 葛剑雄、吴松弟、曹树基：《中国移民史》（第五卷）第159、308、315页，福建人民出版社1997年版。

许多人在研究过贵州文化之后，不约而同地发出感慨：很难对它的文化特征进行定性和概括。人们曾试图为它找到一个作为代表性的文化身份，比如，有人就从历史渊源和文化遗存方面，把它叫做"夜郎文化"；也有人从地理环境和文化气质的联系上把它定义为"高原文化"；还有人从它那丰富多彩的民族特征方面把它叫做"少数民族文化"。但是，这些定义都只从地理、历史、民族的某一个或几个方面着眼，虽然大致不错，但总不免失之偏颇，恐有挂一漏万之虞。贵州文化表象上的特征不明显，个性不突出，使人们难以找到如像"中原"、"巴蜀"、"荆楚"那样特质鲜明的主导型文化特征，也使人们在试图对它进行文化定性时，往往感到无所适从，于是只好含混地从区域而论，姑且称之为"贵州文化"。[1]

所以，有人说，黔中文化是一种没有鲜明特色的文化，或者说是以杂为特色的文化。因为没有鲜明特色，所以不易引起人注意，因此常常被人淡忘，往往被人忽视，甚至被人轻视，最终逐渐被边缘化。

古代黔中长期处于一个被忽视乃至被轻视的边缘状态，特别是在文化思想方面，在乡试科场的设置上，在科举名额的分配上，表现得最为突出。明代中叶以前，黔中未设乡试考场，黔中士子考举人，要到邻省云南应试。在真正的边疆云南开科考试而不在边疆的腹地黔中设乡试考场，中央政府对黔中的态度，意味深长。当时全国十三个行省，两京十二行省各设乡试考场，唯独黔中不设，虽屡经地方人士和军政大员的请求，亦拖了若干年，直到嘉靖十六年（1537，此时距明朝开国169年，距黔中建省124年）才解决。中央王朝对黔中的忽视和轻视，于此可见。黔人田秋在《请开贵州乡科疏》中说：

---

[1] 张晓松：《山骨印记——贵州文化论》第107页，贵州教育出版社2000年版。

> 惟贵州一省，远在西南，未曾设有乡试科场，止附云南布政司科举。……且以贵州至云南，相距二千余里，如思南、永宁等卫，且有三四千里者。而盛夏难行，山路险峻，瘴毒浸淫，生儒赴试，其苦最极。中间有贫寒而无以为资者，有幼弱而不能徒行者，有不耐辛苦而返于中道者，至于中冒瘴毒而疾于途次者，往往有之。此皆臣亲见其苦，亲历其劳。[1]

黔中士子赴云南乡试之艰辛困苦，田秋之疏描绘得很清楚，非有亲身之经历者，不能言及此等深切著明。而赴京会试之艰辛，则更加严重，郑珍、莫友芝诗歌中对进京会试旅途劳顿的描述，亦是触目惊心。还有，虽然经贵州巡抚王杏的多年努力，于嘉靖十六年（1537）在黔中设置了乡试科场，但乡举名额却远远少于其他省份，到了万历二十二年（1594），即科场设置后之五十七年，虽经贵州巡抚乔相的多方争取而略有增加，但总数仍比云南少了10名，亦比邻省广西要少。故阎兴邦在《请广中额疏》中说：

> 黔、粤两省俱称边服，礼闱既同中右，而乡试中额多寡有差。是以绅衿潘骧等，有恳祈具题与广西乡试中式三十名之请。……黔南虽属遐荒，迄今人文繁盛，甲戌会试，广西止中一名，贵州中至三名。以此较之，贵州人文盛于广西可知。似应照广西之例，增额取中。[2]

黔中乡试名额不能与西南他省相比，西南省区之乡举名额亦不能与江南省区相比。康熙三十年（1691）会试榜发，广西、云南、贵州三省无一人中榜，时充会试监试官的贵阳人王承祜上疏曰：

---

[1] （道光）《贵阳府志》余编卷一第1616页，贵州人民出版社2005年版。
[2] （道光）《贵阳府志》余编卷一第1618页，贵州人民出版社2005年版。

> 夫此三省之中，岂尽乏才，考诸往志，间有名臣。即我朝开科以来，亦多与选，则非无才可知。而近每一榜发，中式者寥寥，所以不及他省者，实因中卷之偏枯与道途遥远之所致也。臣，黔人也，备悉艰苦，谨一一为我皇上陈之。察前明取士，初以五方风气不同，人才长短各异，而分南北；又以数省僻处退陬，声教不易遍暨，而分中卷，亦体恤远人之意也。第可异者，中卷既为远省而设，则四川、广西、云南、贵州诚为远矣，何独于江南之安、庐、凤、滁、和、徐等州郡而亦为远乎？……此亦人情之不得其平者矣。且滇、黔、粤、蜀远居天末，近者数千里，远者将万里。每遇公车之年，贫穷居多，艰于资斧，区画贷借，不遗余力，此在家起程之难也。及其在途，驱骋驿路，跋涉间关，经历三月，辛苦备尝，此道路之难也。及其抵京，只身孤影，仆从无人，一切薪水，俱行自给，此旅寓之难也。更若拮据奔赴，喘息靡安，席不暇暖，而场期已及，焉能温习诗书，揣摩文体，如各近省士子，优游暇逸，止专一读书哉！……夫劳逸之情形既甚悬绝，而多寡之数又甚不侔，无怪乎他省之取青紫易如拾芥，而此数省之望科第难若登天也。[1]

黔中士子赴京会试，有"起程之难"，有"道路之难"，有"旅寓之难"，与其他省区相比在名额上是"多寡之数又甚不侔"。因此，说黔中士子"望科第难若登天"，可谓切近实情。而产生这种状况的主要原因，就与黔中处于被忽视的边缘状态密切相关。

（2）被轻视的黔中文化

古代黔中因山高谷深、无地不坡的地理特征而被轻视，因不边不内的地域区位而被忽视。其被轻视，主要表现在客籍人士的"畏黔"心理和本籍人士的"去黔"心态上。

---

[1] （道光）《贵阳府志》卷七十六第1360～1361页，贵州人民出版社2005年版。

首先，客籍人士普遍视黔中为畏途，有明显的"畏黔"心理。如孔尚任《敝帚集序》说到黔中地理险峻和山川阻隔，外籍人士"轮蹄之往来，疲于险阻，怵于猛暴，惟恐过此不速。即官其地者，视为鬼方、蛮触之域，恨不旦夕去之"。[1] 卫既济《康熙贵州通志序》说黔中"地处荒徼，苗顽难驯，筮仕得此方，辄多瑟缩不前"。[2] 这样的意见及其所表述的现象，具有相当的普遍性，如陈尚象《黔记序》说：

> 尝观名山大川，载在图经，宇内寥廓，昭旷之士恨不旦暮遇。乃遐陬僻壤，岂无一丘一壑为造化所含奇者？即辖轩过之，不肯经览。人情贵耳贱目，贵远贱近，大抵然也。夫黔视中土，亦何以异此，且黔自我明建藩来不二百余年，二祖之所创造，累朝之所覆育，皇祖与皇上之所观文成化，亦既等之雄藩矣，民鼓舞于恬熙，士涵咏于诗书，亦既彬彬，质有其文。第游谭之士，尚往往以其意轻之。又士大夫闻除目一下，辄厌薄不欲往。[3]

丘禾实《黔记序》说：

> 今天下开府，置官属之地十有三，而黔最后。黔非特后也，籍黔之入，不足以当中土一大郡，又汉夷错居而夷倍蓰焉。此宇内往往少黔，其官于黔者或不欲至，至则意旦夕代去，固无怪其然。乃士生其间亦谬自陋，

---

[1] 《黔南丛书》第三集《敝帚集》卷首，贵阳文通书局铅印本。
[2] （康熙）《贵州通志》卷首，《中国地方志集成·省志辑·贵州府》，凤凰出版社2010年版。
[3] （万历）《黔记》卷首，《中国地方志集成·贵州府县志辑》（第2册），巴蜀书社等2006年版。

通籍后往往籍其先世故里，视黔若将浼焉。[1]

蓝鼎元《贵州全省总论》说：

> 当今仕宦，尚以黔为畏途，谓其山高地僻，土瘠以荒，民贫以鄙，无文献之足观，有异类之难驯。[2]

陈法《黔论》说：

> 黔处天末，崇山复岭，鸟道羊肠，舟车不通，地狭民贫。无论仕途者视为畏途，即生于黔而仕宦于外者，习见中土之广大繁富，亦多不愿归乡里。

据此可知，黔中之被轻视，"游谭之士"不屑至此，即使途经黔中者，亦是"惟恐过此不速"，游宦于此者，亦视之为畏途，或"厌薄不欲往"，或"恨不旦夕去之"，有着非常明显的"畏黔"心理。

其次，本籍人士因黔中身份的被轻视，亦往往有"去黔"心理。如前引文献中提到那些生于黔而仕宦于外者，"亦谬自陋"，或"不愿归乡里"，或"籍其先世故里，视黔若将浼焉"，有明显的"去黔"心理。如杨师孔就是一个典型例子，据钱塘梁同书《跋董子敏书杨师孔墓志铭》说："杨泠然先生善擘窠书，每榜书，辄署'吉州某'，不知为杨龙友文骢父也。父子异籍，阅此卷始了然，此古人所以重碑

---

[1] （万历）《黔记》卷首，《中国地方志集成·贵州府县志辑》（第2册），巴蜀书社等2006年版。
[2] （道光）《贵阳府志》余编卷三第1649页，贵州人民出版社2005年版。

版文字也。"[1]杨泠然即黔人杨师孔，杨文骢之父，虽然其祖籍是吉州，但已著籍为黔人，而其书法题名却总题"吉州某"，认同祖籍而不认同黔中，此乃部分仕宦于外之黔人的普遍心态。

　　黔人有意掩盖黔籍身份而认同祖籍，非仅是祖先崇拜观念的影响，更主要是因为长期以来黔中和黔人被人轻视，黔人身份往往被人瞧不起，便逐渐养成黔人的不自信心理。晚清四川著名诗人赵熙在《南望》一诗中说："绝代经巢第一流，乡人往往讳蛮陬。君看缥缈綦江路，万马如龙出贵州。"即使在黔中人才辈出的晚清时期，虽然"万马如龙出贵州"，产生了"绝代一流"的郑珍这样的"西南大儒"，黔人身份的被轻视亦仍然未能改变，所以"乡人往往讳蛮陬"。

　　亦许，清人江闿是一个例外。江闿，字辰六，本安徽歙县人，流寓黔中，与黔中大姓越氏为近戚，且有学术渊源，故寄姓入闱，于康熙二年（1663）以新贵越氏籍中乡试，召试博学宏词，授益阳知县，故自署"新贵人"。江氏之经历相当于今天的高考移民，但他以"新贵"通籍后，就常以黔人自称。故柴晓濂《江辰六文集跋》说："先生于黔情最挚，《借图书记》则称'牂柯生'，《滇补叙言》则曰'余黔人也'，他篇著述，亦尝低徊永叹于飞云、凭虚间，其中怀缱绻为如何耶？而叙斯集者，多推本于南中山水以立言，诚深契夫先生之衷曲也。"[2]陈田《黔诗纪略后编》说："辰六于黔为寓公，余录黔诗，不欲假才异地，然阅黔人集，如杨龙友称吉州，谢含之称虔州，本黔人也而多著其祖籍。《辰六集》自称贵阳，别号牂柯生。且于邓汉仪辑《诗观》，闵麟嗣辑《黄山志》，往往录黔人诗，助其表彰。是辰六于黔不薄，余安得执吾初见哉？"[3]

---

[1]　《黔诗纪略》卷十一第462页，贵州人民出版社1993年版。
[2]　（民国）《贵州通志·艺文志》卷十五第602页，贵州人民出版社1989年版。
[3]　《黔诗纪略后编》卷首，清宣统三年陈夔龙京师刻本。

概括地说，黔中之被轻视，主要有以下几个方面的原因：一是"地处荒徼"。中土人士自以为处天下之中，生活在政治、经济、文化之中心，养成自大自尊之心理，故对"地处荒徼"之黔中不屑一顾。二是"疲于险阻"。黔中地理"层峦叠嶂，路不堪车，溪滩陡狭，复阻舟运",[1]故无论是游还是宦，皆视黔为畏途，甚至像柳宗元所说的，"播州非人所居",[2]即是不适合人居住的地方。这种状况类似于汉魏间人对江南的态度，因为"江南卑湿，丈夫早夭"，所以贾谊被贬为长沙王太傅，即有"寿不得长"的感慨。三是"怵于猛暴"。黔中乃少数民族聚居区，少数族人性格刚烈，作风骠悍，行为猛暴，故在外籍人士看来，就是"苗顽难驯"，就是"民贫以鄙"，就是"骠悍成习"，故因"怵于猛暴"而视黔为畏途。

一般说来，处于地域之中心者，舟车辐凑，名流汇聚，其人其地其文化之声名藉此以远近传播；位于地域之边缘者，如黔中这样不边不内之地，舟车难通，名流罕至，纵有丰富多样的地理资源和举世难匹之文化实绩，亦难获世所公认之显名。黔中学者对此常常耿耿于怀，外籍人士亦往往感慨系之。

考诸古代文献，最早为黔中被丑化而辩解者，当推刘禹锡，他在《送义舟师却还黔南并引》中说：

> 黔之乡，在秦楚为争地。近世人多过言其幽荒以谈笑，闻者又从而张皇之，犹夫束蕴逐原燎，或近乎语妖。适有沙门义舟，道黔江而来，能画地为山川，及条其风俗，纤悉可信，且曰：贫道以一锡游他方众矣，

---

[1] 潘文芮：《黔省开垦足食议》，（道光）《贵阳府志》余编卷三第1647页，贵州人民出版社2005年版。
[2] 韩愈：《柳子厚墓志铭》，《韩昌黎全集》卷三十二《碑志》九，中国书店1991年影印世界书局本。

> 至黔而不知其远，始遇前节使，而闻今节使益贤而文，故其佐多才士，麾围之下，拽裾秉笔，彬然与兔园同风。[1]

"过言"黔中之"幽荒"，以作谈笑之资者，可能就是柳宗元、裴度等人，因为柳宗元说过"播州非人所居"，裴度亦说过"播极远，猿猴所居"这样的"过言"。闻此"过言"者又"从而张皇之"，黔中地域形象就是在这样的丑化过程中被逐渐建构起来的。刘禹锡为黔中辩诬，很有道理。王阳明《何陋轩记》亦为黔中的被丑化进行过有力的辩护。[2]

或者如田雯、张澍等客籍官员，通过搜集、整理黔中文史资料，证明黔中文化渊源有自，不可轻视。如曾任贵州巡抚的田雯，撰《黔书》二卷，其写作之动机，据徐嘉炎《序》说：

> 凡黔之草木、山川、人材、土物，皆幸有先生以发其菁英而抒其藻丽。是故椎髻刻木，皆可入王会之图也；踏月吹笙，皆可作名都之赋也；飞云、白水之瀑，可以媲美台、庐也；济火、关索之名，可以核实于纪载也；牡丹之花，并于洛阳；渥洼之产，雄于冀北；以及丹砂、卉革、矾银、雄黄之属，皆艳称而悉数之。使人之视黔以为名邦，以为乐土，慕而安之，美而赋之，盖不欲使天末一隅，为曹、邻之无讥于季札，且将如吴、蜀之见赋于左思。先生之于黔，不亦思深而意长乎！[3]

嘉庆年间甘肃武威人张澍，历任玉屏、遵义等地知县，仿田雯《黔书》撰《续黔书》八卷。其著作之动机，据其《自序》说，是有感于

---

[1] 《全唐诗》六·三·三五九，中华书局2011年版。
[2] 参见本章下节之"阳明心学与黔中文化品格"。
[3] 田雯：《黔书》卷首，《中国地方志集成·贵州府县志辑》（第3册），巴蜀书社等2006年版。

域外人士以为"黔之天则蛮烟棘雨,黔之地则鸟道蚕丛,其人则红獠紫蔷,其俗则鸱张鼠伏",欲为黔中作辩护。因为在他看来,黔中地区"百余年来,盖浸浸乎济美华风矣。且其镂锅、兜徬,可图王会也;芦笙、箭簇,可入国风也;木瓜、金筑,沿革可稽也;鳌矶、龙洞,幽胜可探也;白水、碧云,奇情可咏也;诸葛袜牙之地,李恢鏖战之方,尹珍读书之宅,山图寻药之崖,可题襟而散胸闷也,岂仅睠怀迁谪之李白"。[1] 因此,他仿《黔书》著《续黔书》,是力图宣扬和彰显黔中地域文化。

明清时期对黔中之被轻视而感慨系之者,为之辩护者,代不乏人。如杨慎在《贵州通志序》里说:

> 余尝慨今之议论,以边徼为遐远不之重,而官其土者亦自厌薄之。呜呼!边可轻乎哉?衣之裔曰边,器之羡曰边,而器破必自羡始,衣坏必自裔始。边徼之说何以异此?边可轻乎哉![2]

华章志在《康熙贵州通志序》中回应并赞同杨慎这个妙喻,并说:

> 黔者,吴、越、齐、鲁、秦、晋、楚、蜀之余也。衣余曰裔,匪裔不饬;器余曰羡,匪羡不完。杨升庵先生言之矣。[3]

蓝鼎元在《贵州全省总论》中对世人轻贱黔中亦进行了批驳和辩

---

[1] 张澍:《续黔书》书首,《黔南丛书》第二集第五册,贵阳文通书局铅印本。
[2] (嘉靖)《贵州通志》卷首,《中国地方志集成·贵州府县志辑》(第1册),巴蜀书社等2006年版。
[3] (康熙)《贵州通志》卷首,《中国地方志集成·省志辑·贵州》,凤凰出版社2010年版。

护,他说:

> 凡皆连岁兵戈,疮痍未起,鸣镝又至,二百年间,曾无生聚休养教训之日,安望其人文物采与上国絜短长也。……乃当今仕宦,尚以黔为畏途,谓其山高地僻,土瘠以荒,民贫以鄙,无文献之足观,有异类之难驯。……山川险阻,乃足壮国家藩篱,夫何嫌于鄙僻哉!吴越之初,皆为蛮彝,而至于今,乃能若彼。地固不能限人,岂于黔而独限?[1]

的确,"地固不能限人",黔中学者和同情、理解黔中文人和文化的外籍学者,首先就对那种因地废人、以地论文之偏见尤其不满。如明代黔中诗人张谏《望古》诗,通过列举黔中先贤盛览、尹珍、傅宝、尹贡活跃于汉代之史实后指出:"人文张华夏,覆地讵畦畛。乃知豪杰士,不受山川窘。"[2]其不满学者因地废人之偏见的愤激之情,溢动于字里行间。黔人傅玉书有感于黔中文学既有相当突出的成就,而仍受外籍人士之轻贱,愤然感慨:"每笑论诗薄远方,吾乡桐野逼钱郎。碧山更擅今时誉,须识源流别宋唐。"[3]而宦游黔中的仁和丁养浩,其态度似乎要客观一些,他在为黔中明代诗人周瑛文集作序时,承认作家必然受时代、地理之影响,以为文人"生其时,处其地,囿其风气、习俗之不齐,则文章之美恶亦因之,此天下之通论也"。但是,他反对"后世无文章,边鄙无豪杰"之说,以为平庸之士可能"受山川窘"而不能放眼全局,自立域中,但"豪杰之士则不然,虽曰生于今,后于古,播越于僻陋之域,而其志大,其气昌,其功精以勤,则

---

[1] (道光)《贵阳府志》余编卷三第1649~1650页,贵州人民出版社2005年版。
[2] 《黔诗纪略》卷一第11页,贵州人民出版社1993年版。
[3] 傅玉书:《论诗十二首》,《黔诗纪略后编》卷十一,清宣统三年陈夔龙京师刻本。

其文章可以高视一世，与古之人不相上下"。[1]此非为周瑛个人鸣委曲，实乃为黔中所有豪杰之士伸张。

此种反对因地论人、以地论诗的呼声，并非空穴来风，因为文化中心的主流人士轻贱边省文学创作之行为，由来已久，且深入人心。如博雅通达之孔尚任著《官梅堂诗序》，"论十五国人才多寡之数，以十分为率，于吴、越得其五，齐、鲁、燕、赵、中州得其三，秦、晋、巴蜀得其一，闽、楚、粤、滇再得其一，而黔阳则全无"。[2]明代黔人王祚远肯定没有见过此篇关于文学人才之分布的文章，但他亦说道："今海内蘖札染烟以诗赋自命者，无不人人合作，家家当行，而于黔率摈弃使不与盟会"。[3]可见，在明代，论文学人才的地域分布，于"黔阳则全无"的做法，并非孔氏之私论，而是天下之公论，《官梅堂诗序》乃有本而发。王祚远在《远条堂草题词》一文中，对此种论调极为愤慨，以为黔中文士如谢三秀所著之《远条堂稿》，"若近若远，若浅若深，若建万石之钟，撞之以莛；若舞长空之雪，御之以风，隐见出没，造微入化。即杂之北地、信阳、长沙、京口诸名集中，无以辨也；即杂之开元、天宝、大历诸名家集中，亦无辨也"，其名虽"业播之天下"，而当时仍有因其为黔人而轻贱之者。故王氏以为，就其诗而论之，"其为黔人耶？其非黔人耶？抑以黔人之目视黔人之诗耶？余皆不敢知"。总之，"君采（谢三秀字）之诗，不问其为黔人可也"。[4]

黔中文人虽有比较突出的成就，但学者因地论人，故而亦往往受

---

[1] 丁养浩：《草亭类稿序》，《黔诗纪略》卷二第63～64页，贵州人民出版社1993年版。
[2] 孔尚任：《敝帚集序》，《黔南丛书》第三集《敝帚集》卷首，贵阳文通书局铅印本。
[3] 王祚远：《远条堂草题词》，《黔南丛书》第三集《雪鸿堂诗蒐逸》之"附录"，贵阳文通书局铅印本。
[4] 王祚远：《远条堂草题词》，《黔南丛书》第三集《雪鸿堂诗蒐逸》之"附录"，贵阳文通书局铅印本。

到轻视。如周起渭初入翰苑，同年以为他来自"蛮貊之邦"，不娴声律，颇轻视之。但在一次消夏诗会上，他以《分咏京师古迹得明成祖华严大钟》一诗，惊动四座，"瑰伟特出，冠于一时，则是称翰林能诗者，必以公为学首"。据陈允恭《桐埜诗集序》说："初，君在翰苑，或疑其起自遐方，未娴声律。时值馆试，君试先成稿，置砚函下。同列者得之，谓是馆师手笔。既乃知为君作，相与敛手叹息。从此才名郁起，馆阁无不知有桐野先生矣。"[1] 即便如此，周起渭典试浙江，仍被江浙文人轻视。据说：周起渭典试浙江，甫下车，闻士大夫讽议说："周大宗师贵州人，读《千字文》者也。"及入场，题久不下，士子哗噪，从事以闻，即厉声曰："吾题久揭橥堂上，胡未察耶？"趋视，则以一剪插梁间，不解其故，请示，则曰："此贵州人所常读《千字文》中'起剪颇牧'句也。"后命从事研浓墨数瓮，卷有不当意者，辄投瓮中。及揭晓，仅录定额三之一。起程时，士子聚众遮留，各携砚池，意将得而甘心。周分别召问，一一背其试卷，指出其瑕疵，群相顾错愕，罔知所措，地方官绅出面调解，其事乃罢。[2] 宋元以来，浙江乃人文极盛之地，士子养成自高自大之心理，故黔人周起渭在他们眼里仅是识得《千字文》等几本蒙学书籍的人，根本不把他放在眼里。这个传说虽有夸张成分，但其体现出来的文化中心地区的文人对边省文人的轻贱心态则是真实的。黔人典试江南，遭受此等轻侮。若是江南文人或其他文化中心的文人典试黔中，则绝无此等事情发生。又如，曾国藩曾于北京琉璃厂访书，偶遇赴京会试于闲暇中访书的黔人莫友芝，相谈甚欢，叹服其才与学，故感慨说："不意黔中有此宿学耶！"这个感慨亦暗含有轻视黔中之意。其后，曾国藩在《送莫友芝》诗中说：

---

[1] 周起渭：《桐埜诗集》之"附录"，贵州人民出版社1999年版。
[2] 黄万机：《周渔璜年谱》，《桐埜诗集》之"附录"，贵州人民出版社1999年版。

"豪英不地囿,十九兴偏邦。斩崖拨丛棘,往往蓬兰荘。黔南莫夫子,志事无匹双。万书薄其腹,甘载幽穷乡。"[1] 这倒是比较客观的认识。再如郑珍,据陈夔龙《郑征君遗著序》说:"近人为诗,多祧唐而称宋,号为步武黄陈,实则《巢经》一集,乃枕中鸿宝也。"[2] 对此,胡晓明解释说:"近代不少著名诗人文学家,甚至一些思想家,虽然远在北京、上海或广州,却都不约而同地经历过'发现郑珍'的惊喜。然而公开说出他们的精神偶像时,他们的眼光却都越过了郑珍,远远地追到宋人黄山谷、苏东坡那里。他们有点不好意思承认,毕竟在心里面是向一个深山穷壤、远离现代化进程的老诗人顶礼致敬。然而嘴上说是老杜或老坡,他们的枕头底下却往往藏着一部翻得有些破损的巢经巢诗文。"[3] 这种现象,体现的依然是对黔中文化的轻视。

(3) 被描述的黔中文化

黔中文化是一种被边缘的文化,被轻视的文化,因而亦是一种被描述的文化。钱理群在《贵州读本·前言》中说:

> 鲁迅当年曾经谈到,近代以来,中国常常处于"被描写"的地位,这是一个弱势民族、文化在与强势民族、文化遭遇时经常面对的尴尬(参看《花边文学·未来的光荣》)。而无可回避的事实是,在现代中国文化的总体结构中,贵州文化也是一种弱势文化,也就会面对"被描写"或根本被忽视的问题。这正是许多贵州有识之士痛心疾首的:人们对贵州岂止是陌生,更有许多误会与成见,并形成了有形无形的心理压力;而黔人的"自我陌生"则造成了文化凝聚力的不足,更是贵州开发必须

---

[1] 《曾文正公诗集》卷四,清同治十三年长沙刊本。
[2] (民国)《贵州通志·艺文志》卷十六第702页,贵州人民出版社1989年版。
[3] 胡晓明:《说不完的郑子尹》,《当代贵州》2012年第23期。

解决的精神课题。[1]

其实，非仅是"在现代中国文化的总体结构中"，而是自汉代以来，黔中文化就是一种弱势文化，黔中就处于一个被忽视乃至被轻视的处境，处于一个被描写的地位。被描写的确是"弱势民族、文化在与强势民族、文化遭遇时经常面对的尴尬"。这实际上涉及话语权的掌控问题，能否掌控话语权，或者说你的话语是否具有权威性，主要取决于你实力的大小强弱。实力强大，你的话语就有权威性，你就可以掌控话语权；实力弱小，你的话语就没有权威性，甚至没有发言的空间和余地，你就得看别人的脸色，甚至还得依据别人的话语来塑造自己，你就处于被描写的地位。实力强大，你就是这个世界的"描写者"；实力弱小，你就是这个世界的"被描写者"。

毋庸讳言，自汉代以来，与先进地区相比，黔中地区经济、文化的发展的确存在着较大的差距，的确处于弱势地位，因此亦一直处于被描写的地位。但是，亦必须承认的是，外界对黔中的描写的确存在着诸多的误解和偏见。作为地域空间的黔中形象史，就是在自汉代以来的诸多误解、偏见和忽视、轻视的描写过程中逐渐建构起来的。

长期以来，作为地域空间的黔中形象，一直处于被贬损、被歪曲的状态。其中最大的误会和极端歪曲的描写，莫过于"夜郎自大"一语的形成和传播。据《史记·西南夷列传》载：汉使至滇，"滇王与汉使者言曰：汉孰与我大？及夜郎侯亦然。以道不通故，各自以为一州主，不知汉广大。"[2]"夜郎自大"成语出自于此。这段文字有两点值得注意：其一，滇王与夜郎王的"自大"，是因为"道不通故"，

---

[1] 钱理群、戴明贤、封孝伦主编：《贵州读本》书首，贵州教育出版社2003年版。
[2] 司马迁：《史记》第2996页，中华书局1982年版。

因为"不知汉广大",即因交通阻隔所造成。其所以发问,并非出于虚矫狂妄,自高自大。引文的后三句话是司马迁的意见,解释滇王和夜郎侯何以有如此之发问,解释文字的字里行间亦并没有轻薄或批评之意,更多的是"理解之同情"。但是,如今通用的成语"夜郎自大",则明显是一个贬义词。贬斥黔人坐井观天、虚矫狂妄、自高自大。非仅"夜郎自大"一语含有贬义,即便是"夜郎"一词,因为自然让人联想到"自大",亦成为一个不光彩的称号。从《史记·西南夷列传》这段史料脱胎出来的"夜郎自大"这个成语,实在是学者对这段文字的过度阐释,这是黔中形象第一次不光彩的被描写。其二,从上下文看,首先发出"汉孰与我大"之疑问者,是滇王,而夜郎侯只是"亦然"。在原文叙述之语气上,有明显的轻重主次之别。可是,使人不解的是,后人为何由此仅仅演绎出"夜郎自大"一语,而于首先发问之滇王,则置之不语。这种主次颠倒、轻重倒置的做法,到底出于一种什么样的心理?很值得探究。

还有,晚明文人杨文骢,以诗、书、画三绝闻名于江南,颇受江南大家之推崇,在晚明王朝的复兴运动中,功勋卓著,颇富民族气节,最后是全家壮烈殉国。可是,在孔尚任的《桃花扇》中,却被塑造成一个奸诈小人。这种有意污损黔中文化名人的做法,又是出于一种什么样的心理?对于这个问题,作者赞同刘齐的看法,黔中在被描写的过程中,"好事记在别人账上,倒霉事却落到自己头上"。[1]

成语"夜郎自大"成为黔中人士二千余年难以摆脱的心理阴影,至今仍是外省人审视贵州的一种心理定式。前述"夜郎自大",夜郎侯毕竟有过"汉孰与我大"之发问,尽管他是尾随滇王之后发出的,

---

[1] 刘齐:《看贵州》,刘学洙、史继忠《历史的理性思维——大视角看贵州十八题》之"附录",贵州教育出版社2004年版。

还算有些关联，虽然有点冤屈，但总是事出有因。至于"黔驴技穷"一语对黔中的描写，则完全是一种移花接木式的错误描写，是把倒霉事生拉活扯、毫无依据地安在了黔人的身上。柳宗元《三戒》之《黔之驴》，其开篇云："黔无驴，有好事者，船载以入，至则无可用，放之山下。"[1] 明言此驴非黔驴，是"好事者船载以入"，这只外强中干的外地驴被聪明的黔中虎吃掉了。文章本意如此，可是掌握话语权的描写者，张冠李戴，随心所欲，不顾原文本意，演绎出"黔驴技穷"这个成语，把那个本来可以代表黔中形象的聪明老虎给遮蔽了，将那个外强中干的外地驴生拉活扯地说成是"黔之驴"，为黔中形象添上了极不光彩的却是浓墨重彩的一笔。再说，柳宗元所谓的"黔"，即唐代的黔中郡，地在今湘、黔、渝、鄂之交界处，治所在今重庆之彭水，事实上与贵州无多大关系。但是，描写者依然张冠李戴，将唐代的黔中等同于今日之贵州。由此，"黔驴技穷"又成为外省人贬抑黔人的一个重要口实，这是黔中形象又一次遭遇不光彩的、影响深远的描写。其实，柳宗元《黔之驴》本身并无有意轻贱的意图，但柳宗元本人却是有意无意间参与了描写黔中的工作。如刘禹锡被贬播州（今贵州遵义），柳宗元上疏为之求情说："播州非人所居。"[2] 可能是受柳宗元的影响，同时人裴度亦说："播极远，猿猴所居。"[3] 就是这些不真实的认识和夸张的想象参与了对黔中的描写。可以说，自汉代以来，作为地域空间的黔中形象史，就是一部被歪曲和贬抑的历史，就是一部被描写的历史。

---

[1] 柳宗元：《柳河东全集》卷二十，第 232 页，中国书店 1991 年据世界书局 1935 年本影印。

[2] 韩愈：《柳子厚墓志铭》，《韩昌黎全集》卷三十二《碑志》九，中国书店 1991 年据世界书局 1935 年本影印。

[3] 《旧唐书·刘禹锡传》，中华书局 1975 年版。

对于黔中形象的描写，既有"他者"的眼光，亦有"我者"的视角。或者说，既有外籍人士的观察和想象，亦有黔中本土人士的愿景和期待。自唐宋以来，特别是在明清时期，大量外籍人士进入黔中，其中不乏在政界、学界和艺术界享受盛誉的有重要影响的人物，如杨慎、吴国伦、徐霞客、王阳明、田雯、查慎行、赵翼、洪亮吉、阮元、程恩泽、贺长龄、何绍基、严修、林则徐、张之洞等，他们进入黔中，或为官，或旅游，或探亲，或访友，或路过，留下了或多或少的描写黔中的文字，或描写黔中山水，或题咏人文景观，或记录人情风俗，或反映政治经济，通过描写黔中而参与了对黔中形象的塑造。另外，大量未涉足黔中的外籍人士，他们或通过阅读历史文献认识黔中，或通过与宦游于外的黔人交游而认识黔中，或通过道听途说而想象黔中，并将这些或真或假，或虚或实的认识、了解和想象形诸笔墨，发为诗文，亦参与了对黔中形象的描写和塑造。

黔中本土人士亦参与了黔中形象的描写和塑造。明代以来，大批黔中人士走出故土，他们或游宦，或游学，或游幕，或游历，其中亦不乏在政界、学界和艺术界有重要影响的人物，如孙应鳌、吴中蕃、谢三秀、杨文骢、越其杰、周起渭、田榕、傅玉书、郑珍、莫友芝、黎庶昌、丁宝桢、朱启钤、陈夔龙、姚华等，他们游历外省，往往因黔人身份而承受着无形的心理压力。他们有的通过自己的努力展示黔中士人的新形象，大力宣传黔中，竭力改变被歪曲、被误解的黔中形象。当然亦不乏如赵熙《南望》诗所嘲笑的某些游历于外的黔人，"往往讳蛮陬"；或如丘禾实《黔记序》所说的某些黔人"通籍后，往往籍其先世故里，视黔若将浼焉"，即讳言自己的黔人身份。黔中外游人士的这两种心态，亦参与了黔中形象的描写和塑造。另外，还有很多一辈子从未跨出省界的黔中本土人士,他们对家乡美丽自然风光的感受和企望改变贫穷落后面貌的期待,亦常常形诸笔墨,参与对黔中形象的描写和塑造。

作为地域空间的黔中形象史,就是由外籍人士(包括涉足黔中和未涉足黔中的两部分人)和本土人士(包括游历外省和固守本土的两部分人)两部分人共同描写和塑造的。其中,有因成见和偏见而发生的有意贬损,有因误会和无知而发生的无意歪曲,有因忽视和轻视而发生的极力贬低,亦有因偏爱或同情而发生的过分拔高。长期以来,外省人士对黔中形象的描写,对黔中的忽视、偏见和贬损,已给黔人造成了巨大的心理压力,导致其自信心严重不足。而黔人在这种偏见和贬损描写之压力下产生的"自我陌生",又致使其文化凝聚力和地域认同感严重欠缺。自信心的严重不足,文化凝聚力的严重欠缺,地域认同感的严重弱化,对黔中经济社会的发展,产生了重要的心理制约和消极影响。因此,消除无意的偏见和有意的贬损,还黔中文化形象以本来面目,重塑黔中形象,重建黔人的民族自信心、文化凝聚力和地域认同感,是当代贵州经济社会发展中必须面对和着力解决的问题。

2. 地理特征与黔中文化品格

(1) 地理特征与人物性格

如前所述,黔中地理,塞天皆石,无地不坡,怪石累累,层峦叠嶂,山高谷深,溪流纵横,用田雯《黔书》的话说,就是"山皆石则岩洞玲珑,水多潜故井泉勃萃"。[1] 这种地理特征,与繁华都会之地固

---

[1] 田雯:《黔书》卷二"山水"条,《中国地方志集成·贵州府县志辑》第3册,巴蜀书社等2006年版。

然无法相比；与广博坦荡之中原相比，亦迥然不同。虽然文化地理学者常常将黔中归入荆楚，归置入长江流域。但是，黔中之佳山秀水与荆楚同，而其险山激水则为荆楚所不具，此位于高原之黔中与处于平原之荆楚在地理特征上的显著区别。位于高原之黔中与西北塞漠之地理，同有雄奇险峻之美，但塞漠之苍凉悲壮则为黔中所无，黔中之清秀隽朗又为塞漠所不具。概括地说，黔中地理之特征，多山多水，山高谷深，实兼具荆楚之清秀隽朗与塞漠之雄奇险峻于一体，是典型的"大山地理"。

自然山水对人物性格之形成的影响是显而易见，虽然像"穷山恶水出刁民"这样的说法过于绝对且含有轻视之意，不易为人接受，但是，应当承认，"刁民"之"刁"，与其生活的"穷山恶水"确有相当密切之关系。生活在穷山恶水之间，还是生活在青山绿水之间，其人之心理和性格，肯定很不一样。或者说，生活在"黄河远上白云间，一片孤城万仞山"下的守边将士，与生活在"绿树村边合，青山廓外斜"之村庄中的村民，其心态肯定不一样，其性情亦一定有区别。一般说来，水有缠绵、柔弱、清洁之特点，故水边之人受水性之浸润，常有细腻、巧慧、清雅之性情。山有伟岸、高昂、厚重的特征，故山中之人受山性之陶染，常有刚强、坚忍、朴直之性情。孔子所谓"智者乐水，仁者乐山"，说的就是这个意思。故宋人庄绰说："大抵人性类其土风。西北多山，故其人重厚朴鲁；荆扬多水，其人亦明慧文巧，而患在轻浅。"[1] 亦如《嘉靖浙江通志》说："浙东多山，故刚劲而邻于亢；浙西近泽，故文秀而失之靡。"《陵县志·序》亦说："平原故址，其地无高山危峦，其野少荆棘丛杂，马颊高津，径流直下，无委蛇旁分之势，故其人情亦平坦质实，机智不生。"刘禹锡《送

---

[1] 庄绰：《鸡肋编》卷上，中华书局1983年版。

周鲁儒序》说:"潇湘间无土山,无浊水,民乘是气,往往清慧而文。"刘师培《南北诸子学不同论》亦说:"山国之地,地土垲瘠,阻于交通,故民之生其间者,崇尚实际,修身力行,有坚忍不拔之风。泽国之地,土壤膏腴,便于交通,故民之生其间者,崇尚虚无,活泼进取,有遗世特立之风。"[1]又说:"大抵北方之地,土厚水深,民生其间,多尚实际;南方之地,水势浩洋,民生其间、多尚虚无。"[2]讨论山水与人之性格的关系,从全国的视角加以分析,言之成理者,是明末李淦《燕翼篇·气性》,其云:

> 地气风土异宜,人性亦因而迥异。以大概论之,天下分三道焉:北直、山东、山西、河南、陕西为一道,通谓之北人。江南、浙江、江西、福建、湖广为一道,谓之东南人。四川、广东、广西、云南、贵州为一道,谓之西南人。北地多陆少水,人性质直,气强壮,习于骑射,惮于乘舟,其俗俭朴而近于好义,其失也鄙,或愚蠢而暴悍。东南多水少陆,人性敏,气弱,工于为文,狎波涛,苦鞍马,其俗繁华而近于好礼,其失也浮,抑轻薄而侈靡。西南多水多陆,人性精巧,气柔脆,与瑶侗苗蛮黎疍等类杂处,其俗尚鬼,好斗而近于智,其失也狡,或诡谲而善变。[3]

北方"多陆少水",故北方人质直强壮,有阳刚之美,有山之伟岸而乏水之灵气;东南"多水少陆",故东南人有阴柔之美,有水之灵气而乏山之伟岸。西南则是"多水多陆",故西南人既有山之伟岸,亦有水之灵气,是阳刚与阴柔的有机结合。李氏之言,大体符合实际。

---

[1] 刘师培:《南北学派不同论》,劳舒编《刘师培学术论著》,浙江人民出版社1998年版。

[2] 刘师培:《南北文学不同论》,劳舒编《刘师培学术论著》,浙江人民出版社1998年版。

[3] 张檀辑:《檀几丛书》第二集,清康熙刊本。

（2）山国黔中与黔人质直傲岸性格

山国之人，或"重厚朴鲁"，或"刚劲而邻于亢"，或如戴震描述自己的家乡时所说："吾郡少平原旷野，依山而居，商贾东西行营于外，以就口食。然生民得山之气，质重矜气节，虽为贾者，咸近士风。"[1] 黔中山高谷深，尤其多山，故有"尺寸皆山""跬步皆山""苍山如海"之描述，是典型的"山国"，其文化亦常被学者命名为"山地文化"。黔人生长于大山之中，"得山之气"，亦有很明显的朴鲁、刚劲、质重的特点。

评说黔人性格最深切著明者，当推黔人陈法的《黔论》，其云：

> 吾以为黔人有五病，而居黔有八便。何谓五病？曰陋，曰隘，曰傲，曰暗，曰呆。闻见不广，陋也；局量褊狭，隘也；任性使气，傲也；不通世务，暗也；不合时宜，呆也。陋者宜文之，隘者宜扩之，傲者宜抑之，暗者宜通之。而惟呆则宜保之，不可易以巧滑也。……若夫呆者，朴实而不知变诈，谨饬而不敢诡随。此黔人之本色天真之可保守而不失。由其生长溪山穷谷之中，无繁华靡丽之习可以乱其性，故其愿易足；无交游声气之广以滑其智，故其介不移。去四病而呆不可胜用矣。此黔人之宜守其所长而勉其所不足者也。

陈法所谓黔人之"五病"，皆与黔中山高谷深的地理特征密切相关。"闻见不广"是因为山高谷深而导致交通不便，对外界知之甚少，故曰"陋"。"局量褊狭"是因为"开门见山""无地不坡"而导致视野狭窄，心胸褊狭，故曰"隘"。"不通世务"亦是因为山高谷深，交通不便，见闻不广，故曰"暗"；"不合时宜"还是因为久处大山之中养成孤

---

[1] 戴震：《戴节妇家传》，《戴震文集》卷十二，中华书局1980年版。

傲性格，不与世事变通，故曰"呆"。而其"呆"，与戴震所谓"得山之气"之人的"质重矜气节"，正相接近。

作者认为，黔人性格的优点和缺点，皆与黔中山国的地理特征密切相关。故前人评说黔人性格，多从山国地理着眼，强调其淳朴质实、刚直不阿的特点。如范承勋《康熙贵州通志序》说："黔虽天末遐荒，计其财赋，不足以当中州一大郡。然其风土之淳朴，民俗之近古，犹有足多者焉。"[1]卫既济《康熙贵州通志序》说："贵州风犹近古，务质朴，耻夸诈，虽有硕德懿行，恒隐而不扬。"[2]蓝鼎元《贵州全省总论》说黔中"其民庶朴有古风，士大夫亦质直而知廉节。"[3]爱必达《黔南识略》亦说黔中"介楚之区，其民夸；介蜀之区，其民果；介滇之区，其民鲁；介粤之区，其民蒙。大率皆质野而少文，纤啬而重利。"[4]李还素《卢山司黑神庙记》说："黔，山国也，民生不见外事，俗虽侈，犹存三代遗风。"[5]陈矩在为黔人犹法贤《黔史》所作序中说："黔处万山中，其人率厚重质实，执坚忍以自表见者，所在多有，独见闻较狭，无以朴学称者。"[6]梁启超《中国地理大势论》说滇黔之地，"其民之稍优秀者，大率流宦迁贾，来自他乡，至其原民，则犹有羲皇以上之遗风也。"[7]所谓"三代遗风"或"羲皇以上之遗风"，

---

[1] （康熙）《贵州通志》卷首，《中国地方志集成·省志辑·贵州》，凤凰出版社2010年版。
[2] （康熙）《贵州通志》卷首，《中国地方志集成·省志辑·贵州》，凤凰出版社2010年版。
[3] （道光）《贵阳府志》余编卷三第1649页，贵州人民出版社2005年版。
[4] 爱必达：《黔南识略》卷一第19页，贵州人民出版社1992年版。
[5] （道光）《贵阳府志》余编卷七"文征"七，贵州人民出版社2005年版。
[6] 犹法贤：《黔史》卷首，《中国地方志集成·贵州府县志辑》（第1册），巴蜀书社等2006年版。
[7] 梁启超：《中国地理大势论》，夏晓虹编校《中国现代学术经典·梁启超卷》第707页，河北教育出版社1996年版。

亦就是淳朴质实的民风。

黔人性格最明显的特征，就是傲岸质直。或如张晓松所说："贵州人性格倔强，就像大山里的岩石，诚实梗直，粗犷豪迈，朴质无华，说话单刀直入，不大圆融善谋。"[1]这种性格的形成与多山多石的地理特征有必然的联系。故陈灿《江西布政使刘公家传》说："《黔书》云：天下之山聚于黔，其山之磊落峭拔，雄直清刚之气，一钟为巨人。近世如平远丁文诚，贵阳石侍郎，镇远谭中丞，遵义唐中丞，类皆以刚直著。"[2]"平远丁文诚"，即平远（今织金）人丁宝桢，咸丰三年（1853）进士，官至山东巡抚，四川总督，谥文诚，追赠太子太保，论杀太监安德海，被曾国藩目为"豪杰士"，《清史稿》有传。"贵阳石侍郎"，即贵阳人石赞清，道光十八年（1838）进士，官至天津知府，值英法联军入侵，赞清坚守衙门，被劫持后，绝食抗议，凛然不屈，为敌所敬重，礼送还衙，忠勇之声闻于海内。"镇远谭中丞"，即镇远人谭均培，同治元年（1862）进士，官至云南巡抚，兼云贵总督，以刚直称，所至皆有善政，为民众所景仰，《清史稿》有传。"遵义唐中丞"，即遵义人唐炯，道光己酉（1849）举人，官至云南巡抚，史称其人"性刚恪，遇事持大体，不直者，虽贵亦皆责之，以此生平多妒媢之者"[3]。

黔中士子多半以傲岸质直著称，如潘淳，《黔风鸣盛录》说他"负气节，不能随时"。吴直《橡林诗集序》说他"胸中傲然不可一世之志，而独为诗以自娱"。《贵阳府志》说他"与人谈论，常有不可一世之意，卒以此为人所中伤"。田榕《橡林诗集序》说他"负不羁之才，常有不可一世之意。……旷怀自若，芥视一切"。又如何德新，"少豪侠不羁，尚气节，喜兵法……性疏淡，无少留滞，又疾恶如仇，落落不

[1] 张晓松：《山骨印记——贵州文化论》第59页，贵州教育出版社2000年版。
[2] （民国）《贵州通志·人物志》卷五第206页，贵州人民出版社1989年版。
[3] （民国）《贵州通志·人物志》卷五第205页，贵州人民出版社1989年版。

随流俗，未尝有意轻人，而人每以此少之"。[1]还有开州李如琳，"性廉敏疏落，不屑屑与时为变通"。[2]

黔中士子在仕途上，为人骨鲠正直，多为敢言之士。如詹英，参奏王骥，名倾一时，"诣阙自陈，朝臣争识其面"。[3]如王炯，官南部知县，迁兴化同知，孙应鳌称之曰："阐斋（王炯字）清高正直，方劲廉切，负人世卓绝之行，含宇宙太冲之气，世俗不撄其心，万物不扰其虑，可以想见其为人也。"[4]如徐节，官右副都御史，"以刚直忤刘瑾"，[5]他在《简李美中索其疏草》诗中说："才听人人说，南州有硬黄。至今闻铁李，喜复在吾乡（原注：平越黄用章先生，守正不阿，时有'硬黄'之目。美中敢言，复有'铁李'之称）。义命君能澈，升沉我亦忘。不须焚谏草，留取式维桑。"[6]用章，黄绂字，《明史》有传，其为人"廉峻刚正，遇事飚发，义所在必行其志，即重忤权贵不恤，为郎中，即有'硬黄'之目"。[7]如李时华，官至监察御史，史称"华性峭直，好论时事"，"平生忠鲠，弹劾不避权贵，奸邪震慑，故天下知与不知，无不钦其风采"。[8]如徐卿伯，官监察御史，史称其人"刚直敢言，多所论建"，"朝臣以其好言，多弗便，乃外用"。[9]如包祚永，"性明憨，遇事敢言，故朝廷咸重之"。[10]

---

[1]（道光）《贵阳府志》卷五十三第1056页，贵州人民出版社2005年版。
[2]（道光）《贵阳府志》卷五十三第1060页，贵州人民出版社2005年版。
[3]（道光）《贵阳府志》卷七十三第1293页，贵州人民出版社2005年版。
[4]《黔诗纪略》卷四第146~147页，贵州人民出版社1993年版。
[5]（道光）《贵阳府志》卷七十三第1294页，贵州人民出版社2005年版。
[6]《黔诗纪略》卷一第17页，贵州人民出版社1993年版。
[7]《黔诗纪略》卷二第54~55页，贵州人民出版社1993年版。
[8]（道光）《贵阳府志》卷七十三第1298页，贵州人民出版社2005年版。
[9]（道光）《贵阳府志》卷七十三第1301页，贵州人民出版社2005年版。
[10]（道光）《贵阳府志》卷七十六第1363页，贵州人民出版社2005年版。

如花杰，"官御史日，与蜀人胡大成皆号为敢言之士"，[1]直言敢谏，不畏权势，参倒不少权臣，人称"花老虎"或"殿上虎"。如侯位，"性刚毅，不畏强御，一切以法应之，得强项声"。[2]如陆洙，以《感时》诗"讽珰刘瑾，瑾怒，中伤之，击折其齿"。[3]如田秋，"在谏垣最有声"。[4]如王木，曾为御史，"多所弹……以鲠直为时所抑，遂拂衣归"。[5]如刘子章，"为人骨鲠正直，不避权要，每遇议，义所不可，辄力争之，争之必求直而后已，其天性然也。……严操守，不肯承望上官风旨"。[6]如赵侃，其"当言路，挺直不阿，举弹无所避，权倖畏惮，风裁凛然，望犹在草亭上"。[7]如越英，其为人"方直不为势力所挠"。[8]如陈尚象"在言路，知无不言，言无不尽，直声震朝野"，邹忠介《陈心易给谏疏草序》称"其气直，其心赤，洵可传也"。其在志局，土酋安国亨夜持千金欲有所关说，厉色麾之。一意摅胸中所欲吐，如喉中有物，必尽乃止。[9]如杨师孔"性孤峻，丰裁整肃"。[10]如潘润民，其为人"端悫直谅，无机械，无城府，孝友出于天性……与人交，至诚无伪，频笑不轻，初见以为凛凛难亲，久而知其坦然温然也"。[11]如周起渭，其"为人易直，不立崖岸，

---

[1]　（道光）《贵阳府志》卷七十九第1404页，贵州人民出版社2005年版。
[2]　《黔诗纪略》卷二第84页，贵州人民出版社1993年版。
[3]　《黔诗纪略》卷二第97页，贵州人民出版社1993年版。
[4]　《黔诗纪略》卷二第101页，贵州人民出版社1993年版。
[5]　《黔诗纪略》卷二第107页，贵州人民出版社1993年版。
[6]　《黔诗纪略后编》卷二，清宣统三年陈夔龙京师刻本。
[7]　《黔诗纪略》卷二第69页，贵州人民出版社1993年版。
[8]　《黔诗纪略》卷二第86页，贵州人民出版社1993年版。
[9]　《黔诗纪略》卷十一第409～410页，贵州人民出版社1993年版。
[10]　《黔诗纪略》卷十一第457页，贵州人民出版社1993年版。
[11]　《黔诗纪略》卷十一第477页，贵州人民出版社1993年版。

与人交有始终",[1] 故查慎行《送周桐野前辈督学顺天》诗云:"先生人中龙,天与君子性。平时颇跌宕,临事乃刚正。……公貌愈廉冲,公怀直且劲。和光得人爱,严气生我敬。"[2]

"大山地理"涵孕了黔人傲岸质直的性格,黔人陈夔龙对此有切身感受,他在《含光石室诗草序》中说:"吾黔僻处万山中,去上京绝险远,风气号为陋鄙,士生其间,率皆质直沉静,不屑屑走声逐影,务以艺鸣于绮靡浮嚣之世。"[3] 黔中文人尤其如此,如吴中蕃《癸丑正三日走谢曹澹余中丞未及见而归作此自咎》诗云:

> 破衾高卧万山雪,忽致新吟诗数帙。
> 若论时情固所难,循分亦应躬走谒。
> 及到辕门忽一思,我年亦已过半百。
> 鞠躬后进行辈中,尚复何求甘磬折。
> 忽呼篮舆舁余旋,怀刺一任空漫灭。
> 入门老母问城事,半晌低头说不得。
> 园中羞见砌傍梅,开遍南枝又到北。
> 如此清光如此香,胡为竟使终朝隔。
> 移花床下意茫茫,没尽残阳犹面热。[4]

曹澹余,名申吉,时任贵州巡抚,因闻吴中蕃名而寄诗慰问。一省最高行政长官寄诗慰问,于常人而言乃何等荣幸之事。吴中蕃亦觉得"循分亦应躬走谒",登门拜访,以致谢忱。从隐居之地至省城约二十里

---

[1] 杨钟羲:《雪桥诗话续集》,民国求恕斋丛书本。
[2] 周起渭著、欧阳震等校注:《桐埜诗集》之"附录",贵州人民出版社1999年版。
[3] (民国)《贵州通志·艺文志》卷十七第786页,贵州人民出版社1989年版。
[4] 《黔诗纪略》卷二十七第1126页,贵州人民出版社1993年版。

路程，诗人一路奔波，"及到辕门"却"忽呼篮篳异余旋"，原因是不愿以"半百"之身"鞠躬""磬折"于"后进行辈中"。既去又回，于老母之追问，"半响低头说不得"，甚至还"园中羞见砌傍梅"，"没尽残阳犹面热"。其质直傲岸之性格，在此矛盾心情和尴尬行动中，生动再现。又如郑珍《无事到郡游三日二首》（其一）云：

> 入城耻人见，入店愁主恼。朝饭熟未兴，夜灯续还晓。
> 默默但游寝，与语殊不了。客似无一识，来者尽头掉。
> 劝客衣而冠，何家不堪造。渠厅多贵人，无我未为少。
> 我亦未用彼，敬事不相蹹。[1]

家中无事，到郡闲游，本为快事。可是，诗人到了郡城，一是"耻人见"，二是"愁主恼"。因为性情沉静，由于性格质直，来到郡城，本为闲游，却"默默但游寝"，幽居于客舍中读书，以致"朝饭熟未兴，夜灯续还晓"，何尝有闲游交际之乐。对于店主的劝告，亦是"敬事不相蹹"。其矛盾心情和尴尬举动，与吴中蕃近似。黔中文人"不屑屑走声逐影"之性情，于此可见一斑。

"僻处万山"培育了黔人质直沉静、傲岸正直的性格，故学者论及黔人性格与文学之与众不同处时，皆不约而同地强调黔人之"生长边隅"。如朱彝尊《静志居诗话》说："君采（谢三秀）诗甚清稳，由其生于天末，习染全无，此黔人之轶伦超群者。"[2]曾国藩称："莼

---

[1] 杨元桢：《郑珍巢经巢诗集校注》前集·卷三第87~88页，贵州人民出版社1992年版。
[2] 朱彝尊：《静志居诗话》卷十七，黄君坦点校，人民文学出版社1990年版。

斋（黎庶昌）生长边隅，行文颇得坚强之气。"[1]邓之诚《清诗纪事初编》说："起渭生长边方，诗颇清稳，故自可贵。"[2]

另外，值得注意的是，"僻处万山"的生存环境不仅培育了黔人傲岸质直的性格，亦涵育出黔人安足凝滞之心态。历史上的黔中是所谓的"溪峒"地区，"僻处万山"的黔中大地散布着大大小小约2000余个坝子，这些山环水绕、自成一体的坝子，被称为"溪峒"。"溪峒"在经济上自给自足，由于交通不便，彼此之间很少往来，人们重土少迁，人口流动性不大，是典型的"小国寡民"状态。在这样的环境中，培育出黔人安足凝滞的心态。张晓松指出：

> 在贵州，由于山地的封闭与生存条件的不甚丰富，使人往往处于'有而不足'的生存环境之下，但山里的人善于调适自己的心态，满足于这种宁静自在的生活，把欲望和要求压缩到最低限度，而很少产生危机感、压力感和紧迫感，却始终保持着安足不争的、桃花源式的心理。这样一种达观自在的人生态度，使他们常能镇定自若、游刃有余地对付各种不可预料的天灾人祸。[3]

这种安足凝滞的心态，与傲岸质直的性格，表面上看似乎是对立矛盾的，可实际上它们却统一在黔人的身上。我们阅读黔中士子的传记，可以发现，他们在家居闲处时，更多表现出安足凝滞的一面，大多数人纵情山水，怡情自然，闲适恬淡；而在面临大是大非问题时，或者在仕途上，则多半以傲岸质直著称。作者认为，这种双重性格，是在

---

[1] 薛福成：《拙尊园丛稿序》，（民国）《贵州通志·艺文志》卷十七，第764页，贵州人民出版社1989年版。
[2] 邓之诚：《清诗纪事初编》，上海古籍出版社1984年版。
[3] 张晓松：《山骨印记——贵州文化论》第60～61页，贵州教育出版社2000年版。

"大山地理"背景上形成的，故亦可称之为"大山性格"。或者说，"大山性格"就当具有这两方面的特点。指出这一点非常重要，因为它是我们理解黔中文学风格在坚强刚健一面之外还有平淡清稳一面的主要原因，亦是导致黔中文人普遍推崇陶渊明其人其诗的一个重要原因。

总之，"僻处万山"中的"大山之子"在"大山地理"之涵孕下形成了所谓的"大山性格"。大山与黔人、黔中文化、黔中文学有着千丝万缕的关系。黔中的文化特征和黔人的文化心态，一定程度上就是由大山决定的。诚如石培华所说："雄奇险峻的山水，造就了贵州人具有千山万壑的气魄；秀丽的风景和湿润的气候，孕育了贵州人的灵气和聪慧；恶劣的生存环境和落后的经济，则磨砺了贵州人的坚韧；复杂多变的地形和气候，众多的民族，造就了贵州人的思辨能力。"[1]这种蕴含着山之气、山之骨而形成的以坚忍不拔、质直傲岸为主要特征的"大山性格"，是黔人弥足珍贵的精神资源。比如，贵州织金人朱厚泽，曾任中共贵州省委书记、中宣部部长，他在1987年参观乐山大佛时，得知此大佛是黔中海通法师不避艰险、矢志不移、挖目集资修建而成时，即感慨说："贵州多山，大山有大山的风骨；山多钙多，贵州人应该不缺钙。"贵州人不缺钙，贵州人具有坚忍不拔、质直傲岸的坚强之气，而这正是在"大山的风骨"中涵孕而成的精神。所以，1991年1月他写信给寓居在上海的黔籍诗人黎焕颐，题名为"山之骨"，并在信笺的页眉上自注说："接南国友人书云：遥望京华，冰雪凌寒，念也何似！世俗缺钙，而贵州多山，山，钙之骨也，应为吾辈所珍。……故有此复，戏题为'山之骨'。"[2]另外，林同济1941年5月途经贵州，写下了《千山万岭我归来》一文，对"山地文明"或"大山

---

[1] 石培华、石培新：《孤独与超越——感受一个真实的贵州》第85页，贵州人民出版社1998年版。
[2] 刘学洙：《我眼中的朱厚泽》（下），《贵阳文史》2009年第1期。

精神"有一段很值得注意的评价,其云:

> "留得青山在,不怕没柴烧!"我们中国文明,一向是在平原上发展,偏重于利用平原,对"山地"的价值,始终不了解。我们这次经过了一千公里的山地,尽是牛山濯濯,不见一座森林。我心中起过怪感:一个民族,数千年来,对一切崇高的天然遗产——山——不断地摧残、剥削、蔑视,终不会有好报的。山地弄得全部濯濯之日,就是我们民族富力扫地,精神扫地之日!现在局面,已经迫着我们这个"平原为基"的民族,来到"山地"上寻求复兴的柱石。我们必须要认识山地,爱护山地,发挥山地的威力——养林,开矿,牧畜,果艺……换言之,创造"山地文明"以补我们数千年"平原文明"的不足。即进而就民族精神方面说,"平原型"的精神,博大有余,崇高不逮。我们这个平易中庸的民族,所急急需要的,也许正是一股崇高奇险的"山地型"的气魄。[1]

林同济的言论是有感而发。在他看来,中华数千年来的文明是"平原文明",其特征是"博大有余,崇高不逮"。而"山地文明"是一种崇高的文明,拥有"崇高奇险的山地型的气魄"。这种崇高的气魄,就是朱厚泽所说的"山之骨""山之钙",亦是我们所说的以坚忍不拔、傲然质直为内涵的"大山性格"。延续数千年的"平原文明"养成的平易中庸性格的中国人,需要的正是这是"山地文明"的崇高气魄。因此,忽视山地文明,摧残山地遗产,就是忽视和摧残崇高文明的精神价值。

3. 地域风尚与黔中文化品格

黔中地域文化风尚丰富多彩,品类繁多,就其对黔中地域文化品

---

[1] 施康强:《浪迹滇黔桂》,中央编译出版社2001年版。

格之塑造，起着重要影响和推动作用的，主要有民族风尚、黑神信仰和阳明心学等三个方面，以下分别论述之。

(1) 民族风尚与黔中文化品格

黔中大地是一个少数民族较为集中的地区，是一个民族流动的大走廊，亦是汉族移民较多的地区。据统计，贵州的少数民族人口约占全省总人口的三分之一，并且民族成分复杂多样，仅世居少数民族就有十七个之多，其中以苗、布依、侗、彝、水的人数最多，分布区域最广。境内少数民族在文化上分属苗瑶、百越、氐羌、濮四个族系，在语言系统上均属汉藏语系，分属苗瑶语族、壮侗语族、藏缅语族和仡拉语族。操苗瑶语的有苗族、瑶族、畲族等，属苗瑶族系，古称"南蛮"。操壮侗语的有布依族、侗族、水族、毛南族等，属百越族系，古称"越人"。操藏缅语的有彝族、土家族、白族等，属氐羌族系，古称"氐类"。操仡拉语的有仡佬族等，属濮系，古称"濮人"。据考察，在早期的黔中大地上，最早的居民是濮人，其西面居住的是氐羌，东面居住的是苗瑶，南面居住的是百越。秦汉以后，四大族系发生了变动，开始大规模的持久的迁徙活动。濮人逐渐衰落，氐羌、苗瑶、百越等民族纷纷迁入到地广人稀的黔中地区。唐宋以后，汉族人口亦大量迁入，致使黔中成为西南四大族系和汉族的交汇点。大体而言，在黔中的移民进程中，汉族由北向南迁入，氐羌族自西向东迁入，苗瑶族自东向西迁进，百越族则自南向北推进，他们从四方八面进入黔中，分散乃至挤走了原先定居在此的濮人，最终形成"大杂居、小聚居"的民族网型分布格局。概括地说，在黔中的几大区域中，黔东南、黔南和黔西南主要集中了苗瑶和百越两大族系，黔西北、黔东北则主要居住的是氐羌族系，黔北则以汉族居多，仡佬族则因被其他民族隔开而呈点状分布。因此，黔中大地亦就成为各民族文化相互碰撞、互相对流、彼此影响、相互渗透、互相置换的文化交融大走廊。[1]

作为一个民族迁徙和民族文化交融的大走廊，黔中地域的文化身份很难确定，虽然学者常以民族文化标示黔中地域文化身份。但是，与西藏、新疆、内蒙古乃至广西、宁夏等省区以一至二个主体民族构成的地域相比，它的民族成分过于复杂，其民族文化身份亦不显著。与中原、齐鲁、三秦、巴蜀、荆楚等特质鲜明的主导型文化相比，其地域文化身份更加隐晦。比如，在21世纪初出版的"中国地域文化大系丛书"，按地域文化类型分为十九卷，如东北三省为"东北文化"，西藏、青海为"青藏文化"，四川、重庆为"巴蜀文化"，湖北、湖南为"荆楚文化"，广东、广西为"岭南文化"，陕西为"三秦文化"，山东为"齐鲁文化"，河北为"燕赵文化"，等等，其中有一卷是"贵州文化"。为一个省的地域文化单列一卷，不是特例；但是以省名命名一个省的地域文化却是特例，这说明贵州文化是单独的一种类型，亦说明其文化身份不显著，以省名命名其文化，是权宜之计。正是基于这样的原因，张晓松将黔中地域文化特征概括为杂而不争、共生共荣、多元一体，是比较切合实际的。所谓"杂而不争"，首先体现在它是一个多种文化杂糅而成的复合型文化，其中既有来自印度的佛教文化，来自西亚的伊斯兰文化，来自欧洲的基督文化，来自中原的儒家文化和道教文化；亦有多民族文化的混杂共存，有氐羌族系的游牧文化，有苗瑶族系的山地文化，有百越族系的耕作文化。黔中文化的杂是全方位的，举凡民族、习俗、传统、建制、语言、信仰、生产生活方式，等等，皆以杂著称。尤其值得注意的是，由于特定地域区位

---

[1] 参见张晓松：《山骨印记——贵州文化论》第98～104页，贵州教育出版社2000年版。

和地理特征的影响，黔中文化虽然杂但是不争，有"杂而不争"的特点，各民族文化、各地域文化多元共存，相互辉映，互相适应，彼此调节，相互交融，并未发生明显的矛盾和冲突，故曰"不争"。因为"杂而不争"，所以境内的各种文化处于"共生共荣"的状态。青岩古镇就是一个典型的个案，在这里，儒家文化、道家文化、基督教、佛教、天主教与民族文化和平共处，相安无事，是黔中多元文化"共生共荣"的一个缩影。镇远青龙洞亦是一个典型例子，在同一座山上，中原禅院、青龙道观、江西会馆、紫阳书院、戏院戏台聚集在一起，曲径通幽，相互联通，共生共荣，相互融会，而又各呈异彩。黔中地域文化此种杂而不争、共生共荣的特点，充分体现了中华民族文化"多元一体"的总体特征。[1]

黔中地域文化此种杂而不争、共生共荣的特点，其负面价值在于它未能形成特色鲜明、集中统一的文化身份品牌，其正面价值就是它有巨大的包容性，始终能够以一种开放的姿态去接纳外来文化，为多元文化在黔中的生存和发展留下了广阔的空间。明白这一点，对理解黔中古近代文学的特征很重要。黔中古近代文学之发展呈现出一个开放性的体系，杂多而不能自成一体，有一批驰名全国的诗文名家，甚至有大致统一的文学题材和艺术风格，却未能形成独具特色的地域诗文流派，这与黔中地域文化杂而不争、共生共荣的总体特征相吻合，与黔中文人开放的文化姿态密切相关。

其次，在黔中这样一个民族移动的大走廊中，活动着的苗、布、侗、彝、水等世居少数民族，他们能歌善舞，极富浪漫激情和娱乐精神。置身于其中的文人学士，受此种民族风尚的感染，培育起浓郁的诗性

---

[1] 参见张晓松：《山骨印记——贵州文化论》第108～123页，贵州教育出版社2000年版。

精神，使诗歌创作和艺术欣赏成为黔中文人特别热衷的一项精神活动。作者以为，处于边省地区的少数民族，在诗性精神上，往往比处于政治、经济、文化中心地区的汉族人，更强烈，更充沛，更浓郁。

一般而言，诗性精神是人类特有的一种精神状态，亦是人类与生俱来的一种精神品质。并非只有诗人才具备此种精神，常人皆有诗性，只是与诗人相比，有轻重强弱之不同而已。事实上，就像人人都具备成为圣人的素质一样，人人皆有成为诗人的先天条件，只不过由于种种原因，此种潜在的基质没有能够充分地展现，此种先天条件没有得到充分地利用。而诗人则是将此种潜在基质和先天条件充分展示和利用了的人群。所以，在一般情况下，诗人当是最富诗性精神的人群。"诗性精神"一词最早见维柯的《新科学》。所谓"诗性精神"，是指人类原初的一种思维方式，恩斯特·卡西尔称之为"神话思维"，列维·斯特劳斯称之为"原始思维"。根据维柯《新科学》所揭示的观点：没有任何经验的儿童的活动，必然是诗的活动。原始民族作为人类的儿童，其创造的文化包括诗歌、宗教、语言和制度等等，都是通过形象思维而不是抽象思维形成的，因而都带有创造和虚构的性质。人类最初的创造，完全是诗性的创造，是以"诗意地"方式对待世界上的一切。因此，其活动是诗的活动，其文化是诗的文化。人类进入抽象思维时代，亦就由童年期进入成年期，形象思维受制于抽象思维，诗亦就失去了原有的强旺的生命力。[1]的确如此，童心即诗心，原始民族的诗性精神往往是最强烈的、最浓郁的。因此，西方文学理论家常常认为儿童是天生的艺术家，传统中国学者讲创作亦尤重"童心"，古今中外文学大家的代表作常常是创作于早期而不是晚期，中国文学史上大部分独创性极强、富于浪漫精神和诗性精神、能开创一代新风

---

[1] 参见朱光潜：《西方美学史》（上卷）第334页，人民文学出版社1979年版。

气的作家,多来自文化相对落后的民间或边省,而不是文化相对发达的中心地区。少数民族地区是歌舞的海洋,少数族人以诗传情,以歌叙事,以舞娱神,其诗性精神往往较文化发达地区的汉族人更强烈、更充沛。

黔中地区的民族风尚蕴含着丰富的诗性精神,集中体现在它的民族节日文化中。据原贵州省民族事务委员会和文化厅编印的《贵州省民族节日概况一览表》统计,一年之中,全省各族的节日聚会有1046次(处),是全国民族节日最多的一个省份,平均每天有3个民族节日。按民族区分,一年之中,苗族有651次(处),布依族有171次(处),侗族有84次(处),水族有43次(处),彝族有23次(处),回族有13次(处),仡佬族有11次(处),瑶族有2次(处),其他民族有48次(处)。其中比较著名的,如"二月二"(苗)、"三月三"(苗、布依)、"四月八"(苗、布依、侗、瑶)、"六月六"(苗、布依、侗)、跳洞(苗)、跳月(苗)、跳花(苗)、赶查白(布依)、赶圣德山(侗)、踩桥(苗)、踩山(苗)、火把节(彝)、牛王节(苗、布依、侗)、龙船节(苗、汉)、鼓社节(苗)、吃新节(苗、仡佬)、敬桥节(苗)、姊妹节(苗)、端节(水)、卯节(水、瑶)等,五花八门,种类繁多,特色鲜明。按其性质划分,大体可以分为三类:一是季节性的,具有动员春耕和督促生产的作用,这类节日在黔中各民族地区达数百个之多,是数量最大的。二是纪念性的,或是纪念民族英雄人物,或是纪念重大历史事件,这类节日数量亦不少,约有70余个。三是祭祀性的,或祭奠英雄和祖先,或祭祀古树、奇石等灵物,亦有近40个。[1]

---

[1] 吴正光:《贵州高原上的少数民族节日》,贵州省文管会办公室等编《贵州节日文化》第1~5页,中央民族学院出版社1988年版。

黔中地区的民族节日不仅种类繁多，数量庞大，特色鲜明。与汉族人以家族本位为特征的节日活动不同，黔中地区的民族节日活动，是以民族、地域为本位，大多数节日都有集中的活动场所。特别引人注目的，是它的规模特别庞大。据《贵州省民族节日概况一览表》统计，参与人数在万人以上的达200多次，在千人以上、万人以下的达500余次。如镇远、三穗、天柱等地的侗族于七月十五"赶圣德山"，天柱渡马苗、侗族人于七月二十日举行的"七月二十坪"歌节，黄平谷陇苗族的"九月芦笙会"，台江施洞苗族的"五月龙船节"，兴义布依族的"查白歌节"等，都是黔中地区著名的节日盛会。因此，可以说，黔中地区的民族节日，不仅数量繁多，在全国是名列前茅；而且参与人会数众多，在全国亦是首屈一指。

节日是在一定地域和时间内举行的具有周期性、稳定性和群众性的集体活动。民族节日集民情风俗、民间歌舞和民间工艺于一体，是展示风尚习俗和民族精神的一个重要舞台。值得注意的是，无论是季节性节日和纪念性节日，还是祭祀性节日，皆有非常浓厚的娱乐性特征，展示了少数族人强烈的诗性精神。或者说，即便是在纪念性节日和祭祀性节日中，纪念和祭祀的仪式虽然存在，并且必不可少，但是，它仅仅是一个仪式或者载体，而借助这个载体开展的娱乐性活动，往往才是其主体部分。这种娱乐性特征，具体体现在它的游戏性、艺术性和浪漫性三个方面。

首先，黔中民族节日的娱乐性特点，集中体现在普遍开展的艺术性活动中，尤其是在歌舞艺术的展演上。在人类历史上，节日活动与歌舞艺术的展演，从一开始就是相伴而生的，是密不可分。常常是有节就有歌，有歌便有舞，往往是歌舞相伴，且歌且舞。在黔中地区，一次隆重的民族节日，就是一场民族群体的大联欢，亦是一次民族歌舞艺术的大展演。据不完全统计，黔中地区仅在节日集会演唱的传统民歌就有30余种，表演的民族舞蹈亦有30多种，演奏的乐器更是五花八门，亦不下30种。[1]苗族的"花场"、侗族的"歌堂"和水族的"端坡"，就是这种民族歌舞艺术的展现场所。黔中地区名声远扬、影响广泛的民族节日歌舞集会，有苗族芦笙会和布依族的查白歌节。苗族同胞喜好芦笙，形成了独特的"芦笙场文化"。苗族同胞遇节必歌，逢节必舞，皆以芦笙为主要乐器。"芦笙场文化"的艺术性特征，正如学者所说："芦笙场作为一种文娱活动，能够吸引人们成千上万地参与，是不能忽视其强烈的刺激性及审美作用的。一方面，人们在笙歌合舞过程中，能够产生愉快感情，消除疲劳和痛苦，得到精神上的慰藉；另方面，场上悠扬婉转的芦笙曲，清新悦耳的歌唱，优美动人的舞姿，雍容华贵的盛装，珠光闪闪的银饰，都有一股诱人的魅力，给人以美的享受，激动人的心力，使人乐观旷达，感觉人生的丰富有趣，增强生活的信念。"[2]凯里舟溪甘囊香的芦笙堂便是此种"芦笙堂文化"的显著代表，据说此芦笙堂创建于六百多年前，是苗族地区历史悠久、规模宏大的一处芦笙堂，其刻碑勒石曰："窃惟吹笙跳月，乃我苗族数千年来盛传之正当娱乐。每逢新年正月，各地纷纷循序渐举，以资娱乐而贺新年，更为我苗族自由婚配佳期，其意义之大良有也。"与此可相提并论的，是布依族的查白歌节。查白歌节是兴义布依族民众的传统歌节，在每年农历六月二十一日至二十三日举行，歌场位于兴义顶效的查白寨，是为纪念布依族青年查郎为民除害和与白妹坚贞不渝的爱情而创建。其规模宏大，盛况空前，届时有来自周边十余个县和广西、云南等地

---

[1] 吴正光：《贵州高原上的少数民族节日》，贵州省文管会办公室等编《贵州节日文化》第8～9页，中央民族学院出版社1988年版。

[2] 杨昌国：《试论苗族"芦笙场文化"》，贵州省文管会办公室等编《贵州节日文化》第103页，中央民族学院出版社1988年版。

的各族民众三至四万人参与。其赶表说情的"查白情歌"，丰富多彩，具有较高的艺术魅力和民俗价值。此外，兴义布依族的赶毛杉树节，三穗侗族的赶圣德山，天柱侗族的七月二十坪，亦是规模宏大的万人歌会。

其次，黔中民族节日的娱乐性特点，还集中体现在普遍开展的游戏性活动中。这种游戏性活动五花八门，特色鲜明，有斗牛、斗雀、斗鸡、斗猪、赛马、射弩、摔跤、拔河、拉鼓、划龙船、踢毽、登山、捕鱼、耍狮子、舞龙灯、打磨秋、抢花炮等。其中，最为人熟知的是划龙船和斗牛。如台江县清水江两岸施洞地区的苗族民众，以划龙船活动命名的"龙船节"，最负盛名。通常是在小端午（五月初五）划一天，大端午（五月二十四日至二十七日）划四天，并伴随着斗牛、斗雀、踩鼓、游方等活动。划龙船活动具有多重社会功能，如祈雨、求子、祛瘟、禳灾等。但是，随着历史的发展，其祈雨、禳灾等功能逐渐淡化，其世俗性的有娱乐性质的游戏功能逐渐彰显，并成为活动的主要内容。苗族民众开展的划龙船活动之盛况，沈从文《箱子岩》一文，有生动的描写，可供参考。沈从文在箱子岩目睹了当地苗族同胞的玩龙舟活动，活动的热闹场面，男女老少的欢乐激情，从早到晚的尽情玩船，从傍晚到深夜的饮酒狂欢，给沈从文留下了深刻印象。他在文章中感叹说："提起这件事，使我重新感到人类文字语言的贫俭。那一派声音，那一种情调，真不是用文字语言可以形容的事情。""我可以说的，只是自从我把这次水上所领略的印象保留到心上后，一切书本上的动人记载，皆看得平平常常，不至于发生惊讶了。"他觉得箱子岩的苗族同胞有"娱乐上的狂热"精神，是"一群会寻快乐的乡下人"，他们"按照一定的分定，很简单的把日子过下去"。他发现："这些人根本上又似乎与历史毫无关系。

从他们应付生存的方法与排泄感情的娱乐上看来，竟好像今古相同，不分彼此。""这些人生活都仿佛同自然已相融合，从容的各在那里尽其性命之理，与其他无生命的物质一样，唯在日日升降寒暑交替中放射、分解。"其他地区的苗族民众的生活，亦大体如此。另外，黔中地区的少数民族喜欢以斗为特征的游戏活动，如斗牛、斗雀、斗鸡、斗猪等，又以斗牛最负盛名。如苗族民众热衷斗牛，基本上每个节日集会都有斗牛活动，每年还有专门的斗牛节。斗牛先得养牛，能够得到一头理想的斗牛，是苗家人的极大荣幸，有时甚至不惜花费比常牛超出数倍甚至数十倍的价钱购买相中的斗牛。在斗牛活动中，牛主双方的亲戚朋友到场呐喊助威，气氛相当热烈。若斗牛获胜，则是苗家人最大的快乐，亲友还为之放炮送礼。这种斗牛活动，充分地展示了苗族民众的游戏精神和娱乐激情。

最后，黔中民族节日的娱乐性特点，还体现在各族青年男女在各种节日里开展的谈情说爱活动中。如苗族的游方、布依族的赶表、侗族的行歌坐夜等，皆是各族青年男女极富浪漫色彩的恋爱活动。如苗族的游方，又称"摇马郎"，是苗族青年男女自由交往、自由恋爱的社交活动。不同地区的苗族青年男女，其游方规则略有不同。或在女方家中举行，即爱慕某姑娘的男子，到女方家中叙谈饮酒，向姑娘倾诉感情。大多数情况是在村寨边上的游方场所（又称"马郎坡"）进行。或者没有固定场所，男子到姑娘家门口吹木叶、打口哨、唱情歌，逗引姑娘出来游方对歌。虽然在平时亦时有游方活动，但在节日里游方则是最普遍的，可称为规模空前的集体恋爱活动。如有东方最古老的情人节之称的台江苗族姊妹节，就是以男女游方活动为主要内容的苗族传统节日。如布依族的赶表，又称"浪哨"，是布依族青年男女的自由恋爱活动。所谓"赶表"，就是寻找意中人。在布依族的婚姻观念中，同姓同辈者视为同胞兄弟姐妹，不玩耍，不对歌，不赶表，不通婚。不同姓氏的同辈人则为表亲，以"老表"相称，可玩耍、对歌、赶表、通婚。赶表通常是在节日里举行，在节日的歌场中，布依族青年男女以歌相会，以歌传情，以歌交友，以赶表情歌为媒介定情议婚。如兴义布依族的查白歌节，虽为纪念查郎的为民除害和与白妹忠贞不渝的爱情，实际上就是布依族青年男女谈情说爱的一个重要节日。

总之，黔中地区的地域民族风尚，集中展现在种类繁多的民族节日里，具有相当明显的娱乐性特点，无论是节日里艺术性的歌舞展演，还是具有游戏性的以划龙船、斗牛为代表的竞技活动，抑或是具有浪漫特点的游方、赶表等恋爱活动，皆体现了黔中地区各民族民众普遍拥有的娱乐精神、游戏精神和浪漫情趣。或者说，黔中少数民族民众由强劲的生命激情所激发出来的娱乐精神或游戏精神，实质上就是一种诗性精神或艺术精神。所以，作者认为，黔中"大山地理"是一种诗性地理，[1] 黔中"大山文化"是一种诗性文化。

（2）黑神崇拜与黔中文化品格

黔中地区是一个民族移动的大走廊，是一个多民族文化的汇聚区，因此亦是一个各种宗教信仰和神灵崇拜纷繁杂呈的地区。在这里，既有各民族的原始宗教、灵物信仰和祖先崇拜，亦有来自中原和异域的宗教信仰、灵物观念和英雄崇拜。但是，值得注意的，并且亦是常常被忽略的，是黔中地区各民族、各阶层和各地域普遍存在的黑神崇拜现象。可以说，黑神崇拜产生于黔中，流行于黔中，是黔中大地上和黔人圈子里独有的神灵崇拜现象。黔人崇拜黑神，犹如川人之祀川主，

---

[1] 参见本书第四章第二节"黔境即诗境"。

具有相当明显的特殊性和普遍性。[1]

　　黔人崇拜黑神而建黑神庙以祀之，其庙宇异称较多，有黑神庙、黑神店、黔阳宫、忠烈宫、忠烈庙、忠烈祠、南霁云祠等称号。据张澍《续黔书》"黑神庙"条说：黔中黑神，"其香火无处无之，几与关壮穆等；而其威灵响捷也，亦几与壮穆埒"。[2] 黑神庙遍布黔中大地。据（道光）《贵阳府志》，仅在贵阳地区就有十一处。另外，在黔中境外如四川、重庆、湖北、湖南、广西和云南等地亦有黑神庙，亦有黑神崇拜现象。但是，可以肯定的是，这些地方的黑神崇拜现象都是黔中移民带过去的。在古代，会馆与庙宇合二为一，明清以来的黔人大量移民周边省份，为求同乡之谊而修建同乡会馆，这些同乡会馆亦就被命名为忠烈宫或黑神庙。所以，周边省份的黑神崇拜是黔人带过去的，周边省份的忠烈宫或黑神庙是黔人修建的同乡会馆。因此，在一定程度上可以说，黑神是黔中地域文化身份的一个标志，或者说是地域文化名片。

　　讨论黔人的黑神崇拜，首先需要说明的，是黑神的原型为谁？任何一种神灵崇拜皆有其原型，其信仰观念的内涵就是由其原型之特征决定的，黑神崇拜亦不例外。关于黑神之原型，历来有多种说法，或说是南霁云，或说是夜郎王，或说是孟获，或说是刘本，或说是当地部族首领等。但是，从明代中期以来涉及黑神崇拜现象的所有公私文献，关于其原型，基本上皆指向中唐将军南霁云。作者认为，以南霁云为黑神之原型，是起源于民间，而后得到官方认可，并进入国家祀典，由政府或民间出资修庙以祀之。这在明清以来的史料中是确定无疑的。

---

[1] 关于黔中地区盛行的黑神崇拜现象，作者在《贵州地域文化精神研究》（贵州人民出版社2020年版）一书中已有详细的讨论。在此，仅略述其梗概，以明黑神崇拜对黔中地域文化品格的影响。

[2] 《中国地方志集成·贵州府县志辑》（第3册），巴蜀书社等2006年版。

民间社会或有以他人为黑神原型的说法，如以夜郎竹王为黑神原型，但其传说范围仅限于苗族部分地区。仡佬族以孟获为先祖，据说孟获长得面黑如漆，故仡佬族人以孟获为黑神，但亦属小范围内传说，未获广泛认可。或以四川富顺人刘本为黑神原型，据说刘本为官黔中，刚直廉明，多善政，于黔中发生灾荒时回四川筹粮救灾，深受黔人崇敬，死后由黔人护柩回乡，尊为黑神，但亦是部分地区的传说，未获全体认同。或以罗荣为黑神原型，据说大历年间播州僚人反叛，朝廷派罗荣率兵平乱，因功封播州侯，加封太子太保荣禄大夫，世居播州，播人建荣禄官以祀之，后人亦称荣禄官为黑神庙。还有以播州土司杨粲为黑神原型的说法。一般而言，民间传说是活态的，因而常常发生变异，具有相当明显的主观性。民间信仰的情况亦相当复杂，黔中民间社会有的为乡贤名宦或土主所立的祠堂，亦被民众称为黑神庙，有些地方的佛寺道观里亦供奉着黑神像。还有在诸多黑神庙或佛寺道观里供奉的黑神，民众往往只知其是福神，并不知其为黑神，亦不明白其原型是谁。上述以夜郎竹王、孟获、刘本、罗荣、杨粲等人为黑神原型的说法，皆出于民间传说，皆限于部分地区和族群。而以南霁云为黑神原型，不仅普遍见于黔中各地方各族群的传说故事里，亦见于明清以来有关黔中地域的公私文献中，并且还得到官方的认可，还列为国家祀典。所以，作者认为，尽管关于黑神的原型有多种说法，但最为可靠的，还应该是南霁云。

黑神崇拜起于民间，这是无疑义的，但是黑神崇拜起于何时，却是一个无法确定的问题。据明朝正德年间贵州臬使王宪《请忠烈庙南公祀典疏略》说："窃见贵州城中旧有忠烈庙，祀唐忠臣南霁云，洪武初都指挥使程暹建。"[1]可知贵阳黑神庙始建于洪武初年,由地方行政长官程暹主持修建,据此可以推知,黔人的黑神崇拜当远远早于洪武初年,因为一种民间信仰或崇拜现象之形成,必定有一个长期的产生、发展过程,当它在社会上普遍流行之后,才会引起地方长官的重视,进而才会出面主持修建相关庙宇。而且,一种信仰或崇拜现象的发生发展,乃至成为一种地域内的普遍现象,得到地域人群的普遍认同,不是一朝一夕的事情,必定经过若干历史时期方能完成。依此,作者认为,黔中地区的黑神崇拜现象,应该发生发展于宋元时期,甚至发生于中晚唐时期,[2]亦是极有可能的。

籍贯顿邱而又死守睢阳的南霁云,何以能够成为黔人崇拜的黑神原型?按照常理,顿邱人南霁云,与睢阳城共存亡,祀于家乡顿邱,或祀于以死守护的睢阳,皆为情理中事,而祀于千里之外的黔中,并且还成为黔人独有的、具有相当普遍性的福神,则颇令人费解。

从目前所见到的文献看,千里之外和千年之久的南霁云之所以成为黔人普遍信仰的黑神,皆与其子南承嗣有关,与南承嗣为官清江于黔人多有善政有关。如吴中蕃《重修忠烈庙碑记》说:

> 公之功著于睢阳,其详附见于《张睢阳传》,在唐固已立庙睢阳,图像凌烟矣。其所以得祀于贵阳者,则以其子承嗣尝为清江守,巡行群

---

[1] (道光)《贵阳府志》余编卷一第1615页,贵州人民出版社2005年版。明正德初年谪居黔中的王阳明亦有《南霁云祠》诗,其云:"英魂千载知何处?岁岁边人赛旅祠。"可知正德初年黔人敬祀南霁云已成风尚。

[2] 觉罗图思德《重修忠烈庙碑记》说:"贵州省城南有忠烈庙,祀唐赠扬州大都督忠烈将军之神。神之子承嗣又以忠勇惠爱,克荷先业,著清名于涪州、施州、清江间,唐时此地为溪峒,其酋长入贡,必涪州刺史为之请,则此地之祀神,自唐始无疑也。"[(道光)《贵阳府志》余编卷九第1812页,贵州人民出版社2005年版]

柯、夜郎间，多善政，民爱戴之，因及其亲，而公又往往显灵异于兹土，故至于今不废，不独其忠义大节足以起敬畏致瞻仰也。[1]

在吴氏看来，南霁云得庙食黔中，不仅是因为他的忠义大节，还因为其子南承嗣的善政，因善政而民爱戴之，因爱戴其子而尊祀其父。

黔人为南霁云立祠，与其子南承嗣之"惠政"黔中百姓有关。以南霁云为原型的黑神崇拜的发生与发展，乃至成为黔人的共同信仰，则与其"威灵响捷"有关，与其忠勇刚烈有关。黑神之灵验，黔人深信不疑，并感其御灾捍患之功，而信仰之，崇拜之。如王宪《请忠烈庙南公祀典疏略》请求将祀南公忠烈列为国家祀典，其主要理由就是"至今军民皆称其神灵，每岁春首风狂，境内常有火灾及水旱、疾疫、虫虎、寇盗，祷于神，其应若响"，因为黑神"显灵八番，阴为御灾捍患，乞追赐美祀，颁祀典，每岁春秋有司致祭，非惟圣恩广布，不遗前代之忠臣，抑使神惠愈彰，永济边方之黎庶"。[2] 吴中蕃《重修忠烈庙碑记》亦认为黑神崇拜在黔中之所以"至于今不废"，"不独其忠义大节足以起敬畏致瞻仰"，主要还是因为黑神南公"往往显灵异于兹土"，神佑黔人度过生活中的重重难关。[3]

黑神是为战神，有捍御地方安全之效应，黔中大地普遍崇拜黑神，视黑神为"福主"或"福神"，与明清时期黔中大地战乱频仍的社会现状有关。战乱频仍的现实与黑神崇拜在两个层面上发生关联：一是战事频仍，民不聊生，流离失所，深受战乱之苦。就像汉代以后面对北方异族之侵扰时，人们企盼李将军之再生一样；深受战乱之苦的黔人亦企盼南公霁云能为他们捍御免灾。因此，战事的频繁发生，一定

---

[1] （道光）《贵阳府志》余编卷七第1779页，贵州人民出版社2005年版。
[2] （道光）《贵阳府志》余编卷一第1615页，贵州人民出版社2005年版。
[3] （道光）《贵阳府志》余编卷七第1779页，贵州人民出版社2005年版。

程度上促进了民间社会对黑神的信仰和崇拜。二是战事频仍，置身于战事中的将士，或为国家安全，或为民族利益，或为地方稳固，往往效法南公霁云，从南公霁云誓死守城的忠烈行为中获得信念支持和精神鼓励。这在相当程度上亦激发了黔中军民对南公黑神的信仰和崇拜。

黑神不仅能够捍患，而且还能御灾。据载，明清时期贵阳城多火灾，尤其是在春夏时期，灾情严重，"南明河水忽鸣"就是火灾发生的前兆。在贵阳人的心目中，黑神就是禳火弭灾之神。故田雯《黔书》卷三"黑神庙"条说："今禳火之役，祷而祭之，而遂无不应，火灾以弭，而民受其赐，盖黑神之灵焉。"田雯《弭灾议》就说贵阳多火灾，祈祷于黑神庙之南将军，即可幸免于火灾。[1]据说，"康熙二十九年（1690）南明河水忽鸣，邦人震恐，田公率僚属祷神，郁攸之患遂永息"。[2]据（道光）《贵阳府志》记载："忠烈庙，在贵阳凡十一。"一座不大的城市里居然有十一座黑神庙，可见其影响之深，范围之广。禳火弭灾求助于黑神，按照古代中国五德相生相克之观念，黑色代表北方，是为水德，故黑神主水，水火相克，有火必以水灭之。黔人禳火必祷于黑神，可能与此种观念有关系。

总之，黑神南公不仅能为黔人捍患，还能为黔人御灾，故而受到黔人的爱戴和崇拜，甚至被视为是贵阳乃至贵州的"福神"或"福主"。

南霁云何以被尊为黑神？这与古代中国人的尚黑观念和南霁云的性格有关。在传统中国文化语境中，黑色被赋予了特定的意义。古代中国人以五色配五方，东方青色，南方赤色，西方白色，北方黑色，中央黄色。黑色为北方之正色，故称北方之神为黑神或黑帝。在中国传统文化语境中，黑色有庄重肃穆的特点，含有刚直、忠勇、猛烈、

---

[1] （道光）《贵阳府志》余编卷三第1643页，贵州人民出版社2005年版。
[2] 觉罗图思德：《重修忠烈庙碑记》，（道光）《贵阳府志》余编卷九第1812页，贵州人民出版社2005年版。

雅正的文化意味，是忠烈、正义的标志色。所以，在中国文学史上，凡忠烈、刚直的人物形象，多被塑造成黑脸，如《三国演义》中的张飞，高大黝黑，忠义刚直；《水浒传》中的李逵，粗壮黝黑，刚烈忠勇；还有包公，民间称"黑包炭"，铁面无私，刚正忠义。关于南霁云的性情，据《新唐书·张巡传》、柳宗元《南府君睢阳庙碑》、韩愈《张中丞传后叙》等文献记载：在安史乱中，南霁云协助张巡、许远守睢阳，贼将尹子奇包围睢阳，城中食尽，草根、树皮、战马乃至死尸皆被食尽，张巡命南霁云突围求救于驻守临淮的贺兰进明，贺兰进明拥兵不救，然爱南霁云之忠勇，赏赐食物，霁云曰："睢阳之人不食月余日矣，霁云虽欲独食，义不忍，虽食，且不下咽。大夫坐拥强兵，曾无分灾救患之义，岂忠臣义士之所为乎？"霁云拔佩刀断一手指以示贺兰进明，说："霁云既不能达主将之意，请留一指以示信。"其时，"一座大惊，皆感激为云泣下，云知贺兰终无为云出师意，即驰去，将出城，抽矢射佛寺浮图，矢著其上砖箭，曰：吾归破贼，必灭贺兰，此矢所以志也。"南霁云乞师不得，回睢阳与张巡、许远誓死守城。睢阳陷落，张巡、南霁云被俘，"贼以刃胁巡，巡不屈，即牵去，将斩之。又降霁云，云未应。巡呼云曰：南八，男儿死耳，不可为不义屈。云笑曰：以欲将有为也，公有言，云敢不死。即不屈"。[1]其忠勇刚烈如此，故柳宗元《南府君睢阳庙碑》说："公信以许其友，刚以固其志，仁以残其肌，勇以振其气，忠以摧其敌，烈以死其事，出乎内者合于贞，行乎外者贯于义，是其所以奋百代而超千祀矣。"[2]明正统年间朝廷应贵州按察使王宪之请，赐庙额曰"忠烈"，亦甚为贴切。黑色的文化意义与南霁云的性情大体吻合，黑色代表刚直、勇猛、

---

[1] 韩愈：《张中丞传后叙》，《韩昌龄全集》卷十二《杂著》三，中华书局1991年影印世界书局本。

[2] 柳宗元：《柳宗元集》卷五，中华书局1979年版。

忠烈，南公正是刚直、忠烈之典型，故南公如张飞、李逵，亦堪称黑神。

黔人普遍崇拜黑神，并视黑神为"福主"或"福神"。或以为黑神就是黔神。据郭子章《黔记》卷二说："又有黑神庙，余有联云：省曰黔省江曰乌江神曰黑神，缘何地尽南天，却占了北方正色。无能对之者。"[1]的确，这里提出了一个意味深长的问题：江何以称为"乌江"？省何以称为"黔省"？神何以称为"黑神"？为何皆以黑色命名？黔省命名为"黔"，与古地名"黔中"有关，与境内河流"黔江"有关。虽然楚之黔中、秦之黔中郡、唐之黔中，仅包括今贵州东北小部分，但多数学者坚持认为黔省之"黔"实在与"黔中"有关，故明清以来用作黔省之代称。境内河流曰乌江，其下游亦称黔江，据谢廷薰《黔中考》说："毕节七星桥西南有黑章水，一名墨特川，其下流为乌江。贵州诸水中惟此水源流乌黑，贯乎上下游……以水之乌黑而名黔省，殆亦犹云南以昆明池水之倒流而名滇乎。"[2]乌江下游称黔江，黔中地名由此而来。据此可知，江称乌江、黔江，乃"因黑取义"；地称黔中，乃"因江取义"；省称黔省，即与"黔中"有关，亦与"黔江"相连。总之，皆与境内乌江"源流乌黑"有关，皆与黑色有关。至于"神曰黑神"，是否与"黔""乌"有直接关系，则因缺乏可靠证据而难以确定。民间传说多以南霁云面貌黝黑而称之黑神，自有一定道理。而南霁云之忠勇刚烈的性格与传统中国文化语境中黑色的象征意义正相吻合，这可能亦是尊其为黑神的主要原因。而黔人将其普遍崇拜的"福主"命名为"黑神"，亦极有可能与黔中地区特有的地理人文特征有关。民间信仰，口耳相传，未能证实。但是，可以确定的是，黑神崇拜的普遍流行，与黔中地域风土质性密切相关。或者说，

---

[1] 郭子章：《黔记》，《中国地方志集成·贵州府县志辑》（第3册），巴蜀书社等2006年版。
[2] 《永宁州志》卷十一《艺文志》上，成文出版社据道光十七年刊本影印。

黔中地域文化品格、黔中社会的历史现状以及黔人的性格，是促进黑神崇拜在黔中社会普遍流行的社会文化背景。而黑神崇拜的全面流行，又对黔中地域文化品格和黔人性格的塑造，发生过重要影响。

　　生活在大山之中的黔人，在"大山地理"之涵孕下，培育出所谓的"大山性格"。"大山性格"之特征，前文述及，就是傲岸质直、忠鲠刚毅。所以黔人宦游于外，给人最明显的印象，就是以"直"著称，以"敢言"名世。如有"廉峻刚正，遇事飚发"而有"硬黄"之称的黄绂；有"旷怀自若，芥视一切"的潘淳；有"豪侠不羁，疾恶如仇"的何德新；有"平生忠鲠，弹劾不避权贵"而有"铁李"之称的李时华；有号称"敢言之士"而有"殿上虎"之称的花杰；有"性明愨，遇事敢言"的包祚永；有"性刚毅，不畏强御"而得"强项声"的侯位；有"骨鲠正直，不避权要"的刘子章；有"直声震朝野"的陈尚象；有"方直不为势力所挠"的越英；等等。实际上，在《明史》和《清史稿》中有专传的黔人，以及在其他传记中提及的黔人，几乎都具有刚正质直的性格特点。这当然不是一个偶然现象，而是黔人的一种普遍的性格特征。另外，明清时期的黔中大地战事频仍，特别是在明清之际，黔人为国殉节死难之事，屡见不鲜，如潘润民、王硕辅、管良相、陆从龙、安上达、何承光、刘安鼎、何腾蛟、石赞清、申佑等，不计个人安危，临危受命，视死如归，其事迹见诸史乘。其精神与南霁云之守睢阳大体近似。这种临危受命、视死如归的精神与前述傲岸质直、忠鲠刚毅的性格，是"大山性格"的具体表现。这种性格的形成，与"大山地理"的涵孕有关，亦与黑神崇拜的影响有关。更进一步说，在"大山地理"之涵孕下培育出来的"大山性格"，是黔人接受黑神并进而崇拜黑神的心理依据；而黑神崇拜的普遍流行，又在一定程度上激发或强化了黔人的"大山性格"。因此，黑神崇拜因黔人的"大山性格"

而得以流行，黔人的"大山性格"因崇拜黑神而得到进一步的激发和强化。

一般而言，民间宗教信仰的广泛流行，往往不利于政治意识形态的集中和统一，常常成为政治统治的离心力。所以，自东汉以来，政府常常对民间宗教信仰的传播表现出高度的警惕，"禁淫祀"成为历代统治者和各级政府部门的一项重要工作。而黑神崇拜和关公信仰一样，虽然在本质上属于民间宗教信仰，但它的正面价值不容忽视。因此，在古代，能够得到统治者的提倡和鼓励，并以皇帝的名义赐以"忠烈"之庙号。这说明，黑神崇拜具有符合国家利益和社会利益的正面价值。从社会利益上看，它有禳火弭灾之功效；从国家利益上看，它有捍敌御患之功能。所以，黔人视黑神为"福主"或"福神"。黑神所代表的刚正质直、忠勇佑民之精神，亦是一种值得发扬光大的正面精神资源。黑神是黔中的福神，黑神精神就是黔人精神。作者以为，今日之政府打造地方文化名片，创造地方文化品牌，凝聚地域文化精神，黑神崇拜是一种值得开掘的地域文化资源。

（3）阳明心学与黔中文化品格

阳明心学作为明代中后期的重要哲学思想，其主体内容是王阳明在贬谪黔中期间建构的，并首先在黔中地区广泛传播。阳明心学在黔中地区的形成，与黔中地域文化的影响有关；阳明心学在黔中地区的传播，对黔中地域文化品格的形成有重要影响。[1]

阳明心学作为一种系统的哲学思想，主要包括"心即理""知行合一"和"致良知"三部分内容。

---

[1] 关于阳明心学与黔中地域文化之关系，作者在《贵州地域文化精神研究》（贵州人民出版社2020年版）一书中已有详细的讨论。在此，仅略述其梗概，以明阳明心学对黔中地域文化品格的影响。

"心即理"是阳明心学的理论基础。首先,王阳明认为,"心只是一灵明"。他说:"心不是一块血肉,凡知觉处便是心,如耳目之知视听,手足之知痛痒,此知觉便是心。""心者,身之主宰,目虽视而所以视者心也,耳虽听而所以听者心也,口与四肢虽言动而所以言动者心也。"其次,心是至善的。他说:"至善者,心之本体。"[1]因此,心是论定是非善恶的标准,"求之于心而是也,虽其言出于庸常,不敢以为非也;求之于心而非也,虽其言出于孔子,不敢以为是也。"[2]所谓"理",即社会实践活动中的各种法则或自然规律。在他看来,"理也者,心之条理也,是理也……千变万化,至不可穷竭,而无非发于吾之一心"。[3]"心与理合二为一,互不分离。""心外无物。"[4]

在"心即理"的理论基础上,王阳明提出"知行合一"学说。"心即理"理论确立了心的道德主体地位,为了将此理论在现实中加以实践和检验,从道德理论到道德实践,他提出了"知行合一"学说。所谓"知",即"良知"。他认为:"良知者,孟子所谓是非之心也,人皆有之也。""见父自然知孝,见兄自然知悌,见孺子入井自然知恻隐,此便是良知。"[5]所谓"行",主要是指实践活动,亦包括意念活动。"知行合一",二者不可分离,"知是行之主意,行是知的功夫"。[6]"知之真笃即是行,行之明察即是知"。[7]

"致良知"是阳明心学的核心。"良知"即"道"或"理",就

---

[1] 王阳明:《语录》三,吴光等编校《王阳明全集》卷三,上海古籍出版社2011年版。
[2] 王阳明:《语录》二,吴光等编校《王阳明全集》卷二,上海古籍出版社2011年版。
[3] 王阳明:《语录》一,吴光等编校《王阳明全集》卷一,上海古籍出版社2011年版。
[4] 王阳明:《语录》一,吴光等编校《王阳明全集》卷一,上海古籍出版社2011年版。
[5] 王阳明:《大学问》,吴光等编校《王阳明全集》卷二十六,上海古籍出版社2011年版。
[6] 王阳明:《语录》一,吴光等编校《王阳明全集》卷一,上海古籍出版社2011年版。
[7] 王阳明:《答友人问》,吴光等编校《王阳明全集》卷六,上海古籍出版社2011年版。

是宇宙的本体,这个本体存于"心"。他说:"夫良知就是道。"[1] "良知是造化的精灵,这些精灵,生天生地,成鬼成神,皆从此出。"[2] 所谓"致良知",就是通过认识和修养的功夫使"良知"得以恢复和显豁。

上述阳明心学的三项内容自成一体,如果说"心即理"只讲本体,未及功夫;而"知行合一"是只讲功夫,不及本体;那末"致良知"则是将本体与功夫结合起来,使其成为一个系统的理论。[3]

从思想史的发展逻辑看,从学理之自然演进看,阳明心学的产生有其思想发展和学理演进之"内在理路"。但是,学术思想在遵循"内在理路"之演进时,亦必须有相应的"外缘影响"来刺激和促进。产生阳明心学的"外缘影响",首先是明代中后期现实境况的迫切需要,而更直接、更明显的契机,则是黔中地理环境和人文生态的刺激与触发。

阳明心学的三大组成部分,即"心即理""知行合一"和"致良知"。其中前两部分是王阳明贬谪黔中时提出来的,"心即理"是正德三年(1508)王阳明"龙场悟道"的结果。"知行合一"是正德四年(1509)王阳明应贵州提学副使席书之邀在贵阳文明书院首次提出并加以系统讲授。"致良知"是王阳明晚年才明确提出来的,但其基本内容则是萌芽于龙场,形成于黔中。所以,王阳明说:"吾'良知'二字,自龙场以后,便不出此意。"钱德洪《论年谱书》亦说:"(先师)至龙场,再经忧患,而始豁然大悟良知之旨。"因此,说阳明心学的发源地和形成地是在黔中,这应该是没有问题的。

"龙场悟道"是王阳明建构心学之关键。而王阳明之所以能在龙

---

[1] 王阳明:《语录》二,吴光等编校《王阳明全集》卷二,上海古籍出版社2011年版。
[2] 王阳明:《语录》三,吴光等编校《王阳明全集》卷三,上海古籍出版社2011年版。
[3] 余怀彦:《王阳明与贵州文化》第61页,贵州教育出版社1996年版。

场悟道，与其在龙场"居夷处困，动心忍性"的经历有直接的关系。或者说，黔中"大山地理"对于成就王阳明悟道而建构心学有直接的激发作用。对于王阳明这样一位出身于官宦之家，长于浙江、宦于京城的文人来说，黔中的"大山地理"，尤其是"万山丛棘中"的龙场，无疑是险恶艰辛的，亦是新鲜神奇的。正是这种险恶艰辛和新鲜神奇的"大山地理"启发了王阳明的"龙场悟道"。

黔中"塞天皆石，无地不坡"，是典型的"大山地理"。这种地理特征，的确让初入黔中的外籍人望而生畏。王阳明初入黔中，黔中极其险峻的地理形势和非常艰辛的生活环境，给予他最严峻的考验。一路走来，"连峰际天，飞鸟不通"，旅途之艰辛给他深刻印象，"客行日日万峰头，山水南来亦胜游"，[1]"贵竹路从峰顶入，夜郎人自日边来"。[2]而黔中之山更给他触目惊心之感，他在《重修月谭寺建公馆记》中描述了这种感受："天下之山，萃于云贵，连亘万里，际天无极。行旅之往来，日攀缘上下于穷崖绝壑之间。虽雅有泉石之癖者，一入云、贵之途，莫不困踣烦厌，非复夙好。"[3]地理之险峻如此，而生活之艰辛更是到了忍受之极限。"魑魅魍魉，蛊毒瘴疠"，时刻威胁着生命安全。物质匮乏，缺衣少药，连起码的居处都没有。初到龙场，驿站无处居住，他便在附近搭建一所极为简陋的草屋居住。后来又迁居到驿站东北约三里处龙冈山上的一个古洞里。物质上又极端匮乏，常常缺粮断炊，还要歌诗调曲以娱从者。与周边民众的沟通有困难，还不时遭到地方官吏的嘲弄与侮辱。在如此艰难的环境中居然活过来了，连他自己都觉得是个奇迹。所以，他后来曾自豪地说："他

---

[1] 王阳明：《罗旧驿》，吴光等编校《王阳明全集》卷十九，上海古籍出版社2011年版。

[2] 王阳明：《兴隆卫书壁》，吴光等编校《王阳明全集》卷十九，上海古籍出版社2011年版。

[3] 吴光等编校：《王阳明全集》卷二十三，上海古籍出版社2011年版。

年贵竹传异事，应说阳明旧草堂。"如果说刘瑾之祸使他超脱了得失荣辱，那末龙场之苦使他超越了生死之念，并进而思考"圣人处此，更有何道"，乃"端居澄默，以求静一"，体味《易经》中视险若夷、否极泰来、蹇以反身、困以遂志的真谛，故能在艰难困苦中泰然处之，顿悟"圣人之道，吾性自足"的大道理。

超越了得失、荣辱、生死之念的王阳明，以平常心投入到日常生活中，从事各种生产劳动，建房、修园、砍柴、播种、收谷、浇灌、担水、做饭等活计，皆亲自参与。通过亲自参加生产劳动，他悟出"物理既可玩，化机还默识"的道理。王阳明直接参加生产劳动，从中体认大道之理，体味到心外无物、心外无理、心物同体的哲学真谛，为其顿悟"心即理"奠定了基础，为其提出"知行合一"学说准备了条件。所以，多年以后，王阳明仍念念不忘这段黔中经历，他在与友人信中说："及谪贵州三年，百难备尝，然后能有所见，始信孟子生于忧患之言，非欺我也。"[1]

龙场艰难的生活环境激发了王阳明的圣人之志，并进而顿悟"圣人之道，吾性自足"。同时，黔中的佳山秀水亦助成了他对道的体会与感悟。王阳明对黔中的自然山水，有一个从惊恐到欣赏的认识过程。初入黔中，"日攀缘上下于穷崖绝壑之间"，确实"困踬烦厌"。"处之旬月，安而乐之，求其所谓甚陋而莫得"。[2]尤其是破除荣辱、得失、生死之念以后，他以一种达观的态度、平静的心情观赏黔中佳山秀水，则别是一番感觉，不再以为陋，故名其轩曰"何陋轩"，著《何陋轩记》以记之。其《居夷诗》共180余首，其中以写景为主的诗有30余首，抒发了作者对黔中山水的喜爱之情。"青山清我目，流水静我耳"，

---
[1]《与王纯甫书》，吴光等编校《王阳明全集》卷四，上海古籍出版社2011年版。
[2]《何陋轩记》，吴光等编校《王阳明全集》卷二十三，上海古籍出版社2011年版。

远离尘世，亲近山水，与山水自然融合，摒弃私心杂念，澄怀味道，引发道机。其所以能在龙场顿悟"心即理"，黔中的佳山秀水有澄怀静默、引发道机之功效。

"居夷处困"激发了王阳明的圣人之志，佳山秀水锻炼了王阳明的澄静胸怀，亲耕稼穑使王阳明体会了世俗之乐，种种因缘使他顿悟"心即理"，提出"知行合一"说。而与黔中少数民族的亲密交往和深厚感情，又为他的"良知"说提供了具体鲜活的感知和触发。王阳明谪居龙场，刚到不久，草庵初成，周边少数民族就给他留下了深刻印象。周边的苗、彝等少数族人，在其处境非常艰难的情况下，所做的两件事情，让他非常感动。其一，是为他修建房屋。王阳明从茅庵迁居龙冈山洞，"居久，夷人亦日来亲狎，以所居湫湿，乃伐木构龙冈书院及宾阳堂、何陋轩、君子亭、玩易窝以居之"。当地少数族人不仅教他农耕稼穑，还在衣、食、住、行等方面给他以很大的帮助，王阳明有《谪居粮绝请学于农将田南山永言寄》以记之。其二，保护其人生安全。据王阳明《答毛宪副书》说："（太府）差人至龙场凌侮……龙场诸夷与之争斗。"《年谱》说："思州守遣人至驿侮先生，诸夷不平，共殴辱之。守大怒，言诸当道。毛宪副科令先生请谢，且喻以祸福，先生致书复之，守惭服。"[1]通过这两件事情，王阳明认识到少数族人的淳朴善良和耿直性格。所以，他说："夷居虽异俗，野朴意所眷。"[2]少数族人的质朴善良和真情厚意，使他逐渐爱上了龙场和龙场苗、彝土著，有了"山中宰相胜封侯"的欣喜之情。对苗、彝等少数族人的认识，最集中体现在他的名篇《何陋轩记》中，这篇文章是理解王阳明"良知"学说最重要的材料，虽然其在晚年才正式

---

[1] 《年谱》一，吴光等编校《王阳明全集》卷三十三，上海古籍出版社2011年版。
[2] 王阳明:《诸生来》，吴光等编校《王阳明全集》卷十九，上海古籍出版社2011年版。

提出"致良知",但这种观点的萌芽与形成,则是在贬谪龙场期间。概括地说,这段文字有以下几个问题值得注意:

第一,苗、彝浑朴,苗彝不陋。苗、彝"结题鸟言,山栖羝服,无轩裳宫室之观,文仪揖让之缛","好言恶詈,直情率遂"。这种"淳庞质素",是为"浑朴"之美。因此,苗、彝"若未琢之璞,未绳之木,虽粗砺顽梗",但未可以陋视之。即使其"崇巫而事鬼,渎礼而任情,不中不节",亦无损其浑朴质素,亦不可以陋视之。

第二,苗、彝浑朴,犹存上古遗风。其"结题鸟言,山栖羝服",是因为"法制未备",故无"轩裳宫室",不讲"文仪揖让"。其无诸夏之"典章礼乐",故"好言恶詈,直情率遂",故"崇巫而事鬼,渎礼而任情,不中不节"。此种未经文明洗礼的上古遗风,其本质是好的,犹如"未琢之璞,未绳之木"。若以礼乐化之,"其化之也盖易"。

第三,苗、彝不陋,诸夏亦未必尽善。其实,这段文字中隐含着一个不便明说但却是显而易见的观点,即与苗、彝的浑朴质素相比,崇修典章礼乐的诸夏或有虚矫伪饰之嫌。诸夏之人崇尚典礼,表面上"彬郁其容,宋甫鲁掖,折旋矩镬",但其内心"爱憎面背,乱白黝丹,浚奸穷黠",以至"蔑道德而专法令,搜抉钩繁之术穷,而狡匿谲诈,无所不至",这种"外良中蟊"的表现,才是真正的陋。在这里,王阳明虽然亦说"典章文物,则亦胡可以无讲",但字里行间透露出来的意思,则是在说典章文物败坏风俗,导致虚矫伪饰。

苗、彝的淳朴质素,正是王阳明"良知"之范本,或者说是苗、彝的淳庞质素启迪了王阳明的"良知"之说,使他认识到"致良知"的可能性。所谓"良知",就是内在心灵自有的神明;"致良知"就是发掘内在心灵自有的神明。"天下之人,用其私智,以相倾轧",就是因为"良知之学未明",所以要"致良知"。当诸夏之人因典章礼乐之熏陶而渐趋虚矫伪饰时，未经礼制浸润的苗、彝浑朴淳庞之性就弥足珍贵。在世人渐失"良知"之时，苗、彝之"良知"正是时代所急需。同时，世人之渐失"良知"，一定程度上与典章礼制有关，而苗、彝之保有"良知"，恰是因为他们"礼制未备"。这在一定程度上亦使王阳明坚信"心即理"，坚信"圣人之道，吾性自足"，"吾心自足，不假外求"。所以，《何陋轩记》透露出王阳明"良知"学说的两项重要内容：一是天生的淳庞浑朴之性就是"良知"，就是"心"，就是"理"，就是"真"。它只有善没有恶，更不可名之曰"陋"。它存在于每一个人的心中，即使苗、彝之愚夫愚妇亦和圣人一样，拥有这淳庞浑朴、清澈神明的"良知"。虽然王阳明亦并未完全放弃礼制典章之教化，但他实际上亦启示了阳明后学激进的自然主义取向。二是暗示典章法制导致"良知"渐失，导致虚矫伪饰，使王阳明转向内心，提倡"吾性自足""吾心自足"。虽然他未明确否定典章制度，但他实际上亦启发了阳明后学"非圣无法"的激进的自由主义取向。

总之，阳明心学的三大构成，"心即理"顿悟于龙场，"知行合一"首倡于贵阳，"致良知"形成于龙场。阳明心学体系的系统建构，与王阳明"居夷处困"有关，与他躬行稼穑的实践活动有关，与黔中佳山秀水的陶染有关，与黔中苗、彝敦庞浑朴之质性的启迪有关。可以说，黔中地理环境和地域文化是产生阳明心学的外缘背景。

王阳明在黔中生活的时间前后约三年，时间不长，并且位卑官微，但阳明心学对黔中古近代文化的影响却是十分显著的。学者讨论黔中地域文化的发展，往往将王阳明与尹珍并提，视为在黔中传播中原文化的关键人物。

黔中学者论及黔中地域文化的早期开发，必以尹珍为始，犹如论及黔中文学之创始，必以盛览为先。其实，尹珍和盛览对黔中地域文化的贡献,毕竟像一个"传说",因为他们都没有作品传世,其影响到底有多大,还很难说。对黔中地域文化有实实在在的贡献,对黔中文明之进程有重要影响的,还应首推王阳明。所以,郑珍《阳明祠观释奠记》说:

> (王阳明)操持践履之高,勋业文章之盛,即不谪龙场,吾侪犹得师之,矧肇我西南文教也。今吾黔莫不震服阳明之名。[1]

"矧肇我西南文教"之评,并非虚美之辞。黄彭年《王文成公画像记》说:"公谪黔,黔人慕公,犹邹鲁之于孔孟。"其于王阳明在黔人心中之位置的描述,亦是符合实际的。王杏《新建阳明书院记》,描述王阳明讲学黔中的盛况和黔人对他的仰慕说:

> 先生抵龙场,履若中土,居职之暇,训诲诸夷。士类感慕者云集听讲,居民环聚而观如堵焉,士习丕变。意者文教将暨遐方,天假先生行以振起之乎?嘉靖甲午,予奉圣天子命出按贵州,每行都闻歌声,蔼蔼如越音。予问之士民,对曰:龙场王夫子遗化也。且谓夫子教化深入人心,今虽往矣,岁时思慕,有亲到龙场奉祀者,有遥拜而祀者。

这个描述应该是可靠的,因为其时距王阳阳去世仅六年。据此可知王阳明讲学在黔中的轰动效应及其重要影响。

据统计,王阳明讲学黔中之前,黔中书院仅有二至三所;阳明讲学黔中之后,黔中书院勃兴,仅在明代中后期有史可载的书院就达三十余所。而且这些书院的建立,绝大部分与王门有关,或由王

---

[1] 郑珍:《巢经巢文集》卷二,《郑珍集·文集》,贵州人民出版社1994年版。

门弟子建置,或邀请王门弟子讲学,或祭祀阳明及其弟子。其教学内容亦大体以王学为宗,以心学为教。[1]所以,李崇畯《龙冈书院讲堂题额后跋》说:"黔中之有书院,自龙冈始也;龙冈之有书院,自王阳明先生始也。"总之,王阳明是最早在黔中大地全面系统地传播中原文化并产生特别重要影响的思想家,其对黔中文化教育事业的发展,人文精神之培育,读书向学风气之开展,重文尚艺风尚之形成,风俗习尚之转变,皆产生了前无古人可与之比肩的重要影响,对塑造黔中地域文化品格,有着特别重要的意义。

讨论阳明心学对黔中地域文化品格的影响,尤其值得注意的是,阳明心学本身就产生、形成于黔中地区,其心学之内容与建构心学之思维与方法,皆与黔中地域文化有着十分密切的关系,所以,当它反过来传播于黔中并对黔中地域文化发生影响时,与其他地域相比,又有不同的意义。最明显的,就是它在黔中地区的传播,绝对不可能有水土不服或削足适履的问题。

首先,王阳明基于苗、彝浑朴之质性提出的"良知"学说,它在黔中地域的传播和影响,有利于消解苗、彝族人的自卑感,增强其民族自信心和自豪感。因为这种浑朴质性,长期以来遭遇社会习惯势力或外省礼仪之邦的鄙薄和轻视,王阳明撰《何陋轩记》为之辩护,以为它就是"良知",是人类内在心灵的一片神明,是王阳明用来批判长期以来在礼仪典章氛围中培育而成的虚矫伪饰之风的重要武器。可以想象,如此的"良知"学说,理所当然能够得到黔人的普遍认同和绝对欢迎,对于树立黔人的民族自信心和文化自豪感,具有相当重要的意义。

其次,阳明心学的反传统倾向、创新意识、求真精神、自由风气等,

---

[1] 参见余怀彦:《王阳明与贵州文化》第110~111页,贵州教育出版社1996年版。

皆孕育于黔中地域传统文化背景下。事实上，阳明心学之所以能在黔中形成，是"因为儒家的正统思想在贵州并不像其他地区那样根深蒂固，作为统治思想的程朱理学影响不深，而且儒家思想经过在中原地区的千年发展后，已经到了盛极而衰的年龄，正是在贵州这样的文化边缘地带，在这个尚未完全被儒家思想浸润过的空间里，才能给那些有见地的思想家提供发言的场所和机会"。[1]身处边缘地带的黔中文化，本身具有浓郁的自由主义精神和自然主义特质，置身其中的黔中士子，亦相应地具有浓厚的求真意识、创新观念和反叛精神，这是产生阳明心学的文化背景。而阳明心学在黔中的传播和影响，又强化了黔人突破传统、大胆创新、自由发展、去伪存真、独立思考的精神。所以，作者认为：阳明心学产生于以创新求真为特点的黔中文化背景下，阳明心学在黔中的传播，又强化了黔人的创新精神和求真意识。关于黔人的创新精神和求真意识，作者将在下面相关章节讨论，兹不赘言。

概括地说，黔中地理可称之为"大山地理"，黔中文化可命名为"大山文化"，黔中文学可名之为"大山文学"。"大山文学"是在"大山地理"环境和"大山文化"背景下产生的。或者说，"大山文学"的种种特征，其优点和缺点，皆是由"大山地理"和"大山文化"决定的。因此，研究黔中古近代文学的生产和传播，必须对"大山地理"的特征和"大山文化"的内涵有深切的了解。"大山地理"的特征，从地理特征上看，是多山多石，是"山国"，是"塞天皆石，无地不坡"。此种地理特征，于黔中文人质直傲岸性格的形成，有直接的影响；于黔中文学风格之形成和黔中文人关于文学体裁与题材之选择，有重要影响。从地域区位上看，是不边不内，是边疆的腹地和腹地的边疆。此种区位特征，致使黔中文化成为一种被边缘

---

[1] 张晓松：《山骨印记——贵州文化论》第77～78页，贵州教育出版社2000年版。

的文化,被轻视的文化,被描写的文化。其对黔中古近代文学的传播,产生了重要的制约和影响。在多山多石的地理特征和不边不内之地域区位的影响下,产生的"大山文化"和形成的地域文化风尚,对黔中古近代文学创作和文人性格产生的重要影响,主要在民族风尚、黑神崇拜和阳明心学三个方面。丰富多彩的少数民族风尚,形成黔中地域文化杂而不争、共生共荣的特点,有极强的开放性和包容性,亦涵育了黔中士子重真尚朴的性格特征和激情浪漫的诗性精神。遍布黔中社会各民族、各地域、各阶层的黑神崇拜,对黔中地域文化品格的形成,有重要影响;尤其是对黔中士子质直傲岸、忠耿刚毅性格的形成,有直接的促进作用。阳明心学在黔中地区的形成,与黔中地域文化的影响有关;而阳明心学在黔中地区的传播,对黔中地域文化品格的形成,亦有重要影响;尤其是对黔中士子的创新精神和求真意识,提供了理论支撑和精神动力。

第二章 边省地域与黔中古近代文学的传播

一般地说，文学活动由作家、作品、读者三个要素构成。因此，文学研究不仅要研究作家和作品，而且还要研究读者。作家是文学的生产者，作品是文学创作的产品，读者是文学作品的消费者。作为文学作品之消费者的读者，不仅是消费和接受的主体，亦是文学传播的主体，是文学作品产生社会影响和实现社会价值的主要载体。文学传播是实现文学价值的重要途径，文学传播效果是决定作家的文学地位和社会影响的重要因素。所以，读者的接受和文学的传播亦是文学研究的重要内容。

文学传播研究包括传播主体、传播手段和传播效应的研究。传播主体是指读者，传播手段是指媒介或者路径，传播效果是指文学通过传播而产生的社会影响。在特定的时空范围内，文学传播又包括传出、传入和传世三个层面的内容。地域环境对文学生产的影响是重要的，对文学传播的影响则是决定性的。地域环境影响读者的审美观念、文化心理和价值取向，从而决定其对文学作品的取舍；地域环境影响文学传播的手段、媒介和途径，从而对文学作品社会价值的实现产生决定性影响。所以，无论是文学作品的传出、传入，或者传世，均要受到地域环境的制约和影响。

黔中地域文化的特征,与传播有着极其重要的关系。张晓松说:"传播是贵州文化形成的重要原因,可以说,没有历代外来文化的传播和影响,就没有今天的贵州文化;杂取种种,和而不同,就是贵州以传播为基因的文化精要。"[1]外来文化的传入形成黔中文化"杂取种种,和而不同"的特点,而黔中文化的传出以及能否有效传出、黔中文化的传世以及能否有效传世,亦同样影响黔中文化特点之形成和文化形象的塑造。所以,传播(包括传出、传入和传世)是黔中文化特点之形成和文化形象之塑造的重要基因。本章讨论边省地域对黔中古近代文学传播的影响,首先就作家的创作水平和文学地位之关系进行探讨,揭示文学传播对作家在当时之声誉和在文学史上之地位的决定性影响;其次分别从传入、传出和传世三个方面,讨论黔中古近代文人对域外文学的接受、黔中古近代文学的域外传播、黔中古近代文人的传统建构和诗史意识。

一、传播因素对作家文学地位的影响

一般地说,文学家在当代文坛上的影响和在文学史上的地位,由其创作水平决定。但是,具体情况又十分复杂,因为决定一位作家在当代文坛之影响的因素是多方面的,影响一位作家在文学史上的地位,并不仅仅是由其创作水平所决定。所以,在中外文学史上,常常出现一些例外的情况,有在今天看来文学水平很高、创作成就很大,甚至被文学史推尊为代表一代文学之成就的作家,但在当代文坛却是默默无闻;有在今天看来创作乏善可陈,甚至被文学史遗忘的作家,而在

---

[1] 张晓松:《山骨印记——贵州文化论》第78~79页,贵州教育出版社2000年版。

当代文坛却是独领风骚,俨然一代盟主。种种现象表明,文学家的创作水平与其在当代文坛上的地位和在文学史上的影响,并不完全成正比例关系。作者认为,这种现象,与文学传播有很密切的关系。

1. 传播因素对作家在当代文坛地位的影响

从理论上讲,实力说话,水平定位,作为一代文坛盟主,在当代文坛发生重要影响的作家,其创作必定有很高的水平;反之,创作水平高的作家,必定能够在当代文坛发生重要影响,必定是引领一代文坛风尚的人物。但是,实际情况可能要复杂得多,因为决定一位作家在当代文坛的影响,还有文学之外的因素。

比如,有创作水平乏善可陈,但因有较高的政治地位和社会声望,能够提携文人,进而推动文学向前发展,成为一代文坛之领袖,而在当代文坛发生重要影响的文人。如唐代诗人张说,就是一个典型例子。张说的诗歌,放在唐诗史上看,显得过于质朴而缺乏文采,可谓成绩平平。但是,作为开元名相的张说,他热心文学事业,利用手中的权力提携后进诗人,鼓励诗歌创作,与稍后的张九龄一道,共同推动了唐诗的发展,迎来了盛唐诗歌创作的黄金时代,自己亦就因此而成为当代文坛的核心人物。

又如,有创作水平一般,但能够把握文学发展之契机,及时针对文学创作中呈现的普遍问题,从理论高度对症下药,补救当时文学创作中存在的弊病,指明未来文学发展之方向,而在当时发生重要影响,进而成为文坛之核心人物,陈子昂就是一个典型例子。陈子昂的诗歌创作,其《登幽州台歌》确为唐诗中的名篇,但其《蓟丘怀古》《感遇诗》等作品,皆不免"质木无文"之缺陷。平心而论,从唐代诗歌的总体水平看,把陈子昂放在唐诗史上考察,其诗歌可谓古朴有余,文采不足，故而难称一流，最多只能算是个二流，甚至三流诗人。因为在唐代，以"孤篇横绝"著称的诗人不在少数。那末，为何李白、杜甫、白居易和韩愈等唐代最著名的诗人都对他推崇备至呢？甚至如韩愈《荐士》所说："国朝盛文章，子昂始高蹈。"近现代以来的文学史亦把他视为唐诗发展史上的里程碑式人物。作者认为，陈子昂之所以能够在唐代文坛上发生重要影响，主要不在于他的诗歌创作水平，因为他的诗歌创作成就在唐代难称一流；亦不在于他的理论创新，因为他提倡的"汉魏风骨"，自钟嵘、刘勰以来，直到初唐"四杰"，都提倡过，陈子昂不过是老调重弹，并无多少新意；而在于他发现了初盛唐之交诗歌创作之症结所在，适时抓住机会提倡"汉魏风骨"，以拯救当时衰败之诗风，从此以后，唐诗方才进入"声律风骨始备"的盛唐黄金时代。因此，在一定程度上可以说，既不是其创作亦不是其理论，而是机遇成就了陈子昂。[1]

再如，有创作水平很高，但与当代文坛主流风尚不吻合，因而未能在当代文坛发生重要影响的作家，陶渊明就是一个典型例子。从创作水平和文学成就看，陶渊明无疑是汉魏六朝八百年间成就最大的诗人，甚至亦是中国文学史上可与李白、杜甫、苏轼等并肩媲美的诗人。可是，在陶渊明所处的东晋南朝时期，其诗歌的文学价值并未得到时人的认可，甚至在隋唐时期，其文学价值亦未能得到普遍认同，真正发现陶渊明的价值并进而确立他在中国文学史上的重要地位，则是宋人。在东晋南朝，陶渊明是以隐士的身份获得世人的认可，故其好友颜延之在《陶征士诔》中只字不提他的文学活动，刘勰《文心雕龙》亦很少提到他，钟嵘《诗品》虽然品鉴了陶诗，但仅将其列为中品，

---

[1] 汪文学：《一代唐音起射洪——论陈子昂在唐代诗歌革新运动中的机遇问题》，《唐代文学研究》第九辑，广西师范大学出版社2000版。

与陶诗的实际水平很不相称。萧统虽然是第一个为陶渊明编集子的人,但在他所编的《文选》中,收录陶诗极少,亦与陶渊明的文学成就不相称。沈约《宋书·谢灵运传论》概论晋、宋文学发展之历史及其成就,亦不提陶渊明。可以说,在今人看来,这位汉晋八百年间最具影响力的诗人,在当代文坛并无多大影响。在唐代,王维、孟浩然、李白、杜甫等诗人逐渐认识到陶渊明的价值,并表现出一定程度的认同和重视。但是,陶诗的平淡自然和质朴恬淡,似乎不完全符合风流浪漫、慷慨豪情的唐人的胃口,所以唐人亦未能普遍认同和高度重视陶诗。到了宋朝,平淡自然成为赵宋一代士大夫的审美风尚,渐趋人生老境的宋人才开始普遍认同陶渊明其人其诗,从而发现陶诗之真正价值,进而确立陶诗在中国诗史上的重要地位,陶渊明其人其诗在中国历史上的深刻影响才正式展开。陶渊明创作水平甚高而未能在当代文坛发生重要影响,其原因是多方面的,其中最重要的原因,就是他的诗歌审美风尚与当代文坛时尚不相适应,如刘勰《文心雕龙·物色》所说:"近代以来,文贵形似。""巧构形似之言"成为一代诗歌创作风尚,像陶渊明那种"重神轻形"、以气韵生动为美的诗歌,自然就得不到人们的赏识。当代文坛以"极貌写物""穷力追新"为创作宗旨,而平淡自然、气象混沌的诗篇,亦很难得到世人的认同。还有,以谢灵运为代表的贵族诗人摹写佳山秀水和奇风异景,并引领时代风尚,而像陶渊明的田园诗那种以平淡无奇的田园风光和农家生活为题材的作品,亦难以引起当时贵族文人的兴趣。所以,陶渊明虽被宋元以来的文人追认为汉晋八百年间最杰出的诗人,但因上述原种种不合时宜的创作特征,而在当代文坛并未发生重要影响。

总之,在中国文学史上,有创作平平却因倡导文学而在当代文坛产生重要影响的文人,有因把握机遇进行理论引导而在当时发生重要影响的作家，亦有因水平很高却不符合时代风尚而未能引起当时文坛重视的诗人。这说明，创作水平、文学成就与社会影响之间，的确不完全是正比例关系。决定一位作家在当代文坛能否发生重要影响的关键因素，在于传播，在于他的作品或理论是否符合时代风尚而获得有效传播。

2. 传播因素对作家在文学史上地位的影响

在一般情况下，作家的创作水平、文学成就与其在文学史上的地位，是成正比例关系的。创作成就突出的作家，在文学史上的地位就高；在文学史上享有盛誉的作家，其文学成就亦应相当突出。但是，例外的情况亦常常发生，因为决定一位作家在文学史上之地位的因素是多方面的，除了创作本身的水平外，还有作品传播情况、存佚情况和作家的人品情况等方面的因素。

比如，有在当代文坛上影响甚大，是一代文坛之中心，且有转移一代诗风之作用者，但因其作品散佚严重，留存极少，而被文学史遗忘了的，初唐诗人薛元超就是一个典型例子。考察自近代以来出版的数百种文学史，讲唐代文学，基本上很少提到薛元超。可是，事实上，薛元超极有可能是初唐诗坛的一个核心人物。傅璇琮通过对唐代文学编年史的研究指出："在初唐文坛上薛元超占有何等重要的地位，他上接房玄龄、虞世南、太宗李世民等前辈诗人，中与高宗李治、上官仪、李义府等人唱和。……唐诗由宫廷转向江山塞漠，由应制咏物到抒写个人情志，元超实可谓开风气之先。……可是，在文学史和论文中，薛元超的名字从未被提到过。因为他留下来的作品太少了，只有将文学史逐年编排时，他的文坛领袖的地位和作用才会这样浮雕般地突现出来。"[1] 像薛元超这样的情况，在文学史上可能不是个别现象。像薛元超这样的文学家，我们只有"回到历史现场"，"将文学史逐年编排"时，才可能发现他们的价值，确立他们在文学史上的地位。所以，当代文学史的编撰，与历史上文学家创作的实际成绩，到底有多大的距离，是颇值得怀疑和反思的问题。

又如，有在当代文坛影响甚小，可是经过时间的过滤，社会审美风尚的转移，其文学作品的价值逐渐被发现，文学地位逐渐被确立的文学家，前述陶渊明就是一个典型例子。这极有可能是文学史上一个较为普遍的现象，因为文学的价值贵在创新，贵在能与众不同而"自铸伟辞"，那种追逐时尚、跟风随潮的创作，虽然一时显赫，纵横文坛，但亦往往会随着时尚的退潮而烟消云散。而那些"别出杼机"的"自铸伟辞"，常常因为不合时尚而得不到时人的认同和理解，所以不能在当代文坛发生影响。因此，那些具有创造精神的文人在当代往往是孤独寂寞的，甚至被排挤和轻视，其创作亦就只能"藏之名山，传之其人"，等待后世读者的认识和发现，其在文学史上的地位亦是逐渐被建构起来的。

再如，有文学创作水平很高，在当时亦有相当重要的影响，但因其人品卑污，人格低下，而被文学史封杀了的，明代权奸严嵩就是一个典型例子。在传统中国文化语境中，"文如其人""文品即人品"是一个不证自明、自然合理的文学观念。所以，"以文论人"或者"以人品文"，在传统中国的文学批评中是普遍适用的。严嵩著有《钤山堂稿》，沈德符《万历野获编》称其诗歌"诗旨清丽，作钱、刘调，五言尤为长城，盖李长沙流亚，特古乐府不逮之耳"。《明史》本传

---

[1]　傅璇琮：《文学编年史的编写与唐代文学研究》，《唐代文学年鉴》（1998年），广西师范大学出版社1998年版。

亦说他"为诗古文辞，颇著清誉"。严嵩在明代诗歌史上堪称重要诗人，但因其祸国殃民，残害忠良，人格卑污，其人品为人所不齿，其作品亦就理所当然地被文学史否定了。[1]汉代文学史上的扬雄、现代文学史上的周作人的情况，与此有些类似。不过，随着时代的发展和观念的改变，情况略有一些变化而已。

另外，有在当代文坛影响甚大，有转移一代风气的功绩，其作品亦大部分传承下来，但依然得不到文学史的认可，长期以来在文学史中严重缺位的作家，东汉蔡邕就是一个典型例子。在东汉后期的文坛上，蔡邕是一位炙手可热的文坛领袖，尤其是他的碑传文字，身价极高，流传很广，甚至有引领一代文学风气的影响力。《文心雕龙》有较高评价，《文选》亦多加选录，近代学者黄侃、刘师培等亦尤加推崇。如黄侃在《中国文学概谈》中，就"在中国文学占有势力者"人选中，秦汉时代仅列蔡邕一人，他评价说："《汉书》以下之文，陈陈相因，四字一句，此种体裁，实出于议碑，而议碑则以蔡邕为主。"[2]蔡邕议碑有开创数百年骈文风尚之功绩，故无愧于传统中国文学中最具影响力的人物之一。刘师培在《汉魏六朝专家文研究》中亦对蔡邕褒奖有加，其云："蔡中郎之碑铭，迥非并时文人所及。""蔡中郎所为碑铭，序文以气举词，变调多方；铭词气韵光彩，音节和雅，在东汉文人中尤为杰出，固不仅文字渊雅、融铸经诰已也。"[3]但是，在当代学者编著的文学史中，除了晚近袁行霈主编的《中国文学史》对蔡邕之文稍作评述外，其他版本的文学史基本上都不提蔡邕其人其文。可以说，这个作为一代文坛领袖、引领数百年骈文风尚的文学大家，基本上被当代文学史家集体封杀了。蔡邕之被封杀，其原因是多方面

---

[1] 李国文：《中国文人的活法》第81页，人民文学出版社2004年版。
[2] 黄侃：《文心雕龙札记》之"附录"，华东师范大学出版社1996年版。
[3] 刘师培：《中古文学论著三种》第106、103页，辽宁教育出版社1997年版。

的，可能与他的碑铭多"谀墓"文字有关，亦可能与他党附汉末宦官有关，还与他引领的骈文创作风尚被当代文学史家普遍斥为形式主义文风有关。当然，亦可能与高明《琵琶记》以其为原型将之创造性地塑造成一个丧尽天良的负心汉有关。

能否进入文学史，是评价一位文学家的水平和成就的重要标志。自周秦以来的文人即有以"立言"之方式实现流芳百世的不朽追求。但是，能否进入文学史？能否在文学史中占据重要位置？很多时候的确不是由文学创作本身决定的。在中国文学史上，还有这样两种情况值得注意：一是由于那个时代的作家不多，文学创作整体水平不高，那些在创作上有一定成就但水平不是太高的作家，文学史家为了描述文学发展史的脉络，而将他们接纳到文学史中来，这种情况以魏晋六朝居多。二是因为那个时代大家名人辈出，文学创作整体水平高，那些在创作上有相当水平，放在其他时代可称为大家，而与同时代的大家名人相比又略逊一筹的作家，文学史为了突出重点，彰显优势，而将之排除在文学史之外的，这种情况以唐宋时期居多。所以，将魏晋时期的"建安七子"、左思、刘琨、郭璞等重要诗人，放置在唐宋文学史上去比较，的确比较逊色。而将唐宋时期那些在文学史上不常被提及的诗人放置在魏晋六朝，甚至放置在明清诗坛上，亦不完全次于当时的那些文坛大家。这亦同样说明，作家的创作成就与其在文学史上的地位，不完全成正比例关系。

综上所述，作家的创作水平与他在当代文坛上的影响，作家的文学成就与他在文学史上的地位，不完全成正比例关系，这实际上涉及一个文学接受与传播的问题。文学接受因人而异，因时代而异，因地域而异。文学传播有有效传播，有无效传播。作为文学接受和传播之主体的读者，有时是主动的，但通常是处于被动的状态。他有时可以主动选择接受什么,传播什么,拒绝什么,但更常见的情况则是被动的接受和传播。在这里,文学史家充当了一个十分重要的角色,文学史家通过对文学史的梳理,建构起"文学史的权力",从而左右读者的接受和传播。所以,作家的社会影响和文学史地位,与读者的接受和传播有关,一定程度上是由"文学史的权力"所决定的。"一切历史都是当代史",这句名言亦适用于文学史,即一切文学史都是文学史家根据自己的文学史观,结合文学创作实际,联系当下的现实需要"杜撰"出来的。虽然撰写客观文学史是文学史家的最终追求,但事实上一切文学史皆是主观的文学史,都是具有当代特质的文学史。所以,文学史的叙述与文学创作实绩之间一定有或大或小的距离。

总之,传播因素对作家文学地位的影响,包括对作家当代文坛地位和文学史地位之影响两个方面。这种影响,对于黔中古近代文学来说,尤其显著。因为对于黔中这种不边不内的地域区位来说,对于黔中文化这种被忽略、被轻视、被描写的状态来说,传播因素的影响尤其关键。可以说,传播是扩展文化影响和确立文学地位的重要因素,传播是形成黔中文化特点的重要基因,是塑造黔中文化形象的重要手段。

二、传出:黔中古近代文学的域外传播

黔中文化是一种被忽略的文化,被轻视的文化,被描写的文化。相应地,黔中古近代文学亦是一种被忽略、被轻视和被描写的文学。古代黔中文学,在明代以前的确乏善可陈,几乎没有文人创作的作品传世。但是,在明清时期,则涌现出一批创作数量相当可观、文学成就值得重视、创作意识比较浓厚的作家,如明代的谢三秀、越其杰、

杨文骢、吴中蕃、孙应鳌，清代的周起渭、张元臣、田榕、傅玉书、郑珍、莫友芝、黎庶昌，以及近代的姚华等。站在客观公正的立场，将他们放置在当时文坛上，与同时代的作家相比，其水平并未有太大的差距；将他们放置在明清文学史上，其成就亦不能完全忽视。可是，在当时的主流文坛上，在当今的文学史中，黔中古近代文学确是处在一个被忽略和被轻视的地位。作者认为，黔中古近代文学的真实水平与其在当时文坛上的影响，是不相称的；其文学成就与其在文学史上的地位，是不匹配的。其所遭遇的被忽略和被轻视，都与文学传播有关。因其传播效果不显著，致使其真实水平和实际成就被掩盖而不能彰显，所以长期处于被忽略和被轻视的地位。而影响黔中古近代文学传播效果最直接的因素，就是地理环境和地域区位。

1. 地理环境、地域区位与黔中古近代文学域外传播的困境

黔中地区"塞天皆石，无地不坡"的地理环境，自古以来便被视为"非人所居"的荒徼蛮夷之地，故其地其人常常被人轻视；黔中地区不边不内或边疆的腹地、腹地的边疆的地域区位，除了在明清时期因其军事上具有经略西南之要冲地位而受到中央政府的重视，一般情况下则被视为可有可无之地，故其地其人往往被忽视。此种特殊的地理环境和地域区位，严重制约了黔中古近代文学的域外传播效果，严重影响了其在当时文坛上的影响和文学史上的地位。

一般而言，文学传播的效果是由多重因素决定的，除了创作水平和文学成就本身这个决定性因素外，还与政治地位、社会影响、人品情操、审美风尚等因素有关。其中尤其值得注意的，可以认为是对传播效果产生决定性影响的，是地域环境。大体而言，处于国家或地区之政治、经济和文化之中心区位者，这里交通发达、经济繁荣、名流

汇聚、文化昌盛,其文学传播手段、传播方式、传播路径皆有边省地区不可比拟的优势。其地其人其文皆因此优势而名声远扬,甚至有的作家创作水平本身一般,但亦能凭借这个优势的传播媒介而产生超出其实际水平的影响,这亦是为什么自古及今的大部分文人都想背井离乡、负笈京师的主要原因。

但是,在边缘地区,尤其是在黔中这种不边不内的边省地区,交通不便,经济落后,文化后进,名流罕至,无论是传播的手段或是传播的路径,皆无法与中心地区相提并论。而且,如前所说,在这里,其地其人其文化长期以来处于被忽略、被轻视和被描写的地位。所以,即便你的创作水平高于中心地区的文人,亦很难受到主流文坛的关注;即便你的文学成就足够名垂青史,亦很难获得文学史家的重视。实际上,边省地区的文人要能够在当时文坛上引起关注,发生影响;要能够在文学史上占据一席之地,获得应有的地位,往往要比中心地区的文人付出超过数倍的努力,其水平和成就常常要远远超过中心地区的文人,才能够获得与之相提并论的地位和影响。关于这个问题,江闿在《澹峙轩集序》中,有比较深入的讨论和说明,其云:

> 余尝过黔之飞云岩、冯虚洞,见其灵异奇特,莫可端拟,徘徊久之,而叹山之有幸有不幸焉。夫以九州之大,予足迹几及半,每遇名山必登,登必尽领其要。其间幽邃者,淡远者,屈曲者,险怪者,丹青如画者,即无甚异,亦有足观,其以山得名也亦宜。乃有高不满丈,广不盈亩,顽然蠢然,略无可取,亦竟以山得名,当亦山之至幸者矣!求所谓灵异奇特如飞云、冯虚,终不概见,而斯二者卒不得与无甚异者争名,亦并不得与顽然蠢然者争名,是遵何故?盖斯二者远在天末,僻处一隅,文人罕至,偶有至者,记识以远失传,以是未能如都会地之易得名也。使

斯二者而生于都会地，其得名也当在以幸得名者之先，可知也；使斯二者生于都会地，其名适符其实，将天下无实而得名者，皆失其名，未可知也。且斯二者虽远在天末，僻处一隅，犹当黔之孔道，名虽未著，人尚得过而惜之；黔之不近孔道，灵异奇特或有过于斯二者，湮没不传，不知凡几？当亦山之至不幸者矣！

于人亦然。乡之先达，若孙淮海、谢芳亭、丘若木、杨龙友，人各有集，唯越公卓凡，尤刻意古人，不愧一代作者，然皆不务时名，宇内不周知。兼以兵火频仍，遗稿散失，其不至同山之不幸湮没几何？[1]

考察江闿的这番言论，首先应当注意的是江闿的身份和籍贯，据（民国）《贵州通志·人物志》记载，他本是安徽歙县人，流寓黔中，与黔中大姓越氏为近戚，故"寄姓入闱"，因而又称"越闿"，其亦自署为"新贵人"。所以，江闿是以双重身份来审视黔中文人的不幸处境，作为安徽歙县人，他是以旁观者的身份表达了对黔中文人不幸遭遇的同情。作为黔中新贵人，他对黔中文人长期以来所遭遇的忽略和轻视，是感同身受，极为不满。综观江闿的这段言论，值得注意者有四：其一，黔中"灵异奇特"之飞云岩、冯虚洞，不能与中心地区"无甚异"之山争名，甚至不得与中心地区"顽然蠢然"的"高不满丈，广不盈亩"之山争名。犹如黔中优秀诗人不能与中心地区的一般诗人乃至拙劣诗人争名一样。其二，究其原因，是由于黔中"远在天末，僻处一隅"，故颇遭忽略和轻视。加上"文人罕至"，传播途径不畅通，故其声名不得远扬。黔之山不幸如此，黔之文人不幸亦近似。所以，如孙应鳌等杰出诗人，"皆不务时名，宇内不周知"。其三，"远在天末"之黔中，"未能如都会地之易得名"，此为黔中文人之不幸。如"不

---

[1] 《黔南丛书》第三集《江辰六文集》卷四，贵阳文通书局铅印本。

愧一代作者"之越公父子（越其杰、越柟）等黔中文人，在黔中是"不务时名"，如果"使其处都会地，知必盛名早归"，甚至可能超越都会人士之上。其四，飞云岩、冯虚洞"名虽不著"，犹"当黔之孔道"，故世人尚知之；而"不近孔道"的其他黔中佳山秀水，其"湮没不传"，当有更多。犹如走出黔中宦游都会的黔中文人，虽然亦常常被人忽略和轻视，但尚且为人所知。孜孜创作而老死黔中的为数更多的黔中文人，其作品或因保存不当而散佚，或因兵火而毁灭，其不为人所知，就不在少数了。所以，人之幸和不幸与山同，黔中古近代文人之幸与不幸与黔中山水同。地理环境对文学传播效果的影响，地域区位对作家于当时文坛和文学史地位之影响，于此可见一斑。

边省地区的文人通过努力，甚至通过数倍于中心地区文人的付出，苦心经营，艰苦创作，虽然常常遭到轻视，往往处于被描述的境地，但毕竟为人所知，或者取得突出成就而被部分认可，亦还能让人略感欣慰。但是，在大多数情况下，中心主流地区的文人通常是因地论人，以地论诗，根本忽略边省文人的创作，全盘否定边省文人的成就。于此，黔中学者往往耿耿于怀，部分外籍人士于此亦无可奈何而常常感慨系之。

黔中学者和部分同情、理解黔中文人与文学的外籍学者，首先对因地论人、以地论诗之偏见尤其不满。如明代黔中诗人张谏《望古》诗云：

> 赋心既传盛，经术复开尹。并兴巴彭城，名德乃与准。
> 牂柯处荒维，困此山隐嶙。如何初郡县，贤俊已连轸。
> 人文张华夏，覆载讵畦畛。乃知豪杰士，不受山川窘。[1]

---

[1] 《黔诗纪略》卷一第11页，贵州人民出版社1993年版。

黔中虽地处"荒维",群山"隐嶙",但是,自秦汉设郡立县以来,"贤俊"之士已"连轸"而出,盛览、尹珍师从中原名家,傅宝、尹贡官至守、相,华夏人文之传播不受地域限制,豪杰之士的成长亦不因山川而局限。张谏以黔中史实说明因地废人之偏见不符合实际,其不满学者因地废人之偏见的愤慨之情,溢动于字里行间。清代黔中诗人傅玉书亦有感于黔中文学既有相当重要的成就,仍不免受到外籍人士之忽略和轻贱,其愤然感慨说:

> 每笑论诗薄远方,吾乡桐野逼钱郎。
> 碧山更擅今时誉,须识源流别宋唐。[1]

清初诗坛,黔中诗人周起渭、田榕并有"时誉",尤其是周起渭之诗歌在当时诗坛影响甚大,以至著名诗人查慎行等皆以"前辈"见称,并多请益。但是,学者论诗,缘于成见,往往"薄远方",常常因为他们出生黔中而忽略之,轻视之。在傅玉书的一"笑"之间,可以想见黔中士子的种种辛酸与感慨。

黔中文人对于自身所遭遇的忽略和轻视所表达出来的愤慨与不满,或许可能因为个人情绪和乡土情感,而有主观偏见。所以,外籍人士对这个问题的评说,亦许会客观公正一些。如,以"风裁峻整"著称的仁和人丁养浩,于弘治九年(1496)巡按黔中,其人"喜吟咏",因"常与士人酬唱"而深悉黔中文人的创作水平,亦对其被忽略、被轻视的处境深表同情。他在为黔中明代诗人周瑛的诗文集作序时,发表了一番值得注意的言论:

---

[1] 《论诗十二首》,《黔诗纪略后编》卷十一,清宣统三年陈夔龙京师刻本。

文章与时上下，而又限于地理之不同。故时不能无古今，地不能无远近。游艺之士，生其时，处其地，囿其风气、习俗之不齐，则文章之美恶亦因之，此天下之通论也。惟豪杰之士则不然，虽曰生于今，后于古，播越于僻陋之域，而其志大，其气昌，其功精以勤，则其文章可以高视一世，与古之人不相上下。是故汉之去古为尚近，唐次之，宋又次之。然其时司马迁、韩、柳、欧、苏之数君子，或产于北，或产于南，已非三代之时之比，而苏氏之所产，又远且后，若以古今人论，宜其沦胥以陷而不能自拔也久矣。数君子者乃能奋发淬厉，追古之豪杰而友之，其文与诗皆可与古之豪杰并。若马迁之文，舍六经、诸子无与为比；韩之文近于马；欧之文师于韩；而柳与苏则视韩、欧在师友间，皆不可以优劣辨。由此言之，谓后世无文章，边鄙无豪杰，可乎？[1]

丁养浩之所以愿意为黔人周瑛的诗文集作序，乃是有感于黔中"游艺之士，乃往往狃于风气之偏、习俗之陋，不知儒业为何物，视诗与文忽焉若不与其事"；有感于周瑛本人"非敢以古人自期，直不欲自弃于僻陋之域，以与庸众之人等耳"的宏远志向。因为在丁养浩看来，真正的豪杰之士虽然必定生活于特定的时间与空间中，但肯定能够超越时间与空间的限制。所以，即便是"生于今，后于古"，即便是"播越于僻陋之域"，只要"奋发淬厉"，使其"志大""气昌"，再加上"精以勤"之功，是一定能够"高视一世，与古之人不相上下"的。这不仅是对周瑛的赞美，亦是对黔中文人的鼓励，亦符合他"兴学育才，以教化为先"的为政方略。[2]他对"后世无文章，边鄙无豪杰"的传统主流观念的批评，实际上亦是对学者因地论文之偏见的批判。此非为周瑛个人鸣委屈，实乃为黔中所有豪杰之士被轻视、被忽略之处境

---

[1] 《黔诗纪略》卷二第 63～64 页，贵州人民出版社 1993 年版。
[2] （道光）《贵阳府志》卷五十六第 1107 页，贵州人民出版社 2005 年版。

伸张。

此种反对因地论人、以地论诗之呼声，并非空穴来风，因为文化中心的主流人士轻贱边省文学的行为，由来已久，且深入人心。如博雅通达的孔尚任著《〈官梅堂诗〉序》，讨论天下文学人才的地理分布："论十五国人才多寡之数，以十分为率，于吴、越得其五，齐、鲁、燕、赵、中州得其三，秦、晋、巴、蜀得其一，闽、越、粤、滇再得其一，而黔阳则全无。"[1] 这种关于黔地无文人、黔中无文学的偏见，不是孔尚任个人的私见，而是明清时期大部分中土主流人士之公论。如郑方坤《国朝诗钞小传·桐埜诗集》说："黔固鬼方旧壤，僻陋在夷，自庄蹻拓疆，唐蒙通道以来，未闻以文章振者。说者谓山童川涸，其地不灵，即间一二轶材，亦仅穿穴时文，为应举求名计。其于声韵一道，白首纷如。采风至此，自邻无讥已矣。"[2] 又如，明代黔中士人王祚远，他于万历四十一年（1613）成进士，历官国子监祭酒、礼部侍郎等职，其诗文闳放，著有《永亭诗文集》《王尚书集》等，亦算是见过世面的黔中文人。或许因为他在京师的官场和文学圈子中，由于自身的黔人身份而颇遭轻视，倍感压抑。所以，他在为明代黔中著名诗人谢三秀的诗集作序时，情绪愤激，发言慷慨，大有不平则鸣之势，其云：

> 今海内襞札染烟以词赋自命者，无不人人合作，家家当行，而于黔率摈弃使不与盟会。夫才各有优有不优，情各有至有不至，国门之县书具在，必有出只眼者。余实黔人，无所辞于浅陋，然读余友君采氏所为《远条堂稿》，若近若远，若浅若深，若建万石之钟，撞之以莛；若舞长空之雪，御之以风，隐见出没，造微入化，即杂之北地、信阳、长沙、京口诸名集中，

---

[1] 孔尚任：《敝帚集序》，（民国）《贵州通志·艺文志》卷十四第583页，贵州人民出版社1989年版。

[2] 周起渭：《桐埜诗集》之"附录"，贵州人民出版社1999年版。

> 无以辨也；即杂之开元、天宝、大历诸名家集中，亦无辨也。其为黔人耶？其非黔人耶？抑以黔人之目视黔人之诗耶？余皆不敢知。而据其才情所擅，发越清迥，遂成全璧。欲句摘字比而不可得。即以前驱海内，夫谁曰不可？盖老杜为诗家不祧之祖，而其所亟赏者乃在清新；子山、小谢振响元嘉，何足当唐人一盼？而太白为之吐舌。试使今人上下千古，宁复有置六朝在口者？故知君采之诗，不问其为黔人可也。[1]

阅读这段文字，溢动在字里行间的愤激之情和不平之气，昭然可见，故可想见其平日所受压抑之深沉。谢三秀确为明代黔中最杰出的诗人，其与当时江南才子交游酬唱，甚有诗誉，有"正始遗音，天末才子"之目。置之于有明一代诗坛，亦无愧一代名家。至于像王祚远所说，将其"杂之与开元、天宝、大历诸名家集中，亦无辨也"，确有夸大之嫌。不过，这亦能让我们感觉到他心中的不平之气。王祚远之不平与愤慨，就是因为中心主流文人因地废人，以地论诗，自高自大，自以为是，"人人合作，家家当行"，以为黔地无人，黔地无诗，故"摈弃使不与盟会"。谢三秀诗歌，本来天才卓越，发越清迥。但是，若以黔人身份呈现，则往往会被人忽略和轻视。亦就是说，黔人身份会影响到谢诗的传播效果，"故知君采之诗，不问其为黔人可也"。当时文学界因地废人、以地论诗之风气，以及给黔人造成的心理压力，可以想见。所以，部分黔中人士离开故土后，往往"籍其先世故里"，讳言其黔中籍贯，有明显的"去黔"心态。

此种因地废人、以地论诗的舆论导向，给黔中文人造成了巨大的心理压力，黔中晚明著名遗民诗人吴中蕃在其自编诗集之自序中，就表达了他对知音的渴求，以及内心的矛盾和压力。他在《敝帚集

---

[1]《黔南丛书》第三集《雪鸿堂诗蒐逸》之"附录"，贵阳文通书局铅印本。

自序》中说：

> 家有敝帚，享之千金，不自知其非宝也。当其一语之出，自谓赤水之玄，而识者已掩口于其后。黔故天末，采风之所不及，顾欲以卮言绪论妄意千秋，其谁许我？虽然，春鸟鸣春，秋虫吟秋，见其所然，言其已然，亦各适其意而已。……（诗集）编成，将欲自负车前，遍贽名宿，冀获一字之删订，不则碎琴都市，共证平生，而今已矣。虞翻曰："天下有一人知己，足以不恨。"余无可致人之知者，何敢恨人之不我知？且世有王朗、蔡中郎，而后《论衡》乃不徒作；有石篑、袁中郎，而后文长可以不死。俯仰人群，千古一遇，又安得入梵天以质讹、藏婆竭以永寿哉？是帚也，微独人敝之矣！[1]

敢于将自己的诗作"遍贽名宿，冀获一字之删订"，应该说，作为诗人的吴中蕃是相当自信的。自信的诗人需要有知音的赏识，可是作为"采风之所不及"的"天末"黔中诗人吴中蕃，要寻求知音，谈何容易。所以，"敝帚自珍"之类的话，在别人说出来可能是谦辞，从黔中诗人吴中蕃口中说出来，则是真有难言之苦衷。"欲以卮言绪论妄意千秋，其谁许我"？"妄意千秋"，评说古今，品评人物，赏鉴文学，本是文人分内中事，可是作为"天末"黔中的诗人，好像天生低人一等，"妄意千秋"的资格似乎都被剥夺了。"其谁许我？"语气中的那份哀伤与无奈，可明显感知。"余无可致人知者，何敢恨人之不我知"，身为黔中文人，致力于文学创作，自信亦有相当的水平，可就是不能有效传播，其内心的压抑和苦楚，在这两句话中充分地表现出来了。

黔中文人甚至是在全国有重要影响的文人，如周起渭、郑珍、莫

---

[1]（民国）《贵州通志·艺文志》卷十四第582～583页，贵州人民出版社1989年版。

友芝等，亦常常不免遭遇这样的忽略和轻视。[1] 周起渭、郑珍、莫友芝等人的遭遇，与谢三秀的情况很近似。不论出生，不看作者，谢诗在明代堪称佳作，而周、莫、郑在清代则堪称典范，所以，广为流传，备受推崇，但人们推崇的是他们的诗与文，而不是他们的人和出生地。甚至出现如胡晓明所说的，好其诗而讳言其人其地的现象。[2]

　　黔中文人和文学长期以来遭遇中土主流人士的忽略和轻视，其情况如上所述。但是，需要说明的是，并非所有中土主流人士都是刻意要轻贱黔中文人和文学，其中确有许多客观因素所促成。平心而论，地域之局限确是一个不容回避的客观因素。如前引江闿《澹峙轩集序》就说过，"远在天末，僻处一隅"，"文人罕至"的黔中，"未有如都会地之易得名也"。黄辅辰《守拙斋诗钞序》亦说："吾黔固多诗人，遵义尤众，特以僻在荒陋，无人表而出之。近莫子偲撰《黔诗纪略》、郑君子尹复撰《播雅》，始稍有知者。"[3] 黔中文学因地域山川之阻隔而不能广泛传播，故孔尚任在读到黔中诗人吴中蕃的《敝帚集》时，追悔其《官梅堂诗序》中所作的"黔阳全无"之谬论，所做的一番解说，是颇为中肯的："非全无也，有之而人不知，知之而不能采，采之而不能得，等于无耳。"的确如此，黔中明清之际确有一批优秀诗人，但是因为未能有效传播，致使"人不知""不能采""不能得"，所以即使"非全无"亦"等于无"。孔尚任虽为自己"论才而不及之（黔中）"而追悔，并承担"失言之咎"。但是，他认为，黔中文学不能有效传播，既有域外人士的原因，即域外人士"轮蹄之往来，疲于险阻，怵于猛暴，惟恐过此不速；即官其地者，视为鬼方、蛮貊之域，恨不旦夕去之"，即因轻其地而轻其人，轻其人而忽略其文。亦有黔人本身的原因，即

---

[1] 参见本书第一章第三节之"地域区位与黔中文化品格"。
[2] 胡晓明：《说不完的郑子尹》，《当代贵州》2012年第23期。
[3] （民国）《贵州通志·艺文志》卷十六第689页，贵州人民出版社1989年版。

"其中之人又朴略无华,不乐与荐绅游"。黔人朴略无华,刚直真淳,正如唐树义《播雅序》说:

> 余尝闻诸父老言,郡自前明万历改流迄国初,其间避奢、安、张、李难从他州来者,类多杰人、隐君子,讴吟流闻,间在人耳,然无荟萃家,其遗佚者多矣。迨入国朝,揉擩雅化,才俊踵兴,扢扬风雅,皆彬彬乎质有其文。顾风气愿朴,耻立标榜,怀奇抶藻之士,罕以缟纻遍游四方;四方论诗者,亦遂视播为僻壤而未尝征引及之。[1]

或如陈夔龙《含光石室诗草序》所说:

> 吾黔僻处万山中,去上京绝险远,风气号为陋啬,士生其间,率外质直沉静,不屑屑走声逐影,务以艺鸣于绮靡浮嚣之世。[2]

如此性格,不事浮华,甚至还有因长期被轻贱忽视而产生的自卑心理,故"不乐与荐绅游",得不到中土主流文人的赏识和提携,故其文章亦不能广泛传播,其在文坛上的地位亦大受影响。

所以,评论诗文,论定作家的地位和影响,虽然不可以地域为限,但地域实在有局限诗文之传播者,地理环境和地域区位的确可以影响作家在当时文坛的声誉和文学史上的地位。因此,一位作家在当时文坛上的影响,在文学史上的地位,不仅取决于其作品本身的价值,还与其作品能否有效传播有关,还与其所处之地理环境和地域区位有重要关系。问题是,域外人士之轻贱黔中文人,忽视黔中文学,亦有一个由客观之无知到主观之偏见的过程。其最初之轻贱与忽视,或缘于

---

[1] 黄万机等点校:《郑珍全集》七《播雅》卷首,上海古籍出版社2012年版。
[2] (民国)《贵州通志·艺文志》卷十七第786页,贵州人民出版社1989年版。

无知,犹如夜郎侯因"不知汉广大"而产生"自大"心理,域外人士因"采风之不及"而以为黔中无诗,此乃客观因素所造成,则自可理解与鉴谅。而因此渐成习惯性的心理定式,不论黔中文学的实际情形,不问己之见闻浅薄,而持过去之成见以概称黔中无诗,此乃由主观因素所造成的偏见,则不可理解与同情。另外,"朴略无华"的性格正是成就黔中文学的重要因素,这是应该保持的。如同陈法《黔论》所论黔人性格,所看重者,所力求保持者,亦正在此。

2. 黔中古近代文学域外传播的现状和特点

黔中文学,溯其远源,学者常追踪至汉代"牂柯名士"盛览。据《西京杂记》记载,盛览拜司马相如为师,学习辞赋创作,相如教以"赋迹""赋心",盛览著有《合组歌》《列锦歌》。据现存史料,盛览确是黔中文学史上第一位作家,惜其作品散佚,仅存篇目,故其在域外的影响实在有限。据《西京杂记》卷三记述,盛览问以作赋,相如曰:"合綦组以成文,列锦绣而为质,一经一纬,一宫一商,此赋之迹也。赋家之心,苞括宇宙,总览人物,斯乃得之于内,不可得而传。"盛览能心领神会者,乃属于外在形式之"赋迹"。而于"苞括宇宙,总览人物"之"赋心",则不能理会,故"终身不复敢言"。实际上,《西京杂记》是借盛览不能理会"赋心"来说明作赋之艰难,字里行间颇有抑揄黔中文士之意,故其在域外的影响很有些负面价值。

黔中文士著有诗文集者,据现存史料记载,首推宋代诗人赵高峰,著有《青莲院诗集》,惜其作品全佚,仅存集名。黔中文士因文学创作而首次受到域外人士关注者,则是元代播州杨氏第十七代土司杨汉英,著有《明哲要览》九十卷、《桃溪内外集》六十四卷。杨汉英曾八次入京,真诚交友,多与京师名流交游,与理学家姚燧交情甚厚,姚氏写有《赠播州杨安抚汉英乐府》，诗人袁桷写有《挽播州宣抚杨资德》。史家张起岩《题杨宣慰〈云南颂〉后》称道杨汉英说："挥戈如笔笔如刀，师阃文场有此豪。绝域建功追定远，明时献颂效王褒。"[1] 称颂杨汉英文武全才，功勋卓著。黔中文人获得域外人士如此高度之评价，杨汉英是第一人，惜其作品全佚，今仅存刻于衡山崖壁上的《咏九疑图》长诗一首。[2]

如果说杨汉英在域外的影响主要还在于他土司官的政治身份和出征云南的武功，而明代前期的黔中诗人宋昂、宋昱兄弟在域外的文学影响，则主要来自于他们的创作。宋氏兄弟师从福建著名诗人廖驹学习诗法，讲求诗艺，著有《联芳类稿》。宋昂之子宋炫为了使父亲和叔父的诗作传播域外，流芳百世，特地委托本乡进士周鸾携稿到南京，请罗玘点定作序。其求名之心，企图获致主流文坛认可的愿望，昭昭可见。罗玘《联芳类稿序》说：

> 以余所闻，贵州宣慰使宋从颖（宋昂），则于文章诗赋，攘臂敢为之，间能流传四方，其意欲与中原大家相角逐，宁止通古今、取科第者之足言乎？其弟如晦（宋昱），隐君也，秀而能文。从颖与之迭为唱酬，积数十年，遂成编帙，有所谓《联芳类稿》者，所以志其为兄弟之作，今存于家。要其归，虽未必尽皆醇于道而确然以不朽，然其世雄遐方，不为所变，而又以家学播宣敦睦之风，为左袒者之赤帜，以风动之，盖有裨于世道者非细也！视彼筑宫教子，仅独善其家而又不知其果能与否，史犹以为贤者，亦远矣！[3]

---

[1] 《元音》卷七，《四库全书》本。
[2] 黄万机、田原：《黔山灵秀钟人杰——历代英才与贵州文化》第37页，贵州教育出版社2003年版。
[3] （民国）《贵州通志·艺文志》卷十八第845页，贵州人民出版社1989年版。

宋氏兄弟的诗歌，"虽未必尽醇于道而确然以不朽"，但"其意欲与中原大家相角逐"的意愿，确是相当强烈。罗玘序文的推举，扩大了宋氏兄弟在域外文学界的影响。所以，清初诗坛领袖朱彝尊又对其大加推崇，他在《静志居诗话》中评价宋氏兄弟的诗歌说："黔之宋氏昆友，滇之沐氏祖孙，各著诗文，媲于风雅。"还具体对宋氏兄弟的诗歌进行摘句批评：

> 按贵州苗民五十一部，安氏领四十九部，长曰"头目"，宋氏领十二部，长曰"马头"。昂、昱兄弟俱能文。昂《送赵逊敏东归》云："琴鹤先生乐自然，故山归去白云边。门前柳忆陶元亮，洞口人迎葛稚川。行色苍茫林影外，离情萧索酒杯前。欲知别后相思意，疏柳寒梅锁暮烟。"散句有云："采药难寻蓬岛路，垂纶却忆鉴湖船。""疏砧残月孤村夕，衰草斜阳两岸秋。""风静洞庭高浪远，月明扬子暮潮寒。"昱《送汪公子还嘉禾》云："城上栖乌下女墙，城边行客醉壶觞。一尊风雨秋萧飒，千里关河路渺茫。乡梦已随云去远，离情空与日添长。凭谁为报南湖远，早晚还来理钓航。"散句有云："野戍清秋闻鼓角，烟村日出露松杉。""数声啼鸟凭欹枕，满地斜阳深闭门。""卧听笙歌来别岸，起看鸥鸟浴前汀。"埙篪迭奏，风韵翩翩，试掩姓氏诵之，以雅以南，莫辨其出于昧任侏离也。[1]

品评诗文，确有以地论文、因人评诗的现象，但朱彝尊能摆脱流俗之偏见，推扬黔中诗人，许以"风韵翩翩""以雅以南"之目，并且在选择颇严的《明诗综》书中，选录宋氏兄弟的诗作，其对黔中文学的域外传播，堪称功臣。

黔中文学的域外传播，或者如宋炫那样请求诗文名家点定作序，

---

[1] 朱彝尊：《静志居诗话》卷三十四第 774～775 页，黄君坦点校，人民文学出版社 1990 年版。

或者如宋氏兄弟这样遇到诗坛盟主的张扬推举。当然，还有一种方式，就是走出黔中，置身文学创作的中心地区，与诗坛名家交游酬唱，进而扩大影响。晚明黔中诗人谢三秀就是一个典型例子。

"贵州数诗家，有明推雪鸿。"[1] 谢三秀（字雪鸿）是明代黔中最杰出的诗人，亦是明代黔中第一位在域外发生重要影响的诗人，正如莫友芝所说："贵州自成祖开省，迄于神宗，阅二百年，人才之兴，媲于上国，而能专精风雅，隽永冲融，驰骋中原，卓然一队，虽前之文恭，后之龙友、滋大，未有先于君采者也。"[2] 他亦是黔中第一位在域外出版诗集的诗人，其《雪鸿堂诗集》《远条堂诗集》两部诗集皆在江南刻印传播。谢三秀早有令誉，早年深得黔中地方行政长官巡抚郭子章、提学副使韩光曙和吴国伦的赏识和器重，尤其是作为诗坛盟主"后七子"的吴国伦，在担任贵州提学副使期间，对身为童生的谢三秀加以栽培和引导，为这位明代黔中最杰出的诗人的成长做出了重要贡献。而谢三秀的成名，则是在他走出黔中漫游江南期间，与江南著名文人雅士的交游酬唱，才华彰显，诗艺大进，影响卓著。尤其是他的诗集《雪鸿堂诗集》《远条堂诗集》在江南刻印，传播士林，名声大振，致使"若吴若越若闽若岭南江右，皆知黔有君采"。[3] 漫游荆楚、吴越，谢三秀结识了汤显祖、李维桢等文坛领袖，与著名诗人王穉登、何白等诗酒唱和，相互推扬，黔中文学第一次在域外主流诗坛大放异彩。

谢三秀的域外影响，首先在于他的诗歌本身确有相当高的水平，

---

[1] 郑珍：《书周渔璜先生桐埜书屋图后》，杨元桢《郑珍巢经巢诗集校注》后集·卷一，第400页，贵州人民出版社1992年版。
[2] 《黔诗纪略》卷十四第543页，贵州人民出版社1993年版。
[3] 王祚远：《远条堂诗集序》，《黔诗纪略》卷十四第545页，贵州人民出版社1993年版。

其次在于文坛领袖的提携和推扬,汤显祖和李维桢起到很重要的作用。谢三秀与汤显祖情谊深厚,相互推崇。汤显祖诗文集中有《养龙歌送谢玄瑞吴越游兼呈郭开府》《送谢玄瑞游吴》二诗,皆以龙驹比喻谢三秀其人,如《养龙歌》说:"君不见养龙之墟有灵窟,云雾晦冥龙子出。……何得贵阳谢生美如此,齿至龙媒尚边鄙。"《送谢玄瑞游吴》说:"万里龙坑有云气,飞腾那得傍人行。"[1]一边鄙诗人能够获得文坛领袖如此赞许,确实不易。而身为"末五子"的李维桢,在《雪鸿堂诗序》中对谢三秀的评价更高,许以"治世遗音""天末才子"之目,称道他的诗歌"其格整而不滞,其气雄而不亢,其旨深而不晦,其致情而不薄,其辞丽而不浮,诸家诗体无不精当,诗品诸妙无不具备"。[2]一边鄙诗人获得如此高的评价,可谓绝无仅有。晚明文人陈允衡编选《诗慰》一书,选录谢三秀诗歌74首,还附有点评。还有那位热心关注和传播黔中文学的清初诗坛领袖朱彝尊,在他编选的《明诗综》里,收录谢三秀诗歌十三首,并在其《静志居诗话》里评价说:"君采诗甚清稳,由其生于天末,习染全无,此黔人之轶伦超群者。"[3]正是经过这些文坛核心人物的推扬,谢三秀其人其诗名声大振,海内颂扬。

谢三秀是黔中文学家在域外发生重大影响的第一人,这与他走出黔中、交游江南的经历密切相关。黔中文人对此亦有清醒认识,如郑珍编录《播雅》,就为清初黔中诗人李晋、罗兆甡的文学遭遇鸣不平,他评论李晋的诗歌说:

---

[1] 徐朔方笺校:《汤显祖全集》之"诗文"卷十七第738~739页,北京古籍出版社1999年版。
[2] 《黔诗纪略》卷十四第544页,贵州人民出版社1993年版。
[3] 朱彝尊:《静志居诗话》卷十七第523页,黄君坦点校,人民文学出版社1990年版。

> 其诗品冲和雅淡，如春云出岫，掩映岩花。固多揉炼之功，亦本酝酿之厚。以较贵阳谢君采，风骨相近，而深厚稳帖似为过之。不遇伯玑（陈允衡字）、锡鬯、谷香，宜无知也。[1]

与谢三秀诗歌相比，李晋诗"深厚稳帖似为过之"。但是，由于他的诗歌无人赏识，没有遇到像陈允衡、朱彝尊、王谷香这样的知音推扬，故终究默默无闻。又如罗兆甡的诗歌，郑珍评价说：

> （罗兆甡）诗沉雄郁挫，挥洒自如。当其兴会飚发，劚杜陵之壁垒，笑崆峒之客气。若使旗帜中原，与朱、王数子上下驰骋，未知谁拔赵旗。遵义诗人之冠冕也。为文雄峭朴雅，不规规前人。词亦入苏、辛之室。[2]

清初诗坛，"南朱北王"，同执诗界之牛耳。在郑珍看来，罗兆甡的诗歌突破了子美、崆峒之藩篱，实可与朱彝尊、王士禛"上下驰骋"。但是，由于他终老黔中，其人其诗皆不为主流诗坛所知，故终究湮没无闻，不能获得与创作水平和文学成就相适应的影响和地位。吴中蕃在《雪鸿堂诗选序》中评论谢三秀诗在当时诗坛的影响时，特别指出："苟无先生之学力与先生之交游，而欲道其只字以取重于后世，岂可得哉？"[3]扩大作家在文坛上的影响，确立作家在文学史上的地位，"学力"与"交游"同等重要。

黔中清代诗人，在域外发生重大影响的，首推康熙年间的周起渭。郑珍《书周渔璜先生桐埜书屋图后》说：

---

[1] 黄万机等点校：《郑珍全集》七《播雅》第57页，上海古籍出版社2014年版。
[2] （道光）《遵义府志》卷三十四《列传二》第1060页，遵义市志编纂委员会办公室整理出版，1986年。
[3] 《黔南丛书》第三集《雪鸿堂诗蒐逸》之"附录"，贵阳文通书局铅印本。

> 贵州数诗家，有明推雪鸿。国朝三百年，吾首桐埜翁。
> 谢诗春空云，周诗花如虹。吾以两公较，尤多桐埜雄。[1]

莫友芝《以周渔璜先生〈桐埜〉〈回青〉〈稼雨〉诸集本与陈耀亭上舍授梓，弁之十韵》诗亦说：

> 极盛朱王后，词坛不易崇。先生起天末，孤旅对群雄。
> 明祖华严铣，苏亭赤壁风。波澜压伦辈，馆阁洗疲癃。[2]

周起渭不仅是黔中明清诗坛上成就最高、影响最大的诗人之一，而且在全国诗坛上亦有相当重要的影响，甚至有一代诗坛盟主之美誉。如陈田《黔诗纪略后编·周渔璜传证》说：

> 是时，新城王渔洋，秀水朱竹垞，为南北诗宗。竹垞博深，与先生角力，或有短长。若专论诗，先生（周渔璜）华妙不减渔洋，颖特岂逊竹垞？各占一席，亦未可知？
> 初白（查慎行）诗声播于辇下，先生（周渔璜）与联袂诗坛，互执牛耳。[3]

周起渭诗名在域外发生影响，亦有一个渐进的过程。起初，周起渭入翰林，同事以为他来自蛮夷之邦，不娴声律，颇有轻视之意。后来在一次消夏诗会上，周起渭以一首《分咏京师古迹得明成祖华严大钟》，使同事大为惊诧，倾心折服，据其好友郭元釪《桐埜诗集序》

---

[1] 杨元桢：《郑珍巢经巢诗集校注》后集·卷一第400页，贵州人民出版社1992年版。
[2] 莫友芝：《重刊桐埜诗集序》之"附诗"，《桐埜诗集》卷首，贵州人民出版社1999年版。
[3] 《黔诗纪略后编》卷三，清宣统三年陈夔龙京师刻本。

说：此诗"瑰伟特出，冠于一时，由是翰林能诗者，必以公为学首"。[1]周起渭的成长与成名，首先在于他固有的卓越才华，其次在于他走出黔中广泛交游，得到师友的推扬与激励。据统计，周起渭的交游十分广泛，有前辈诗坛名家如田雯、王士禛、朱彝尊、宋荦、陈廷敬等人，同辈诗坛名人查慎行、郭元釪、史申义、姜宸英、高其倬、顾图河、王式丹、蒋廷锡、缪沅、徐用锡、刘青藜、陈璋、张逸少、宫鸿烈等人，画家禹尚基、李山等人，学者毛奇龄等人。[2]其中，尤其是田雯的赏识，陈廷敬和毛奇龄的推许，查慎行和史申义的赞誉，对周起渭诗名的传播，起到至关重要的推动作用。

田雯，字纶霞，号山姜，著有《古欢堂集》，与诗坛名宿王士禛齐名，曾任贵州巡抚，深赏起渭诗文，折节下交，着意提携。后起渭入翰林院任职，田雯回京任户部侍郎，二人过从甚密，谈诗论文，颇相契合，并引荐起渭结识诗坛巨擘王士禛，还为起渭早期诗集《稼雨轩诗集》作序，"叹其人之奇，诗之工"，以为"渔璜之诗，有以新为工者，有以奇为工者。新如茧丝出盆，游光濯色，天女散花，幽香万片；奇如夏云怪峰，千态万变"。[3]经过诗坛名宿的如此点评，其所产生的影响可想而知。时翰林院掌院学士陈廷敬亦对之极为推许，多次荐拔于君上。当康熙问及当今谁能诗者，陈廷敬即以周起渭、史申义二人对。陈廷敬辞官归田之际，再向康熙举荐起渭，以为可以大用。而史申义推扬起渭诗才，亦有"孰与夜郎争汉大，手携玉尺上金台"之句，[4]俨然以诗坛盟主目之。著名学者毛奇龄年长起渭四十余岁，对起渭诗才亦推崇备至，他在《稼雨轩近诗序》中称："贵阳周先生以挟天之

---

[1] 周起渭：《桐埜诗集》之"附录"，贵州人民出版社1999年版。
[2] 黄万机：《客籍文人与贵州文化》第73页，贵州人民出版社1992年版。
[3] 周起渭：《桐埜诗集》之"附"，贵州人民出版社1999年版。
[4] 周起渭：《桐埜诗集》之"附录"，贵州人民出版社1999年版。

才，力持大雅……昔所称风雅之宗，领袖群彦者，非先生欤？"[1]清初宋诗派首领查慎行，与起渭最为相得，他虽年长起渭十余岁，但因入翰林的时间晚起渭几年，故常以"前辈"待之，并向起渭求证诗艺，其《戏为四绝句呈西崖、桐埜两前辈》说："碧海鲸鲵杜陵老，虚空骏骐玉川翁。后生不自量才力，却道同游羿彀中。"[2]其自我谦卑如此，其推崇起渭如此，实可想见起渭在当时诗坛的地位。

有清一代，郑、莫之前，黔中诗人在全国诗坛影响最大者，的确是周起渭。沈德潜《清诗别裁》选录其诗四首，为黔中诗人唯一入选者。查为仁《莲坡诗话》、袁枚《随园诗话》、杨钟羲《雪桥诗话》等皆有对起渭诗歌的点评。汪辟疆《读常见书斋小记》之《贵州四名家》，以杨文骢、谢三秀、周起渭、郑珍为黔中四大诗人，还说："周诗为筑诗家之冠。"据其弟子说："尝侍师坐，师盛称贵阳周渔璜起渭之《桐埜集》，为西南巨手，雄深雅秀，兼而有之。"[3]

黔中清代诗人与清诗史上的宋诗运动，实在有太多的关联，如清初宋诗运动的先驱田雯与周起渭的关联，清中期宋诗运动的中坚钱载与傅玉书的关联，晚清宋诗运动的领袖程恩泽与郑珍的关联，这是研究清诗史和黔中诗学一个值得特别关注的问题。晚清黔中诗人郑珍，实可视为清代宋诗运动的集大成者，他虽出自宋诗运动领袖程恩泽门下，但其成就实有"青出于蓝而胜于蓝"之势。如汪辟疆《近代诗人述评》说：

> 郑氏《巢经巢诗》，理厚思沉，工于变化，几驾程、祁而上，故同

---

[1] 周起渭：《桐埜诗集》之"附录"，贵州人民出版社1999年版。
[2] 周起渭：《桐埜诗集》之"附录"，贵州人民出版社1999年版。
[3] 汪辟疆：《近代诗派与地域》，吴葇小笺残本，《汪辟疆文集》，上海古籍出版社1988年版。

> 光诗之宗宋人者,辄奉郑氏为不祧之宗。[1]

钱仲联《论近代诗四十家》说:

> 同光体诗人,张学人之诗与诗人之诗合一之帜,力尊《巢经巢诗》为宗祖。[2]

郑珍与莫友芝齐名,但是,在钱仲联看来,"莫五偶齐名,才薄难雁行"。"清诗三百年,王气在夜郎",主要就是针对郑珍的诗歌成就而言的。钱锺书《谈艺录》说:

> 清人号能学昌黎者,前有钱萚石,后则程春海、郑子尹,而朱竹君不与焉。
>
> (钱载)生沈归愚、袁子才之世,能为程春海、郑子尹之诗,后有汉高,则亦无惭于先驱之胜、广矣。[3]

将程恩泽、郑珍师徒视为清代宋诗运动之集大成者。陈声聪《兼于阁诗话》亦说:

> 清道、咸间,郑子尹(珍)以经学大师为诗,奄有杜、韩、白、苏之长,横扫六合,跨越前代。[4]

---

[1] 汪辟疆:《汪辟疆说近代诗》第25页,上海古籍出版社2001年版。
[2] 钱仲联:《论近代诗四十家》,《社会科学战线》1983年2期。
[3] 钱锺书:《谈艺录》第178页,上海古籍出版社1985年版。
[4] 陈声聪:《兼于阁诗话》第358页,上海古籍出版社1985年版。

胡先啸《读郑子尹巢经巢诗集》说：

> 郑珍卓然大家，为有清一代冠冕。纵观历代诗人，除李、杜、苏、黄外，鲜有能远驾乎其上者。[1]

而陈衍《石遗室诗话》对郑珍诗有更为详尽的评价，其云：

> 黔诗人郑、莫并称，均多乱离之作。而子尹公车报罢后，蠖居乡关，漂泊西南，子偲则晚交益阳抚部、寿阳湘乡两相国，踪迹在大江南北，及见粤寇荡平，身世稍发舒于子尹。子尹精经学小学，子偲长史地之学。二人功力略相伯仲，子尹诗情尤挚耳。[2]

郑珍在诗歌创作上的成长与成名，与他的湖湘游学经历，以及湖湘诗坛名宿的奖掖、提拔和推扬，有密切的关系。其中，晚清宋诗派领袖程恩泽的奖掖诱导之功，尤其重要。道光三年（1823）程恩泽出任贵州学政，郑珍的才华受到他的关注。郑珍廷试落榜后，应程恩泽之聘赴长沙作学政幕宾，在程恩泽的直接指导下研习宋诗。程氏激赏郑珍，赐字"子尹"，以黔中先贤尹珍为榜样激励郑珍潜心向学，二人关系甚密，所谓"师弟之爱，朝夕之亲"是也。[3] 当时程恩泽、祁隽藻正倡导宋诗运动，主张学苏、黄而上规杜、韩，力求经术、学问与诗艺相结合，借以革新清代中期以来以性灵派为代表的浅俗滑易之诗风，这对于于经术、学问本身有浓厚兴趣的郑珍来说，正是如鱼得水。借助程恩泽的提携和奖掖，与湖湘宋诗运动

---

[1] 胡先啸：《胡先啸论文集》第353页，人民文学出版社1990年版。
[2] 陈衍：《石遗室诗话》，《民国诗话丛编》本，上海书店出版社2002年版。
[3] 郑珍：《上程春海先生书》，《郑珍集·文集》第35页，贵州人民出版社1994年版。

的积极参与者邓显鹤、欧阳绍洛、黄本骥等人的交游酬唱。郑珍的诗名,逐渐显扬。如自负为湖湘诗坛盟主的邓显鹤,在年过半百之时于长沙偶遇二十出头的郑珍,对其诗歌才能大加赞赏,说:"今天下诗,仆盖无多让,何期于今见畏友乎!"[1]多年以后,郑珍对湖湘前辈诗人的关爱和奖掖之情,仍铭记在心,他在《与邓湘皋书》中说:"昔者相遇长沙,浅陋无所识,年少不自掩敝,其可笑甚矣。乃豁达忘年,深心奖美,不知何所取于某而眷爱若是。"[2]《上程春海先生书》亦说:"念昔游于南,以师弟之爱,朝夕之亲,窥先生盘盘郁郁,胸罗众有。"[3]郑珍在文学上的成长和成名,就是得自程恩泽、邓显鹤等人的奖掖和推扬。另外,莫友芝游宦江南,持郑珍诗集前往,出入曾国藩幕府,向江南文士广泛传播郑珍诗歌,让更多江南文人认识郑珍其人其诗,产生了很好的影响,以致曾国藩数次央求莫友芝写信邀请郑珍赴江南一游。

综上,通过对杨汉英、宋昂宋昱兄弟、谢三秀、周起渭、郑珍等黔中诗人诗歌的域外传播和影响的个案分析,可知黔中诗歌的域外传播,有如下两个特点:

其一,黔中古近代文学家的成名,在域外发生重要影响,必须走出黔中大山地域,与京都或江南文坛主流文士交游唱和,如上文所举的杨汉英八次入京与京都文士交游,谢三秀漫游江南与诗坛名宿唱和,周起渭宦游四方与文坛精英酬唱,郑珍作幕湖湘与湖湘诗人切磋诗艺,等等。另外,限于篇幅未能详述的杨文骢、孙应鳌、越其杰、傅玉书、莫友芝、黎庶昌、姚华等黔中文人文名之远播,亦皆与其走出大山与域外文士的交游酬唱大有关系。所以,能否走

---
[1] 郑知同:《子尹府君行述》,《巢经巢文集》之"附录",贵州人民出版社1994年版。
[2] 郑珍:《巢经巢文集》卷二,《郑珍集·文集》第37页,贵州人民出版社1994年版。
[3] 郑珍:《巢经巢文集》卷二,《郑珍集·文集》第35页,贵州人民出版社1994年版。

出大山,能否预流主流文坛,是决定一位黔中文人的文坛影响和文学史地位的重要因素。

其二,黔中文人因种种原因不能走出大山地域,其作品能在域外发生一定的影响,必须有主流文坛领袖的点评和推扬,同时黔中文人自己亦必须具备主动传播意识。如上文所举的宋炫,他为传播其父亲宋昂和叔父宋昱的诗作《联芳类稿》,而托人将之带到南京请名人罗玘为之点评作序;吴中蕃的诗集《敝帚集》经唐御九带出大山,交由当时文坛有"南洪北孔"之称的孔尚任点定序评;还有,莫友芝持郑珍《巢经巢诗集》漫游江南,出入曾幕,使郑珍诗歌在江南主流文人圈子中广泛传播。

总之,诗人走出黔中交游名流是黔中古近代文学传播的主要途径,其人因种种限制不能走出黔中,而其诗亦必须通过某种方式传出大山。否则,便会像上文提到的李晋、罗兆甡等诗人,虽然如郑珍所说,其真实水平并不亚于谢三秀,甚至可与朱彝尊、王士禛等诗坛名流"上下驰骋",但因为其人其诗皆未走出大山地域,不能有效传播,因而不能在当时文坛产生应有的影响和获得在文学史上的应有地位,而且其作品亦因为不能广泛传播而散佚殆尽,以致生前身后皆默默无闻。文坛话语权不在黔中而在京都或江南,本身就处于被忽略被轻视地位的黔中文学,不可避免地亦处于被描写的地位。因此,走出大山,亲近主流文坛,以创作实绩展示黔中文人的创造能力,摆脱被忽略被轻视的处境和被描写的地位,是黔中古近代文人如谢三秀、杨文骢、周起渭、郑珍、莫友芝、姚华等人获得成功的重要途径。

三、传入：黔中古近代文人对域外文学的接受

1. 诗学大传统和诗坛时尚：黔中古近代文学创作的文化背景

传统是一种惯性力量，一种精神或理念一旦在民族内心世界中积淀下来，就会形成一种具有惯性力量的精神传统，无论是过去，还是现在，抑或是将来，它都会影响民族的精神生活，乃至思维习惯和生活方式。同时，传统是建构起来的，正如希尔斯所说："传统依靠自身是不能自我再生或自我完善的。只有活着的、求知的和有欲求的人类才能制定、重新制定和更改传统。"[1]

诗学传统亦是如此。在中国文学史上，自六朝文人建构起"同祖风骚"的文学史观以来，"同祖风骚"的诗学传统便成为中国古典诗学的"大传统"，传统中国社会以汉语写作的文人差不多皆是在这个"大传统"的规约下进行写作。文学家在创作中充满着对诗骚"大传统"的敬畏、追慕和想象，批评家在进行具体的文学批评和整体的文学史梳理时，亦是在诗骚"大传统"的格局中展开和推演。但是，自宋代以来，随着文学创作地域差异的逐渐呈现，特别是在明清时期，文学的地域性特征相当明显以后，地域性诗学"小传统"的建构受到地域文人的极大关注，并逐渐形成。地域性诗学"小传统"与诗骚诗学"大传统"相比，是同中有异，有突出的地域文化特色，它们共同制约着文学家的创作和理论家的批评，其情形正如蒋寅所说："唐宋以前，文学传统意味着诗骚以来的名作序列；而在明清以来，那个大传统稍微远了一点，文学之士从摇笔写作开始，首先意识到的是乡贤，是当地的文学前辈，大到府县，小到乡镇，方志文苑传里的名作家都在陶

---

[1] ［美］爱德华·希尔斯：《论传统》第19页，傅铿、吕乐译，上海人民出版社1991年版。

冶着一方风气。以前当历史和时尚之间的语境差异使得大传统和小传统在审美趣味和创作观念出现差异、趋向不一致时，小传统往往发挥着更大的影响力。"[1]

明清诗学的发展，或许确实如蒋寅所说，"小传统往往发挥着更大的影响力"。但是，在"小传统"中成长起来的地域性诗人，若要走出地域之局限，跻身于全国文学界，在中心或主流诗坛发生影响，取得认可，获得相应的地位，还必须回应诗学"大传统"，呼应文坛主流时尚。所以，实际情况可能是这样的：诗学"小传统"对地域性诗人写作的影响最直接、最显著，诗坛主流时尚的影响亦不能忽视，而对于以诗骚为核心的诗学"大传统"，或者仅仅是一种姿态存在于理论的表述中，或者是作为一种偶像体现在诗学理想的追慕和想象中。

对于黔中古近代文人来说，由于特殊的地理环境和地域区位之影响，其人其文长期以来处于被忽略、被轻视和被描述的地位，故其在文化和文学上皆缺乏必要的自信心；同时，从明代中期才普遍开展起来的文人文学创作的现状，因其缺乏悠久的创作传统和深厚的创作积淀，其地域性的诗学"小传统"亦显得不够深厚，因而缺乏相当的影响力；长期置身于蛮夷之区和化外之地，诗学"大传统"对他们来说亦显得相当的遥远和隔膜，多半停留在名义上的追慕和想象中。所以，与其他地域性诗人不同，黔中古近代诗人在创作上受到的最直接、最显著的影响，是诗坛主流时尚，如晚明以来的竟陵派、神韵说、性灵说和宋诗派等诗坛时尚，皆对黔中古近代文学产生过极大的影响。虽然明末以来黔中文人一直在努力建构本土文化传统和诗学"小传统"，但因其积淀不够深厚，故其影响力较弱。而对诗学"大传统"的追慕和想象，因其过于遥远亦大体停留在姿态的表述上，或者集中在与他

---

[1] 蒋寅：《清代诗学与地域文学传统的建构》，《中国社会科学》2003年第5期。

们的性情比较接近的陶渊明的追慕上，或者体现在与黔中发生过直接关系的李白、王昌龄、柳宗元等唐代诗人的想象上。

据现存史料考察，黔中古代文人创作始于汉代盛览，至宋代有赵高峰的《青莲院诗集》，元代有杨汉英的《桃溪内外集》，明初有宋氏兄弟的《联芳类稿》等。但是，黔中文学形成一个文人创作高潮，在地域内产生重要影响，在地域外受到一定的关注，则是在黔中建省以后的明代中后期。如孙应鳌、谢三秀、越其杰、吴中蕃、杨文骢等人，在省内有重要影响，亦得到域外文人的关注和好评，特别是以谢三秀、越其杰、杨文骢等人为代表的南阳河畔诗人群体的出现，形成了黔中古代文人创作的第一次高潮。

黔中古代文人创作的第一个高峰出现在明代中后期，与贵州建省这个黔中历史上的重大事件密切相关。明永乐十一年（1413）贵州建省，从此黔中大地以全国第十三个行省的身份成为全国民族大家庭中具有独立地位的一分子，结束了过去归属多变、分合不定的散乱状态。这个建省事件，对黔中地域文化和文学之发展产生的重大影响，就是人才大引进和文化大交流。据史继忠说，贵州建省开创了流官治黔的新时期，官员客籍化改变了过去地区治理的封闭化，促进了黔中文化的开放进程。据（民国）《贵州通志·宦迹志》统计，从汉至元的一千六百多年中，中央入黔官员有案可查者，仅110人。建省以后的五百多年中，中央入黔官员数量大增，县以上官员达2137人。在这批入黔客籍官员中，省级官员有895人，占总人数的41.8%；府州县级官员有1242人，占总人数的58.2%。据（民国）《贵州通志·宦迹志》列入"专纪"与"通纪"的337名明代黔中督抚监司一级官员中，进士出身的有237人，占70.3%；举人出身的有29人，占8.6%；进士、举人共266人，占总人数的78.9%。可见，明清两代中央政府派往黔中的省级官员，在科举功名和文化底蕴方面，皆有明显优势。[1]列举上述数据，意在说明：两千余位有科举功名和文化底蕴的官员进入黔中，直接带动了黔中本土人才的成长，推进了黔中地域文化的发展，促进了黔中本土文学的繁荣。

就文学创作而言，两千余位客籍官员入黔，促进了域外人文精神传统和中国古典诗学"大传统"在黔中地区的传播，亦带来了明清时期主流文坛的创作新风尚，直接刺激了黔中明清文学的发展和繁荣，使黔中文学进一步受到传统人文精神和古典诗学"大传统"的陶染和影响，亦使其演进进程和主流文坛的发展进入同步轨道。同时，两千余位客籍官员的入黔，带动了黔中士人求学好文新风尚，推动了黔中本土文学人才的快速成长，呈现出"六千举人，七百进士"的盛况。这些黔中本土人才宦游四方，不仅为黔中文化与文学的域外传播做出了重要贡献，而且亦因此与异域文人特别是主流文坛人物交游唱和，诗酒切磋，而提升了他们的艺术修养和创作水平。所以，黔中明清文学的发展，与明代永乐建省这个重大政治事件密切相关。简言之，因永乐建省而导致域外诗学"大传统"和文坛主流风尚的传入，黔中文人正是在这个诗学"大传统"和文坛主流时尚的浸染和影响下开展文学创作，创造了黔中明清文学创作的新局面。

2. 黔中古近代文人对域外诗学大传统的追慕与想象

明代以后，特别是明代永乐建省以来，域外人文传统和诗学风尚传入黔中大地，对黔中诗人的创作实践和诗学理念产生了重要影响。就域外诗学"大传统"在黔中地区的流布而言，有两个问题值得特别

---

[1] 刘学洙、史继忠：《历史的理性思维——大视角看贵州十八题》第 50～52 页，贵州教育出版社 2004 年版。

注意：一是黔中明清诗人对陶渊明的钦慕和效仿，二是黔中明清文人对李白、王昌龄和柳宗元等与黔中地域发生过关联的域外著名诗人的追慕和想象。以下略引有关史料分别讨论之。

（1）黔中明清诗人对陶渊明的追慕和效仿

作为魏晋六朝时期最杰出的诗人，陶渊明是唐宋以来诗学"大传统"中与李白、杜甫并肩齐论的大人物，其人其诗已在文人心中凝聚成影响深远的"渊明情结"。故唐宋以来的文人，追慕其人品，学习其诗歌，代不乏人，几成时尚，仅有程度之深浅轻重不同而已。考察明清以来黔中诗学发展之历史，追慕和效仿陶渊明，是一个显而易见的普遍的文学现象。

从诗学源流上看，黔中文人推崇陶渊明为古诗之典范，如傅玉书《黔风旧闻录》说：

> 古诗正始于苏、李，盛于建安、晋、宋，衰于梁、陈。方其盛也，班、张、曹、刘、阮、郭、颜、谢，各有所长，而得其全者靖节也。唐诗正始于陈伯玉，盛于开、宝之际，及中、晚而渐衰。然就其盛时，曲江、太白、王、韦、高、岑、东川、道州之徒，亦与中、晚诸家各擅其胜，而得其全者少陵也。故必知陶而后可与读《文选》，必知杜而后可与读《全唐》。间以斯意求宋、元、明诗，十仅一二得。[1]

不仅把陶渊明作为古诗创作之集大成者，而且将他视为与杜甫有同等地位的大诗人，其评价至高无上，符合实际。

黔中明清文人不仅从诗史或理论上高度推崇陶渊明，更重要的是

---

[1]《黔诗纪略》卷二十六，第1083页，贵州人民出版社1993年版。

有为数众多的诗人身体力行，追慕和效仿其人其诗。如明代黔中诗人周瑛，官至广西布政使，晚年"优游林泉，啸咏自适"，著有《草亭类稿》若干卷，《黔风旧闻录》称"草亭诗，清质古雅，称其为人"。[1] 其人其诗颇有渊明气象，在至今仅存的十二首诗歌中，可见其有明显追慕陶渊明的迹象。如其《桃源篇并引》，有记有诗，形式上明显仿效陶渊明的《桃花源记并诗》，内容上亦大体近似，其诗之结尾说："我闻海鸥识人意，机心一动鸥不至。山人心事闲于鸥，孰谓高风可强致。使君莫厌城市喧，浇漓纯朴各有根。机心不动争心息，武陵处处皆桃源。"[2] 颇有"心远地自偏"之意，与渊明心迹近似。其《题飞泉四首》（其三）云："杜甫爱西瀼，渊明登东皋。而我有高兴，石面觑飞涛。平生得丧心，对此轻秋毫。不谓宣尼远，白日坐闻韶。"[3] 追慕渊明醉心自然，忘怀得失。周瑛虽官居布政使，但却并不热心官场，虽然从其现存诗歌中见不到他有弃官归隐的想法，但在官场与田园之间，他亦像陶渊明那样，对田园生活充满向望和企慕之情，其《题飞泉四首》（其一）云："下马碧山阿，散坐清溪滨。遐观千古上，地下人已陈。引手弄清溪，与君怀抱均。安能被炎汗，日与薄书亲。"[4] 就体现了他对官场的厌倦。他的有些诗作与陶渊明的风格颇为近似，如《次韵丁天玉游凌元洞四首》，其一云："鸡鸣桑树深，犬卧苔花湿。何处课春耕，独倚斜阳立。"[5] 其首句明显摹仿渊明《归园田居》之"鸡鸣桑树颠"，全诗境界亦与陶诗很相近。最能体现周瑛仿效渊明者，莫过于其《独啸亭》诗，其云：

---

[1] 《黔诗纪略》卷二第64页，贵州人民出版社1993年版。
[2] 《黔诗纪略》卷二第67页，贵州人民出版社1993年版。
[3] 《黔诗纪略》卷二第65页，贵州人民出版社1993年版。
[4] 《黔诗纪略》卷二第65页，贵州人民出版社1993年版。
[5] 《黔诗纪略》卷二第67页，贵州人民出版社1993年版。

> 一年卧衡门,复领楚南牧。此行谁使之,应不为斗粟。
> 和衷乏僚寀,供令少徒仆。讼庭日无事,何必修边幅。
> 每当风日佳,散步自扪腹。仰天舒郁襟,大块苦局促。
> 正声发唇齿,余响振林木。浮云敛太清,长风动虚谷。
> 虽未谐宫商,犹堪拟丝竹。原非不平鸣,只用矫庸俗。
> 新亭已结构,徙倚一寓目。燕雀莫惊猜,吾将逐黄鹄。[1]

陶渊明《归去来兮辞》有"登东皋以舒啸"句,周瑛《题飞泉四首》其三"渊明登东皋"句本此,本篇诗题"独啸亭"的命意和作者所构新亭之命名,亦本于此句。诗中"衡门""斗粟"等典亦出自渊明诗文。其诗歌平淡自然之风格、潇散洒脱之情怀和淡泊名利之胸襟,皆近似于陶渊明。惜其诗文传世太少,未能窥见其追慕渊明其人其诗之全貌。不过,仅从其传世的十余首诗篇中,其对渊明的景仰和追慕,已昭然可见。

有"吾黔有明一代后劲"之称的晚明诗人吴中蕃,对渊明其人其诗亦有深深的向往和追慕之意。史称其"承祖父遗风,少年游迹遍吴越,多与其韵人畸士缟纻往来",[2] 清军平云贵后,他弃官奉母逃入山中,吴三桂遣使聘之,力辞不应,其《得准滇郡之辞胡止戈以诗见美就韵酬之》云:

> 四十投簪亦未迟,尚惭元亮已先之。
> 山山芝美将焉待,岁岁薇柔好共谁。
> 岂是长歌真当哭,敢云浊饱不如饥。

---

[1] 《黔诗纪略》卷二第65页,贵州人民出版社1993年版。
[2] 《黔诗纪略》卷二十六第1080页,贵州人民出版社1993年版。

一生去就寻常事，焉用夸明诧决为。[1]

其人生行迹和理想追求，与渊明颇为近似。故莫友芝评价其诗说：

> 其为诗，直抒所见，粗服乱头，不屑屑句揉字炼以为工，而质厚气苍，自然瑰异。昔人谓其忧世嫉俗，多支离漂泊有心有眼不易告人语，以灵均之行吟泽畔，子美放歌夔州拟之，似矣。而综其生平，尤于彭泽为近，其诗品之相较亦然，不必貌似。晚号今是山人，盖即以自况是也。[2]

此评价比较切近实情，文中所谓"昔人"云云，乃指孔尚任《敝帚集序》对吴氏的评价，其云：

> 观其诗，则身隐焉文之流，多忧世语，多疾俗语，多支离漂泊有心有眼不易告人语。屈子之闲吟泽畔，子美之放歌夔州，其人似之，其诗似之。[3]

孔尚任以吴中蕃比拟屈原、杜甫，似不完全符合吴氏其人其诗之实际情况，故清代中叶黔中诗人傅玉书对此表示了异议，其《黔风旧闻录》说：

> 顾尝闻吾乡先辈能诗者不乏，而流传绝少，颇事搜辑，所获者人不过数篇，其成一家言者，如周廷润《草亭集》、谢君采《雪鸿集》，已不可得。惟见周渔璜、潘元亮、田南村三家，大抵皆源于颜、谢，偏而

---

[1] 《黔诗纪略》卷二十六第1179页，贵州人民出版社1993年版。
[2] 《黔诗纪略》卷二十六第1081页，贵州人民出版社1993年版。
[3] 《黔诗纪略》卷二十六第1082页，贵州人民出版社1993年版。

不全,且风格在唐初、中之间而未跻于盛也。兹得山人《敝帚集》千余篇读之,乃叹曰:是真能学陶矣,是真能学杜矣,是真源于《三百》归于《三百》者矣!然当时序而传之,若顾天石、孔云亭者,推许非弗至,第谓为忧民嫉俗,则似知其初而未究其卒;谓为不求闻达,则又据其后而竟没其前。愚考山人乡举未二年而明亡,当是时,车书未同,桂藩自粤入黔,尚纪其叙,以诗证之,盖尝外历令守,内列省郎,再黜再起,知难引疾,是以忧世嫉俗,固不异子美之在唐。及海宇既一,人庆升平,而山人义不当复仕,躬耕养母,则又略似渊明。[1]

傅玉书对吴中蕃在黔中明清诗坛地位的推崇,虽有过誉之嫌,但他对吴中蕃其人其诗的认识和把握,实较域外文人顾彩、孔尚任的评说更为准确,更为全面。大体而言,吴氏其人其诗,前期近杜,后期近陶。其诗中学杜追陶之迹象,实有做进一步研究之必要。

黔中晚明诗人杨师孔,亦因迹近渊明而颇受其影响。谢肇淛《秀野堂集序》以"情识"推尊杨师孔,以为"夫情识具而后言生焉,士之处世,其情与识不为世囿,故能作出世之语"。所谓"情识",就是一种超然物外的心态。他说:"功名得失冷暖之际,人所不能忘情者也。履顺据肵,则视高步远,意不可一世;不幸而振触沦踬,又辄牢骚疾首,侘傺而无聊赖,即矢口百家,妄意千古,又何述矣。"杨师孔超然物外,情识俱佳,"故其为诗,高旷而朗润,从容而自得,匠心万变之中而得意筌蹄之外"。[2] 其诗文集为《秀野堂集》,王思任《秀野堂集序》评价其诗风为"秀"与"野",以为"野也者,天地间之大文也,此惟大文之人能领略而噉飨之","一日不得野趣,则人心一日不文","未有野而不秀者也"。还说:"予尝论诗,颂

---

[1] 《黔诗纪略》卷二十六第1083~1084页,贵州人民出版社1993年版。
[2] (民国)《贵州通志·艺文志》卷十四第557页,贵州人民出版社1989年版。

不如雅，雅不若风。盖廊庙必庄严，田野多散逸。与廊庙近者文也，与田野近者诗也。"在他看来，杨师孔是"蒙气尽除，天空独语"。所谓"蒙气尽除"，即如谢肇淛所说的"忍情""练识"而至"情识俱佳"，得超然之情怀；所谓"天空独语"，即秀而野之文，有"清贵落字，高古决格，华亮取响"的特点，"无不平之鸣而多自然之籁"。[1] 杨师孔其人"情识俱佳"，具有超然物外之情怀；其文秀而野，"多自然之籁"。其诗学渊源，据贺汝亨《秀野堂集序》说："彭泽淡远，开宗江右；青莲豪宕，流声夜郎。泠然（杨师孔字）自江右徙夜郎，率然之致，得豪之兴，妙有斯集。"[2] 其人之超然和其诗之秀野，皆与渊明近似。[3]

　　清代黔中诗人全力追随陶渊明的，还有潘驯、潘德征父子。潘驯其人，据王奕仁《瘦竹亭文集序》说，他遭时艰危，隐居养母，"家居不问生产，饮酒赋诗，以渊明自况，有劝之仕者，夷然不屑也。会以荐授石屏牧，辞不就；改遵义令，又辞。观集中所载却聘诸启，其确乎不拔之慨，亦足表见于世矣"。[4] 著有《出岫集》一卷，其诗集

---

[1] （民国）《贵州通志·艺文志》卷十四第558页，贵州人民出版社1989年版。

[2] （民国）《贵州通志·艺文志》卷十四第559页，贵州人民出版社1989年版。

[3] 杨师孔著述甚丰，但《黔诗纪略》仅录其诗三首，且非其佳作。据本书匿名评审专家云：杨师孔诗文今存者，散见有明刻《两浙名贤录序》，《明经世文编》卷四九九《大中丞闵公晋司马暂留抚滇序》《烈象传》，《明文海》卷二六五《苍雪楼小引》《昆明草小引》，康熙《建水县志》卷十八《游云津洞记》《修铜壶滴漏记》，乾隆《石屏州志》卷五《修学记》等八篇文章，有康熙《艺菊志》卷五《雨中对菊怀范东生》，康熙《云南府志》卷二十二《登罗汉寺歌》，乾隆《贵州通志》卷四十五《解围志喜》，同治《沅陵县志》卷四十五《辰州游玉华洞》《过船溪玉华洞》《游玉华洞即景》，《明诗纪事》庚签卷二十《由长陵至西山》《马底过秦处百里》等八首诗。著作今存原刻《秀野堂集》十卷，明万历天启间刻本（国家图书馆有缩微胶卷）。以上作品，作者均未寓目，故于其为文为人与陶渊明的具体渊源关系，未能作深入探讨。承评审专家见告，谨记于此，以表谢忱。

[4] （民国）《贵州通志·艺文志》卷十五第595~596页，贵州人民出版社1989年版。

命名"出岫",典出陶渊明《归去来兮辞》"云无心以出岫"句。其自著《瘦竹先生传》,全仿陶渊明《五柳先生传》。[1]其自号"韵人",亦源自渊明"少无适俗韵"诗句。其于诗歌,自称"好陶元亮,好孟浩然,好刘长卿"。[2]诗学渊源由此可知。其诗风,"放旷淡逸,跌宕有奇致",[3]"清挺拔俗,如游渭川,檀栾千顷,笼烟带雨"。[4]《黔诗纪略后编》录诗四首。其子潘德征著有《玉树亭集》和《居贫集》,其诗承继家学,亦受陶渊明影响。据潘淳《玉树亭集序》说:

> 古之诗人如陶靖节,无意于为诗者也。抱不世之才,遭逢不遇,淡然若忘于世,而感慨忠愤之怀,有时不能自已而微见其情,此岂与耸肩拥鼻者流较工拙于尺寸?然其诗遂为余诗人之所不及矣。吾族伯父道子先生,为韵人先生之子,朗陵先生之孙,少负气节,不拘世俗,通籍后欲大建白于时,值吴逆蠢动,义不苟,遂慨然拂衣,腰笭箵,荷蓑笠,偕田夫渔父相羊空山涧水间,不复知世之有我,而我之遗世也。素不称诗,亦不苟作,汇集五十余年所遗断纸零星,仅得五七言今体一百九十余首,可谓无意为诗者矣。循览之余,气味之清远,风格之高淡,类朱考亭称陶渊明"不待安排,胸中自然流露者",岂先有一柴桑处士于意中而规规然心摹手追哉!良以其才其遇其感愤之情不能自已,皆于柴桑有相似者,故无意为诗而诗亦不可及也。[5]

---

[1] 《黔诗纪略后编》卷一,清宣统三年陈夔龙京师刻本。
[2] 《黔诗纪略后编》卷一,清宣统三年陈夔龙京师刻本。
[3] 王奕仁:《瘦竹亭文集序》,(民国)《贵州通志·艺文志》卷十五第595页,贵州人民出版社1989年版。
[4] 潘淳:《瘦竹亭文集跋》,(民国)《贵州通志·艺文志》卷十五第596页,贵州人民出版社1989年版。
[5] (民国)《贵州通志·艺文志》卷十五第603~604页,贵州人民出版社1989年版。

在潘淳看来,潘德征其人其诗皆近似陶渊明,或者说其为人为诗就是"先有一柴桑处士于意中而规规然心摹手追",故能神似之。

清代遵义诗人黎庶焘,亦是一位刻意学陶的诗人,他著有《慕耕草堂诗钞》四卷。陈田评价其诗说:"大致苦吟似郊、岛,闲逸似柴桑,格调似放翁、石湖。"[1] 庶焘为诗,不外苦吟与闲逸二端,故郑珍《慕耕草堂诗钞跋》说:"吾弟学胜于才,不得之静悟,即得之苦吟,故能刊落浮辞,吐辞沉挚。只静悟则易增魔障,苦吟则易伤气格。此一定之势,所难免者。"[2] 得之于静悟者则闲逸,故近渊明;得之于苦吟者,则近孟郊、贾岛。庶焘为诗,有意追求闲逸,故莫友芝对其指示学诗门径说:"家居无事,舍农田桑柘,固无可言,然此类太多而无真味,最是易厌。当留意元亮、太祝及明之归子慕三家,能用其短,以精悍胜,则壁垒自坚,他人亦不敢轻犯。"[3] 即追求闲逸诗风应当以陶渊明为典范。

明清两代的黔中诗人追慕渊明其人其诗,除了上述比较显著的几位外,还有不少,可谓代不乏人。如明代播州宣慰使杨斌,虽世袭宣慰,为政一方,然而在精神上亦推崇陶渊明,其《鹤鸣洞避暑二首》云:"年来希谢又希陶,肯为虚名强折腰。独倚南窗无一事,清风满袖鬓飘萧。"[4] 虽然身居高位,却又有淡泊名利的心境,如《致政公宴有作》诗中说:"碌碌红尘梦一场,闲云笑我向来狂。即兹长揖归山去,莫漫儿童说子房。"[5] 与陶渊明《归去来兮辞》的主题

---

[1] (民国)《贵州通志·艺文志》卷十七第 750 页,贵州人民出版社 1989 年版。
[2] (民国)《贵州通志·艺文志》卷十七第 748 页,贵州人民出版社 1989 年版。
[3] 莫友芝:《慕耕草堂题语》,(民国)《贵州通志·艺文志》卷十七第 748~750 页,贵州人民出版社 1989 年版。
[4] 《黔诗纪略》卷二第 94 页,贵州人民出版社 1993 年版。
[5] 《黔诗纪略》卷二第 94 页,贵州人民出版社 1993 年版。

近似。其《桃源洞题刻三首》亦颇类渊明诗风。

明代黔中王门后学陈宗鲁，亦心仪渊明。史称"宗鲁得阳明之和，先生（汤冔，字伯元）得阳明之正，文章吏治，皆有可称"。[1]其人累官耀州知州，自号五粟，人称"五粟先生"，著有《陈耀州集》，又称《五粟山人集》。其自号"五粟"的来源，明显与陶渊明"不为五斗米折腰"有关。人言其六十"将不利"，故自预为《五粟先生志》，亦明显摹仿渊明《五柳先生传》。其诗风亦颇近渊明，如邵元善《五粟山人诗序》说："先生之诗，大半在溪山花月、杯酒游览者，触趣而生，不强作。其冲淡如粟里，萧散如苏州，沉郁蕴藉如少陵。"[2]惜其传诗甚少，不能尽窥其追慕渊明其人其诗之具体形迹。

明代桐梓人李正华，亦酷嗜渊明。史称其"喜著白练衣，号白衣道人，善饮，嗜陶诗，著述甚富"，今存诗一首，名《临终自书》，其云："数十年来清洁士，依稀学得晋陶公。秋月寒潭无色相，飘然委化返虚空。"[3]可谓自道诗学渊源。

贵阳人李司宪，亦钦慕渊明。史称其"性朴诚，好学，友教乡里，以德行为先，出其门者，皆恂恂醇谨，著有《省耕录》《拟陶集》，皆不传"。今存诗仅一首。[4]

绥阳人金瓯卜，其形迹亦近渊明。史称其"善属文，尤长风雅，晚岁隐居守道，甘贫。高轩屡顾，不获一见，人拟之陶靖节云"。[5]

清代贵阳人孙濂，崇尚陶诗，著有《集陶》一卷，牛树梅《集陶序》说："霁帆（孙濂字）同年，高才敏博，仕蜀中数十年，所至有声。

---

[1] 《黔诗纪略》卷三第117页，贵州人民出版社1993年版。
[2] 《贵州通志·艺文志》卷十四第543页，贵州人民出版社1989年版。
[3] 《黔诗纪略》卷二十四第1006页，贵州人民出版社1993年版。
[4] 《黔诗纪略》卷二十四第1021~1022页，贵州人民出版社1993年版。
[5] 《黔诗纪略》卷二十四第1023~1024页，贵州人民出版社1993年版。

荐升监司，偶罣吏议，遂幡然有'田园将芜'之思，用渊明《归去来兮辞》字，成五律六十首，清疏隽永，语若天成。余读之，谓韵味亦与陶诗为近。"[1]

贵阳人周起渭，亦倾慕渊明其人其诗。史称其"能饮酒，一举辄倾数十百觞……盖皆仿渊明之趣，而以恬适为悦者。故于诗，能专好而特工也"。[2] 其诗涉及陶渊明者不下十几处，可见其倾慕之深。

胡奉衡著《和陶诗归园田居韵》《秋日杂兴》《山居杂咏四首》等，与陶诗风格相近，其《草亭记》一文，有明显仿效渊明的痕迹。

另外，袁思韡，据罗文彬《袁君墓志铭》说："君工诗，手抄陶集数过，颇有得。"徐懋德著有《味陶诗草》。钱登熙著《悔昨非斋仿陶诗》一卷。[3] 徐节，史称其"为人颇旷达，慕陶潜之所为，放遣在家，自作挽歌、行状以示门人"。[4] 郑珍亦有《和渊明饮酒二十首并序》《和渊明责子示知同》等作品传世。

作为在中国古典诗学"大传统"中有重要影响的诗人，陶渊明受到唐宋以来历代文人学士的推崇和景仰，并在文人心灵深处积淀成影响深远的"渊明情结"，黔中明清文人亦不例外。作者指出黔中明清文人对陶渊明的追慕和效仿，并强调这种现象具有相当的普遍性，意在说明黔中地区的自然环境、人文风尚和黔中文人的性格特征，与渊明其人其诗具有相当明显的亲和性。或者说，黔中明清文人在诗文创作上热衷于学习陶渊明，在人生追求上乐于效仿陶渊明，实与黔中地理环境、人文风尚和黔人的性格，有密切关系。

首先，黔中地区优美的自然风光，激发了黔中文人对自然山水的

---

[1]　（民国）《贵州通志·艺文志》卷十六第726页，贵州人民出版社1989年版。
[2]　（道光）《贵阳府志》卷七十六第1357页，贵州人民出版社2005年版。
[3]　（民国）《贵州通志·艺文志》卷十七第801页，贵州人民出版社1989年版。
[4]　（道光）《贵阳府志》卷七十三第1294页，贵州人民出版社2005年版。

热爱，从而创作了大量描绘自然山水的诗文作品。山水题材成为黔中古近代文学的重要题材之一。黔中文人热爱自然山水的心境与陶渊明相同，热衷于创作描摹自然山水之作品的取向与陶渊明近似，故其对陶渊明有心心相印的亲近之情，所以其为人为文皆倾向于取法陶渊明。这是黔中明清文人追慕和景仰陶渊明的自然背景。[1]

其次，黔中地区的人文风尚所营造的人文氛围和培植的人文精神，与陶渊明其人其诗之价值取向和理念精神，甚为相近，这是黔中明清文人追慕和效仿陶渊明的文化背景。黔中人文风尚，最引人注目的就是民族文化风尚和阳明心学潮流。黔中地区生活着苗、布、侗、彝、水、仡佬等十七个世居少数民族，其民族性格，"若未琢之璞，未绳之木"，有"淳庞质素""直情率遂"之特征。[2] 其民族风尚，能歌善舞，极富浪漫激情、娱乐精神和诗性气质。黔中明清文人生活于真山真水的自然环境中，沐浴于真情率性和诗性激情的民族文化风尚中，自然涵孕而成真率质素的诗性精神。阳明心学发源于黔中，并首先在黔中大地上传播，对黔中明清文化品格的形成产生了重要影响。其学说之三大内容"心即理""知行合一"和"致良知"的形成，与黔中佳山秀水之陶染有关，与黔中苗彝"淳庞质素"之质性的启迪有关，与"居夷处困"的艰难环境之磨砺有关，还与阳明躬行稼穑之实践活动有关。阳明心学影响于黔中文化，体现在黔中文人突破传统、反对虚矫伪饰、大胆创新、自然发展、去伪存真的精神上。可以说，黔中民族风尚和阳明心学的共同特征，主要体现在去伪存真和崇尚自然这两个方面。[3] 黔中明清文人在如此人文风尚之陶染下养成的情性和精神，与陶渊明

---

[1] 参见本书第五章第二节"大山地理与黔中古近代文人的山水情怀"。
[2] 王阳明：《何陋轩记》，吴光等编校《王阳明全集》卷二十三，上海古籍出版社2011年版。
[3] 参见本书第一章第三节之"地域风尚与黔中文化品格"。

的思想、性格和文学，颇为接近。所以，不仅是黔中王门后学如陈宗鲁等人追慕陶渊明，就是一般在黔中地区成长起来的地域性文人，亦多景仰和追慕陶渊明，其内心深处都有或轻或重，或深或浅的"渊明情结"。

最后，黔中士子直傲和安闲的性格特征，与陶渊明的性格接近，故能引起共鸣，进而形成普遍追慕渊明的文化心理，这是黔中明清文人追慕陶渊明的性格背景。黔中士子的直傲性格，作者在本书第二章"地理特征与黔中文化品格"一节中有详细讨论，兹不赘言。直傲与安闲是两种完全不同的性格，可是黔中士人往往能将二者和谐地集中于一身，当其在仕途上周旋应对时，往往以直傲著称；当其退隐山林躬耕田园时，常常以安闲闻名。这当与黔中地理环境有关系，在这里，有大大小小二千余个坝子。这些坝子，四面环山，山环水绕，民众自给自足，少有往来，过着男耕女织、随顺自然的生活，在这种近似桃花源式的生活环境中，人们只求温饱，不欲外求，安足不争，静止凝滞，以最简单的方式维持着最单纯的生活和最素朴的人伦。正如张晓松所说："山里人善于调适自己的心态，满足于这种宁静自在的生活，把欲望和需求压缩到最低限度，而很少产生危机感、压力感和紧迫感，却始终保持着安足不争、桃花源式的心理。这样一种达观自在的人生态度，使他们常能镇定自若、游刃有余地应对各种不可预料的天灾人祸。"[1] 陶渊明其人既有"不为五斗米折腰"或"金刚怒目"的一面，亦有平淡安闲的一面，这与黔中士人居官刚正不阿、居家安足不争的性格甚为接近，所以能够成为黔中士人普遍追慕和效仿的对象。

综上所述，黔中士子追慕陶渊明，或钦仰其为人，或效仿其诗歌，几乎成为黔中古近代文学史上的普遍现象。这种现象的形成，与黔中

---

[1] 张晓松：《山国印记——贵州文化论》第61页，贵州教育出版社2000年版。

地理环境有关，与黔中地域人文风尚有关，与黔中士人在黔中地理环境和人文风尚之影响和陶染下形成的直傲与安闲的性格特征有关。

（2）黔中明清文人对李白、王昌龄和柳宗元等唐代著名诗人的追慕和想象

在中国古典诗学"大传统"中，与黔中地区发生直接关联并被黔中士子普遍追慕和想象的重要诗人，首推李白、王昌龄和柳宗元。以下，作者通过讨论黔中明清文人对李白、王昌龄和柳宗元等唐代著名诗人的追慕，探讨黔中明清文人对域外诗学"大传统"的追慕和想象。

先说黔中明清文人对李白的追慕和想象。

唐代诗人李白因永王李璘谋逆案牵连入狱，长流夜郎，于此，史有明证，并无异言。有争议的，是李白流放夜郎的起始时间、行经路线和遇赦时地，特别是关于李白是否抵达流放地——夜郎的问题，自宋代以来就引起学者的怀疑，并产生了争议。如宋人曾鞏就认为李白事实上未到夜郎（今贵州桐梓县），是中道遇赦返回江南。晚明黔中诗人吴中蕃亦认为李白不曾到达夜郎，其《题怀白亭》诗说：

> 夜郎远窜谪亦轻，中道寻闻赦书至。
> 愁心虽欲寄龙标，两足何曾履斯地。
> 世情贱近而贵远，千载茫茫深气企。
> 信是可人期不来，有如俗子推不去。[1]

学者郑珍以考据家的身份亦认为李白不曾抵达夜郎，其主撰的（道光）《遵义府志》说：

---
[1] 《黔诗纪略》卷二十七第1111页，贵州人民出版社1993年版。

> 李白,字太白,蜀人,因永王璘事流夜郎,今桐梓县有太白故宅。按,太白、香山俱未至遵义。遵之白田听莺,桐之白亭、故宅,绥之白氏庙,皆相沿附会,于古无稽,已于《古迹》逐条证明,兹仍从旧志流寓出之。[1]

他在(道光)《遵义府志》之《古迹志》和《山川志》中详细考证了李白未至夜郎。在《播雅》一书中,他批评那些主张李白抵达夜郎并居留两年的学者说:"虽亦怀贤志胜之厚,然诬名流踪迹,求润山川,不稽古者,或得藉为口实也。"客观地讲,从史实依据的角度看,李白未至夜郎说,似乎更有理据。因此,在没有充分依据确证李白的确抵达夜郎的前提下,作者认为,李白抵达夜郎并留居两年的说法,是地方官员、在地文人和民间社会共同建构起来的。

黔中社会关于李白抵达夜郎并留居两年之历史记忆的建构,主要来自于地方官员、在地文人和民间社会三股力量的合力。一般而言,名胜古迹是历史文化和历史记忆的具体化,正如台湾学者廖宜方所说:"各种佚事传说如果只流传于书面与口耳之间,难免不能取信于人。但如果可以在现实空间中指认出这些佚事、传说的地点和位置,或留存的遗迹,即便是一个脚印,都可以增加历史的可信度。"[2] 因此,他认为,从名胜古迹来探讨历史记忆,是一个行之有效的途径。因为名胜古迹承载的历史记忆,往往是经过这样一套程序形成的:"地方官员兴建亭台楼阁,举行游宴,布置出一个地方文化的公共舞台。文人则在舞台上扮演关键角色,追溯历史故事,生产文化记忆。地方人

---

[1]　(道光)《遵义府志》卷三十八《列传六》第1163页,遵义市志编纂委员会办公室整理出版,1986年版。按,遵义桐梓、绥阳有附会白居易之古迹白亭、白氏庙者。《绥阳志》有白居易"以王叔文党贬播州司户"的记载。郑珍说:"《唐书·白居易传》绝无贬播州事,且香山亦非叔文党,《绥阳志》因子厚贬播,影响牵合,荒谬为甚。"

[2]　廖宜方:《唐代的历史记忆》第142页,台湾大学文学院历史系博士论文。

士则共襄盛举。不少胜境与古迹的文化和历史记忆，正是从这个舞台上诞生的。"[1]

地方官员对地域文化传统和地方文化记忆的建构，主要是通过修建亭台楼阁和举行游宴活动的方式进行。修建亭台楼阁，使地域文化传统具备了物化的依托，因物化的亭台楼阁而将文化传统和文化记忆固定下来，传之后世，成为后人追溯历史和记忆的凭借。举行游宴活动，为在地文人缅怀文化传统和追踪文化记忆提供一个文化活动的公共舞台，并创作若干诗文作品，通过诗文作品的传播，加强其人其事的影响力。[2] 地方官员对李白流放夜郎行迹的建构，据史籍记载，从明朝就开始了。据（道光）《遵义府志·山川志》记载：谪仙楼，又称怀白亭，明大学士王应熊建。乾隆己酉年（1789）知府刘昭升据《通志》"古迹"有"马上闻莺处"，因刻碑于洞口。清康熙年间四川学道王奕清视学至桐梓，重修太白亭，并亲撰碑记。清嘉庆九年（1804）和十九年（1814）两任遵义知府的河南郾城人赵遵律于遵义府城桃源山顶建谪仙楼，并撰《谪仙楼记》，还修碑亭（置李白白田二诗并一时文人之记咏），建马上闻莺处。[3]

所谓在地文人，包括黔中本土文人和部分宦游黔中或取道黔中的外籍文人。他们对李白流放夜郎行踪的建构，主要是通过文学创作的手段，歌咏黔中地区关于李白的佚闻趣事和传说故事，或者考辨李白流放夜郎的行踪。通过考辨，定其真伪。通过歌咏，赋予其文化内涵。由此使李白夜郎的影响逐渐增大，使以谪仙楼、马上听莺处为代表的

---

[1] 廖宜方：《唐代的历史记忆》第143页，台湾大学文学院历史系博士论文。
[2] 参见陈慧萍：《关岭三国文化的历史意蕴与现代价值》，华中师范大学2013年硕士论文。
[3] （道光）《遵义府志》卷四《山川》第112～113页，遵义市志编纂委员会办公室整理出版，1986年版。

李白遗迹，成为省内外有重要影响的名胜古迹。

考察史籍，自明代以来，文人歌咏李白夜郎，代不乏人，名篇佳作，代代相传。如吴中蕃《题怀白亭一首》、黎安理《太白听莺处》、程德楷《嘉庆丙子初夏试播郡毕登谪仙楼作》、钱学彬《戊辰又五月偕卢州太守登谪仙楼作》、顾皋《试遵义罢卢州赵太守招游李太白听莺处晚饮桃源洞》、曾燠《次韵太白白田马上闻莺诗三首》、张鉴《怀白亭》、沈汉《宿夜郎吊李白》、张皇辅《太白碑亭怀古》、程生云《怀白堂》《桃源洞太白亭》、余云焕《夜郎驿吊太白三首》、牟金《谪仙楼新成作歌一首》、张澍《九日怀白亭登高一首》《播州桃源洞太白楼饯别周慎堂用太白马上闻莺韵二首》《李白听莺处碑一首》、莫友芝《九日偕相庭登谪仙楼一首》《饮谪仙楼有怀昔游一首》、黎兆勋《谪仙楼柬郑子尹莫吕亭两孝廉》《谪仙楼秋晚填百字令词》《谪仙楼感赋填一萼红词》、黎庶焘《暮春十月偕同人游桃源洞登谪仙楼遍历诸胜而归》、傅衡《谪仙楼一首》《谪仙楼三首》《登桃园洞怀白楼一首》、李铭诗《桐梓驿读太白碑一首》等。正是通过明清两代在地文人的反复歌咏，李白夜郎的文化意义逐渐彰显，并广为人知，成为在省内外有一定知名度的名胜古迹。而学者亦力求以精审的考证坐实李白确实抵达夜郎，如嘉庆七年（1802）武威人张澍任遵义知县，著《续黔书》八卷，有《李白至夜郎辨》一文，考证李白的确抵达夜郎。黎庶昌有《李白至夜郎考》一文，考证李白到达夜郎。现代学者李独清著《李白流夜郎考》、王燕玉撰《辨李白长流夜郎的时地》、张克撰《李白夜郎》、胡大宇撰《李白与夜郎》等，皆从方方面面搜寻材料，举证李白确实到达夜郎，并留居两年之久。

黔中地区关于李白夜郎的历史记忆，通过若干名胜古迹具体呈现出来，并由此增加了历史记忆的可信度，尽管我们倾向于认为黔中士子关于李白抵达夜郎的历史记忆,可能是虚假的,纯粹是附会而成的,是地方官员、在地文人和民间社会建构起来的。但是,由于有了这些具体的遗迹,当地人士对这种历史记忆便逐渐深信不疑。同时,作者认为,廖宜方指出的名胜古迹承载历史记忆的生产方式,亦适宜于黔人对李白夜郎的历史建构。或者说,李白夜郎是在地方官员、在地文人与民间社会的共同努力下建构起来的。

民间社会亦是建构地域文化传统和地方历史记忆的重要力量,其建构方式,既不同于地方官员以修建亭台楼阁和组织游宴活动的方式,虽然他们亦有可能会在修建亭台楼阁时捐募资金,或者被邀请参加游宴活动,亦不同于在地文人以诗词歌赋的创作参与建构,而主要是通过编撰民间传说故事的方式进行。相对来说,前两者是上层精英力量所为,其影响之深度固不待言,但就影响之广度来说,后者可能要大得多,也许它才是地域文化传统和地方历史记忆最有力、最深广的传播者。所以,研究地域文化传统和地方历史记忆的建构,民间力量不可忽略。[1]

文人学者以专题考证文章的方式坐实李白确曾抵达夜郎,并留居两年。而民间老百姓却不理会这种学术上的不休争论,他们自明代以来就对李白留居夜郎一事深信不疑。如明代学者杨慎于明世宗时谪放云南永昌,途经今桐梓县境内的桐梓驿,写有《夜郎曲》一诗,其云:

> 夜郎城桐梓,原东堞垒平。
> 村民如野鹿,犹说翰林名。

---

[1] 参见陈慧萍:《关岭三国文化的历史意蕴与现代价值》,华中师范大学 2013 年硕士论文。

明人刘瑞《播南吟七首》（其一）亦云：

> 荒草犹传李白城，夜郎憔悴若为情。
> 半生豪气随烟水，千古诗名焕日星。[1]

可知李白夜郎的传说，在明代就已经广为传播。民间力量参与李白夜郎的建构，主要通过编撰和传播民间传说故事的形式展开。据胡大宇《李白与夜郎》说："笔者生在松坎，长在夜郎，曾在唐宋夜郎县腹地夜郎、新站作农村基层工作17年，也多次到过夜郎族人初入桐梓的聚居地——夜郎箐。自幼耳濡目染关于夜郎与李白的一切。可谓所至之处，耳目所及，比比皆是。乡民们对关乎夜郎、关于李白流放夜郎的各种掌故、地名、诗词、纪念物和民间传说等等，常常是耳熟能详，津津乐道，崇敬与自豪之情溢于言表。俨然太白先生徜徉吟啸于夜郎溪畔的身影至今犹存。李白到过夜郎之事实，千载之下，世世代代的夜郎人似乎从来就没有怀疑过。""笔者多年以来，接触到的乡民说起（李白的）掌故口若悬河，对太白诗碑上的诗句倒背如流，结果发现，他们中的许多人甚至基本上不识字。"[2]

黔中士子追慕和想象的域外诗学名家，还有唐代诗人王昌龄。王昌龄贬谪龙标尉，其龙标有两说：一说是今贵州锦屏县隆里，一说是今湖南黔阳县。关于这个问题，学术界相继发表了一些讨论文章，大体上说，湖南人主黔阳县，贵州人主锦屏县，可谓各有理据，相持不下。唐莫尧《王昌龄谪贬的龙标应是锦屏考》一文，[3]通过对李白《闻

---

[1] （道光）《遵义府志》卷四十五《艺文四》第1444页，遵义市志编纂委员会办公室整理出版，1986年版。
[2] 胡大宇：《李白与夜郎》，《夜郎研究》第311～312页，贵州民族出版社2000年版。
[3] 唐莫尧：《贵州文史论考》第29～39页，贵州教育出版社2000年版。

王昌龄左迁龙标遥有此寄》诗中"闻道龙标过五溪"之"过五溪"和"随风直到夜郎西"之"夜郎西"两个地名的考证，证明龙标确在锦屏不在黔阳。又对唐宋以来之史志所记录的龙标进行考察，以为王昌龄所至的龙标，是黎平隆里所，即今锦屏县隆里。唐氏之考证，似可凭信，但持不同意见者亦不少。其实，这个问题，就像我们前面讨论的李白是否抵达夜郎的问题一样，很难定论。

作者所关注的，是锦屏士子因追慕王昌龄而展开的想象。犹如遵义人因追慕、钦仰李白，而创建若干物化纪念物和编撰若干传说故事。锦屏人亦创建了许多关于王昌龄的物化纪念物，如龙标祠、状元阁、状元桥、状元墓等。关于状元墓和状元桥，据现存锦屏隆里乡隆里所村《新建状元桥碑文》称，状元墓建于明万历年间，状元桥建于明崇祯二年（1629），碑文称：

> 公当大唐谪尉斯邑，抱胡鼠之恨，涉夜郎之西，屡朝于昭僻所。昔太白李翁与先生为同谱兄弟。万历甲午岁，五城处士王子德高，每业其鸾，一日出诗示予曰：吾友少白远谪龙标，至今遗冢犹存，欲封墓，为尔诸生福庇，毋堕命。余即勉任，遂拉孝廉梅子友月等诸士，诣所登临寻冢，上下原林莫识。攸在□翁大露，灵引以前，禽指以箕笔，果得瘗所，即竖碑封墓尔。时人文甫造，余无似先诸士，一步力孤，未克锲祀。逮万历中，诸士彬彬鹊起，乃相地，得回龙庵左，贵峰双耸，带水腰环，洵育才胜地。遂各捐资建祠绘像，春秋崇祀，历三十年于兹矣。……然跨江锁秀，建桥喫紧，诸方家金谋，与二三长者多方布众，一时钱刀布谷约计五百余金，随鸠工庀材，估计培建。维时人心踊跃，诸士登临轮督。工程浩繁，匠石拮据，经年事观厥成。[1]

---

[1] 《锦屏碑文选辑》第18～19页，锦屏县政协文史资料委员会、锦屏县志编纂委员会办公室编，1997年版。

此碑文关于状元桥、状元墓之发现与建造过程，言之甚详。其中，状元墓纯属附会，学者已有考证。据莫友芝说：

> 《唐书》又云：昌龄以世乱还乡里，为刺史闾丘晓所杀。张镐按军河南，兵大集，晓最后期，将杀之。辞曰：有亲，乞贷余命。镐曰：王昌龄之亲欲与谁养？晓默然。是少伯实未死于贬所。龙标之墓，特附会耳。[1]

状元桥在清代多次被题记和重修，有碑记可证，如乾隆二十年（1755）邑人赵廷亮撰《题状元桥记后》，嘉庆十年（1805）王师泰撰《重修状元桥碑记》，道光元年（1821）陈熙撰《重修状元桥碑记》等。[2]

关于龙标祠和状元阁。据（光绪）《黎平府志》卷二下载：

> 王龙标祠，在隆里所城西里许，有状元阁，明天启年建。国朝知府蔡时豫有碑，乾隆八年里人捐资重建，十二年工峻，知府徐立御为之记。

是知最晚从明代天启年间开始，锦屏人就已修建龙标祠和状元阁以追念王昌龄。乾隆年间重建龙标祠，有碑记可证，今存乾隆十年（1745）《重建龙标祠碑》，据碑文称：

> 癸亥岁桂月，黎府蔡侯政修暇，知吾邑为王公谪所，其冢在焉。遂欣偕开泰孙、王两学师亲临展拜，目击祠址荒废，捐资三十两，谕以修复。维时里中多士以及远近同人，无不乐从悦助，约五百余金。择日登山抡

---

[1] 《黔诗纪略》卷十一第433页，贵州人民出版社1993年版。
[2] 《锦屏碑文选辑》第22、23、24页，锦屏县政协文史资料委员会、锦屏县志编纂委员会办公室编，1997年版。

材选匠，建正阁一、厢房四、中楼三、前门五。经始于是年九年，落成于乙丑之十月。[1]

主其事之蔡时豫，撰有《谒王少伯祠文》，知府徐立御撰有《重建少白先生祠碑记》。[2] 光绪二十年（1894）得以重修，江长春撰有《重修状元祠碑记》。[3]

黎平士子对王昌龄的追慕，主要是基于对其诗学天才的钦仰。龙起雷《王少伯墓》云："千载诗魂应不怨，诗荒开遍夜郎西。"[4] 期冀黎平士子效法王昌黎，为地方文教事业做出贡献。

与对李白和王昌龄的追慕相近似的，又有黔中遵义人对柳宗元的想象。唐元和年间，柳宗元和刘禹锡分别被贬为柳州刺史和播州刺史，柳宗元以为刘禹锡有老母需供养，不堪远谪至"非人所居"的播州，上书朝廷请求以柳州易播州，正遇宪宗改任刘禹锡为连州刺史，故柳宗元仍谪柳州不变。可是，在播州地区却因此产生了一系列关于柳宗元留居播州的文物遗迹和传说故事，这正如遵义人程生云《愚溪书院》诗所说：

柳子何尝至播州，只因播土仰高流。

闻风便设陈蕃榻，计日应同郭泰舟。

幸与刘郎成一易，却教司马不终游。

---

[1] 《锦屏碑文选辑》第19页，锦屏县政协文史资料委员会、锦屏县志编纂委员会办公室编，1997年版。

[2] （光绪）《黎平府志》卷二下，《中国地方志集成·贵州府县志辑》第17册，巴蜀书社等2006年版。

[3] 《锦屏碑文选辑》第25页，锦屏县政协文史资料委员会、锦屏县志编纂委员会办公室编，1997年版。

[4] 《黔诗纪略》卷十一第432页，贵州人民出版社1993年版。

只今惟有残碑在，野老津津说未休。[1]

"儒溪"，或即"愚溪"。李晋有诗《过愚溪谒柳子厚祠有作》，其云：

芝山有小溪，空明清见底。此水何尝愚，愚之自柳始。
先生本智人，厌愚究何旨？念此迁谪身，不愚祸不止。
耳目手足之所经，一切愚之而已矣。
千秋此愚溪，千秋此柳子。[2]

是知当地与柳宗元相关的遗迹，除了儒溪书院，还有柳子厚祠。甚至其溪之命名，亦与柳宗元有关。柳宗元的确没有到过播州，可是民间"野老津津说未休"，犹如李白可能没有抵达夜郎，可是"村民如野鹿，犹说翰林名"。如果说关于李白是否抵达夜郎还在疑似之间的话，那末关于柳宗元留居播州之说法，则纯属捕风捉影。还有，在绥阳县有儒溪书院，据说是为纪念柳宗元而建。冯士奇《重修儒溪书院记》说：

今播地有儒溪书院，相传为公遗迹，事属无稽，而易播一语，友谊笃挚，高风千古，有关名教，则事之有无不必辨，而祠之存留宜矣。[3]

明知"事属无稽"，可依然要修葺遗迹以存之念之，这种心理，与前

---

[1] （道光）《遵义府志》卷四十五《艺文四》第1451页，遵义市志编纂委员会办公室整理出版，1986年版。按，此诗文字，与《黔诗纪略》略异。"应同"，《纪略》作"忻同"；"幸与刘郎成一易"，作"却幸叔文聊一误"；"却教"，作"应嫌"；"只今"，作"至今"；"野老"，作"父老"。
[2] 黄万机等点校：《郑珍全集》七《播雅》第58页，上海古籍出版社2012年版。
[3] （道光）《遵义府志》卷四十三《艺文二》第1371页，遵义市志编纂委员会办公室整理出版，1986年版。

述黔中士子对李白的追慕完全相似，恰如程生云所说，就是"只因播土仰高流"。另外，詹淑《儒溪书院存疑碑记》说：

> 余少闻"以柳易播"之说，意有其事，及见《子厚全集》与《墓志》，始信公之未入播也。绥阳治西二十里有儒溪书院遗址，堂芜尽废，仅存角亭一楹。佥谓昔柳公所建，有耆年孟元者，公之后也，世藏公遗帖，昔有见者，今无存矣。因召见元，询其始末，谓公实乾符三年入播，世传如此，似非无因，遂捐资补葺旧宇，择其近院田地三十亩，授元为业，并量免其杂差，俾世守祠祀无斁。宁以疑存祀，不容以疑废祀也。[1]

詹淑此种"宁以疑存祀，不容以疑废祀"的心理，与冯士奇明知"事属无稽"却依然要修葺儒溪书院的做法，皆体现了黔中士子对域外诗学"大传统"和诗学名家的追慕与景仰。

问题是，如此众多的地方官员、在地文人和民间社会面对这样缺乏充分证据的问题，为什么一定要坚持坐实李白的确到达夜郎并居留两年？为什么要创建若干物化纪念物和编撰系列传说故事坐实王昌龄和柳宗元确曾留居黔中？其撰写专题考证文章之动机是什么？难道仅仅是为了学术上的求真务实吗？即便是本着求真务实的学术精神开展专题研究，那末促使他们去讨论这个问题的动机又是什么呢？这是一

---

[1] （道光）《遵义府志》卷四十三《艺文二》第1371页，遵义市志编纂委员会办公室整理出版，1986年版。据《播雅》说："书院在绥阳县西二十里大溪源，中祀唐柳子厚。《绥志》及詹淑、冯士奇两记并作'儒溪'，而旧《府志》作'愚溪'，詹淑为首设绥阳知县，其作《碑记》云：'治西有儒溪书院遗址，佥谓昔柳公所建。'则此书院之有，当不始于明矣。"郑珍按："柳子之不至播，断然无疑，孟元谓乾符三年（876）入播，子厚徙柳州在元和十年（815），后四年遂卒。卒后五十七年始为乾符三年，其语益荒诞无据。但元为子厚后人，不得伪，虽无从知其始迁，要足征柳子末裔有在绥阳者矣。"（《黔诗纪略》卷二十四第992页，贵州人民出版社1993年版）

个耐人寻味的问题。据（民国）《续遵义府志·古迹一》说：

> 按，郑征君之论，谓李白未至夜郎，而张介侯以为曾至，黎莼斋更繁征博引以证明之。究之征君所论，固为考据家所应有，而莼斋用意，则欲动后人之兴趣，相反者适足以相成，故征君虽不信太白曾至夜郎，而怀白诸作何尝不载入艺文，亦可见与黎氏有同一之心理也。昔夷齐首阳，论者各指一处，遂有五家之多；而舜之历山，则三省皆有，亦无妨并行不悖也。[1]

从考据家的角度看，李白可能的确未曾抵达夜郎。可是，值得注意的是，即使是作为考据家的郑珍，虽然从史实之角度，他一再否认李白抵达夜郎的说法，但在他编撰的《播雅》和（道光）《遵义府志》中，依量大量载录在地文人的"怀白诸作"。

所以，作者很赞同（民国）《续遵义府志·古迹一》的说法，黎庶昌"繁征博引"以证实李白抵达夜郎与郑珍撰（道光）《遵义府志》载录"怀白诸作"，有"同一之心理"，即"欲动后人之兴趣"。所谓"动后人之兴趣"，除了有借"名流踪迹"以"润色山川"之目的，还有借诗坛前辈名流以激发黔中士子尚文重艺的动机。因此，非仅黎庶昌有此意图，其他如宦游黔中的赵遵律、张澍，以及黔中文人李独清、王燕玉等，反复论证李白的确抵达黔中，亦有同样的意图。而一般诗人似乎不大理会史家和学者的这些争论，当他们涉足谪仙楼，注目怀白亭、太白听莺处、太白碑亭，便自然联想到李白，并创作大量感怀李白的诗篇。而民间社会更是附会了若干关于李白的物化纪念物，如在夜郎故县即今桐梓就有太白坟、太白观月台、太白书院、太白桥；

---

[1] （民国）《续遵义府志》，遵义市红花岗区地方志办公室影印，2000年版。

毗邻地区的绥阳县有太白山、太白镇,还有木瓜镇、木瓜山、木瓜庙(相传李白《望木瓜山》写于此处),正安县有怀白堂,红花岗区有谪仙楼、怀白亭、太白马上听莺处等。民间社会附会编撰的关于李白的传说故事,就更是数不胜数。

因此,作者认为,李白可能的确未曾抵达夜郎,其在夜郎留居两年之说,可能是子虚乌有附会而成,李白夜郎是地方官员、在地文人和民间社会建构起来的。地方官员、在地文人和民间社会在缺乏充分证据的情况下,不遗余力地建构李白夜郎,除了有借"名流踪迹"以"润色山川"之目的,还有借诗坛前辈名流以激发黔中士子尚文重艺的动机。黔中士子追慕和想象王昌龄和柳宗元之动机,亦是如此。所以,程生云说得对:"柳子何尝至播州,只因播土仰高流。"

3. 明清诗坛主流风尚在黔中地区的传播和影响

(1)明清诗坛主流风尚及其在黔中地区的传播

明清时期的诗坛主流风尚,正如赵翼所说,是"江山代有才人出,各领风骚数百年",呈现出"各领风骚"、新论叠出、风尚屡变的现象。

大体而言,明代前期是复古主义文学思潮占主导地位,明初以"三杨"(杨士奇、杨荣、杨溥)为代表的"台阁体",以李东阳为代表的"茶陵派",以李梦阳、何景明为代表的"前七子",以李攀龙、王世贞为代表的"后七子",以王慎中、唐顺之为代表的"唐宋派",皆具有复古主义的特征,其中"前后七子"鼓吹的"文必秦汉,诗必盛唐"说最为典型。明代中后期则是在阳明心学影响下的文艺新思潮占据主导地位,重性灵、尚真情成为一代文艺思潮的主流方向,从李贽的"童心说",到汤显祖的"情真说",到公安三袁的"性灵说",到以钟惺、谭元春为代表的"竟陵派",皆具有重情尚性的特点。

清代诗坛主流风尚的发展和演变,更是承前启后,波澜丛生,前期基本上是以田雯为代表的宋诗派和以王士禛为代表的"神韵说"平分天下,前者师法苏、黄,追新求奇,诗宗赵宋;后者标举神韵,诗宗盛唐,施闰章、宋琬、叶燮、朱彝尊、赵执信等人,大体归属此派。清代中期则是以沈德潜为代表的"格调说",以袁枚为代表的"性灵说"、以翁方纲为代表的"肌理说",相互迭宕,各领风骚。清代后期则是以程恩泽为代表的"同光体"风行天下,其远绍清初以田雯为代表的宋诗派,倡导硬健奇诡的诗风,以革新宗唐派浮华无根的诗风。

明清诗坛起伏迭宕的主流风尚,亦因两千余名客籍文人的宦游黔中,而带入到黔中大地,进而影响了黔中明清诗歌的发展方向和总体特征。大体而言,明代中后期以来诗坛主流风尚之主要流派的代表人物,均涉足过黔中,如"后七子"之吴国伦,"竟陵派"之钟惺,清初宋诗运动的代表人物田雯,"性灵说"的代表人物如赵翼、洪亮吉、吴嵩梁等人,"同光体"的代表人物程恩泽等,皆入黔为官。或者如主"情真说"之汤显祖,虽然未尝入黔,但他与明代黔中最杰出的诗人谢三秀交谊甚厚,对后者的影响甚深。或者如"神韵说"的代表王士禛,虽然未尝宦游黔中,但他与黔中诗人周起渭有交游,对黔中诗人田榕的影响很深。甚至影响整个明代中后期文艺思潮发展方向的阳明心学,亦是形成于黔中。黔中地域文学与明清诗坛主流风尚的密切关系,由此可见一斑。

其中最值得注意的,一是以钟惺为代表的"竟陵派"诗风在晚明黔中的传播和影响,其以越其杰为代表;二是清初以田雯为代表的宋诗派在黔中的传播和影响,其以周起渭为代表;三是以王士禛为代表的"神韵说"在黔中的传播和影响,其以田榕为代表;四是以袁枚为代表的"性灵说"在黔中的传播和影响,其以史胜书、戴粟珍为代表;五是以程恩泽为代表的"同光体"在黔中的传播和影响,其以郑珍为代表。[1] 关于以宗奉宋诗为代表的"同光体"对黔中晚清诗学的影响,是一个值得关注的重要问题。一方面,可以说黔中晚清诗学代表了黔中古近代诗学的最高成就,它就是在以程恩泽为代表的宋诗派的直接影响下发展起来的,因此,研究黔中诗学,这是值得特别关注的课题;另一方面,在"同光体"影响下成长起来的以郑珍、莫友芝为代表的晚清黔中诗学,对清代诗学尤其是清代宋诗派诗学的发展,做出了重要贡献,因此,研究清代诗学,这亦是一个值得特别关注的问题。关于郑珍所受程恩泽等宋诗派的影响,作者在本书的相关章节,如本章之第二节"黔中古近代文学的域外传播"、第三章第三节"黔中地域文化和文学的创新精神"等章节中将有讨论,兹不赘述。以下就前四者分别述论之。

(2) 晚明竟陵诗风对越其杰诗歌创作的影响

在本节,作者以越其杰为例,讨论以钟惺为代表的"竟陵派"诗风在晚明黔中的传播和影响。据莫友芝《过庭碎录》说:"万历乙卯,钟伯敬典试贵州,称得人。而蒋梦范先生及马冲然、田景新尤所激赏,三子果皆以文名。"蒋劝善著有《秦游草》《峨石斋集》,均佚。莫友芝说:"节憨(将劝善字)为竟陵钟惺高弟,归田时年才逾壮,以提倡风雅自肩。""滋大(吴中蕃字)又以戚谊从之游,""士雅(潘

---

[1] 关于郑珍是否可以归并为"同光体"诗人的问题,学者有不同意见。如严迪昌说:"前人曾对将郑珍、江湜等列入'同光体'很不以为然。林庚白《丽白楼诗话》上编说:珍、湜当咸同之世,不得列为同光。"(《清诗史》第955页,人民文学出版社2002年版)因为从时限上看,郑珍卒于同治三年(1864),似不属于同光年间的诗人。但学者一般所称的"同光体",是概指同光前后一批宗法宋诗的诗人。所以,大体上讲,称郑珍为"同光体"诗人,亦未为不可。

驯字）当亦其（即蒋劝善）弟子。"[1]竟陵派诗风在黔中晚明的传承，大体如此。而越其杰则是在竟陵派诗风影响下成长起来的重要诗人。

关于越其杰，无论是其个人性格和人生态度，还是其诗歌风格和诗学取径，皆与晚明竟陵派诗人很相近。或者说，越其杰就是在晚明竟陵派诗风的影响下成长起来的诗人。就其直接关系来说，竟陵派诗人代表钟惺，曾于万历四十三年（1615）赴贵州主持乡试，虽然没有直接证据证明越其杰与钟惺有交游往来，越氏诗歌中亦没有直接提到钟惺等竟陵派诗人。但是，作为身居贵阳、热爱诗歌创作、已是举人出身的名门子弟，越其杰对钟惺的追慕，是可以推测的。因此，学者评价越氏诗歌，往往都指出他与竟陵派有渊源关系，如陈田说："卓凡苦心吟事，存诗近万首，惜为钟、谭派所束缚，惟其独诣处，亦彼法中之峥峥者。"[2]是直接把越氏视为竟陵派诗人。当然，在文献资料比较欠缺的情况下，越其杰与竟陵派诗风的关系，只能从其为人与为诗的近似性方面去寻找。

考察越其杰与竟陵派诗人的关系，略而言之，特别显著的相似之处，有如下几个方面：

第一，越氏为人冷峭孤傲，与竟陵派诗人的性格很近似。竟陵派诗人大多为人冷峭，性格孤清，兼有傲骨，尤喜孤怀独往，追求幽情单绪。如钟惺，据《明史》本传记载，其人貌寝体羸，为人严冷，不喜交结宾客，常常谢绝人事，闭门独居，读书论史，时有"冷人"之称。据《隐秀轩集·潘无隐集序》说，陈继儒定交钟惺，归而报书说："始闻客云：钟子冷人也，不可近。"钟惺复书说："诚有之，然亦

---

[1] （民国）《贵州通志·艺文志》卷十四第 570 ~ 571 页，贵州人民出版社 1989 年版。

[2] （民国）《贵州通志·艺文志》卷十四第 562 ~ 563 页，贵州人民出版社 1989 年版。

有故。是吾设心不敢轻天下士而以古人待之也。……不能违心背古以悦之,以故我于士宁有所不见,见者宁有所不言,甘为冷,为不可近而不悔者也。"谭元春亦说他的性情"如含冰霜"。[1]而作为竟陵派代表诗人之一的谭元春,亦常是"远村独坐","静把幽琴看,高深诣外求"。[2]竟陵派的另一位重要诗人徐波,亦是性如止水,有"静人"之称,如马士英序其诗说:"吾友徐元叹,则今之静人也。天性本静,而学以充之,故其发而为诗,渊然穆然,和平温厚,不惟离近人之迹,并化其才人之气。"[3]

越其杰亦是一位冷峭、孤清之人,其人其诗皆有"奇傲"特点,特别是他在仕途失意、亡国丧家、谪居海上之际,终日与诗僧往还交游,"清音泠泠,如世外道人",[4]亦渐趋"冷人""静人"之境。"萧然一榻孤灯坐,不必冥心亦晏如",[5]正是他内心世界的真实写照。其闭门家居,凭窗寄傲,独坐独游,白日高卧,皆与竟陵派诗人的孤怀独往和幽情单绪,十分相近。

越其杰与竟陵派诗人处于同一个时代,经历着同样的国破家亡之苦,感受着同样的壮志难伸之愁,并且前者明显受到后者的影响。所以,其人生态度和性格特征相近,其诗学观念和诗歌风格亦大体相似。

第二,越氏之诗学观念与竟陵派的诗学主张近似。竟陵派诗人在继承公安派性灵说之基础上,以"隐秀"为文学指归,以诗为"清物",以"幽奇"为诗歌特征,追求孤峭幽深的诗趣,以之矫治公安派的俚

---

[1] 谭元春:《谭元春集》卷二十五《退谷先生墓志铭》,上海古籍出版社1998年版。
[2] 谭元春:《谭元春集》卷十三《寄赠蔡仁夫》,上海古籍出版社1998年版。
[3] 转引自李圣华:《晚明诗歌研究》第199页,人民文学出版社2002年版。
[4] 杨文骢:《屡非草略序》,《黔诗纪略》卷二十六第615页,贵州人民出版社1993年版。
[5] 越其杰:《秋尽对残菊》,《黔诗纪略》卷十七第675页,贵州人民出版社1993年版。

与俗。如钟惺《诗归序》说："真诗者，精神所为也。察其幽情单绪，孤行静寄于喧杂之中，而乃以其虚怀定力，独往冥游于寥廓之外。"其所谓的"真诗"之"精神"，就是"幽情单绪"。这种"幽情单绪"须于"虚怀定力""独行冥游"或"孤行静寄"中呈现。所以，竟陵派诗人皆有"孤衷峭性"和"奇情孤习"，追求"孤情孤诣孤行"，或"挂名匿迹"，或"荒寒独处"。如钟惺以为诗人应当"门庭萧寂，坐鲜杂宾"，只有如此环境，才能使诗人"性情渊夷，神明恬寂"，才能"作比兴风雅之言"。[1]谭元春亦认为，诗应当是"荒寒独处，稀闻渺见，孳孳慄慄中，所得落落瑟瑟之物"，即便身居"通都大邑，高官重任"的诗人，亦当"常有一寂寞之滨、宽闲之野存乎胸中，而为之地"。[2]诗人当有"孤怀"，其诗方才有品味，如谭元春《诗归序》论"诗品"说："夫人有孤怀，有孤诣，其名必孤，行于古今之间，不肯遍满廖廓。而世有一二赏心之人，独为之咨嗟彷徨者，此诗品也。"诗人当有"孤怀"，其诗方成"清物"。故钟惺说："诗，清物也。其体好逸，劳则否；其地喜净，秽则否；其境取幽，杂则否；其味宜澹，浓则否；其游止贵旷，拘则否。"[3]

越氏的诗学观念与竟陵派诗人很相近。他与公安派、竟陵派一样，论文学尚"性灵"。如他说："性灵原不朽，风雅在潜追"，[4]即文学之功能在于"潜追"那内心深处"不朽"的"性灵"。"此带性灵来，百中无一二"，[5]即优秀的诗歌是从"性灵"中生发而来，往往是可遇而不可求。认为诗人当有闲静清虚之心境，他说："艳想不归淡，

---

[1] 钟惺：《隐秀轩集》卷十七《简远堂近诗序》，上海古籍出版社1992年版。
[2] 谭元春：《谭友夏合集》卷九《渚宫草序》，上海国学研究社1935年版。
[3] 钟惺：《隐秀轩集》卷十七《简远堂近诗序》，上海古籍出版社1992年版。
[4] 越其杰：《苦吟》，《黔诗纪略》卷十七第678页，贵州人民出版社1993年版。
[5] 越其杰：《改诗》，《黔诗纪略》卷十六第619页，贵州人民出版社1993年版。

文心终涉浮"，[1]"记性老多钝，吟情静自深""静中消息真"，[2]"静中窥淡远"，[3]"静证感弥深"，[4]"文心原自淡，何故醉香浓"。[5]为了获得这种闲静清虚之心境，他常常闭门闲居，开窗观物，独坐独游，白昼高卧，往往是门庭萧寂，荒寒独处。他亦是常持孤怀孤诣，不求诗名闻达，但求有一二赏心之人。所谓"欲擅千秋绝，何妨一世疑"，[6]"诣能一往非无意，诗取群疑为苦心"，[7]正是他的这种追求的自我表白。这种孤寂情怀及其相关的诗学观念，与竟陵派诗人是相通的。

第三，越其杰与竟陵派诗人一样，在诗歌创作上，皆有别具一格的"冰雪"之论。竟陵派诗人性格冷峭，有"冷人""静人"之称，如谭元春说钟惺性情"如含冰霜"，而钟惺并不讳言自己为人之"冷"，并力图追求这种如冰雪一样清冷的心境，因为他认为"冰雪能令慧业生"。他认为诗是"清物"，只有具备"如含冰雪"的心境，才能创作出"清物"之诗。对"冰雪"之论发挥得最为详尽的，是一度追随钟惺的张岱。他认为，山川云物，草木水火，色香声味，"莫不有冰雪之气"。冰雪能"寿物"，能"生物"，古人之精神毕集于此，"受

---

[1] 越其杰：《岁暮二首》（其二），《黔诗纪略》卷十七第649页，贵州人民出版社1993年版。
[2] 越其杰：《夏日闭门二首》，《黔诗纪略》卷十七第659～660页，贵州人民出版社1993年版。
[3] 越其杰：《品香》，《黔诗纪略》卷十七第646页，贵州人民出版社1993年版。
[4] 越其杰：《栖霞寺赠友》，《黔诗纪略》卷十六第638页，贵州人民出版社1993年版。
[5] 越其杰：《雨后郊行看花》，《黔诗纪略》卷十六第638页，贵州人民出版社1993年版。
[6] 越其杰：《苦吟》，《黔诗纪略》卷十六第638页，贵州人民出版社1993年版。
[7] 越其杰：《杨龙友园》，《黔诗纪略》卷十六第638页，贵州人民出版社1993年版。

用不尽者，莫深于诗文"。[1] "若夫诗，则筋骨脉落，非以冰雪之气沐浴其外，灌溉其中，是以其诗必不佳。是以古人评诗，言老言灵，言隽言古，言深言厚，言仓茜，言烟云，言芒角，皆是物也。"[2]

"冰雪"之论有二义：一是认为好诗是"清物"，当如冰雪一样冰清雪洁。越氏亦有此论，如他说："无穷冰雪句，都赖山水成。"[3] 二是诗人当有如冰雪一样的心胸，方能写出冰清雪洁的"清物"之诗。越氏亦有这样的观点，他说："山川不许粗心入，冰雪潜将慧识开。"[4] "近怪吟余分夜色，冰雪出句苦难成"等。[5]

第四，竟陵诗风，一言以蔽之，幽清孤峭，力避俚俗，绝无尘俗烟火，有萧寂孤寒之气。越氏诗风，可以"奇傲"概括之。其实，二者是基本相通的。

越氏诗歌极力回避尘俗气息，达到了如钟惺所谓"我辈文字极无烟火处便是机锋"的境界。[6] 为力避尘俗，他的诗歌创作于取境上贵幽尚净。他喜欢幽情，"乐幽可笑身居市，得句无如住在山"，[7] "幽情岂在远离城，萧寂门庭水共情"，[8] "素月良霄逢至友，一庭苍碧佐幽吟"，[9] "自成小筑在花间，咫尺藏幽历几湾"。[10] 自称"幽人"，"庭

---

[1] 张岱：《琅嬛文集》卷一《一卷冰雪文自序》，岳麓书社1985年版。
[2] 张岱：《琅嬛文集》卷一《一卷冰雪文后序》，岳麓书社1985年版。
[3] 越其杰：《山水移序》，《黔诗纪略》卷十九第734页，贵州人民出版社1993年版。
[4] 越其杰：《冬日同友游栖霞》，《黔诗纪略》卷十七第675页，贵州人民出版社1993年版。
[5] 越其杰：《冬夜》，《黔诗纪略》卷十七第669页，贵州人民出版社1993年版。
[6] 钟惺：《隐秀轩集》卷二十八《答同年尹孔昭》，上海古籍出版社1992年版。
[7] 越其杰：《夏园久坐》，《黔诗纪略》卷十七第672页，贵州人民出版社1993年版。
[8] 越其杰：《过友园》，《黔诗纪略》卷十七第673页，贵州人民出版社1993年版。
[9] 越其杰：《赠友》，《黔诗纪略》卷十七第647页，贵州人民出版社1993年版。
[10] 越其杰：《过友园》，《黔诗纪略》卷十七第673页，贵州人民出版社1993年版。

馆萧疏若野村，幽人爱寂自除喧"。[1]崇尚"幽识"，"所贵在幽识，还如辨逸人"。[2]他喜欢炉烟，常常是炉烟孤坐，如"只觉炉烟意与亲，闭门偏称此闲身"，[3]"炉烟归坐细，竹日射窗斜"，[4]"默对炉烟坐，梅花有静机"。[5]越氏诗歌，大抵皆是此类清幽之境，如《友人夜集》云：

  树阴列重帏，叶影摇细浪。冷石貌偏癯，晚花色异状。
  月寒韵转清，夜永言斯畅。忧世念原殷，休心语不妄。[6]

友人夜集，当是喧哗热烈之象。可是，在诗人笔下，却是由树阴、叶影、冷石、夜花、寒月等意象构成的孤清之境。

  竟陵派诗人为人冷，为诗静，无论其为人为诗，皆有一股寒气，故冷月、寒梅、冰雪之类的意象，在其诗歌中随处可见。越其杰的大部分诗篇，如同冰雪，亦是寒气逼人。值得注意的是，他的诗中常常出现"寒"字，如"涧冻声常细，灯寒影亦微"，[7]"偶见幽岩开异想，暗分远岫入诗寒"，[8]"虚室结为响，寒云叠似波"，[9]"静

---

[1] 越其杰：《赠友》，《黔诗纪略》卷十七第647页，贵州人民出版社1993年版。
[2] 越其杰：《品香》，《黔诗纪略》卷十七第646页，贵州人民出版社1993年版。
[3] 越其杰：《春天积雨》，《黔诗纪略》卷十七第665页，贵州人民出版社1993年版。
[4] 越其杰：《初春即事》，《黔诗纪略》卷十七第657页，贵州人民出版社1993年版。
[5] 越其杰：《冬夜》，《黔诗纪略》卷十七，第669页，贵州人民出版社1993年版。
[6] 越其杰：《友人夜集》，《黔诗纪略》卷十六第624页，贵州人民出版社1993年版。
[7] 越其杰：《冬夜》，《黔诗纪略》卷十七第669页，贵州人民出版社1993年版。
[8] 越其杰：《雨晴野步》，《黔诗纪略》卷十七第665页，贵州人民出版社1993年版。
[9] 越其杰：《冬日》，《黔诗纪略》卷十七第651页，贵州人民出版社1993年版。

渚寒添色，斜堉月送阴"，[1]"风枝连影动，水鸟带声寒"，[2]"千章森夏叶，一槛枕寒流"，[3]"峰棱本是孤迥地，著艳添寒如画意"，[4]"幸有月多情，穿窗照寒蕊"，[5]"寒宵听雨声，荒馆闻风怒"，[6]"嵌空发清音，光润生寒绿"，[7]"一曲小溪边，千竿寒竹翠"，[8]"竹瘦逾增态，江寒不敢声"，[9]"瞑心经叠浪，载梦入寒烟"，[10]"露洗尘封净碧苔，寒岩有意待君来"，[11]"定水月明成白露，密林烟重拥寒山"等。[12]

另外，越氏像竟陵派诗人一样，喜欢写月，并且常常亦是写寒月、冷月。如"弄晴纤碧照，泻影一鈎寒"，[13]"夜深寒月隐高树，此景不可无我句"，[14]"月寒韵转清，夜永言斯畅"，[15]"冷澹皆成韵，孤高反觉妍"，[16]"梅老不花神亦秀，月寒临水韵弥清"，[17]"预

---

[1] 越其杰：《溪馆冬夜》，《黔诗纪略》卷十七第651页，贵州人民出版社1993年版。
[2] 越其杰：《岁暮二首》（其一），《黔诗纪略》卷十七第649页，贵州人民出版社1993年版。
[3] 越其杰：《题友人水槛》，《黔诗纪略》卷十六第631页，贵州人民出版社1993年版。
[4] 越其杰：《天开岩》，《黔诗纪略》卷十六第628页，贵州人民出版社1993年版。
[5] 越其杰：《藏花》，《黔诗纪略》卷十六第624页，贵州人民出版社1993年版。
[6] 越其杰：《读书》，《黔诗纪略》卷十六第622页，贵州人民出版社1993年版。
[7] 越其杰：《移怪石》，《黔诗纪略》卷十六第620页，贵州人民出版社1993年版。
[8] 越其杰：《有感》，《黔诗纪略》卷十六第617页，贵州人民出版社1993年版。
[9] 越其杰：《赠故人》，《黔诗纪略》卷十七，第680页，贵州人民出版社1993年版。
[10] 越其杰：《舟中夜行》，《黔诗纪略》卷十七，第679页，贵州人民出版社1993年版。
[11] 越其杰：《冬日同友游栖霞》，《黔诗纪略》卷十七第675页，贵州人民出版社1993年版。
[12] 越其杰：《秋园夜步》，《黔诗纪略》卷十七第673页，贵州人民出版社1993年版。
[13] 越其杰：《新月》，《黔诗纪略》卷十七第654页，贵州人民出版社1993年版。
[14] 越其杰：《柬友》，《黔诗纪略》卷十六第626页，贵州人民出版社1993年版。
[15] 越其杰：《友人夜集》，《黔诗纪略》卷十六第624页，贵州人民出版社1993年版。
[16] 越其杰：《月》，《黔诗纪略》卷十六第633页，贵州人民出版社1993年版。
[17] 越其杰：《冬夜》，《黔诗纪略》卷十七第669页，贵州人民出版社1993年版。

愁他夜离清月,独使寒光照碧林",[1]"叶声似雨晴天晦,月色如霜夏夜寒"等。[2]

综上所述,作为一位武官出身的晚明黔中诗人越其杰,他在为人、为诗等方面,在诗学观念和诗学取径等方面,皆与竟陵派诗人和诗风非常相近。事实上,他就是在晚明竟陵派诗风之影响下成长起来的诗人。

(3)清初宋诗派诗风对周起渭诗歌创作的影响

在本节,作者以周起渭为例,讨论以田雯为代表的清初宋诗派的文学思想和创作风尚对黔中文人创作的影响。

清朝康熙年间,以王士禛为代表主张"神韵说"的诗人,宗奉盛唐诗歌,几有横扫天下、垄断文坛之气势。但是,以田雯为代表的宋诗派,提倡效法宋诗以纠正明代以来宗奉唐诗而造成的肤廓虚矫之弊,亦异军突起,渐行渐广,几有与"神韵说"平分天下,甚至取而代之之优势。如纳兰性德在《原诗》里说:"十年前之诗人,皆唐之诗人也,必嗤点夫宋;近年来之诗人,皆宋之诗人,必嗤点夫唐。"宋荦《漫堂说诗》亦说:"明自嘉、隆以后,称诗家者皆讳言宋,至举以相訾敖,故宋人诗集,庋阁不行。近二十年来,乃专尚宋诗。至余友吴孟举《宋诗钞》出,几于家有其书矣。"[3]纳兰性德、宋荦等当时文人的观察,应当是有依据的,因而是可信的。朱彝尊《叶李二使君合刻诗集序》说:"今之言诗者,每厌弃唐音,转入宋人之流派,高者师法苏、黄,下者乃效及杨廷秀之体,叫嚣以为奇,俚鄙以为正,譬之于乐,其变而不成方者与!"朱氏偏向"神韵说",宗奉唐音,于宋诗派之异军

---

[1] 越其杰:《将别园》,《黔诗纪略》卷十七第672页,贵州人民出版社1993年版。
[2] 越其杰:《夏夜寄友》,《黔诗纪略》卷十七第669页,贵州人民出版社1993年版。
[3] 丁福保:《清诗话》(上册)第416页,上海古籍出版社1963年版。

突起颇为反感，故严厉批评，但这亦正好说明宋诗派的强势发展，已经给宗奉唐音者造成了压力。

田雯是当时公认的宋诗派代表人物，如田同之《西圃诗话》说："今之皮相者，强分唐、宋，如观渔洋司寇诗则曰唐，且指王、孟以实之；观先司农诗则曰宋，且指苏、黄以实之。"[1] 作为宋诗派的代表人物，田雯于康熙二十六年（1687）出任贵州巡抚，对黔中文化建设甚为关注，他身体力行，尽心搜集黔中文献资料，撰著《黔书》二卷和《黔苗蛮记》一卷。尤其是《黔书》，内容丰富，涉及黔中史迹、沿革、文物、人物、物产和风情等方面，为史家所重视。田雯施政，文教为先，以为"黔省穷荒固陋，必崇文治而后可以正人心，变民俗"。[2] 因此，他扩建阳明书院，于州、县增设儒学，定出学额，着力本土人才的培养。他在《黔士制义》一文中说：

> 于劝农讲武之暇，进黔士而语之。见其人多磊落通脱，其文亦蕴藉深沉，如玉在璞，如珠在渊，如马之伏枥，苟无以濯磨而腾踔之，求其清辉发越追风逸群也难矣。……今日宣扬圣天子右文德意，以致三苗干羽之格者，正余之责也。自此人才日盛，文章一新，又余之望也。愿黔士无以曹、邾、邿、莒小邦自囿，彼鱼凫、蚕丛之山川，不复睥睨夜郎称雄长可矣。[3]

其良苦之用心，于兹可见。故其在黔中任职期间，搜寻人才，尽心奖掖，

---

[1] 郭绍虞：《清诗话续编》（上册），第766页，上海古籍出版社1983年版。
[2] 田雯：《黔书》卷一"请建学疏"条，《中国地方志集成·贵州府县志辑》（第3册），巴蜀书社等2014年版。
[3] 田雯：《黔书》卷四"黔士制义"条，《中国地方志集成·贵州府县志辑》（第3册），巴蜀书社等2014年版。

着力推扬，如周起渭、周钟瑄、刘子章等黔中文士，皆得其关怀和奖掖，并在文学上卓有成就。

　　黔中文士深得田雯激赏和奖掖，在文学和学术上成就巨大，在域外发生重要影响的，首推周起渭。黔中文士于康熙年间能传田雯宋诗派之诗学者，亦首举周起渭。在贵州巡抚任上，田雯读到周起渭诗文，击节赞赏，并折节下交，悉心诱教。起渭中进士，任职翰林院，二人过从甚密，论诗说文，甚相契合。像周起渭这种来自蛮夷之邦的后生小子，置身于英才齐聚的文化中心，甚遭轻视，颇感压抑。田雯不仅引荐他结识京师文坛名流，使之尽早进入文坛主流圈子，还为周起渭早期诗集《稼雨轩诗集》作序，向京师文坛推扬其人其诗。二人惺惺相惜，与其说是师徒间的爱恋敬慕，不如说是朋友间的心会神通，尤其是在诗学上的共识和默契。田雯在《稼雨轩诗集序》中说："余向识渔璜于黔阳，从余论诗，叹其人之奇，诗之工。"又说："渔璜官庶常……闲骑一款段出城门，又复造余论诗，每于世之能诗者，狂噱捧腹。曾有句云：'安得世人尽聋聩，凭君高坐说文章'是也。"[1]从黔中到京师，起渭一直追随田雯论诗，田雯亦一直以与起渭论诗为乐，二人在诗学上确有诸多默契和会通之处。田雯致仕归田，起渭有《奉送田山薑先生还德州》诗送行；田雯去世十年后，起渭赴江南阅兵和祭陵，途经田雯故里，有《德州感怀田山薑先生》诗追念。二人情深如此，实可感念。

　　事实上，在康熙诗坛上，以王士禛为代表的神韵派和以田雯为代表的宋诗派，在宗唐与宗宋之间有明显分歧的时候，周起渭的态度和偏向可以隐约感知。如他在《奉送田山薑先生还德州》诗里说："当

---

[1] 周起渭：《桐埜诗集》之"附录"，贵州人民出版社1999年版。

今齐鲁盛风雅,王田雅望同欧苏。渔洋先生坐论道,公独远访列仙儒。"[1]在送别田雯致仕归田时,将两位代表不同诗学取向而又同属山东籍的诗坛名宿相提并论,其内心的态度和偏向无疑是存在的,在"坐论道"和"访仙儒"之间可能蕴含着某种抑扬之意,只是表现得比较隐晦罢了。另外,起渭晚年自编诗集,以《丁亥十一月出都作》一诗居全集之首,中有"芦沟晓月待新句"句,[2]学者认为其中可能隐含着起渭的褒贬抑扬之意。如李华年先生说:此句中起渭有批评王士禛之意,"对王渔洋的含蓄批评,表现渔璜独立不羁的精神,渔璜以此篇冠于自定诗集之首,有暗示诗学渊源之意"。[3]明白一点说,起渭的诗学渊源,就是田雯的宋诗派。

说起渭诗学渊源于以田雯为代表的宋诗派,主要因为二人在诗学观念和创作实践方面有诸多相似之处,存在着明显的渊源关系。

首先,康熙年间的宋诗派以追新求奇为诗歌创作风尚。可以说,追新求奇是宋诗的基本特点,是由唐诗到宋诗的基本发展趋势,亦是后代宋诗派的基本诗学观念。邵长蘅《研堂诗稿序》说:"唐人尚蕴籍,宋人喜径露;唐人情与景涵,才为法收;宋人无不可状之景,无不可畅之情。故负奇之士不趋宋不足以泄其纵横驰骤之气,而逞其赡博雄悍之才。"[4]务去陈熟,追新求奇,劲健奇崛,生涩奥衍,盘空硬语,是宋诗以及后世宋诗派的诗学审美取向。故田雯《枫香集序》说:"诗变而日新,则造语命意必奇,皆诗人之才与学为之也。夫新非矫也,天下势无一不处日新之势,况诗乎?"主张以变化的观点看待诗歌的发展,认为诗歌因变而新,因新而奇,这实

---

[1] 周起渭:《桐埜诗集》卷一,贵州人民出版社1999年版。
[2] 周起渭:《桐埜诗集》卷一,贵州人民出版社1999年版。
[3] 本书编委会:《一代才子周渔璜》第90页,中国文联出版社2001年版。
[4] 杨维坤:《研堂诗稿》卷首,清乾隆刻本。

际上是对宗奉唐诗者提出的"宋无诗"说的批评和回应。田雯以新与奇二标准评述诗史,评价诗人,推崇黄山谷为宋诗第一,他在《古欢堂集·杂著》里说:"山谷诗从杜、韩脱化而出,创新辟奇,风标娟秀,陵前轹后,有一无两。宋人尊为江西诗派,与子美俎豆一堂,实非悠谬。"其《芝亭集序》亦说:"余尝谓宋人之诗,黄山谷为冠,其体制之变,天才笔力之奇,西江诗派,世皆师承之。"[1]在他看来,黄山谷诗之所以为宋诗第一,就在于他的变、新与奇。

田雯之所以激赏起渭,就因为起渭诗歌追新求奇,很符合他的诗歌主张。他说:"渔璜之诗,有以新为工者,有以奇为工者。新如茧丝出盘,游光濯色,幽香万片。奇如夏云怪峰,千态万变。"[2]因新而奇,由奇而新,无论是在诗学理论上,还是在创作实践中,周起渭皆坚持变化的观点,反对模仿,主张独创,追求新奇。《寄答襄阳刘太乙》是他的一篇最重要的诗学论著,比较系统地表达了他的此种诗学观点,他认为:天音、地籁皆是"气化使之然,机至不可遏",是"至妙"而中"音律"者。文学创作亦复如此,"中心良雾抑,冲口自风发。但伸所欲言,豪圣莫能屈"。但是,自明代以来,"特此求名径,真诗乃沦没",因求名而祸及诗坛最烈者,乃是门户派别之间的相互倾轧,所谓"才高任轩轾,流弊始纷出","同流合泾渭,仇雠分吴越","各惩门户非,万象思囊括",就是对这种诗坛门户派别现象的批评。其次是为了"求名"而行"剽窃","借口爱前人,其实事剽窃。遂驱后来秀,点鬼而祭獭。狉牢锢性情,音形图仿佛",便是对这种剽窃之风的指责。他自称:"我诗但意造,无文空直质。本乏求名心,信口无爬栉。"[3]"意造""信口"之作,正是他所称道的天音、地籁,

---

[1] 田雯:《古欢堂集》卷一,《四库全书》本。
[2] 田雯:《稼雨轩诗集序》,《桐埜诗集》之"附录",贵州人民出版社1999年版。
[3] 周起渭:《桐埜诗集》卷一,贵州人民出版社1999年版。

亦就是田雯称道他的新、奇之作。

周起渭诗学以宋为宗，而又特别推崇苏轼，其《寄答襄阳刘太乙》自称："我诗但意造，无文空直质。"就是化用苏轼《石苍舒醉墨堂》"我书意造本无法"一句。故郭元釪《桐埜诗集序》说起渭"上自建安，下逮竟陵，无不研究而进退之，而尤措意于东坡、遗山、青邱、东涧诸辈"。[1] 陈汝辑《桐埜诗集序》说起渭"于书无所不窥，而尤邃于苏门之学，近代则好谈归太仆、钱尚书两家，风流派别，条序秩如"。[2] 邓之诚《清诗纪事初编》说："申义学剑南，起渭学眉山，实有功力。"[3]

总之，由田雯发现、培育、奖掖、推扬起来的清代黔中第一位在全国诗坛发生重要影响的诗人周起渭，其为人为诗，其诗学观念和创作实践，皆与亦师亦友的清初宋诗派领袖田雯很近似。所以，作者认为，周起渭实际上就是在清初宋诗派诗风的影响下成长起来的诗人。

（4）王士禛"神韵说"对黔中诗歌创作的影响

在本节，作者以田榕为例，讨论王士禛"神韵说"对黔中诗歌创作的影响。

王士禛，字阮亭，别号渔洋山人，山东新城人，是继钱谦益、吴伟业之后在康熙诗坛最有影响的诗人，为诗坛盟主达五十年之久。其论诗在风格、才调和格律之外独标"神韵"。虽然中国古代的诗论家论诗重"神韵"不自王士禛始，但"神韵说"之驰誉天下，影响一代诗歌创作，却是从王士禛开始的。故翁方纲《神韵论·下》说："诗人以神韵为心得之秘，此义非自渔洋始也，是乃自古诗家之要渺处，

---

[1] 周起渭：《桐埜诗集》之"附录"，贵州人民出版社1999年版。
[2] 周起渭：《桐埜诗集》之"附录"，贵州人民出版社1999年版。
[3] 周起渭：《桐埜诗集》之"附录"，贵州人民出版社1999年版。

古人不言而渔洋始明著也。"[1]实际上,王士禛是在钟嵘、司空图、严羽、徐祯卿等前代学者诗学观念之基础上,经过提炼和综合,而最终提出系统的"神韵说"。概括地说,"神韵说"的审美要求,主要表现在以下几个方面:其一,以清远平淡为诗歌理想品格。所谓"清远平淡",是指诗人以淡远超脱之心境创作出清淡悠远的诗歌意境。此种审美风尚表现在诗歌语言上,就是强调本色,推崇朴素自然的语言风格;表现在诗歌意韵上,就是注重远离尘嚣、淡忘世情的思想感情。语言上的本色取向和情趣上的远离尘嚣,方能达到清远平淡的诗境。其二,以含蓄蕴藉为诗歌的理想境界。或者说,以"文已尽而意有余""文外之重旨""不著一字,尽得风流"为诗歌美学理想。为达成此种含蓄蕴藉之境界,他特别强调诗歌创作应当"不即不离"和"不著判断"。其三,以自然天成为诗歌的理想追求。强调诗歌创作当率意天成,不假修饰,反对雕章琢句和矫揉造作。[2]

  大体而言,王士禛的"神韵说"以山水之作为主要对象,他晚年编选《唐贤三昧集》,以王维、孟浩然、韦应物、柳宗元为主,展现他的"神韵"诗学主张,就基本上侧重于山水田园诗人的诗作。黔中古近代诗人生活在真山真水之中,特别热衷于山水田园诗的创作,[3]故其对王士禛的"神韵"诗,自然偏爱,并且深受影响。如清代黔中遵义诗人黎兆熙,著有《野茶冈人吟稿》一卷,据郑珍说:"其酷慕渔洋,偶坐次,忆某诗及注,命翻,辄得其所作,是真能于渔洋喉下探息者。"[4]其诗亦的确颇有渔洋风神,如《春雨舟中》云:

---

[1] 翁方纲:《复初斋文集》卷八,清光绪四年刊本。
[2] 参见邬国平、王镇远:《中国文学批评史·清代卷》第五章《清代前期的诗论》,上海古籍出版社1996年。
[3] 参见本书第五章第二节"大山地理与黔中古近代文人的山水情怀"。
[4] (民国)《贵州通志·艺文志》卷十六第723~724页,贵州人民出版社1989年版。

>一江软软鱼鳞水,两岸松松豸齿山。
>如此澄清幽绝处,但容几个白鸥闲。

一江鳞水,两岸齿山,意境清幽淡远;澄清幽绝处,白鸥闲戏,远离尘嚣,淡远世情;含蓄蕴藉,而又自然天成,确是长期涵养渔洋诗风后的佳作。其兄黎兆勋,著《侍雪堂诗钞》八卷,据黎兆祺《侍雪堂诗钞后识》说,兆勋晚年诗歌"敛华就实,专主神韵",亦是一位刻意追慕王士禛"神韵"诗学的诗人,如其《藕塘》诗云:

>大叶沉阴野水隈,夜凉先遣一尊开。
>儿童笑掬衣香戏,知在藕花深处来。[1]

清丽自然,含蓄蕴藉,确有王士禛标举的"神韵"风格。其他如《雨余散步》《湖陂晓望》等诗,亦大体如此。

王士禛的"神韵说"对黔中诗歌创作发生的重要影响,主要体现在黔中清代中期重要诗人田榕的创作中。田榕,字端云,晚号南村,玉屏人,康熙辛卯(1711)举人,曾官云南宝山、江南太平、湖北安陆等地知县,著有《碧山堂诗钞》十六卷。田榕诗名藉甚,与当代名家钱载、吴白华、张匠门等诗酒唱和,深受推赏。如傅玉书《论诗二十首》(其二十)说:"每笑论诗薄远方,吾乡桐野逼钱郎。碧山更擅今时誉,须识源流别宋唐。"[2] 推尊为黔中诗坛周起渭之后的第一人。陈田亦评价说:"黔中诗人,渔璜而后,端云(田榕字)、南垞(潘淳字),差堪步武。"[3] 徐世昌《晚晴簃诗话》亦说:"康熙以还,

---

[1] 《黔诗纪略后编》卷二十一,清宣统三年陈夔龙京师刻本。
[2] 《黔诗纪略后编》卷十一,清宣统三年陈夔龙京师刻本。
[3] 《黔诗纪略后编》卷六,清宣统三年陈夔龙京师刻本。

举渔璜为标帜,同时张豆村谕德、后来田安陆端云、潘检讨南垞,足相骖靳。"[1] 田榕为诗,最推崇渔洋诗学。据聂树楷《碧山堂集跋》说:"端云先生生平趋向渔洋,为注《精华录》,惜书不传。余曾有《读黔人诗绝句三十二首》,中一首云:'新城家法妙胚胎,秀出平溪不易才。一样销魂矜绝代,潇潇风雨美人来。'为先生作也。末句用张匠门督学赠先生语。"[2] "新城",王士禛,新城人,故称。"平溪",田榕,玉屏人,旧称平溪,故称。意谓田榕之"不易才",是由王士禛诗学家法之"妙胚胎"培育而出(即"秀出")。陈田亦说:"端云趋向渔洋,为注《菁华录》,南垞(潘检讨淳)赠诗云:一卷《精华》王孟兼,每从法界想华严。功臣何处求毛郑,独有平溪田孝廉。"[3] 亦是推崇田榕能传渔洋诗学家法。

王士禛"神韵说"的基本内容,如前所述,是在创作方法上讲自然天成,在创作风格上尚清远平淡,在创作境界上重含蓄蕴藉。实际上,这三个方面在田榕的诗歌创作中皆有体现。

首先,在创作方法上讲自然天成。王士禛论诗歌创作,强调"伫兴而就""偶然欲书",不假修饰,自然天成,反对雕章琢句和矫揉造作。他在《赵怡斋诗序》中说:"论诗当先观本色。《硕人》之诗曰:巧笑倩兮,美目盼兮。而尼父有'绘事后素'之说,即此可悟本色之旨。"所谓"本色",指的是一种朴素自然的语言风格。

从总体上看,在黔中清代诗歌史上,田榕的诗歌语言,既不同于周起渭的苍劲深秀,亦不同于郑珍的奇奥渊懿,而是以朴素自然、率意天成见长。最明显的特征,就是他的诗歌绝少用典使事,亦很少生僻的词汇和意象,不像周起渭、郑珍诗那样有很浓厚的书卷气,大抵

---

[1]　徐世昌:《晚晴簃诗话》,华东师范大学出版社2009年版。
[2]　(民国)《贵州通志·艺文志》卷十五第622页,贵州人民出版社1989年版。
[3]　(民国)《贵州通志·艺文志》卷十八第875页,贵州人民出版社1989年版。

是以朴素自然的语词创造清远冲淡之诗境。如《晚至岩门》：

> 三汆何人下钓筒，岩门路与酒家通。
> 微风不动月初上，千里舟行明镜中。[1]

又如《垂虹亭眺望二首》（其一）：

> 秋清野水茫无际，日夕遥山一抹烟。
> 水气山光两磨荡，刚风吹上蔚蓝天。[2]

其诗歌境界或未臻于王士禛的"神韵"之境，但其诗歌语言，的确朴素自然，是典型的"本色"之作。这类诗歌，在《碧山堂诗钞》中，具有相当的普遍性，亦可见田榕诗歌的一般特点。另外，王士禛论诗歌语言的自然天成，尤其重视民间诗歌语言的朴素自然，他在《渔洋诗话》中称赏彭孙遹和徐釚《竹枝词》的"本色语"。田榕亦是"竹枝词"的热情创作者，他先后创作了《西湖竹枝词八首》《姑苏竹枝词七首》《黔苗竹枝词二十首》。实际上，如果说周起渭、郑珍诗有书卷气的话，那末田榕《碧山堂诗钞》中大量的七言绝句，则皆有《竹枝词》的此种"本色语"特点。

其次，在艺术风格上上清远平淡。无论是诗学理论还是创作实践，清淡的意境和超脱的心境，皆是王士禛的理想目标；远离尘嚣和淡忘世情是所有宗奉"神韵说"诗人的共同意趣。他在《香祖笔记》卷三说："欧阳公云：秋霖不止，文书颇稀；丛竹萧萧，似听愁滴。苏公

---

[1]　田榕：《碧山堂诗钞》卷一第17页，中华诗词出版社2008年版。
[2]　田榕：《碧山堂诗钞》卷二第74页，中华诗词出版社2008年版。

云：岁云莫矣，风雪凄然；纸窗竹屋，灯火青荧；时于此间，得少佳趣。此等寂寥风味，富贵人所不耐，而予最喜之，政苦一年中如此境不多得耳。二公盖先得我心之所同然。"[1] "神韵说"诗人的清远冲淡，与竟陵派诗人的冷寂孤清不同，他们主要是力图通过淡忘世情以远离尘嚣，进入冲淡清远之境。所以，以孟浩然、王维、韦应物、柳宗元为代表的以清丽见长的诗人成为他们追慕的对象，山水自然成为他们诗歌创作的主要题材。

田榕一生，仕途漂泊，宦海浮沉，先后做过云南保山、江南太平、湖北安陆等地知县。但是，综观《碧山堂诗钞》，宦海浮沉的悲辛，仕途飘零的曲折，乃至时事人事的纷扰，皆较少涉及，间或有一些感事怀人的诗篇，但绝大部分却是记游之作，或记游自然山水和名胜古迹，或抒写山居田园的怡然自得和农家风情。并且在情感上亦多是不以物喜，不以己悲，确有"神韵说"诗人那种淡忘世情和远离尘嚣的超脱情怀，其诗歌亦具有清远冲淡之风格。如《晚泊对月》云：

> 林梢缺处月先上，屋角稠处酒易来。
> 打转舡头坐沙尾，清光如共故人来。[2]

如《野泛》云：

> 海水蹈天江水长，渔村蟹舍网腥张。
> 橛头舡上支卧看，数点青山淡夕阳。[3]

---

[1] 王士禛：《香祖笔记》，《笔记小说大观》（第十六册），江苏广陵古籍刻印社1983年版。
[2] 田榕：《碧山堂诗钞》卷七第277页，中华诗词出版社2008年版。
[3] 田榕：《碧山堂诗钞》卷八第300页，中华诗词出版社2008年版。

此类表现超脱情怀的清淡之诗,在《碧山堂诗钞》中占有相当大的比重。另外,远离尘嚣、淡远世情的超越情怀,必得以清远冲淡的意象以表现之。故持"神韵说"的诗人无论是品赏诗歌还是提笔创作,皆趋向于清远冲淡之题材或物象,如咏梅花、咏雪、咏落花之类,因足以呈显其淡远情怀,故此派诗人最为好尚之。而田榕《碧山堂诗钞》中以梅花、雪、落花为题材的作品亦很常见,于此亦可见其间的渊源影响关系。

"神韵说"诗人擅长山水之作,田榕诗歌亦以纪游山水见长,据李湖《田南村先生传》说:"先生屡泛洞庭,浮江汉,留金陵吴门最久,住西湖上又三年,中间往来齐、鲁、宋、卫、燕、赵诸邦,宦游金陵敬亭,采石潇湘、云梦之间。所在题咏都遍,其为诗一以冲淡自然为宗,而遇山川险峻,笔力辄争雄长。"[1] 田榕部分写黔中山水的诗篇,确有雄浑劲健的特点,但其大部分山水之作仍是"以冲淡自然为宗"。这类诗歌的特征,确如彭端淑《碧山堂诗钞序》所说:"若远山横翠,杳霭有情;又若清水芙蓉,天然去饰。襄阳、苏州去人未远,信乎田君之工于诗也。"[2] 所以,宋弼《碧山堂诗钞序》说田榕"游历既广,怀抱弥深,生平凡数变而雅人深致,有吾乡渔洋山人之风"。[3]

最后,在创作境界上重视含蓄蕴藉。在诗歌创作中追求"言已尽而意有余",崇尚"不著一字,尽得风流",可以说是中国古典诗学的共同理想,而"神韵说"诗人尤其突出。故王士禛《香祖笔记》卷三说:"表圣论诗有二十四品,予最喜'不著一字,尽得风流'八字。"[4]

---

[1] 田榕:《碧山堂诗钞》中华诗词出版社2008年版。
[2] 田榕:《碧山堂诗钞》中华诗词出版社2008年版。
[3] 田榕:《碧山堂诗钞》中华诗词出版社2008年版。
[4] 王士禛:《香祖笔记》,《笔记小说大观》(第十六册),江苏广陵古籍刻印社1983年版。

在具体的创作中，比如对于咏物诗，他强调"不即不离"；对于咏史诗，他主张"不著判断"。无论是"不即不离"，还是"不著判断"，其目的皆是为了使诗歌做到"言已尽而意有余"，达到含蓄蕴藉的境界。

田榕诗歌最有特色者，主要是一些写景言情的五七言绝句诗。这些诗歌"以清淡自然为宗"，写得含蓄蕴藉，意在言外，令人回味无穷，如《晚泊澄潭》：

> 曲曲重湖浅浅波，拍残铜斗听渔歌。
> 晚来一棹归何处，万里澄潭受月多。[1]

又如《宿山家》：

> 山气空濛过雨昏，柴门独树几家村。
> 不知松瀑落何处，一夜潺湲聒枕喧。[2]

按，二诗主旨相近，或夜泊澄潭，或晚宿山家，诗人以清丽的笔触描绘澄潭或山家的清幽恬静之境。诗人置身其中，或云"归何处"，或曰"落何处"，皆处于一种不可知的状态。诗人未言及情，而一句"万里澄潭受月多"，含不尽之意见于言外；诗人未言山家的孤寂，而一句"一夜潺湲聒枕喧"，意在言外，让人回味无穷。其五言绝句诗亦大体如此，如《即事二绝句》（其一）：

> 剩客迹成扫，洗盏此独酌。

---

[1] 田榕：《碧山堂诗钞》卷四第 135 页，中华诗词出版社 2008 年版。
[2] 田榕：《碧山堂诗钞》卷四第 153 页，中华诗词出版社 2008 年版。

　　　　萧萧秋雨夕，漠漠藤花落。[1]

　　傍晚时分，"萧萧秋雨"，诗人"洗盏独酌"，其落寞孤寂之心境，一句"漠漠藤花落"，委婉曲折而又形象生动地呈现出来，可谓"言已尽而意有余"。田榕的绝句诗，于结句颇为用心，做到了如沈义父《乐府指迷》所说："结句须要放开，含有余不尽之意，以景结情最好。"

　　总之，田榕在诗歌创作上宗奉"神韵"，精研王士禛诗法，笺注《渔洋菁华录》，涵孕于"神韵"诗学中，故其为诗在语言特点、艺术风格和艺术境界上，颇有"神韵"风尚，算是"新城家法"在黔中的真正传人。田榕其人其诗，亦颇得域外主"神韵说"者的推扬与表彰，如师承王士禛一派，写诗论诗皆重"神韵"的法式善，在《梧门诗话》中论及田榕说："沈归愚论黔省诗，以周渔璜起渭超轶等伦。近日黔人称诗，多宗玉屏田端云榕。端云以孝廉试授中书，历官知县，乾隆辛卯犹重谦鹿鸣，著《碧山堂集》十六卷。……余于傅竹庄明府寓斋见手钞端云诗一册，五言如'林影残枫柟，人烟失浦桥'、'晴烟看放鸭，夜雪听叉鱼'，七言如'藤花半合杉皮屋，水气斜侵麂眼篱'、'百年天地余诗卷，万里云山入酒瓶'，《桃源道中》云：'终朝鼓棹弄潺湲，松石阴阴鸥鹭闲。怪得蓬窗岚气重，武陵源接绿萝山。'

---

[1]　田榕：《碧山堂诗钞》卷四，第149页，中华诗词出版社2008年版。

俱极清稳。"[1]另外，据傅玉书《黔风录自序》说："厥后礼闱下第，留寓都门，多获钱箨石、吴白华先生游，咸称玉屏田碧山诗。"[2]其在域外之影响，于此可见。

（5）袁枚"性灵说"对黔中诗歌创作的影响

最后，作者讨论清代中期袁枚"性灵说"在黔中地区的传播和影响。

袁枚，字子才，号简斋，又号随园老人，浙江钱塘人，是清代中期继王士禛之后领袖诗坛的一代诗人。他提出的"性灵说"，与沈德潜主张的"格调说"，双峰并峙，成为乾嘉诗坛最有影响力的两大诗学理论。他的"性灵说"，就是在批评"神韵说""格调说"以及当时诗坛宗唐宗宋、以考据入诗等风气之基础上提出来的。他明确提出："凡诗传者都是性灵。"[3]所谓"性灵"，包括"性情"和"灵机"两个方面的内容。袁枚论诗重"性情"，重真性情，主张即"情"求"性"，重视情的关键作用，强调文学创作必须是作家真性情的自然流露，以为"天性多情句便工"，[4]"诗者，心之声也，性情所流露者也"。[5]

---

[1] 张寅彭、强迪艺：《梧门诗话合校》卷八第261页，凤凰出版社2005年版。按，法式善与黔中诗人傅玉书交谊深厚，对黔人黔诗颇有了解和关注，其《梧门诗话》说："黔西诗人较少。顷于友人处见李经亭华国有'床头咏月敲竹写，江上看山借马骑'二语，喜其伉壮，遂亟录之。近洪稚存学使自黔中回，述田教谕均晋工诗，其《题桃源图》云：'青垄人耕无税地，红灯儿读未烧书'，可云奇警。"（《梧门诗话合校》卷二，第83页）田均晋，即田榕之后人。又云："黔西李懋德华国诗才富有，昔于市中见《双阴轩诗》一册，今索之，不可得。五言如'远树低疑荠，山浓欲著人'，'灯寒入浪小，云瘦下溪流'，七言如'绿波千里客凭阁，红叶半江云扑帘'，'二分春到梅花白，五两风迎燕子低'，方之姚秘监、郑都官，殊不多让。"（同上卷八，第249页）按，李华国，字懋德，一字经亭，乾隆辛卯（1771）举人，李世杰长子，官至罗定知州，著《双阴轩集》。
[2] （民国）《贵州通志·艺文志》卷十八第846页，贵州人民出版社1989年版。
[3] 袁枚：《随园诗话》卷五，人民文学出版社1960年版。
[4] 袁枚：《读白太傅集三首》，《小仓山房诗文集》卷三十，上海古籍出版社1988年版。
[5] 袁枚：《小苍山房尺牍·答何水部》，湖南文艺出版社1987年版。

所谓"灵机",是指诗人在创作中应具有的灵性和灵感,先天的才能和禀赋,以及在此基础上创作出巧妙灵动和风趣自然的诗歌境界。[1] 总之,"性情"和"灵机"构成袁枚"性灵说"的基本架构,且二者相辅相成,有真"性情",其诗才能灵动机巧,自然天成;有"灵机",才足以传达出真情真性。

清代中期,袁枚"性灵说"广泛传播,不仅对沈德潜的"格调说"呈压倒之势,而且对王士禛的"神韵说"亦呈取代之势。袁枚虽未至黔中,但其"性灵"诗学已传入黔中,对黔中诗歌创作亦多有影响。据现存文献考察,黔中都匀诗人刘启秀,著有《养园诗钞》二卷,曾访问金陵随园,与袁枚诗酒唱和,写有《留别随园主人》《随园梅下观灯》《过随园看杏花》等诗歌。他的诗歌以绝句较有特色,如《早春》:

　　轻风细雨不成丝,城郭阴阴欲晓时。
　　一点春红羞未吐,已教人见杏花枝。

如《即目》:

　　翠鸟红襟飞白沙,溪山深处有人家。
　　岩边古杏不知老,自向春风开一花。[2]

这类绝句诗,诗情画意,宛然在目,的确如傅玉书所说,是"才调自喜""逸藻翩翩",颇有"性灵"派诗歌的风韵。

---

[1] 参见邬国平、王镇远:《中国文学批评史·清代卷》第五章《清代中期的诗论》,上海古籍出版社 1996 年版。
[2] 《黔诗纪略后编》卷十,清宣统三年陈夔龙京师刻本。

其实，值得注意的是，袁枚虽未至黔中，但追随袁枚提倡"性灵"诗学的几位清代中期著名诗人，如赵翼、洪亮吉、吴嵩梁等人，皆先后游宦黔中。他们或着意培育黔中人才，或与黔中本土诗人交游唱和，或受黔中自然山水之陶染而创作了大量描述黔中山水、抒写旅黔情怀的诗篇。实际上，"性灵派"的诗学观念和创作风尚在黔中地区的传播和影响，就是通过这几位宦黔文人来实现的。

赵翼，字耘崧，号瓯北，著《瓯北诗集》《瓯北诗话》等，他在诗学上虽不像袁枚那样极端，体现了史学家客观的一面，甚至有折中翁方纲"肌理说"和袁枚"性灵说"的倾向。但从总体上看，基本上还是与袁枚的"性灵说"声气相投，注重性灵，提倡独创。[1] 他官至贵西兵备道，宦游黔中，创作了大量描述黔中自然山水和民情风俗的诗篇，与黔中文士颇有交游唱和，其宗奉的"性灵"诗学，颇得益于黔中山水和民情之启发和感染。

乾隆三十六年（1771）四月，赵翼由广州知府升任贵西兵备道道员，三十七年（1772）十月因广州谳案发而离职，其在黔中仅有一年半的时间，却创作了近二百首描绘黔中自然山水和民俗风情的诗篇，其对黔中山水和风情之偏爱以及由此所激发出来的创作热情，可想而知。蒋士铨《瓯北集序》说："君诗自出都后且益工，盖天才所踔厉，其所固然，而又得江山戎马之助，以发抒其奇。当夫乘轺问俗，停鞭览古，兴酣落笔，百怪奔集，故雄丽奇恣，不可带视，虽欲不传，不可得也。"袁枚《瓯北集序》亦说："或谓耘崧从征滇黴，宦海南、黔中，得江山之助，故能以诗豪。"[2]

虽然由于文献的短缺，赵翼在黔中传播"性灵"诗学的情况不可

---

[1] 参见邬国平、王镇远：《中国文学批评史·清代卷》第505页，上海古籍出版社1996年版。

[2] 华夫：《赵翼诗编年全集》卷首，天津古籍出版1996年版。

详考。但是，可以肯定的是，一年有余的黔中经历，对赵翼的诗歌创作当大有促进，特别是对他宗奉的"性灵"诗学，当大有启发。此次黔中之行，赵翼对黔中山水和风情，有一个从畏惧到热爱、由热爱到惋惜、从不舍到贪恋的认识发展过程。或者说，因为他宗奉的"性灵"诗学，与黔中山水和风情的特质正相吻合，才导致他对黔中山水和风情的爱怜与贪恋。对黔中的自然山水，他赞不绝口。他游赏黔中名胜飞云岩，惊叹其景之优美绝伦，并感慨说："兹岩若得移江南，宛委娘環敢相妒？""惜哉抛落蛮荒中，千古胜流谁一顾？""归途我欲挟之行，携置姑苏虎丘路。"[1] 行走在谷峒道上，即感慨如此佳景："可惜轻抛蛮徼外，几人来此寄清哦。"[2] 行走于都匀道中，亦说："分明一幅山家画，可惜荆关未得知。"[3] 到达水城，亦说："如何此佳景，抛落猓人边。"[4] "性灵派"诗人大多好山水之游，在真山真水中感悟真性真情。赵翼置身于黔中的佳山秀水中，流连忘返，触目动机，诗情飞扬，其创作可谓得黔中"江山之助"。

其次，宗奉"性灵"诗学者，以真情真性和自然纯朴为诗歌的最高境界，赵翼为诗论诗重"性灵"，一年有余的黔中经历，黔中少数民族那种真纯朴素的自然性情，对于他的"性灵"诗学亦不无感染和启发。这种启发，犹如作者在第一章中讨论的黔中少数民族风尚对王阳明建构心学体系的启发一样。赵翼像王阳明一样，对黔中少数族人的性情，亦有一个认识过程，即从最初的轻贱、鄙弃到后来的赞美、喜爱。如关于苗人的性情，他在《苗楼》中说：

---

[1]　赵翼：《飞云岩》，华夫《赵翼诗编年全集》，天津古籍出版1996年版。
[2]　赵翼：《谷峒道中》，华夫《赵翼诗编年全集》，天津古籍出版1996年版。
[3]　赵翼：《都匀道中》，华夫《赵翼诗编年全集》，天津古籍出版1996年版。
[4]　赵翼：《水城》，华夫《赵翼诗编年全集》，天津古籍出版1996年版。

> 相传苗性颇狠鸷，不意如此驯且柔。
> 乃知此辈实椎鲁，心无六凿惟天游。
> 顺则供使如犬鹿，拂则反触如羊牛。[1]

在《苗人》中亦说：

> 侏离言不辩，椎鲁意偏真。混沌犹无窍，獉狂略似人。
> 千针缝衲细，百褶制裙新。莫笑鬼方陋，淳如怀葛氏。

苗人此种表面上看来是"狠鸷"，实际上却是"椎鲁意偏真""淳如怀葛氏"的真性真情，正是"性灵派"诗人所追求的理想境界，所以赵翼呼吁"莫笑鬼方陋"。另外，关于彝人的性情，他在《猓猡》诗中说：

> 通计南陲万余里，族类何止千百呼。
> 大都人形物其性，混沌未凿犹顽愚。
> 矫捷登山脚不袜，风流跳月唇吹笙。
> 衣冠不与人世接，习俗未可礼法拘。
> 始知清淑气有限，中土以外界弗逾。
> 就中驯骜虽不一，嗜利好斗性则俱。
> 剁牛桀犬传木刻，时或突起操戈殳。
> 我无相如喻蜀檄，又无终军弃关襦。
> 所至乃与此辈狎，如课七月儿之无。
> 得非风气欲开辟，天以易俗烦腐儒。
> 腐儒安有经济具？徒恃忠信豚鱼孚。

---

[1] 赵翼：《苗楼》，华夫《赵翼诗编年全集》，天津古籍出版1996年版。

> 人世难保不淄涅，世俗愧无近赤朱。
> 不如还他本色好，黔乌浴鹄毋乃迂。[1]

在追求真性真情的诗人眼里，彝人其性其情其俗，皆是与生俱来的真性情。诗人"所至乃与此辈狎"，正是由于他的"性灵"诗学主张与彝人的"本色"情性颇相吻合。所以，对于腐儒移风易俗的主张，诗人直言："不如还他本色好，黔乌浴鹄毋乃迂"。

由于文献不足征，作者无法确认赵翼在一年半的黔中经历中，与黔中诗人的交游情况，或者因为其所停留的时间较短，或者由于其所居之职是军职，与文人交往甚少。因此，其在黔中传播"性灵"诗学的情况，便不得而知。但是，据上文所述，他的"性灵"诗学得到黔中自然山水和民风民情的涵孕和启发，则是可以肯定的。

洪亮吉，字稚存，号北江，著《卷施阁诗集》《更生斋诗集》《北江诗话》等。其论诗歌，早年以真为本，重真性真情。中年后学识渐富，精研地理、人口之学，而论诗渐与袁枚不合。所以，综合考察，"洪亮吉诗学观实处于两端之间，重性情而偏多于学人倾向"。[2] 他曾任贵州学政，历时三年，多次赴府州县考校士子，饱览黔中自然山水，体验黔中民风民情，引发了创作热情，三年时间写了五百余首诗作。

黔中优美神奇的自然山水，令本有山水癖好的洪亮吉神往心迷，赞叹不已，如《度响洞峡》诗说：

> 排空石笋立一山，人在笋上行弯环。
> 篮舆舍此即无路，危在皆从笋尖步。

---

[1] 赵翼：《猓猡》，华夫：《赵翼诗编年全集》，天津古籍出版1996年版。
[2] 严迪昌：《清诗史》第834页，人民文学出版社2002年版。

行人至此亦掉心，空有细响同鸣琴。
琴声愈急步愈促，一跌几将陷山腹。
我行万山无此奇，过此一折山仍夷。

其欣喜之情，溢动于字里行间。他有一诗题云《渡水至焦溪行馆，山环水抱，林森尤邃，觉严滩、剡中无此奇胜也》，诗题本身就流露出他对黔中自然山水的赞美。在《自平思塘至白岩汛道中》（其二），亦感慨说："百转千回抱村坞，江南无此好屏风。"

洪亮吉在黔中，大力传播学术，积极培植人才。"苦黔中无书，先令人于江、浙购买《十四经》《二十二史》《资治通鉴》《通典》《通考》以及《文选》《文苑英华》《玉海》等书，贮书院中，令诸生寻诵博览"。他说："余督学黔中，曾两值乡试，甲寅、乙卯是也。先期即拔取十三府诸生之能文者，聚贵山书院中。……余亦宿书院中，俟诸生交卷毕始归。"在书院中指导诸生论学谈艺。"贵州则入试者仅三千人，其科岁试皆在三名以前者，平日能文可知。所惧者八韵诗、五道策，或抬头不谙禁例，及有平仄失粘等病耳。余皆束之于书院中，一月数课，课艺成，皆面指其得失，则以上诸病，渐可以除"。[1] 其培植人才之苦心，可想而知。在闲暇之余，他多与黔中文士交游唱和，积极传播"性灵"诗学，提携黔中诗人，对玉屏田均晋、瓮安犹法贤影响颇深。田均晋，字康侯，玉屏人，乾隆庚寅（1770）举人，官伏羌中卫知县，黔中著名诗人田榕之后人，家学渊源，擅长诗歌，著《渔乐轩集》，《黔诗纪略后编》选诗十五首。均晋诗深受洪亮吉推赏，据《北江诗话》卷四说：

---

[1] 洪亮吉：《北江诗话》卷五第 93～94 页，人民文学出版社 1998 年版。

黔中田教谕均晋，能诗，尝记其《题桃花源图》一律颈联云：青陇人耕无税地，红灯儿读未烧书。颇有新意。乙卯八月初三日，十三府教官录科到者四人，都匀县训导殷象贤、南笼府训导吴永辅、安顺府训导邓成洛、平越府训导冉奇瑜，诗以《论语》题文一首，《秋海棠》诗八韵，吴永辅、殷象贤诗并可擅场，吴诗云：无枝凭鸟宿，有叶庇虫啾。殷诗云：浣露香弥洁，经风腻欲流。一枝酣午梦，数朵媚晴秋。二人皆己酉拔贡生，诗笔清新，亦田教谕之亚也。[1]

后来又向法式善推扬均晋诗歌，被法式善载入《梧门诗话》，有"奇警"之目。[2] 犹法贤受洪亮吉"性灵"诗学的影响，更为显著。犹法贤，字心鲁，一字酉樵，瓮安人，乾隆壬午（1762）副榜，任镇远教授，著《酉樵山房诗文集》六卷。其诗歌颇近"性灵"诗风，清浅自然，颇有佳趣。如《江上》：

对面山青青，潭影空相照。闲鸥上下飞，物理有微妙。
未尝得一鱼，终日持竿钓。问君何所乐，不言但自笑。[3]

在文学理论上亦与"性灵派"声气相投。他在为薛士礼《妪解诗集》所作序中说：

文家亦自适己事而已，不信然哉？今制以四子制义取士，士之憔悴专一于此者，以日以年，诗古文词可置弗问。虽制亦兼重诗，然皆应制冠冕，

---

[1] 洪亮吉：《北江诗话》卷四第 71 页，人民文学出版社 1998 年版。
[2] 法式善《梧门诗话》说："近洪稚存学使自黔中回，述田教谕均晋工诗，其《题桃源图》云：'青垄人耕无税地，红灯儿读未烧书'，可云奇警。"（《梧门诗话合校》卷二第 83 页，凤凰出版社 2005 年版）
[3] 《黔诗纪略后编》卷十一，清宣统三年陈夔龙京师刻本。

不足以发心思之蕴，古文又在所缓已。其或功成名立，留心吟咏，罢精壹力，有卓然成家者，厥道有二：一以典雅古郁为尚，一以抒摅性灵为尚。二者各持门户，入主出奴，一彼一此，互相短长，故明北地、信阳、晋江、历下，南北树帜，坚垒不相下，继起效尤，甚且掊击无余。夫楚失而齐亦未为得，文家自适己事之道固如是哉！……（薛士礼）为人谨饬而达，性耽花草，游情诗酒间，每有闲吟，辄见性真。持以示予，予亟赏之。或病其失之浅，维和亦数数以浅为歉，予独不谓然。……浅岂易言者哉？文家三字诀，典、显、人之所能为也，浅则非人之所易为。盖由烹炼既久，流露目前而自得之浅。浅而老，浅而有味，罕皆云"蓬莱清浅"，正复人所不能到。于诗亦然。白香山诗，厨下老妪能解，解乃香山佳处，岂以都解病香山哉？维和衔杯对花，兴会所至，书之碧筩，裴然成集。要其性真流露，悠然自得，即谓之白香山可也。[1]

薛士礼为人"谨饬而达性""游情诗酒"；其为诗"闲吟性真"，皆与"性灵派"诗人诗风颇为接近。虽然犹法贤对诗坛"各持门户，入主出奴"的现状颇不满意，但他提出"文家自适己事"的观点，正是对"性灵"诗学的积极回应，而为薛士礼"浅直"诗风的辩护，亦正是为"性灵"诗学张本。其与洪亮吉的交游而受其启发和影响，亦略可窥见。

"性灵派"代表诗人对黔中诗人有重要影响的，还有吴嵩梁。吴嵩梁，字兰雪，嘉庆五年（1800）举人，诗名卓著，受其时文坛主流人物袁枚、洪亮吉等人推崇。为诗重"性灵"，袁枚在《香苏山馆诗钞跋》中评价其诗说："读完见示诗先后五卷，如一匹云锦满目妍华，恰寻不出一缕跳丝。年未三十而天才学力一至于斯，且用笔能放能收，可华可朴。记心余先生见赠云：古来只此笔数枝，怪哉公以一手传。

---

[1] 犹法贤：《妪解诗集序》，（民国）《贵州通志·艺文志》卷十五第652页，贵州人民出版社1989年版。

请以移赠足下。"洪亮吉亦评价说:"诗必珠光剑气,始信不可磨灭。兰雪诗珠光七分,剑气三分;仲则(黄景仁)诗亦然。吾剑气七分,珠光三分;船山(张问陶)亦然。"[1] 其受时人推崇如此。

吴氏于道光十年(1830)出任黔西知州,他重视地方文教事业的发展,先后在黔西州城外东山创建阳明书院、于沙溪里创办玉屏书院,培育地方文化人才,前来问学并受其诗学指点的黔中士子,著名的有张琚、陈钟祥、莫友芝、史胜书和戴粟珍等人。张琚,字子佩,著有《焚余草》,吴氏《香苏山馆诗钞》中有《近郭同张生子佩闲步》《子佩明经招饮即以留别》二诗涉及张琚。而张琚将吴氏在黔中推广文教之功,比之于王阳明,其云:"谁继姚江勤教学,新昌遗爱嗣东乡。"又曰:"公昔行春入兹乡,村酒酤怜刺梨香。一生诗髓得莲洋,酒力差少诗力强。玉屏之山抑若扬,玉涧鸣绕如笙簧。指点云木深苍苍,要与斯文作主张。洞天手擘出讲堂,玲珑鸟翼飞两厢。诵声呦呦说觥觥,尽庭草青夜灯凉。读有度书食有粮,尹盛遗教未渠央。一自骑鲸还帝旁,遥瞻香苏几星霜。徘徊祠屋摩甘棠,公与阳明分褅尝。金带花开莺劝觞,村酒一酹公其飨。"[2]

另外,据张穆《秋灯画荻草堂诗钞序》说:"诗人吴君兰雪牧黔西,得佳士二人:曰戴禾庄,曰史荻洲。皆具雅才,不囿于乡,锐意上达,而皆未竟所业,中年夭折,吁可惜已。……余不甚喜谈诗,偶有溢格之论,荻洲辄击曰:又为香苏山馆进一解矣!……至其诗格虽未成就,自不愧香苏高第,言宗派者得以考云。"陈田亦说:"吴兰西刺黔西时,辟香海巢,引荻洲与清镇戴禾庄授诗其中,一时传为韵事。荻洲、禾庄诗,谨守香苏家法。"[3]

---

[1] 转引自黄万机:《客籍文人与贵州文化》第92页,贵州人民出版社1992年版。
[2] 转引自黄万机:《客籍文人与贵州文化》第94~95页,贵州人民出版社1992年版。
[3] (民国)《贵州通志·艺文志》卷十六第716页,贵州人民出版社1989年版。

总之，依据"边缘活力"论，在不边不内和多山多石的黔中地域环境中，其本身具有强烈的创新精神，具备形成文学创作繁荣局面之资质。[1]但是，此种潜在的资质要变成现实，尚需某种外界因素的启发、引导或者刺激。因为本土缺乏悠久的创作传统和深厚的创作积淀，地域性诗学"小传统"显得不够深厚，缺乏强大的影响力，不能担当起引领和刺激作用。以诗骚为核心的诗学"大传统"，因时代久远，或者经过反复言说，已渐成"教条"，难以具备醒人心目或振聋发聩之作用。因此，对于域外诗学，除了对与黔中地域本身有密切关系的诗学"大传统"有特别兴趣外，更多的则是对诗坛时尚的接纳和效仿。如，比较普遍的对陶渊明其人其诗的追慕，就是一个典型的例子。对李白、王昌龄和柳宗元等唐代著名诗人无中生有的想象，或者明知其实而又固执己见，其借"名流踪迹"以激发地域人文的强烈愿望，亦相当显著。而导致黔中文学创作新局面之形成，是明永乐建省这个重大政治事件；直接启发和刺激黔中文学创作繁荣局面之形成，则是随着建省之后域外文人之大量涌入以及随之而来的域外文学创作新风尚的传入。可以想象，如果没有"竟陵派"诗风的传入，就不可能有越其杰等诗人的创作；如果没有清初"宋诗派"诗风的影响，就不可能产生周起渭这样的杰出诗人；如果没有"神韵说"诗风的影响，就不可能有田榕这样的诗人；如果没有以程恩泽为代表"同光体"诗风的传入和影响，亦不可能产生郑珍、莫友芝等这样的重要诗人。黔中古近代文学创作，如果没有上述几位诗人，亦确是乏善可陈。所以，传播、交流于黔中文化和文学的重要性，域外主流诗坛对黔中文学创作的重要影响，于此可见。

---

[1] 详见第三章"边省地域与黔中地域文化和文学的创新精神"。

尚需提出来加以讨论的，是地域环境对读者接受心理的影响。作者在"绪论"中已经指出：读者的接受和文学的传播，犹如作家的创作一样，在特定的空间中发生，在特定的时间中完成，因而它肯定要受到特定时空的影响。读者选择什么样的作品来阅读，与他们的审美态度和情感需求有关，因此都有或深或浅、或轻或重的地域性烙印。比如，同一篇作品，在某些地区受到特别的推崇，而在其他地方则可能遭到冷遇。某种文坛风尚，在这个地区可能受到欢迎，而在其他地区则可能受到冷遇。那末，黔中不边不内的地域区位和多山多石的地理环境，于黔中文人对域外诗学风尚之接受，到底发生过什么影响，到底发生过多大的影响，则是需要进一步讨论的问题。地域环境和地理特征规约地域文化的特点，型塑地域文人之性格，影响地域文人对外来事物包括文学的接受，是显而易见的。作者认为，本土人文传统的单薄，致使黔中文人对异域人文传统有着强烈的好奇心；"五方杂处，和而不同"的地域文化特征，致使黔中文人自始即有一种开放性的包容心；美丽的自然风光和嵌峒型生存环境，养成黔人任真自然之性格；多山多石的"大山地理"培植了黔人傲岸质直之性格。以上诸因素，影响了黔中文人对异域文化和文学的接受心理，其具体表现，主要有以下几个方面：一是因为其性格上的任真自然，而使之对陶渊明其人其诗有着特别的衷爱。二是因为本土人文传统单薄，而使之对异域诗文名家尤其是与黔中地域发生过关系的如李白、王昌龄和柳宗元等人，有着特别的向往和追慕；三是因其开放包容的心态，而使其对明清诗坛主流风尚保持高度的学习热情。

四、传世：黔中古近代文人的地域人文传统建构和诗史意识

希尔斯说："传统依靠自身是不能自我再生和自我完善的，只有活着的、求知的和有欲求的人类才能创立、重新制定和更改传统。"[1] 传统作为一种精神、理念或文化，缺乏"自我再生"和"自我完善"的能力，离开了"有欲求的人类"，它可能会自生自灭。比如，三星堆遗址和金沙遗址的发掘，证明四川盆地早在殷商时期就有了足以与中原媲美甚至超过中原的文化存在，但是，这个文化因为种种原因缺乏"有欲求的人类"去传承、体认和建构，所以便消失了。因此，作者认为，传统是"有欲求的人类"的传统，传统需要"活着的、求知的"人类去传承和体认，才可能有绵延不断的生命力。同时，传统又是人类在传承和体认中建构起来的，是"有欲求的人类"按照自己的需要，根据自己的精神和理想"重新制定和更改传统"。所以，传统是客观的，同时亦是主观的，人类体认和建构传统的过程，就是一个将传统由客观改造为主观的过程。另外，传统一旦在人类的体认中建构起来，无论它是主观的，还是客观的，都会在该传统所笼罩的人群中代代相传，并且不断地得到体认，持续地得到建构，乃至形成一种集体无意识，作为一种惯性力量，影响和制约人们的生活、思想和行为。

宋元以来，随着文化地域性差异的逐渐呈现以及地域自觉意识的觉醒，特别是在明清时期，文化的地域性差异特别显著以后，建构地域人文传统便成为地域文人特别热衷的一项工作。地域人文传统的建构，往往是通过梳理地域社会历史之演变、学术文化之源流和精神理念之传承，营建地域人文精神氛围，强化地域精神文化传统的传承，

---

[1] ［美］爱德华·希尔斯：《论传统》第19页，傅铿、吕乐译，上海人民出版社1991年版。

增强地域人士的文化自信心和地方自豪感。

明末清初以来，黔中士子积极体认和建构黔中地域人文传统，其行动之背后体现出来的就是他们那种传承地域文化精神的强烈愿望，以及由此而产生的自豪感和荣誉感。所以，黔中明清文人关于地域人文传统的体认和建构，实际上是受着一种强烈的文化传世意识所支配。而黔中明清文人在文学活动中展现出来的强烈的诗史意识，本质上亦是一种文学的传世意识。在本节，作者通过讨论黔中明清文人对地域人文传统的体认和建构，分析黔中明清文人的诗史意识，呈现黔中明清文化和文学的传世情况。

1. 黔中古近代文人对地域人文传统的体认和建构

讨论黔中古近代文人对地域人文传统的体认和建构，力图对以下问题试作回答：黔中明清文人为何热衷于建构地域人文传统？通过什么方式建构什么样的地域人文传统？建构黔中地域人文传统的意义何在？效果如何？等等。

综观黔中明清以来的地方史乘和其他文献材料，可以发现：黔中明清文人在讨论地域学术思想和文学创作时，总是秉持着一种追本溯源的方法，力求再现黔中古代学术思想和文学创作的来龙去脉，为当下的学术研究寻源头，以求建立起一脉相承的学统；为当下的文学创作寻根源，以求建立起渊源有自的文统。无论是学统的建立，还是文统的追寻，其最终目的就是为了体认和建构黔中地域人文传统，以为当下的学术研究和文学创作提供一个精神上的源头和文化生态上的背景，从而增强文化自信心，激发地域凝聚力。

人文传统以及以之为基础构成的文化生态，对当下文化建设的影响至关重要，是在一片文化荒漠上开展文化建设，还是在有悠久人文传统之背景上展开文化建设，其建设者的心态和建设效果，是完全不一样的。乡邦文化的渊源有自和深厚底蕴，能为当下的文化建设者提供一种自信心和原动力，进而影响当下文化建设的方向。所以，黔中明清文人热衷于体认传统，热心于建构地域人文传统，从内在需求上看，就是为了给当下的黔中地域文化建设提供自信心、原动力和方向感。其次，如前所述，古代黔中文化长期以来一直处于被忽略、被轻视和被描写的地位。长期处于被忽略和被轻视的地位，给黔中文人造成了一种巨大的心理压力，进而形成一种自卑感，乃至发展成一种具有普遍性的"去黔"心态。长期处于被描写的地位，使黔中文化经常处于被误解和被歪曲的处境。所以，明清以来的黔中文人积极主动地体认和建构黔中地域人文传统，实际上就是力求改被动描写为主动描写，变他者描写为自我描写，力图还黔中文化以本来面目，张扬黔中文化遗产和文化精神，进而逐渐改变长期以来倍感压抑的被轻视和被忽略的地位。黔中明清文人就是在这种内在需求和外在压力之双重因素的影响下，展开黔中地域人文传统的建构工作。

相对于其他地域文化而言，黔中地域文化之发展和特色的彰显，均是较晚的。促使其文化发展和特色呈现的一个重要契机，是明永乐十一年（1413）贵州建省这一重大历史事件。虽然政治事件与文化建设并无直接决定关系，但是，不可否认的是，随着黔中以全国第十三个行省的身份，作为一个独立的行政建制，成为全国大家庭中的一员，对当地文化的发展和特色的呈现，的确产生过重要的推动作用。首先，建省以后实行的流官治黔制度，导致黔中人才的大引进、文化上的大交流和大开放，直接促进了黔中文化、学术、思想和文学的发展。其次，建省以后，学校的推广，书院的建立，科举乡闱的设置，教育的发展，人才的培养，为黔中地域文化的发展，起着特别重要的推动作用。其三，黔中建省，乃"割楚、粤、川、滇之剩地"组合而成，即把原属湖南、广西、四川、云南的部分地区划出归并到贵州省行政区域中。虽然这种地理区域特征导致黔中文化长期以来以一种拼合的文化姿态呈现，体现出五方杂处的特点。但是，这依然是一个重要契机，政治上的强制措施将不同地域文化拼合在一起，正为日后地域文化特色的逐渐呈现打下了基础，虽然这种特色的呈现要经历相当长一段时期经过若干代人的努力才能逐渐呈现。基于上述三项原因，黔中地域文化的发展和文化特色的逐渐呈现，确是从明永乐年间开始的。所以，学者体认和建构黔中地域人文传统，基本上皆以明永乐建省为一个重要的分界点。如杨慎（嘉靖）《贵州通志序》说：

> 贵州为邦，在古为荒服，入圣代始建官立学，驱鳞介而衣裳之，伐枋乱而郡县之，寨落而卫守之，百七十年来骎骎乎济美华风。而嘉靖中又特开科增额，人士争自磨砺，以笃佑文化，翼赞皇猷，与为多焉。[1]

莫与俦《贵州置省以来建学记》说：

> 学校之兴，人才所系。贵州自明永乐十一年二月始割隶四川之贵州宣慰司，置贵州布政司治之。……当永乐置省才有三学，洪熙元年令贵州生儒就试湖广，宣德四年又令附云南乡试，定贵州贡士额一人。至嘉靖十六年贵州已增建二十余学，遂与云南分闱，贵州解额二十五人。其后，学额至三十余，贡士增至四十人，会试成进士者，科亦四、五人。而自宣政以来，名臣如张孟弼、黄用章，名儒如孙淮海、李同野，敢谏如詹秀实、陈见义，忠贞如申天锡、何云从，循吏如易天爵、陆兑峰，

---

[1] （嘉靖）《贵州通志》卷首，《中国地方志集成·贵州府县志辑》（第1册），巴蜀书社等2006年版。

> 文学如谢君采、吴滋大诸老先生，联袂而起。至于卫官、镇将如杨天爵、石希尹，不离戎马，亦有儒风，较之初省，亦可谓极盛也已。[1]

莫友芝在《黔诗纪略》之开篇亦说：

> 黔自上元而五季，皆土官世有，致汉唐，郡县几不可寻。英流鲜闻，安问风雅。逮有明开省增学，贡士设科，文献留诒，乃稍可述。故是编甄录，断自胜朝。[2]

永乐建省是黔中文化发展的一个重要转折点，黔中地域人文传统的形成和特色之初步彰显，亦大致以此为起点。

可是，地域人文传统的建构，犹如民间社会的家谱族谱之修撰一样，或追本溯源，或附丽张皇，总之必有一个精神源头，始可开启一姓一族之繁衍，始可统领一时一地之文化。所以，黔中明清文人关于地域人文传统的体认和建构，自然不能满足于永乐之建省和嘉靖之分闱，往往溯诸汉代，以汉代的黔中"三贤"（盛览、舍人、尹珍）为黔中地域人文传统之始祖。如黔中明代诗人张谏《望古》诗云：

> 赋心既传盛，经术复开尹。并兴巴彭城，名德乃与准。
> 牂牁处荒维，困此山隐嶙。如何初郡县，贤俊已连轸。
> 人文张华夏，覆载讵畦畛。乃知豪杰士，不受山川窘。
> 遥遥今几世，嗣响何泯泯。望古一长叹，负重愁绝骸。[3]

---

[1]　《黔诗纪略》卷一第1～4页，贵州人民出版社1993年版。
[2]　《黔诗纪略》卷一第1页，贵州人民出版社1993年版。
[3]　《黔诗纪略》卷一第11页，贵州人民出版社1993年版。

"盛",即盛览,据《西京杂记》卷三载:

> 其(司马相如)友人盛览,字长通,牂柯名士,尝问以作赋。相如曰:合綦组以成文,列锦绣而为质,一经一纬,一宫一商,此赋之迹也。赋家之心,苞括宇宙,总览人物,斯乃得之于内,不可得而传。览乃作《合组歌》《列锦歌》而退,终身不复敢言作赋之心矣。[1]

考察这段文字,相如传授的作赋方法,包括"赋迹"和"赋心"两个方面,盛览所得者乃"赋迹",故其能"作《合组歌》《列锦歌》",而于"苞括宇宙,总览人物"之"赋心",却不能理会,故其"终身不复敢言作赋之心"。观《西京杂记》之文意,实际上是借盛览学赋说明"赋迹"可传而"赋心"不可传,"赋心"近似于文学创作中的天分与才气。故其文意虽不至于有过分贬抑盛览之辞,但亦确非褒扬之辞。所以,张谏所谓"赋心既传盛"的说法,不符合历史事实,是黔中文人为了梳理地域人文传统而建构起来的。"尹",即尹珍,据《华阳国志》卷四《南中志》说:

> 明、章之世,毋敛人尹珍,字道真,以生遐裔,未渐庠序,乃远从汝南许叔重受五经,又师事应世叔学图纬,通三材;还以教授,于是南域始有学焉。[2]

所以,黔中文人在建构地域人文传统时,于文统以盛览为始祖,于学统以尹珍为鼻祖。

黔中汉代"三贤"中,还有舍人。关于舍人,据史载,其为汉犍为人,

---

[1] 葛洪:《西京杂记》,《笔记小说大观》(第一册),江苏广陵古籍刻印社1983年版。
[2] 刘琳:《华阳国志校注》第380页,巴蜀书社1984年版。

著《尔雅注》三卷,其书久佚,今存辑本。据马国翰《玉函山房辑佚书序》称:舍人当是汉武帝时与东方朔同时待诏者,"当是初为郡文学,后补太守卒吏,以能诙谐,善投壶,入为待诏舍人也",故"引者或称'文学',或称'舍人',要是一人之言。"其《尔雅注》,"在汉时释经之最古者。本多异字,尤可与后改者参校,而得《尔雅》之初义焉"。[1]黔中士子建构地域人文传统时,常常将舍人与尹珍并列为黔中学统之始祖,如郑知同《犍为舍人尔雅注稽存序》说:

> 世以文学陋南中日久,谓罕淹通之士。以余论之,当汉代经义萌芽之始,而吾郡初入版图,已有《尔雅》大师如犍为舍人者,世固未尝深究也。……(舍人)为吾郡传经之鼻祖。吾郡先后汉各一经师,先汉犍为舍人,后汉毋敛尹道真也。道真受五经于许叔重,归教南中,其有著述与否不可知。而舍人独首明《雅》学,以翼群经,致足尊矣!惜其仅以名见,阅久而姓不可稽。……异哉!舍人岂不伟哉?夫犍为郡初置于武帝建元六年,舍人生犍为而适武帝世,岂非舍人甫起于学校草创即具出类拔萃之才,远引乎百家众技之末,一意止耽经术,粹然底于名儒,以开我邦百年之学乎![2]

地域人文传统之建构,除了从文献上追本溯源外,还有就是建构物化纪念物以彰显之。如黔中明代便建有所谓的"尹公讲堂"。明代遵义人程生云《尹公讲堂》诗说:"北学破南荒,风在讲堂树。后来应有人,徘徊不能去。"[3]据莫友芝说:

---

[1] (民国)《贵州通志·艺文志》卷三第60页,贵州人民出版社1989年版。
[2] (民国)《贵州通志·艺文志》第60~61页,贵州人民出版社1989年版。
[3] 黄万机等点校:《郑珍全集》七《播雅》第25页,上海古籍出版社2012年版。

讲堂在绥阳县东北十里,今废。明绥阳知县詹淑《尹公讲堂铭序》云:万历甲辰秋,余修旺草公署,掘地得碑,题曰:汉尹珍讲堂,唐广明元年七月六日播州司户崔祊立。西南人向学自道真始。唐人标其遗迹,必有所据。广明距今六百年,讲堂不知圮于何代。[1]

总之,自盛览始,黔中"文教始开";舍人"开我邦百年之学",为黔中"传经之鼻祖";道真以"北学破南荒""西南人向学自道真始"。据现存史料,虽然盛览在文学上并无卓越建树,尹珍亦无著作传世,舍人仅存《尔雅注》残本,他们对黔中地域文化建设的贡献和特色之彰显,到底有多大影响,尚难定论。但是,通过黔中明清士人的体认和建构,凝练成黔中汉代"三贤"之称号,并建"三贤祠"以祀之,视为黔中地域人文传统之始祖,对他们开创黔中文教之丰功伟绩进行反复追认、陈述和建构,而逐渐为黔中士子和客籍文人所接受,以至今日我们讨论黔中地域文化,皆会自然联想到此"三贤",并理所当然地认为他们是黔中地域文化之鼻祖。

需要指出的是,黔中士子在建构地域人文传统时,常常面临着一个"千年断层"的问题。所谓"千年断层",是指黔中地域文化之发展,自汉代"三贤"之后,从魏、晋至宋、元的一千多年时间里,黔中人文出现了非常明显的断层现象,除了学者常常提到的宋代赵高峰(著有《青莲院诗集》,已佚,仅存集名),元代杨汉英(著有《明哲要览》九十卷,《桃溪内外集》一卷,已佚,仅存诗一首)外,几乎没有可圈可点的文化人物,登科进士亦寥寥无几。据莫友芝说:

《四川通志》载,宋嘉熙二年周坦榜举进士者,有冉从周,遵义军

---

[1] 《黔诗纪略》卷二十四第993页,贵州人民出版社1993年版。

人，官珍州守。《明一统志》谓时呼"破荒冉家"者也。播州以宋安抚杨价请贡岁士，乃有进士。嘉熙后举者，复有遵义杨震、李敏子、白震、杨邦彦、杨邦杰，播州犹道明、赵炎卯，凡七人，而从周为之先，宋后则无闻矣。[1]

数百年间进士及第者仅寥寥七人，而此七位进士又基本上无文教政绩传世。故前引张谏《望古》诗，在历数盛览、尹珍等人文始祖之后，即感慨说："遥遥今几世，嗣响何泯泯。望古一长叹，负重愁绝臏。"所以，说黔中地域文化之发展有"千年断层"现象，可谓名副其实。罗绕典《黔南职方纪略序》亦提到这个问题：

> 春秋之末，牂牁常不通中国矣，而庄蹻以楚民楚俗化之，百余年即有盛览，能词赋，追随乎园令。唐蒙之开南夷也，徙蜀中龙、傅、尹、贾诸大姓于牂牁，于是牂牁遂同蜀俗，久之而尹道真诸人出焉，彬彬乎汝颍士大夫之学术矣。厥后谢氏、赵氏世笃忠贞，保有牂牁，为国家藩扞，亦云盛矣。天宝以后弃而不问，南中遂寂无人物。元、明再辟以来，又复日新月盛，岂真际会为之？乌江、赤水之乡，周衰而汉盛，唐、宋薄，而元、明敦邪？实守土之吏与夫五方之士夫所以感化遵率者异，而俗因以有淳漓耳。[2]

基于黔中地域文化发展"千年断层"的现状，黔中士子在体认和建构地域人文传统时，常常不得不做"跨代"之论，即以明代黔中建省以后之人文传统上承汉代"三贤"，以弥合"千年断层"，构成一

---

[1]《黔诗纪略》卷三，第119页，贵州人民出版社1993年版。
[2] 杜文铎等点校：《黔南识略·黔南职方纪略》第273～274页，贵州人民出版社1992年版。

脉相承的地域人文统系。如莫友芝说:"黔人著述见于史者,别集始于王教授(训),经说始于先生(易贵),并明一代贵州文教鼻祖,其开创之功,不在道真、长通下。"易贵精于经学,著有《易经直指》《诗经直指》等,《明史·艺文志》著录《诗经直指》十五卷。王训擅长诗文,诗境"苍凉雄郁"。学者认为,明代黔中文学"开草昧之功,不能不首推教授(王训官新添卫教授)也"。[1]《明史·艺文志》著录王训《文集》三十卷。此乃黔中文人著作首次见于正史"艺文志"著录,其开有明一代黔中文教,远绍尹珍、盛览,成为"千年断层"后黔中地域人文传统之命脉承续,虽然他们的作品已经散佚。

黔中明代学者以其学术思想在全国发生较大影响而引起重视的,当数晚明理学家孙应鳌。故学者论黔中地域人文学统,常以孙应鳌远绍尹珍、舍人之统系。如陈矩《淮海易谈跋》说:

> 黔南江山灵秀,贤豪挺生,若汉犍为文学舍公、长通盛公、后汉道真尹公,德行、经学、词章,方之蜀都四子,殆无愧色,黔中不可谓无人矣。厥后兵燹屡生,黔服没于邻邦者半,湮于蛮荒者亦半,山灵不轻钟毓,寂寞流风,千有余载。有明中叶,始得淮海先生焉。[2]

田雯《黔书》说:

> 黔之人物,尹珍以上无论已。明之以理学文章气节著者,如孙应鳌、李渭、陈尚象以及王训、詹英、黄绂、秦颙、蒋宗鲁、徐节、田秋、徐卿伯、易楚诚、张孟弼、许奇、申祐、吴淮、邱禾实、潘润民、王祚远、蒋劝善、

---

[1] 《黔诗纪略》卷一第6页,贵州人民出版社1993年版。
[2] (民国)《贵州通志·艺文志》卷一第2~3页,贵州人民出版社1989年版。

皆大雅复作,声闻特达者也,而文恭为之最。[1]

贺长龄《道光安平县志序》说:

> 呜呼,地岂不以人重哉?黔,一荒服耳,自有尹珍北学于中国,肇豁蒙翳而耀光明,至明而清平孙文恭公出,直接洙、泗、濂、洛之传,一时名德巨公争相引重,黔遂居于邹鲁矣。[2]

黎庶昌《刻督学文集序》说:

> 吾黔偏在西南隅,自后汉时,道真尹公从许慎、应奉受经书图纬,还教乡里,以北学开南中之陋,仕至荆州刺史,历有名德,惜无传书。厥后土宇乖分,黔服陷于蛮夷,郁千年不能振拔,遂无人焉。能继起以昌明圣学、兴起斯文为己任者,至明乃有文恭孙淮海先生。[3]

孙应鳌不仅是明代黔中最著名的学者,而且亦是黔中历史上在全国思想界产生较大影响、著作得以完整保存的学者。所以,莫友芝说他"以儒术经世,为贵州开省以来人物冠",[4] 李独清以为他的"功业文章为吾黔开省人物最"。[5]

其实,就其学术渊源来说,孙应鳌是黔中王学传人之中流砥柱,

---

[1] 田雯:《黔书》卷三《人物名宦》,《中国地方志集成·贵州府县志辑》(第3册),巴蜀书社等2006年版。
[2] (道光)《安平县志》卷首,《中国地方志集成·贵州府县志辑》(第44册),巴蜀书社等2006年版。
[3] (民国)《贵州通志·艺文志》卷十三第547页,贵州人民出版社1989年版。
[4] 《黔诗纪略》卷五第184页,贵州人民出版社1993年版。
[5] 李独清:《督学文集跋》,(民国)《贵州通志·艺文志》卷十四第550页,贵州人民出版社1989年版。

他先后从阳明弟子徐樾、蒋道林问学,是王阳明的再传弟子。王阳明心学形成于黔中龙场,并在黔中地区广泛传播,故黔中学者在建构地域人文传统时,尤重阳明心学在黔中地区的传播和影响,视王阳明为"黔学"之奠基和功臣。如莫友芝说:

> 王阳明先生守仁之谪龙场驿丞也,提学席副使书请居文明书院,为诸生讲知行合一之学。席公公余常就见论难,或至中夜,诸生环而观听,常数百人,于是黔人争知求心性。得其传者首推陈宗鲁及先生(汤冔)。宗鲁得阳明之和,先生得阳明之正,文章吏治皆有可称。……两先生承良知之派以开黔学,岂区区诗文足以重两先生。[1]

萧重望《李先生祠记》说:

> 尼山开万世道学之统者也,周茂叔开宋儒之统者也,薛文清开昭代诸儒之统者也。贵筑之学倡自龙场,思南之学倡自先生(李渭),自先生出而黔人始矍然悚然知俗学之为非矣。[2]

宦游黔中的翁同书在(道光)《贵阳府志序》中亦说:

> 黔学之兴实自王文成始,文成尝主讲文明书院矣,即今贵山书院是也。其时文成方以忤大阉谪穷荒,读其《瘗旅》之文,有足悲者,卒乃悟反身之学,揭良知之理,用是风厉学者而黔俗丕变。[3]

---

[1] 《黔诗纪略》卷三第117页,贵州人民出版社1993年版。
[2] 《黔诗纪略》卷十二第430页,贵州人民出版社1993年版。
[3] (道光)《贵阳府志》卷首,贵州人民出版社2005年版。

阳明心学的黔中传人主要有孙应鳌、李渭、马内江等人，一时讲学风盛，黔俗丕变，人文浓郁，可谓黔中学术思想史上的一座高峰。

自晚明起，黔中学统代有传人，然作为黔中古代学术思想之集大成者，作为古代黔中学统之殿军者，当推郑珍和莫友芝，此省内外学者之公论。郑珍，精于经学、小学，著述弘富，先后著有《考工轮舆私笺》二卷、《凫氏为钟图说》一卷、《仪礼私笺》八卷、《深衣考》一卷、《巢经巢经说》一卷、《亲属记》一卷、《说文逸字》二卷、《说文新附考》六卷、《汗简笺证》八卷、《郑学录》四卷、《樗茧谱》一卷、《母教录》一卷，辑《播雅》二十四卷，主编（道光）《遵义府志》四十八卷，另有《巢经巢文集》六卷、《巢经巢诗集》九卷，等等。还兼通书法和绘画。刘书年《说文逸字序》说："郑君于贵州，实始为许、郑之学。"[1]陈田亦说："余尝论当代诗人，才学兼全，一人而已。篆法远绍冰、斯，从容合矩，国朝钱、邓以下未见其俦。兴趣所在，间亦点染山水，苍朴萧散，超绝时世。经学大师，兼长三绝，古有子瞻，今有先生。"[2]黎庶昌称其为"西南儒宗"。[3]陈夔龙说："遵义郑子尹征君以朴学崛起西南，蔚为儒宗。"[4]

莫友芝精于小学、史地和目录版本之学，著有《唐写本说文木部笺异》一卷、《宋元旧本书经眼录》三卷、《韵学源流》一卷、《郘亭知见传本书目》十六卷、《郘亭诗钞》六卷、《郘亭遗诗》八卷、《郘亭遗文》八卷、《影山词》二卷，辑录《黔诗纪略》三十三卷。陈衍《石

---

[1] （民国）《贵州通志·艺文志》卷三第69页，贵州人民出版社1989年版。
[2] （民国）《贵州通志·艺文志》卷十六695页，贵州人民出版社1989年版。
[3] 黎庶昌：《巢经巢文集序》，（民国）《贵州通志·艺文志》卷十六第696页，贵州人民出版社1989年版。
[4] 陈夔龙：《郑征君遗著序》，（民国）《贵州通志·艺文志》卷十六第702页，贵州人民出版社1989年版。

遗室诗话》说："黔诗人郑、莫并称，……子尹精经学、小学，子偲长于史地之学，二人功力略相伯仲。"[1]

郑珍和莫友芝究心经学和小学，在一定程度上得自于黔中地域人文传统精神的激发和鼓励。如郑珍，其字"子尹"，即为其恩师程恩泽所赐。尹者，即黔中人文鼻祖尹珍。程恩泽以黔中先贤姓氏赐字郑珍，实际上是以黔中先贤尹珍北上问学许慎之精神激励郑珍。学者亦常将莫友芝视作尹珍之学的传人，如黄统《邵亭诗钞序》说：

> （子偲）自以所籍独山为汉毋敛，有道真尹公远出汝南许君授五经，开南域学，本朝通儒说经，尊守许君文字书几圣作等，矧刚水渊源所在者，故既殚心求通会以治经，而服友子弟讲习问难，亦必以许君义强聒焉。其弟芷升，寻以小学文字先后见赏丁虚园、翁祖庚两前辈，贡成均，于是许君书贵州乡僻悉有，皆子偲倡导以然也。……信乎其将继道真、张刚水者。[2]

莫友芝治经学和小学，与郑珍相似，皆以黔中先贤尹珍自期，黄统亦以尹珍之文教事功激励友芝。乡贤先辈和地域人文传统对地方文化事业之发展所产生的潜移默化之作用，于郑珍、莫友芝这两位古代黔学重镇和殿军之身上，表现得非常充分。

文统的建构亦是建构地域人文传统的重要内容。黔中文人有诗文传世，是从明代开始的；有诗文传世并且在全国发生过一定的影响，是从晚明开始的。可以说，是晚明以来的黔中学人才开始有意识地进行黔中文学创作渊源统系的建构工作。在黔中文士之心目中，地域文统之始祖是盛览，甚至当代学者研究黔中地域文学，编撰黔中地域文

---

[1] 陈衍：《石遗室诗话》，《民国诗话丛编》（第1册），上海书店出版社2002年版。
[2] （民国）《贵州通志·艺文志》卷十六第706页，贵州人民出版社1989年版。

学史,如黄万机先生的《贵州汉文学发展史》,亦是以盛览开篇。实际上,且不说《西京杂记》载录盛览之名时微显贬义,单就盛览传世之作品仅有《合组歌》《列锦歌》二篇之篇名看,盛览只能作为黔中地域文统的一个精神源头或统系象征。或者说,只能显示黔中地域文学源远流长而已,并无创作上的实际指导意义。黔中后学不遗余力地追认这个统系源头和精神象征,其意义亦仅在于此。在黔中地域人文传统的"千年断层"中,唐代或有可能成为黔中地域文学的一个重要发展期,因为李白、王昌黎等唐代重要诗人或许到过黔中,带来诗坛主流新风尚。但是,李白、王昌黎与黔中的关系在疑似之间。虽然黔中文人和民间社会一直致力于证实李、王二人确实抵达黔中,其用心之良苦虽可获得"同情之理解",但是,毋庸回避的是,唐代黔中文坛实际上并无只言片语传承下来,文统的断裂和学统的"千年断层",正相吻合。

  从宋代开始,史志中开始提到黔中文人的创作,如宋代赵高峰有《青莲院诗集》、元代杨汉英有《桃溪内外集》六十四卷、明初宋昂和宋昱兄弟有《联芳类稿》,然上述三部作品皆散佚,仅存数篇而已,无法论定其价值和地位,故其在黔中地域文学统系中,亦只能如盛览一样,作为一个象征性的文脉传承符号,被黔中后学追忆和钦仰。黔中文士有作品传世,并形成一个创作高潮,在全国发生一定影响,则是在明末清初。故黔中文脉的由隐而显和黔中文统的一脉相承,亦是从这个时期才开始的。莫友芝《雪鸿堂诗集序》说:

  黔自明始有诗,萌芽于宣、正,条衍于景、成以来,而桐豫于隆、万。自武略而止庵,而用章、廷润、竹泉、汝锡,而时中、田园,而唐山、子昇、宗鲁、伯元,而道父、吉甫、徐川、元淑,百有余年,榛莽递开,略具涂轨。山甫、浞之、内江诸老又一意儒学,特余事及之。洎乎用霖《味淡》、卓凡《屡非》、炳麟《铿訇》,道乃大启。一时方麓、邓州、泠然、瑞明、心易、循陔、美若、无近、少崖、小范,旗鼓相应,延、温、沅、㵲间,几于人握灵珠,家抱荆璧。而其咀嚼六代,步骤三唐,清雄宕逸,风格儁远,尤以君采谢先生称首。[1]

"黔自明始有诗",此言不虚。莫友芝此篇文字,实乃黔中明代诗学发展统系之脉络大纲,其以谢三秀为黔中明代诗学之集大成者,亦是黔中文士之共识。黔中晚明诗学呈现出辉煌局面,成就较大者,当推谢三秀、孙应鳌、越其杰、吴中蕃、杨文骢等人,而又以谢三秀称首。如郑珍《书周渔璜先生桐野书屋后》说:"贵州数诗家,有明推雪鸿。"[2] 莫友芝亦说:"贵州自成祖开省迄于神宗,阅二百年,人才之兴媲于上国,而能专精风雅,隽永冲融,驰骋中原,卓然一队,虽前之文恭,后之龙友、滋大,未有先于君采者也。"[3] 故清初以来,谢三秀就常常成为品评黔中诗人之参照和典范,如吴振棫《燕黔诗钞序》评狄觐光诗说:

> 黔之山雄峻而深,黔之水湍厉而清,诗境也,宜黔之人多工诗。然而明三百年,以诗传者,谢君采三秀《雪鸿》一集而已。……余谓司马(狄氏官司马)之诗,不滞不宂不晦不薄不浮,于君采作诗之旨深有合者,固足以传矣。[4]

---

[1] (民国)《贵州通志·艺文志》卷十四第567页,贵州人民出版社1989年版。
[2] 杨元桢:《郑珍巢经巢诗集校注》后集·卷一第400页,贵州人民出版社1992年版。
[3] 《黔诗纪略》卷十四第543页,贵州人民出版社1993年版。
[4] (民国)《贵州通志·艺文志》卷十六第663~664页,贵州人民出版社1989年版。

李维桢评价三秀诗,有"格整而不滞,气雄而不亢,旨深而不晦,致清而不薄,辞丽而不浮"之目,[1]故吴氏移之以评狄诗,以明其渊源有自。

晚明黔中诗学兴盛一时,入清以后,更是名家辈出,在黔中文脉统系上先后占有重要位置者,有周起渭、潘淳、田榕、傅玉书、郑珍、莫友芝、黎庶昌、姚华等,这种一脉相承的文脉统系,是在黔中文人不断地追忆和体认中建构起来的。如傅玉书《黔风旧闻录》称:"予少时闻先君子及诸父论乡先辈以诗名者,谢雪鸿蜚声前代,周桐埜驰誉今时。"[2]陈田说:"黔中诗人,渔璜而后,端云、南垞差堪步式。"[3]的确,谢三秀以后,能代表黔中诗学成就者,首推周起渭。继周起渭而起,作为黔中古代文学之殿军者,是郑珍和莫友芝。如赵懿《莘斋诗钞序》说:"谢雪鸿、周桐野之诗,黔之启钥风雅者与,而犹未焕著于人世;郑经巢、莫郘亭两征君出,然后腾耀海内,骧驾古今,或庶几与韩、孟、苏、黄相后先乎?"[4]柳诒徵《遂雅堂全集题语》说:"黔中诗家,焜耀海内。俶落雪鸿,袭奕桐野。郘亭经巢,堂鞠弥廊。雄夺万夫,秀掩千哲。鳛部振采,煜于龙鸾。黚水缋文,蔚乎潍洓。"[5]

总之,通过历代学者的反复体认和追寻,逐渐建构起以学统和文统为基本框架的黔中地域人文传统,这个以汉代"三贤"为起点,中经"千年断层",至晚明由孙应鳌、谢三秀、越其杰、吴中蕃、杨文骢等人振兴,再经周起渭、田榕、潘淳、傅玉书的创为,最后以郑珍、莫友芝、黎庶昌为殿军的地域人文统系,成为黔中地域文化发展的人

---

[1] 李维桢:《雪鸿堂诗集原序》,《黔诗纪略》卷十四第544页,贵州人民出版社1993年版。
[2] (民国)《贵州通志·艺文志》卷十六第846页,贵州人民出版社1989年版。
[3] (民国)《贵州通志·艺文志》卷十五第622页,贵州人民出版社1989年版。
[4] (民国)《贵州通志·艺文志》卷十七第784页,贵州人民出版社1989年版。
[5] (民国)《贵州通志·艺文志》卷十七第821页,贵州人民出版社1989年版。

文背景。

2.黔中古近代文人对地方文献的搜集和整理

地域人文传统的传承，有赖地域自觉观念和地域认同意识的培育。而培育地域认同意识和地域自觉观念，又有赖地方文人对地域文化知识的传播和接受。地方文献是地域文化的载体，是地域人文传统的物化形式。因此，体认和建构地域人文传统，培育地方人士的地域认同意识和地域自觉观念，搜集、整理和传播地方文献，是其首要工作。

黔中地域人文传统的欠缺和单薄，乃至出现"千年断层"现象；黔中文化长期以来一直处于被忽略、被轻视和被描写的地位，主要就是因为黔中地域文献资料长期以来未能得到有效的搜集、整理和传承。由于地方文献资料的严重短缺，必然出现人文传统的"千年断层"；地方文献的大量散佚，体认和建构地域人文传统就缺乏必要的支撑，其文化形象就一直处在被忽略、被轻视和被描写的地位。因为缺乏足够的文献资料，所以不能建构起自我的人文传统和塑造出自我文化形象，缺乏"我者"的自我描写，亦就必然陷入"他者"的描写之中，其被描写的地位就不可避免。在被描写的过程中，因为对象不能提供足够的文献资料，被描写的真实性、全面性和正确性就大打折扣，被歪曲、被忽略和被轻视就在所难免。

黔中地域文化形象的塑造和地域人文传统的建构，常常遭遇着上述尴尬局面。所以，明清以来的域内外学者在面对黔中人文历史时，文献不足和典籍难稽，几乎是他们面临的共同难题。如陈尚象《黔记序》说：

> 且黔自我明建藩以来不二百余年乎，二祖之所创造，累朝之所覆育，

皇祖与皇上之所观文成化，亦既等之雄藩矣，民鼓舞于恬熙，士涵咏于诗书，亦既彬彬，质有其文矣。第游谭之士，尚往往以其意轻之，士大夫闻除目一下，辄厌薄不欲往，此宁独以边徼故？抑或以文献尠少，兴起为难，故虽千载下犹未离于或人之见耳。

古代黔中由于"文献尠少"，其人其事其功其文，皆湮没不传，故"兴起为难"。即便"亦既彬彬，质有其文"，但因文献不足征，中土人士亦"往往以其意轻之"。陈尚象高度评价郭子章《黔记》，以为因有《黔记》，黔中"理学文章，忠孝节义，种种具备，何其盛也！豪杰之士丁时奋树如所称，二三君子褒然名世，何其伟也。至于名公巨卿之所经略，迁客硕儒之所讲明，勋华增天地之光，道德作誉髦之式，抑何造物之有意于黔也"。[1]文献搜集和整理于地域文化传承之重要性，于兹可见。事实上，地以人重，人以文传，文献于地域人文传统建构的重要性，丘禾实在《黔记序》中亦有明确的认识，他认为："宇内往往少黔，其官于黔者或不欲至，至则意旦夕代去"，黔籍文人"通籍后往往籍其先世故里，视黔若将浼焉"，其根本原因就在于其地不重，其人亦受轻视，他说：

> 余居常每叹之，嗟谓黔不足治乎？是越不章甫而蜀不雅化也；谓黔不足兴乎？是陈良不产于楚而由余不生于戎也。有是哉？第地之重人也以山川，而人之所重地也以文献。黔自国朝始为冠带，文献缺焉，地奈何得重？余间考乡先辈非无崛起于时者，旋就湮没载稽，故府谍及列郡乘，

---

[1] 郭子章：《黔记》卷首，《中国地方志集成·贵州府县志辑》（第2册），巴蜀书社等2006年版。

俱散漫磨灭不可读。夫无以表章之，听其湮没，皆黔士大夫之过也。[1]

"人之所重地也以文献"，古代黔中"文献缺焉"，所以"地奈何得重"。黔中"先辈非无崛起于时者"，但无人记录、搜集和整理相关文献，"听其湮没"，这的确如丘氏所说，是"黔士大夫之过"。这种意见亦见于卫既齐《重修贵州通志序》，其云：

> 贵州风犹近古，务质朴，耻夸诈，虽有硕德懿行，恒隐而不扬，加以数罹兵燹，文献散落，耳目睹记，势难广远。[2]

汪士铎《黔诗纪略序》亦说：

> 黔之为省，夜郎、句町之前，其世不可考；后此为牂牁、兴古；又后此为牂牁、夷、盘、费、思、裴诸州，又后此为罗施鬼、大万谷落；又后此为府、州、县如内地，此世之相积也。然必有网罗放失者，为记纂山川物产之瑰丽、人士风谣之讴思喟于，而后前人之心思赖以不朽。使数十百年间，曾无一为之经纪者，则前哲呕心刳肝之所寄，亦湮灭于箐林蛮荒之墟，不重可为太息哉！……尹道真北学于许君，其邑里必有能以文学自见者，顾绵二千年无以艺鸣者，虽承学之士尠，毋亦搜辑而表章之者无其人与。[3]

莫友芝在为郑珍《播雅》作序时，亦感慨文献荟萃于地方文化传承之

---

[1] 郭子章：《黔记》卷首，《中国地方志集成·贵州府县志辑》（第2册），巴蜀书社等2006年版。

[2] （康熙）《贵州通志》卷首，《中国地方志集成·省志辑·贵州》，凤凰出版社2010年版。

[3] （民国）《贵州通志·艺文志》卷十八第859页，贵州人民出版社1989年版。《黔诗纪略》卷首无此序。

重要性，他说：

> 吾独惜尹、盛之后，杨氏兴文之时，独无一人荟萃当时人物文字，以为兹集先河，则使太白能来，子厚果易，而复有造就，亦将与《桃溪内外》同泯泯于顽茜积燹中也。[1]

汪士铎和莫友芝的推测是有理据的，黔中"尹、盛之后"，"必有能以文学自见者"，但因"搜辑而表章之者无其人"，故其人其事其文皆湮没不传，黔中地域人文传统亦因此而呈现出"千年断层"现象。

基于文献短缺而造成的地域文化断层，以及地域文化形象被歪曲和被轻视的现状，明清以来的黔中士子为重建地域人文传统，重塑黔中文化形象，便积极开展地域文献的搜集、整理和刊刻工作，其中重点开展黔中诗文的搜集整理和地方史志的编撰工作，有重要贡献者，当推傅玉书、郑珍、莫友芝、黎庶昌、陈夔龙、朱启钤、任可澄等人。

据现存文献考察，黔中士子最早穷心尽力搜集、整理和刊刻黔中先贤诗文作品，首推傅玉书和傅汝怀父子。傅氏父子辑有《黔风录》一书，是书分《黔风旧闻录》和《黔风鸣盛录》两部分，前者是黔中明代诗歌选集，后者是黔中清代乾嘉前诗歌选集。此书之编撰，穷尽傅氏父子一生之心力。据傅玉书《黔风录序》说，他因承继家学而留意黔中先贤诗文，有感于先贤诗文的大量散佚，"因与唐汉芝订搜罗之约，垂十余年，事未就而汉芝卒于晋"，后傅氏于"乙丑寓砚贵阳"，与诸生协力采访，"所得才三十余人"，深感自己"闻见未周，足迹不到"，于是又请求贵州学政钱学彬于"巡视各郡时，晓彼都群彦为留意焉，于是又得百余家"。傅氏于所采之诗"昕夕编摩，如相晤语"，

---

[1] 黄万机等点校：《郑珍全集》七《播雅》卷首，上海古籍出版社2012年版。

在詹事府庶子法式善、贵州巡抚福庆、贵州布政使陈预、贵州按察使翁元圻、提学道狄梦松等人的鼓励和帮助下，他采纳翁元圻提出的"以人存诗，以诗存人"的编撰建议，于嘉庆庚午年（1810）秋天编纂完成。之后，其子傅汝怀还作了后期的修订，并积极筹备该书的刊刻工作。[1]据傅汝怀《黔风录后序》说："窃念先子积平生心力，始成前两集，怀从事于《黔风演》者又三十年。中间颇遇名公卿，往往陈之，而事迄弗就。"编录工作耗费傅氏父子两代人的心力，而刊刻之事又长久没有着落。道光辛丑年（1841）秋天，贵阳好友于君斌（甘肃张掖县知县）之子于成功数次写信邀请傅汝怀整理《黔风》，表示愿意出资刊布。于是，傅汝怀应约赴其家，"次第编校先君所辑前明人诗曰《黔风旧闻录》，为卷六；国朝人诗曰《鸣盛录》，为卷十八；怀手辑者为卷十二，总三十六卷"。在于成功的资助下，于癸卯年（1843）夏天刊成二十一卷，后因故中止刊刻。据傅汝怀说，可能是"有慕者闲于其间"。无奈之下，傅汝怀于甲辰年（1844）仲春就任大定府万松书院讲席，得太守黄惺斋资助，补刊前两集（《旧闻录》《鸣盛录》）所遗之三卷。[2]至此，傅玉书编录、傅汝怀校补的《黔风录》二十四卷，[3]全部刊刻完成；而傅汝怀为续《黔风录》而积三十年之功编就的《黔风演》四卷，则未能刊刻。

傅氏父子穷心尽力首次辑录黔中先贤诗歌，对保存黔中明清诗歌做出了重要贡献，在黔中古代诗歌史有重要影响，胡枚《黔风录序》说：

> 盖自前明迄今，数百年之人才赖君以传者不少。……君以敬恭桑梓

---

[1] （民国）《贵州通志·艺文志》卷十八第846～847页，贵州人民出版社1989年版。
[2] （民国）《贵州通志·艺文志》卷十八第849页，贵州人民出版社1989年版。
[3] 《黔诗纪略后编》著录为十二卷，可能傅玉书原为十二卷，汝怀补定为二十四卷。

之心,为表章人物之举,爰辑《黔风旧闻录》若干卷、《鸣盛录》若干卷,诗系以人,人系以事,灿然大备,斐然可观,然后知天之钟秀于是,固不限于遐裔也。……俾山林佚老,断简残篇,不至湮没于荒墟遗壤、蛮烟瘴雨之间,其用意良厚,用心良苦,而其为功于前人也大而远,为惠于后学也深且至矣。[1]

具体而言,傅氏父子搜集整理黔中文献的主要贡献有三:其一,首次辑录黔中地域诗歌,为晚近的《黔诗纪略》和《黔诗纪略后编》的编纂保存资料。其二,其"诗系以人、人系以事"的编撰体例,是为了"以人存诗""以诗存人",这为黔中地域文学文献的搜集和整理树立了一个典范,之后的《播雅》《黔诗纪略》《黔诗纪略后编》皆仿此体例。其三,启迪黔中后学通过搜集、整理、刊刻等方式传承地方文献,以重建黔中地域人文传统和重塑黔中地域文化形象,对培育黔中士子的地域认同意识和地域自觉观念,有重要贡献。

承傅氏父子之后,搜集整理黔中地域文学文献的又一功臣是郑珍。郑珍编纂《播雅》二十四卷,其书原名《遵义诗钞》,是黔中人文渊薮遵义地区的诗歌选集。遵义古称播州,故此书后改名为《播雅》。据郑珍《自序》说:"余束发来,喜从人问郡中文献,得遗作辄录之,久乃粗分卷帙,名曰《遵义诗钞》,弄箧衍有年矣。屡欲整比锓行之,无资且不暇。"后得乡贤唐子方资助,始整理刊行,"计自明万历辛丑改流,至今二百五十二年间,凡得二百二十人,诗二千三十八首,次为二十四卷"。[2]另有赵旭、赵彝凭父子辑录的《桐梓耆旧诗钞》(前后集),是遵义桐梓一县之诗歌选集。据赵彝凭《自序》称:是书前

---

[1] (民国)《贵州通志·艺文志》卷十八第847~848页,贵州人民出版社1989年版。
[2] 黄万机等点校:《郑珍全集》七《播雅》卷首,上海古籍出版社2012年版。

集乃其父所辑,凡四十二人,诗二百六首;后集由其辑录"先子之后与前未见者",凡四十二人,十六首(有误)。[1] 还有黎兆勋辑录的《上里诗系》三卷,为黎平一地的诗歌选集,据黎兆勋《自序》称,此书由黎平人胡长新辑录,黎氏"征实辨伪"。[2] 有周鹤选辑的《黔南六家诗选》四卷,据周鹤《自序》说,这是一部同乡同仁诗歌选集,六家包括杨文照、袁思韡、颜嗣徽、钱衡、洪杰、陶塼六人,此六位诗人"同生长筑邑,旧日皆系姻娅友朋,早有唱和赠答之雅,复次第联镳而接轸,大半盍簪于桂管"。[3] 此外,还有徐婺编辑的《黔诗萃》三十一卷、《黔南十三家诗》,毛登峰辑录的《黔诗备采》十卷,等等。

　　黔中地域文学文献之搜集整理,成就最大者,当数莫友芝的《黔诗纪略》和陈田的《黔诗纪略后编》。《黔诗纪略》是黔中明代诗歌选集,共收录黔中诗人二百四十一人的诗歌作品二千四百六篇,另有方外诗人作品六十八篇,无名氏作品二十四篇,总计二千四百九十八篇。其实,以现存黔中明代诗人作品看,除孙应鳌、吴中蕃、杨龙友等数人的作品尚未全部录入外,其他二百三十余位诗人的现存作品,基本上全部收录其中。因此,它对于传承黔中明代诗歌文献,具有特别重要的意义。它采取的"以人存诗""以诗存人"的编纂方法,保存了明代黔中地区的大量史料,对于研究黔中明代社会生活的各个层面,均有非常重要的文献价值。其书之编纂,历尽坎坷曲折,据莫绳孙《黔诗纪略卷首题记》说:

　　　　咸丰癸丑,遵义唐恪公欲采黔人诗歌荟萃成编,以国朝人属之黎先生伯容,因乱,稿尽亡失。先君(莫友芝)任辑明代,旧所征录既多,

---

[1]　(民国)《贵州通志·艺文志》卷十八第862页,贵州人民出版社1989年版。
[2]　(民国)《贵州通志·艺文志》卷十八第861页,贵州人民出版社1989年版。
[3]　(民国)《贵州通志·艺文志》卷十八第863页,贵州人民出版社1989年版。

而黔西潘君文莴及先君门人胡君长新益相助采拾。[1]

是知此书由唐树义倡议编纂，经唐树义、黎兆勋、莫友芝三人拟定采录体例，黎兆勋负责采诗工作，莫友芝的好友潘文莴、学生胡长新协助采录，莫友芝负责部分采诗工作和全部传证工作。全书之编纂和传证，莫友芝的功劳最大。据莫绳孙说："先君子尝病黔中文献散佚，欲私成一书以纪之，逮于逸篇断碣，土酋世谱，有足征文考献者，罔不穷力蒐访，几于大备。"其编撰之体例和动机，与傅玉书辑录《黔风录》一样，采用"以人存诗，以诗存人"之体例，以便保存黔中文献，并以《黔风录》和《播雅》为基础展开搜录工作，其成书之过程亦可谓历尽艰辛，费尽心思。据莫绳孙《题记》说：莫友芝采录黔中明代诗歌，于咸丰甲寅（1854）夏得二百一十六位诗人的诗歌二千余篇，因同年秋天发生的杨龙喜起义，原稿亡失三册。乙卯年（1855）又"旁蒐补缀略具"。戊午年（1858）冬天携稿入京，"随所见增录"，在京城两年，又增补了十余位诗人的作品。辛酉年（1861）春天携稿至湖北，因当地战乱而担心亡失，便将书稿寄回黔中保存。同治庚午年（1870）春天莫友芝到达南京，其弟莫庭芝又将书稿由家乡寄至南京，莫友芝再加审定，"始合京都及近年所益共廿有六人补入"。次年，唐树义之子唐炯"助资促刊"，莫友芝审定第三至第二十一卷，未完成全书审定工作而遽归道山。莫绳孙除邀请汪梅岑补撰何腾蛟部分外，其余均按莫友芝生前审定稿和未及审定之原稿，于同治十二年（1873）仲夏刊印于南京。莫氏父子和唐氏父子为搜集、整理和刊印黔中明代诗歌文献所付出的艰辛努力，于此可见。这亦体现了他们为传承黔中文献，建构黔中地域人文传统的良苦用心。

---

[1] 《黔诗纪略》卷首，贵州人民出版社1993年版。

《黔诗纪略后编》是黔中清代诗歌选集，大部分黔中清代诗人的诗作赖此书以传世，故其对于传承清代黔中地方文献和建构黔中地域人文传统，与《黔诗纪略》有同等意义。其书仿《黔诗纪略》体例，由莫芷升和黎受生采诗，由陈田传证。据陈田《黔诗纪略后编自序》说：

> 搜辑国朝黔诗，自傅竹庄父子始，厥后一辑于黎伯容，再辑于莫芷升、黎受生，中间又有铜仁徐蔗塘。余丙戌请急归，芷升以此事相属，始克竣事。他如郑子尹之《播雅》，胡子何之《上里诗系》，赵知山之《桐故》，赵石知《桐梓耆旧诗》，其采辑一郡一邑者，又不在此数。合十数人之力，阅时百年，荜路蓝缕，傅氏为劳，而黎氏、莫氏搜采之勤，闻见之博，子尹、子偲二先生亦与有力焉。余才荒陋，获与兹役，又得小石制府慨捐千金，始克播之海内，二百数十年黔人之诗，乃蔚然斐然、铿锵鼓舞而出诸荒山古箐中，亦快事也。[1]

一部集大成性质的黔中清代诗歌选集，"阅时百年"，集数十位黔中著名学人的心力与智慧，并得黔人陈夔龙"慨捐千金"，始得刊刻面世。黔中士人传承乡邦文献之积极努力和良苦用心，于此书之编纂过程中昭昭可见。

关注、支持并亲自主持黔中地域文献之搜集和整理，成绩显赫和功劳卓著者，还有晚清的朱启钤。朱启钤于同治十一年（1872）生于河南信阳，父亲朱庆塘，母亲傅梦琼，外祖父傅寿彤是贵筑人，夫人于宝珊是其表叔贵阳人于德懋之女。朱启钤三岁丧父，在外家长大，由母亲抚育成人。后辗转于南阳、开封、长沙等地，一生未到过黔中。但是，他始终关心桑梓，有浓厚的乡土情结，对黔中地域文献之搜集、

---

[1] 《黔诗纪略后编》卷首，清宣统三年陈夔龙京师刻本。

整理和刊刻，做出了重要贡献。他搜集整理傅寿彤《澹勤室诗》、杨文照《芋香馆诗》，并出资刊印。还编撰《开州志补辑》《紫江朱氏家乘》等。他关注黔中地域文献，从早期整理亲旧文集，到后期竭尽全力全面搜集整理黔中地方文献。经过多方搜集，获得黔中古近代地方文献约四百余种，其中不乏像《黔风鸣鸾录》《语嵩语录》这样的珍稀稿本，还编著《存素堂入藏图书黔籍之部目录》，分黔人著述和黔省地方史料两类，共四百余种，还将目录通过叶景葵转交顾廷龙保存，1949年10月顾廷龙刊印百本面世。中华人民共和国成立后，朱启钤经王世襄协助，于1953年秋将自己所藏"贵州文献及普通图籍"捐献给北京图书馆，后又写信给文化部图博文物局局长王冶秋，建议将此批捐献图书中的贵州部分拨给贵州，得到同意并实施。朱启钤还编辑《黔南丛书别集》十三种，还有陆续刊印黔中系列文献的计划。汇集明清两代游宦黔中士子的诗文，共一百五十二家，著成《黔南游宦诗文征》一书。特别值得一提的，是他编著的《贵州碑传集》一书，大约有二十余册，或云四十余册，晚年决定将此书交给贵州，由田君亮取回交省府秘书处，后下落不明。[1]

搜集整理黔中地域文献成绩显著，且有相当理论自觉意识者，当推民国黔中著名学者任可澄。任可澄（1878～1946），字志清，号匏叟，安顺人，受学于严修创办的经世学堂，曾任大汉贵州军政府枢密院副院长、云南省长、曹锟政府教育总长。晚年主持贵州方志局，从事方志编撰和地域文献的整理工作。在文献的搜集和整理上，他有相当明显的理论自觉意识。他在《贵州文献季刊》之《创刊词》中指出："文献者，一国家民族精神之所共寄，有之则虽亡而若存，无之则虽存而

---

[1] 参见刘宗汉：《朱启钤先生的贵州情结》，杨祖恺《朱启钤对我国古建文化及贵州历史文献的贡献》，启功主编《冉冉流芳惊绝代——朱启钤学术讨论会文集》，贵州人民出版社2005年版。

如毁。"认为历史文献是传承民族精神和凝聚国民认同的重要支撑,世界几大文明古国"虽亡而若存",就是有赖于"文献之仅存"。黔中社会自有丰富的历史文献资源,但是,"何以天荒而人亦废,下则为溪蛮之丛笑,上亦不过益部之谈资",就是因为黔中地域文献长期以来无人作系统之搜集和整理,而或淹没,或失传。"黔故者,有同凿空,或等锄荒",认为这是"吾辈黔人所当以为盛耻"者,鼓励黔人当"发愤以求雪"。[1]这种文献自觉意识,虽然发表于1938年的《贵州文献季刊》的"创刊号"上,但早在1919年他就倡议设立贵州方志局,主持《贵州通志》编撰工作,亲自撰写《前事志》。《前事志》篇幅宏大,上起殷商,下迄辛亥,实为一部简明贵州古代通史。在主持编撰《通志》的过程中,他深感黔中"文献綦难",认为"《通志》仅关于历史一部分,而非文化之全体",于是又倡议"创刻《黔南丛书》,附属志局","凡黔人之著作,及他省名人有关吾黔之纪载,皆收辑付刊"。[2]《黔南丛书》的编纂和刊刻,为传承黔中地域文献做出了重要贡献,后来朱启钤在此基础上又编印《黔南丛书别集》十三种,这套书是当代研究黔中古近代地域文化最重要的文献之一。1936年任可澄又倡议成立贵州文献征辑馆,"专任本省文献之征采编审及刊印《丛书》事项",[3]刊行《贵州文献季刊》,"专以纪述贵州文献为宗旨","使本馆征采所获之乡贤著述,得以传布。且关于黔故之纪载,黔乘之考订,黔贤之表彰,藉以省内外人士,共同商讨"。[4]总之,在任可澄的主持下,创立贵州通志馆和贵州文献征辑馆,编撰《贵州通志》,刊印《黔南丛书》,发行《贵州文献季刊》,在文献理论自觉意识之

---

[1] 《贵州文献季刊》创刊号,贵阳文通书局1938年版。
[2] 《贵州文献季刊》创刊号《馆务撮要五》,贵阳文通书局1938年版。
[3] 《贵州文献季刊》创刊号《馆务撮要一》,贵阳文通书局1938年版。
[4] 《贵州文献季刊》创刊号《馆务撮要十》,贵阳文通书局1938年版。

指导下，系统地、大规模地开展黔中地域文献之搜集与整理，这在黔中历史上是第一次，亦是对黔中地域文化研究影响最深远的一次。

总之，为重塑黔中地域文化形象，建构黔中地域人文传统，明清以来的黔中文人不遗余力地开展黔中地域文献的搜集整理和传承保护工作，可谓是有力出力、有才出才、有钱出钱。无论身在何处，黔中士子总是时时关注着黔中地域文献的搜集和整理。如莫友芝赴京应礼部试，于琉璃厂发现在黔中很难找到的陈法《易笺》一书，将其购回黔中。[1] 莫友芝和郑珍多年来联合搜求谢三秀诗，并编定《雪鸿堂诗蒐逸》三卷。[2] 莫友芝穷心尽力搜集整理周起渭诗集，编成《桐埜诗集》。[3] 黎庶昌和陈矩出使日本，于异国他乡之日本友人中村正直博士处搜求到"莫郘亭征君求之数十年而未获"的孙应鳌《督学文集》。[4] 此外，唐树义、唐炯父子策划并出资刊印《黔诗纪略》和《播雅》，陈夔龙出资刊印《含光石室诗钞》《桐埜诗集》和《黔诗纪略后编》等乡邦文献，对黔中地域文献的传承做出了重要贡献。

传承地方文化，建构地域人文传统，培育地域认同观念，还有一个重要举措，就是编撰地方志。前述对黔中地域文献之搜集整理有重要贡献者，亦特别重视地方志的编撰。如首次搜集整理黔中诗歌文献的傅玉书，著有《桑梓述闻》一书，这是黔中历史上第一部私家方志。郑珍和莫友芝主撰的（道光）《遵义府志》，被梁启超《近三百年中

---

[1] 莫友芝：《宋元旧本书经眼录》，（民国）《贵州通志·艺文志》卷一第7页，贵州人民出版社1989年版。
[2] 莫友芝：《雪鸿堂诗集序》，（民国）《贵州通志·艺文志》卷十四第567页，贵州人民出版社1989年版。
[3] 莫友芝：《桐埜诗集序》，（民国）《贵州通志·艺文志》卷十五第618页，贵州人民出版社1989年版。
[4] 陈矩：《淮海易谈序》，（民国）《贵州通志·艺文志》卷一第4页，贵州人民出版社1989年版。

国学术史》称为"天下第一府志"。（道光）《贵阳府志》、（道光）《遵义府志》、（道光）《大定府志》、（咸丰）《兴义府志》、（咸丰）《安顺府志》被方志学者列为清代名志，以为"斐然可列著作之林"。而民国时期任可澄主修的《贵州通志》，耗时三十年，共一百一十卷，十九分志，凡七百五十余万字，规模浩大，内容繁富，是民国时期修撰的全国省志中的佼佼者。

从总体上看，在西南三省中，黔中的开发较晚，其经济文化远远落后于四川，历代中央政府对黔中的开发热情和重视程度，亦远不如云南。可是，据统计，明清两代黔中地方志编撰的数量却超过了四川和云南。据张新民《贵州地方志举要》统计，明代贵州编著的方志有七十四部，大大多于同时期的云南和四川。[1]据李硕《云南地方志考》统计，明代云南编撰的地方志共六十四部，其中省志九部，府州县志五十五部。同一时期四川的地方志仅有三十四部，其中通志四部，府州县志三十部。[2]清代四川除康熙、雍正和嘉庆三次修省志外，以后百多年一直不见新的省志刊行。[3]黔中古近代文人热衷于方志的编撰，方志在黔中古近代文化史上占有特别重要的地位。黎铎以为："贵州历代的诗歌、方志和禅学论著，是贵州文化的三大物质形态，在贵州文化中具有独特的地位和深远的影响，因而成为贵州文化的三大主流。"[4]将方志列为黔中古近代文化的三大主要内容，这个论断是符合客观实际的。

---

[1] 蓝勇：《西南历史文化地理》第171页，西南师范大学出版社1997年版。另，据刘仲勉、张新民、卢光勋《贵州地方志存佚目录》统计，贵州自宋至民国共有方志386种，其中宋元9种，明代79种，清代197种，民国101种。
[2] 蓝勇：《西南历史文化地理》第167页，西南师范大学出版社1997年版。
[3] 蓝勇：《西南历史文化地理》第162页，西南师范大学出版社1997年版。
[4] 黎铎：《贵州文化三大主流：诗志禅》，《贵州文史丛刊》1998年第4期。

经济和文化相对落后的黔中地区，无论是文人学士还是地方政府，皆积极开展地方文献的搜集和整理，尤其热心于地方志的编撰工作。开展地方文献的搜集和整理，是为传承地域历史文化，建构地域人文传统，培育地域认同观念。那末，热心编撰地方志的动机又是什么呢？方志学者将地方志的功能概括为存史、资治和教育三个方面，地方志是资料性著述，以传承地方性知识为主要职能，通过传承地方性知识以实现资政和教育的社会职能。所以，编撰地方志的直接动机就是传承地方性知识。黔中明清学者热衷编撰地方志，其目的就是传承地方性知识，建构地域人文传统，重塑地域文化形象和培育地域认同观念。与同处西南地区的四川和云南相比，黔中的地域人文传统是单薄的，黔中的地域文化形象长期以来一直处于被忽略、被轻视和被描写的地位，黔中士子的地域认同意识亦远不如四川、云南那样强烈。因此，黔中明清文人感受到来自域外的文化压力就要大得多，要求建构传统、重塑形象、培育认同的愿望亦就要强烈得多。所以，他们不仅积极开展地方文献的搜集整理，而且还不遗余力地进行地方志的编撰工作，其目的就是为了建构地域文化传统。

3. 黔中古近代文人的不朽观念和诗史意识

在人生价值观念上，古代中国人与西方人有显著的差别。一般而言，古代中国人执着于身后之名的不懈追求，以留名青史、扬名后世为人生的最高理想，身后英名的流播比生前荣华之享受更为重要，甚至可以放弃生前的荣华，宁肯隐忍苟活，亦要保住身后的英名，这正如文天祥所说："人生自古谁无死，留取丹心照汗青。"与古代中国人这种强烈的不朽观念相比，西方人把人生意义之彰显和人生价值的实现，指向现实，重视的是今生而非来世，把生前的意义看得比身后的价值更加重要。

古代中国人这种浓厚的不朽观念之形成，与中国文化自身的特色密切相关，其中的一个重要原因，"也许是因为中国人没有来世和彼岸的观念，死亡即意味着人生的终结"。[1]因为死亡即意味着人生的终结，所以，孔子说："君子疾没世而名不称焉。"[2]屈原说："老冉冉其将至兮，恐修名之不立。"唯有"修名"能使人不朽，如何建立"修名"以实现人生之不朽价值呢？《左传·襄公二十四年》说："太上有立德，其次有立功，其次有立言。虽久不废，此之谓不朽。"这就是秦汉以来之士人常说的"三不朽"。在传统中国人的观念中，实现人生不朽价值之手段有三：立德、立功和立言。按照《左传》的表述，此"三不朽"于人生不朽价值之实现，实有先后主次之分，即太上立德，其次立功，其次立言。但是，在现实生活中，立德和立功皆须凭借外在的际遇和条件。如立德扬名，除主观之修为外，还需"假良史之辞"，方能流芳百世。如立功不朽，除主观之奋进外，还需有特别的际遇以获致立功之平台，方能英名传世。唯有立言不朽，只需通过自身的努力便可获得实行。所以，陆机说："穷通时也，遭遇命也。古人贵立言，以为不朽。吾所作子书未成，以此为恨耳。"[3]"穷通""遭遇"就是立德、立功，与"时"和"命"有关系。唯有立言，只需个体之努力奋进，便可成就不朽之美名。故清人张纯修说："夫立德非旦夕间事，立功又非可预必，无已，试立言乎？"[4]朱彝尊说："故夫士之不朽，立功倚乎人，立言者在己，可以审所也已。"[5]

---

[1] 蒋寅：《古典诗学的现代诠释》第234页，中华书局2003年版。
[2] 《论语·卫灵公》。
[3] 《太平御览》卷六〇二引《抱朴子》。
[4] 张纯修：《饮水诗词集》之"序"，《粤雅堂丛书》本。
[5] 朱彝尊：《徐电发南州集序》，徐钒《南州草堂诗文集》卷首，清康熙刊本。

古代黔中文人亦有浓厚的不朽观念和对身后之名的执着追求。但是，相对于中土文士来说，黔中文人的求名愿望和不朽追求之实现，常常遭遇种种挫折，这是由黔中地域环境的边缘性决定的，亦与黔中社会长期以来被忽略、被轻视和被描写的处境有关。江闿在《澹峙轩诗集序》中对此有颇深的感触，其云：

> 余尝过黔之飞云岩、冯虚洞，见其灵异奇特，莫可端拟，徘徊久之，而叹山之有幸有不幸焉。夫以九州之大，予足迹几及半，每遇名山必登，登必尽领其要。其间幽邃者，淡远者，屈曲者，险怪者，丹青如画者，即无甚异，亦有足观，其以山得名也亦宜。乃有高不满丈，广不盈亩，顽然蠢然，略无可取，亦竟以山得名，当亦山之至幸者矣！求所谓灵异奇特如飞云、冯虚，终不概见，而斯二者卒不得与无甚异者争名，亦并不得与顽然蠢然者争名，是遵何故？盖斯二者远在天末，僻处一隅，文人罕至，偶有至者，记识以远失传，以是未能如都会地之易得名也。使斯二者而生于都会地，其得名也当在以幸得名者之先，可知也；使斯二者生于都会地，其名适符其实，将天下无实而得名者，皆失其名，未可知也。且斯二者虽远在天末，僻处一隅，犹当黔之孔道，名虽未著，人尚得过而惜之；黔之不近孔道，灵异奇特或有过于斯二者，湮没不传，不知凡几？当亦山之至不幸者矣！于人亦然。乡之先达，若孙淮海、谢芳亭、丘若木、杨龙友，人各有集，唯越公卓凡，尤刻意古人，不愧一代作者，然皆不务时名，宇内不周知。兼以兵火频仍，遗稿散失，其不至同山之不幸湮没几何？[1]

总之，黔中远处"天末"，地域环境之客观局限和中土主流文人以地论文、因地废人的主观偏见，致使黔中士子的求名愿望和不朽追

---

[1]《黔南丛书》第三集《江辰六文集》卷四，贵阳文通书局铅印本。

求遭遇严重挫折。强烈的求名愿望与尴尬的求名处境之间构成巨大的张力，黔中文人因而转向内在的自我奋发，通过自身的努力，托诸笔下的文字，以传承自己的生命精神，实现自身的不朽价值，体现在文学活动中，就是有强烈的诗史意识，具体的呈现就是对以诗存人、以诗存史、以诗存事的自觉追求。

"世间何物能千古，只有诗文一两行"，[1]以诗存人，诗以人传，在诗与人之间，黔中古近代文人以人为中心，传诗的目的是为了传人，诗歌因人而传，甚至诗之工拙亦在所不论，传人才是其主要目的。如郑珍《订溆浦舒氏六世诗稿序》说："诗果足重乎哉！欲知其人，藉以见其声貌而已。为子孙尤当常常见祖父之声貌也。""诗又在多乎哉？多而且美善者，一代盖不数人，此数人亦不出于一家，而与并时者或有诗焉，或无诗焉，有诗欲得以想其人。子孙得藉见祖父声貌，以追武其为人，足矣。""令先世之声貌尽在此矣，其格致虽不同，要同具忠孝勤悫之气，是乃所以世有诗存也。为子孙能同具祖父之气，诗之存独此六世乎哉？然而独诗乎哉？"[2]按照郑珍的看法，诗不足重，所重者乃其人；诗不在多，传其人之声貌足矣。此非郑珍个人之私见，大多数黔中文人对诗与人之关系，皆持这种观点。如傅龙光为同乡宋世裕《吟我诗集》作序说："先生虽不藉诗而传，而读此诗者亦可藉以知先生也已。"[3]明言宋氏"不藉诗以传"，传宋氏诗之目的是为了传其人，是为世人通过其诗以知其人。又如蹇谔为萧光远《鹿山杂著续编》作序说："后之读是编者，即丈之言以知丈之德，法丈之行，而不徒工于格调字句间，其为学术人心之幸，不尤巨哉！"[4]萧光远

---

[1] 吴中蕃：《寿景怪叟》，《黔诗纪略》卷二十九第1187页，贵州人民出版社1993年版。
[2] 郑珍：《巢经巢文集》卷四，《郑珍集·文集》，贵州人民出版社1994年版。
[3] （民国）《贵州通志·艺文志》卷十四第580页，贵州人民出版社1989年版。
[4] （民国）《贵州通志·艺文志》卷十二第506页，贵州人民出版社1989年版。

为蹇谔《秦晋游草》作序亦说：

> 余惟《三百篇》以来，遥遥数千年间，凡为竞传篇什，使人反复咏叹而不能置者，其人虽显晦常变不同，类皆以忠孝节概，足以争光日月。因觉其所为，益字字可爱，不必言陶、谢、杜、韩也。……忠孝节义本也，文章末也。读其诗，想见其人，吾之所重一士(蹇谔字)者，仍在彼不在此。[1]

如此言论，在今日看来，确有迂执之嫌，即使在当时之中土人士看来，亦未必妥当。但是，从当时黔中文士的口中说出，又确是肺腑之言，绝无丝毫虚矫之态。

传诗是为传人，写诗亦是为了存人。黔中文人在自述写作之动机时，通常不存刻意做诗人的目的，往往是希求以诗存人。如黎恺《石头山人遗稿自序》说：

> 余非能诗也，其所以作诗者，纪事也。纪我所历之年，所游之地，所处之境，所行之事而已。亦非存诗也，其所以不付诸灰烬者，将以示我子孙也。存吾诗而使我子若孙读之，知我非富贵福泽人，非清闲之流亚，溪刻之品行也。如此，当必猛然思，惕然警，念我生之不辰，而为我干蛊也。又使其读吾诗，而操心虑患，植品修行，不以荣华攫其心，不以贪刻行其志，不以委靡惰其身，不以酒色迷其性，时时惕厉，思为名教正人。即幸而显达出仕，尚廉朴，矢公忠，无论尊官散秩，勉作良臣。庶几匡余不逮，上配前光，以释余之耿耿，则今日存诗之志也。[2]

其作诗、存诗之目的是为了存人、传人，此篇序言说得甚为清楚。作诗存人、存诗传人之旨，赵懿、赵怡兄弟说得更明白，赵懿《剑谷集

---

[1] （民国）《贵州通志·艺文志》卷十六第733～734页，贵州人民出版社1989年版。
[2] （民国）《贵州通志·艺文志》卷十六第687～688页，贵州人民出版社1989年版。

自序》说：

> 夫文字犹子也，才与不才，俱关骨肉，非有大故，遽令绝乎？予不忍尽弃而存之者，亦予之筋骨声息，笑默语作皆见此也。自人视之，或亦知剑谷之山，山之人有高歌长啸者乎？[1]

赵怡《汉鳖生诗前集自序》说：

> 夫诗犹子也，其灵蠢成败不自可知，而其骼气血脉与吾生息息相关切，漫弃之，殊无谓也。[2]

另外，陈灿《知足知不足斋诗存自序》亦说：

> 吾诗虽无多，而每一展阅，则数十年来穷达之阅历，险夷之遭际，因事因人之寄兴，感时感物之抒怀，情文相生，如梦如昨，尚有略见梗概者，固未忍任其湮没也。……孔子删诗，上自朝庙君王之歌咏，下迄里巷劳人思妇之讴吟，靡不兼收博采，皆即所谓"言志"、所谓"道性情"者也。今余既不能诗，而犹以是编付印者，亦即此旨也。[3]

陈灿自称"不能诗"，如黎恺自称"非能诗"一样，或是自谦之辞，但其存诗之目的或动机，可能的确不是为了展示诗艺，而是为了以诗传世，追求以诗传人。

作诗是为传人，传诗亦是为了传人。因此，黔中文士进一步认为，

---

[1] （民国）《贵州通志·艺文志》卷十七第794页，贵州人民出版社1989年版。
[2] （民国）《贵州通志·艺文志》卷十七第806页，贵州人民出版社1989年版。
[3] （民国）《贵州通志·艺文志》卷十七第796页，贵州人民出版社1989年版。

诗歌之流传往往不是因为诗歌艺术水平本身的高低，而是因为写诗之人的功业与德行。如李受彤《夷牢溪庐诗钞序》论诗之传与不传时说：

> 历代之诗人踵出其间，或传或不传，或偶传而不能久传，不传人不能强之，传之不能尼之。不传者弗论已。其传者，由其精神可以十世百世也。其精神所由十世百世者，必其读书得间，论古有识，抉经史之粗，咀百家之腴，而又即千古之治乱兴衰、身世穷通，忧乐所得之阅历，上而圣贤，次而忠臣孝子，下而愚夫愚妇之性情，参之无不合，于是藉物起兴，遇事致慨，而一发之于诗。……诗之传与不传，与作诗之能事，大率如斯而已。[1]

潘淳在为其曾祖父潘润民《味澹轩诗集》作跋时亦说：

> 今读《味澹轩诗》，不事浮华，独根至性……其足以行远，夫复何疑？或以篇什太少为公惜，予谓唐睢阳旷代伟男子，学尤该洽，而所传诗篇寥寥，不闻以是病睢阳者。颜鲁公书法，有唐岂无颉颃之人？独鲁公偶一起草，而后世珍同球璧；蔡京书侪苏、黄，以其奸回，当世黜京而进蔡襄，元祐党籍一碑，只留供后人唾骂。士无功德之可称，而区区以文艺猎名，读《味澹轩诗》，可以憬然悟矣。[2]

曾任督黔学使的华亭人王奕仁在为《味澹轩诗集》作序时，亦说过类似的话：

> 诗以人传，不在多也。黔中前辈不乏能诗，然非有政迹彪炳人间，能为桑梓捍大患、救大灾，树不可一世之功，则其人不传，其诗亦不久澌灭，

---

[1]（民国）《贵州通志·艺文志》卷十七第802页，贵州人民出版社1989年版。
[2]（民国）《贵州通志·艺文志》卷十四第563页，贵州人民出版社1989年版。

求一二垂之后世，使后之人捧读而俎豆之，不可得也。[1]

言下之意很明显，诗歌只是一种载体，关键在于作诗之人的功业和德行，诗人的德行和功业借助诗歌这种载体而传世，以实现其不朽之人生价值。

黔中古近代诗人以诗传人、以诗存史、以诗纪事的观念，实际上就是一种诗史观念，这种观念最突出表现在黔中古近代文人于地域性诗歌选集之编纂上。如莫绳孙在《黔诗纪略卷首题记》中，转述其先父莫友芝编纂《黔诗纪略》之意图说：

先君尝言：吾黔自军兴十余年以来……自余府、厅、州、县数十，残破千里，人民能子身脱难者，百不一二，何问文献？是编若仅论诗，则孙、谢、杨、吴诸家以降，应录殊少，是固不能无桑梓之私。[2]

的确，《黔诗纪略》一书所录，真正堪称诗人者，仅有孙应鳌、谢三秀、越其杰、杨文骢、吴中蕃等数人而已，其他存诗数十篇者，亦仅占少数，绝大部分作者皆仅存数篇而已，很难称得上是自成一格的诗人，所以，"若仅论诗""应录殊少"，确是实话。然而，莫友芝经历千辛万苦，费尽心力编纂《黔诗纪略》，不厌其烦地存录仅存数篇作品的作者，其动机很明显，就是因为经历了战乱的黔中，仅有的少部分文献亦多半毁于战火，故其不厌其烦地辑录难以称得上是诗人的孤篇残句，就是为了存人、存史、存事，就是为了传承黔中地域文化和地方文献，建构黔中地域人文传统。简言之，用莫氏的话说，就是因为"桑梓之私"。

---

[1] 《黔诗纪略》卷十二第472页，贵州人民出版社1993年版。
[2] 《黔诗纪略》卷首，贵州人民出版社1993年版。

为实现存人、存史、存事之目的，迄今所见黔中明清以来的地域性诗歌选集，基本上皆是采用元好问《中州集》的做法，因诗存人，因人存诗，以诗纪事，以诗存史。据现存文献考察，最早采用这种编纂方法的，是傅玉书的《黔风录》。其《自序》说：

> 庚午，稿初脱，陈笠帆方伯、翁凤西廉访、狄次公观察三先生见之，皆曰：此则黔中文献考也。而廉访更举以人存诗、以诗存人之义为诲，去取之际，盖加详焉。[1]

应该说，翁元圻建议傅玉书用"以人存诗、以诗存人"的方法编纂《黔风录》，这个建议完全符合黔中古代文化现状之实际。简言之，就是企图通过编纂诗歌选集，传承黔中地域历史、文化和文学，建构黔中地域人文传统，重塑黔中地域文化形象。自此以后，《黔风录》这种编纂方式，便成为黔中文人编纂地域性诗文选集的主要方式。如郑珍自述其编纂《播雅》之旨趣说：

> 例皆仿元裕之、沈客子遗意，或因诗存人，或因人存诗，或因一传而附见数人，或因一诗而附载他文，按及他事。要据前钞（引者：即《遵义诗钞》），略备一方掌故。体非选诗，必可准绳；亦非征诗，必侈人数。[2]

郑珍的意思说得很明白，编纂《播雅》，既非"选诗"，亦非"征诗"。或者说"选诗"和"征诗"不是编纂《播雅》的主要目的，而是通过"选诗"和"征诗"这个途径，因诗存人，因人存诗，以诗纪事，实现"略

---

[1] （民国）《贵州通志·艺文志》卷十八第847页，贵州人民出版社1989年版。
[2] 郑珍：《播雅引》，黄万机等点校《郑珍全集》七《播雅》卷首第5页，上海古籍出版社2012年版。

备一方掌故"之目的。通过"选诗"和"征诗"以存人、存诗,以"略备一方掌故",之所以显得如此重要,就是因为古代黔中地区的人与事不为外人所知所重,故有渐趋消亡之可能,亦长期处于被描写、被忽略、被轻视的状态。所以,要用这种方式去传承它,彰显它,进而实现重建地域人文传统和人文精神的目的。故唐树义《播雅序》说:

> 预是选者,人系以传,传纬以事。凡贤哲出处、政治、学术、议论、著录,与夫山川、疆域、要害、名胜、风俗、物产,莫不博证旁见。著旧掌故,略赅备焉。匪直以诗而已,其用意可不谓勤哉![1]

莫友芝在《播雅序》中称道说:

> 昔胡道南讥世之选家,坐取诸家,录其擅名及子孙方贵盛者为冠冕,单门逸响附载一二,但略去取,已哀然大集。至问集中诸公风格高下,诗学源流,辟草莱,主坛坫,相羽翼各几人?选者、读者皆茫然。若吾子尹之为此编,存人存诗,一用裕之《中州》法,人不得诗,牵连旁附,渊源流别,丝穿绳引,郡之山川风土、疆里沿革、旧城残垒,有所钩核,亦参他例,并藉书之。其搜订之勤,别裁之审,一展卷而曩昔若存若亡之文献,烂然表暴于后人之耳目。道南之讥,庶几免夫?[2]

又如黎兆勋辑选黎平诗歌选集为《上里诗系》三卷,其自序说:

> 黎平文治,自明季已昌,科甲之盛亦与他郡相埒,而诗教则未大启,

---

[1] 唐树义:《播雅序》,黄万机等点校《郑珍全集》七《播雅》卷首第3页,上海古籍出版社2012年版。
[2] 莫友芝:《播雅序》,黄万机等点校《郑珍全集》七《播雅》卷首第7页,上海古籍出版社2012年版。

> 谓之无诗也亦可。今持先河后海之义，编次三卷，以揭黎郡文字之权舆，且以表朱烈愍、何忠诚两公之精忠大节，盖其赫赫待传者，尤重于诗也。有重于诗，则不容或失，虽无诗亦必录，矧其所遗者不尽无诗耶？

对于"诗教未大启"，甚至"谓之无诗也亦可"的黎平，为何还要为它编选诗集呢？黎兆勋说得很清楚，就是为了"表朱烈愍、何忠诚两公之精忠大节"，以诗存史、以诗传人是黎氏编选《上里诗系》的主要目的。所以，他说：

> 是编所录，因诗存人，因人纪事，藉以考诗文于十之一二而已。虽非备录之书，实无传疑之误，故每得一断烂篇章，夷考其姓氏，介在若灭若没之间，未尝不审定确实，始录其文人也。[1]

又如赵旭、赵彝凭父子辑录《桐梓耆旧诗钞》，赵彝凭序说：

> 孔子删定国风，是为总集之始，其录二南而兼及曹、桧，定见巨细不遗。以后编录一州一邑者，尤指不胜屈，大概以人存诗，如吴师道之《敬乡录》；亦以诗存人，如元遗山之《中州集》。况吾桐两代离乱，大半忠贞之士而可听其淹没也耶？

《诗钞》就是采用"以人存诗""以诗存人"的方法传承桐梓"忠贞之士"的精忠大节，并进而激励桐梓后学，"各就兴群观怨之旨，成声名文物之邦，不等诸自桧以下"。[2]

采用以人存诗、以诗存人的方法编纂诗选，最能体现黔中文人之

---

[1] （民国）《贵州通志·艺文志》，卷十八第861页，贵州人民出版社1989年版。
[2] （民国）《贵州通志·艺文志》卷十八第862页，贵州人民出版社1989年版。

诗史意识，对后世发生重大影响，确能堪称黔中古近代诗史的，是莫友芝的《黔诗纪略》和陈田的《黔诗纪略后编》。关于《黔诗纪略》，据莫绳孙《黔诗纪略卷首题记》说：

> 其书因诗存人，亦因人存诗，旁征事实，各系以传，而大要以年为次。无诗而事实可传，文字有关暨山川可考者，相因相见，按以证之。国朝人文字足备掌故者，间附录焉。[1]

《黔诗纪略》有诗选和传证两部分，采诗工作主要由黎兆勋承担，传证则由莫友芝完成。关于采诗，以"因诗存人，因人存诗"为宗旨，而不以诗之优劣、高下为去取，如莫友芝所说："是编若仅论诗，则孙、谢、杨、吴诸家以降，应录殊少。"明知"应录殊少"却还要辑录，是因为"桑梓之私"，是为了"足备掌故"。采诗是如此，传证更是以存人存诗为旨归，所以要"旁征事实，各系以传"，即使无诗可传而其事实与其他诗人有牵引挂联者，亦"相因附见"；作为一部明代黔中诗歌选本，间或将清朝人"足备掌故"之文字亦酌情录入，就是为了最大限度地增加该书的信息量，实现录诗存人、纪事纪史之目的。

如卷一张谏"传证"，张谏为黔中有明"有进士之始"。"传证"于此采用"相因相见"之法，述赤水进士名单："明贵州有举人始于永乐辛卯，甲午附云南、四川乡试之刘宏、廖沉，而孟弼（张谏字）为有进士之始。自是人物汇起，而赤水为盛，其相次成进士者：天顺元年则陈迪，八年朱谦，成化八年茅宏。迪、谦、宏并官御史，有声。谦擢江西佥事，吏民不敢干以私，复有真宪臣之目。今宏、沉、迪、谦、

---

[1] 《黔诗纪略》卷首，贵州人民出版社 1993 年版。

宏诗俱无传,惟孟弼犹存一篇。"[1]刘宏诸人无诗而事实与张谏有牵连,故"相因附见";因张谏唯一的一首诗《望古》入选《纪略》而与其有牵连的数人之行迹得以传世,此乃"因诗存人";因述及张谏其人而略述黔中古代科举情况,此乃"因人纪事"。

又如卷一录詹英《回星节》诗一首,莫友芝"旁征事实"为詹氏立传,然后"相因附见"说:"秀实(詹英字)后,贵州宣慰人以校官参戎幕者,复有范府,字季修……今《唐山》《止庵》两集俱失传,惟见秀实一诗、一疏而已。"[2]

又如卷一称林晟以卫官而好文,然后"相因附见"说:"是后,为卫官以文著者,贵州卫则有陈铣、杨仁,新添则有何自然、邱润……"[3]一共列举了十六人,且一一介绍其生平经历。

又如卷十称王蕃不求仕进而善作诗文,接着便列举说:"明代贵州布衣隐居著述不求闻达者,自一瓢(王蕃号一瓢道人)而外,则贵阳王璘、汪成、顾璇……"[4],一共列举了十三人,亦一一介绍其生平行状。

又如卷三十称黄都不求仕进而善著文,便列举说:"当是时,有文而隐者,都同里何三凤、平越杨光夔……"[5]一共列举了四人,亦简述其生平。此类例子甚多,略举上述数例以明《黔诗纪略》采诗和传证之旨趣。

《黔诗纪略后编》仿《黔诗纪略》体例,由莫芷升、黎受生辑录黔中清代诗歌,陈田传证。其编纂旨趣,据陈夔龙《黔诗纪略后编

---

[1] 《黔诗纪略》卷一第10页,贵州人民出版社1993年版。
[2] 《黔诗纪略》卷一第15页,贵州人民出版社1993年版。
[3] 《黔诗纪略》卷一第27页,贵州人民出版社1993年版。
[4] 《黔诗纪略》卷十第400页,贵州人民出版社1993年版。
[5] 《黔诗纪略》卷三十第1224页,贵州人民出版社1993年版。

序》说：

> 给谏（陈田官名）笃念维桑，聚三百年来黔人诗卷，罗列于一篇，或仿高仲武之评，或掇元裕之之传，使巨人长德与夫山林遗逸，各以生平著纂、遗事佚闻传播于风微人往而后。后之览者因其诗以考其人，虽学行华实各具造诣之不同，要皆有行事篇章与后人相质证，而不致有飘风过耳之感，为欧公所云者。[1]

与《黔诗纪略》一样，借录诗以存人存事存诗存史，有明显的诗史意识。

与异域文化相比，黔中明清文人的不朽观念和诗史意识相当强烈。因为地域环境的拘限，使其不朽追求和求名愿望受到挫折，故而激发其对文字书写的热情，形成以诗存人、因人存诗的创作意识，并以此实现其不朽追求。由个人的不朽观念推广开来，积淀成一种集体意识，产生群体自觉，形成一种地域文化之不朽观念，以《黔风录》《播雅》《上里诗系》《桐梓耆旧诗钞》《黔诗纪略》《黔诗纪略后编》等为代表的地域性诗歌选集之产生，以及大量地方志作品的编撰，就体现了这种群体不朽观念。而其诗歌选集之编撰，基本上无一例外地采用以诗存人、以诗纪事、以诗存史的方法，则充分体现了黔中古近代文人特别强烈的诗史意识。所以，黔中古近代文人，无论是费尽心机地建构颇显单薄的本土人文传统，穷心尽力地弥合本不联贯的地域文统和道统；还是孜孜不倦地搜集、整理和刊刻黔中地域文献，编撰地域性诗歌选集和撰著地方志；抑或是以诗存人、因人存诗的不朽追求与以诗纪事和以诗存史的诗史观念，皆表现了他们对地域人文传统之体认和建构的热情，以及包括个人

---

[1] 《黔诗纪略后编》卷首，清宣统三年陈夔龙京师刻本。

和群体在内的传世意识。因此，与其他地域相比，黔中古近代文人的不朽意识、诗史意识和传世意识，尤其强烈。之所以如此，作者认为，这与黔中地域环境有关，与黔中地域文化长期以来所处的被轻视、被忽略和被描写的状态有关。地域上不边不内的边省位置，文化上的被忽略和被描写状态，致使黔中地域和文化普遍被域外轻视，因被轻视而激发了黔中士子强烈的自尊意识。通过梳理地域学统和文统，整理刊刻地方文献，建构地域人文传统，变"他者"描写为"我者"描写，改变被轻视和被忽略的状态，重构地域文化形象，增强地域文化自信心，是黔中古近代文人特别留心的文化建设工作。

综上所述，作者认为：传播因素对作家在当代文坛地位和文学史上之地位的影响，是相当明显的。因此，文学研究，不仅应当研究作者和作品，亦必须研究读者；不仅应该研究文学生产，亦必须研究文学消费和文学传播。黔中地理环境和地域区位，不仅对黔中文学的生产有重要影响，而且对黔中文学的消费和传播有直接影响。这种影响，不仅表现在黔中文学的域外传播上，亦体现在域外文学在黔中地区的传播上，还体现在黔中古近代文人的诗史意识上。

第三章 边省地域与黔中地域文化和文学的创新精神

　　创新精神是文化和文学发展的动力源泉，一种文化或文学只有不断地被注入新鲜血液，处在有竞争压力的环境中，不断面临分裂性的挑战，或者常常进行危机性反省，并由此激发出创新精神，才能日新月异，充满生机和活力。封闭和保守的文化必将日趋萎缩，逐渐丧失生命力，最终走向死胡同。开放和创新的文化则能日新月异，保持旺盛的生命力。

　　文化创新的主体是人，是作为主体的人发挥自己的创新精神，给文化注入生机和活力，从而推动文化的发展和创新。然而，人总是生存于特定的地域环境、社会环境和文化背景中，他的创造能力的大小与创新精神之强弱，除了与其生存的社会环境和文化背景密切关联外，还与其赖以生存的地域环境有紧密关系。学术界关于人的创新能力的研究，比较注重的是人本身的创造思维及其所处的社会、人文环境等方面的因素，而于地域环境对人的创造能力和创新精神的影响，则是略而不论，或是语焉不详。在本章，作者以黔中古近代文化和文学为例，讨论黔中地域环境对地域文化和文学之创新精神的影响，探讨边省地域与创新精神之关系，为学术界广泛关注的"边缘活力"论提供一个实证。

一、但开风气不为师："边缘活力"与艺术创新

1. 中国文学史上的"边缘活力"

"边缘活力"作为当代文化研究的一个重要学术概念和文学研究的中心话语，是由著名学者杨义率先提出和展开讨论的。杨义认为：文化和文学的发展皆有一个内在的动力学系统。他将边疆的、边缘的文化动力，命名为"边缘活力"，认为这是文化动力学结构系统中的决定性力量。他说：

> 边缘文化不是只会被动的接受，它充满活性，在有选择接受中原影响的同时反作用于中原文化。少数民族的文明、边疆的文明往往处在两个或多个文化板块结合部，这种文明带有所谓原始野性和强悍的血液，而且带有不同的文化板块之间的混合性，带有流动性，跟中原的文化形成某种异质对峙和在新高度上融合的前景。这么一种文化形态跟中原发生碰撞的时候，它对中原文化就产生了挑战，同时也造成了一种边缘的活力。[1]

在文学发展的动力系统中，最值得注意的是少数民族文学和民间文学，他说：少数民族文学和民间文学作为重要的、有机的精神文化领域，在过去的主流文学话语中，只是一种边缘性的文学形态。但正是这种边缘文学，它们丰富多元，千变万化，总是处在不稳定的流动

---

[1] 杨义：《从文学史看"边缘活力"》，《人民日报》2010年2月26日。

状态，因而极具活力，能够源源不断地为中国文学注入新的生机，成为文学发展的主动力。[1] 杨义慧眼洞见文化和文学发展之动力系统中的"边缘活力"问题，的为确论，故一经提出，即引起学术界的广泛关注，成为当代文化和文学研究中的一个核心概念和重要视角，一些重要的学术话题由此引出，一些众说纷纭的问题由此得到有效解释。

"边缘活力"的重要表现之一，就是边缘地区的文化和文学，相对于中土地区来说，更具创新性和开放性。这种现象，在中国文学史上有明显的表现。纵观中国文学发展史，我们发现，大部分独创性强、富于浪漫精神，能开创一代新风气的作家，多来自民间或者边省，尤其是来自荆楚或巴蜀文化区，如屈原、司马相如、陈子昂、李白、苏轼、郭沫若等。浪漫精神与艺术创造犹如一物之两面，创造性是浪漫精神之核心，浪漫精神是激发创造性的前提。一个富有浪漫精神的作家，往往就具有比较旺盛的创造能力。反之，创新意识强的人，往往不是倾向于现实理性而是热衷于浪漫激情。如屈原这样一位极具浪漫精神的作家，远离中原主流文化，在楚国民间文学之基础上，创作出与中原主流文学迥然不同的"楚辞"文学，影响了汉代四百年乃至整个古代中国文学的创作，其创造性和影响力，无与伦比。又如，汉代四大赋家，巴蜀地区就占两位（司马相如和扬雄），再加上一个创作《洞箫赋》的王褒，边省文人几乎占去汉赋创作的半壁江山。此种现象，值得巴蜀文化研究者关注。更值得巴蜀文化研究者重视的，是中国文学史上影响最大的最具浪漫精神因而亦是最有创造性的几位作家，如前述司马相如、陈子昂、李白、苏轼、郭沫若等人，均来自于地处边缘的巴蜀文化区。这不是一个偶然的巧合，应当有某种地域文化基因所促成，用杨义的话说，这是一种典型的"边缘活力"。试着设想，

---

[1] 施爱东：《杨义：让边缘活力成为中心话语》，中国民俗学网2007年11月26日。

汉代文学史上如果没有司马相如，进一步说，中国赋体文学史和中国古代文人心灵史上如果没有司马相如，将会是一个什么样的局面？是来自边省的司马相如拓展了赋体，并代表着赋体文学创作的最高水平，还影响着整个古代中国文人的心灵世界。[1]"一代唐音起射洪"，是来自边省的巴蜀才子陈子昂以其慧眼洞悉初盛唐之交中国诗歌发展之症结，以"汉魏风骨"改造有齐梁余风之初唐诗，为盛唐诗歌黄金时代的到来开辟了道路。[2]所以，韩愈《荐士》诗说："国朝盛文章，子昂始高蹈。"还是来自巴蜀的天才诗人李白，以其卓越的天才创造和浪漫激情，以斩断众流的勇气和魄力，创造出中国古典诗歌创作的巅峰时代。没有李白的出现，唐代诗歌、唐代文化必将黯然失色，中国古典诗学亦将失去生机和活力。值得注意的是，与李白双峰并峙并共同推进盛唐诗歌黄金时代到来的诗圣杜甫，亦在四川住了近十年，其诗歌创作技巧之成熟和创造力的充分体现，亦是在边省四川完成的。因此，在一定程度上可以这样说，没有巴蜀文化就没有唐代文化；没有巴蜀才子就没有唐代诗歌。文学史上的"边缘活力"，由此更得一有力之佐证。再说，苏轼之于宋词，郭沫若之于中国现代文学，亦有举足轻重的地位和至关重要的影响，同样以其浪漫激情和天才创造为当时文学创作开创了新局面。由上述现象呈现出来的文学发展规律，即民间或边省文人的艺术创新能力，大大超过中土主流文人，中国文学的每一次重大进展都依赖于边省文人的天才创造，这是值得中国文学史研究者特别注意的现象，亦许只有用"边缘活力"论才能获得合理的解释。

其次，"边缘活力"论可以为古代中国文学体裁的发生发展过程

---

[1] 参见汪文学：《传统中国文人的相如情结》，《博览群书》2008年第9期。
[2] 参见汪文学：《一代唐音起射洪——论陈子昂在唐代诗文革新运动中的机遇问题》，《唐代文学研究》第9辑，广西师范大学出版2000年版。

提供有效的解释。鲁迅曾经指出：古代中国的新文体皆来自民间，大体沿着由民间而庙堂的过程发展。关于这个问题，傅斯年有比较详细的讨论，他说：

> 若干文体的生命仿佛是有机体。所谓有机体的生命，乃是由生而少，而壮，而老而死。……就是这些大文体，也都不像有千年以上的真寿命，都是开头来自田间，文人借用了，遂上台面，更有些文人继续修整扩张，弄得范围极大，技术极精，而原有之动荡力遂衰，以至于只剩了一个躯壳，为后人抄了又抄，失去了扩张的力气；只剩了文字上的生命，没有了语言上的生命。韵文是这样，散文也一般，详细的疏证，待"文体"一章说。这诚是文学史中的大问题，这层道理明白了，文学史或者可和生物史有同样的大节目可观。[1]

可惜傅斯年的讲义是一个未完成的讲稿，"文体"一章未见，所以"详细疏证"就不见下文。不过，他在这里已经讲得很明白了，文体犹如"有机体的生命"，产生于"田间"，在"田间"时有"动荡力"，有"扩张的力气"。到了文人手里，"动荡力遂衰""失去了扩张的力气""只剩下一个躯壳"。换句话说，处于边缘状态时是有活力的，到了中心主流文人手里就逐渐丧失了活力。

的确，在中国古代文学史上，任何一种新兴的文体皆沿着由民间而庙堂、由边缘而主流的历程发展。诗歌是如此，没有国风即无雅颂，没有乐府古诗即无汉魏文人五、七言诗。或者说，庙堂之上的雅颂诗篇是在学习国风之基础上发展起来的，汉魏文人五、七言诗是在仿效乐府诗歌之基础上发展起来的。辞赋是这样，没有边缘文人屈原、司

---

[1]　傅斯年：《中国古代文学史讲义》第7页，时代文艺出版社2009年版。

马相如的创作,就没有汉赋创作的繁荣局面。词、曲、小说亦然,它们最初亦产生于民间,是民间文人的创造,如果没有民间曲子词和民间讲唱文学,中土主流文人亦是无能为力的。古代中国文学文体的发展变迁,似乎昭示了这样一个事实,即任何一种新兴文体皆来自于民间或边缘,中土主流文人只能被动地学习和模仿。一种来自民间或边缘的文体,引起中土主流文人的注意,进而学习和模仿,使其日益精致,渐趋典雅。但是,在日益精致、渐趋典雅的同时,又使其逐渐丧失生命力和动荡力,于是又从民间或边缘吸取另一种新文体来学习和模仿。如此循环往复,一部二千多年的中国文学史,大体上就是这样发展过来的。傅斯年在他的"讲义"中有一段文字讨论"楚辞",就涉及这个问题:

> 楚辞的起源当然上和四言下和五言七言词乃至散文的平话一个道理,最初只是民间流传的一体,人民自造又自享用的。后来文人借了来,作为他自己创作的体裁,遂渐渐地变大规模,成大体制,也渐渐地失去民间艺文的自然,失去下层的凭藉,可以不知不觉着由歌词变为就格的诗,由内情变为外论,由精灵的动荡变为节奏的敷陈,由语文变为文言。……大约篇节增长,技术益工,不便即算是进步,因为形骸的进步,不即是文章质素的进步。若干民间文体被文人用了,技术自然增加,态情的真挚亲切从而减少。所以我们读"大家"的诗,每每觉得"大家"的意味伸在前,诗的意味缩在后;到了读所谓"名家"的诗时,即不至于这样的为"家"的容态所压倒;到了读"无名氏"的诗,乃真是对当诗歌,更无矫揉的技术与形骸,隔离我们和人们亲切感情之交接。[1]

---

[1] 傅斯年:《中国古代文学史讲义》第77~78页,时代文艺出版社2009年版。

一种来自民间或边缘的文体，到了主流文坛之大家名家手里，由"内情"变成"外论"，由"精灵的动荡"变成"节奏的敷陈"，技术上是进步了，但"态情的真挚亲切"减少了，亦就逐渐失去了生命力。

总之，在二千多年的中国文学发展史上，创造新文体、开创新风气的文士，多是民间或者边省文人，中土主流文人一般只能步其后尘，受其影响，吸其滋养。当然，中土主流文人无须为自己仅能模仿学习而自惭，民间或边省文人亦不可因其创造文体和开创新风气而自大。其实，两者之间可以互相补充，相得益彰（详后）。文学史上的繁荣时代，往往就是两者之间相互联动的结果。

2. "边缘活力"与艺术创新

接下来需要讨论的是，为什么边省或民间文人能够开创新风气、创造新文体？为什么文学发展之历史会呈现出如此令人费解的局面？作者认为：此种现象，牵涉文化经验与艺术创造、边缘活力与艺术创新的关系问题。

就艺术创作而言，其生命力之源泉在于创新精神，创新是艺术之生命。比如关于爱情题材，其内容不外乎男欢女爱、相思相慕、调情戏谑、生离死别，其题材本身的内容含量相当有限。但是，无论是古今还是中外，无论是凡夫还是雅士，皆乐此不疲，创作出足够汗牛之名篇佳什，可以预言将来还会不断产生名篇佳什。一个内容含量相当有限的题材，何以经得起历代文人的反复开采和将来文人的继续发掘。其中关键就是艺术家的创新精神，就在于你能否选择一个独特的视角对爱情题材中的某一个情节点作独具匠心的开掘。古今中外的爱情名篇，之所以能传世，皆缘于此。

一般而言，由若干历史年代积累下来的文化经验总是有用的，因为"以古为镜，可以知兴替"；由坎坷曲折之人生经历积累而成的生活经验亦是有价值的，因为它可以避免重蹈覆辙。经验是有用的，但它的适用度是有限的，比如，在科学研究中，丰富的经验积累可以避免少走弯路，尽快达到预期目的，取得预期效果。但是，在艺术创作中，经验的价值却要大打折扣。因为经验犹如传统，它是一种惯性力量，它盘踞在我们的头脑中，往往先入为主，我们甚至常常无法抗拒它的摆布，在经验面前我们往往是被动的。所以，经验具有一定的限制性，它会束缚一个人的创造性思维，限制一个人的创造性活动。大体而言，经验的多寡与创造性的高低是成反比例的，经验越丰富，创新能力就越低；经验越稀少，创新能力就越强。正如意大利哲学家维柯《新科学》所揭示的：没有任何经验的儿童的活动，必然是诗的活动。原始民族作为人类的儿童，其创造的文化包括诗、宗教、语言和制度等，都是通过形象思维而不是抽象思维形成的，因而都带有创造和虚构的性质。因此，其活动是诗的活动，其文化是诗的文化。人类进入抽象思维时代，亦就由童年期进入成年期，形象思维受制于抽象思维，诗亦就失去了原有的强旺的生命力。[1]另外，据英国美学家爱德华·布洛的"心理距离说"，经验总是把事物的同一个面转向我们，突然从另一面，即寻常未加注意的一面去看事物，往往能给人一种启示，而这种启示正是艺术的启示。[2]因此，艺术家成功的秘诀，就是摆脱经验的束缚和抽象思维的拘限，寻求寻常未加注意的另一个独特视角去观照对象，以获取与众不同的感受。明乎此，就能理解西方理论家为何常常认为儿童是天生的艺术家，中国学者讲创作为何尤重童心，古今中外文学大家的代表作为何总是创作于早期而不是晚期。

---

[1] 朱光潜：《西方美学史》（上卷）第334页，人民文学出版社1979年版。
[2] 朱狄：《当代西方美学》第295页，人民出版社1984年版。

所以，要辩证地评价文化积淀和历史经验对人类社会生活的影响和意义，对于以创新精神为生命源泉的艺术创作来说，过于丰富的历史经验反而会带来消极影响，特别厚重的文化积淀因限制了人类创造力之发挥而对于艺术创作有负面的意义。而民间或边省文人，生活在文化积淀不算厚重和历史经验不算丰富的边缘地区，因而尤具活力，尤具开放精神和创新意识。所以，杨义认为：

> 中原文化要维持它的权威性，维持它的官方地位，它在不断的论证和发展过程中，自己变得严密了，也变得模式化、僵化了。这个时候，少数民族的文化带有原始性，带有流动性，带有不同的文明板块结合部特有的开放性，就可能给中原地区输进一些新鲜的，甚至异质的、不同于原来的文明的新因素。[1]

文化积淀太深厚，历史经验太丰富，权威地位得以树立，不再拥有危机性反省意识，自高自大，封闭自守，必然失去创造精神，因而亦必然失去生机和活力，变成僵化和模式的教条。因此，傅斯年的意见值得注意，他说：

> 文化只增加社会的复杂，不多增加社会的质实。一个民族蕴积他的潜力每在享受高等的物质文化之先，因为一个民族在不曾享受高等的物质文化时，简单的社会的组织，即是保留它的自然和精力的，既一旦享受文化之赐，看来像是上天，实在是用它早岁储蓄下的本钱而已。

在他看来，"一个新民族，一旦震于文化之威，每每一蹶不振。若文

---

[1] 杨义：《从文学史看"边缘活力"》，《人民日报》2010年2月26日。

化只能化了他的外表,而它的骨肉还能保存了它的'野蛮',然后这个民族必光大"。[1]这种观点,虽然略有反文化的嫌疑,但不可否认的是,"文化之威"确有制约创造精神的力量,倒是原始的"精力"和"野蛮"的基因能助其发扬光大。

"边缘"为什么具有"活力"？概言之,就是因为"边缘"地区保留着原始"精力"和"野蛮"基因,边缘地区文化积淀不深厚,历史经验不丰富,可以任一己之本性而自由发挥,没有束缚,亦无需有摆脱束缚之挣扎,故尤能藉其原始"精力"和"野蛮"基因,充分发挥其创造精神,所以相对于中土主流文化而言,就尤具活力。戴伟华关于地域文化与唐代诗歌的研究,就揭示了这种现象,他说:"文化认同造成了个性失落而产生诗风的平庸与内容的单一。……边缘诗人不受主流诗坛的影响,不会犯流行病,他们的诗歌或许能在保持旧传统上有别于时流而独树一帜于诗坛。"[2]在深厚的文化积淀和丰富的历史经验构成的强大的传统文化背景上,文化认同是必然的,不是偶然的;是被动的,不是主动的。因此,"个性的失落""诗风的平庸"和"内容的单一"是必然的产物,犯"流行病"亦是意料中的事。所以,朱伟华指出:"中心往往因强大而至自足保守,缺乏危机性反省,'主流性'和'大传统'形成系统稳定的'熵',阻碍新事物的发生。边缘负担少,有多重参照,还常面临分裂性挑战,常会更具活力。中国历史上东汉最具活力的文化基地不是中原而是江陵荆州,南北朝则是凉州,它们都以自身的成果回馈中原,也为下一阶段准备了领袖人才。从较长的历史时段看,任一事物都自有兴衰,政治中心也是不断变换的,往往正是边缘反馈中心,并逐渐造成中心位移。边缘地域的文化

---
[1] 傅斯年:《中国古代文学史讲义》第26页,时代文艺出版社2009年版。
[2] 戴伟华:《地域文化与唐代诗歌》第99页,中华书局2006年版。

和文学发展,由此或可增底气。"[1]"边缘"之"活力"对于社会文化和历史进程之影响,于此可见一斑。

"边缘"之所以具有强大的"活力",除了上述的文化传统和历史经验的"负担少"而外,还在于它经常面临分裂性挑战,往往处于危机性反省中,因而能够产生创造性的适应能力。因为随着文化传播和交流的影响,"'发达'对'落后','现实'对'原始'的介入,当唤起一种觉醒后,会给本地文化文学,提供超越性发展视野和高度。这是因为外来文化进入,必然会产生排斥和抗拒,这种现象往往成为动力,造成一种创造性的适应"。据朱伟华说,"这种千百年历史生态和文明成果的历时沉淀积聚,在一个共时中被激活的时刻,最易产生转型的新文化和文学创新杰作,我国'五四'时期也是如此"。另外,"边缘"之所以具有"活力",还在于它本身具有融旧创新的广阔发展空间,"落后地区'继起'的文学,对人类精神文明成果占有'前沿'与'传统'之间广阔的领域,在现实生活中处于多种社会形态共存的立体空间,有融旧创新后发制人的机会。这种现象的存在,落后地区'继起'的文学,给处于劣势的国家和地区发展文学带来信心和启示"。[2]所以,在一定程度上,落后亦是一种优势,"后发赶超"是有学理依据的。继起的文学,落后的文化比主流文化或先进文化,更具发展潜力,更有发展空间。因为它不仅经常处于危机性反省中,具有创造性适应的能力;而且还处在前沿与传统之交汇点上,具有广阔的发展空间。

基于上述观点,我们便能理解边省文人的创新精神和中土主流文人的因循守旧。在文化上,边省文人犹如人生之童年,拥有一颗不受文化积淀和历史经验束缚的"童心",其所处的边省地区文化相对落后,

---

[1] 朱伟华:《地域文化与地域文学之断想》,《山花》1998年第3期。
[2] 朱伟华:《地域文化与地域文学之断想》,《山花》1998年第3期。

基本不具备或者少有艺术经验，文化积淀和历史经验亦不丰厚，抽象思维亦不发达，故其创作不受经验之约束，其举手投足，一笔一画，皆真情流露，自成佳境，故而能引领艺术发展新方向。中土主流文人犹如人生之中晚年，其所处文化区的文化积淀和历史经验很丰厚，其艺术经验亦很丰富，形象思维受制于抽象思维，渐失"童心"，渐丧"真淳"。因此，其人所受经验之束缚亦尤其严重，故其创作常常陈陈相因，或借鉴边省之作以仿效之，或就某种文体作精致典雅之纵深开掘。所以，相对于边省文人的匠心独运，中土主流文人的确不免因循守旧；相对于边省文人引领艺术发展新方向，中土主流文人仅能适应艺术之新发展。或者说，边省文人之特点是"开风气"，是"但开风气不为师"；中土主流文人之特点是精加工，树典范，是"不开风气自为师"。相较而言，边省文人之创作是新颖的，但因其缺乏艺术经验，所以其艺术技巧是古拙的，甚至是粗糙的，不能作优美典雅、精致华赡的表述，虽然能开创一代新风气，但不能成为一代艺术宗师。中土主流文人虽然缺乏创新精神，但因其拥有深厚的文化积淀和丰富的艺术经验，对艺术技巧的掌握是边省文人无法企及的，故其能作优美典雅、精致华赡的纵深开掘，所以能成为一代艺术宗师。这样的例子，在中国文学史上屡见不鲜，如五言诗，当它还在汉代民间诗人手里的时候，虽然有开创一代诗歌新风尚之伟绩，虽然有"气象混沌，难以句摘"之美誉，但它在艺术上的确不免有些古拙和粗野，后经魏晋文人的学习和模仿，渐成诗坛主流诗歌形式，再经永明诗人和唐代诗人的加工创造，则日趋精致典雅，代表一代诗歌创作的最高典范。七言诗的发生发展过程亦大体如此。一种文体的创作，发展到精致典雅的状态，固然是其最高境界。可是，物极必反，愈是精致，过于典雅，就会逐渐失去生命活力和发展空间，最终退出主流，乃至死亡。于是，一种新兴的文体又从民间吸取过来，如唐宋之交的词，宋元之际的戏曲，又从民间文人那里进入到中土主流文人手里，重复着五、七言诗的发生、发展和衰落历程。事实上，一部中国文学史就是这样发展下来的。

作者在前面说过，中土主流文人无须为自己仅能模仿学习而自惭，边省文人亦不可因其创新精神而自大，两者之间可以相互补充，相得益彰。中国文学乃至中华文明历经两三千年之发展，依然能保持强大旺盛的生命力和经久不衰的影响力，主要原因之一就是得自于两者之间的互相补充，民间文化为主流文化提供活力，主流文化对民间文化进行加工和提升。于此，杨义的观点值得注意，他说：

> 中华文明之所以具有世界上第一流的原创能力、兼容能力和经历数千年不堕不断的生命力，一方面是由于中原文化在领先进行精细创造的过程中，保持着巨大的吸引力和凝聚力，另一方面是丰富的边缘文化在各自的生存环境中保存着、吸收着、转运着多姿多彩的激情、野性和灵气，这两个方面的综合，使中华文明成为一潭活水，一条奔流不息的江河，一个波澜壮阔的沧海。

他将这种相互补充关系称为"内聚外活"的文化力学结构，认为"中华民族共同体里少数民族文明跟汉族文明之间，存在着共生性、互化性和内在的有机性，共同构成一个互动互化的动力学的系统"，"惟有把握这种'内聚外活'的文化力学结构，才能在精微处梳理出中华文明及其文学发展的内在脉络"。[1] 作者进一步认为，唯有边缘文化与中原文化的相互补充，彼此激荡，才能相得益彰，进而凝聚成中华文化的强大生命力，使其历经两三千年的发展而经久不衰。

---

[1] 杨义：《从文学史看"边缘活力"》，《人民日报》2010年2月26日。

二、黔中地理环境和地域文化蕴含着丰富的创新基因

如前所述,创新的主体是人,而人总是生活在特定的地理环境和文化背景中。所以,地理环境和文化背景往往会对人的创新精神发生重要影响。或者说,是地理环境和地域文化本身所蕴含的创新基因,铸就了生活于其中的人的创新精神。边省黔中的地理环境、地域区位、制度特点和地域文化,均蕴含着丰富的创新基因,正是这种创新基因决定了黔中地域文化和文学的创新精神。

1.黔中地理的开放性、立体性特征蕴含着创新基因

黔中地理环境的开放性和立体性特征,使其蕴含着丰富的创新基因。黔中地理环境的开放性特点,主要体现在以下几个方面:

首先,黔中地理环境的开放性特点,表现在它的河流走向上。黔中河流多发源于西部和中部,顺地势向北、东、南三面分流,呈扫帚状分布,分别注入长江水系和珠江水系。大抵在苗岭山脉以北,牛栏江、横江、乌江、赤水河、綦江、沅江、清水江、潕阳河等,均归于长江水系;苗岭山脉以南,北盘江、南盘江、红水河、都柳江等,均属珠江水系。乌江、赤水河、清水江、潕阳河、北盘江、南盘江、红水河、都柳江等黔中主要河流,均流向境外,是黔中与四川、湖南及两广的主要联系纽带,这便形成内部联系不紧、向外开放有余的地理格局。[1]

其次,黔中地理环境的开放性特点,还体现在它是"割楚、粤、川、滇之剩地"拼合而成的地理特征上。明朝黔中建省,将原属湖南、广西、四川、云南的部分地区划出归并为贵州地域。亦就是说,黔中地区缺乏像四川或云南地域那种先天的整体性和一致性,地域的拼合所导致的直接结果,就是文化上的拼合。因此,黔中文化实际上就是由湖湘

---

[1] 参见张晓松:《山骨印记——贵州文化论》第5页,贵州教育出版社2000年版。

文化、粤文化、滇文化、巴蜀文化拼合而成，是一种多元共生的文化，因此亦是一种开放型的文化。[1]

最后，黔中地理环境的开放性特点，又体现在它于西南政治军事版图的通道位置上。明清时期，中央王朝在经营西南边疆时，黔中作为一个重要军事基地的战略地位逐渐显现，因此而成为中央政府经营西南的军事重镇和要冲之地，是内地通往云南的必经之道，亦是中国通往东南亚的必经之道。国际国内战略通道地位的确立，亦使其地域区位呈现出明显的开放性特点。

地理环境和地域区位上的开放性特征，导致其地域文化上的开放性特点。黔中地域文化的开放性特点，直接影响就是导致凝聚力和向心力不强大，缺乏地域认同和文化认同，致使本土内在发展动力的弱化。但是，从另外一个角度看，这种地理上的开放性所导致的文化上的开放性，正是其创造活力和创新精神之命脉所在。一般而言，开放就意味着对异域文化的兼容并包，吸纳异域文化之新生命以激活本土文化的创新活力。有异域文化的冲击，才能激活本土文化的创造力。所以，开放必然激发创新，魏晋玄学、宋代理学、"五四"新学的产生，皆是如此。封闭就意味着拒绝，拒绝吸纳异域文化，本土文化缺乏外来文化的冲击，缺乏异域文化的激发，必然渐趋保守，乃至死亡。甚至过度的文化认同亦有它的负面价值，因为文化认同必然导致文化流行病的盛行，即如戴伟华讨论唐代文学时所说，"文化认同造成了个性的失落而产生诗风的平庸与内容的单一"。[2] 所以，文化认同的过度发展必然导致封闭与保守，必然制约创造活力和束缚创新精神。黔中地理和文化上的开放性特征，黔人本土文化认同感的弱化，正是

---

[1] 参见本书第一章之第二节"大山地理：黔中地理特征与地域区位"。
[2] 戴伟华：《地域文化与唐代诗歌》第99页，中华书局2006年版。

其创造活力和创新精神的根源所在。

黔中地理的又一个显著特点，就是它的立体性。在这里，"跬步皆山""苍山如海"，山高谷深，河网密布，溪流纵横，百里之内，此燠彼凉，天气多变，乍寒乍暖，植被多样，种类繁多，在地形、气候、植被等方面皆呈现出立体化特征。正如张晓松所说："贵州山地区域的总特点是：'立体多样，纵横分割'，这样的立体垂直多样的地形地貌又为贵州带来了立体垂直多样的气候及物产格局。立体的地形、立体的气候与立体的物产之间相互作用的生态圈，是贵州文化形成的极为重要的基础。"[1]

地理环境上的立体化特征，导致其气候、物产上的多样性特征，亦使其风俗和文化呈现出多元化特点。"十里不同天"带来的是"十里不同俗"；山高谷深的阻隔，使其文化风貌亦迥然不同，呈现出丰富多彩、个性鲜明的特点。地理环境和风俗文化上的多元化，使黔人长期以来生活在复杂多样的地理环境中，涵蕴在丰富多彩的风俗文化氛围中，从而培养起丰富的想象力和创造力。

一般地说，想象力是创造力的动力源泉。想象力的大小与创造力的强弱成正比例关系，想象力丰富的人，其创造能力和创新精神亦相应地比较发达。想象力实际上就是一种超越现实羁绊和世俗束缚的能力，现实的往往是合理的，世俗的常常是获得普遍认同或约定俗成的，因而常常是保守的或封闭的，所以往往成为创新的羁绊和新变的束缚。想象力的突出表现就是突破这种羁绊和束缚，就是要超越这种合理的现实和世俗的约定。想象力对现实世界和世俗观念具有破坏性，这种破坏性，实际上就是创新精神；想象力就是对现实世界或世俗观念的破坏力，这种破坏力，就是创造能力。所以，想象力是创造力的动力

---

[1] 张晓松：《山骨印记——贵州文化论》第7页，贵州教育出版社2000年版。

源泉。

那末，想象力又是如何被培育或激发出来的呢？作者认为，想象力的大小，除了与个人本身的质性特征有关外，还与其生存的地理环境和文化背景有关。想象力需要新与变的刺激，因新而变，因变而新，如此才能超越现实世界和突破世俗观念。所以，新奇的、变化多端的、丰富多彩的环境，最能激发人的想象力；单调的、陈旧的、不变的环境，往往会制约人的想象力。比如，与中原文士相比，江南才子的想象力就比较发达，因为江南地区的佳山秀水，变化多端，新奇秀丽，故能激发江南才子的浪漫精神、想象能力和创新意识。中原地区，平原旷野，一望无际，单调乏味，缺乏引人遐思的触媒，故中原文士的想象力和浪漫精神皆不及江南才子。黔中地区具有立体的地形、多样的气候、丰富的物产，乃至有多元的风俗、文化，其立体性、丰富性和多元性，就是新与变，所以最能刺激人的想象力，故而最能培育人的创造能力和新变精神。

2.黔中地域文化的包容性特征蕴含着创新基因

在黔中地区，不仅其地理环境蕴含着丰富的创新精神，而且其地域文化亦蕴含着丰富的创新基因。古代黔中地域文化的创新基因，首先在于黔中文化是一种边缘文化，文化积淀和历史经验不丰富，较多地保留着原始的"精力"和"野蛮"的基因，因而更具活力，尤能创新。关于这个问题，是所有边缘文化的共性，前已述明，兹不赘论。需要特别加以说明的，是黔中文化的包容性中所蕴含的创新基因。黔中地域文化的包容性，主要体现在文化上"五方杂处"的特征和制度上"土流兼治"之特点两个方面，这两个方面都为黔中地域文化的创新精神留下了广阔的发展空间。

关于黔中地域文化"五方杂处"的特点，作者在第一章讨论黔中地域文化之特性时，已经指出：古代黔中地区一直没有能够形成一个经济文化中心，从未产生过一种大范围、高度集中的强势文化，一直没有形成一种特色鲜明、个性充分、身份特别的地域文化。古代黔中地域文化最大的特点就是杂，所以，学者称黔中文化为"拼合的文化"，为"多元共生"的文化，为五方杂处、融而不合、合而不同、多元一体的文化，具有明显的边缘性和过渡性特点。因此，黔中地区亦被学者称为"文化的交角"或"各文化的连接带"。古代黔中地域文化"五方杂处"的特点，主要表现在以下三个方面：

第一，古代黔中文化是由周边各地域文化拼合而成，是"拼合的文化"，具有"五方杂处"的特点。古代黔中之建省，是"割楚、粤、川、滇之剩地"拼合而成，因此，其文化亦基本上是由楚、粤、川、滇之文化拼合而成。大体而言，黔东、黔东南地区是湘楚文化的延伸部分，黔南、黔西南与南粤文化有着十分密切的关系，黔北地区则基本上属于巴蜀文化系统，黔西北地区则是滇云文化的推广和延伸。楚、粤、川、滇之文化共存杂处于黔中大地，其杂的特点显而易见。

第二，古代黔中文化又是由各民族文化拼合而成，呈现出"多元一体""共生共荣"的特点。黔中地区是一个民族流动的大走廊，西南古代四大族系在这里交流汇聚，汉族亦不断地从四川和湖南等地移入。大体而言，黔东南为苗族、侗族的聚居区，黔南、黔西南及黔中地区是布依族、苗族、水族等民族错杂而居，黔西北、黔西为彝族、回族、苗族、仡佬族等民族的聚居地，黔东北则多为土家族，黔北则多为汉族，各民族共生共存，黔中大地亦因此成为各民族文化相互碰撞、彼此影响、相互渗透的文化交融的大走廊。[1]

第三，古代黔中文化是黔中本土文化与中原主流文化的共生共存，呈现出边缘与主流、传统与前沿相互影响、彼此渗透的共生状态。关于这个问题，又与古代黔中的制度文化密切相关。

在古代中国的地理版图上，黔中地区处于一个相当特殊的位置，即所谓不边不内的位置，"既不内又不外，既不中又不边，所谓不边不内、内陆临边的地方，是内地与边疆的过渡地带"。若论边疆，它不及云南、西藏、新疆，不是真正的边疆；若论内地，又不如四川、湖南更靠内地而接近中原，不是真正的内地。这种不边不内的地域区位决定其与中原王朝之间形成一种"不边不内的隶属关系"，由此产生了在中国历史上比较少见的、近似于一国两制特征的"土流兼治"的制度文化。据张晓松说：黔中"这里既不像西藏、新疆那样完全实行土官统治，又不像内地那样完全实行流官统治。原生形态的土官制度依然保存，而中央权力又不断地向它渗透，逐渐纳入统一的轨道。于是贵州就出现了土流兼治的局面，由不内不边的边境生成了既'土'又'流'的权力制度。但这里的'土'既非完全边疆化的'土'，也不完全像内地的'流'，而是两者兼而有之，'土'与'流'结合起来，并存并治。土流并治是贵州制度文化的最大特点。"[2]

"土流兼治"是形成黔中地域文化特征的制度背景，这种制度文化背景亦蕴含着丰富的创新基因。具体地说，主要表现在以下两个方面：

一是文化发展空间广阔，异质文化之间相互包容。"土流兼治"的地方行政管理制度，既有中央政府对它的集权控制，又体现了地方

---

[1] 以上两段文字参见张晓松《山骨印记——贵州文化论》"二、文化的交角""三、多元一体"两章，贵州教育出版社2000年版。

[2] 张晓松：《山骨印记——贵州文化论》第82~83页，贵州教育出版社2000年版。

自治的机动与灵活,一张一弛,为异质文化的共生共存提供了广阔的发展空间。所以,学者认为:"'土流兼治'是一种政治上的相互妥协,文化上的相互包容。在政治权力与精神意志的松动与容忍、文化影响与接受、文化的同化与异化之间,中原文化与贵州本土文化彼此都找到了一种在夹缝中的生存空间和传承方式。"[1] 因此,与完全实行流官制度的内地相比,"土流兼治"的黔中地区是一块未完全受到汉文化充分浸润和统辖的地域,因而能够更好地保存地域文化的本土特色,为本土文化的发展留下了相对自由的空间,使其在相当长的历史时期内依然保持其激情、野性和灵气,有自身发展的相对独立性和自主性,从而焕发出强大的想象力和创造力。

二是异质文化之间的交流,传统文化与前沿文化之间的互动,少数民族文化与汉文化之间的碰撞,使本土文化经常处于危机性的反省之中,从而激发出创造性的适应能力。与完全实施土司制度的真正边疆如西藏、新疆相比,"土流兼治"的黔中地区,其地域文化又常常处于与异质文化的交流、互动和碰撞中。如前所述,文化逐渐形成一种传统,亦就渐渐养成其惰性,并逐渐趋于封闭和保守,慢慢丧失其创新精神。所以,文化的发展需要激发,需要异质文化的不断碰撞,才能激活其逐渐沉睡过去的创新能力。比如,中国传统文化在魏晋时期和"五四"时代,正是遭遇着外来文化的碰撞和激发,才焕发出无与伦比的创新能力,从而迎来中国学术思想史上的黄金时代。对于黔中地区来说,永乐设省和"改土归流"无疑是其文化发展史上的两件大事,"土流兼治"是黔中文化发展的一个重要契机,局部地区土司制度的保存,实际上是为本土地域文化的传承留下了一个空间;而流官制度的实施,大量流官的流入,带来

---

[1] 张晓松:《山骨印记——贵州文化论》第87页,贵州教育出版社2000年版。

的是异质文化，当然亦是主流文化和前沿文化。当因流官制度而传入的主流文化与因土司制度传承下来的本土文化两者之间发生交流与碰撞，这时候，"'发达'对'落后'，'现实'对'原始'的介入，当唤起一种觉醒后，会给本土文化文学，提供超越性发展视野和高度。这是因为外来文化进入，必然会产生排斥和抗拒，这种现象往往成为动力，造成一种创造性适应"，产生"融旧创新后发制人的机会"。[1]

综上所述，无论从地理环境、地域区位，还是从地域文化、制度文化方面考察，黔中地区皆蕴含着丰富的创新基因。正是这种创新基因的代代相传，凝结为黔中士子的一种内在能力，培育出黔中士子特立独行、敢为人先、标新立异的鲜明个性。

三、黔中古近代地域文化和文学的创新精神

"边缘活力"论作为当代文化研究的一个重要理论，已得到学术界的普遍认同和高度关注，并广泛使用在地域文化特别是边缘文化和文学的研究中。而且，因为"边缘活力"理论视角的引入，地域文化和边缘文化研究中的诸多问题亦得到合理的解释。黔中文化作为一种地域文化，是典型的边缘文化，准确地说，是一种不边不内的边缘文化。边缘文化的活力，来自于它的激情、野性和灵气，以及在此基础上焕发出来的想象力和创造力。创新精神是"边缘活力"的核心动力，黔中地域文化作为一种边缘文化，它的活力就来自于它的创新精神。

---

[1] 朱伟华：《地域文化与地域文学断想》，《山花》1998年第3期。

1. 黔中古近代地域文化创新事件举隅

如前所述，古代黔中地区无论就其地理环境还是从其地域文化上看，皆蕴含着丰富的创新基因。因此，从理论上讲，古代黔中地域文化在明清时期应当独领风骚，大有作为。但是，事实上，黔中地域文化的创新精神得以充分体现，并在全国文化界发生重要影响，则是在晚清时期。或者说，经过长期的涵孕和积淀，黔中地域文化的创新精神厚积薄发，在晚清以来得到充分彰显，于政治、经济、文化、教育等方面，其创造性成绩，均居全国前列。换言之，晚清以来，开创一代新风气，领袖一代新时尚的创造性行为，多起于黔中，或由黔中士子的主动参与和积极推动而得以完成。

讨论黔中地域文化的创新基因，最引人注目的例子，莫过于阳明心学在黔中的发生与发展。的确，具有浓厚自由主义精神和反传统特质的阳明心学，不发生于中原或其他文化比较发达的地区，而形成于文化相对落后的黔中地区。张晓松的解释是值得注意的："因为儒家的正统思想在贵州并不像其他地区那样根深蒂固，作为统治思想的程朱理学影响不深，而且儒家思想经过中原的千年发展后，已经到了盛极而衰的年龄，正是在贵州这样的文化边缘地带，在尚未完全被儒家思想浸润过的文化空间里，才能给那些有见地的思想家提供发言的场所和机会。"[1] 是黔中地区特殊的地理环境和文化背景中的创新基因，促成了阳明心学的发生和发展，而阳明心学在黔中地区的传播，又激发和强化了黔中士子和宦黔文人的创新精神和求真意识。黔中地域文化思想上的创新意识，厚积薄发，在清末民初便有了特别耀眼的表现。

第一，在教育体制改革方面敢为人先。文化思想的发展，端赖教育体制的改革，清末民初中国社会的巨大变革，首先就体现在教育观

---

[1] 张晓松：《山骨印记——贵州文化论》第77～78页，贵州教育出版社2000年版。

念的变革和创新上，而领导近代中国教育改革的两大先驱——李端棻和严修——皆与黔中地域有关联。或者说，终结中国古代教育而萌兴近代教育的先进理念，皆与黔中地域文化背景有密切关系。光绪二十二年（1896）黔人李端棻上奏《请推广学校折》，该方案的基本架构是"一经五纬"，即以学校为经，以设藏书楼、创仪器馆、开翻译局、立报馆、选派游历者为纬。在学校设置上，"自京师以及各省、府、州皆设学堂"；在教学内容上，于传统之经、史外，传授"万国近事"，以及"天文、舆地、算学、格致、制造、农商、兵矿、交涉等学"；增设藏书楼并对外开放；创仪器馆，注重科学实验；开译书局以引进西学；设报馆以传播文化思想；选派学者出国游历、考察和学习。这是近代中国最完整最系统的教育改革方案，在当时的文化教育界产生了极其重要的影响。学者认为，此方案"不仅是中国教育史上的一个重要里程碑，而且是近代文化变迁的重要纲领"。[1]

与李端棻差不多同时的，是严修提出的《奏请设经济特科折》。严修虽然不是黔中人，但是他曾宦游黔中，任贵州学政四年，其《奏请设经济特科折》就是他在贵州学政任上提出的。所谓"经济"，即指经世致用之学，包括内政、交涉、理财、经武、格致、考工六门。所谓"特科"，即指"破常格以搜才"，包括"录用不拘资格""去取无限额数""考试不定常期""选送不限疆域"等。学者认为，严修此折，"是科举制度改革的先声，是近代人事制度的重大变革，在用人制度上体现一种开广才路的新思想、新观念，具有超前意识"。[2]

光绪二十二年（1896）李端棻上奏的《请推广学校折》，被光绪

---

[1]　刘学洙、史继忠：《历史的理性思维——大视角看贵州十八题》第82页，贵州教育出版社2004年版。

[2]　刘学洙、史继忠：《历史的理性思维——大视角看贵州十八题》第83页，贵州教育出版社2004年版。

皇帝采纳，在北京创立了京师大学堂。1897年3月严修在贵阳改革学古书院，创建经世学堂；同年9月熊希龄在湖南创建时务学堂。而且，严修和熊希龄都是李端棻保举的维新派人士。经世学堂和时务学堂亦就成为当时实践近代教育改革、宣传维新变法的主要阵地。而黔中经世学堂的成立，比后来名噪一时的湖南时务学堂，还要早半年之久，黔人敢为天下先的创新意识，于此可见一斑。中国近代教育改革的两大先驱，一位是黔人（李端棻），一位虽不是黔人（严修），但其教育改革思想却是在黔中产生和形成的。所以，作者认为，是黔中地域文化中的创新基因培育了李端棻的创新精神，使他能够提出近代教育改革的总方案《请推广学校折》；是黔中地域文化中的创新精神激发了严修的革新意识，使他能够提出改革科举制度的总方案《奏请设经济特科折》。

第二，在政治革新方面敢为人先。中国近代政治史上的两个重大事件——戊戌变法和新文化运动，虽然其发生的主要地点在京城，但是黔中士子在这两次事件中，皆积极参与，并得风气之先而有倡导之功。如1895年9月2日康有为联合十八行省应试举人进行的"公车上书"，据统计，当时签名上书者共603人，其中黔中举人就有95人，占总人数的六分之一，参与人数在全国十八行省中排名第二。"公车上书"的目的就是要推动朝廷在政治、经济、文化等方面的全面改革，而黔中士子如此热情地参与"公车上书"，其求新图变的创新意识昭然可鉴。再说，1898年康有为发起组织保国会，前后召开过三次会议，其中有一次会议就是在北京的贵州会馆举行的。因此，可以肯定的是，保国会的活动得到了在京黔中士子的积极肯定和热情参与，其追新求变的意识，亦同样得到有力地彰显。而时任礼部尚书的李端棻，更是维新变法活动的主要策划人和积极支持者，是他力荐康有为、梁启超、谭嗣同等十八位维新人士入朝。在变法期间，他在康、梁与光绪皇帝之间的联系中起过重要作用。所以，他应当是当时清廷中最早"言新政"的二品大员之一，因而被梁启超称为"二品以上大臣言新政者一人而已"。与此同时，在黔中大地上，有1897年严修于贵阳创建的经世学堂，有1898年湘人吴嘉瑞于贞丰组织的仁学会，介绍西学，鼓吹变法，抨击时政。在当时全国性的政治活动中，这些人物和组织，皆得风气之先，皆有倡导之功，这亦同样体现了黔中士人的创新求变意识。

新文化运动的主要阵地是在京、沪等文化中心地区，但黔中大地亦同样得风气之先，较早汇入时代洪流，开展以民主、科学为宗旨的新文化传播。比如，受梁启超《少年中国说》的影响和鼓励，黔中士子于1918年在贵阳成立"少年贵州会"，在时间上比李大钊等人发起的"少年中国会"还略早。参加"少年贵州会"的成员，有在校青年教师和学生，有留学归来的军政界少壮派人士，有工商界人士，还有开明士绅和社会贤达。并在全省建立77个分支机构，成员达3000余人，盛况空前，还出版发行《少年贵州报》，做了大量的文化宣传和民族警醒工作，在活跃思想、改变风气、警醒民魂、传播文化等方面，起到了积极的推动作用。[1]

第三，在工农业的体制改革方面敢为人先。黔中近代工业随着洋务运动的发展而兴起，起步早，得风气之先。在清末三十年掀起的近代化浪潮中，于引进外国科学技术和先进设备时，亦引进了资本主义的生产经营模式。如黔中青溪铁厂筹办于光绪十一年（1885），它是贵州第一个官商合办的股份制企业，亦是国内最早的股份制企业之一。它比张之洞创建的汉阳铁厂早三年，比上海轮船招商局早十三年。万

---

[1] 刘学洙、史继忠：《历史的理性思维——大视角看贵州十八题》第83页，贵州教育出版社2004年版。

山英法水银公司创办于光绪二十五年（1899），是贵州第一个外资企业，亦是国内较早的外资企业之一。正安铅矿公司创建于光绪二十八年（1902），是贵州第一个中外合资企业。贵阳文通书局创立于光绪三十四年（1908），是贵州第一个民办独资企业。[1] 上述黔中近代工业的"四个第一"，放在全国的视野中考察，亦算是比较早的，这亦体现了黔人敢为人先的创新精神。

这种敢为人先的创新精神，在当代仍有充分体现，其中最突出的个案莫过于"顶云经验"。顶云，即今贵州省关岭布依族苗族自治县顶云乡。在20世纪70年代中期，顶云乡创造出闻名全国的"顶云经验"，有"中国农村改革第一乡"之称。1976年，顶云乡村民为了提高生产积极性，增加粮食收入，解决生活问题，他们冒着极大的政治风险，在全国率先改变传统"队为基础"的农村生产管理方式，实行"定产到组"和"包产到户"的管理方式，极大地提升了农民的生产积极性，探索解决农民吃饭问题的路径。人们称这种方式为"顶云经验"，称顶云人大胆创新、勇于探索、敢为人先的精神为"顶云精神"。与此同时稍后在安徽省凤阳县小岗村亦开始实行农村"大包干"改革。因此，学者认为关岭顶云和凤阳小岗是我国农村改革最前沿的两面旗帜，"北凤阳、南顶云"成为我国农村改革的先导。"顶云经验"是顶云农民对贵州乃至中国农村改革方面进行的超前探索，是为生存问题而展开的大胆尝试和改革壮举。"顶云精神"就是一种绝处逢生的拼搏精神和勇于开拓的创新精神。[2]

综上所述，黔中地理环境和地域文化蕴含着丰富的创新基因，

---

[1] 刘学洙、史继忠：《历史的理性思维——大视角看贵州十八题》第115页，贵州教育出版社2004年版。

[2] 参见陈慧萍：《关岭三国文化的历史意蕴与现代价值》，华中师范大学2013年硕士论文。

这种创新基因厚积薄发，在清末民初以来得到充分体现，它不仅培育和激发了中国近代教育史上两位教育改革先驱的创新精神和改革激情；而且亦创立了传播新知识的经世学堂和仁学会，推动维新变法活动的开展；创立少年贵州会，推动新文化运动的发展；创建近代中国较早的现代企业，推进中国的现代化进程；甚至为当代中国的农村改革亦做出了卓有成效的探索和创新。可以说，清末民初以来的贵州，无论是在政治、经济方面，还是在文化、教育方面，均得风气之先，在全国居于领先地位，充分体现了一种敢为人先的创新精神。作者认为，这与黔中地理环境和地域文化蕴含的创新基因密切相关。黔中地理环境和地域文化蕴含的创新基因，既培育了本土人才的创新精神，亦激发了宦黔士子的创造理念，所以能在历史剧变之关键时刻迸发出创新精神，在政治、经济、文化、教育等方面均有卓尔不凡的创新举动。

　　但是，正如作者在前面讨论"边缘活力"论时所指出的，边省文人富于创新精神，是"但开风气不为师"；中土主流文人渐趋封闭与保守，是"不开风气自为师"。黔中士子的创新精神，亦体现了"但开风气不为师"的特点。如王阳明于龙场悟道，创建心学，这是中国思想史上的大创造，但阳明心学之发扬光大却是在文化中心地区，而不是在边省黔中，故黄宗羲《明儒学案》把王门后学分为浙中、江右、南中、楚中、粤西等流派，忽略了黔中以孙应鳌、李渭、马廷锡为代表的黔中王门后学。严修开"经济特科"的教学思想形成于贵州学政任上，但是这种教育思想得以实现，发挥影响，则是在他回到天津后，借助京津地区政治文化优势资源。严修创办的经世学堂，虽然在时间上略早于湖南新学——时务学堂，但它历时不足一年，培养的学生不过四十余人，其在中国近代思想史上的影响远远不及时务学堂。"公车上书"签名者中，黔人占总人数的六分之一，位居全国第二，可是黔中本土并未产生维新变法的新局面。少年贵州会的成立虽然略早于少年中国会，但其影响力和历史贡献却远远不及后者。青溪铁厂虽然是中国最早创立的股份制企业之一，虽然比张之洞的汉阳铁厂早三年，但在苦心经营、艰难支撑不足二十年后便倒闭了，而后者则发展成为中国洋务运动的支柱性、代表性企业。以上事实说明，边省黔中地区蕴含着丰富的创新基因，无是本土人才，还是宦游士子，都能得其沾溉而萌发创新理念，激发出敢为天下先的创造激情，所以能够开创一代新风气，引领一代新潮流。但是，要将这种新风气或新潮流推向一个更高的阶段，创造更大的成就，则又显得底气不足，所以是"但开风气不为师"，必要等到中土主流士子借助其丰厚的文化底蕴，才能开花结果，产生更大的成就和影响，所以中土地区是"不开风气自为师"。

2. 黔中古近代地域文学的创新精神

黔中近代文人杨恩元《弗堂词跋》云：

> 世人多谓黔中僻陋，黔地诚僻陋，而黔人之游历于外者，开拓心胸，激扬志趣，其所成就，每凌驾乎中原。亦以中原数千年来，文物声名发泄已甚，而边省磅礴郁积，名山大川之灵秀，甫启其端倪，虽在交通阻隔之世，人才已渐奋兴焉。况今之飞机、铁道，一日千里，行见重门洞开，贤哲竣发，其必能超越全国，可断言也。[1]

杨氏为黔人，其所言论，在域外人士看来，或有"夜郎自大"之嫌疑；

---

[1]《黔南丛书》第四集《弗堂词》卷末，贵阳文通书局铅印本。

其"声名发泄已甚"之观点，亦或有神秘迷信之嫌疑。但是，平心而论，杨氏之言，或亦颇切实情。晚明以来，黔中文士游历于外者，如谢三秀、杨文骢、周起渭、郑珍、莫友芝、黎庶昌、姚华等人，确有"凌驾乎中原"的成就，而获得域外人士的高度评价，可与钱仲联"清诗三百年，王气在夜郎"之断语相印证。其次，杨氏所谓"中原数千年来，文物声名发泄已甚"云云，实可与作者在上文反复论证的中土文人"不开风气自为师"，边省文人"但开风气不为师"之观点，相互印证，言下之意是说边省文人比中土文人更具艺术天分和创新才能。另外，杨氏断言黔中文人取得"凌驾乎中原"之成就者，多是"游历于外者"；预言黔中文学"必能超越全国"，是在"重门洞开"之后。即特别强调因便利的交通而产生的文化交流，及其所导致的文化碰撞而激发出来的创新精神和创造理念。无论是黔人"游历于外"，或是黔中"重门洞开"，目的皆在促进文化的交流与碰撞，产生"开拓心胸，激扬志趣"之效应，才有"凌驾中原""超越全国"的结果。这亦与作者在上文讨论的危机性反省和竞争性生存激发创新精神的观点，是一致的。所以，作者认为，杨氏提出的问题有学术价值，其解释亦有一定的学理依据。

从总体上看，黔中古近代文人在文学创作上力主独创，反对门户之见和复古之风，有相当明显的自立意识和创新观念。故学者评价黔中文人，多强调其"不为习气所染"。如莫友芝《雪鸿堂诗蒐逸序》评价谢三秀说：

> 其时公安、竟陵，先后提倡，诗道荆棘，而先生（谢三秀）崛起万山中，摆脱习染，道然高举，非得之深者而能然邪？[1]

---

[1]《黔诗纪略》卷十四第546页，贵州人民出版社1993年版。

在公安、竟陵风气席卷诗坛的大背景下，能够"摆脱习染"而自成一家的黔中文人，除了谢三秀，还有周起渭。（道光）《贵阳府志·耆旧传》评周起渭说：

> 国初仍明季之旧习，七子与公安、竟陵之体互相犄角。起渭生自远方，不为其习气所染……故其诗无纤佻尖险之习，亦无肤廓叫嚣之态，和平清缓，而意亦独至。

所谓"纤佻尖险之习"，是指竟陵诗风；而"肤廓叫嚣之态"，则指公安风尚。起渭生长边方，故能摆脱习气，自出机杼。又如，赵怡在《汉鳖生诗集自序》中自称：

> 汉鳖生产犍、牂万山中，地当《班志》之鳖县。受习经训词章，笃守师法，而时时啸歌天末，孤调自操，独来独往，不闻知海内曹好时习。[1]

如潘淳《瘦竹亭诗跋》评价潘驯诗说：

> 明诗一变而为崆峒、北地，再变而为历下、弇山，三变而为竟陵，一时士大夫解为声诗者，出乎此即入乎彼，于是古学丧其根干，流俗沸其螗蜩，鸟空鼠即，诚有如钱受之所讥者。先生生当其时，不沿洄于俗学，而根柢古人，直撼襟抱，可不谓卓然能自树一帜者哉？[2]

莫友芝《莳烟亭词序》评黎光勋说：

---

[1]（民国）《贵州通志·艺文志》卷十七第806页，贵州人民出版社1989年版。
[2]（民国）《贵州通志·艺文志》卷十五第596页，贵州人民出版社1989年版。

> 窃论近日海内言词，率有三病：质犷于藏园，气实于谷人，骨屑于频迦。其偶然不囿习气，而溯流正宗者，又有三病：服淮海而廓，师清真而靡，袭梅溪而佻。故非夐章骚雅，划断众流，未有不撷粗遗精、随波忘返者也。伯庸少近辛、刘，翻然自嫌，严芟痛改，低首周、秦诸老，而引出以白石空凉之音，所谓前后三病，既无从阑入。[1]

陈德谦在《莳烟亭词跋》说："邵亭称伯庸先生不为习气所囿，斯可以卓然自树也乎？"[2]

习气这种东西就像传染病一样，置身其中的人往往身不由己，很容易被感染。而黔中文人生于大山之中，远离习气，能不为习气所染，故其相对于中原主流文人来说，无须有摆脱习气之挣扎。直抒胸臆，即为创获。如杨文骢论画说：

> 画兰自有律，余岂不知之，然耻向他人逐脚跟也，宁用我法。[3]

又章永康《感秋廿二首》（其十九）云：

> 我生古人后，立言已无赖。
> 即以诗自鸣，已为古人得。
> 我将用我法，随意发天籁。
> 本无述作心，那能别枝派。[4]

---

[1] 《黔南丛书》第四集《莳烟亭词》卷首，贵阳文通书局铅印本。
[2] 《黔南丛书》第四集《莳烟亭词》卷末，贵阳文通书局铅印本。
[3] 关贤柱：《杨文骢诗文三种校注》第160页，贵州人民出版社1990年版。
[4] 《黔南丛书》第三集《瑟庐诗草》卷上，贵阳文通书局铅印本。

具有相当明显的远离习气的自觉意识。或如黎汝谦所说：

> 诗以《诗三百篇》为极，然不能有《三百篇》而无汉，有汉而无六朝，有六朝而无唐、宋、元、明也。有一代之人，即有一代之诗，诗之不绝于天壤，犹日月河江之不绝于天地也。[1]

持论甚为通达，全无复古守旧之风。

　　一般说来，处于中土主流文坛的文人，容易为文坛主流风尚所包围，被习气所感染。或者卷入门户派别之争，故其创作因循时尚，感染习气，固守门户，其创造意识便会削弱。再说，中土主流文人又因其处于文化积淀较为深厚的文化中心地区，容易因循守旧，往往是古非今，产生"文必秦汉，诗必盛唐"之类的文学观念，新变意识亦较淡薄。黔中文士生长"天末"，自然远离文坛时尚，亦不为习气所染，少门户之见，无派别之分，故能在地理环境和地域文化本身具备的创新基因之激励下，发扬创造精神，坚持新变观念。即便是在对古代文学名家的追慕和学习方面，亦能坚守"以古开今"的文学新变意识。

　　在中国文学史上，是古非今、贵远贱近是一种源远流长的文学观念，特别是在传统文化积淀深厚的文化中心地区，这种观念更是根深蒂固，影响尤其深远。边省文人亦强调向古人学习，亦对古代文学名家有深深的景慕之情，如黔中古近代文人对陶渊明的追慕，对与黔中有关联的李白、王昌龄和柳宗元等唐代著名诗人的钦仰。但是，他们却较少泥古不化的思想，多持"以古开今"的文学新变观念。如黎兆勋《赵子晓峰旭不见数年近以校书之役下榻县署相晤于莫五斋中明日

---

[1] 李受彤：《夷牢溪庐诗钞序》，（民国）《贵州通志·艺文志》卷十七第803页，贵州人民出版社1989年版。

书此柬之》，以为"论古"与"创说"是为文不可或缺之两端，其云：

> 读书不论古，岂能蜚英声。
> 论古不创说，亦难垂令名。
> 今君兼所有，笔阵尤纵横。[1]

"论古"是为了"创说"，"创说"必须"论古"，这是关于师古与创新之辩证关系高度简括的说明。在他看来，赵旭之诗兼具"论古"与"创说"，故其有"纵横"之"笔阵"。应该说，片面地模拟和学习古人，或者极端地师心自创，皆有缺陷，如明代著籍黔中的江闿在《湘山诗序》中说：

> 窃闻世之为此诗者，每每牵合某代某家，竭力刻画，夸工炫巧。不则轻薄前贤，师心自用，近代若茶陵、若庆阳曾未寓目，骚雅何处说起，故不病于拘，即病于野。[2]

过分"牵合"则"拘"，极端"师心"则"野"。正确的做法，应当如潘淳所说，是"根抵古人，直撼襟抱"，方可"卓然能自树一帜"。[3] 或如郑知同所说，"非遍历古人之所以为诗，无以成己之诗"，"取精用宏，不区区求自立格第，集众长以充己才之所及，吐属无非古人，而又能别存面目"，达到"以古开今"之目的，如此作诗，则"非

---

[1] 《黔诗纪略后编》卷二十一，清宣统三年陈夔龙京师刻本。
[2] 《黔南丛书》第三集《江辰六集》卷三，贵阳文通书局铅印本。
[3] 潘淳：《瘦竹亭诗跋》，（民国）《贵州通志·艺文志》卷十五第596页，贵州人民出版社1989年版。

依傍门户者所可同日语也"。[1] 简言之，就是转益多师，自成一体，在学习古人的基础上实现创新。陈德谦在《葑烟亭词跋》中说得最明白：

> 大抵名家为词，初不妨专致力于一二古人，求其与性分之所近、环境之相同，精研而殚思之，然后傍及别家，纵横探赜，镕于心而入于手，郁结喷薄而出之。初不能以一二古人之作衡之也。昌黎所谓"务去陈言"，东坡所谓"我书意造"，巢经巢诗云："言必是我言，字是古人字。"其墨守一派、规规一先生之说者，乌足语此？[2]

学古是为创新，那末，学古人学什么呢？江闿在《陈子诗序》里说：

> 诗本于性情则真，本于学问则厚。今之论诗者不然，谓宜本于宋、唐、六朝、汉、魏，而上溯其源于楚骚、毛诗。或则本一家言如苏、李、陶、谢、少陵、香山、昌黎、放翁、坡仙诸贤。其说未尽非也，无如胶瑟之见未化，有意仿佛，去之愈远，其不类者，未免婴邯郸学步之诮。即类者，徒为优孟之衣冠，往往窃其貌而失其神髓。试进而考其《三百篇》之所本者何在？则未有以应，及退而问其在我之性情、学问，茫如也。[3]

江闿并不是反对向古人学习，而是主张学习古人当遗貌得神，要"得

---

[1] 郑知同：《慕耕草堂诗钞序》，（民国）《贵州通志·艺文志》卷十七第749页，贵州人民出版社1989年版。
[2] 《黔南丛书》第四集《葑烟亭词》卷末，贵阳文通书局铅印本。
[3] 《黔南丛书》第三集《江辰六集》卷三，贵阳文通书局铅印本。

神解而不依傍其迹"。[1]学古人"肖其神,不求肖其貌,所以为佳"。[2]学古人诗,不在于强似古人,而是通过学习"濯濯锻炼其资",以自"成其一家"。[3]

总之,黔中文人生长边隅,远离习气,不涉派别,学古而不泥古,师古是为创新。这种精神在越其杰、周起渭、郑珍等黔中著名诗人的身上,表现得尤其明显。

先说越其杰。越其杰,字自兴,一字卓凡,晚明贵阳人,官至河南巡抚,是黔中历史上少有的文武兼该之人,亦是黔中历史上刻意为诗、苦心创作、企望以诗传世的少数几个重要诗人之一。其作诗万余首,今存二百二十六首,辑入《黔诗纪略》。越氏为诗,尤重创新,超越古今诗人以求创新,超越自己以求创新,是他诗歌创作的一贯追求。他多次自编诗集,先后有《蓟门》《白门》《横朔》《知非》等集,最后以《屡非草》名集,其以"知非""屡非"命名诗集,便可想见其标新立异之追求。故马冲然在《屡非草序》中,认为诗坛通病是"依人而不求诸己,自是而不知其非",概言之,就是因循守旧,缺乏创新,既不能超越他人,亦不能超越自己。在他看来,越氏却能免此通病。其评越氏诗说:

> 其诗沉郁顿挫、清新俊逸无不有,而卓凡不以为是也。学近人、学前人以为非,至学盛唐、六朝、汉魏亦以为非。盖求诸己者深,故知求诸人者浮;取诸人者精,故觉取诸己者脍。后所得者无前,乃觉前所得

---

[1] 江闿:《樗斋先生诗钞序》,《黔南丛书》第三集《江辰六集》卷三,贵阳文通书局铅印本。
[2] 江闿:《宋长白诗序》,《黔南丛书》第三集《江辰六集》卷九,贵阳文通书局铅印本。
[3] 江闿:《徐善长古声集叙》,《黔南丛书》第三集《江辰六集》卷四,贵阳文通书局铅印本。

者有后。诗益工，心益下；气益厚，机益灵。屡非而卓凡所独是，天下所公是，千秋所真是于是乎在。[1]

其诗歌创作的强烈创新精神，为世所公认。如吴中蕃在《屡非草选序》中，说越其杰"所为诗，则恬气静衷，敛华就实，屡诣而辄耻其非，其于人居今古之间，有断然也"。[2] 姚佺亦说：

> 今人之诗，转移之诗也。公诗自写其境之所遭，心之所蓄而已，并不转移于三唐、汉、魏之朽骨，以障开生面。[3]

莫友芝亦说：

> 卓凡为诗，沉思独往，觉今古皆非，故以《屡非》名集。集中诗境，取境殊不免隘，而语必瘦刻，味每在世俗酸咸之外。[4]

应该说，其论诗"觉今古皆非"，是为创新；其作诗"味每在世俗酸咸之外"，亦是为创新。所以，他宣称："诣能一往非无意，诗取群疑为苦心。"[5] 世俗社会墨守成规，因循守旧，故偶见标新立异之作，便会引起"群疑"。而对于越氏而言，能引起"群疑"就是他的追求，因为能引起"群疑"者，往往就是标新立异者。在他看来，"欲擅千

---

[1]（民国）《贵州通志·艺文志》卷十四第560页，贵州人民出版社1989年版。
[2]（民国）《贵州通志·艺文志》卷十四第562页，贵州人民出版社1989年版。
[3]《黔诗纪略》卷十六第616页，贵州人民出版社1993年版。
[4]（民国）《贵州通志·艺文志》卷十四第562页，贵州人民出版社1989年版。
[5] 越其杰：《杨龙友园》，《黔诗纪略》卷十七第671页，贵州人民出版社1993年版。

秋绝，何妨一世疑"[1]，"诗非奇傲宁无作，客若寻常只闭门"，[2]"立论每超文字外，持身不在步趋间"，[3]"吐我欲言诗或旷，取人所弃见非疏"，[4]"欲使众知诗觉浅，曾经人到境非奇"，[5]"虽当繁响后，欲反声未前"，[6]"耻拾曾经人道语"。[7]即便是对自己的旧作，亦力求创新超越，其《改诗》诗说："偶见昔吟诗，虚心一检视。读未及终篇，惭怖几无地。芜荒略能刊，深奥殊未至。不知当时心，何以亦得意。"故大刀阔斧修改旧作，"不敢恕微长，虽贤犹责备。点窜尽全篇，不留初一字"。[8]

  越其杰诗歌创作本身的成就如何，暂且不论。单就其创作态度而言，其求新求变的强烈意识，确实不能否认。他就是要道人之所未道，抒人之所未抒之情。用他自己的话说，就是"耻拾曾经人道语"，就是"诗非奇傲宁勿作"。作者以为，越其杰诗歌创作的这种标新立异意识，与黔中地理环境创新基因的激发有关，与黔中地域环境培育出来的黔人的直傲性格有关，亦与晚明竟陵诗风的影响有关。

  越氏为人，简言之，就是直傲奇倔。关于他的这种性格，时人多有评价，如吴中蕃说："先生以乱，略奏勘定，而不免于匡衡之屡扼，岂非以其傲哉！"吴中蕃论越其杰，屡言其"傲"，这并非空言，乃是吴氏切身之感受。1642年，吴中蕃路过南京，以友人子的身份拜访越氏，"谒先生于鸡鸣寺麓，平头一揖，腰未及半，求其佩之委也，

---

[1] 越其杰：《苦吟》，《黔诗纪略》卷十七第679页，贵州人民出版社1993年版。
[2] 越其杰：《赠友》，《黔诗纪略》卷十七第666页，贵州人民出版社1993年版。
[3] 越其杰：《赠友》，《黔诗纪略》卷十七第676页，贵州人民出版社1993年版。
[4] 越其杰：《秋日对残菊》，《黔诗纪略》卷十七第675页。贵州人民出版社1993年版。
[5] 越其杰：《天开岩作》，《黔诗纪略》卷十七第675页。贵州人民出版社1993年版。
[6] 越其杰：《题懒先卷》，《黔诗纪略》卷十七第682页，贵州人民出版社1993年版。
[7] 越其杰：《示友》，《黔诗纪略》卷十七第678页，贵州人民出版社1993年版。
[8] 越其杰：《黔诗纪略》卷十六第619页，贵州人民出版社1993年版。

了不可得。就榻数语，仅及江东米价，几于锻灶不顾时，已而呼酒款故人子"，其待人接物，傲岸如此。其后交往渐多，因雅赏吴氏之诗才，才有"引而进之之恐后"的情谊。故吴中蕃感慨说："先生不可一世，而折节于通家弱冠，譬之足伸圮上，其致则倨，其意则亲，是先生傲其所傲而不傲其所不傲也。先生道岸虽整而冲襟甚坦，有廉隅而无城府。"[1]吴中蕃与越氏有通家戚谊而又颇有交情，他对越氏性情的描述，应是可信的。大体而言，越氏性情，修廉隅，整道岸，性开爽，自信自负，傲岸不偕。故莫友芝《黔诗纪略传证》说他"性偶偿，善骑射，顾傲岸不偕于世，自许能兵，屡蹶屡起，皆傲累之"。[2]因尚奇而性傲，因性傲而尚奇，吴中蕃说："世之无傲骨者，必不能有奇肠。无傲骨而有奇肠，是绕指之可以刺钟也。"而越氏之有"奇肠"，正是因为他有"傲骨"。读越氏之诗，吴中蕃说："我是以知奇肠之必出于傲骨也。"[3]因为性格直傲者，必睥睨当世，傲视群雄，鄙薄世俗，反对庸常，故而必有标新立异、出奇制胜之举动。所以，越氏追新求奇，与其直傲性格有关。而此种性格，正是所谓的"大山性格"，是在黔中"大山地理"中培育出来的。所以，越氏之创新精神，在一定程度上亦与黔中地域文化和地理环境相关。

再说周起渭。黔中清代诗人在域外发生重要影响的，首推周起渭和郑珍。周起渭主要活动在清康熙年间，是明清时期黔中最有成就的诗人之一，故郑珍《书周渔璜先生桐埜书屋图后，图康熙戊子作》说："贵州数诗家，有明推雪鸿。国朝二百年，吾首桐埜翁。……吾以两公较，尤多桐埜雄。"[4]甚至有与全国诗坛盟主争雄的美誉，如莫友芝说："极

---

[1] 吴中蕃：《屡非草选序》，《黔诗纪略》卷十六第616页，贵州人民出版社1993年版。
[2] 《黔诗纪略》卷十六第612页，贵州人民出版社1993年版。
[3] 吴中蕃：《屡非草选序》，《黔诗纪略》卷十六第615页，贵州人民出版社1993年版。
[4] 杨元桢：《郑珍巢经巢诗集校注》后集·卷一第401页，贵州人民出版社1992年版。

盛朱王后,词坛不易崇,先生起天末,孤旅对群雄。明祖华严铣,苏亭赤壁风。波澜压伦辈,馆阁洗疲癃。"[1]周起渭在"南北诗宗"王士禛、朱彝尊把持文坛之局面下,能与之"各占一席",是因为他的诗歌"华妙不减渔洋,颖达岂逊竹垞"。周起渭能与"诗名播于辇下"的查初白"互执牛耳",[2]并获得后者尊重和激赏,是因为他"起天末",携带着边省才子的创新精神,一洗诗坛锢弊陋习,给人耳目一新之感。故莫友芝尤其强调他是"起天末",是"孤旅对群雄"。(道光)《贵阳府志·耆旧传》亦认为周起渭诗"无纤佻尖险之习,亦无肤廓叫嚣之态,和平清缓,意亦独至",是因为诗人"生自远方,不为其习气所染",故能摆脱竟陵习气和性灵诗风,亦能洗涮馆阁体的"疲癃"之习。

"孰与夜郎争汉大,手携玉尺上金台。"[3]周起渭入馆阁,携带着边省文人的创新精神,睥睨当世,力扫馆阁诗风,深得田雯的赏识。据田雯在《稼雨轩诗集序》里说:周起渭"闲骑一款段出城门,又复造余论诗,每于世之能诗者,狂噱捧腹。曾有句云:'安得世人尽聋聩,凭君高坐说文章'是也"。田雯激赏起渭,就是因为他在创作中追新求奇,很符合他的诗歌主张。所以他说:"渔璜之诗,有以新为工者,有以奇为工者。新如茧丝出盘,游光濯色,幽香万片。奇如夏云怪峰,千态万变。"[4]

因新而奇,由奇而新,无论是在诗学理论上,还是在创作实践中,

---

[1] 莫友芝:《以周渔璜先生〈桐埜〉〈回青〉〈稼雨〉诸集本与陈耀亭上舍授梓,弁之十韵》,见莫友芝《重刊桐埜诗集序》之"附诗",《桐埜诗集》卷首,贵州人民出版社1999年版。
[2] 《黔诗纪略后编·周渔璜传证》陈田语,清宣统三年陈夔龙京师刻本。
[3] 郑方坤《国朝诗人小传》卷三载史申义赠句,《桐埜诗集》之"附录",贵州人民出版社1999年版。
[4] 周起渭:《桐埜诗集》之"附录"第490页,贵州人民出版社1999年版。

周起渭皆坚持变化的观点，反对模仿，主张独创，追求新奇。他在《春日偶钞李杜韩苏四家诗作》中，就明确反对模仿，追求独创。[1]《寄答襄阳刘太乙》是他的一篇最重要的诗学论著，比较系统地表达了他的诗学观点，他认为：天音、地籁皆是"气化使之然，机至不可遏"，是"至妙"而中"音律"者。文学创作亦复如此，"中心良雾抑，冲口自风发。但伸所欲言，豪圣莫能屈"。但是，自明代以来，"特此求名径，真诗乃沦没"，因求名而祸及诗坛最烈者，乃是门户派别之间的相互"倾轧"，所谓"才高任轩轾，流弊始纷出"，"同流合泾渭，仇雠分吴越"，"各惩门户非，万象思囊括"，就是对这种诗坛门户派别纷争的批评。其次是为了"求名"而行"剽窃"，"借口爱前人，其实事剽窃。遂驱后来秀，点鬼而祭獭。狃牢锢性情，音形图仿佛"，便是对这种剽窃之风的指责。他自称："我诗但意造，无文空直质。本乏求名心，信口无爬栉。"[2] "意造" "信口"之作，正是他所称道的"天音" "地籁"，亦就是田雯称道他的新奇之作。

另外，犹法贤《酉樵文集》所载周起渭与方桀如关于诗学问题的一段谈话，亦堪注意。他说：

> 子不为诗，固自佳。浙江学诗者，高则挦扯义山，薰衣剔面；次则承陆务观余窍，若张打油、胡钉铰之为，即千手目，如一也。段师琵琶，须不近器十年乃可授。子不学诗，几是耶！[3]

此段言论，深得诗学三昧。对于热衷于诗歌创作的文学青年方桀如，周起渭劝他暂时"不学诗" "不为诗"，需如段师教人学琵琶，"不

---

[1] 周起渭：《桐埜诗集》卷一第89页，贵州人民出版社1999年版。
[2] 周起渭：《桐埜诗集》卷一第99～101页，贵州人民出版社1999年版。
[3] 周起渭：《桐埜诗集》之"附录"第563页，贵州人民出版社1999年版。

近器十年乃可授"。"不为诗""不学诗"十年乃可授其诗法，个中原委，就是诗歌如同音乐，力避陈熟，力主新创，彻底摆脱陈词滥调，完全远离陈规陋习，方能避免"千手目"而"如一"之局面，创造出新奇之作。

周起渭诗歌的创新精神，获得当时诗论界的公认。如郑方坤《国朝诗钞小传》说：

> 时辇下人文极盛，若姜西溟、顾书宣、汤西崖诸君子，各以沈诗任笔傲睨文坛，吮墨怀铅之徒，率不敢望其项背。桐埜异军突起，乃拔戟自成一队。[1]

能在高手如云、文学勃兴的康熙诗坛"异军突起""自成一队"，本钱和实力就是他的创新精神，使他能够力破陈腐，呈现新奇。据毛奇龄《稼雨轩近诗序》说：

> 明代无学，其在嘉、隆间，每谓歌咏渐衰，所挽回而振兴者，多不在馆阁而在部寺，而先生（渔璜）一起而洒雪之。[2]

自唐宋以来，"馆阁体"陈陈相因，了无生气，不能担当引领文坛风尚、振兴诗歌创作之重任。而起渭任职翰林，以"掞天之才，力持大雅"，力扫长期以来形成的馆阁陋习。故不仅当时"称翰林能诗者，必以公为首"。[3] 即便是在整个康熙诗坛上，亦是"瑰伟特

---

[1] 《桐埜诗集》之"附录"第507页，贵州人民出版社1999年版。
[2] 《桐埜诗集》之"附录"，贵州人民出版社1999年版。
[3] 郭元釪：《桐埜诗集序》，《桐埜诗集》之"附录"第491页，贵州人民出版社1999年版。

出，冠于一时"，有"风雅之宗，领袖群彦"的美誉。

又说郑珍。"清诗三百年，王气在夜郎"，钱仲联关于清代黔中诗歌的这个高度评价，相当程度上就是针对郑珍而言的。或者说，清代黔中诗坛因有郑珍而获得了"王气在夜郎"之美誉。事实上，近代以来的学者基本上是普遍将郑珍视为清代宋诗派的集大成者，如胡先骕《读郑子尹巢经巢诗集》说："郑珍卓然大家，为清诗一代冠冕。纵观历代诗人，除李、杜、苏、黄外，鲜有能远驾乎其上者。"陈声聪说："清道、咸间，郑子尹（珍）以经学大师为诗，奄有杜、韩、白、苏之长，横扫六合，跨越前代。"[1]汪辟疆《近代诗人述评》说："郑氏巢经巢诗，理厚思沉，工于变化，几驾程、祁而上，故同光诗人宗宋人者，辄奉郑氏之不祧之宗。"钱仲联《论近代诗四十家》说："同光体诗人，张学人之诗与诗人之诗合一之帜，力尊《巢经巢诗》为宗祖。"

郑珍何以能够取得集清代宋诗派之大成的成就呢？原因可能是多方面的，但其中有两个方面尤其值得我们注意。

第一，作为黔中文人的郑珍，一生中大部分时间都是"蠖屈乡关，漂泊西南"，[2]在黔中地理环境和地域文化之影响和涵孕下，在艺术观念和诗歌创作方面，颇具创新理念和新变精神。如他在《论诗示诸生时代者将至》诗中说："从来立言人，绝非随俗士。""言必是我言，字是古人字。"[3]声称"不袭旧垒残旌麾"，[4]对"集古"之作亦颇有

---

[1] 陈声聪：《兼于阁诗话》"附录"之"巢经巢"条，第358页，上海古籍出版社1985年版。
[2] 陈衍：《石遗室诗话》，《民国诗话丛编》本，上海书店出版社2002年版。
[3] 杨元桢：《郑珍巢经巢诗集校注》前集·卷七第304页，贵州人民出版社1992年版。
[4] 郑珍：《留别程春海先生》，杨元桢《郑珍巢经巢诗集校注》前集·卷一第24页，贵州人民出版社1992年版。

微词。因此，他主张独创，他在《慕耕草堂诗钞题语》中说：

> 集古之作，费手费目，无所不病，始成一首，及得两句，又工整，又连贯，不胜其喜。他日读前辈之集，乃已被他先占，辄为之索然。故我平生绝不喜为此，还是自打自唱转有乐趣。弟以后亦可莫用此心力也。[1]

对"拟古"之作亦有所不满，他在《邰亭诗钞题识》中，很友善地对莫友芝说：

> 五弟于笔墨力求名贵，用思太深，避常太甚，笔墨之痕，时有未化。故落纸更无怗憛率易语，而短处即因此见之。[2]

形式上的剿袭固然不可取，内容上的模拟和仿古亦非诗之佳境。因此，抒写真性情成为他在诗学上的重要主张，故云："我吟率性真，不自谓能诗。赤手骑祖马，纵行去鞍羁。"[3]

这种创新理念亦体现在他对书画艺术的讨论中。如他在《跋自书杜诗》中认为，书法"是心画，其本之正、气之大、风格之浑朴、神味之隽永，一一皆由心出，毫厘不勉为"。[4] 其《与赵仲渔婿论书》亦认为，书如其人，"心不可见画在纸"，批评"中棱外婀娜"的"羊质虎皮"之作，以为书法当有"真气贯注"，不可拘于"笔法"与"形迹"，亦无须过分"返古"，其云：

---

[1] （民国）《贵州通志·艺文志》卷十七第747页，贵州人民出版社1989年版。
[2] 郑珍：《巢经巢文集》卷四，清光绪二十年高培谷资州官廨刻本。
[3] 郑珍：《次吕茗香长句韵奉答》，杨元桢《郑珍巢经巢诗集校注》后集·卷二第498页，贵州人民出版社1992年版。
[4] 郑珍：《巢经巢文集》卷四，光绪二十年高培谷资州官廨刻本。

> 要之书家只在书，毛颖自是任人使。
> 多闻择善圣所教，少见生怪俗之鄙。
> 学古未可一路求，论字须识笔外意。[1]

其《与柏容论画》亦主张独创，反对"死缚"，其云：

> 但闻识者说，此事无死缚。
> 须得心目间，苍莽露崖堮。
> 下笔逐所见，兔走兼鹘落。
> 意境会其全，形似在所略。
> 必执谱论求，一锢反难药。[2]

中国画讲写意，重神似，故力避"死缚"。因为"死缚"于"谱论"者，其所得往往在"形似"而非"神似"。

其实，作为学问渊深的经学大师，郑珍亦主张向古人学习，强调为文之学养和功夫。但是，他之强调学习古人，是学其精神而非形迹，是学养之培植而非形式的模拟。所以，他在论文中，一再强调学养和学行的重要性。如在《论诗示诸生时代者将至》诗中，他虽然强调独创的重要性，但又以读书和养气为创作之前提，其云："固宜多读书，尤贵养其气。气正斯有我，学赡乃相济。"[3] 在《书柏容存稿》中，他以学养和读书为创作之根基，评柏容诗说："不废读书真有益，尔

---

[1] 杨元桢：《郑珍巢经巢诗集校注》后集·卷三第530～531页，贵州人民出版社1992年版。
[2] 杨元桢：《郑珍巢经巢诗集校注》前集·卷二第50页，贵州人民出版社1992年版。
[3] 杨元桢：《郑珍巢经巢诗集校注》前集·卷七第304页，贵州人民出版社1992年版。

来自比少作厚。知君学养再十年，定视今兹又刍狗。"[1] 在《慕耕草堂诗钞题语》中，他说："才不养不大，气不养不盛。养才全在多学，养气全在力行。学得一分，即才长一分；行得一寸，即气添一寸。"[2] 其在《跋自书杜诗》中亦说："要书好，根本总在读书做人。多读几卷书，做得几分人，即不学帖，亦必有暗合古人之处。"[3] 他在《邵亭诗钞序》中讨论如何学习古人，提出"学其诗当自学其人始"的观点，他说：

> 窃以为古人之诗非可学而能也。学其诗当自学其人始，诚似其人之所学而志，则性情、抱负、才识、气象、行事皆其人，所语言者独奚为而不似？即不似犹似也。

依此，他评价莫友芝诗说：

> 以子偲为人若此，则其制境之耿狷，求志之专精，用心之谨细，非似古人之苦行力学者与？其形于声发于言而为诗，即不学东野、后山，欲不似之，不得也。[4]

所以，力主独创和主张向古人学习，在郑珍这里，并不矛盾。

作者在前面说过，边省文人"但开风气不为师"，是因其有创新精神而缺乏足够的学养支撑；中土文人"不开风气自为师"，是因其

---

[1] 杨元桢：《郑珍巢经巢诗集校注》前集·卷七，第263页，贵州人民出版社1992年版。
[2] （民国）《贵州通志·艺文志》卷十七，第748页，贵州人民出版社1989年版。
[3] 郑珍：《巢经巢文集》卷四，清光绪二十年高培谷资州官廨刻本。
[4] 郑珍：《巢经巢文集》卷三，清光绪二十年高培谷资州官廨刻本。

吸取边省文人的创新成果而辅以丰厚的学养。但是,对于郑珍而言,可谓是"亦开风气亦为师",因为他不仅具有边省文人的创新精神,而且还有中土文人亦难以企及的深厚学养,正如陈田评价郑珍说:"当代诗人,才学兼全,一人而已。""经学大师,兼长三绝,古有子瞻,今有先生。"[1]或如翁同书所称:"经师祭酒,词坛老宿。""才从学出,情以性容。"[2]是"学人之诗与诗人之诗合一之帜"的最高典范。[3]郑珍以丰富的艺术经验和深厚的文化积淀,辅以边省文人的创新精神,二者相得益彰,故能集清代宋诗派创作之大成,达到"亦开风气亦为师"的境界。

第二,宋诗派的诗学主张与郑珍的创新精神正相吻合,故而相得益彰,不仅将清代宋诗运动推向高潮,而且亦成就了郑珍作为同光诗坛"不祧之宗"的"宗祖"地位。作者在第二章讨论边省地域对文学传播之影响时,说过这样一段话:"黔中清代诗人与清诗史上的宋诗运动,实在有太多的关联,如清初宋诗运动的先驱田雯与周起渭的关联,清代中期宋诗运动的中坚钱载与傅玉书的关联,晚清宋诗运动领袖程恩泽与郑珍的关联,这实在是清诗史和黔中诗学的一个值得特别关注的问题。"作者的初步看法是,宋诗派的诗学主张与黔中边省地域文化精神相通,故黔人擅长"宋诗","宋诗"适合在黔中大地生存发展。考察宋诗的特点,以及清代宋诗派的诗学主张,最引人注目的,就是追新求奇。如邵长蘅《研堂诗稿序》说:"唐人尚蕴藉,宋人喜径露。唐人情与景涵,才为法敛;宋人无不可状之景,无不可畅之情。故负奇之士,不趋于宋,不足以泄其纵横驰骤之气,

---

[1] 陈田:《黔诗纪略后编·郑珍传证》,清宣统三年陈夔龙京师刻本。
[2] 翁同书:《巢经巢诗钞序》,(民国)《贵州通志·艺文志》卷十六第698页,贵州人民出版社1989年版。
[3] 钱仲联:《论近代诗四十家》,《梦苕庵清代文学论集》,齐鲁书社1983年版。

而逗其赡博雄悍之力。"田雯《枫香集序》亦说:"诗变而日新,则造语命意必奇,皆诗人之才与学为之也。夫新非矫也,天下势无一不处日新之势,况诗乎?"[1]这种以新奇奥衍、劲健奇崛为特征的"宋诗",以才为诗的"宋诗"取径,正对郑珍的胃口,他那丰厚的学养具备创作以才学为诗的"宋诗",他在黔中地域文化背景下培养起来的创新理念和质直性格,正适合创作这种新奇劲健的"宋诗"。正是上述诸种因素的耦合,使他成为清代"宋诗"创作之集大成者。

　　总之,强调"边缘活力"与艺术创新,并非是身处边缘的学者文人之妄自尊大或自我张扬。两千多年的中国文学发展史已经证明,文学史上的"边缘活力"是一个不可争辩的历史事实。应该说,作者提出的边省文人"但开风气不为师",中土文人"不开风气自为师",亦算是持平之论,与文学史发展之实际情况,是相吻合的。从理论上讲,黔中地理之开放性、立体性特征蕴含着浓厚的创造活力。从实践上看,黔中地域文化的创造活力,在晚清以来,于政治、经济、文化和教育等方面,得到充分的彰显;黔中地域文学之创新精神,在越其杰、周起渭、郑珍、姚华等人的创作中,亦有一定程度的体现。毋庸讳言的是,黔中地域文化和文学虽然体现了一定的创造精神和创新活力,但与全国相比,其总体实力仍居弱势地位,整体水平仍居下游地位。事实上,这亦体现了黔中地域文化和文学虽然具有"边缘活力",但仍是处在"但开风气不为师"的状态。

---

[1]　田雯:《古欢堂集》卷二十六,《四库全书》本。

第四章 边省地域与黔中古近代文学文体

大体而言，黔中古近代文人擅长诗、文，而不擅长词、曲、小说。黔中古近代文学文体的这种分布特点，与黔中地理环境和地域文化特征有密切关系。古今学者关于文学文体的研究，多取时间视角，从时代变迁角度讨论文体的发展流变，并形成"一代有一代之文学"的共识。如果从空间维度，从地理环境和地域文化之视角，借鉴文学地理学的研究方法，探讨文学文体的发展变迁和空间分布，或许可能进一步揭示文体发展和演变之真相，拓展文体学研究的视野和空间，成为文体学研究的一个重要学术增长点，亦可能对黔中文学的文体分布和黔中文人的文体取舍，做出一个令人信服的解释。

一、文体与时代、作者和地域：影响文学文体分布诸因素之综合考察

诗、文、赋、词、曲、小说，是古代中国文学史上最重要的六种文体。某时代盛行某种文体，与文体特征有关，与时代风尚有关，即该文体的文体特征与此时代的社会风尚正相吻合，即所谓"一代有一

代之文学";某人擅长某种文体,亦与文体特征有关,即该文体的文体特征与此作家的性格特点正相吻合,即所谓"文如其人"。某地域盛行某种文体,亦与文体特征有关,与地理特征和地域文化风尚有关,即该文体的文体特征与此地域的地理特征和文化风尚正相吻合。

1. 文体与时代:以相如赋产生的客观条件为例

"一代有一代之文学",准确地说,是一代有一代之文体,所谓汉赋、唐诗、宋词、元曲、明清小说是也。赋成为汉代一代之文体,与赋的文体特征有关,与汉代的社会风尚和汉人的时代精神相关。

就赋体而言,其最显著的特征,是"巨丽",是沉博绝丽、侈丽闳衍、丰腴华赡,是巨、侈、富、丽。与"巨"的特点相适应,能创作和欣赏赋体之人,必然是胸襟开阔、气势不凡、了无牵碍、大气磅礴的"非常之人"。拘文牵俗、动如节度、心胸狭隘、沉寂气褊之人,既不能创作赋,亦不能欣赏赋。故司马相如论"赋家之心",特别强调"苞括宇宙,总揽人物"的创作心胸,以为如此方能达到"控引天地,错杂古今"的创作目的。[1]与"丽"的特点相适应,能创作和欣赏赋体之人,必然是生活豪奢、崇尚华丽、讲求排场、追求绮艳、推崇富庶之人。俭朴节约、清枯寒涩之人,既不能创作赋,亦不能欣赏赋。如屠隆《王茂大修竹亭稿序》说:"浮华者语绮,清枯者语幽。"[2]薛雪《一瓢诗话》说:"寒涩人诗必枯瘠,丰腴人诗必华赡。"[3]为人浮华、丰腴的作家,才能写出华赡、绮丽的作品;为人寒涩、清枯的作者,其文亦有清幽、

---

[1] 葛洪:《西京杂记》卷三,《笔记小说大观》(第1册),江苏广陵古籍刻印社1983年版。

[2] 屠隆:《白榆集》卷三《王茂大修竹亭稿序》,《屠隆集》,浙江古籍出版社2012年版。

[3] 薛雪著、杜维沫校注:《一瓢诗话》,《原诗·一瓢诗话·说诗晬语》第143页,人民文学出版社1979年版。

枯涩的特点。因此，创作和欣赏以"巨丽"为特点的赋体，皆需要特别的心胸和气度，如刘熙载《艺概·赋概》说："学骚与风有难易。风出于性灵者为多，故虽妇人女子无不可与；骚则重以修能，娴于辞令，非学士大夫不能为也。赋出于骚，言典致博，既异家人之语。故虽宏达之士，未见数数有作，何论隘胸襟、乏闻见者乎？"[1]因此，赋体是古代中国所有文体中创作难度最大的文体，亦是最能呈现作家才华的文体。胸襟狭隘者，闻见不博者，沉寂气褊者，清枯寒涩者，既不能创作赋，亦不能欣赏赋。

基于上述观点，景帝何以不好辞赋、武帝为何热衷辞赋、相如为何独擅辞赋等问题，均可获得妥帖解释。据《史记·司马相如列传》载：司马相如"以赀为郎，事孝景帝，为武骑常侍，非其好也。会景帝不好辞赋，是时梁孝王来朝，从游说之士齐人邹阳、淮阴枚乘、吴庄忌夫子之徒，相如见而说之，因病免，客游梁。梁孝王令与诸生同舍，相如得与诸生游士居数岁，乃著子虚之赋"，后来，汉武帝"读《子虚赋》而善之，曰：朕独不得与此人同时哉！"经杨得意推荐，相如奏《上林赋》，"天子以为郎"。[2]此段文字，有以下几个问题需要分别讨论。

首先，汉景帝为何不好辞赋？景帝之为人，史书记载不多，然历史上常常"文景"并称，故可从文帝之性格推知景帝之情性。据《史记·文帝纪》载："孝文帝从代来，即位二十三年，宫室、苑囿、狗马、服御无所增益，有不便，辄弛以利民。尝欲作露台，召匠计之，直百金。上曰：百金中民十家之产，吾奉先帝宫室，常恐羞之，何以台为？上常衣绨衣，所幸慎夫人，令衣不得曳地，帏帐不得文绣，以示敦朴，

---

[1] 刘熙载：《艺概》第102页，上海古籍出版社1978年版。
[2] 司马迁：《史记·司马相如列传》，中华书局1987年版。

为天下先。治霸陵皆以瓦器，不得以金银铜锡为饰，不治坟，欲为省，毋烦民。"[1] 应劭《风俗通义·正失篇》亦说："文帝遵汉家，基业初定，重承军旅之后，百姓新免于干戈之难，故文帝宜因修秦余政教，轻刑事少，与之休息，以俭约节欲自持。"[2] 其时以黄老之术治国，史称："窦太后好黄帝、老子言，帝及太子、诸窦，不得不读《黄帝》《老子》，尊其术。"[3] 黄老之术，崇尚节俭，推尊节欲。荀悦《汉纪·孝景皇帝纪》赞曰："汉兴，扫除苛政，与民休息。至于孝文，加之恭俭，孝景遵业，五六十载之间，至于移风易俗，黎民醇厚。周云成、康，汉称文、景，美矣。"[4] 文、景二帝，其为人以恭俭节欲著称，其时盛行的黄老之学正与君王的性格吻合。故历史上所谓的"文景之治"，实为俭约节欲之治。

在文、景时期以俭约节欲为特点的政治背景下，以"巨丽"为特征的赋体自然就颇遭冷落。故《文心雕龙·时序》说："施及孝惠，迄于文景，经术颇兴，而辞人勿用。贾谊抑而邹枚沉，亦可知已。"[5] 据《汉书·枚乘传》载："景帝召拜（枚）乘为弘农都尉，乘久为大国上宾，与英俊并游，得其所好，不乐郡吏，以病去官。复游梁，梁客皆善属辞赋，乘尤高。"[6] 汉初的两大赋家，枚乘不应诏为弘农都尉，司马相如不乐为武骑常侍，皆愿从诸王游。文、景时的"辞人勿用"，"景帝不好辞赋"，辞赋遭遇冷落的情形由此可见。

汉初宫廷"辞人勿用"，赋家常常"以病去官"。所以，汉初的

---

[1] 司马迁：《史记·文帝纪》，中华书局1987年版。
[2] 王利器：《风俗通义校注》（上册）第96页，中华书局1981年版。
[3] 司马迁：《史记·外戚世家》，中华书局1987年版。
[4] 荀悦：《汉纪·孝景皇帝纪二》，中华书局2002年版。
[5] 范文澜：《文心雕龙注》第672页，人民文学出版社1978年版。
[6] 班固：《汉书·权乘传》，中华书局1962年版。

赋体创作中心，不是在文、景二帝的宫廷中，而是在几个诸侯王的王府里，如吴王刘濞、梁孝王刘武和淮南王刘安的王宫，就是当时著名的赋体文学创作中心。值得注意的是，这几个诸侯王都以经济富庶和生活豪奢著称，其中以梁孝王为最。据《史记·梁孝王世家》载："（梁）孝王筑东苑，方三百余里，广睢阳城七十里。大治宫室，为复道，自宫连属于平台三十余里。得赐天子旌旗，出从千乘万骑。东西驰猎，拟于天子。出言跸，入言警。招延四方豪杰，自山以东游说之士莫不毕至。……梁多作兵器弩弓矛数十万，而府库金钱且百巨万，珠玉宝器多于京师，……孝王未死时，财以巨万计，不可胜数。及死，藏府余黄金尚四十余万斤，他财物称是。"[1]《西京杂记》卷三亦说："梁孝王好营宫室苑囿之乐，作曜华宫，筑兔园。园中有百灵山，山有肤寸石、落猿石、栖龙岫。又有雁池，池间有鹤洲凫渚。其诸宫观相连，延亘数十里，奇果异树，瑰禽怪兽毕备。王日与宫人宾客弋钓其中。"其富庶奢靡如此，确与文、景二帝"自衣弋绨，足履革舄，集上书囊以为殿帷"的俭朴生活，大相径庭，宜乎其成为西汉初年最重要的赋体文学创作中心，故司马相如、枚乘等赋家皆乐从之游。梁孝王本人亦好辞赋，据《西京杂记》卷四载："梁孝王游于忘忧之馆，集诸游士，各使为之赋。枚乘为《柳赋》……路乔如为《鹤赋》……公孙诡为《文鹿赋》……邹阳为《酒赋》……公孙乘为《月赋》……羊胜为《屏风赋》，……邹阳为《几赋》……韩安国作《几赋》，不成，邹阳代作……邹阳、安国各罚酒三升，赐枚乘、路乔如绢，人五匹。"[2] 梁孝王如此，其他如吴王、淮南王亦大体类似。可以说，经济上的富庶和生活上的豪奢，正是这几个诸侯王府成为当时赋体文学创作中心的前提条件。

---

[1] 司马迁：《史记·梁孝王世家》，中华书局1987年版。
[2] 葛洪：《西京杂记》（卷四），《笔记小说大观》（第1册），江苏广陵古籍刻印社1983年版。

其次,汉武帝为何热衷辞赋?在汉武帝时,赋体创作中心由诸侯王府转移至武帝宫廷中,此与武帝之为人和性格大有关系。武帝之为人,据东方朔说:"今陛下崇苑囿,起建章,左凤阙,右神明,号千门万户;木土衣绨绣,犬马被缋罽,宫人簪瑇瑁,垂珠玑,设戏车,教驰逐,饰文采奇怪;撞千石之钟,击雷霆之鼓,作俳优,舞郑女。上为淫侈如此,而欲民不奢侈,事之难也。"[1]司马桢《史记·武帝本纪·索隐述赞》亦说:"孝武纂极,四海承平。志尚奢丽,尤敬神明。坛开八道,接通五城。朝亲五利,夕拜文成。祭非祀典,巡乖卜征。登嵩勒岱,望景传声。迎年祀日,改历定正。疲耗中土,事彼边兵。日不暇给,人无聊生。俯观嬴政,几欲齐衡。"[2]汉武帝之奢靡纵欲,与文、景二帝之俭约节欲不同,与汉初梁孝王等人近似。这样一位雄才大略、好大喜功的"非常之人",必然与梁孝王一样,热爱繁富铺陈的赋体文学,故以安车蒲轮迎枚乘,见相如赋而慨叹"朕独不得与此人同时"。其时之赋作,亦多是赋家追随武帝游观宴乐时所作,如据《汉书·枚皋传》载:"(皋)从行至甘泉、雍、河东,东巡狩,封泰山,塞决河宣房,游观三辅离宫馆,临山泽弋猎射驭狗马蹵鞠刻镂,上有所感,辄使赋之。"[3]

武帝本人是赋体创作的积极推动者,武帝时代是最适合赋体创作的时代。在当时,现实生活的极大拓展,观念世界的纷纭繁复,社会风气的侈靡奢华,这三个方面反映到汉代文艺上便形成了一个极为显著的特征:繁富铺陈。[4]汉赋就是这种文艺特征的典型代表。武帝时代以大为美,是赋体创作的审美背景。汉王朝结束了春秋战国长达

---

[1] 荀悦:《汉纪·孝武皇帝纪二》,中华书局2002年版。
[2] 司马迁:《史记·武帝本纪》,中华书局1987年版。
[3] 班固:《汉书·枚皋传》,中华书局1962年版。
[4] 王钟陵:《中国中古诗歌史》第9页,人民文学出版社2005年版。

五百年的分裂割据局面，建立起高度集中的大一统国家，国家之大实乃前所未有。武帝时期，开疆拓土，东平朝鲜，南平南越，西辟西南夷，北定匈奴，国土面积大大地扩大了，大汉帝国的声威远播异域，西域文化传入中原，这开阔了人们的视野，扩展了人们的胸襟，使人们第一次认识到国家之大，世界之大，大的观念进入汉人的审美意识，以大为美成为一时之时尚。以大为美，在汉初就稍显端倪，如据《史记·高祖本纪》载："萧丞相营作未央宫，立东阙、北阙、前殿、武库、太仓。高祖还，见宫阙壮甚，怒，谓萧何曰：天下匈匈苦战数岁，成败未可知，是何治宫室过度也？萧何曰：天下方未定，故可因遂就宫室。且夫天子以四海为家，非壮丽无以重威，且无令后世有以加也。高祖乃说。"[1]汉初君臣已有"壮丽"显威之意识。至武帝时，丞相公孙弘"常称人主病不广大"，[2]所谓"广大"之主，即司马相如所说的"非常之人"。在汉代上升时期，人们以"横八极，致崇高"为人生最大快乐，[3]如刘安以为，"观六艺之广崇，穷道德之渊深，达乎无上，至乎无下，运乎无极，翔乎无形，广于四海，崇于太山，富于江河，旷然而通，昭然而明，天地之间，无所系戾"，苟如此，"其所以监观岂不大哉"。在他看来，"囚之冥室之中"的生活是不幸的，因为"凡人所以生者，衣与食也。今囚之冥室之中，虽养之以刍豢，衣之以绮秀，不能乐也。以目之无见，耳之无闻。穿隙穴，见雨雾，则怏然而叹之，况开户发牖，从冥冥见昭昭乎？从冥冥见昭昭，犹尚肆然而喜，又况出室坐堂，见日月光乎？见日月光，旷然而乐，又况登泰山，履石封，以望八荒，视天都若盖，江河若带，又况万物在其

---

[1] 司马迁：《史记·高祖本纪》，中华书局1987年版。
[2] 司马迁：《史记·平津侯主父列传》，中华书局1987年版。
[3] 何宁：《淮南子集释·要略训》，中华书局1998年版。

间者乎，其为乐岂不大哉"！[1] 此种壮大之美不能容于"冥室之中"，必须到广阔的外部世界去寻找，故《淮南子·俶真训》说："夫牛蹄之涔，无尺之鲤；块阜之山，无丈之材。所以然者何也？皆其营宇狭小，而不能容巨大也。"因此，"随一隅之迹而不知因天地以游，憾莫大焉。虽时有所合，然而不足贵也"。[2] 这种以大为美的观念，与司马相如强调的"苞括宇宙，总揽人物"的"赋家之心"，是相一致的；与汉代强大的综合国力、辽阔的国家版图、丰富的社会生活，是相适应的。汉赋之创作，即以此为背景的。所以，柳诒徵说："赋体之多，尤为汉人所独擅，大之宫室都邑，小之一名一物，铺陈刻画，穷形尽相，而其瑰伟宏丽之致，实与汉之国势相应。"[3]

　　赋体文学创作之兴盛，还与武帝时代的儒学独尊有关。黄老之术"以俭朴节约自持"，故在黄老之学占统治地位的时代，推尊黄老的文人，不善作赋，亦不能欣赏赋。在武帝时代，儒学独尊与赋体创作之兴盛同步出现，不是偶然的巧合，这是因为儒学与赋体之间有着密切的共生影响关系。大体而言，儒家尚文重礼，其对文学的重视和影响，远远大于法、道、墨诸家。儒家所讲礼仪之繁琐，与汉赋之繁富亦很近似，且二者皆重形式上的繁富铺陈。赋体文学在创作方法上讲"推类而言"，与儒家的思维方法"推"，亦有明显的渊源关系。司马谈《论六家要旨》说道家"指约而易操，事少而功多"，即指道家的简朴；说儒家"博而寡约，劳而少功"，即指儒家的繁富。儒学的繁富，是由其"推"的思维方法决定的。赋体文学"博而寡约"，亦是由赋体"推类而言"的创作方法决定的。

　　总之，赋体文学的兴盛，端赖经济之繁荣、生活之拓展、奢华风

---

[1]　何宁：《淮南子集释·泰族训》，中华书局 1998 年版。
[2]　何宁：《淮南子集释·说林训》，中华书局 1998 年版。
[3]　柳诒徵：《中国文化史》（上册）第 394 页，岳麓书社 2010 年版。

尚之盛行和儒学之独尊。文、景二帝不好辞赋,是因为其时不具备上述条件;梁孝王之王府和汉武帝之宫廷成为辞赋创作中心,是因为他们具备这种客观条件。能否作赋,能否欣赏赋,与创作者和欣赏者之心胸和性格有关。文、景二帝不好辞赋,与其俭朴节欲的性格有关;梁孝王、汉武帝之好辞赋,是由其夸饰奢靡的性格所决定。

2. 文体与作者:以相如赋产生的主观条件为例

文体之流行与时代风尚有关,文体之选择与作家的个性特征有关。文如其人,人亦如其文,此即刘勰《文心雕龙·体性》所谓"各师成心,其异如面"是也,故刘勰评文,谓"贾生俊发,故文洁而体清;长卿傲诞,故理侈而辞溢;子云沈寂,故志隐而味深",[1] 此就文人性格与文章风格言之。其实,进一步考察,作者认为,文人性格与文体特征亦大有关系,或擅长诗,或擅长文,或擅长赋,皆是因为其人的性格特征和其文体的文体特点相吻合的缘故。以下我们以司马相如为例说明。

相如赋之产生,不仅是由时代风尚等客观条件所决定,亦与司马相如的个性特征等主观因素有关。相如赋产生的主观因素,是指赋的文体特征与司马相如的性格特征吻合。相如为人,约而言之,有如下数端:

第一,相如为人风流放诞。相如一生经历,最为后人所訾议者,是"情挑私奔"和"窃赀卓氏"二事。其以琴心挑逗卓文君,"重赐文君侍者通殷勤",并与之"驰归成都"。其"身自著犊鼻裈,与保庸杂作,涤器于市中"等行为,皆有放诞风流的特点。故嵇康《高士传赞》说:"长卿慢世,越礼自放。犊鼻居市,不耻其状。托病避官,

---

[1] 范文澜:《文心雕龙注》第 505~506 页,人民文学出版社 1978 年版。

蔑此卿相。乃赋大人，超然莫尚。"[1]《史记索隐述赞》亦说："相如纵诞，窃赀卓氏。"[2]张溥《汉魏六朝百三家集题辞》说："盖长卿风流放诞，深于论色，即其所自叙传，琴心善感，好女夜亡。史迁形状，安能及此。"[3]值得注意的是，司马相如对自己这一段"琴挑私奔""窃赀卓氏"的风流放诞之事，颇有自夸自炫之意。据考察，《史记》《汉书》之《司马相如列传》，大体皆沿袭司马相如的《自叙》。即《史》《汉》书里《司马相如传》中"琴挑文君"的浪漫传奇爱情，皆出于司马相如的自叙生平。司马相如在自叙传里，津津乐道这段风流韵事，实有自夸自炫之意。或者说，在相如看来，此乃风流韵事，不只没有必要隐瞒，还可以炫耀。而唐代刘知几撰《史通》，却讥之为丑行。当代学者钱锺书却又将相如《自叙》比作西方的《忏悔录》。[4]相如撰《自叙》，是否有忏悔之意，是值得怀疑的。其实，作者倒是认为相如的自炫之想多于忏悔之意。"琴挑文君"，在相如本人看来是值得自炫之事，在后人看来却是丑行；在相如本人是风流韵事，在后人看来却是伤风败俗。其夸诞浮华之作风，由此可见一斑。

夸诞之人，其为文必有浮华之征，常有铺张扬厉的特点。如班固《典引》说："司马相如洿行无节，但有浮华之辞。"[5]《文心雕龙·体性》说："长卿傲诞，故理侈而辞溢。"詹锳《义证》解释说："高傲的人总是倾向于夸诞，言过其实。司马相如的作品就是文理虚夸，而且辞采泛滥的。"[6]方孝孺《张彦辉文集序》说："司马相如有侠客美丈夫之容，

---

[1] 嵇康：《高士传赞》，李善《文选》谢惠连《秋怀诗》注引。
[2] 司马迁：《史记·司马相如传》，中华书局1987年版。
[3] 张溥著、殷孟伦校注：《汉魏六朝百三家集题辞注》，中华书局2007年版。
[4] 钱锺书：《管锥编》（第一册）第358～359页，中华书局1986年版。
[5] 萧统：《文选》卷四十八，上海书店1988年版。
[6] 詹锳：《文心雕龙义证》第1026页，上海古籍出版社1989年版。

故其文绮曼姱都。"[1]

第二，相如为人奢靡浮华。他不忌言对奢华生活的追求，据《华阳国志》卷三《蜀志》载："（成都）城北十里有升仙桥，有送客观。司马相如初入长安，题其门云：不乘赤车驷马，不过汝下也。"[2]其生活亦甚重排场，据《史记·司马相如列传》，武帝"拜相如为中郎将，建节往使，副使王然于、壶充国、吕越人驰四乘之传……至蜀，蜀太守以下郊迎，县令负弩矢先驱，蜀人以为宠。于是卓王孙、临邛诸公皆因门下献牛酒以交欢"。蜀人以为宠，想必司马相如亦当以此为荣，因为这正实现了他"乘赤车驷马"的夙愿。再如，梁孝王死后，相如回成都，"家贫，无以自业"，"家居徒四壁立"，然其赴卓王孙之家宴，"从车骑，雍容闲雅甚都"，产生"一座尽倾"的效应，其华美丰赡、飘逸浪漫可知。其"窃赀卓氏"，得"僮百人，钱百万，及其（文君）嫁时衣被财物"，回成都后"买田宅，为富人"，其生活之奢靡浮华亦可略知。当他再度以中郎将身份至蜀，卓王孙又"厚分与其女财，与男等同"，其富饶如此，居然还有出使受金之事（"其后人有上书言相如使时受金，失官"）。[3]可见相如是一位奢靡嗜欲之士，不是一位清心寡欲之人，其对财富占有的欲望很为强烈。

文如其人，"浮华者语绮，清枯者语幽"，[4]"寒涩人语必枯瘠，丰腴人诗必华赡"。[5]相如为人奢靡浮华，丰腴纵欲，故其为文有"词绮""华赡"的特点，如《文心雕龙·诠赋》说："相如《上林》，

---

[1] 方孝孺：《张彦辉文集序》，《逊志斋集》，《四库全书》本。
[2] 刘琳：《华阳国志校注》第227页，巴蜀书社1984年版。
[3] 司马迁：《史记·司马相如传》，中华书局1987年版。
[4] 屠隆：《白榆集》卷三《王茂大修竹亭稿序》，《屠隆集》，浙江古籍出版社2012年版。
[5] 薛雪著、杜维沫校注：《一瓢诗话》，《原诗·一瓢诗话·说诗晬语》第143页，人民文学出版社1979年版。

繁类以成艳。"[1]《才略》说:"相如好书,师范屈宋,洞入夸艳,致名辞宗。然覆取精意,理不胜辞。"[2]《物色》说:"及长卿之徒,诡势环声,模山范水,字必鱼贯,所谓诗人丽则而约言,辞人丽淫而繁句也。"[3]

第三,相如为人具有浓厚的政治热情。对于一位大赋作家来说,浓厚而真诚的政治热情是必需的,因为大赋是以颂赞为特点的。拥有浓厚而真诚的政治热情,是创作以颂赞为特色的大赋的前提。相如一生,有三件事情最能体现其政治热情。一是出使西南夷,为汉王朝疆土的统一与拓展,做出了重要贡献。其出使西南夷发布的两篇文告,最能表现其政治热情。其一言国家有难之时,"夫边郡之士,闻烽举燧燔,皆摄弓而驰,荷兵而走,流汗相属,唯恐居后,触白刃,冒流矢,义不反顾,计不旋踵,人怀怒心,如报私仇。彼岂乐死恶生,非编列之民,而与巴蜀异主哉?计深虑远,急国家之难,而乐尽人臣之道也"。[4]其二是对汉武帝的评价,当道德家指责汉武帝"疲耗中土,事彼边兵"时,相如则称道汉武帝是"非常之人",其云:"盖世必有非常之人,然后有非常之事;有非常之事,然后有非常之功。夫非常者,固常人之所异也。故曰非常之原,黎民惧焉,及臻厥功,天下晏如也。……且夫贤君之践位也,岂将委琐偓促,拘文牵俗,修诵习传,当世取说云尔哉。必将崇论宏议,创业垂统,为万世规。故驰骛乎兼容并包,而勤思乎参天贰地。"[5]其三是临终草封禅书。据史称:相如病甚,武帝使所忠往相如家取书,"所忠往,而相如已死,家无书。问其妻,

---

[1] 范文澜:《文心雕龙注》第135页,人民文学出版社1978年版。
[2] 范文澜:《文心雕龙注》第698页,人民文学出版社1978年版。
[3] 范文澜:《文心雕龙注》第694页,人民文学出版社1978年版。
[4] 萧统:《文选》卷四十四司马相如《喻巴蜀檄》,上海书店1988年版。
[5] 萧统:《文选》卷四十四司马相如《难蜀父老》,上海书店1988年版。

对曰：长卿固未尝有书也，时时著书，人又取去，即空居。长卿未死时，为一卷书，曰有使者来求书，奏之。无他书。其遗札书言封禅事，奏所忠。忠奏其书，天子异之"。相如于《封禅书》中颂扬汉德说："大汉之德，逢涌原泉，沕潏漫衍，旁魄四塞，云专雾散，上畅九垓，下泝八埏。"[1]并力劝汉武帝封禅泰山。相如病免家居，仍著此书，说明他对汉王朝的政治热情是真诚的，对武帝的颂扬是发自内心的。

赋体文学的特征是铺陈和颂赞，是以铺陈之手段创作巨丽之文章以达成颂赞之目的。相如为人风流放诞，故其著文理侈而辞溢，有铺张扬厉之特点。相如为人奢靡浮华、博达宏阔，故其能为巨丽之文。相如为人具有浓厚的政治热情，故其能为亦愿为颂赞之文。概而言之，司马相如具备集汉赋创作之大成的主观因素。

3. 文体与地域：从空间维度研究文体的可能性和必要性

以上，作者以司马相如及其所代表的赋体文学为例，讨论了文体与时代、作者之关系，此种通过时间维度展开的文体研究（即"一代有一代之文学"），是传统文体学研究的惯常路径。作者并不否认从时间维度研究文体的可能性和必要性，但是，在文体学研究中引入空间维度，从地理环境和地域文化之角度讨论文体的特征、起源、发展、演变，研究文体的地域特点和空间分布，探讨地理空间对文体特点、分布和发展、演变的影响，不仅可以丰富文体学研究的内容，拓展文体学研究的空间，而且还可以深化文体与时代、作者之关系的研究。

从空间维度研究文体，不仅具备可能性，而且还有必要性。

首先，从空间维度研究文体具备可能性。如前所述，一位作家选择某种文体进行创作，或者一位作家特别擅长某种文体而不是其他，

---

[1] 司马迁：《史记·司马相如传》，中华书局1987年版。

这与他的性格和情性有密切关系，即是因为该作家的性格和情性与此文体的特征和功能正相吻合。司马相如之所以擅长赋，是因为司马相如风流放诞、奢靡浮华的性格特征和浓厚的政治热情，与赋体铺张扬厉、沉博绝丽、颂赞讽谕的文体特征正相吻合，故能集汉赋创作之大成。另外，作者在本书之"绪论"中讨论"从地域角度研究文学的可能性"时，亦已指出：一个人的性格、一个民族的精神，乃至一个国家之国民性格的形成，皆与其生存的自然环境和人文环境有密切的关系。风土决定气质，地域影响性格。是地理环境和地域文化培育了作家的性格和情性，是因为作家的性格和情性与文体的特点和功能相吻合，才导致该作家特别擅长此文体。所以，从根本上讲，作家对文体的选择和取舍，地理环境和地域文化是一个重要的决定性因素。因此，作者认为，仅仅从时间维度研究文体有局限性，作为文体创作之主体的作家，他不仅仅生存于特定的时代里，而且亦必须置身于特定的空间中，是时间与空间的组合构成了作家的生存环境，决定了作家的性格和情性，并进而影响到他对文体的取舍或选择。所以，地理空间影响作家对文体的取舍，空间决定文体，从空间角度研究文体具备可能性。

其次，从空间维度研究文体的可能性，还在于空间不仅决定作家的性格、气质和才性，而且亦对时代风尚发生影响。特定的时代生活是由特定的人物群体构成，特定的时代精神总是由特定的人物群体来营建，特定的时代风尚往往是由特定的个体或群体来引领。而特定的个体或群体又总是生存于特定的空间背景中，并且往往是携带着特定空间背景所培育的性情和好尚，来营建时代精神和引领时代风尚。所以，时代精神和时代风尚往往蕴含着特定的地域文化因子，或者说是地域风尚溢出地域局限进而发展成为时代精神和时代风尚。从这层意义上看，空间不仅决定作者，而且亦影响时代。最显明的例子，莫过于鲁迅曾经提到的"汉宫流行楚声"这一现象。楚声是南方楚国的音乐，是有特定空间背景的地域性艺术。可是，汉初开国功臣皆来自南方楚国，西汉皇室和大部分王公贵族，皆内含着南方楚文化因子。所以，在西汉长安，特别是在西汉宫廷里，普遍流行着楚声。可以说，西汉皇室和大部分王公贵族的创作，基本上都是楚声歌。[1]或者如李泽厚《美的历程》所说，西汉文化就是楚文化。楚声歌这种地域性的文体和审美风尚，凭借政治权力的支撑成为全国性的文体和风尚，地域文化对时代风尚之影响，由此可见一斑。到了东汉，经改朝换代而入居皇统的是南阳刘氏，东汉初年的开国功臣和统治集团中的上层人物，则是南阳地区以刘秀为代表的地域人物集团，所以，南阳地域文化走出南阳，入据洛阳，逐渐取代楚文化而成为时代精神之凝聚者和时代风尚之引领者。因此，从这个角度看，从空间维度研究文学和文体具有可能性。

最后，从空间维度研究文体，不仅有可能性，还有必要性。在中国文学史上，的确存在甲地域的文人擅长此文体、乙地域的文人擅长彼文体的情况。如梁启超《中国地理大势论》说：

> 散文之长江大河一泻千里者，北人为优。骈文之镂云刻月善移我情者，南人为优。盖文章根于性灵，其受其四周社会之影响特甚焉。[2]

刘师培《南北文学不同论》亦说：

> 大抵北方之地，土厚水深，民生其间，多尚实际；南方之地，水势

---

[1] 鲁迅：《汉文学史纲要》第六篇《汉宫之楚声》，人民文学出版社1976年版。
[2] 夏晓虹编校：《中国现代学术经典·梁启超卷》第707页，河北教育出版社1996年版。

浩洋，民生其间，多尚虚无。民尚实际，故所著之文，不外记事、析理二端。民尚虚无，故所作之文，或为言志、抒情之体。[1]

简言之，北人擅长文，南人擅长诗。又如，词这种文体，南人比北人擅长，据学者依据《全宋词》和《全宋词补辑》两书之统计，宋代有姓氏可考的词人为1493人，词作21055首，人均作词13首；以存词13首以上（包含13首）的词人为统计对象，共得203人；其中隶籍今浙江、江西、福建、江苏、安徽、四川、湖北、广东、重庆、湖南等南方省份者168人，占总数的82.8%。隶籍今山东、山西、陕西、北京等北方省份者仅35人，占总数的17.2%。[2]所以，学者认为，词兴起于五代时的江南，一开始就带上了江南文化的特征。而曲这种文体正好相反，北人比南人擅长。据王国维统计，元杂剧三期作者"六十二人中，北人四十九人而南人十三。而北人中，中书省所属之地即今直隶、山东产生，又得四十六人，而其中大都产生十九人"。[3]所以，研究词、曲的文体特征，地域性因素的影响是必须要考虑的。另外，亦存在着同一种文体在不同地域的作者笔下有不同风格特点的情况，如同为唐宋古文大家的韩愈、欧阳修的古文风格，就存在着显著的区别，据陈起昌《唐宋八大家文钞论序》说："六一之文，与昌龄同出于太史氏，韩得其刚，故其文雄。欧得其柔，故其文逸。"[4]同一种文体之所以在不同作者的笔下有不同的风格表现，曾大兴的说法值得重视："应该从文学家的地理分布上寻求答案。韩愈是河南孟县人，欧阳修则占籍江西永丰，生于四川，长于随州，全在南方。他们二人所接受的地

---

[1] 劳舒编：《刘师培学术论著》第162页，浙江人民出版社1998年版。
[2] 曾大兴：《文学地理学研究》第81页，商务印书馆2012年版。
[3] 王国维：《宋元戏曲史》第76～77页，百花文艺出版社2002年版。
[4] 陈起昌：《唐宋八大家文钞论序》，《国专月刊》1935年第7期。

理环境方面的影响是不一样的。"[1] 又如，同为乐府诗，南朝乐府与北朝乐府的区别，就是显而易见，这亦必须从南北朝时期南北双方的地理环境和地域文化上去寻找原因。所以，研究同一种文体在不同作家笔下的风格差异，地域性因素的影响亦是应该考虑的。

还有，特定的文体总是在特定的地域中产生，因而其早期必然具有浓厚的地域文化色彩，如辞赋文体与南方楚国地域文化之关系，就是一个显明的例子。词与江南地域文化的关系，亦比较显明。因此，袁行霈主编的《中国文学史》，其"总绪论"讨论文学发展的地域不平衡性，就说过："不同的地域有不同的文体孕育生长，从而使一些文体带有不同的地方色彩，至少在形成后相当长的一段时间内是如此。"[2]

综上三个方面可知，文体的地域性特征是比较显明的，要深入探讨文体的质性特征，从空间维度切入，以弥补时间维度的局限，不仅是可能的，而且是必要的。

二、黔中古近代文学文体的地域性特征

1. 黔中古近代文学文体的分布状况

（民国）《贵州通志·艺文志》收录黔中古近代"别集类"文献共八百零四部；"总集类"共三十一部，附一部；"诗文评类"共十部，附一部；"词曲类"（附传奇）共三十九部，附十部。除去"总

---

[1] 曾大兴：《文学地理学研究》第82页，商务印书馆2012年版。
[2] 袁行霈主编：《中国文学史》之"总绪论"，高等教育出版社1999年版。

集类"和"诗文评类",黔中古近代文人创作的诗文集共八百零四部,[1]词共四十七部,传奇共二部,小说共四部。从朝代分布来看,清代以前的诗文集共一百四十八部,清代以后则有六百五十六部;清代以前的词作仅一部,清代以后则有四十六部,且多数集中在晚清时期。传奇和小说皆为清代的作品。以上数据表明,黔中古近代文学创作的主体是诗和文,占总数的百分之九十四。词、曲、小说的数量极少,且清代以前基本上是空白,多集中在清代晚期,仅占总量的百分之六。这足以说明,黔中古近代文人擅长诗与文,而于词、曲、小说,则可能不擅长,或者不热衷。或者说,黔中古近代地域环境和文化背景适宜于诗与文的生存,而于词、曲和小说的创作,则可能有些水土不服;黔中古近代文人的性格适合诗与文的创作,而于词、曲、小说的创作,则颇有扞格。

数量上的统计结果,与当时文人观察所得之印象大体吻合。如莫友芝《莳烟亭词序》说:

> 吾黔自君采、滋大破诗之荒,渔璜、鹿游、白云、端云诸老继之大昌,独未有为开先倚声者。[2]

的确,统计资料显示,当黔中诗歌创作自晚明以来繁荣发展,涌现出一批大家名家,并在全国产生较大影响的时候,词体创作则基本上还未起步。(民国)《贵州通志·艺文志》所载的词集,明代以前包括明代仅有一部,其他四十六部词集基本上产生于清代晚期。可以说,清代中期以前黔中无词人,贵州无词作。学者的观察和感慨是有依据

---

[1] 按照传统观点,"词曲类"亦属别集,但(民国)《贵州通志·艺文志》将"别集"与"词曲"分列。"别集类"包括诗和文,"词曲类"包括词、曲、小说。

[2] (民国)《贵州通志·艺文志》卷十八第885页,贵州人民出版社1989年版。

的,如凌惕安《影山词跋》说:"吾黔固多诗人,而词家则甚少。"[1]任可澄《香草词序》亦说黔中"诗家虽多,词则阒焉罕见"。[2]周人吉《絮红吟馆词跋》说:"吾黔先正著述,鸿篇巨制,琳琅满目,独于词、曲留存绝少。"[3]杨恩元《弗堂词跋》说:

> 溯黔中自明设省,三百年间,诗人接踵,专集颇多,惟词则阒焉寡闻。清代词家,始有江辰六显于康熙之际,延至中叶,倚声渐盛,而附载各家集中者,要皆篇幅寥寥,略备一格。[4]

陈德谦《葑烟亭词跋》亦说:"黔人为词本甚寥寥,亦无派别之可言。"[5]在这里,需要追问的是,黔中文人为何仅仅擅长诗歌,而不热衷词、曲、小说之写作?作者认为,这与黔中地理环境和地域文化有关,与黔中文人的性格特征有关,与诗、词、曲、小说等文体的特征有关。

作者认为,某时代或某地区盛行某种文体,某作家擅长某种文体,一定是该文体与此时代、此地区的社会特征相吻合,该文体的特点与此作家的性格相吻合。如前所述,汉代盛行赋,司马相如擅长赋,就是因为赋这种文体的特征与汉代社会特点和司马相如的个性特征相吻合。作者深信,每一种文体皆有其适合的题材、特定的功能和使用的场所。就题材言,词和诗就有显著区别,如范家祚《望眉草堂词序》说:"词者,诗之余也。有时诗所难言者,而词之委婉曲折,转足以达之。"[6]王国维《人间词话》说得更明白:"词能言诗之所

---

[1] (民国)《贵州通志·艺文志》卷十八第878页,贵州人民出版社1989年版。
[2] (民国)《贵州通志·艺文志》卷十八第880页,贵州人民出版社1989年版。
[3] (民国)《贵州通志·艺文志》卷十八第882页,贵州人民出版社1989年版。
[4] (民国)《贵州通志·艺文志》卷十八第896~897页,贵州人民出版社1989年版。
[5] (民国)《贵州通志·艺文志》卷十八第887页,贵州人民出版社1989年版。
[6] (民国)《贵州通志·艺文志》卷十八第890页,贵州人民出版社1989年版。

不能言,而不能尽言诗之所能言。"有些题材适合诗,有些题材适合词。宋元以来,诗和词在题材上的分野越来越明显,如宋末沈义父《乐府指迷》说:

> 作词与诗不同,纵是花卉之类,亦须略用情意,或要入闺房之意。然多流淫艳之语,当自斟酌。如只直咏花卉,而不着些艳语,又不似词家体例,所以为难。又有直为情赋曲者,尤其宛转回互可也。[1]

钱锺书讲得更清楚:

> 宋代五七言诗讲"性理"或"道学"的多得惹厌,而写爱情的少得可怜。宋人在恋爱生活里的悲欢离合不反映在他们的诗里,而且常常出现在他们的词里。……据唐宋两代的诗词看来,也许可以说,爱情,尤其是在封建礼教眼开眼闭的监视之下那种公然走私的爱情,从古体里差不多全部撤退到近体诗里,又从近体诗里大部分迁移到词里。[2]

所以,在宋代士大夫那里,抒写豪情壮志,表达对国家社会重大问题的关注,或者关于人生价值和意义的探讨,一般多用诗或者文;而书写缠绵悱恻的爱情,尤其是像钱锺书所说的那种"走私的爱情",一般多用词体,这种状况在欧阳修和范仲淹那里体现得最充分,所谓"诗庄词媚"之说,指的就是这种情况。在宋代文人士大夫那里,在提笔写作的时候,什么题材放在诗里写,什么东西放在词里写,他们区分得很清楚,亦是很自觉地遵守这种约定俗成的区分。日本学者村上哲见通过对欧阳修和范仲淹等文人创作的研究,发现他们在写诗填词时

---

[1] 张璋等编:《历代词话》第202页,大象出版社2002年版。
[2] 钱锺书:《宋诗选注·序言》第7~8页,人民文学出版社2002年版。

的不同态度后，指出宋代文人普遍患有人格分裂症。[1] 其实，这不是人格分裂的问题，而是他们基于对诗与词这两种文体的题材和功能的明确区分后的有意选择。正因为对诗、词文体的题材和功能有明确区分，所以这两种文体的使用场所亦有显著的区别。一般而言，诗、文适应于庄重严肃的场合，而词、曲则大体适用于青楼楚馆等娱乐场所。

2. 黔中地理环境与诗歌创作

（1）黔境即诗境

讨论某种题材是否适合诗，作者有一预设之前提，即以传统中国文化为背景，以是否符合儒家温柔敦厚之中和诗歌美学理想为前提。温柔敦厚诗教说的提出，是以传统中国人的中和观念为理论背景的。传统中国人以和为贵，以中为美，反对一切极端倾向和偏激观点，认为任何极端和偏激的言行，都有背于中，有害于和，有乖于美。甚至那种特别高昂和过于低沉的情绪，亦没有美感，因为它有失温柔，不够敦厚。那种特别富有刺激性的声音和物象，亦不美，因为它既不中，亦不和。在这样的文化背景上形成的诗歌审美理想，固然应当以温柔敦厚为宗旨。比如，在诗歌表达的情感上，它的典范，应当是孔子所称道的《关雎》那种"乐而不淫，哀而不伤"式的。那种特别高昂的情绪，不免有粗豪之嫌；那种过分悲伤的情绪，则不免有低沉之弊。在诗歌的题材上，春、江、花、月、夜，最适合诗，不仅因为它们美，而且亦因为它们有温柔敦厚的特点，或者说，因为它们是温柔敦厚的，所以是美的。再如，一年四季中，春、秋适合诗，冬、夏则不适合诗。

---

[1] ［日］村上哲见：《唐五代北宋词研究》，杨铁婴译，陕西人民出版社1987年版。

因为春、秋二季温柔敦厚，冬、夏二季，或者温度太低，或者温度太高，太富于刺激性，既不中，亦不和，更不温柔敦厚，所以不适合诗。因此，古代中国诗人写冬天的雪景，往往用春天的温煦来调节它，如岑参《白雪歌送武判官归京》"忽如一夜春风来，千树万树梨花开"，就是一个典型的例子；写夏天的炎热，往往用冷色调来冲淡它，如杨万里《闲居初夏午睡起》"芭蕉分绿与窗纱"，就是一个典型的例子。又如，太阳与月亮，月亮适合诗，因为它有柔顺和闲静的特点，符合温柔敦厚之旨；太阳不适合诗，特别是夏天中午的炎炎烈日，因为它太有刺激性，如李贺《秦王饮酒》以"羲和敲日玻璃声"写日光，的确很新奇，但不美。符合温柔敦厚之旨的日光，是夕阳和朝阳。所以，古代诗人写太阳，不是写朝阳，便是写夕阳，极少有写正午烈日的。

推而广之，地理环境有适合于诗者，有不适合于诗者。有的地理环境容易激发人的诗情，有的则不能。如张珮美《西凉集序》说：

> 凉郡僻处西陲，沙碛雪山，夹处南北，无名区胜境足恣游览。即游历所至，亦不足触发清思，地实使之然也。[1]

即凉郡苍凉萧瑟，过于粗豪，极端悲凉，不具备诗情画意，令人敬畏，但"不足触发清思"，故而难以激发人的诗情。即使作为诗歌题材，亦不免有粗豪之嫌，不符合温柔敦厚之旨，不具备中和之美。有的地理环境天然具有诗意，不但容易激发诗人的诗兴，而且亦适合作为诗歌题材。如吴振棫《燕黔诗钞序》说：

---

[1] （民国）《贵州通志·艺文志》卷十五第638页，贵州人民出版社1989年版。

> 黔之山雄峻而深，黔之水湍厉而清：诗境也，宜黔人之多诗。[1]

其实，容易激发人诗情的地理环境，本身亦具有诗意，适合作诗歌题材。所以，地理环境之是否具有诗意？能否激发人的诗情？是否适合作诗歌题材？首先应当考察的，是它是否符合传统中国人的温柔敦厚的诗歌美学理想。

作者在本书第一章讨论"地理特征与黔中文化品格"时，已经指出：黔中之佳山秀水与荆楚同，而其险山激水则为荆楚所不具，此位于高原之黔中与处于平原之荆楚在地理特征上的显著区别。位于高原之黔中与西北塞漠之地理，同有雄奇险峻之美，但塞漠之苍凉悲壮则为黔中所无，黔中之清秀隽朗又为塞漠所不具。所以，黔中的地理特征，实兼具荆楚之佳山秀水与塞漠之雄奇险峻于一体，集阴柔与阳刚于一身，正符合温柔敦厚的中和之旨。故曰：黔境即诗境。黔人之擅长于诗，盖得自于黔中的山水之助。

黔境即诗境，黔中的佳山秀水孕育了黔中士子的诗性精神。客籍文人置身其中，亦往往流连忘返，诗意盎然，诗兴勃发，流露出对黔中山水的爱慕和眷念之情。寓居普安的浙江诗人杨彝说："复瞻奇胜南荒外，雅兴何如李谪仙。"因游览黔中佳山秀水而激发作诗之雅兴，是大部分客籍文人的普遍经历。如王阳明初入黔中，即感慨道："境多奇绝非吾土，时可淹留是谪官。"[2] 其《六广晓发》诗云：

> 初日瞳瞳似晓霞，雨痕新霁渡头沙。
> 溪深几曲云藏霭，树老千年雪作花。

---
[1]（民国）《贵州通志·艺文志》卷十六第663页，贵州人民出版社1989年版。
[2] 王阳明：《七盘》，吴光等编校《王阳明全集》卷十九，上海古籍出版社2011年版。

白鸟去边回驿站，青岩缺处见人家。
遍行奇胜才经此，江上无劳羡九华。[1]

其《送张宪长左迁滇南大参次韵》亦说：

绝域烟花怜我远，今霄风月好谁谈。
交流若问居夷事，为说山泉颇自堪。[2]

其在《重修月潭寺建公馆记》中赞美飞云崖说："惟至兹崖之下，则又皆洒然开豁，心洗目醒。虽庸俦俗侣不知有山水之观者，亦皆徘徊顾盼，相与延恋而不忍去。"[3] 其对黔中山水的赞美和留恋之情，可想而知。作为黔中名胜，飞云崖使众多客籍文人赞不绝口。如田雯游飞云崖，即赞叹说："莫信人间惟五岳，须知天末有三峰。""如此奇山谁领略，曾无七十二家封。""跬步从前应自笑，直同井底一塞蛙。"[4] 取道黔中前往云南的诗人杨慎，亦创作了大量描绘黔中山水和风情的诗篇，表现了对黔中山水和风情的眷念之情。当他目睹七星关之雄奇风姿后，亦感慨说："登来仿佛临云圃，不信飘零逐转蓬。"[5] 查慎行游幕黔中，对黔中山水尤其欣赏，创作了近两百首诗歌，收录在《慎旃集》《遄归集》中。其《飞云岩》诗说："惜哉灵胜境，乃落在西南。

---

[1] 王阳明：《六广晓发》，吴光等编校《王阳明全集》卷十九，上海古籍出版社2011年版。
[2] 王阳明：《送张宪长左迁滇南大参次韵》，吴光等编校《王阳明全集》卷十九，上海古籍出版社2011年版。
[3] 吴光等编校：《王阳明全集》卷二十三，上海古籍出版社2011年版。
[4] 田雯：《黔书》卷二"飞云崖"条，《中国地方志集成·贵州府县志辑》（第2册），巴蜀书社等2006年版。
[5] 杨慎：《七星关新桥》。

好事遇一逢，高情谁复较。"[1] 其游天擎洞后说：

> 黔江自与楚水通，楚山不与黔山同。
> 神灵有意幻奇谲，使我豁达开心胸。[2]

其游牟珠洞后亦说："将归得奇观，顿解肺肝渴。"[3] 赵翼曾任贵西兵备道道员，游览了黔中大部分佳山秀水，约一年半的任职期间创作了描绘黔中山水与风情的五百余首诗作，其对黔中山水亦是推崇备至，如《谷峒道中》说：

> 陆行日日遇岩阿，此地尤称锦绣窠。
> 岭树身长树叶少，溪流性急浪涛多。
> 野禽五色仙裙蝶，山黛千盘佛髻螺。
> 可惜轻抛蛮徼内，几人来此寄清哦。[4]

其行走于都匀道中，面对一路美景，即感叹说："分明一幅山水画，可惜荆关未得知。"[5] 到达水城，惊诧其地之奇风异景，亦说："如何此佳处，抛落猓人边。"[6] 洪亮吉提学黔中，目睹黔中山水，诗意盎然，创作了近五百余篇诗歌，其《自平贯塘至白岩汛道中》说：

> 马头浓绿间深红，半日全行复嶂中。

---

[1] 查慎行：《飞云岩》。
[2] 查慎行：《天擎洞歌》。
[3] 查慎行：《母猪洞观瀑》。
[4] 赵翼：《谷峒道中》，华夫《赵翼诗编年全集》，天津古籍出版1996年版。
[5] 赵翼：《都匀道中即景》，华夫《赵翼诗编年全集》，天津古籍出版1996年版。
[6] 赵翼：《水城》，华夫《赵翼诗编年全集》，天津古籍出版1996年版。

百转千回抱村坞，江南无此好屏风。[1]

贝青乔行经大娄关，著有《舆行避道快睹异端寄程大庭鹭》一诗，其诗结尾亦说：

幻想欲移中土去，幽探惜少故人偕。
他日归乞荆吴笔，写到穷荒此亦佳。[2]

据此可知，客籍诗人游览黔中，常常被黔中的佳山秀水所吸引，从而触发诗情，创作了大量的山水诗歌。[3]其实，画家置身于黔中山水中，亦能触发道机，引发创作冲动。如乾隆年间著名画家邹一桂，出任黔中提学使，留黔达六年之久。后升任礼部侍郎，忆及黔中山水，"林壑在胸不能去"，乃作《山水观我》画若干幅，他在画册之序里说：天下奇特山水甚多，惜游人观后往往迅速忘却。而黔中山水，格外有情。人不观山水，山水却起而观人，具有特殊魅力，引得无数文士竟往游观。而自己观看时流连忘返，至久别后，仍忆念不已。[4]

作者在本书第一章第三节讨论"黔中人文生态与文化品格"时指出：客籍人士因黔中地理险峻、山川阻隔、道路崎岖、贫穷落后，而普遍视黔中为畏途，有明显的"畏黔"心理，或"厌薄不欲往"，或"恨不旦夕去之"，甚至途经此地亦"惟恐过此不速"。事实的确如此，对于一般官员来说可能更突出一些，而对于诗人来说，情况可能要复

---

[1] 洪亮吉：《自平贯塘至白岩汛道中》
[2] 贝青乔：《舆行避道快睹异端寄程大庭鹭》
[3] 参见黄万机：《客籍文人与贵州文化》之《风物篇》，贵州人民出版社1992年版。
[4] 转引自黄万机：《客籍文人与贵州文化》第151页，贵州人民出版社1992年版。按，此段文字于黄书中加有引号，似为原文。但从文字表述上看，则有部分文字与白话文无异。估计黄氏引述时有改动。惜无从找到原书校证。特志于此，以致歉意。

杂一点。从以上所举例子来看，大部分宦游黔中的客籍诗人或画家，对黔中的佳山秀水皆有深挚的热爱之情，尽管因为种种原因，他们亦希望早日返回家园或回到中土，但对黔中山水的偏爱之情，确是相当突出的。所以，或称其为"奇胜"，如王阳明、杨彝；或称其为"锦绣窠"，如赵翼；或以为是"奇观""胜境"，如查慎行。

黔境即诗境，黔中的佳山秀水激发诗人的创作热情，置身其中，"洒然开豁，心洗目醒"，"解肺肝渴"，"高情""雅兴"勃然而生，不仅"使我豁达开心胸"，而且"不信飘零逐转蓬"。故宦游黔中的诗人，皆为黔中的山水所吸引，而创作了大量的诗歌，如王阳明、杨慎、吴国伦、田雯、查慎行、赵翼、洪亮吉、吴嵩梁、舒位、阮元、林则徐、程恩泽、何绍基等，皆不乏名篇佳作传世。所以，作者认为：黔境即诗境，黔中的佳山秀水不仅培育了黔中文人的诗性精神，亦激发了客籍文人的创作热情。

作者指出黔中古近代文人擅长诗，并非夜郎自大，刻意夸耀黔中文士的诗歌创作成就。事实上，把黔中古近代文人的诗歌创作放在全国诗坛上去比较，虽然涌现出了像谢三秀、杨文骢、周起渭、郑珍、莫友芝、姚华这样几位在全国诗坛产生过重要影响的诗人。但是，必须承认的是，黔中古近代诗歌创作的成就，与其他地域特别是文化中心地区相比，还有相当大的距离。只是相对于黔中本土文学创作来说，与黔中本土的散文、辞赋、词曲、小说等文体的创作相比较来说，黔人最擅长诗，黔人最热衷诗，黔境即诗境。量化的数据最能说明问题，（民国）《贵州通志·艺文志》收录的别集共八百五十三部，而诗文集就有八百零四部，占总数的百分之九十四，而文集又仅是其中极小的一部分，诗集却占有绝对优势。[1] 黔人好诗，黔境即诗境，其水平高低是另外一回事，但其真诚爱诗好诗之感情，的确是相当突出的。比如，越其杰就是一个典型例子。

（2）黔中古近代文人对诗歌的执著与偏爱——以越其杰为例

在黔中晚明诗人群体中，越其杰刻意为诗、企望以诗传世的意识相当明显。其诗歌作品，据吴中蕃《屡非草选序》说，有近万首。据杨文骢《屡非草略序》说："自甲子（1624）至今，有诗五千余首。"[2] 即后期二十年大约就有五千多首诗，其创作热情之高涨，诗作数量之丰富，可想而知。从现在掌握的情况看，他是黔中明清诗人中创作数量最多的一个。另外，越其杰企望以诗名世，还表现在他多次自编诗集一事上。据《黔诗纪略》记载，他先后将其万余首诗作编辑成《蓟门》《白门》《横朔》《屡非》诸集，其《屡非》为最后的定本。越氏之诗亦为同时诗坛名家所推崇，其外甥杨文骢曾为其编辑诗选，命名为《屡非草略》，其书已佚，今仅见其序。其友人之子吴中蕃亦别有选本十卷，名为《屡非草选》，今亦散佚，仅存其序。《黔诗纪略》录其诗226首，编为二卷。据莫友芝《黔诗纪略传证》说："今复汰其半，编为二卷。"[3] 据此可知，黎兆勋、莫友芝编选越氏诗入《纪略》时，越氏还有近五百首诗作传世，所谓"汰其半"，即从近五百首诗中录存226首。在《黔诗纪略》收录的明代黔中诗人的诗作数量上，越氏排名第四（孙应鳌457首，吴中蕃405首，

---

[1] 黔人擅长诗歌，诗歌是黔中古近代文学的代表形式。黎铎以为："贵州历代诗歌、方志和禅学论著，是贵州文化的三大物质形态，在贵州文化中具有独特的地位和深远的影响，因而成为贵州文化的三大主流。"（《贵州文化三大主流：诗志禅》，《贵州文史丛刊》1998年第4期）

[2] 《黔诗纪略》卷十六第615页，贵州人民出版社1993年版。

[3] 《黔诗纪略》卷十六第615页，贵州人民出版社1993年版。

杨文骢325首，谢三秀180首）。

越氏苦心为诗，黔中诗人无有出其右者。杨文骢《屡非草略序》说：

> （其杰）既谪海上，日与诗僧逸士，或杖藜出郭，或挐艇泛江。每游必诗，每诗必苦，镂肾呕肝，虽极刻划，而淳蓄渊雅，归于自然，绝无矜怨之念。……尤勤于学，夜深灯火，伊唔之声彻户外，考诸家得失之林，观气运升降之故，于古今各体，辨晰毫芒，大或数百言，小或数十，无不淋漓纵恣，摆去拘束，格标颜、谢，藻潄庾、徐，足称作者。[1]

如莫友芝《黔诗纪略传证》说：

> 黔中先辈苦心为诗，殆无有逾于开府者也。开府癖耽佳句，当放退多闲，其诗殆无日不作。[2]

陈田亦说：

> 卓凡苦心吟事，存诗近万首，惜为钟谭派所束缚，然其独诣处，亦彼法中之铮铮者。[3]

越氏苦心为诗，一方面是因为他对诗歌的偏爱，另一方面则是由于他对诗歌的自我期待和对诗人身份的自我认同，以及企望以诗传世的强烈意识。其《苦吟》《改诗》二首，最能体现他对诗歌的执著态度。其《改诗》说：

---

[1] 《黔诗纪略》卷十六第615页，贵州人民出版社1993年版。
[2] 《黔诗纪略》卷十六第612页，贵州人民出版社1993年版。
[3] （民国）《贵州通志·艺文志》卷十四第562页，贵州人民出版社1989年版。

> 偶见昔吟诗，虚心一检视。读未及终篇，惭怖几无地。
> 芜荒略能刊，深奥殊未至。不知当时心，何以亦得意。
> 闲有心所会，至今不可易。此带性灵来，百中无一二。
> 恨少同调人，披肝勤指示。从今誓改弦，曩误期捐弃。
> 不敢恕微长，虽贤犹责备。点窜尽全篇，不留初一字。[1]

面对旧作，"惭怖几无地"，甚至"不知当时心，何以亦得意"，所以"不敢恕微长，虽贤犹责备。点窜尽全篇，不留初一字"，其精益求精之精神，与杜甫"为人性癖耽佳句，语不惊人死不休"之态度，甚为近似。越氏标格甚高，所以作诗亦甚苦，并且自觉地认识到好诗必须是苦心所作。因此，他在《山水移序》里，批评明人作诗不认真，他说："余尝谓：古今为诗者，自汉魏而下，唐人以全力，宋人以半力，我明人只以余力。""余力"为诗，故诗不工。越氏提倡全力为诗，苦心为诗，他认为："夫诗之为道，不苦心不深，不积学不厚，不辟智借慧于山水不灵。"[2] 在其诗作中，他一再谈到作诗的认真与艰苦，"抽毫字字欲追古，识地既高心益苦"。[3] "诗非奇傲宁无作，客若寻常只闭门"。[4] "诣能一往非无意，诗取群疑为苦心"。[5] 古人以"苦心为诗"评越氏，良非虚言。其论诗学取径，以"苦吟"为题，亦可想见其态度。

越氏苦心为诗，一定程度上缘于他对诗歌的执著与热爱。特别是他在仕途坎坷之际，尤其专注于诗歌创作。如他说："为客原无系，

---

[1] 《黔诗纪略》卷十六第619页，贵州人民出版社1993年版。
[2] 关贤柱：《杨文骢诗文三种校注》第12页，贵州人民出版社1990年版。
[3] 越其杰：《读王觉斯诗》，《黔诗纪略》卷十六第628页，贵州人民出版社1993年版。
[4] 越其杰：《溪边晚步》，《黔诗纪略》卷十七第666页，贵州人民出版社1993年版。
[5] 越其杰：《杨龙友园》，《黔诗纪略》卷十七第670页，贵州人民出版社1993年版。

依僧渐习空。尽将诸事废,只搏一联工。"[1]几乎是把诗歌创作当作人生的唯一追求。因此,他反复声称:"得共诗流兴未孤,穷看峰色到溪隅。……从朝及暮皆吟赏,更有人间似此无。"[2]"爱闲以饮为多事,任放除诗不用心。"[3]"云窥树隙寂岩坐,除却清吟非所亲。"[4]"非无气侠嫌微浅,只有文章契最深。"[5]诗歌创作成为他日常生活中不可或缺的一个重要组成部分。

越氏热爱诗歌,苦心为诗,他对自己的诗歌创作才能亦充分自信,犹如对自己的军事才能和政治才华的自负一样。如《赠友》说:"笑口求开惟酒社,雄心欲耗只词坛。诗逢敌手真难避,纵老犹当一据鞍。"[6]《赠友》说:"门庭萧萧昼常关,惟有词人得往还。立论每超文字外,持身不在步趋间。"[7]《由灵谷至燕矶》说:"清福才知工啸咏,无才不称住林泉。"[8]《客窗》说:"久罢排闾原有意,不辞伏案是何心。情期一往能超诣,试向希声味淡寻。"[9]《秋尽对残菊》说:"吐我欲言诗或旷,取人所弃见非疏。"[10]《苦吟》说:"欲擅千秋绝,何妨一世疑。"等等。

另外,他将自己的诗集命名为《知非》《屡非》,亦可见其自信。故莫友芝《黔诗纪略传证》说:"其为诗沉思独往,觉今古皆非,

---

[1] 越其杰:《酬对》,《黔诗纪略》卷十七第648页,贵州人民出版社1993年版。
[2] 越其杰:《溪边晚步》,《黔诗纪略》卷十七第670~671页,贵州人民出版社1993年版。
[3] 越其杰:《闲步海云庵》,《黔诗纪略》卷十七第667页,贵州人民出版社1993年版。
[4] 越其杰:《春暮出游》,《黔诗纪略》卷十七第673页,贵州人民出版社1993年版。
[5] 越其杰:《赠友》,《黔诗纪略》卷十七第674页,贵州人民出版社1993年版。
[6] 《黔诗纪略》卷十七第677页,贵州人民出版社1993年版。
[7] 《黔诗纪略》卷十七第676页,贵州人民出版社1993年版。
[8] 《黔诗纪略》卷十七第675页,贵州人民出版社1993年版。
[9] 《黔诗纪略》卷十七第676页,贵州人民出版社1993年版。
[10] 《黔诗纪略》卷十七第675页,贵州人民出版社1993年版。

故以《屡非》名集。"[1] 马冲然《屡非草序》亦说："其诗沉郁顿挫、清新俊逸无不有，而卓凡不以为是也。学近人、学前人以为非，至学盛唐、六朝、汉魏亦以为非。"[2] 他对当下诗作的自负，则有对往昔作品的不满，而经常修改旧作，"点窜尽全篇，不留初一字"；[3] 对个人诗作的自负，则有对古今诗作的不满，故"学近人，学前人以为非"。故其"知非""屡非"不仅非自己，而且亦非他人、非古人。所以，郑珍评注越氏《示友》诗时，说他"几于一举笔即赞自诗，亦太矜贵矣。此意颇嫌，数见不鲜"。[4] 这确是切中肯綮的知人之论。

总之，越氏热爱诗歌，苦心为诗，对自己的诗学才能充分自信，有强烈的以诗传世的诗人身份意识，其诗学观念与诗学取径亦别具一格，颇有特色。

对诗歌创作的执著与热爱，可与越其杰相提并论的，还有周起渭。据陈汝辑《桐埜诗集序》说：

> 惟其刻意为诗，卒以诗名，斯其性情之所在也。故其病革清明，嗜好消落，而独于平生文字孜孜汲汲，惟恐失坠。盖其自信者固亦在是，而异日之论公者，亦当读其诗而增重焉。[5]

还有清代黔中诗人孙士鹏，著有《山水怡情草》，其对诗歌的偏爱，据陈田说：

---

[1] 《黔诗纪略》卷十六第612页，贵州人民出版社1993年版。
[2] 《黔诗纪略》卷十六第614页，贵州人民出版社1993年版。
[3] 《黔诗纪略》卷十六第619页，贵州人民出版社1993年版。
[4] 《黔诗纪略》卷十七第678页，贵州人民出版社1993年版。
[5] 周起渭：《桐埜诗集》之"附录"第496页，贵州人民出版社1999年版。

> 程南（孙士鹏字）以诗为命，临终索笔书一绝，与家人云：扰扰尘
> 寰便别离，一生心血上残诗。他年有客求遗稿，为向坟头的报我知。眷
> 眷于身后名，诵之令人心悲。[1]

又有黎兆熙，著有《野茶冈人吟稿》，其于诗歌之自信，据郑珍说：

> 仲咸（黎兆熙字）于其死之前夕，与其弟纵谈诗，因夸己好句，自
> 启箧，出所存稿，即此册也。又称其酷慕渔洋，偶坐次，忆某诗及注，
> 命翻，辄得其所作，是真能于渔洋喉下探息者。[2]

以上所举，当是个别的极端例子。还应当提到，亦能体现黔中文人对诗歌的执著与偏爱的，是黔中古近代文人比较普遍的以诗传人、以诗存史、以诗纪事的诗史意识和创作观念。关于这个问题，作者在本书之第二章已有详述，兹不赘论。[3]

3. 黔中地理环境与词曲创作

（1）地理环境与黔中古近代词曲创作现状

黔中古近代文人词体文学创作之数量和质量，与诗歌相比，均不能相提并论。其戏曲、小说之创作，则基本上可以忽略不计。[4] 还有，

---

[1] （民国）《贵州通志·艺文志》卷十六第685页，贵州人民出版社1989年版。
[2] （民国）《贵州通志·艺文志》卷十六第724页，贵州人民出版社1989年版。
[3] 参见本书第二章之"黔中古近代文人的诗史意识和不朽观念"。
[4] 据（民国）《贵州通志·艺文志》载录，黔中古近代文人创作的传奇仅两部，即傅玉书《鸳鸯镜传奇》、任璇《梅花缘传奇》。小说仅四部，即范兴荣《啖影集》、佚名《平南传》、咄咄道人《丬峒野史》、佚名《玩寇新书》，今存前两种，后一种（民国）《贵州通志·艺文志》存回目。

黔中词人稍有成就，且能在全国词坛发生一定影响者，多集中在晚清时期，如黎兆勋、陈钟祥、章永康、姚华等人，均属晚清。

作者认为，黔中文人之不擅长词、曲、小说，与这几种文体的特征有关，与黔中地理环境和地域文化有关，与黔人的性格有关。或者说，词、曲、小说这几种文体于黔中地理有水土不服的问题。相对而言，诗以中和为贵，赋以雄放为佳，词以阴柔为宜。阴柔之词与黔中"大山地理"颇有扞格，"大山地理"可以培植出具有"大山风格"的诗歌，而难以孕育出轻柔缠绵的词作。黔中文士的"大山性格"，与词的轻缓柔媚、缠绵悱恻的特征颇不相称。因此，可以说，黔中地理环境和文人性格不完全适合词体文学的创作。再说，诗适合抒发士大夫的豪情壮志，赋适于颂扬统治者的丰功伟绩，而词则适于表达男女之间的相思离别之情。前引钱锺书之言就指出，唐宋以来有关爱情的书写，"从古体诗里差不多全部撤退到近体诗里，又从近体诗里大部分迁移到词里"。所以，宋代以来，在文人的观念意识中，词更适合花前月下或青楼楚馆之温柔乡中，作柔情之表达。因此，词体文学的创作，需要特别的环境；词体文学的发展和繁荣，需要特别的条件。即商品经济的高度发展，市民阶层的壮大，以及在此基础上形成的繁华都市，在都市中培育起来的有闲阶层的闲情逸致和世俗享乐精神。

古代中国最主要的文体有六种，即诗、文、赋、词、曲、小说。大体而言，诗、文、赋属于雅的文体，词、曲、小说属于俗的文体。其中，又以唐宋之际为界，之前是诗、文、赋占据文坛的统治地位，之后则是词、曲、小说居于文坛的主流地位。所以，概括地说，中国古代文体以唐宋之际为界线，大体沿着由雅入俗的方向发展。俗文学的发展和繁荣，必须要有世俗社会的享乐精神作支撑，词体文学在宋代的繁荣发展，就与宋代商品经济的繁荣、市民阶层的壮大和世俗享乐精神的发扬，有十分密切的关系。但是，这种特别的环境和精神，在边省黔中地域，基本上不具备。或者说，黔中古代社会缺乏词、曲、小说等文体创作之环境与土壤。关于这个问题，黔人陈德谦在《蓻烟亭词跋》中说过一段极有见地的话，其云：

> 填词制谱，原出乐章，于管弦繁会、沤波鹢艇之乡为盛，有旗亭之可睹，近井水而能歌，盖宜尔也。黔地万峰崒矗，山林畏佳，无追欢竞伎之场，非若名都大邑，触耳而成声，侔色而称调，虽滋大、渔璜诸老流誉诗坛，海内同钦，顾以词名者，阒尔弗闻，非必无人，之题且难也，地势使然也。方今梯航便捷，凿五尺而成坦夷；声色之竟，随交通以俱入，然则酒边花外，低唱浅斟，固其时乎。[1]

相对于诗、赋、文而言，词属世俗性文学，故其以世俗享乐精神为支撑，以世俗生活场景为背景。古代黔中缺乏此种精神和背景，故其创作亦就颇为沉寂。即便有所创作，亦基本不走俗的道路，如胡长新《青天山庐词跋》说莫庭芝的词，"伊郁善感，婉而多风，其不沾沾焉剪红刻翠、柳弹莺娇者，境实为之。古之伤心人，别有怀抱，何暇与征歌选舞者，竞工于欢愉之辞乎"[2]！莫氏之词，"别有怀抱"，不涉"剪红刻翠、柳弹莺娇"者，其原因是"境实为之"。此"境"，应当包括莫氏所处的地域环境和所遭的人生际遇。这与陈德谦所谓黔中词人"阒尔弗闻"，乃"地势使然"的观点，完全吻合。总之，黔中古近代文人不擅长于词，即便作词亦"别有怀抱"，此乃"地势使然""境实为之"。戏曲、小说与词类似，亦属世俗性文学，亦以世俗精神和世俗场景为创作基础，故其在黔中的创作情况，亦与词体类似，其原

---

[1] （民国）《贵州通志·艺文志》卷十八第887页，贵州人民出版社1989年版。
[2] 《黔南丛书》第四集《青天山庐词》卷末，贵阳文通书局铅印本。

因亦是"地势使然""境实为之"。

为数寥寥的黔中词人，多集中在晚清时期。在道、咸之际，黔中地区涌现出一批词人，如黎兆勋、莫友芝、章永康、黎庶蕃、陈钟祥、郑珍、姚华等人，其创作均有一定成就和相当影响。严迪昌编《近代词选》，黔中黎兆勋、莫友芝、章永康、黎庶蕃四词家入选，可见黔中晚清的词体创作已经引起学界的重视。如黎兆勋，字伯庸，著有《葑烟亭词》，莫友芝以为"柏容（即伯庸）所诣，骎骎轶南渡而上汴京，即兼工之子尹，已瞠乎其后"，认为其词"幽宕绵邈，使人意移为之不已，于长水（朱彝尊）、乌丝（顾贞观）、珂雪（曹贞吉）间参一坐，岂有愧哉"！[1]其词风超迈豪旷，与其为人相称。黎庶蕃，号椒园，著《雪鸿词》四卷，词风豪宕舒张，雄深雅健，略近苏、辛。章永康，字子和，著《海粟楼词》一卷，与黎庶蕃齐名，堪称黔中晚清词坛之冠冕。陈钟祥，字息凡，著《依隐斋诗钞》《香草词》等，其词受常州词派影响，成就在诗之上，词风清奇自然，格近苏、辛，内容丰富，举凡赠答、怀人、纪游、时事等均有涉及。黔中词人多出在晚清时期，与当时黔中交通条件的改善，商品经济的发展，世俗享乐精神的培育和域外文化的输入大有关系，这正如陈德谦所说："声色之竞，随交通以俱入，然则酒边花外，低唱浅斟，固其时乎。"

（2）地理环境与黔中古近代词体创作特点

综合考察晚清黔中几位著名词人的创作，有两个显著的特点，值得注意：

第一，在题材上较少涉及风月情色和男女恋情，更多的是以人生际遇、山川景物、民俗风情和社会现状为题材。

---

[1] （民国）《贵州通志·艺文志》卷十八第884～885页，贵州人民出版社1989年版。

或抒写人生际遇，如黎兆勋《江神子·送友人之兰州》，对友人的怀才不遇抱不平之鸣；黎庶蕃《贺新郎·寄莼斋弟之江宁》，悲叹个人在战乱中的人生际遇；《高阳台·与门人刘敬亭夜话》，抒写乡土之思和仕隐矛盾心情；莫友芝《念奴娇·车上作》，抒写人生际遇和感慨；章永康《满江红·旅夜酒后题壁》，抒写思乡客愁；黎庶焘《贺新娘·寄呈子偲先生江上时居江督曾公幕府》，描述战乱中文士的坎坷际遇和飘零生涯。此类作品甚多，不胜枚举。

或描绘山川景物，如黎兆勋《望海潮·大观楼观海》《百字令·六里箐行》《八归·李王祠下夜泊》《迈陂塘·白水河观瀑布时大寒后三日》等。黎庶焘《渡江云·乌江怀古》《水龙吟·浮海还吴》等。陈钟祥《望海潮·过洞庭湖》，章永康《百字令·七盘关》《摸鱼儿·大雪偕黄子寿游太原纯阳宫，登楼眺远，殊悁吟怀，倚此奉柬》等。此类作品最具代表性，颇能代表晚清黔中词体文学之成就。

或抒写对时局的隐忧和描述战乱后凄惨的社会现状，如黎庶蕃《望海潮·秣陵春感》，写战乱后秦淮一带的凄凉景象；《一寸金·往宿夜郎站，悚心骇目，追忆有作》，写娄山关之险峻，并为时局动荡而忧虑。章永康《满江红·道经毕节有感题壁》，描写战地景象。陈钟祥《祝英台近·挽赠方伯天津谢云舫大令》，反映清兵为抗击外国侵略者入侵而英勇牺牲的壮烈情怀。张鸿绩《祝英台近·和犹子少谷浪淘沙》《蝶恋花·登潼关城楼》，抒写对社会动乱现状的隐忧；《西江月·雪中宴集呈坐客》《忆秦娥·纤月落》，表达词人对民间疾苦的关怀。傅衡《满庭芳·丙寅春日郊望》，描写同治年间贵阳郊野兵乱后的景象。邓维祺《买陂塘·感事》《台城路·城久闭，买米不得，日旰未食，感赋》，描述军阀混战的惨状及其给民众生活带来的困难。姚华《满江红·八月十六日感事，癸丑》，抒发对袁世凯窃国行径的愤慨之情。

或描述民情风俗，如莫友芝《采桑子》九阕，描写村姑采桑养蚕的农事生活。陈钟祥《飞雪满群山·千峰叱驭第三图》，写藏区特有的风土人情，《换巢鸾凤·跳月》，写黔中苗族的跳月风俗。赵懿《渔歌子》十一阕，对渔家生活进行多方位的描述等。此类作品最具特色，颇能显示黔中地域文化的特征。

黔中词人抒写男女恋情的作品较为少见，其中较为有名并被选家看重的，是郑珍抒写与表妹黎湘佩之间的恋情之作，如《沁园春·凭几伤心》《定风波·旧事凄凉入画图》《蝶恋花·缨络仙云飞过处》《浣溪沙·万水千山苦寻觅》等，均能做到细致入微，情真意切，感人至深。莫友芝亦有《一丛花令·小楼长记藕花时》，抒写男女情爱。章永康《临江仙·清明日客贵阳志感》，写客旅中对妻子的思念之情。但总体上数量不多，并且亦极少赏风弄月、剪红刻翠的风月之作。

第二，在风格上以清空豪放为主要特点，较少香软艳绮之作。如陈钟祥《望海潮·过洞庭湖》云：

> 东南吴楚，乾坤日夜，混茫天水同浮。波撼岳阳，气蒸云梦，当年诗句常留。风浪去悠悠，指君山一点，以翠色中流通。千片轻帆，五湖烟景望中收。
>
> 漫言后乐先忧。却关山戎马，陡上心头。浙海潮平，桂林烽静，凯歌次第先讴。天外岳阳楼，正朗吟未已，飞过仙舟。倚白云边，还呼明月酹新愁。[1]

古今写洞庭湖，孟浩然《临洞庭湖赠张丞相》、杜甫《岳阳楼》，堪

---

[1] 陈钟祥：《香草词》，《黔南丛书》第四集第二册，贵阳文通书局铅印本。

称绝唱。本词化用孟、杜诗句写洞庭湖奇景,气势恢弘,境界雄阔,颇有苏、辛豪放气象。又如黎兆勋《望海潮·大观楼望海》云:

> 云垂飚竖,鲸翻鳌掷,怒涛滚滚而来。斜倚碧阑,愁观天外,茫茫雪浪无涯。搔首动吟怀。慨汉唐戈马,蒙段楼台。当日雄豪,而今安在?只尘埃。
>
> 穷兵黩武休哀,纵山移海倒,瘴死烟埋。赵宋河山,元明郡邑,此邦大有人才。天海气佳哉!爱云沙明灭,浦树低排。日暮鱼龙舞,烟际一帆开。[1]

柏容(黎兆勋字)其人,据黎庶昌《从兄黎伯庸府君行状》说,是"倜傥有大志,不屑为乡曲谀儒,人或目为狂"。故其为词,颇具豪迈气象,近似苏、辛风格。其他作品如《百字令·六里箐行》《八归·李王祠下夜泊》《迈陂塘·白水河观瀑布时大寒后三日》等,风格亦旷达雄放。再如,黎庶蕃《一寸金·往宿夜郎站,悚心骇目,追忆有作》云:

> 一线通天在,万古风云鸟飞绝。是当年铲就,罗施门户,至今留下,蛮夷窟穴。暗暗斜阳灭,听一片,瘴猿悲烟。更堪怜,白草黄茅,吹上征衣尽成雪。
>
> 为问苍天在,何心凿险,丸泥竟虚设。看天狼山外,危旌暮动,病鸦巢底,层冰晓裂。愁思真如结,有多少,行人骨折。叹劳生,也逐鸡鸣,销尽轮蹄铁。[2]

娄山关之险峻,历代诗人多有题咏,词人将娄山关之险峻与时局之动

---

[1] 黎兆勋:《葑烟亭词》,《黔南丛书》第四集第六册,贵阳文通书局铅印本。
[2] 黎庶蕃:《雪鸿词》,《黔南丛书》第四集第七册,贵阳文通书局铅印本。

荡结合起来书写,风格沉雄激宕,其他作品如《望海潮·秣陵春感》《渡江云·乌江怀古》《水龙吟·浮海还吴》等,亦大体如此。此外,如章永康《百字令·七盘关》《摸鱼儿·大雪偕黄子寿游太原纯阳宫,登楼眺远,殊惬吟怀,倚此奉柬》《满江红·道经毕节有感题壁》等作品,亦是气势雄豪,雄深雅健。即便是郑珍、莫友芝、章永康的部分恋情词,亦非香软之作,而是以清空之景写人间真情。

总之,黔中文士长于诗,"地势"使然也;黔中文士不擅于词、曲、小说,亦"地势"使然也。[1] 即使晚清时期出现的几个重要词人,其词作的题材和风格,亦深受黔中地理环境和地域文化之影响,而呈现出独特的风貌。由黔中明清诗、词、曲、小说创作之实绩与特点,可以推知:地理环境与文学体裁之间,确有值得注意的影响关系。

---

[1] 黎铎《贵州文化三大主流:诗志禅》说:"诗在贵州文学独占鳌头,究其原因,是因为物质生产方式制约着精神生产……贵州地瘠民贫,商品经济不发达,城市文化缺乏基础……'黔之民稀而久贫'的状况使以市民为基础的小说、戏剧缺乏市场。而诗是个体文化,可以仅在个体间交流,在较狭窄的文化市场仍有较强的生命力。"(《贵州文史丛刊》1998年第4期)

第五章　边省地域与黔中古近代文学创作题材

地域环境对文学生产的影响，涉及文体选择、创作题材和文学风格等方面。但其影响之方式和程度又略有不同。就其方式而言，有直接影响和间接影响之分；就其影响程度而言，有表层影响和深层影响之别。具体而言，地域环境对文学生产的直接影响是文学语言和创作题材，相对来说，这种影响的程度常常是表层的。间接影响是文体选择和文学风格，这种影响在程度上往往是深层的。本章在概论地域环境与文学题材一般性关系之基础上，讨论边省地域对黔中古近代文学创作题材的影响。

一、地域环境与文学题材的一般性关系

1. 文学题材的地域性特征概论

大体而言，文学作品之构成，不外情与物二端，物以传情，情以统物。物是载体，情是目的。从这层意义上看，语言和题材均属于物，皆是载体，是传情达意之工具。因此，亦不妨将文学语言视为文学题材；

文学语言的地域性特征，亦就是文学题材的地域性特征。

相对而言，地域环境对文学生产最直接的影响，是文学语言和创作题材。而文学的地域性特征，最明显的表现就是在语言和题材上。因为文学是语言的艺术，作家用以构筑文学作品的基础材料是语言，而生活在特定环境中的作家，其语言不可避免地具有地域性特征。所以，文学语言常常成为文学地域性特征最明显的标志。如刘师培在讨论南北文风的地域性特征时，首先涉及的就是南北"声音"（即语言）之不同，他说：

> 夫声律之始，本乎声音。发喉引声，和言中宫，危言中商，疾言中角，微言中徵，羽商角响亮，宫羽声下，高下既区，清浊旋别。善乎《吕览》之溯声音也，谓涂山歌于候人，始为南音；有娀谣乎飞燕，始为北声。则南声之始于淮汉之间，北声之始于河渭之间。故神州语言随境而区，而考厥指归，则析分南北为二种。……声音既殊，故南方之文与北方迥别。[1]

文学题材的地域性特征亦是显而易见。虽然在文学创作中离不开想象和虚构，但文学想象总是有现实的启发，文学虚构亦离不开当下的触媒。因为作家总是生活在特定的时间和空间中，他的想象和虚构必然受到时间的束缚和空间的制约，而留下特定时空的影子。作家的创作通常是"近取诸物"，用最熟悉的语言进行创作，用身边的事和物作为创作的题材。所以，批评家总能从作品的语言和题材上推断出作者创作的时间和空间。因此，学者亦往往通过文学语言来考证历史上那些佚名作品的作者，如关于《金瓶梅》作者的研究，学者常常就

---

[1] 刘师培：《南北文学不同论》，劳舒编《刘师培学术论著》第161～162页，浙江人民出版社1998年版。

是根据书中所用的方言来推论其作者。通过文学语言来考察作品的创作地点，如关于《红楼梦》创作地点的研究，就常有这样的做法。通过文学作品的意象或题材，考察作品的作者和创作的地点，如关于"苏李诗"的研究，苏轼以为"苏李诗"是伪作，依据之一便是"李陵、苏武赠别长安而诗有'江汉'之语"。[1]

文学体裁和文学风格虽然亦有明显的地域性特征，但与文学语言和文学题材相比，其地域性特征往往是间接的，常常是深层的。因为它通常要通过审美观念或文化心理这个中介的影响才能明显地体现出来，即地域文化和地理环境陶染人的审美观念和影响人的文化心理，并进而影响到他对文学体裁的取舍和对文学风格的好尚。因此，虽然我们亦能从文体和风格方面大体推知作家作品创作的时间与空间，但总不如从语言和题材的观察来得直接而明显。

2. 文学题材的地域性特征举例

如前所述，文学题材的地域性特征是最显而易见的，在中国文学史上，文学题材的地域性特征最明显地体现在楚辞、郑卫之音、晋宋山水诗、南北朝乐府民歌等文学类别上，以下分别论述之。

"楚辞"文学，无论就其语言和题材看，还是从其文体和风格考察，皆是一种典型的南方地域性文学，其题材的地域性特征尤其明显，这正如德国汉学家顾彬所说："自然现象在《诗经》中始终是引子，它源于北方也代表北方。而《楚辞》中的自然现象代表的却是南方。其本质差别主要在各自所属的不同范围之中。"[2] 即"楚辞"在题材上集中展示的是南方自然现象，宋人黄伯思《校释楚辞序》说：

---

[1] 苏轼：《答刘沔都曹书》，《东坡全集》卷七十六。
[2] [德]顾彬：《中国文人的自然观》第44页，马树德译，上海人民出版社1990年版。

> 盖屈宋诸骚，皆书楚语，作楚声，纪楚地，名楚物，故可谓之"楚辞"。若些、只、羌、谇、蹇、纷、侘傺，楚语也。顿挫悲壮，或韵或否者，楚声也。沅、湘、江、澧、修门、夏首者，楚地也。兰、茝、荃、药、蕙、若、苹、蘅者，楚物也。率若此，故所楚名之。[1]

所谓"书楚语"，即用楚国方言进行创作。"楚辞"中所用的楚地方言，非常丰富，不胜枚举。如些、只、羌、谇、蹇、纷、侘傺等语，最为常见。研究者指出："在句首采用楚人的习惯用语，是楚文学'书楚语'的明显特征。这种习惯用语的语法作用十分灵活，既可以作发语词以协调音节，又可寓含实义以传情达意。"[2] 所谓"作楚声"，即用楚国的方音进行创作，最为人熟知的就是"兮"字在"楚辞"作品的普遍出现，几乎成为它的一个明显标志。还有就是与北方《诗经》普遍采用的"二二"节奏而言短声急的四言句式不同，"楚辞"作品多为"三二"或"三三"节奏而言长声缓的杂言句式。据说这种句式，与楚人生活的地域环境有关，楚人生活在山高林深、泽广水阔的地理环境中，习惯于长言以相呼唤，永歌以相赠答，故而在文学作品中形成这种言长声缓的杂言句式。[3] 所谓"纪楚地，名楚物"，即将楚地的地名、风物写入作品中，这是很直接地体现了"楚辞"作品在题材上的地域性特征。楚地的地名、山川、景物、风物频繁出现在"楚辞"中，使人仅从此地与此物，便可预知其为南方楚国的文学作品。"楚辞"全面展示了南方楚国的地域文化和风土人情，可以说，它是中国文学史上最具地域特色的文学门类。

《诗经》中的"郑卫之音"，在题材上多男女戏谑之辞，亦与其

---

[1] 吕祖谦：《宋文鉴》卷九十二，中华书局1992年版。
[2] 蔡靖泉：《楚文学史》第30页，湖北人民出版社1996年版。
[3] 蔡靖泉：《楚文学史》第30～31页，湖北人民出版社1996年版。

产生的地域环境密切相关。在传统儒家学者的观念中,"郑卫之音"被视为"亡国之音""乱世之音"。孔子以为"郑声淫"。朱熹《诗集传》卷三解释说:

> 郑卫之乐,皆为淫声。然以诗考之,卫诗三十有九,而淫奔之诗才四之一;郑诗二十有一,而淫奔之诗不翅七之五。卫犹为男悦女之辞,而郑皆为女惑男之语。卫人犹多刺讥惩创之意,而郑人几于荡然无复羞愧悔悟之萌,是则郑声之淫,有过于卫矣。

无论是"男悦女",还是"女惑男",皆是男欢女爱之辞,有明显的情色特征,故被正统儒者视为"淫声"。问题是,郑卫之地何以盛产此类"淫声"?据魏源《诗古微》说:"三河为天下之都会,卫都河内,郑都河南……据天下之中,河山之会,商旅之所走集也。……商旅集而货财盛,货财胜则声色辏。"[1] 郑卫之地南部与楚接壤,东部与鲁、陈、宋为邻,西边是东周王都洛邑,北方为商业发达的晋国,是处于南上北下、东进西往的"天下之中"。在这里,交通发达,四方辐辏,各种文化交融会通,成为"商旅走集"之地,是北方的商业中心。在这种环境中,男女交往比较自由,声色犬马等世俗享乐之风比较盛行,文化心态比较开放,自然亦就成为声色辐辏之所。所以,"郑卫之音"以声色为主要题材,与其处于南上北下、东进西往的地域区位密切相关。另外,作者在上一章讨论"边省地域与黔中古近代文学文体"时指出:以表现男女缠绵悱恻之情为主的词体文学不适于黔中地域,黔中古近代文学总体上缺乏声色题材,亦与黔中地域环境的边省区位有密切关系。

---

[1] 魏源:《诗古微》中编之三"桧郑答问",清道光刻本。

晋宋山水诗的兴起,亦与晋宋文人所生存的江南地域环境密切相关。在晋宋艺术领域,有一个非常突出的现象,就是自然山水题材受到艺术家的普遍关注,自然山水成为艺术表现的主要题材。在当时,不仅涌现了大量的山水田园诗,和相当数量的山水散文,而且亦产生了与人物画双峰并峙的山水画。同时,自然山水亦被引入到玄学和人物品鉴中,清谈家谈玄品鉴时,亦常常乐于以自然山水相比附。可以说,自然山水是晋宋时期各种文化思潮的重要关注对象。当然,关注自然,欣赏山水,在中国历史上是有悠久传统的,早在先秦时期,儒道两家就都发表了对自然山水的看法,并分别形成了"比德的山水观"和"审美的山水观"。但是,纵情山水成为时代风尚,描绘山水成为艺术创作的重要题材,谈论山水成为文人雅士的核心话题,确实是从晋宋时期才开始的。所以,朱光潜说:"自然作为文艺母题,在西方只有在近代浪漫运动起来以后才逐渐突出,而在中国却从魏晋时代起就一直是诗和画的主要描写对象。"[1] 晋宋艺术以自然山水作为主要题材,其原因是多方面的,或以为是隐逸之风的影响,或以为是清谈佛老风气的影响,或以为是艺术技巧提升后的必然趋势。[2] 但是,作者认为,最根本的原因,还在于江南地区的佳山秀水为这种时代风尚提供了物质基础。江南地区的佳山秀水,不仅激发了晋宋文人希企隐逸的风尚,而且亦推动了他们清谈佛老的兴趣。"山水以形媚道",对道的体悟获得了有形的山水支撑。没有江南地区佳山秀水的物质支撑,纵情山水之风尚自然无法开展,希企隐逸之风亦缺乏依托,山水文学的创作亦自然成为无源之水,无本之木。或者说,晋宋时期的艺术家对自然

---

[1] 朱光潜:《中国古代美学简介》,《朱光潜美学文集》(第三卷),上海文艺出版社1983年版。

[2] 参见汪文学:《汉晋文化思潮变迁研究》第263~265页,贵州人民出版社2003年版。

山水的广泛兴趣，就是在佳山秀水的江南环境中培育起来的。所以，晋宋的山水文学，亦是一种有明显地域性特征的文学。

南北朝乐府民歌在题材上的显著差别，亦与其产生的地域环境密切相关。大体而言，南朝乐府民歌在题材上有一个共同特点，就是几乎全是描写男女爱情的作品，情色成分和脂粉气息比较浓厚。这与南朝乐府民歌产生的地域——江南城市都邑——有关，亦与采诗者为迎合南朝上流社会的审美风尚有关。总之，南朝城市都邑这个地域环境决定了南朝乐府民歌以描写男女情爱为主要题材。北朝乐府民歌虽然在数量上远不及南朝，但其题材范围却远远超过了南朝。北朝乐府多有反映战争的诗篇，这与北朝社会频繁的战争有关；北朝乐府多有反映民生疾苦的诗篇，这与北朝社会因长期的战乱而导致的社会混乱有关；北朝乐府多有反映北朝人爱大刀和快马甚于爱美人的社会风尚，这与北方民族的尚武精神有关；北朝乐府中的爱情诗常有心直口快、大胆热烈的特点，这与北方民族刚直豪放的性格有关；北朝乐府中描写的自然风光，不同于江南的清新秀丽，而是具有辽阔苍茫的特点，这与北方的地域风貌有关。总之，是南北双方的地域环境和地域文化，决定了南北朝乐府民歌在题材上的不同特点。南北朝乐府民歌亦是具有明显地域性特征的文学。

文学题材的地域性特征显而易见，虽然文学创作的最终目的是要超越时代、民族、阶级和国家的局限，而反映人类普遍性的价值观念和人性光辉。但是，作家总是生活在特定的时间与空间之中，他的创作不可避免地带有时代、民族和地域的烙印。所以，任何作家的创作题材皆有其地域性特征，如鲁迅之于绍兴、沈从文之于湘西、张爱玲之于上海、老舍之于北京等。作者认为，正是这种带有地域特征的创作题材，进入主流文坛，为作家和地域赢得了声誉，从而推动了文学的发展。

3. 黔中古近代文学在题材上的总体特点

黔中古近代文学的创作题材，其地域性特征亦相当明显。最显而易见的特征，主要表现在以下三个方面：

第一，黔中古近代文学普遍缺乏以表现男女情爱为主要内容的声色题材。在黔中民间少数民族文学作品中，有着丰富的表现男女情爱的情歌和民间故事。但是，黔中古近代的文人创作，一个非常突出的现象，就是普遍缺乏以男女爱情为题材的作品，诗歌中比较少见，戏曲、小说的创作本身就非常少，即使在擅长表达男欢女爱的词作中，亦较少见到男女言情之作。[1] 这说明，以表现男欢女爱为内容的声色题材，不适合黔中古近代文学创作的地域背景。如前所说，以"郑卫之音"为代表的声色题材，往往产生于交通发达、文化会通、经济繁荣、世俗享乐之风较盛的地区；擅长表达男欢女爱的词体文学，亦多半流行于商品经济相当发达的城市都邑中。

综观黔中古近代文学，词体文学的发展是在交通逐渐发达、经济逐渐繁荣、城市逐渐兴起的晚清民国时期。即使晚清时期出现的几个重要词人，其词作题材亦较少涉及风月情色和男女恋情，更多的是以人生际遇、山川景物、民俗风情和社会现状为题材；其词作之风格亦以清空豪放为主要特点，较少香软艳绮之作。或者说，其词体之题材和风格，均受黔中地域环境的影响。所以，作者认为，黔中古近代文人创作甚少关注声色题材，是由其交通闭塞、经济落后、环境恶劣、生活艰辛等地域环境和社会背景决定的。

第二，自然山水和田园生活题材受到黔中古近代文人的普遍关注。在黔中古近代诗歌史上，以描绘自然山水和田园生活为题材的作品，

---

[1] 参见本书第四章"边省地域与黔中古近代文学文体"之"黔中地理环境与词曲创作"部分。

占有相当大的比重,绝大部分诗人皆有山水诗作传世,就《黔诗纪略》和《黔诗纪略后编》做粗略的统计,山水诗、田园诗和纪游诗所占的分量,约有四分之一。此外还有大量的山水游记,地记作品中亦有相当篇幅是对自然山水的描写。可以断言,黔中古近代文学最重要的创作题材,是自然山水和田园生活。

描绘自然山水,抒写田园生活的乐趣,自魏晋以来便是中国古代文学创作中一个经久不衰的重要题材。相较而言,黔中明清文人尤其热衷和擅长此类题材的创作。作者认为,黔中古近代文学在题材上的这种明显特征,与其地域环境有直接的关系(详后)。

第三,乡土题材在黔中古近代文学创作中占有相当大的比重。以蹇先艾为代表的贵州现代文学,是以乡土文学特点受到以鲁迅为代表的文坛主流人物的重视;以何士光为代表的贵州当代文学,亦同样是以乡土题材的创作受到文学界的关注。可以说,贵州现当代文学创作均以乡土文学题材创作而闻名全国。

作者认为,贵州现当代文学这种以乡土题材为主要内容的创作特色的形成,有深厚的历史根源。因为明清以来的黔中古近代文学创作中,乡土题材就受到作家的特别关注。因此,对乡土题材的重视,可以视为是黔中地域文学的一个富有特色的创作传统。而这种传统的形成,又与黔中地理环境和地域区位有密切的关系(详后)。

第四,黔中古近代文学在文学意象上的地域特色亦比较明显,其中尤其引人注目的是石头意象和大山意象。黔中古近代文人热衷写石头和大山,并赋予其特别的文化意义。这与黔中地区多山多石的地理特征有密切的关系。

总之,由于地理环境和地域区位的影响,黔中古近代文学题材的地域特色相当显著,不仅体现在大山和石头等文学意象上,亦体现在山水题材、田园生活和乡土题材的文学创作中。

二、大山地理与黔中古近代文人的山水情怀

1. 黔中古近代文人关于文学与山水之关系的讨论

黔中地理，多山多水，山高谷深，用田雯《黔书》的话说，就是"山皆石则岩洞玲珑，水多潜故井泉勃窣"，[1] 实兼具荆楚之清秀隽朗与塞漠之雄奇险峻于一体，是典型的"大山地理"。这种"大山地理"，对黔中文化、文学乃至人的性格特征和心理特点，都产生过较大的影响。因此，无论是黔中文士的自我评说，还是外籍文士评论黔中文化和文学，皆会涉及"大山地理"的影响。如石培华认为："雄奇险峻的山水，造就了贵州人胸中具有千山万壑的气魄；秀丽的风景和湿润的气候，孕育了贵州人的灵气和聪慧；恶劣的生存环境和落后的经济，则磨砺了贵州人的坚韧；复杂多变的地形和气候，众多的民族，造就了贵州人的思辨能力。"[2] 同时，生活在大山中的黔中文士，对自然山水亦有一番特别的体认和感悟，对自然山水与人物际遇、自然情性和文学创作，有一番独到的认识和感受。这些观点，为解释文学与自然、人生与山水之关系，提供了重要的文献资源和理论阐释。

（1）气类而情属：山水与文人的关系

在中国传统文化语境中，山水与文人惺惺相惜，存在着一种相需

---

[1] 田雯：《黔书》卷三《山水》，《中国地方志集成·贵州府县志辑》（第3册），巴蜀书社等2006年版。

[2] 石培华：《孤独与超越——感受一个真实的贵州》第85页，贵州人民出版社1998年版。

相待的互动影响关系。文人之诗情与诗兴，有待于山水的激发与陶冶；山水之光辉与英灵，有待于文人的发现与表彰。文人与山水之间还有一种知音相赏的关系，如陶渊明"采菊东篱下，悠然见南山"，李白"相看两不厌，只有敬亭山"，郑板桥"非唯我爱竹石，即竹石亦爱我也"等名言，皆体现了山水与文人之间相需相待和知音相赏的亲密关系。

讨论文人与山水之间的亲密关系，说得最深切著明者，有黄宗羲的《景州诗集序》，其云：

> 诗人萃天地之清气，以月露风云花鸟为其性情，其景与意不可分也。月露风云花鸟之在天地间，俄顷灭没，而诗人能使结之不散。常人未尝不有月露风云花鸟之咏，非其性情，极难绘而不能亲也。[1]

有沈德潜的《芳庄诗序》，其云：

> 江山与诗人相为对待者也。江山不遇诗人，则巉岩渊液化沦，天地纵与壮观，终莫能昭著于天下古人之心目。诗人不遇江山，则虽有灵秀之心，俊伟之笔，而孑然独处，寂无见闻，何由激发心胸，一吐其堆阜灏瀚之气。唯两待两相遇，斯人心之奇乎宇宙之奇，而文辞之奇得心流传于简墨。[2]

有徐芸圃的《慎道集文钞·跋沈湘农剑阁图记后》，其云：

> 文章须得江山之助，江山亦藉文章以发其光。故会稽、兰亭因右军

---

[1] 黄宗羲：《南雷文定》卷一，中华书局1985年版。
[2] 沈德潜：《归愚文钞余集》卷一，清乾隆三十二年刻本。

而显,黄州、赤壁由东坡而传。惟文具有山水之性期,山水乃与文人相投。[1]

黔中文人徜徉于真山真水之间,与山水为友,其对文人与山水之间相需相待和知音相赏的关系,更有一番深切的体会和感悟。如黔中晚明诗人吴中蕃,"避地龙山十有七年",因感于"钴鉧愚丘以子厚而得名",而龙山之"溪山涧谷,助我非少,而未尝一字酬之",乃作《龙山六咏》,其序说:

> 境足运吾笔而不惭笔,可永斯境而无憾。后之人按吾诗以索境而境传,按斯境而索诗而诗亦传,两相待而两相寿,岂偶然与?[2]

刘子章在《黔灵山志序》中亦认为:

> 造化之巧,经人工点缀而益妍,而游人咏士又能唤醒山灵,于是笔峰几案,峭壁丹崖,焕然改观焉。

诗人以手中之笔"唤醒山灵",使其"焕然改观",故"其山借其人以传"。山因人而闻名,"然后人能有其山"。[3] 或如明代松江华亭人钱溥为思南安康《十景集》作序所说:

> 自古山川储灵孕秀于两间,不在于物则在于人。故人物之生,自足增重于山川而显其名于后世。……景因人而遂显,诗因景而可传,始知

---

[1] 王葆心:《古文辞通义》卷四,王水照主编《历代文话》(第八册)第7220页,复旦大学出版社2007年版。
[2] 《黔诗纪略》卷二十八第1143页,贵州人民出版社1993年版。
[3] (民国)《贵州通志·艺文志》卷九第387页,贵州人民出版社1989年版。

山川之与人物可相有而不可相无者。[1]

山水与文人之间之所以存在如此相需相待和知音相赏的关系，是因为山水与文人"气类而情属"。何德峻在《东山志序》中，阐释了山水与文人之间"气类而情属"的关系。其云：

"然则其志山有说乎？"曰："有。或其气之相类也，或其情之有属也，或感遭逢之不偶而叹人之湮其美，或幸践踏之不及而乐彼之全其天也。向使人与山无与焉，则《北山之移》不作矣。"……"然则子何不他山之志，独于东？"曰："余东西南北之人也，而志东山，有为也。山在东而余居亦东，山号栖霞而余亦隐沦此，即其生而同者矣！且余好懒，而山多野趣；余好石，而山多奇石；余性既奇僻，而山多幽邃；余性避轩冕，而为山冠盖驺从燕会之所不尝经，又非雪厓、甲秀徒供长官，照壁、黔灵绝少丘壑者比，所谓气类而情属者，端在斯焉。此其尤可感而可幸者，若其中有详有不详，则请读而知之，余遑问其他？"[2]

文人与山水惺惺相惜，相需相待，知音相赏，是因为他们之间"气类而情属"，即在气质上相类，在感情上相通。此亦正如唐志契《绘事微言》所说："自然山水即我性，山情即我情。""水性即我性，水情即我情。"[3] 或如李肇亨为黔中文人杨文骢《山水移》所作"题辞"所说："天地间山川奇秀之气原与吾精神相通。"[4] 所以，文人爱山水，山水赏文人，文人与山水"相看两不厌"，是一种知音互赏的关系。

---

[1] （民国）《贵州通志·艺文志》卷十四第541页，贵州人民出版社1989年版。
[2] （民国）《贵州通志·艺文志》卷九第382页，贵州人民出版社1989年版。
[3] 唐志契：《绘事微言》卷一，文物出版社1982年版。
[4] 关贤柱：《杨文骢诗文三种校注》第34页，贵州人民出版社1990年版。

浙江临海人陈炜在为杨文骢《山水移》作"跋"时说：

> 夫天地之骨，胎于山水，而领于山高水流之韵人。今夫山，其骨崔嵬而累奇，屹然不可撼也；今夫水，其骨浃渫而扬波，渊然不可挠也。然而天下最有情者，莫山水若也。山即万仞，必落穆而令人可亲；水即千顷，必静深而令人可挹。人亦何独不然？故世界别无可移，惟名山名水名人三者，常互为流动关生而不碍。禹穴何灵？以子长一探而奇。天姥何高？以谪仙一梦而矗。天下多少山川，倘无一名人生其中，则顽块与污泥耳！天下多少山川，然名人杖屦所不到，题咏所不及，毕竟黯然无色。[1]

山水与文人之间的知音关系，还在于他们在感遇遭逢上的相似与相通。如流寓黔中并占籍新贵的安徽歙人江闿在《澹峙轩集序》中说：

> 余尝过黔之飞云岩、冯虚洞，见其灵异奇特，莫可端拟，徘徊久之，而叹山之有幸有不幸焉。夫以九州之大，予足迹几及半，每遇名山必登，登必尽领其要。其间幽邃者，淡远者，屈曲者，险怪者，丹青如画者，即无甚异，亦有足观，其以山得名也亦宜。乃有高不满丈，广不盈亩，顽然蠢然，略无可取，亦竟以山得名，当亦山之至幸者矣！求所谓灵异奇特如飞云、冯虚，终不概见，而斯二者卒不得与无甚异者争名，亦并不得与顽然蠢然者争名，是遵何故？盖斯二者远在天末，僻处一隅，文人罕至，偶有至者，记识以远失传，以是未能如都会地之易得名也。使斯二者而生于都会地，其得名也当在以幸得名者之先，可知也；使斯二者生于都会地，其名适符其实，将天下无实而得名者，皆失其名，未可知也。且斯二者虽远在天末，僻处一隅，犹当黔之孔道，名虽未著，人

---

[1] 关贤柱：《杨文骢诗文三种校注》第21页，贵州人民出版社1990年版。

> 尚得过而惜之；黔之不近孔道，灵异奇特或有过于斯二者，湮没不传，不知凡几？当亦山之至不幸者矣！于人亦然。乡之先达，若孙淮海、谢芳亭、丘若木、杨龙友，人各有集，唯越公卓凡，尤刻意古人，不愧一代作者，然皆不务时名，宇内不周知。兼以兵火频仍，遗稿散失，其不至同山之不幸湮没几何？[1]

这篇序言，以山喻人，以为人之不幸与山同，人之得名亦与山同。山水与文人之间的关系，不仅是"气类情属"，而且还是同病相怜。

（2）无穷冰雪句，都赖山水成：山水与文学的关系

如前所述，山水之光辉与英灵，有待文人的发现与彰扬；文人之诗思与诗情，有赖山水的陶冶和培育。"无穷冰雪句，都赖山水成"。[2] 自古以来，文人的创作大多皆有赖山水之助。如苏辙《上枢密韩太尉书》说：

> 辙生十有九年矣，其居家所与游者，不过其邻里乡党之人，所见不过数百里之间，无高山大野，可登览以自广。百氏之书，虽无所不读，然皆古人之陈迹，不足以激发其志气。恐遂汨没，故决然舍去，求天下奇闻壮观，以知天地之广大。过秦、汉之故都，恣观终南、嵩、华之高，北顾黄河之奔流，慨然想见古之豪杰。至京师，仰观天子宫阙之壮，与仓廪府库、城池苑囿之富且大也，而后知天下之巨丽。见翰林欧阳公，听其议论之宏辩，观其容貌之秀伟，与其门人贤士大夫游，而后知天下之文章聚乎此也。[3]

---

[1] 《黔南丛书》第三集《江辰六文集》卷四，贵阳文通书局铅印本。
[2] 越其杰：《山水移序》，关贤柱《杨文骢诗文三种校注》第13页，贵州人民出版社1990年版。
[3] 苏辙：《栾城集》卷二十二，《四部丛刊》影印明活字本。

苏辙以自身的创作历程说明江山之助与文学创作之关系，颇为深切著明。另外，马存在《赠盖邦式序》一文中，讨论司马迁文章风格与壮游山水之关系，亦可谓切中肯綮，其云：

> 子长平生喜游，方少年自负之时，足迹不肯一日休，非徒景物役也，将以尽天下大观以助吾气，然后吐而为书。今于其书观之，则其生平所尝游者皆在焉。南浮长淮，泝大江，见狂澜惊波，阴风怒号，逆走而横击，故其文奔走而浩漫。望云梦洞庭之波，彭蠡之渚，涵混太虚，呼吸万壑而不见介量，故其文渟蓄而渊深。见九疑之芊绵，巫山之嵯峨，阳台朝云，苍梧暮烟，态度无定，靡缦绰约，春糚如浓，秋饰如薄，故其文妍媚而蔚纡。泛沅渡湘，吊大夫之魂，悼妃子之恨，竹上犹斑斑，而不知鱼腹之骨尚无恙者乎？故其文感愤而伤激。北过大梁之墟，观楚汉之战场，想见项羽之喑鸣，高祖之慢骂，龙跳虎跃，千兵万马，大弓长戟，俱奔而齐呼，故其文雄勇猛健，使人心悸而胆慄。世家龙门，念神禹之巍功；西使巴蜀，跨剑阁之鸟道，上有摩云之崖，不见斧凿之痕，故其文斩绝峻拔而不可攀跻。讲业齐鲁之都，观夫子之遗风，乡射邹峄，仿佛乎汶阳洙泗之上，故其文典重温雅，有似乎正人君子之容貌。凡夫天地之间，万物之变，可惊可愕，可以娱心，使人忧使人悲者，子长尽取而为文章，是以变化出没，如万象供四时而无穷。欲学子长之为文，先学其游可也。[1]

所以，在中国文学史上，文学家讲创作经验，除了强调"读万卷书"，还主张"行万里路"。"读万卷书"，其文典雅厚重，有"气味"；"行万里路"，泛游天下佳山秀水，其文清秀隽丽，有"英灵"。

山水之游可以激发文思，可使文章有灵气。黔中文人生活在佳山

---

[1] 转引自王葆心：《古文辞通义》卷四，王水照主编《历代文话》第八册第7218页，复旦大学出版社2007年版。

秀水之中，于为文得"江山之助"，有更深切的体会。如越其杰指出："无穷冰雪句，都赖山水成。"还说：

> 夫诗之为道，不苦心不深，不积学不厚，不辟智借慧于山水不灵。太史公足迹半天下，故其文日益宏肆；杜子美诗，自入蜀后愈觉古淡渊永，则山水之功大矣。[1]

王士仪《半园集自序》说：

> 故山水者，仁智之性情也。乐山乐水者，仁智之性情之所寄也。作诗者将必南游圄罝之国，共息沉默之乡，下无土，上无天，吾能往来汗漫，遍九垓，而扶摇羊角之风莫得而逆焉。而后吾之为诗，天孙机杼，寂寞太虚，旷然高寄无有方而已。昔人谓不行万里途，不破万卷书，不能读杜诗。读诗尚然，何可易作乎？[2]

刘思浚《泊庐诗钞序》说：

> 今夫游龙门、涉大河，史公之文闳肆而愈豪；自扬州返长安，燕公之诗怆怆而善感。是以贤者好游，每多羁旅行役之作。诗人托兴，恒在江山风月之间。[3]

而颜嗣徽甚至提出"诗皆游子吟"的观点，其在《北征纪行集序》

---

[1] 越其杰：《山水移序》，关贤柱《杨文骢诗文三种校注》第12页，贵州人民出版社1990年版。
[2] （民国）《贵州通志·艺文志》卷十五第609页，贵州人民出版社1989年版。
[3] （民国）《贵州通志·艺文志》卷十七第819页，贵州人民出版社1989年版。

里说：

> 诗不皆游子吟也！然综观古来名卿大夫，往往于流寓行役，览乎名山之高，江海之深，与都邑之壮丽，关塞之险要，以及丘墟禾黍、剩迹残碑、荒驿古刹、奇人杰士故里，一切可喜可愕、可惊可怪情景，皆于诗发之，而其诗遂雄奇恣肆、沈郁顿挫，若有一往情深不可遏抑者。康乐之咏永嘉，仪曹之咏柳州，工部之咏蜀道诸篇是也。然则诗固不尽因游作，而壮游要不可以无诗。[1]

在对具体作家的评价上，黔中文士尤其强调"山水之助"。如吴中蕃在《雪鸿堂诗序》中，认为创作之根基是学与游，以为谢三秀之诗"冲融淹润，绝无鬼趣嚣习"，除了因为他长期"涵泳于三唐"之诗，还有就是得之于游，包括山水之游和师友之游。[2]赵懿在《莘斋诗钞序》中，推论宦懋庸诗"豪情跌宕而矩范不逾其所承"之原因，一在其学脉纯正，二在其"久客吴越，览名山大川之盛"，得江山之助，三在其"与雄都人士相往还"，有师友之切磋。[3]冯煦《含光石室诗草序》载赵崧之言说："诗非多读书，多游佳山水，不必作，作亦必不至。"[4]陈梽荣在《重印玉螺山房诗集序》中，阐释诗与禅之关系，以为释氏之所以尤具诗思和诗心，其主要原因之一，就是"凡天下名山大川，邃洞旷野，幽林丛箐，奇花异草，珍禽怪兽，几无一不为若辈所经，益足以开拓其心胸而恢宏其笔力，而诗文遂益臻其妙"。[5]

总之，文学创作多得"江山之助"，或曰山水之游可以开豁心志，

---

[1]　（民国）《贵州通志·艺文志》卷十七第789页，贵州人民出版社1989年版。
[2]　《黔南丛书》第三集《雪鸿堂诗蒐逸》"附录"，贵阳文通书局铅印本。
[3]　（民国）《贵州通志·艺文志》卷十七第784页，贵州人民出版社1989年版。
[4]　（民国）《贵州通志·艺文志》卷十七第785页，贵州人民出版社1989年版。
[5]　陈梽荣：《乡居文草》，贵州民族大学图书馆藏抄本复印件。

引发文思，激发灵感；或曰纵情山水可以增文灵气；或者成就其诗文之独特风格，或者开拓心胸以恢宏其笔力。作者认为，山水之游于创作有如此之功效，关键在于自然山水对于文人创作心胸的培育有重要影响，黔中文士于此亦有深入体会和通达见解。

自然山水对文人创作心胸之培育，首先值得注意的，是黔中文士提出的"性情等山理"和"山水生童心"的观点。晚明黔中文人杨文骢，素有山水癖，他说："性情等山理，静朴杳难穷。"[1] 即人之性情与山水之理相通相等，人物之性与山水之理皆有"静朴"的特点。此与李肇亨在《山水移题辞》中所说的"天地间山川奇秀之气原与吾精神相通"的观点相通，亦与何德峻在《东山志自序》中提出的山水与人"气类而情属"的说法近似。山水与人物之所以"气类而情属"，就是因为"性情等山理"，皆有"静朴"之特点。山水为自然之物，其与生俱来的真朴之性，亘古不变。人为社会之物，在社会实践活动中，渐失真朴之性，渐丧本真之情。人类之所以热衷山水之游，实际上就是在追寻那已经失去的静朴之性和本真之情，以亘古不变的真朴之性荡涤人物的尘俗之心，企图在山水之游中回到本真静朴的原初状态，从而助长其文章的灵动之气。因此，在一定程度上可以说，文学创作中的"山水之功"或"山水之助"，即在培育作者的本真之情和静朴之性。或者说，文章之灵动，来自作者心灵之真纯；作者心灵之真纯，来自山水真朴之性的陶染。如越其杰《山水移序》说："习气山中尽，灵机触处多。""眠餐皆秀气，盥漱亦幽寻。但觉神情异，那知沁入深。清非前日骨，静获古人心。结想渐成性，英灵感至今。"[2] 真朴

---

[1] 杨文骢：《舟过虎丘，月生索余作兰卷，走笔图之，并题其后，诗中之画耶？画中之人耶？唯余生自参之》，关贤柱《杨文骢诗文三种校注》第308页，贵州人民出版社1990年版。
[2] 关贤柱：《杨文骢诗文三种校注》第21页，贵州人民出版社1990年版。

之山水浸入心骨，变异神情，涤除习气，使人返璞归真。所以，杨文骢说得最明白："山水生童心。"[1] 山水之游能使人找回童心。同时，有静谧之童心者，方能欣赏山水。周祚新《山水移题词》说：

> 人性动则浮，浮则露，惟静则深，深自活。机锋相逗，自现本来，一粒灵关，密移暗度，而静者自为理会耳。况山水为物，肌细理绵，神渊情局，非夫浅人入手便得，置身可探。浮动之气为山水，乡愿乌识所谓移哉！[2]

总之，自然山水之陶染，意在培育人的本真之情和静朴之性。对于诗人来说，拥有本真之情和静朴之性，是进行创作的基本条件。童心即诗心，真情即诗情。拥有本真之情和静朴之性，其创作自有一股灵动勃然之气荡漾其中。所以，越其杰说："无穷冰雪句，都赖山水成。"作家的创作，需要静朴之质性，此即《文心雕龙·神思》所谓"陶钧文思，贵在虚静"是也。作家的创作，需要本真之情性，此即文学批评史上所谓"童心即诗心"是也。处于凡俗世界中的诗人，为了找回本真之情和静朴之性，重要的途径之一就是畅游山水，以山水养童心，以自然育静性，进而获得创作之心胸与心境，此乃文学创作中所谓得"江山之助"的真正含义。

2. 黔中古代文人的山水田园诗创作——以吴中蕃为例

在黔中古近代诗歌史上，以描绘自然山水和田园生活为题材的诗作占有相当大的比重，绝大部分诗人皆有山水田园诗作传世。就《黔

---

[1] 杨文骢：《独坐有感因怀邢孟贞五首》其一，关贤柱《杨文骢诗文三种校注》第289页，贵州人民出版社1990年版。

[2] 关贤柱：《杨文骢诗文三种校注》第29页，贵州人民出版社1990年版。

诗纪略》和《黔诗纪略后编》作粗略统计，山水诗、田园诗和纪游诗所占的分量，约有四分之一，其中如谢三秀、吴中蕃、越其杰、杨文骢、周起渭、田榕、郑珍、莫友芝等人，更以山水诗歌的创作而闻名黔中诗坛。本篇以吴中蕃为例，讨论黔中古代文人的山水田园诗创作，主要基于以下两个方面的考虑。

第一，基于创作数量和质量上的考虑。据统计，吴中蕃诗歌现存1114首，其中直接以黔中自然山水为题材的有110余首，间接涉及的就更不在少数，以域外自然山水为题材的诗作亦有相当大的数量。从创作质量上看，吴中蕃与谢三秀、杨文骢齐名，在黔中明代山水诗创作中堪称上乘。所以，以吴中蕃为代表讨论黔中古代文人的山水田园诗创作，有典型性和代表性。

第二，本篇讨论黔中古代山水田园诗歌的创作，着重探讨黔中地域环境对山水田园诗创作素材和艺术风格的影响，呈现黔中古代山水田园诗歌的地域性特征。因此，作为个案加以讨论的，必然是本土作家的本土化创作。大体而言，谢三秀、越其杰、杨文骢、周起渭、莫友芝等人，或漫游江南，或宦游四方，虽然他们亦创作了部分本土题材的山水诗，但大量的作品却是以异域山水为题材。虽然其成长环境可能对其创作心理发生影响，但其创作的地域性特征，总不如本土作家的本土题材的写作明显。相对来说，吴中蕃虽然亦有客游他乡的经历，但其一生中的大部分时间都是隐居乡里，其山水诗歌的创作基本上是以本土自然山水为题材。因此，其创作最能体现黔中古代山水田园诗歌的地域性特征。

当然，就山水诗创作的数量、质量和侧重本土题材的情况看，郑珍的情况与吴中蕃略为相似，故其亦是讨论黔中古代山水田园诗创作的典型个案。作者拟在下节以郑珍为个案讨论黔中古近代文学的乡土题材创作，故在此处不予论列。

（1）吴中蕃的生平简况及其思想性情

吴中蕃（1618～1696），字滋大，号大身，晚明贵阳人。在黔中晚明五大诗人中（孙应鳌、谢三秀、越其杰、杨文骢、吴中蕃），吴中蕃年龄最小，跨越明清两代，学者或称之为"遗民诗人"。其祖父吴淮，幼称神童，得杨慎赏识，官至户部郎中，以"忧归，遂坚卧不起，优游林下三十余年，以经术文章倡后进于当世"。[1]其父吴骐，"矜尚气节，天启初知兴宁县，以才干闻。会安邦彦叛，围贵阳，九逵（吴骐字）以母刘在围城中，仓皇弃官归"。后孙可望入黔，吴骐起兵拒之，兵败而死。史称："丁亥（1647）献贼余党孙可望等入贵州，九逵谓邑绅刘官、杨元瀛等曰：吾辈明之老臣也，坐视贼难，屠戮乡邦，何以见先帝？因共起兵扼贼要路于滴澄桥，败之，贼悉众攻击，力竭被执，不屈死。"[2]吴中蕃承祖、父遗风，祖父"优游林下"和父亲弃官侍母、不屈而死等操行，皆对其性格情操有重要影响。

据莫友芝说："滋大承祖、父遗风，少年游迹遍吴越，多与其韵人畸士缟纻往来，故学行皆有根柢。"[3]吴中蕃《屡非草选序》称其"壬午（1642）过金陵，谒先生（越其杰）于鸡鸣寺麓"。是知其崇祯十五年（1642）仍在吴越拜访通家先辈诗人越其杰，并于当年回黔参加乡试，故史载其崇祯十五年（1642）中乡试。于1650年授遵义知县，擢重庆知府，迁吏部文选司郎中，曾获方以智赠砚。后以言事忤旨罢官，诰授中宪大夫。顺治己亥（1659）经洪承畴荐于朝，吴中蕃守义婉拒。康熙二十年（1673）吴三桂反叛，以复兴明室相号召。

---

[1]　《黔诗纪略》卷二十六第1080页，贵州人民出版社1993年版。
[2]　《黔诗纪略》卷二十六第1080页，贵州人民出版社1993年版。
[3]　《黔诗纪略》卷二十六第1080页，贵州人民出版社1993年版。

1676年吴中蕃以明朝遗民的身份入滇。1678年吴三桂称帝,吴中蕃见其不立明后而自僭帝号,知其不可止,遂洁身引退,于1679年至家。后吴三桂(或云乃吴三桂之孙吴世番)"使人胁之,乃佯狂掷砚于市,伪使信之,乃免。及三桂平后,拾砚补缀",[1]并名其掷砚后诗文为《断砚草》,以前诗文为《敝帚集》。康熙年间,两次应聘入省志局,参编《贵州通志》,甚合史法,总督荐之于朝,固辞不受。自置生圹以待死,年六十余而卒。

吴氏生平简历大致如此,虽然(道光)《贵阳府志》、(民国)《贵州通志》、《吴氏家谱》皆有传,但大体简略,且矛盾处甚多,故今日于其生平行状所知甚少。但是,从其简略的生平行状中透露出来的几项内容,对于理解其诗歌创作颇有帮助,值得注意。

第一,是其"和不改节,介不违时"的人生态度。作为明朝遗老,其眷怀故国之心情十分强烈。他在《自矢》诗中说:"息意事躬耕,途穷岂倒行。……丈夫死则已,何至易平生。"[2]最能体现他"和不改节"的守节情怀。而将方以智赠送的砚台"宝之随身",掷砚而又补砚,并以《断砚草》命名诗集,亦体现其"眷怀故国"之心情。吴三桂于云南以复兴明室相号召,他即起身赴滇效遗民老臣之忠义;吴三桂不立明后而自僭帝号,他即辞官归田,亦足见其对明朝故国的忠义之心。因此,入清后,他对于洪承畴和贵州总督的举荐,皆固辞不受。所以吴中蕃是一位有深厚遗民情怀的诗人,可谓甚有父风,故傅玉书说他"和不改节"。但是,吴中蕃又并非顽固的遗民臣子,他不仅应总督之邀,两次入省志局,参与《贵州通志》的编撰工作,参与新王朝的文化建设。同时,还有诗歌颂扬新王朝,如《知足》诗云:

---

[1] 《黔诗纪略》卷二十六第1080页,贵州人民出版社1993年版。
[2] 《黔诗纪略》卷二十八第1170页,贵州人民出版社1993年版。

> 生逢战争偏用文，盾头磨墨空纷纷。
> 今虽终老在山谷，身见太平何复云。
> 养鸡牧豚度年岁，抱孙弄子无离分。
> 头发落尽齿牙缺，看看又欲成高坟。
> 从前那望还到此，高天厚地歌吾君。[1]

进入新朝，"身见太平"，享受融融的天伦之乐，这是在战乱期间不敢奢望的（"从前那望还到此"），故情不自禁地"歌吾君"。其《闻诏》一诗亦是对当代君王的歌颂。[2] 其《谢友人招》一诗，就很好地体现了他的这种"和不改节，介不违时"的人生态度，其云：

> 此生何意及昌辰，得在山中奉老亲。
> 未忍遽抛藜苋味，那能轻掷乱离身。
> 拽碑痛哭非佳士，扣角长歌岂异人。
> 麟凤尽投天网去，可无一个作遗民。[3]

所以，吴中蕃虽有浓厚的遗民情怀，是"和不改节"。但他并不因此而敌对新朝，发生对抗心理和抵触情绪，所以亦是"介不违时"。关于吴中蕃这种通达的人生态度，傅玉书评论说：

> 愚考山人乡举未二年而明亡。……及海宇既一，人庆升平，而山人义不当复仕，躬耕养母，则又略似渊明。然犹以文受诸侯之聘，为老宾客，且歌咏盛世，屡见于篇。盖我朝之兴，比隆三代，固非晋宋之际也。

---

[1] 《黔诗纪略》卷二十七第1131页，贵州人民出版社1993年版。
[2] 《黔诗纪略》卷二十七第1130页，贵州人民出版社1993年版。
[3] 《黔诗纪略》卷二十九第1187页，贵州人民出版社1993年版。

山人和不改节，介不违时，庶几箕子之贞。[1]

可谓知人之评。

第二，是其痴顽直傲的性格。吴中蕃承祖父遗风（其祖父优游林下三十余年，以经术文章倡后进于当世），四十岁以后辞官归田，优游乡野，躬耕养母。吴氏之痴顽直傲，不谐于世，于其《自题小影》诗中有表白，其云：

> 有口莫关时事，有心莫共时人。
> 迂迂拙拙穷叟，淡淡漠漠闲神。
> 莫望黄冠顾问，犹防白眼灾身。
> 青天迟我只鹤，暂作仙家外臣。
> 人疑是痴是傲，道在不隐不通。
> 笑指白云深处，天教安置此中。[2]

这种"迂迂拙拙""淡淡漠漠""是痴是傲"的性格，固然不谐于世，故只适宜在"白云深处"作"仙家外臣"。其实，这种痴顽直傲的性格，并非吴中蕃个人如此，黔中士子大体皆是这样。作者在本书第一章讨论"地理特征与黔中文化品格"时，对黔中地理特征于黔人质直傲岸性格形成之影响，已有详细的探讨，兹不赘论。吴氏对自己的痴顽直傲性格，亦有相当地自觉，故在诗中多次言及。如《山居二首》说："傲人鸡犬窥天上，拒客荆榛满路阿。今日移家来此住，回思三十九

---

[1] 傅玉书：《黔风旧闻录》，《黔诗纪略》卷二十六第1084页，贵州人民出版社1993年版。
[2] 《黔诗纪略》卷二十九第1211页，贵州人民出版社1993年版。

年多。"[1] "傲人鸡犬"实有自比之意。《有答三首》(其一)说:"醉尉任呵田父詈,无妨老子号痴顽。"[2]《栽花十六咏》说:"未了独痴缘,浇培送暮年。是乡真可老,此事较犹贤。"[3] 这种痴顽直傲的性格,自然不能适应官场的生活,他在《幕中二首》诗里就描述了他在官场上的尴尬状态,其一云:

老至孰余宗,年来叹已重。
依人聊气色,寄食且从容。
草草劳人事,栖栖佞者踪。
生当戎马日,何处是高峰。[4]

作为独立意识较为强烈的诗人,"寄食"生活本已尴尬,"草草劳人事"固非所愿,而"依人聊气色""栖栖佞者踪",更使之难堪。因此,一旦获得辞官归隐的机会,他便是欣喜若狂,如《发昆明》诗说:

狂霖忽尔止,天亦喜人归。
野蓼红相傍,山云白导飞。
尽人知不返,送者自应稀。
行矣将安恋,故园香正酴。[5]

虽然略有人走茶凉之人世沧桑,但其欣喜之情亦溢于言表,与陶渊明《归去来兮辞》有异曲同工之妙。退隐之后,仍不免时有与官场人士

---

[1] 《黔诗纪略》卷二十九第 1194 页,贵州人民出版社 1993 年版。
[2] 《黔诗纪略》卷二十九第 1190 页,贵州人民出版社 1993 年版。
[3] 《黔诗纪略》卷二十八第 1142 页,贵州人民出版社 1993 年版。
[4] 《黔诗纪略》卷二十八第 1167 页,贵州人民出版社 1993 年版。
[5] 《黔诗纪略》卷二十八第 1167 页,贵州人民出版社 1993 年版。

的交游。但与达官贵人的交往，亦使他颇难应对，其《癸丑正月三日走谢曹澹余中丞未及见而归作此自咎》诗云：

> 破衾高卧万里雪，忽致新吟诗数佚。
> 若论时情固所难，循分亦尽躬走谒。
> 及到辕门忽一思，我年亦已过半百。
> 鞠躬后进行辈中，尚复何求甘磬折。
> 急呼篮舁界余旋，怀刺一任空漫灭。
> 入门老母问城事，半响低头说不得。
> 园中羞见砌傍梅，开遍南枝又到北。
> 如此清光如此香，胡为竟使终朝隔。
> 移床花下意茫茫，没尽残阳犹面热。[1]

归隐田园，"被衾高卧"，诗人心安理得，但世俗的交游礼仪，又使他不得不"循分"应对。于进退之间的矛盾心情和尴尬处境，在此诗中有很生动的再现；而其痴顽之性格，亦得到栩栩如生的表现。其《寄友》诗亦说：

> 人生百不宜，无过生乱世。
> 况复百不为，翘然命为士。
> 所谋非所急，所乏非所虑。
> 守此茫茫饥，廉隅卒莫易。
> 妻儿尚且非，何怪众人弃。
> 改趋事转环，屈折庶有济。
> 我口未及开，我颜已先怩。

---

[1] 《黔诗纪略》卷二十七第1126页，贵州人民出版社1993年版。

> 无论不必得，得亦焉足贵。
> 不若遵吾素，枯骸抱憔悴。
> 讵敢为硁硁，但不甘聩聩。
> 寥寥宇宙间，几人知我志。
> 款曲欲何陈，西风吹薜荔。[1]

此诗可谓吴中蕃痴顽性格和矛盾心境的一个总结。生于乱世中的读书人，"所谋非所急，所乏非所虑"。痴顽直傲，不谐于世，尚且得不到妻儿的理解，更"何怪众人异"。诗人亦想"改趋""屈折"，但"口未及开"而"颜已先怩"。但正如陶渊明所说，"心为物役，违己交病"，所以最终的选择是："不若遵吾素，枯骸抱憔悴。"

（2）吴中蕃的诗学渊源

在黔中古代诗人中，吴中蕃的诗人自觉意识是相当强烈的。他对诗人身份的自我认同，对诗歌的自我期待，以及企望以诗传世的意识，都非常浓厚。其《置生圹讫却书》诗说："墓门不用书神道，近代诗人手自题。"[2]在遗民、隐士、诗人等众多身份中，他最看重的是诗人身份。因为在他看来，"世间何物能千古，只有诗文一两行"。[3]所以，吴中蕃苦心为诗，虽不至于像越其杰那般刻意苦吟，但其对于自身诗歌才能的充分自信，则是可以与越氏相提并论的，其《敝帚集自序》说：

---

[1]《黔诗纪略》卷二十六第1092页，贵州人民出版社1993年版。
[2]《黔诗纪略》卷二十九第1186页，贵州人民出版社1993年版。
[3] 吴中蕃：《寿景怪叟》，《黔诗纪略》卷二十九第1187页，贵州人民出版社1993年版。

> 家有敝帚,享之千金,不自知其非宝也。当其一语之出,自谓赤水之玄,而识者已掩口于其后。黔故天末,采风之所不及,顾欲以卮言绪论妄意千秋,其谁许我?虽然,春鸟鸣春,秋虫吟秋,见其所然,言其已然,亦各适其意而已。……念岁月之舍我,感性灵之不居,乃缉故编,稍为伦脊,始癸未(1642年),讫己未(1679年),凡若干首。……编成,将欲自负车前,遍贽名宿,冀获一字之删订,不则碎琴都市,共证平生,而今已矣。虞翻曰:"天下有一人知己,足以不恨。"余无可致人之知者,何敢恨人之不我知?且世有王朗、蔡中郎,而后《论衡》乃不徒作;有石篑、袁中郎,而后文长可以不死。俯仰人群,千古一遇,又安得入梵天以质诘、藏婆竭以永寿哉?是帚也,微独人敝之矣![1]

吴氏将其乡试中举后(癸未1642)至离滇去职还乡(己未1679)期间的诗歌编辑成册,命名为《敝帚集》,"敝帚"而"自珍",说明他对自身创作才能和诗歌水平是比较自信的。因此,才敢于说出"自负车前,遍贽名宿,冀获一字之删订,不则碎琴都市,共证平生"这样的豪言壮语。虽然吴中蕃在创作才能上很自负,在创作水平上亦极自信,但是,黔人身份又使他倍感压抑。因为"黔故天末,采风之所不及",黔中文学长期以来处于一种被忽略、被轻视和被描写的状态。所以,从他口中说出"欲以卮言绪论妄意千秋,其谁许我"这样的话,我们确能感受到他的压抑和悲伤,即被轻视的黔中文人连评论文学的话语权都被剥夺了。因此,对于吴中蕃来说,知音难觅不是无病呻吟,而确是有切肤之感受。他特别羡慕王充之遭遇王朗和蔡邕,徐文长之遭遇陶望龄和袁宏道。这种渴求知音之愿望异常强烈,所以在诗文中屡次提及,如《答人见赠》云:

---

[1] 《黔南丛书》第三集《敝帚集》卷首,贵阳文通书局铅印本。

道山学海靡崖巅，敢谓斯文遂足传。
但有一人知不恨，何须定向国门悬。[1]

其实诗人是自信其诗"足传"的，只是为知音难觅而深感遗憾而已。又如《江辰六来索余作付选次答其诗》云：

桐经矍后尾全枯，笔墨闲操只自娱。
章甫从来难适越，黄池焉敢冀先吴。
眼前雄杰知多少，身后荣名定有吴。
况得诸君司品藻，何忧艺苑尚荒芜。[2]

《梦曹石霞点定予文因出袖中卷相授》云：

积学三十年，藏深敢轻示？
如何清夜中，倾倒为子质。
我言出我腹，胡独当君意。
往往发一篇，三叹未忍置。
袖中出一卷，不知何文字。
低徊纳予手，似将身后寄。
予也幸后死，此事真予事。[3]

两诗均体现了诗人在创作上的自信，但又担心不为人所欣赏，以为"章甫从来难适越"，"我言出我腹，胡独当君意"。担心不为人欣赏，

---

[1] 《黔诗纪略》卷二十九第1210页，贵州人民出版社1993年版。
[2] 《黔诗纪略》卷二十九第1188页，贵州人民出版社1993年版。
[3] 《黔诗纪略》卷二十六第1101~1102页，贵州人民出版社1993年版。

正表现其企盼有人欣赏的强烈愿望。

"往往发一篇,三叹未忍置",吴中蕃甚为珍视自己的作品,曾数次自编诗集。据其《敝帚集自序》说,他于1679年将他癸未(1643)乡试中举后至己未(1679)辞职去滇以来之诗作编订成集,命名为《敝帚集》。其诗作数量,据孔尚任《敝帚集序》说,有"杂体千余首"。[1]傅玉书《黔风旧闻录》亦说有千余篇。另外,据莫友芝《黔诗纪略传证》说:"及三桂平后,(吴氏)拾砚补缀,于是别编掷砚后诗文曰'断砚草'。"[2]其编撰时间不详,因其书散佚,故其数量亦不可知。《黔南丛书》收录《敝帚集》《黔诗纪略》选录其诗405首,据其内容看,约三分之二的作品是归隐田园后所作。据统计,吴氏诗歌传世之总量有1100余首。其著述颇丰,除诗歌外,据《吴氏家谱》记载,他还著有《四书说》《曲台捷径》,文有《龙古集》《响怀堂文集》《文集续编》《黔言》《通志补遗》,删定有《坡仙集》《明文选》《明高扬张徐集选》《曹能始诗选》《袁海叟诗选》《韵会》等等。[3]

关于吴中蕃的诗学渊源,孔尚任《敝帚集序》较早做出评论,其云:"观其诗,则身隐焉文之流,多忧世语,多疾俗语,多支离漂泊有心有眼不易告人语。屈子闲吟泽畔,子美放歌夔州,其人似之,其诗似之。"[4]与孔尚任序作于同一年的顾彩序亦说:"读其诗,若颜若谢若陶若杜,盖才大学博,郁郁不得志于时之所为,想见其人,亦今商山之四皓,香山之九老,衣冠甚伟,迥非时辈矣。"[5]孔尚任以为吴

---

[1] 《黔诗纪略》卷二十六第1082页,贵州人民出版社1993年版。
[2] 《黔诗纪略》卷二十六第1077页,贵州人民出版社1993年版。
[3] (民国)《贵州通志·人物志》第一册"总部"第70页,贵州人民出版社2001年版。
[4] 《黔诗纪略》卷二十六第1082页,贵州人民出版社1993年版。
[5] 顾彩:《敝帚集序》,《黔诗纪略》卷二十六第1082页,贵州人民出版社1993年版。

中蕃乃"支离漂泊"之人，近似屈原、杜甫，故其诗多"多忧世语，多疾俗语"。顾彩序称其诗"若颜若谢若陶若杜"，可能注意到吴中蕃像陶、谢一样擅长山水田园诗歌的创作，但是，他重视的仍然是吴诗"郁郁不得志于时之所为"的一面，与孔尚任所谓"忧世疾俗"之评价近似。考虑到孔尚任和顾彩是为《敝帚集》作序，而该集又是吴氏乡举中试后至辞官归田期间的作品。在此期间，吴氏确为"支离漂泊"之人，其诗亦确实"多忧世语，多疾俗语"，故孔、顾二氏之评价大体准确。不过，吴中蕃除"支离漂泊"期间的《敝帚集》外，还有归隐田园后的《断砚草》；除了"忧世疾俗"一面外，还有平淡自然的一面；除了学杜似杜一面外，还有学陶似陶一面，而且后者亦许更能代表其诗之水平和成就。

傅玉书可能读到过《断砚草》，所以他虽然仍以《敝帚集》评述吴氏，但他显然不同意孔、顾二氏的评价，而是特别强调吴中蕃前后两个时期诗风的差别，以及诗学渊源之不同，他说：

> 兹得山人《敝帚集》千余篇读之，乃叹曰：是真能学陶矣，是真能学杜矣！是真源于"三百"归于"三百"者矣！然当时序而传之，若顾天石、孔云亭者，推许非弗至，第谓为忧世嫉俗，则似知其初而未究其卒；谓为不求闻达，则又据其后而竟没其前。愚考山人乡举未二年而明亡，当是时，车书未同，桂藩自粤入黔，尚纪其叙，以诗证之，盖尝外历令守，内列省郎，再黜再起，知难引疾，是以忧世嫉俗，固不异子美之在唐。及海宇既一，人庆升平，而山人义不当复仕，躬耕养母，则又略似渊明。……第篇帙太繁，爰录其关于出处交际，且足见其性情节概者，得三百余篇，而以崎岖乱离之作为《前集》，稳处自乐者为《后集》。[1]

---

[1] 《黔诗纪略》卷二十六第1083～1084页，贵州人民出版社1993年版。

即吴氏创作，前期是"崎岖乱离之作"，故多"忧世疾俗语"，诗学渊源于杜甫；后期是"稳处自乐"之作，故多平淡自然之词，诗学渊源于陶渊明。应该说，傅玉书关于吴中蕃诗歌特征及其渊源的解说，是符合客观实际的。不过，就其诗学特征和诗学成就而言，后期的创作更值得重视。于此，莫友芝的评价值得注意：

> 昔人谓其忧世疾俗，多支离漂泊、有心有眼不易告人语，以灵均之行吟泽畔、子美之放歌夔州拟之，似矣。而综其生平，尤于彭泽为近，其诗品相较亦然，不必貌似。晚号今是山人，盖即以自况也。

黔中古近代诗人追慕陶渊明，是一个普遍现象。[1]而辞官归田后的吴中蕃，尤其突出，故前引傅玉书之言说他"躬耕养母，则又略似渊明"。实际上，吴中蕃辞官归隐，是效法陶渊明，心中有一个陶渊明的影子在，或者说是受到陶渊明的影响。如《得准滇郡之辞胡止戈以诗见美就韵酬之》云：

> 四十投簪亦未迟，尚惭元亮已先之。
> 山山芝美将焉待，岁岁薇柔好共谁。
> 同是长歌真当哭，敢云浊饱不如饥。
> 一生去就寻常事，焉用夸明诧决为。[2]

归隐田园，追踪渊明。渊明"误落尘网中，一去三十年"。而吴氏"四十投簪"，故"尚惭元亮"。其《别友》诗亦云：

---

[1] 参见本书第二章第三节之"黔中明清文人对陶渊明的追慕和效仿"。
[2] 《黔诗纪略》卷二十九第1179页，贵州人民出版社1993年版。

> 彭泽八十日，余今四十辰。
> 心褊志不退，以斯愧古人。
> ……
> 岂不忧贫贱，未肯易其身。
> 得归即可归，何必因鲈莼。[1]

吴氏辞官归隐的心情，与陶渊明很近似。一方面，在官场上虽然颇感压抑，但是可以解决衣食问题，归隐后则有衣食之忧。因此，诗人像陶渊明那样，虽然深知"饥冻虽切"，但仍然不愿"心为物役"，不愿"口腹自役"。[2] 用诗人自己的话说，就是"敢云浊饱不如饥"，就是"岂不忧贫贱，未肯轻易身"。诗人像陶渊明那样，对于"依人聊气色，寄食且从客。草草劳人事，栖栖佞者踪"的官场生活，[3] 颇感厌烦。故一旦得准辞官，便欣喜若狂，《发昆明》一诗即表现了诗人辞官归隐的欣喜之情。其云："狂霖勿尔止，天亦喜人归。野蓼红相傍，山云白导飞。"[4] 与陶渊明《归去来兮辞》中抒写的辞官回乡之喜悦心情很近似。还有，吴中蕃和陶渊明一样，对人生皆持自然通达之态度。陶渊明撰《挽歌诗》和《自祭文》，表达对人生的通达看法。据载，吴中蕃于壬子年（1672），时年五十有五，自置生圹，并赋《置生圹讫却书》诗二首，以明其志。其行迹与陶渊明很近似。

当然，吴氏之追慕陶渊明，最重要的地方，是他们的性格相近，诗风相类，题材相似。他们皆偏爱自然山水，热衷山水田园诗歌的创作。

---

[1] 《黔诗纪略》卷二十六第1096页，贵州人民出版社1993年版。
[2] 陶渊明：《归去来兮辞》，逯钦立校注《陶渊明集》卷五，中华书局1979年版。
[3] 吴中蕃：《幕中二首》，《黔诗纪略》卷二十八第1167页，贵州人民出版社1993年版。
[4] 《黔诗纪略》卷二十六第1167页，贵州人民出版社1993年版。

(3) 吴中蕃的山水田园诗

吴中蕃总结自己的一生，自谓"不待盖棺方论定，一生强半在林邱"，[1] 以为"溪山于我独相亲"，[2] "但着烟林便觉宜"，[3] 其对自然山水迷恋之深，对田园生活热爱之切，可想而知。需要讨论的是，本有功名之想的吴中蕃，为何对自然山水和田园生活有如此深切的迷恋之情？他在自然山水和田园生活中发现了什么而竟能使他如此依恋？以至于"相去无多亦怆神"，[4] 似有不可须臾或缺之意。

吴中蕃归隐田园后，对自然山水有无限依恋之情。如《别龙山二首》云：

> 溪山于我独相亲，相去无多亦怆神。
> 尽敛烟霞归箧笥，尚留风月与何人。
> 此身纵往心犹恋，明日重来迹已陈。
> 鸡犬也知怀故旧，漫藏高树匿东邻。[5]

其《徙居芦荻》亦云：

> 自来行止等游丝，但着烟林便觉宜。
> 屡有寻求将客误，渐无名字与人知。

---

[1] 吴中蕃：《置生圹讫却书二首》其一，《黔诗纪略》卷二十九第1186页，贵州人民出版社1993年版。
[2] 吴中蕃：《别龙山二首》，《黔诗纪略》卷二十九第1183页，贵州人民出版社1993年版。
[3] 吴中蕃：《徙居芦荻》，《黔诗纪略》卷二十九第1183页，贵州人民出版社1993年版。
[4] 吴中蕃：《别龙山二首》，《黔诗纪略》卷二十九第1183页，贵州人民出版社1993年版。
[5] 《黔诗纪略》卷二十九第1183页，贵州人民出版社1993年版。

> 耕渔足了半生事,木石才堪百世师。
> 每坐溪头向水笑,遑遑舍此欲何之。[1]

诗人依恋溪山或烟林,是因其精神在溪山、烟林中找到契合之处。故一旦相亲"便觉宜",一旦相去便感"怆神"。又如《偶作命稚子歌之二首》云:

> 息意趋林水,澹然成孤清。
> 花能常在眼,鸟能频和庚。
> 而况琴与书,一一恣所营。
> 我愚从此养,我志从此明。
> 恒恐失此山,皆命于稼耕。[2]

《香髓池》云:

> 曲士耽丘壑,高贤薄畛区。
> 各成其所是,何处定同趋。
> 顿使精神注,无忧兴寄孤。
> 次山虽复起,不易石鱼湖。[3]

山水养人情志,陶人精神。一旦亲近"林水""丘壑",便是隔尘离世,"澹然成孤清",让诗人"顿使精神注,无忧兴寄孤"。诗人特能欣赏这种境界,故云"我愚从此养,我志从此明",而对尘世生活产生

---

[1] 《黔诗纪略》卷二十九第1183页,贵州人民出版社1993年版。
[2] 《黔诗纪略》卷二十九第1100页,贵州人民出版社1993年版。
[3] (道光)《贵阳府志》余编卷十五第2011页,贵州人民出版社2005年版。

了更深的逃避或厌倦之情。如《尤爱溪》云：

> 是可忘机处，何须定大川。
> ……
> 屡至神皆易，言归足未前。
> 莫将余影去，一过市城边。[1]

《耐亭》云：

> 木石皆天趣，人天各效谋。
> 安能轻弃此，万里问车舟。[2]

山水有"天趣"，自然可"忘机"。人生于此，别无他求。所以，"一过市城边"或"万里问车舟"，皆不足向往或追求。

吴中蕃热爱自然山水，"溪山于我独相亲，相去无多亦怆神"，"自来行止等游丝，但着烟林便觉宜"。之所以如此，是由于他的痴顽直傲的性格与自然山水真朴自然的特征相吻合，故能引起共鸣而惺惺相惜。诗人与自然山水相需相待的知音相赏关系，在其《龙山六咏序》中有具体的说明，其云：

> 余避地龙山，十有七年，溪山涧谷，助我非少，而未尝一字酬之，岂人之不名邪？抑溪山涧谷之未易名也？癸卯夏初，游泳之次，一拳一勺不至辱吾墨渖者，辄予以品题，又各锡之以嘉名，或以形，或以致，或以意，要使境足运吾笔而不惭笔，可永斯境而无憾。后之人按吾诗以

---

[1] （道光）《贵阳府志》余编卷十五第2009页，贵州人民出版社2005年版。
[2] （道光）《贵阳府志》余编卷十五第2012页，贵州人民出版社2005年版。

索境而境传，按斯境以索诗而诗亦传，两相待而两相需，岂偶然与？[1]

诗人流连于自然山水中，"我欲看花花看我，轻飔一瓣使思寻"，[2]在与自然的相互凝视中思寻人生之意义和宇宙之真味。"道心间有得，竹石共绸缪。""道心"与"竹石"相通相感。置身于自然山水之中，"顿使精神注，无忧兴寄孤"，"屡至神皆易，言归足未前"。"息意趋林水，澹然成孤清"，在"林水"中养成"澹然""孤清"之情怀，故诗人自觉"我愚从此养，我志从此明"，"我愚"和"我志"皆因"林水"而得到涵养和彰明，所以诗人是决意"毕命于稼耕"，因为他"恒恐失此山"。[3]

吴氏归隐田园后，面对山水，便是全身心的投入，对当下的田园生活更是心安理得。其诗便多有对田园生活的歌颂与赞美，如《草堂成》云：

> 更辟层峦数亩余，半栽梧竹半杉桐。
> 固非求洁难容唾，亦未全孤尚有书。
> 侍母每将身作杖，课儿且用笔为锄。
> 不知天上仙何似，料只穷荒乐隐居。
>
> 离却纷挈梦不难，山中事事结清欢。
> 新移美蒨搜岚插，渐去繁枝纵月宽。
> 隔暮小虫能报雨，未秋暗壁已生寒。

---

[1] 《黔南丛书》第三集《敝帚集》卷四，贵阳文通书局铅印本。
[2] 吴中蕃：《众香园》，（道光）《贵阳府志》余编卷十五第2016页，贵州人民出版社 2005年版。
[3] 吴中蕃：《偶作》，《黔诗纪略》卷二十九第1100页，贵州人民出版社1993年版。

大鹏斥鹖逍遥一，无用中天七宝栏。[1]

《众香园》云：

独行频得云相伴，欲语旋呼鸟下来。
何处更寻干净地，此间除却或蓬莱。[2]

《题朱大傲卧石轩》云：

道心间有得，竹石共绸缪。
梦已疏朝市，躯全付壑丘。
清泠孤榻领，奇崛一窗收。
凤昔犹难忘，前身是虎头。[3]

诗人热衷田园生活，"每坐溪头向水笑，遑遑舍此欲何之"，"安能轻弃此，万里问车舟"，是因为"山中事事结清欢"，是因为诗人痴顽直傲之性格与官场生活不协调。而在田园生活中，"梦已疏朝市，躯全付壑丘"，因为"是可忘机处"，"屡至神皆易"。[4] 置身田园，面向自然，可使"神易"，可使"忘机"。"三载此栖迟，形神渐觉宜"，在他看来，"即非时所迫，亦可措吾躬"。[5] 他甚至认为田园生活胜

---

[1] 《黔诗纪略》卷二十九第1184页，贵州人民出版社1993年版。
[2] 《黔诗纪略》卷二十九第1184页，贵州人民出版社1993年版。
[3] 《黔诗纪略》卷二十八第1160页，贵州人民出版社1993年版。
[4] 吴中蕃：《尤爱溪》，（道光）《贵阳府志》余编卷十五第2009页，贵州人民出版社2005年版。
[5] 吴中蕃：《戊申元旦》，《黔诗纪略》卷二十八第1158页，贵州人民出版社1993年版。

过神仙世界,"何处更寻干净地,此间除却是蓬莱","不知天上仙何似,料只穷荒乐隐居"。所以,诗人请求"莫将余影去,一过市城边"。

综观吴中蕃的山水田园诗,有一个引人注目的现象,就是石头意象的频繁出现。吴中蕃喜爱岩石,其诗歌以岩石名篇的就有《夏国公顾成志石叹》《王园石案石枕二首有引》《岂凡岩》《鱼石二首》《浪石二首》《蔗岩二首》《洗髓岩》《船石》等。诗中涉及石头意象的诗篇更是俯拾皆是。他声称:"耕渔足了半生事,木石才堪百世师。"[1] 又说:"孤居惟有石相亲,一笑能教满室春。"[2] 诗人终日与石相亲,与石为伴,如《山居二首》其一说:"山川亦有嗜奇僻,竹树原无媚俗心。落笔窗前云怒起,挥弦石上月沉吟。"[3] 隐居田园,挥弦石上,落笔窗前,成为诗人的日常生活。"竹石时分目,云霞日荡胸"的生活,[4] 使他倍感惬意。故其所居之地,必有岩石相伴。如《浪石》诗云:"石怪理难求,当窗作怒流。风来松借响,月转石为幽。出入如堪与,相催卒未休。山居翻在水,吾意已同鸥。"[5]《次茅云谷见韵》说:"不成朝市隐,聊与棘分居。石气全凝日,峰情恰受庐。"[6]《忆梦草堂园池》说:"径榭转纡曲,木石增嶙峋。"[7]

问题是,在众多自然景物中,吴中蕃为何尤其钟爱岩石?作者认为,除了他所居之地触目皆石、随地是岩之客观原因外,主要还在于

---

[1] 吴中蕃:《徙居芦荻》,《黔诗纪略》卷二十九第1183页,贵州人民出版社1993年版。

[2] 吴中蕃:《陈虎侯携家来访假寓山中两月乃去临行留赠次之》,(道光)《贵阳府志》余编卷十五第2017页,贵州人民出版社2005年版。

[3] 《黔诗纪略》卷二十九第1195页,贵州人民出版社1993年版。

[4] 吴中蕃:《众香园》,《黔诗纪略》卷二十八第1154页,贵州人民出版社1993年版。

[5] 《黔诗纪略》卷二十八第1154页,贵州人民出版社1993年版。

[6] 《黔诗纪略》卷二十八第1140页,贵州人民出版社1993年版。

[7] (道光)《贵阳府志》余编卷十五第2004页,贵州人民出版社2005年版。

他的性情与岩石有相通之处。吴氏性情，已如上述。大略言之，即痴顽直傲，即以骨胜。故其所重于岩石者，在于岩石之骨与力。他在《香髓池有引》一文中讨论石与水之关系说：

> 夫石者，山之骨；则水者，石之髓也。兹山皆石，而梅生焉。梅且以石为骨矣，得不以水为髓乎？无水则骨枯，故灵之以池，不第为寒香洗髓也。[1]

岩石以骨力胜，故人皆以石为"顽"。如《蔗岩二首》云："若无此一片，何以见兹山。朗朗余晴气，森森发古斑。树奇偏险履，藤老自跻攀。尽道顽如石，今看石岂顽。"[2]《云扶磴》说："石顽偏用险，足亦与心违。"[3]但他不以石为"顽"，或者说，在他看来，石之"顽"正体现了"天趣"。其《耐亭》云："木石皆天趣，人天各效谋。安能轻弃此，万里问车舟。"[4]石之有"天趣"，正在其有"道心"，《题朱大傲卧石轩》说："道心间有得，竹石共绸缪。"所以，说吴中蕃喜爱岩石，是因其性情与岩石相通，皆有"顽"之特性。不如说是因为岩石有"天趣"和"道心"，诗人在欣赏岩石中体验到"天趣"和"道心"。事实上，"天趣"和"道心"在一定程度上亦有"顽"的特性。

吴中蕃咏石之作，《磊落崖》一诗颇具代表性，其云：

> 洄溪穿隐壁，径尽得崎嵚。磊砢既英多，颓倚互为禁。
> 不知何年霞，积累直至今。斧斧劈烟光，矩矱无邪淫。

---

[1] 《黔诗纪略》卷二十八第1157页，贵州人民出版社1993年版。
[2] 《黔诗纪略》卷二十八第1161页，贵州人民出版社1993年版。
[3] 《黔诗纪略》卷二十八第1157页，贵州人民出版社1993年版。
[4] （道光）《贵阳府志》余编卷十五第2012页，贵州人民出版社2005年版。

> 风霜未敢剥，苔草亦愁侵。留影伴古月，相知为碧浔。
> 每来不能去，独坐生夕阴。既接冰铁颜，愈冷市朝心。
> 正如苦劲士，廉隅殊可钦。日夕久晤对，自然砥砺深。
> 我见谓妩媚，人但觉严沉。自非此片石，何以发我吟。[1]

岩石以骨力胜，棱棱傲骨，"矩矱无邪淫"，自非它物可比，所以是"风霜未敢剥，苔草亦愁侵"。一幅"冰铁颜"，犹如有"廉隅"之"苦劲士"。诗人观赏磊落崖，重其有"冰铁颜"，欣赏其"苦劲"。在石与人之互动中（"日夕久晤对"），自然陶染更深（"自然砥砺深"），便养成痴顽直傲之性格。岩石的此种"冰铁"傲骨，在常人看来自然是"严沉"，可是在诗人看来，却是"妩媚"。因为其中的"道心"与"天趣"不足与外人道。诗人就是因为在与岩石的"晤对"中，体会到"天趣"与"道心"，所以是"愈冷市朝心"。这种对岩石之欣赏所获得的奇妙感觉，亦体现在《洗髓岩》诗中：

> 琼崖当碧涧，终古嵌虚明。气已同波冷，神犹似水清。
> 巧于宣肺腑，妙在用欹倾。体骨都更易，何曾有世情。[2]

《款端峦》诗亦说：

> 小室面苍峦，岩威独改观。都无瞎物意，时作伟人看。
> 静对祛浮妄，微吟领秀寒。幽踪千古秘，犹怨墨光残。[3]

---

[1]（道光）《贵阳府志》余编卷十五第2005页，贵州人民出版社2005年版。
[2]（道光）《贵阳府志》余编卷十五第2011页，贵州人民出版社2005年版。
[3]（道光）《贵阳府志》余编卷十五第2007页，贵州人民出版社2005年版。

岩石并非"暧物",是"冰铁颜",是"苦劲士",故当作"伟人观"。观赏岩石,不仅能够"祛浮妄",还能够让人远离"世情"。更重要的是,它可以"宣肺腑",能够"更易"人之"体骨","砥砺"人之情性。吴氏在《船石》诗中以拟人化手法,赞美岩石,其云:

> 艇子何年系碧浔,端然顿息远游心。
> 肯同萍梗常漂泊,一任风波自浅深。
> 大力有人谁克负,奇功未树不须沉。
> 细思岸谷迁移后,惟尔安闲得到今。

> 自是天心欲擅奇,寻常隽楫那能施。
> 笑渠无用全同我,滞此多年欲待谁。
> 明月芦花仍满载,残阳烟鸟共栖迟。
> 覆舟山下曾经过,才信其间有伯夷。[1]

诗人以岩石为知己,"笑渠无用全同我,滞此多年欲待谁"。诗人归隐田园后,亦同岩石一样,"端然顿息远游心",过着与世无争、悠然自得的生活;亦同岩石一样,"肯同萍梗常漂泊,一任风波自浅深"。但正是此种恬静自然的居处,才具备人生之永恒价值;亦同岩石一样,"细思岸谷迁移后,惟尔安闲到得今"。

总之,黔中古近代诗人喜好自然山水,热衷山水田园诗歌的创作,吴中蕃是一个典型个案。黔中古近代文人的此种性情好尚和创作取向,实在是由其生存的地域环境和地理特征所决定。优美的自然风光和具有桃花源特点的"嵚峒"(山间坝子)生活环境,涵孕了他们对自然

---

[1] 《黔诗纪略》卷二十九第1185页,贵州人民出版社1993年版。

山水的偏爱，培植了他们对田园生活的乐趣，因而在诗歌创作中对山水田园题材表现出特别的兴趣。这是黔中古近代诗歌创作以山水田园为重要题材的主要原因。在山水诗歌创作中，热衷写山写石，吴中蕃是一个个案，但不是特例，而是一个普遍现象。黔中古近代诗人乐于写山写石，与其生存的"大山地理"有关，是由在"大山地理"影响下形成的质直傲岸性格决定的。

三、边省地域与黔中古近代文学的乡土题材创作

1. 地域环境与黔中文学史上的乡土题材创作传统

一位评论家曾经说过："我曾经去过贵州，在那里的高山峻岭中穿行时，可以看到白云出岫，烟雾缭绕，当时我想，如果这里出一位作家，肯定会与别处不同。"[1] 的确，在中国现当代文学史上，从贵州这块土地上走出来的作家，其创作真的"与别处不同"。评论家雷达亦发现："贵州是个风情奇异、文化生态错综复杂的地方，曾经边远而贫穷，昔有'天无三日晴，地无三尺平'之夸张说法，如今固然已发生巨变，但那里的文学似乎仍呈现着独异的面貌，好像总与中原地区或沿海地区的风格保持着某种距离，有点遗世独立的味道。蹇先艾的小说，何士光的小说，留给我们的奇妙印象是难忘的。"[2] 在中国现当代文学史上，贵州文学的"遗世独立"，与主流文学的距离或不同，不仅表现在艺术风格上，而且主要体现在文学题材上。作者以为，

---

[1] 李云雷：《从独特的视角"发现世界"——读肖勤的小说》，向笔群等主编《乡土中国——新农村建设中的贵州文学研究》第30页，中国书籍出版社2011年版。

[2] 雷达：《叙事的机趣——欧阳黔森小说印象》，向笔群等主编《乡土中国——新农村建设中的贵州文学研究》第9页，中国书籍出版社2011年版。

贵州现当代文学的大部分内容是乡土题材，这是贵州文学在中国现当代文学史上最明显的身份标识。

在中国现代文学史上，贵州籍作家首次进入主流文坛并引起关注的，是蹇先艾。而蹇先艾之被关注和重视，主要在于他的乡土作家身份和乡土文学创作。1935年鲁迅在《中国新文学大系·小说二集序》中评价说："蹇先艾的作品是简朴的……虽然简朴，或者如作者所自谦的'幼稚'，但很少文饰，也足够写出他心曲的哀愁，他所描写的范围是狭小的，几个平常人，一些琐屑事，但如《水葬》，却对我们展示了'老远的贵州'的乡间民俗的冷酷，和出于这冷酷中的母性之爱的伟大，——贵州很远，但大家的情景是一样的。"重视的就是蹇先艾以简朴的笔触展现的"老远的贵州"的乡间民俗。鲁迅在此提出和定义了"乡土文学"的概念，他说："蹇先艾叙述过贵州，裴文中关心着榆关，凡在北京用笔写出他的胸臆来的人们，无论他自称为用主观或客观，其实往往是乡土文学，从北京这方面说，则是侨寓文学的作者。但这又非如勃兰兑斯（G.Brandes）所说的'侨民文学'，侨寓的只是作者自己，却不是这作者所写的文章，因此也只见隐现着乡愁，很难有异域情调来开拓读者的心胸，或者眩耀他的眼界。"[1]据此，可以说，"乡土文学"之命名，就是基于以蹇先艾为代表的乡土题材创作而发生的。亦可以说，贵州作家和贵州文学在当时被主流文坛关注和重视，不是因为他的文学成就，而是因为他独具特色的文学题材——乡土题材。

根据鲁迅的定义，"乡土文学"具有以下四个特征：一是叙述乡土；二是运用民间俗语，很少文饰；三是作者侨寓都市；四是隐现着乡愁。按照这个定义，蹇先艾当然是典型的乡土文学作家。而

---

[1] 赵家璧：《中国新文学大系·小说二集》卷首，上海文艺出版社1980年版。

其他作家虽然叙述乡土，亦隐现着乡愁，而且亦很少文饰，但没有侨寓都市的经历，就不能算是严格意义上的乡土文学作家，而只能称之为乡土题材经历。基于此，作者在本章中慎用"乡土文学"这个概念，而选择意义比较宽泛的"乡土题材"这个概念，以讨论贵州文学创作。

大体上说，在中国现当代文学史上，贵州籍作家在全国文坛上发生过比较重要影响的，从蹇先艾开始，基本上皆是以乡土题材为其创作的主要内容。所以，诗人赵卫峰以为："上个世纪初，蹇先艾、寿生们相对成功地将'贵州'推向中国现代文学视野。而鲁迅胡适们的肯定也为后来的贵州文学定下了一个潜规则：何士光、戴绍康（仡佬族）、冉正万、王华（仡佬族）们依次成为贵州式'乡土文学'实践的相对成功者。"[1] 的确，贵州文学在中国现代文坛上的初次亮相，就是乡土题材。而主流评论家如鲁迅、胡适对贵州文学的肯定，亦是因为乡土题材。此种初次亮相和首次肯定，就基本确定了贵州现当代文学的发展方向。纵观贵州现当代文学史上那些在全国文坛产生过一定影响的作家，如蹇先艾、寿生、石果、何士光、欧阳黔森、李发模、冉正万、王华、肖勤等，基本上都是以乡土题材为创作特色。

蹇先艾的代表作《水葬》《在贵州道上》等，以白描手法，写"几个平常人，一些琐碎事"，呈现了贵州边地社会封闭落后的社会现状和边地民众的麻木痴顽，描绘了在崇山峻岭、深沟险壑中艰难谋生的盐巴客、轿夫等社会底层人的生活现状，具有相当浓厚的地域文化色彩，成为鲁迅提倡的"乡土文学"作家群里的典型代表。20世纪50年代成长起来的著名作家石果，其代表作《风波》，于

---

[1] 赵卫峰：《从地理的乡土到文化的地方——"贵州"背景的文学生成》，《贵州民族报》"文学专刊"，2009年第7期。

1953年9月发表在《人民文学》上，亦是以贵州地域为背景，叙写中华人民共和国成立初期母女两代农村妇女争取婚姻自由的故事，引起当时文学评论界的高度关注，产生了较大的社会影响。20世纪80年的何士光，是当时文学界有较大影响的人物，他的短篇小说《乡场上》《种包谷的老人》《远行》分别于1980、1982、1985年先后发表在《人民文学》上，并连续三次荣获全国优秀短篇小说奖，这在当时文学界是相当少见的，而这三篇作品亦是典型的乡土题材的创作。欧阳黔森的《十八块地》《水晶山谷》《敲狗》，肖勤的《暖》《金宝》《好花红》，王华的《傩赐》等在文坛发生影响的作品，亦都是以贵州乡土社会为题材的创作。

贵州现当代文学这种普遍以乡土题材为创作特色的文学现象，已引起学者的关注。如朱伟华说："在题材上，'乡土贵州'是贵州作家剪不断、理还乱的永恒话题，自蹇先艾起整个20世纪贵州引起关注的作品，几乎都没离开过'山民''农民'话题。而紧贴生活、情系乡土的内容表达，基本上都选择了冷峻、凝重的现实主义笔法，这使得贵州文学没有开阔的题材领域，也缺乏腾越的艺术想象，这是苦难深重的山区人民生活的投影，也是蛮荒之地的野性遗存。也许受'望山跑死马'的地域环境影响，贵州作家习惯于单打独斗，生存土壤的贫瘠、文学基础的薄弱、创作人员的分散，尽管有着相同的题材领域和相近的写作风格，却难以形成'山药蛋派''荷花淀派'之类的创作流派。"[1]贵州现当代文学有相同的题材和风格，却未能形成具有影响力的文学流派，其原因是多方面的，兹不具论。说整个20世纪贵州文学均是"紧贴生活，情系乡土"的有关山民、农民的创作，是

---

[1] 朱伟华：《20世纪贵州文学的时间与空间形态》，易闻晓主编《黔学论集》第347页，西南交通大学出版社2012年版。

符合客观实际的。乡土题材创作几乎是整个20世纪贵州文学创作的主要题材,因此,说"贵州文学没有开阔的题材领域",亦大体妥当。

事实上,乡土题材不仅是贵州现当代文学的主要创作内容,亦是黔中古近代文学一个备受重视的创作题材。考察黔中古近代文学,自晚明以来即有一个重视乡土题材创作的悠久传统。这种传统,在吴中蕃的诗歌中已初见端倪,在周起渭、田榕的诗歌中有进一步的发展,在晚清著名诗人郑珍的诗歌中,成为一个极其重要的创作特色。可以说,郑珍诗歌代表了黔中古近代乡土题材创作之最高成就。

地域环境影响作家对创作题材的取舍,是显而易见的。作者在第四章讨论"边省地域与黔中古近代文学文体"时,已经指出:黔中古近代文人不擅长词、曲、小说的创作,不热衷于风花雪月题材的创作,与黔中地域环境的影响密切相关。黔中古近代文人以及现当代作家热衷于"紧贴生活,情系乡土"的乡土题材创作,并形成一个一脉相承的创作传统,亦与黔中地域环境的影响有关。

作者认为,一位作家是否选择乡土题材进行创作,与他个人的兴趣好尚有关,与他对乡土社会的情感有关,当然更主要是与他生活的环境有关。大体而言,黔中古近代文人,除杨文骢、周起渭、莫友芝、黎庶昌等少数几位文人长期游宦于省外,大部分文人是长期生活在黔中地区,故其创作自然便是以黔中乡土社会为背景。或者说,地域环境的限制,使其不得不选择乡土题材进行创作。就郑珍而言,他对乡土生活有浓厚兴趣,对家乡故土有深厚感情。综其一生,除两次赴京应考,一次短暂的湖湘之行(一年有余),一次短暂的云南之行(一年有余),其他时间皆在黔中故地读书治学,过着亦耕亦读的生活,故其创作以乡土题材为主,亦是情理中事。

在亦耕亦读的乡居生活中,郑珍最珍重家庭人伦亲情,以为"抱子携妻奉朝夕,一日千金不得易",[1]故其创作多反映亲人之间其乐融融的天伦生活和生离死别的酸苦情怀,人伦亲情的叙写是郑珍乡土题材创作的重要内容。在亦耕亦读的乡居生活中,郑珍对农事活动和地方民俗有直接的参与和浓厚的兴趣,因此,独具特色的黔中农事活动和地方风俗的记录,亦是其乡土题材创作的重要组成部分。晚清时期黔中遵义地区社会动荡不安,战乱彼伏此起,天灾人祸层出不穷,郑珍置身其中,目睹战乱对社会秩序的破坏和天灾给民众生活带来的苦难,亦饱尝天灾带来的穷困和因战乱带来的飘零,因此,抒写乱离之社会现状和穷困的生活境遇,亦是他乡土题材创作的重要内容。概括地说,人伦亲情、农事风俗、穷苦乱离是郑珍乡土题材创作的重要组成部分,亦是其诗歌创作的主要内容。

2. 黔中古近代文学的乡土题材创作——以郑珍诗歌为例

莫友芝在《巢经巢诗钞序》中评价郑珍的学术文章说:"论吾子平生著述,经训第一,文笔第二,歌诗第三。而惟诗为易见才,将恐他日流传,转压两端耳。"[2]的确,就其影响力而言,虽然郑珍的经学和散文亦颇为人称道,但其诗歌的影响要深广得多。郑珍的诗歌,风格多样,既有隽伟宏肆的一面,还有艳逸清丽的一面,亦有酸涩淳厚的一面。题材广泛,如杨元桢《巢经巢诗集校注序》所说:"凡心目所经,身世所感,治乱之源委,风俗之美恶,纲常名教,米盐零杂及朋友之酬酢、子弟之教诲,以至谈经究古,无一不可咏之以诗。"[3]

---

[1] 郑珍:《十六日送子何归觐》,杨元桢《郑珍巢经巢诗集校注》前集·卷九第352页,贵州人民出版社1992年版。
[2] 莫友芝:《巢经巢诗钞序》,(民国)《贵州通志·艺文志》卷十六第699页,贵州人民出版社1989年版。
[3] 杨元桢:《郑珍巢经巢诗集校注》卷首,贵州人民出版社1992年版。

综观郑珍传世的约九百余篇诗歌，最感动人心而又独具特色的，是在诗集中约占半数篇幅的、以酸涩淳厚为特点的、以乡土题材为内容的作品。姚永概《书郑子尹诗后》说："生平怕读郑莫诗，字字酸入心肝脾。"郑珍一生大部分时间穷居山乡，用他自己的话说，是"峭性无温容，酸情无欢踪"。[1]姚永概所谓"怕读"的那些"字字酸心入肝脾"的作品，主要就是郑珍穷居山乡时创作的以乡土题材为内容的诗歌。陈衍《石遗室诗话》说郑珍"历前人所未历之境，状人所难状之状"，亦大体是指郑珍穷居山乡时所经历的人世悲摧之境，所描述的人生悲凉之状。陈声聪《兼于阁诗话》评论郑珍诗歌说：

> 清道、咸间，郑子尹（珍）以经学大师为诗，奄有杜、韩、白、苏之长，横扫六合，跨越前代。公以一举人入京会试不售，终老乡里，论其地，遵义为西南之僻壤；论其身世，一广文耳。而其《巢经巢诗》乃精深沉博、瑰诡奇肆如是。……其诗固甚奥衍，然其佳者，多在文从字顺处。……常情至理，琐事俗态，人不能言，而彼独能言之，读之使人嗔喜交作，富有生活气息。公晚遇贵州苗民之变，对于官府及社会现实亦多所反映，思力手段，为近百年人所共推。梁任公犹嫌其意境稍狭，不知意境亦视人境遇，而万有不同，彼固读书一隅之士，非有事功者，丘壑之美，亦何减于湖海之观也。[2]

郑珍诗中的"奥衍"之作，主要是那些"谈经究古"的诗篇。而大量涉及"米盐零杂"或"常情至理，琐事俗态"的富有生活气息的乡土

---

[1]　郑珍:《抄东野诗毕书后二首》，杨元桢《郑珍巢经巢诗集校注》前集·卷五第195页，贵州人民出版社1992年版。
[2]　陈声聪:《兼于阁诗话》"附录"之"巢经巢"条第358～359页，上海古籍出版社1985年版。

题材创作，则又多有文从字顺的特点。作为一位终老乡里的"广文"先生和"读书一隅之士"，其所见所闻，所历所感，亦不外乎是这些"琐事俗态"和"米盐零杂"，故其所抒所写，亦多在于此。梁启超嫌其"意境稍狭"，可谓持之有故。陈声聪以为"意境亦视人境遇"，亦言之成理。事实上，诗歌史上的"湖海之观"比比皆是，而"丘壑之美"自有其特别之处。作为一位终老乡里的"广文"先生，缘于"境遇"之局限，其所能贡献者，亦只是"丘壑之美"。而正是此种"丘壑之美"，能"状人所难状之状"，能言人所不能言，所以能令陈陈相因、了无新意的诗坛耳目一新。亦正是这种"丘壑之美"，别开生面，动人心魄，"字字酸心入肝脾""读之使人嗔喜交作"，所以能令长期以来不痛不痒之麻痹心灵备受刺激，深为感动。

《巢经巢诗集》中富有生活气息的具有"丘壑之美"的作品，主要就是那些以黔中地域社会为描述对象的乡土题材之作，其中主要包括抒写人伦亲情、描述农事风俗、反映穷苦乱离等诗作，以下分别述论之。

（1）郑珍的人伦亲情诗

抒写人伦亲情是中国古典诗歌的一个悠久传统，于郑珍而言，则是他诗歌创作的一个显著特色，亦是其传世的九百余篇诗歌中最感动人心的部分。郑珍一生常常感慨自己门祚衰薄，如"念我门祚薄，麟凤非所载"，[1]"门祚嗟衰薄，书来又鼓盆"等。[2] 寒门出孝子，衰门

---

[1] 郑珍：《适滇却寄子行斑子俞珏两弟》，杨元桢《郑珍巢经巢诗集校注》前集·卷三第110页，贵州人民出版社1992年版。
[2] 郑珍：《寄山中兄弟五首》（其一），杨元桢《郑珍巢经巢诗集校注》前集·卷七第299页，贵州人民出版社1992年版。

出忠臣，"易败难成今古事，却思仁孝出衰门"，[1]门祚衰薄之人更有仁孝之心，更重视天伦之乐和人伦亲情。郑珍一生盘桓乡里，终老窗下，身经晚清黔中社会此起彼伏的社会动乱和频繁发生的天灾人祸，与家人苦命相依，对父母、妻儿、子孙、兄弟和姊妹，充满人间至情。在《巢经巢诗集》中，此类抒写人伦亲情的作品占有相当大的比重。这些作品的内容，虽属"常情至理，琐事俗态"，但感人至深，读之使人"悲嗔交作"，乃至有"酸心入肝脾"者。故白敦仁概括《巢经巢诗》之内容为五个方面，其居首者，就是"善言家人亲子骨肉之情"。[2]

郑珍虽不乏功名之想，亦希望建功立业，但对他来说，最惬意的主要还是与亲人团聚的那种其乐融融的天伦生活。所以，他说："抱子携妻奉朝夕，一日千金不得易"，[3]"父母俱存兄弟全，痴儿问字妻纺绵。岂免身劳心以安，但无远别吾终焉"。[4]他在《斗亭记》中描述亲人嬉戏之乐：

> 太孺人善病，而好劳，不可拂。每日暄夕佳，携妻若妹若小儿女，奉孺人坐亭上。或据树石诵书咏诗，思昔贤随遇守分之遗风；或偕儿女黏飞虫呼蝼蚁，观其君臣劳逸部勒；或学鹊楂楂鸣，投授花惊潜鱼，为种种儿戏。孺人虽笑骂之，而纺甎絮杆未尝一辍手。夏荷秋兰，梅萱冬春，盖三年于此矣。[5]

---

[1] 郑珍：《病中叹二首》（其二），杨元桢《郑珍巢经巢诗集校注》后集·卷六第678页，贵州人民出版社1992年版。

[2] 白敦仁：《巢经巢诗笺注》之"前言"第6页，巴蜀书社1996年版。

[3] 郑珍：《十六日送子何归觐》，杨元桢《郑珍巢经巢诗集校注》前集·卷九第352页，贵州人民出版社1992年版。

[4] 郑珍：《追寄莫五北上》，杨元桢《郑珍巢经巢诗集校注》前集·卷三第108页，贵州人民出版社1992年版。

[5] 郑珍：《巢经巢文集》卷二，《郑珍集·文集》第47页，贵州人民出版社1994年版。

此种人间至纯至真的天伦之乐，实在令人向往，真可谓"一日千金不得易"。所以，诗人偶尔出门在外，聊以自慰的就是回忆与家人相处的天伦之乐。如诗人在第二次赴京应考之途中，有《出门十五日初作诗，黔阳廓外，三首》（其二）曰：

> 记我出门时，梅花绕茅亭。携儿坐石上，吹笛使酒醒。
> 山妻持灯来，大字写纵横。妹女各袖扇，争书压吾肱。
> 哄哄一宵事，不知鸡已鸣。

儿坐石上，诗人吹笛，山妻持灯，妹女压肱，诗人揽笔作书，一家子"哄哄一宵"至鸡鸣。其境其情，令人心醉神迷。诗人醉心于这种天伦之乐，故对"学而优则仕"之传统观念颇不以为然。所以在诗篇的最后，诗人感慨说："读书竟何用，只觉伤人情。不学耕亦得，君看黔阳城。"[1] 意谓读书之人势必要外出应试做官，与亲人分离，如同我这般飘零黔阳，颇"伤人情"，不如终老乡里，与亲人共享天伦之乐。亦是此次赴京应考，诗人三十日后至湖南澧州，正逢除夕夜，写《度岁澧州寄山中四首》，抒写对家人的深切思念之情，"今宵此一身，计集双泪流。炉边有耶娘，灯畔多姐妹。心心有远人，强欢总无味。"诗人想象家人的除夕之乐：

> 卯卯今夕乐，乐到不可名。不解忆郎罢，但知烧粉蒸。
> 守岁强不卧，喧搅至五更。班班稍解事，针缕亦略能。
> 头试活苋花，安排拜新正。章章小而娇，其舌甘若饧。
> 亦知岁亦尽，向母索珠婴。阿耶十年来，慈祥喜渊明。
> 青袍误愚我，残灯澧州城。安得与尔辈，叫跃如沸羹。

---

[1] 杨元桢：《郑珍巢经巢诗集校注》前集·卷四第153～154页，贵州人民出版社1992年版。

> 今日趁么回，假面可市曾。卯须张飞胡，章也称鹎艳。
> 还应篾黄竹，预办虾蟹灯。他年苦命来，似耶今远行。
> 此乐便难得，徒令涕纵横。愁思无可寄，笑调声泪并。

以极其生动细腻的笔触描绘卯卯、班班、章章等儿女在除夕之夜的欢乐情境，感叹自己为"青袍"所误，在本应与家人一起"叫跃如沸羹"的除夕之夜，却孤独漂泊在外。所以，与前诗一样，诗人最后亦感慨说："学宦亦良策，山林固予乐。诚恐为俗牵，遂令一生阁。如今倘便决，求田事耕凿。尽力得逢年，或胜虚俸薄。何必父母身，持受达官虐。"[1] 此种得与失、仕与隐的矛盾徘徊，在他人说来，或不免有虚娇之饰，而出自有至性真情之郑珍笔下，却倍感亲切，因为他确实是一位特别重视人间真情的诗人。

郑珍笔下的人伦亲情，书写得最多且感人至深者，莫过于母子之情。郑珍的成长与成才，主要得自于母亲的谆谆教诲。一篇《母教录》，记录母亲对自己的教诲，其用心之细微，态度之诚执，教养之周密，古今有关母教之书，无有出其右者。而于郑珍，不仅终身秉持母教，甚至《巢经巢诗集》中几乎有三分之一的篇章涉及母亲，或是对母亲的牵挂，或是对母亲的追忆，或描述母亲对自己的关切，或叙述母亲对家庭的操劳。其诗篇感人至深，几令人酸鼻不忍卒读，非有至性真情之诗人，绝不能有如此深切详密的书写。古今诗人写母子情深，殆无有如郑珍诗这般动人心脾，酸情苦怀。

母子之情，本琐碎平淡，无甚惊心动魄处。但是，在郑珍笔下，通过对一些生活细节的细致入微的描写，表现母子间的亲情，尤其

---

[1] 杨元桢：《郑珍巢经巢诗集校注》前集·卷四第157~159页，贵州人民出版社1992年版。

生动感人，极富生活气息。如《题黔西孝廉史蔺洲胜书六弟秋灯画荻图》云：

> 平生我亦顽钝儿，家贫读书仰母慈。
> 看此寒灯照秋卷，却忆当年庭下时。
> 虫声满地月上墉，纺车鸣露经在手。
> 以我三句两句书，累母四更五更守。
> 长成无力慰苦心，头白待哺仁人林。[1]

诗人展玩《秋灯画荻图》，触景生情，想到母亲的苦心哺育，"以我三句两句书，累母四更五更守"。正是母亲的"四更五更守"，诗人才得以积学成才。其《题新昌俞秋农汝本先生书生刀尺图》叙写母亲对自己的教诲说：

> 尔勿学他儿，他儿福命佳。尔勿定爷守，欲饱放尔爷。
> 尔勿怨阿娘，阿娘不尔挞。黄鸡屋角叫，今日又生子。
> 速读去拾来，饭时吾尔饲。种余有罂底，包余有床里。
> 速读去探来，全家吾爱尔。姐妹不解事，恼尔读书子。
> 速读待筲来，从我取蔬水。有蔬苦无盐，有水复无米。
> 速读待舂来，饭团先搦与。书衣看看昂，儿衣看看长。
> 女大不畏爷，儿大不畏娘。小时如牧猪，大来如牧羊。
> 血吐千万盆，话费千万筐。爷从前门出，儿从后门去。
> 呼来折竹签，与儿记遍数。爷从前门归，呼儿声如雷。
> 母潜窥儿倍，忿顽复怜痴。夏楚有笑容，尚爪壁上灰。

---

[1] 杨元桢：《郑珍巢经巢诗集校注》前集·卷五第205页，贵州人民出版社1992年版。

>　　为捏数把汗，幸赦一度笞。[1]

诗中叙写的内容，虽然平凡琐碎，亦不外是些"米盐零杂"的"琐事俗态"，但就是这些真切生动的生活细节，如拾鸡子、搦饭团、取蔬水、折竹芊等，尤具生活气息，感人至深。凡是从贫寒农家走出来的读书人，读郑珍的此类诗歌，未有不悄然动容者。郑珍抒写母子深情的诗篇，大多就是通过这种生活细节来呈现人间真情。如《芝女周岁》诗，写诗人离家赴京应试，与母亲依依惜别："酸怀汝祖母，不忍见子别。倚橧饲么豚，泪俯虤盘抹。"母亲不忍见儿子离去，借故去猪栏饲猪以掩饰内心的悲伤，在猪槽边偷偷抹眼泪。"岂知出门后，慈念益悲切。前阡桂之树，朝暮指就啮。子身向北行，母目望南咽。旁人强欢慰，止令增感怛。"[2]母子连心，其境其情，催人泪下。诗人出门在外，最牵挂的人就是母亲，其《度岁澧州寄山中四首》（其一）云：

>　　遥怜思子人，对食又泪流。劝母莫泪流，儿今饭澧州。
>　　大盘登鲇鱼，小盘鲙丝浮。湖虾点鸡子，汾酿凝新瓯。
>　　大胜母家食，菝薂间脯修。吁嗟儿亦父，心事可自由。
>　　哽咽难再道，弃置观衾绸。[3]

大年三十，家人团聚，诗人飘零在外，母亲自然食不下咽，诗人以"大胜母家食"宽慰母亲，虽是"琐事俗态"，但母子情深，溢动于字里行间。诗人在云南平夷观赏到美妙绝伦的山茶花，即刻想到应与家中的母亲

---

[1] 杨元桢：《郑珍巢经巢诗集校注》前集·卷六第 223～224 页，贵州人民出版社 1992 年版。
[2] 杨元桢：《郑珍巢经巢诗集校注》前集·卷一第 7 页，贵州人民出版社 1992 年版。
[3] 杨元桢：《郑珍巢经巢诗集校注》前集·卷四第 157 页，贵州人民出版社 1992 年版。

同赏：

> 眼迷不认一切佛，兴热欲返巢经庐。
> 口谈树高向母赞，指形花大为母娱。
> 但恐此景未亲见，卤莽而言终谓诬。
> 题花要令现纸上，正谓此花天下无。[1]

诗人赏花之时，想到的却是回家如何向母亲描述花树之高、花朵之大。又恐自己描述不准确而让母亲失望。赤子之心，可感可叹。

母亲的去世，是诗人一生中遭遇的最沉重的打击。他著有《系哀四首》"痛念慈踪"，分别描写了屋前屋后的桂树、枣树、黄焦石、苦竹林等母亲经常活动的地方。《桂之树》写诗人每次外出与母亲的依依惜别：

> 一回别母一回送，桂之树下坐石弦。
> 度溪越陌两不见，母归入竹儿乘篝。
> 此景何时是绝笔，十月初四己亥年。[2]

诗人每次离家远行，母亲都要到桂树下送行。如今母亲已逝，此母子惜别之情已成"绝笔"，睹树思人，感伤之情不能自已。《双枣树》写母亲的辛苦劳作：

> 有时阿母来小憩，有时阿母还流连。

---

[1] 郑珍：《归化寺看山茶》，杨元桢《郑珍巢经巢诗集校注》前集·卷三第128～129页，贵州人民出版社1992年版。

[2] 杨元桢：《郑珍巢经巢诗集校注》前集·卷六第217页，贵州人民出版社1992年版。

> 挚挚挽挽撚菅线，续续抽抽纺木棉。
> 紫蕹堆袍帮妇脱，黄瓜作犊与孙牵。
> 一窠鸡乳呼齐至，五色狸奴泥可怜。
> 当时家计诚贫薄，母身虽劳母心乐。[1]

在枣树下，母亲撚线纺棉，家人嬉戏其间，乳鸡和狸奴（母亲喜爱的猫）混杂于人群中，其乐融融。"而今陈迹浑不存，空在破亭留枣根"，诗人之悲伤，可以想见。郑珍葬母亲于子午山，于墓旁置庐舍，命名为"望山堂"，并作《子午山诗七首》《子午山杂咏十八首》以纪其事。后又在墓北约百步建"梅屺"，将母亲亲手种植的梅花移栽于此，并作《梅屺记》以纪其事，其云：

> 忆余在十年前，结草亭于寓东大枣树下，左右植梅五六株，割前之田为方池，中菔莲而上萱柳。每春夏相交，一亭皆绿，先孺人或坐梅下纺棉织麻，或行梅边摘花弄子孙。及秋霁冬晴，则又架竹槎丫，曝衣襦，干旨蓄，徐徐然来往其际。亭之外皆圃，中植者患防菜，则以余酷护也。时余出，稍芟之，家人间举以为笑，至今皆移来此。其某株为所倚而抚者，某枝为所芟者，某槎丫为所架竹者，宛宛皆能记识。……详述之，以见诸梅之能尽其性者，皆出自先孺人手也。[2]

郑氏母子皆好梅，梅屺和梅花是《巢经巢诗集》中出现频率较高的文学意象，实际上就是郑珍于母亲生前身后寄托思念和哀情的依托之物。母亲去世后，郑珍或因赴职而离家，或因动乱而流离，其割舍不下、念念不忘的就是母亲的坟茔和梅屺。母子之间的深厚感情，于此可见

---

[1] 杨元桢：《郑珍巢经巢诗集校注》前集·卷六第218页，贵州人民出版社1992年版。
[2] 郑珍：《巢经巢文集》卷二，《郑珍集·文集》第57页，贵州人民出版社1994年版。

一斑。故姚永概《书郑子尹诗后》说:"平生怕读莫郑诗,字字酸心入肝脾。邵亭犹可柴翁酷,愁绝篇篇母氏思。"潘咏笙亦以为郑珍诗"最沉挚感人者为写母爱"。[1]

郑珍写夫妻、父子和祖孙之情,亦不乏感人至深者。郑珍娶舅氏黎雪楼之长女为妻,黎氏长郑珍三岁,夫妻同甘共苦,危难相持,情感深厚。郑珍在诗中称之为"老妻"或"山妻"。诗人于闲暇之时,"引妻三女后,拽履七泉滨。曲曲青林影,悠悠白发人。田评香稻久,路摘刺藜频。邻舍盆方鼓,相看是幸民"。[2] 或者"引妻乘小艇,终日团湖游"。[3] 夫妻之间在情感上相互体贴,郑珍携儿子知同赴任镇远府学训导,接近岁末,想到家中妻子对儿子的思念,便遣知同回家侍母,写有《书遣知同以十七日归五首》,其三云:

又以感山妻,一子二十年。无一回度岁,不在裙褕边。
我生命已尔,至今恨万千。何忍又似我,母子相挂牵。
独处又几何,过正当来还。惟怜关山路,仆仆风雪颜。[4]

诗人独处镇远,又何尝不想儿子知同陪己度岁。但是,想到妻子对儿子的牵挂,便不忍妻子遭受思念的煎熬,故遣知同回家陪母亲度岁。夫妻之间的相互体贴之情,尤其感人。

深于情的郑珍,对若子若孙亦饱含慈爱之情。诗人外出,思念儿女,

---

[1] 潘咏笙:《黔诗汇评》,《贵州文献汇刊》1940年第4期。
[2] 郑珍:《引妻》,杨元桢《郑珍巢经巢诗集校注》后集·卷四第541~542页,贵州人民出版社1992年版。
[3] 郑珍:《子午山杂咏十八首并序》之《团湖》,杨元桢《郑珍巢经巢诗集校注》前集·卷八,第345页,贵州人民出版社1992年版。
[4] 杨元桢:《郑珍巢经巢诗集校注》前集·卷九第378页,贵州人民出版社1992年版。

"梦醒觅娇儿,触手及船壁"。[1] 走在久别回乡的路上,"预愁小儿女,不解谅苦辛。入门索包裹,恻恻伤吾仁"。[2] 在家中,"娇娇婴婴双秀眉,见爷解笑乱拈髭"[3]。在果树林里,"山妻识方法,栽培罗高卑。小女时偷果,持竿叶底窥"。[4] 几处细节描写,如触手船壁、入门索包、笑乱拈髭、持竿窥果等,尤其生动,富有生活气息,没有亲身经历者,没有对儿女的至性深情者,不能言及此等真切动人。孙子的出生,让他欣喜若狂,其《六月二日生孙阿庞二首》(其一)云:

> 落地呱呱报是儿,老夫修植正编篱。
> 山堂喜有重孙守,天旺惊成四代移。
> 未问手文能似否,也思祖武会绳其。
> 心长顿拟抄书课,三礼须完上学时。[5]

诗人"修植正编篱",忽闻孙儿降生,一"惊"一"喜","未问""也思",欣喜之情溢露笔端。孙儿刚刚出生,诗人"顿拟抄书课",计划"三礼须完上学时",激动之意跃然纸上。书生本色,栩栩如生。女儿郑龚于的去世,又让他悲愤交加,痛不欲生,其《三女龚于以端午翼日夭越六日葬先妣兆下,哭之五首》曰:

---

[1] 郑珍:《出门十五日初作诗,黔阳廓外,三首》(其二),杨元桢《郑珍巢经巢诗集校注》前集·卷四第153页,贵州人民出版社1992年版。
[2] 郑珍:《已过武陵》,杨元桢《郑珍巢经巢诗集校注》前集·卷三第103页,贵州人民出版社1992年版。
[3] 郑珍:《夏山饮酒杂诗十二首》(其九),杨元桢《郑珍巢经巢诗集校注》前集·卷五第206页,贵州人民出版社1992年版。
[4] 郑珍:《子午山杂咏十八首并序》之《果园》,杨元桢《郑珍巢经巢诗集校注》前集·卷八第348页,贵州人民出版社1992年版。
[5] 杨元桢:《郑珍巢经巢诗集校注》后集·卷一第425页,贵州人民出版社1992年版。

> 自小偏怜慧亦殊，女红缀手事充奴。
> 指挥才念身先到，缓急常赀债易逋。
> 细数劳生宁早脱，时忘已死尚频呼。
> 雏孙不解酸怀剧，啼绕床前索阿姑。[1]

女儿已死，诗人"时忘已死尚频呼"，孙儿又"啼绕床前索阿姑"，其酸怀苦情，催人泪下。

总之，郑珍一生盘桓乡里，终老窗下，与家人朝夕相处，相依为命，情谊深厚。其以诗人之敏感和真纯，抒写人间至真至纯之人伦亲情，其对母亲刻骨铭心的思念和追忆，对妻子相亲相敬和相互体贴，对子孙的慈爱关切之情，直到今日读来亦依然动人心扉，感人肺腑。故潘咏笙《黔诗汇评》评郑珍诗说："其最沉挚感人者为写母爱。盖幼受母教深，无时无地无母也。又复若父、若诸弟、若姻戚、若师友，乃至悯农伤乱，登临凭吊诸作，无不发于至性至情。"[2]

（2）郑珍的农事风俗诗

"老去无世用，所怀在耕田"，[3]郑珍一生中的大部分时间皆蜗居乡下，过着亦耕亦读的生活。正如他在《与周小湖作楩太守辞贵阳志局书》中说："某寒士也，朝耕暮读，日不得息。"[4]故其对黔中山区的农事和风俗，或身体力行，或耳闻目睹，形之于诗，篇幅繁多。这些作品，非仅记录诗人一生之经历，亦呈现了黔中山区独具特色的农事生活和风俗习惯。

---

[1] 杨元桢：《郑珍巢经巢诗集校注》后集·卷一第423页，贵州人民出版社1992年版。
[2] 潘咏笙：《黔诗汇评》，《贵州文献汇刊》1940年第4期。
[3] 郑珍：《于堰南获早稻》，杨元桢《郑珍巢经巢诗集校注》前集·卷九第360页，贵州人民出版社1992年版。
[4] 郑珍：《巢经巢文集》卷二，《郑珍集·文集》第39页，贵州人民出版社1994年版。

黔中山区，山高谷深，又缺乏必要的水利灌溉工程，故有"有雨三日涝，无雨三日旱"之说，田地灌溉全凭雨水，天晴下雨与农事活动之关系最为密切，故雨水最为农民所关注。因此，郑珍诗歌写农事活动，多写雨。如《雨》诗云：

> 六月晦前雨，潇潇鸣稻林。能苏贫者命，不是富儿心。
> 米价来朝减，天恩此日深。莫言歌舞滞，点滴胜黄金。[1]

"点滴胜黄金"，雨水之珍贵可知，因为它"能苏贫者命"，能使"米价来朝减"。所以，农耕季节，农家盼望天雨之心情异常迫切，如《六月二十晨雨大降》云：

> 望雨终宵三四起，雨来侵晓却安眠。
> 已知比户皆回命，暗悔前朝易怒天。
> 官糶虽轻无此饱，帝心稍转即丰年。
> 翻悲昨见横渠瘠，不缓须臾死道边。[2]

诗人"终宵三四起"，盼雨心切。一场雨水能使农家"皆回命"，所以，一旦下雨，农家便忙得不亦乐乎，如《晓行溪上喜而吟》写雨后农家的繁忙景象云：

> 昨午点滴不成霤，入夜风雨抬山来。
> ……
> 雨脚肯愁未断绝，土膏正赖勤滋培。

---

[1] 杨元桢：《郑珍巢经巢诗集校注》前集·卷二第48页，贵州人民出版社1992年版。
[2] 杨元桢：《郑珍巢经巢诗集校注》前集·卷二第83页，贵州人民出版社1992年版。

去年眼不识冰雪，沃畬坏兆生草莱。
开岁屡得三日雨，天公亦闵黎农灾。
破田历适不保泽，水至立涸真可哀。
即今春序就垂尽，布种无地宁论栽。
田田望望忽如火，一雨喜遍叟及孩。
短后晨披不待沐，携犁荷耙衣蓑台。
上田翻车响莘角，低陇叱犊声喧㕟。
……
顾怪水轮昨何涩，此日速似千手推。
皇天助人在俄顷，欲任智力嗟难哉。
不知百鸟作何语，似诉中夜厄雨雷。
吾得丰年尔亦饱，尔曹莫怨翎翩摧。[1]

俗语云：瑞雪兆丰年，"去年眼不识冰雪"，今年必定是个灾年。到了春耕季节，天久晴不雨，农家心急"如火"。忽然"入夜风雨抬山来"，农家喜不自禁，一大早顾不上梳洗，就"携犁荷耙衣蓑台"，来到田地里耕地打田，"翻车莘角""叱犊喧㕟"，一派热闹繁忙的农耕景象。黔中山区的雨，可谓来去匆匆，《骤雨》云：

云气速于猱，奔空阵马逃。树随山影失，雨覆夕阳高。
万手投筹箸，千夫振棘戮。已看天宇碧，余点尚飘骚。[2]

"云气"二句写骤雨前云彩的飞动，"树影"二句写雨势骤急，"万手"二句写雨大雷响，"已看"二句写雨过天晴。雨势急，雷声响，确有"抬

---

[1] 杨元桢：《郑珍巢经巢诗集校注》前集·卷一第34页，贵州人民出版社1992年版。
[2] 杨元桢：《郑珍巢经巢诗集校注》前集·卷一第37页，贵州人民出版社1992年版。

山来"的气势。山区多"骤雨",农家耕地打田必须抓紧时间,故"短后晨披不待沐"。雨水于黔中农事活动之重要性,在《至息烽喜得大雨》诗中亦有反映,其云:

> 湿云掩过龙场城,日脚照见雨似绳。
> 山腰妇女荷锄下,归牛返豚纷纵横。
> 我行亦觉两胫速,打笠已听千杖铿。
> 街中大小齐拍手,雨喧人赞同訇訇。
> 向来定广二州米,仰食北至乌江亭。
> 去年无禾亦无麦,转贩远取遵义秔。
> 山农力苦待秋实,望望禾黍就槁茎。
> 百钱不买一升米,路夺市攘成乱萌。
> ……
> 十日不雨即不济,至患岂独愁书生。
> 皇天一泽甚容易,比户胜贻金满籯。[1]

山区的雨来得突然,刚刚还是万里晴空,突然间一阵"湿云掩过",便是大雨磅礴。"日照照见雨似绳",俗称太阳雨。雨下得大,"似绳"垂天而降;阳光依然明媚。明媚的阳光照耀"似绳"的雨脚,实为天地间一道奇观。"好雨知时节,当春乃发生",春耕播种时需要雨水。若是秋收季节,阴雨绵绵,就算不上是"好雨",如《秋雨叹》曰:

> 获者秉烂纷纵横,未获者倒如席平。
> 绵绵雨势来未已,但望稍住不望晴。
> 晚来月见星照湿,走呼邻助约晨集。

---

[1] 杨元桢:《郑珍巢经巢诗集校注》前集·卷二第83页,贵州人民出版社1992年版。

及朝雨随人下田，老农止抱破蓑泣。[1]

正是收割季节，却是秋雨绵绵，田地里或是"烂纷纵横"，或是"倒如席平"。农家心急如焚，偶见月明星稀，以为天将放晴，便提前邀约近邻帮忙。可是，"及朝雨随人下田，老农止抱破蓑泣"，一年的收成纷烂于田地里。黔中地区"靠天吃饭"的传统农业，在上述诗歌中表现得很充分。

郑珍的农事诗对黔中地区种植的农作物多有记录，对作物形状、种植技术和食用方法有详细的描述，在农学史上有一定的价值。如《玉蜀黍歌》，记录黔中山区普遍种植的玉米，诗人自称"我生南方世农圃，能究原委如星罗"，诗歌考证了"此物所从来"；描述其形状，"一茎数包略同尊，粟亦无皮差类稞。棕笋脱绷鱼弩目，鲛胎出骨蜂露窠"；介绍其食用方法，"落釜登盘即弃腹，不烦硙磨箕箷箩。有时儿女据瓯叫，雪花如指旋沙鬲"；还是黔中地区农家的日常主食，因为"滇黔山多不偏稻，此丰民乐否即瘥"。郑珍明言创作此诗之目的："他年南方谁作木禾谱，请补秪秬旧状歌此歌。"[2]

郑珍对桑蚕业颇有研究，撰有《樗茧谱》一书，介绍植桑、养蚕、缫丝等近五十套桑蚕业的技术规程，是黔中遵义地区养蚕、缫丝技术的系统总结，在中国古代农学史上有重要影响。又写有《追和程春海先生橡蚕十咏原韵》，对种树、烘种、放蚕、驱囊、移枝、煮茧、上机等全过程，进行了诗化的描述。后来，郑珍的学生胡长新将《樗茧谱》一书带到黎平，并按照书中所示大力推广养蚕缫丝技术。郑珍任古州厅儒学训导时，目睹了学生在黎平推广蚕桑业的情况，写有《遵义山

---

[1] 杨元桢：《郑珍巢经巢诗集校注》前集·卷九第361页，贵州人民出版社1992年版。
[2] 杨元桢：《郑珍巢经巢诗集校注》前集·卷二第63～65页，贵州人民出版社1992年版。

蚕至黎平歌赠子何》，对胡长新的作为大加赞赏：

> 胡生此时六国苏，手执牛耳纵指呼。
> 十年谈纸一朝见，不信此中天意无？
> 昨日归来夜过语，快听使我张髯须。
> 货恶弃地不必己，衣食在人何异吾？
> 男儿不食四海俎，桐乡岂无朱啬夫？
> 昔我与妇论蚕事，本期博利弥黔区。
> 黎播相望几江水，岂料生能行我书。
> 书行我到两无意，事会天定非人图。[1]

诗人看到自己的学生胡长新，犹如战国纵横家苏秦，"手执牛耳纵指呼"，指挥黎平民众养蚕缫丝，将自己的农学知识付诸实践，以改善民众的生活。于此，诗人颇感欣慰。对农事和民生有浓厚兴趣的郑珍，在古州期间，发现黎平人善于植树，与遵义人热衷垦荒很不一样，于是他写了《黎平木赠胡生子何长新》一诗，对黎平人和遵义人的生计进行了比较，其云：

> 遵义竞垦山，黎平竞树木。树木十年成，垦山岁两熟。
> 两熟利诚速，获饱必逢年。十年亦纡图，绿林长金钱。
> 林成一旦富，仅忍十年苦。耕山见石骨，逢年亦约取。
> 黎人拙常饶，遵人巧常饥。[2]

两地生计之利弊得失，较然可见。体现了郑珍对民生的关心，亦展现

---

[1] 杨元桢：《郑珍巢经巢诗集校注》前集·卷七第289页，贵州人民出版社1992年版。
[2] 杨元桢：《郑珍巢经巢诗集校注》前集·卷七第282页，贵州人民出版社1992年版。

了他对发展民生的独特眼光。郑珍所到之处，对当地的农事活动甚为关注。如在荔波教谕任上，郑珍目睹当地民众因种种民俗禁忌而耽搁了农耕活动，写下《荔农叹》一诗，表达自己的忧心：

> 八月获尽不事犁，春深垄草深没畦。
> 年年立夏方下种，今年小满未落泥。
> 水要从天倒田内，誓不巧取江与溪。
> 邑中之黔杜牧之，斋洁为祷城隍祠。
> 一夜雨声达明日，明日九龙还浴佛。
> 官吏腾腾为农喜，会见犁耙一齐出。
> 先生旧是耕田夫，食饱无事行村墟。
> 行尽城南复城北，水满翻塍耕者无。
> 怪问道旁叟，此岂犹不足？
> 四月不耪田，何以望秋熟？
> 叟鼓咙胡前致词，今朝牛生公不知。
> 家家栏内饲乌饭，不许竖牧加鞭笞。
> 终年妇子食其力，谁忍生日劳渠为？
> 古老复传言，田家谨雷忌。
> 宁令冻饿死，不得动锄来。
> 牛即不生忌还值，雨要活人雷要毙。
> 嗟汝荔农吁可叹，作尔官难天更难。
> 待汝祖传生忌毕，水渗田干怨天日。[1]

如前所述，黔中山区农耕灌溉主要靠雨水，所以，在农耕季节一旦天

---

[1] 杨元桢：《郑珍巢经巢诗集校注》后集·卷二第462~463页，贵州人民出版社1992年版。

下雨，农家当是"短后晨披不待沐，携犁荷耙衣蓑台"，投入紧张的劳作之中。可是，在荔波的少数民族地区，农家因为牛生日和雷忌日等民俗禁忌，即使"水满翻塍"，甚至"宁令冻饿死"，亦不下地耕作，白白错过了耕地打田的重要时机。诗人甚为忧虑，却又无可奈何，故而感慨说："作尔官难天更难。"

郑珍的农事诗还写到黔中地区特有的农具。如《播州秧马歌并序》，写一种俗称"踩耙"的农具。郑珍称之为"秧马"，使用时如同骑马行走，将绿肥等植物辗入水中，使之沤烂成为肥料。其诗云：

> 谷雨方来雨如丝，春声布谷还驾犁。
> 斩青杀绿粪秧畦，芜菁苴荍铺高低。
> 层层密密若卧梯，外人顾此颇见疑。
> 足舂手筑无乃疲，我有二马君未知。
> 无腹无尾无扼题，广背方坦健骨支。
> 四蹄锐削牡齿齐，踏背立乘稳不危。
> 双缰在手左右持，马首北向人首西。
> 横行有如蟹爬泥，前马住足后马提。
> 后马方到前又移，前不举后后不蹄。
> 转头前者复后驰，人在马上摇摇而。[1]

诗人以幽默风趣的笔调和拟人化手法，写"秧马"的形状、用途和使用方法，很有地方特色，值得农学史家重视。

郑珍又有《溪上水碓成》一诗，叙写水碓之功能和建造过程。旧时民间称捣米的工具曰"碓"，用木、石制成。当时一般小户人家用

---

[1] 杨元桢：《郑珍巢经巢诗集校注》前集·卷一第36页，贵州人民出版社1992年版。

碓捣米，用簸箕扬壳，皆是人工操作，很不便利。郑珍诗中叙写家中捣米的情况说："赤脚老丑婢，婴姗聋且顽。遣之事舂簸，炊或不给焉。有时得母助，乃始足一餐。"其甚不便利之情形，可想而知。"无已作此举，令水为舂人"，即借助水的冲力舂碓捣米，方便快捷，节省人力。郑珍费时一月建成水碓，"狭巷清且驶，白石周四垣。回回外板斡，苏苏云子翻。傭者相顾喜，贺我舂百年"。[1] 这种颇具地方特色的农具，在旧时的黔中地区曾普遍使用。

总之，在亦耕亦读的乡居生活中，郑珍或身体力行，或耳闻目睹，对黔中地区具有地域特色的农事活动和民情风俗颇为熟悉，对山区民众之生计甚为关注，将其所行所见所闻所思所感，形之于文字，创作了大量独具地域特色的农事风俗事，在文学史、农学史和风俗史上具有相当重要的价值。

（3）郑珍的穷苦乱离诗

郑珍诗描写乡居生活，出现频率比较高的词汇是"穷"和"酸"，或者说，诗人是因"穷苦"而多"酸情"。黔中地区山高谷深，"塞天皆石，无地不坡""地故瘠薄，民多拮据"，民众生活极端贫苦。晚清时期黔中地区时局动荡，社会动乱此起彼伏，民不聊生，流离失所。郑珍置身于贫困的乡村社会和动荡乱离的时局中，经历着贫苦乱离的生活，故其人其诗颇多酸情苦怀。这种状态，与唐代诗人孟郊很相似。其实，郑珍亦很推崇孟郊其人其诗，还手抄孟郊诗歌一通，并赋诗二首，声称："我敬贞曜诗，我悲贞曜翁。"敬其诗而悲其人，实际上就是同病相怜，同声相感。他说："东野力可韩，戆戆奏苦弹。""峭性无温容，酸情无欢踪。"因其人"峭性"，为人"戆戆"，故其诗乃"苦弹"

---

[1] 杨元桢：《郑珍巢经巢诗集校注》前集·卷一第43页，贵州人民出版社1992年版。

而多"酸情"。这与郑珍其人其诗颇相接近。所以,郑珍与孟郊虽时隔千载,却能知音相赏,所谓"始知作者心,千载同肺肝"是也。[1]

郑珍笔下的乡居生活,虽然不乏充满闲情逸致的诗篇,如《钓》《夜归》《高斋》《山居夏日》《乘凉》等作品,写乡居生活的闲适之趣。但是,尤具特色、感人至深且数量众多的,还是那些写乡居生活之贫与苦的作品。如《雪风》云:

雪风刁调吹破篱,吾独穷困于此时。
天寒拥卷作跏坐,日暮向人赊夕炊。
菜摘蚕豆上中叶,樵分鹊巢高下枝。
穷生百巧却自笑,看尔更计明朝为。[2]

中四句极写穷苦之状,"天寒拥卷"写寒,"日暮赊炊"写食,"菜摘蚕豆"和"樵分鹊巢"写"百巧"营生。于极端穷困中"百巧"营生,而后两句却突然宕开,显示诗人于穷困中的闲情,是一种担当,在极贫中还不乏幽默。如果说此诗尚属概括性地写贫困,那末那些具体描述衣食住行之贫苦的作品,则尤具酸情苦怀。如《屋漏诗》写住房之简陋:

溪上老屋溪树尖,我来经今十年淹。
上瓦或破或脱落,大缝小隙天可瞻。
朝光簌榻金琐碎,月色点灶珠圆纤。
春雨如麻不断绝,尔来正应花泡占。

---

[1] 郑珍:《抄东野诗毕书后二首》,杨元桢《郑珍巢经巢诗集校注》前集·卷五第195页,贵州人民出版社1992年版。

[2] 杨元桢:《郑珍巢经巢诗集校注》前集·卷二第49页,贵州人民出版社1992年版。

> 始知瓦舍但名耳，转让邻茅坚复苦。
> 溜如海眼泻通窦，滴似铜壶催晓签。
> 伊威登础避昏垫，湿鼠出窟摩须髯。
> 尘按垢浊谢人洗，米釜羹汤行自添。
> 西间书室素完好，陈籍屆几供便拈。
> 不虞一夕出意外，白蟫溺死埋缥缣。
> 咸阳一炬怨秦火，似此宁更将我嫌。
> 桑土绸缪悔不早，无术得将诸穿阉。
> 承以瓶盘桶罂缶，一器巧使二孔兼。
> 木皮竹荨亦有用，弥缝其阙通之檐。
> 补苴罅漏固穷计，塞流挽倒吾何谦。
> 妻孥坐对莫频颦，不荷天慈心更恬。
> 劌劌劏劏任相责，高明鬼瞰真吾砭。[1]

可以说，这篇《屋漏诗》可与杜甫《茅屋为秋风所破歌》相媲美。郑诗擅长写细节，在细节中呈现机趣和诗意，往往以真切的细节而动人心扉。此诗生动有趣的细节描写超过杜诗，如"朝光簸榻""月色点灶""春雨如麻""伊威登础""湿鼠出窟"等，让人耳目一新，过目不忘。同样值得注意的，是诗人在贫苦难堪中的闲情和幽默，如"朝光簸榻""月色点灶""尘按垢浊""米釜羹汤""一器巧使""塞流挽倒"诸句，皆是如此。又如《瓮尽》诗写食物之紧缺：

> 日出起披衣，山妻前致辞。瓮余二升米，不足供晨炊。
> 仰天一大笑，能盗今亦迟。尽以余者爨，用塞八口饥。

---

[1] 杨元桢：《郑珍巢经巢诗集校注》前集·卷二第 52~53 页，贵州人民出版社 1992 年版。

> 吾尔可不食,徐徐再商之。或有大螺降,虚瓮时时窥。[1]

粮食紧缺到"不足供晨炊",可诗人还能"仰天一大笑",还不乏幽默感,还有心幻想"大螺降",叫家人"虚瓮时时窥",可谓是"含泪的微笑",更显其凄苦。《阿卯晬日作》亦写食物之紧缺:

> 贫人养儿女,其苦安可言。……
> 万卷不能炊,一钱丐人艰。汝顾生健食,饥啼可胜怜。
> 论升买市米,归已亭午间。待饱化为乳,乃及供汝餐。[2]

婴儿"饥啼",临时到市场上买米回来做饭,待母亲吃完后化成乳水,方能给婴儿"供餐"。买米只能"论升",说明家里贫穷,无钱多买;"亭午"方归,说明路途遥远。"亭午"未及吃乳,婴儿亦的确"胜怜"。贫贱之家养儿育女之艰辛,于此可见。又如《湿薪行》写冬天烧火取暖云:

> 地炉雪夜烧生薪,求然不然愁杀人。
> 竹筒吹湿鼓脸痛,烟气塞眶含泪辛。
> 小儿不耐起却去,山妻屡拨瞋且住。
> 老夫坐对一轹然,掷柝投钳与谁怒。
> 缓蒸徐引光忽亨,木火相乐笑有声。
> 头头冲烟涨膏乳,似听秋涛三峡行。
> 人生何性不须忍,干薪易爇亦易尽。

---

[1] 杨元桢:《郑珍巢经巢诗集校注》前集·卷二第57页,贵州人民出版社1992年版。
[2] 杨元桢:《郑珍巢经巢诗集校注》前集·卷二第58页,贵州人民出版社1992年版。

温薪久待终得然，向虽不暖仍不寒。[1]

　　"地炉"是黔中地区冬天普遍使用的取暖设施。"竹筒"俗称"吹火筒"。"雪夜"仅能"烧生薪"，可见其家之贫寒。因为是"生薪"，所以是"求然不然"。"竹筒"二句写烧火时的情状，吹火而"鼓脸痛"，烟熏而"含泪辛"，细腻逼真。小儿"起却去"，山妻"瞋且住"，形象生动。"缓蒸"二句写烧湿柴发出的响声，"头头"二句写湿柴头冒出的气泡，细节生动。诗人"坐对一辗然"，态度达观。此诗描写的实际上是黔中山区冬天农家烧火取暖的普遍景象。

　　郑珍晚年的作品，如《食老米》《贷米》《断盐》《家米至》等，叙写的亦是动乱中农家的贫苦生活状况。而尤其动人的，是郑珍在如此艰难的生活环境中，还能保持乐观的生活态度。如《屋漏诗》中，面对如此简陋的居室，诗人劝慰家人说："妻孥坐对莫频颦，不荷天慈心更恬。"在《瓮尽》诗中，在无米下锅的情况下，诗人还幽默地说："或有大螺降，虚瓮时时窥。"在《湿薪行》诗中，面对妻儿的怨怼，诗人还能"坐对一辗然"，有达观的生活态度。而尤其可贵的是，在如此艰难的生活环境中，诗人还能认真治学，刻苦读书。如《夜诵》诗云：

　　　　老非对卷不为欢，坚坐龛前冷亦安。
　　　　似作儿童完夜课，仍须翁媪待更阑。
　　　　女孙屡至催烘火，内子时言恐中寒。
　　　　一笑随时有牵掣，信知放意读书难。[2]

---

[1] 杨元桢：《郑珍巢经巢诗集校注》后集·卷三第519～520页，贵州人民出版社1992年版。

[2] 杨元桢：《郑珍巢经巢诗集校注》后集·卷三第512页，贵州人民出版社1992年版。

"仍须"句下原注云:"今无力,不能给读书油,夜即就先人龛灯照读。"无钱买灯油,只好就先人神龛前的灯光读书。亦无取暖设施,家人担心诗人"中寒",所以"女孙""内子"频频相催。其《读书牛栏侧三首》描述他在牛栏旁读书的情况,其一云:

> 读书牛栏侧,炊饭牛栏旁。二者皆洁事,所处焉能常。
> 读求悦我心,食求充我肠。何与粪壤间,岂有臧不臧。

其三云:

> 闰岁耕事迟,一年常卧侧。龁草看人读,其味如我长。
> 置书笑与语,相伴莫相妨。尔究知我谁,我心终不忘。[1]

此诗作于诗人避乱桐梓期间,避乱逃亡,仍不忘读书治学,因条件限制,所以"读书牛栏侧"。牛吃草,人读书,人看牛吃草,牛看人读书,牛与人"相伴莫相妨"。虽感悲凉,但仍觉有趣。在生活如此艰难的情况下,诗人仍然坚持读书治学,着实令人感动。

晚清时期,黔中时局动荡,战乱频仍。诗人置身其中,颠沛流离,饱尝了战乱带来的苦难,创作了大量的诗篇,详细记录了当时战乱的具体情况,可称晚清黔中诗史。故陈衍《石遗室诗话》说:"黔诗人莫、郑并称,均多乱离之作。二人工力略相伯仲,子尹诗情尤挚耳。"

先是咸丰四年(1854)遵义地区爆发了以杨龙喜为首的农民起义,攻下桐梓县城,建立"江汉"政权,大军直抵遵义,郑珍举家迁往荔波避乱。诗人有《十三日官兵败于板桥贼遂趋郡》一诗,描述当时的

---

[1] 杨元桢:《郑珍巢经巢诗集校注》后集·卷四第579页,贵州人民出版社1992年版。

战况。战事一起,人心惶惶,《弄谷》一诗描述郑珍父子深夜匆忙藏埋谷物的情景,其云:"我囊久空涩,粥料方升新。亦虑落人手,密弄防见闻。暮共鼠掘穴,朝与儿薙盆。唯期亿不中,乱靖无饥呻。"[1]《移书》一诗描述郑珍于动乱中处理藏书的情况,"平生无长物,独此富百城",诗人一生珍爱图书,可是,战乱一起,图书的保存就成为诗人最担心的问题,"前时作复壁,亦恐殃池赪。继乃就石窬,复虞湿与倾",无奈之下,只好将书箧移至米楼,"不如显与呈""示以无用物",[2]这样反而安全一些。"弄谷""移书"之后,诗人举家起程赴荔波避乱。其作于逃难途中的《十一月二十五日挈家之荔波学舍避乱纪事八十韵》,详细叙写了官军的无能、义军的勇猛、乱中之民不聊生和诗人与家人的生离死别。《宿羊岩北岸》《度羊岩关》《过孙家渡宿孙溪》等诗篇,记录了举家逃难一路上的艰苦情状。

咸丰五年(1855)夏天,荔波爆发了以潘新简为首的水族农民起义,诗人参与了城池的防卫工作,后举家离开荔波赴广西避乱,写有《九月十六日挈家发荔波》一诗,描述战乱的情况,并感慨自身命运说:"老去运转拙,两年历艰难。去冬挈家出,脱命戈戟端。五旬丧双孺,念来辄心酸。"[3]在逃难途中,有《六寨》诗描述其狼狈不堪之惨状:

  天晚投六寨,入店主驱客。谓贼烧丰宁,此止廿里隔。

  全家拟即避,君请去他宅。仓皇了无计,斗觉天地窄。

  街人方纷惊,此拒彼宁得。婉语向主人,意转还好色。

---

[1] 杨元桢:《郑珍巢经巢诗集校注》后集·卷一第428~429页,贵州人民出版社1992年版。

[2] 杨元桢:《郑珍巢经巢诗集校注》后集·卷一第429~430页,贵州人民出版社1992年版。

[3] 杨元桢:《郑珍巢经巢诗集校注》后集·卷二第470页,贵州人民出版社1992年版。

> 作炊进土缶，苦道且强食。万一贼果来，相携走山匿。
> 致谢主人意，一觉窗已白。[1]

"入店主驱客"，并非店主的刁难，而是因为店主全家亦"拟避难"。诗人"婉语"哀求，店主勉强留宿。"作炊""苦道"，店主仁厚如此。战乱中民生之穷愁，于此可见。

咸丰十年（1860）号军席卷遵义，郑珍又举家迁居桐梓避乱，有《避难纪事九十韵》描述其动荡情景，记录难民逃难之惨状云：

> 仓皇夜出走，潜行不敢声。儿怀其祖栗，背上将孙绷。
> 新妇持厥姑，投憩烘于堂。主人抱薯蓣，掷炉请燔尝。
> 小大乱稽首，辞祖倒插香。开门已先去，门外如堵墙。
> 于时空乡溃，晨雨方大零。弟妹亦来并，滑达无笠䇲。
> 或泣或叫号，惨极不可听。向来骑马儿，亦复负衣囊。
> 处女变嫁妇，钝牛弃道旁。穷叟缬玉黍，冻涕垂尺长。
> 妪颠水濡袴，袴重脱复僵。纷腾争奔前，路壅或不通。[2]

战乱给民生带来的灾难，于此历历在目。郑珍晚年基本上就是在这种颠沛流离的环境中度过的。

咸丰十二年（1862）八月，石达开的太平军进入遵义地区，围攻遵义城。郑珍身经此乱，写下了两百余行的长诗《闰八纪事》记录这场战乱，描述战乱中民众被掠杀之惨状：

---

[1] 杨元桢：《郑珍巢经巢诗集校注》后集·卷二第 477 页，贵州人民出版社 1992 年版。
[2] 杨元桢：《郑珍巢经巢诗集校注》后集·卷四第 572～573 页，贵州人民出版社 1992 年版。

> 凡贼之蹢及，空空剩阡陌。掠我货与贿，不知若干值。
> 虏我男与女，不知几千百。尽室或驱去，父子不相觑。
> 举家成屠弑，身首不能晰。避洞死于薰，避溪死于溺。
> 终始二十日，中间□□□。贼所弃蔬谷，练卒罄搜索。
> 贼所弃牲畜，练卒罄羁靮。贼所余屋舍，土寇继毁拆。
> 存者何以归？归者何以殖？呜呼我县民，生理可哀恻。[1]

乱军所到之处，杀人越货，民众无处可逃，"避洞""避溪"皆不免于死。乱军走后，练卒又烧杀抢掠。昔日之村庄，如今"空空剩阡陌"。诗人只有仰天长叹："存者何以归？归者何以殖？"

述战乱，哀民生，是郑珍后期诗歌创作的主要题材，亦是其自身生活境遇的真实写照。战乱导致民众辗转飘零，流离失所，是他这部分诗歌的主要内容之一。而战乱中地方官吏的横征暴敛所导致的民不聊生，亦是他特别关注的问题之一。几篇以"哀"为题的作品，就是对这种情况的反映，[2]如《南乡哀》曰：

> 提军驻省科军粮，县令鼓行下南乡。
> 两营虎贲二千士，迫胁富民莫摇指。
> 计口留谷余助官，计赀纳金三日完。
> 汝敢我违发尔屋，汝敢我叛灭尔族。
> 旬日坐致银五万，秤计钗镯斗量钏。
> 呜呼！南乡之民苦诉天，提军但闻得七千。[3]

---

[1] 杨元桢：《郑珍巢经巢诗集校注》后集·卷五第643～644页，贵州人民出版社1992年版。

[2] 郑珍后期诗歌中以"哀"为题的作品有《南乡哀》《经死哀》《绅刑哀》《僧尼哀》《抽厘哀》《禹门哀》《移民哀》《哀里》《哀阵》等九篇。

[3] 杨元桢：《郑珍巢经巢诗集校注》后集·卷四第597页，贵州人民出版社1992年版。

地方官吏以"发尔屋""灭尔族"之嚣张气焰"科军粮",形同抢劫,而其所搜刮来的钱粮又多是中饱私囊,提军所得不过十之一二。因为可以乘机中饱私囊,所以地方官吏对于科派军粮和催纳捐欠格外卖力。如《抽厘哀》描述地方官吏在乡场上抽取军饷的情景:

> 东行西行总抽取,未及卖时已空手。
> 主者烹鱼还瀹鸡,坐看老弱街心哭。[1]

《禹门哀》描述团练头目逼迫民众交纳钱粮的情景:

> 禹门寺内排桁场,彼何人斯坐斋堂。
> 举人秀才附耳语,捐户捉至如牵羊。
> 喝尔当捐若干石,火速折送亲注籍。
> 叩头乞减语未终,掴嘴笞臀已流血。
> 十十五五银铠联,限尔纳毕纵尔旋。[2]

一些地方绅士亦难免此难,如《绅刑哀》云:

> 文绅系牢发一尺,武绅坐狱面深墨。
> 此房守财胜铁牛,明日请看死猪愁。
> 问尔何得罪?止尔无钱亦无罪。
> 问尔何深仇?止尔无钱亦无仇。
> 鸡飞狗上屋,田宅卖不足。

---

[1] 杨元桢:《郑珍巢经巢诗集校注》后集·卷四第599页,贵州人民出版社1992年版。
[2] 杨元桢:《郑珍巢经巢诗集校注》后集·卷六第669~670页,贵州人民出版社1992年版。

> 搜尽小儿衣，无人买诰轴。
> 呜呼！白金入手铁笼开，未至一日出者埋。[1]

因交不上钱粮，被逼走投无路而上吊自尽者，比比皆是。如《经死哀》有很惨烈的描写：

> 虎卒未去虎隶来，催纳捐欠声如雷。
> 雷声不住哭声起，走报其翁已经死。
> 长官切齿目怒瞋，吾不要命只要银。
> 若图作鬼即宽减，恐此一县无生人。
> 促呼捉子来，且与杖一百。
> 陷父不义罪何极，欲解父悬速足陌。
> 呜呼！北城卖屋虫出户，西城又报缢三五。[2]

此种"不要命只要银"的横征暴敛，与土匪抢劫无甚区别。对于老百姓所遭遇的这种"贼来掠去官来捐，所有终为他人获"[3]"外边贼日规我肉，内间只解抽厘金""有者全输炀火粮，无者苦抱银铛哭"的悲惨处境，[4]诗人亦只能是感慨系之，无可奈何。

总之，郑珍诗歌，尤其是其后期诗歌，着力于描写黔中山区农家生活的穷与苦，描写此起彼伏的社会动乱以及动乱给民众带来的灾难。

---

[1] 杨元桢：《郑珍巢经巢诗集校注》后集·卷四第598页，贵州人民出版社1992年版。
[2] 杨元桢：《郑珍巢经巢诗集校注》后集·卷四第598页，贵州人民出版社1992年版。
[3] 郑珍：《禹门哀》，杨元桢《郑珍巢经巢诗集校注》后集·卷六第670页，贵州人民出版社1992年版。
[4] 郑珍：《移民哀》，杨元桢《郑珍巢经巢诗集校注》后集·卷五第612页，贵州人民出版社1992年版。

诗人作为当时社会底层的一分子,经历着这种穷苦乱离,感受深切,心情沉痛,故能写出可与杜诗媲美的"字字酸心入肝脾"的不朽诗篇。

综上所述,文学创作题材的地域性特征,是显而易见的。因为作家创作往往是"近取诸物",从身边熟悉的人、事和物写起。中国文学史上的楚辞、山水诗和乐府诗的题材特点,便是明证。黔中古近代文人的创作,普遍缺乏以表现男女情爱为主要内容的声色题材,一般热衷自然山水、田园生活和乡土社会等题材的创作,这与他们生活的地理环境和地域区位,有直接的关系。

第六章 边省地域与黔中古近代文学风格

文学创作的文体、题材、风格等诸要素中，受地域环境影响最深刻者，当数文学风格。所以，地域环境对文学风格的影响，最受学者关注。学者往往是在"文如其人"这个理论前提下，以人（作者）为中介，探讨地域环境对人的影响，人的思想和情感对文学风格的决定性作用，进而彰显地域环境与文学风格之间的影响关系。本章在此理论前提下，探讨黔中"大山地理"对黔人"大山性格"之影响，讨论黔人的"大山性格"对黔中古近代文学之"大山风格"形成的影响，说明黔中边省地域和"大山地理"对黔中古近代文学坚强清稳、野古浅直之文学风格的影响。

一、地域环境与文学风格的一般性关系

1. 文学风格的地域性特征概说

"文如其人"，作家的思想、感情和性格对文学作品，尤其是对文学作品的艺术风格，有决定性的影响。所以，自孟子以来直至当代，

文学史家和文学批评家仍然大体坚持孟子提倡的"知人论世""以意逆志"批评方法。虽然经过元好问"心画心声总失真,文章宁复见为人"的质疑,[1] 以及西方形式主义、新批评等文学批评流派专注文学形式和文学语言研究的冲击,特别是新批评提出的"意图谬见"和"感受谬见"的冲击,"文如其人"批评观念的权威性虽然略有动摇。但是,作者认为,在对"意图谬见"和"感受谬见"保持高度警惕之前提下,在一定程度上,"文如其人"仍然是值得坚守的文学批评理念,文章在相对意义上还是可以体现作家之为人的,"知人论世"和"以意逆志"依然是具有重要实用价值的、有效的文学批评方法。

依照"文如其人"的观念,文学风格必然受到作家思想、感情和性格的制约,肯定受到作家生存之地域环境的影响。因为无论是族群或是个体,均生存于特定的地域环境中,其民风民俗和感情性格,皆不可避免地受制于地域环境。所以,地域不同,民众之民风民俗则异,人之感情性格亦殊,此即古语所谓"十里不同风,百里不同俗"是也。故刘师培说:"五方地气有寒暑燥湿之不齐,故民群之习尚悉随其风土为转移。"其释"俗""欲"二字云:"俗字从谷,欲字亦从谷,则以广谷大川民生其间者异制之故也。"[2] 即无论是族群的民风("俗")还是个体的情性("欲"),皆受制于"谷",受其生存的地域环境之影响。因地域之异而导致风俗、性情之别,此为学者之通识,如《孔子家语》说:"坚土之人刚,弱土之人柔,墟土之人大,沙土之人细,息土之人美,耗土之人丑。"[3] 庄绰《鸡肋篇》卷上说:"大抵人性类其土风。西北多山,故其人重厚朴鲁;荆扬多水,其人亦明慧文巧,

---

[1] 元好问:《论诗三十首》,《遗山先生文集》卷十一,《四部丛刊》本。

[2] 刘师培:《南北文学不同论》,劳舒编《刘师培学术论著》,浙江人民出版社1998年版。

[3] 《孔子家语·执辔第二十五》,《四部丛刊》本。

而患在清浅。"[1]刘师培《南北文学不同论》说:"山国之地,地土硗瘠,阻于交通,故民之生其间者,崇尚实际,修身力行,有坚忍不拔之风。泽国之地,土壤膏腴,便于交通,故民之生其间者,崇尚虚无,活泼进取,有遗世特立之风。"[2]

地域环境影响人的性情或性格,进而影响其文学作品之艺术风格,致使文学艺术之风格呈现出明显的地域性特征。以地域论文学风格,起于春秋时期吴国季札观乐于鲁所发表的评论。据《左传·襄公二十九年》记载,吴国公子季札在鲁,"请观于周乐",他依次听取了《诗》三百篇各主要部分的诗乐演奏,并逐次加以评论,结合它们产生地区的民情风俗、政治状态,概括各部分诗乐的风格特征。虽非专门以地理特征论艺术风格,但亦明显有以地域论风格的倾向。以地域论文学风格,最为人熟知者,当推魏徵《隋书·文学传序》,其云:"江左宫商发越,贵于清绮;河朔词义贞刚,重乎气质。气质则理胜其词,清绮则文过其意。理深者便于时用,文华者宜于咏歌,此其南北词人得失之大较也。"[3]宋元以来,从地域角度讨论文学风格,便成为批评家的惯常做法。如唐顺之《东川子诗集序》说:"西北之音慷慨,东南之音柔婉,盖昔人所谓系水土之风气。"[4]谢堃《春草堂诗话》卷五说:"北方刚劲,多雄豪跌宕之词;南方柔弱,悉艳丽钟情之作。"[5]而刘师培《南北文学不同论》关于地域与风格的讨论,有集大成之性质。他认为:"夫声律之始,本乎声音。"而"古代音分南北","声

---

[1] 庄绰:《鸡肋编》卷上,中华书局1983年版。
[2] 劳舒编:《刘师培学术论著》,浙江人民出版社1998年版。
[3] 魏徵:《隋书》第1730页,中华书局1973年版。
[4] 唐顺之:《荆川先生文集》卷十,《四部丛刊》初编本。
[5] 谢堃:《春草堂诗话》,蔡镇楚编《中国诗话珍本丛书》(第21册),北京图书馆出版社2005年版。

音既殊，故南方之文亦与北方迥别。大抵北方之地，土厚水深，民生其间，多尚实际；南方之地，水势浩洋，民生其间，多尚虚无。民尚实际，故所著之文不外记事、析理二端；民尚虚无，故所作之文或为言志、抒情之作。"然后依次对自先秦至明清文学的地域性风格特征，做了要言不烦、提纲挈领的综述和概括。[1]

以地域论风格，在近现代文学批评史上，亦是学者惯用的方法。如周作人在《雨天的书序》和《地方与文艺》等文中，讨论绍兴地域风土对文人性格和艺术风格的影响，探讨绍兴师爷传统对形成文学"浙东性"的影响。他以为绍兴文人性格多有"师爷气"，"他那法家的苛刻的态度，并不限于职业，却弥漫于乡间，仿佛成为一种潮流，清朝的章实斋、李越缦即是这派的代表，他们都有一种喜骂人的脾气"，[2]体现在艺术上，就是"深刻"，"如老吏断狱，下笔辛辣，其特色不在词华，在其着眼的洞彻与措语的犀利"。[3]所以，地域环境虽然不是影响文学风格的决定性因素，但确是其中的主导性力量。

2. 大山地理、大山性格与大山风格：黔中古近代文学风格概说

黔中地理可称为"大山地理"，在"大山地理"之涵育下形成的黔人性格，可名之为"大山性格"；在"大山地理"和"大山性格"之影响下形成的黔中文学艺术风格，可命名为"大山风格"。

黔中古近代文学"大山风格"的形成，"大山地理"当是其决定

---

[1] 刘师培：《南北文学不同论》，劳舒编《刘师培学术论著》，浙江人民出版社1998年版。

[2] 周作人：《雨天的书》，张明高编《周作人散文》第10页，中国广播电视出版社1992年版。

[3] 周作人：《地方与文艺》，《谈龙集》第13页，开明书店1927年版。

性因素。故学者讨论黔中文学的地域性风格，往往从"大山地理"的角度切入，常常是以山论人，以山品文。如清代著籍黔中的诗人江闿，为黔中诗人越梧的《澹峙轩集》写序，在序文中，他以山论人，以为山之有幸有不幸，人之命运，亦复如此。黔之山"远在天末，僻处一隅"，故"未能如都会地之易得名也"；黔之文人亦然，如越梧，"虽不愧一代作者，然皆不务时名，宇内不周知"，故"知幸与不幸之独山也夫"。[1] 亦许是因地论人的自然联想，或者是受江氏此文之影响，宋婉在为江闿诗文集作序时，亦以山为喻论江氏之诗文，其云：

> 诗至今日而难言之矣，作者之与序者，言人人殊，言人人同也。无已，则请以山喻可乎？今夫穹然而高者，山之势也；幽然而邃、旷然而远者，山之曲也；杳然而深、兀然而险、渊然峭然岹岈而窈窕者，山之岩窟洞壑也。……辰六之诗，秀而婉，静而不佻，其舂容而迭荡者，有南山朝霁之象焉。其靓深而巉削者，有峨眉天半之容焉。取吾之论山者而况之，何其相肖也哉！虽然，辰六籍于夜郎，以天目视吴兴，已有阴晴寒燠之异，况界在牂牁万里之外者哉！锦屏铜鼓之苍寒，香炉木笮之险怪，视于目则又有异焉。然而峰峦洞壑其不同也亦当如人之面，而所谓空濛苍翠，弗可以意象求者，固将历千载越万里而未之或殊也。持是说以论辰六之诗，辰六过人远矣。[2]

又如，明代黔中文人蒋杰，著有《式谷堂集》等，是华亭人冯时可督学黔中时发现的才子，后来冯时可在《元成选集》中评论蒋氏说：

---

[1] 《黔南丛书》第三集《江辰六文集》卷四，贵阳文通书局铅印本。
[2] （民国）《贵州通志·艺文志》卷十五第601页，贵州人民出版社1989年版。

> 往余督学黔中，行部普安，骇其岩洞岹崿，雕镂万象，如天孙云锦，胡维献宝，窃叹以为洪濛无赖，胡乃挞怪鞭灵尽走西南裔耶？已课士，得今南雄守蒋君美若（蒋杰字），其文瑰玮雄特，与山争长不相下，动心久之，归对客每自夸，非万里游，安能目此二奇？[1]

蒋杰"各集均佚"，依冯时可之意，蒋杰"其文瑰玮雄特，与山争长不相下"，是知其文有"大山风格"。故冯氏将之与黔中"大山地理"并论，并目为黔中"二奇"。再如郑珍，他深信山国之人必有山国的气骨，自称"我从万山来，襟带含松风"。[2] 故其论黔人诗歌，亦常以山论人，以山品诗。如他在《朱小梧凤翔步月过话，即送其明日还村》诗中说：

> 壮年吟遍关外天，拂衣归来三十年。
> ……
> 词女诗孙侍左右，梦魂不到黄河源。
> 我生凤尚重耆旧，桐野之外嗟才难。
> 岂知芙似一枝笔，嵬嵬秀插王山边。
> 王山磅礴清淑气，不止发为忠烈贤。
> 固宜有人擅文采，上与董何争不刊。[3]

朱凤翔，字小梧，黎平人，曾任甘肃渭源、敦煌等地知县，后告老归养，悠游林下三十余年，故有"壮年吟遍关外天""梦魂不到黄河源"之说。著有《审安堂诗钞》十卷、《续钞》五卷。"王山"，黎平府治所在。

---

[1] （民国）《贵州通志·艺文志》卷十四第556页，贵州人民出版社1989年版。

[2] 郑珍：《饮圣泉上》，杨元桢《郑珍巢经巢诗集校注》前集·卷二第54页，贵州人民出版社1992年版。

[3] 杨元桢：《郑珍巢经巢诗集校注》前集·卷七第292页，贵州人民出版社1992年版。

"董何",即黎平人董三模和何腾蛟,以忠烈著称。有其山必有其人,王山的"磅礴清淑"之气不仅孕育了"董何"这样的忠烈之贤,亦沾溉了朱凤翔这样的文采之士。又,郑珍在《播川诗钞序》中论赵旭诗歌说:

> 余尝过桐梓,观大娄山,经其东南,曾盘崔嵬,蹙地隐天,草木烟云,郁郁苍苍,绵数百里,莫测所蕴积。意其穷深雄阔,塞明裂坤,地尊五岳之气,必有负玮抱者,或外来,或本产,出其精芒光焰,歌啸恣肆乎其间,然后与兹山相称。……今阅吾友晓峰赵君《播川诗钞》,于余所言与兹山称者,乃始欣然谓若有可信。[1]

赵旭为人孤傲特立,其诗以骨胜,其人其诗皆与大娄山"曾盘崔嵬,蹙地隐天"之雄伟气势近似或者相称。郑珍十分欣赏赵旭诗的此种特立风格,他在《遇家人自蜀归,遂僦杨家河岸刘氏宅居,赵晓峰作〈魁岩歌〉见慰,赋答》诗中,再次以山论赵旭其人其诗,其云:

> 魁岩下瞰君家屋,数世居之饱清淑。
> 一朝灵气生作君,学品俱是岩面目。
> 君与岩习自不知,但观所作魁岩诗。
> 此意灵山有真识,说似外人翻笑嗤。
> 老我百忧复千虑,负书来吸岩下露。
> 身似学徒心似僧,只觉无还亦无住。
> 感君相慰歌笔雄,名山纵许亦成翁。

---

[1] (民国)《贵州通志·艺文志》卷十六,第718~719页,贵州人民出版社1989年版。

> 他年谁作舆地志，惭愧斯人附寓公。[1]

魁岩，俗称"柜岩"，屹立于今桐梓县城东面，壁立千仞，直插云霄，有压城之势。赵旭家族数代居于岩下，他常游览其中，有诗歌多篇纪其行，如《魁岩歌赠子尹》《独游魁岩》《七月十八日携彝凭彝资二子游魁岩三官殿，遂至仙女洞下，题壁而返》《魁山之背》《柜崖》等。赵旭其人其诗，傲岸质直，颇似魁岩，故郑珍说："一朝灵气生作君，学品俱是岩面目。"实际上，赵旭其人其诗就是在"大山地理"之浸润下形成的"大山性格"和"大山风格"（详后）。另外，赵怡、赵懿兄弟长于诗，赵懿著有《延江生诗集》十二卷、《文集》二卷，赵怡著有《汉鳖生诗前集》八卷、《后集》二卷，皆以黔中山水名其诗集。胡薇元序赵怡诗集说：

> 鳖水出狼山，行七百三十里，东入沅，又东南行二千五百三十里，至益阳入江，漫衍浩汗，幽深奥折，览之不穷，必有怀抱瑰伟，冥合于万物者，乃能得其意焉。……渊叔（赵懿字）意气雄杰，才丰而气盛，锐挺焱兴，不可遏阻；幼渔（赵怡字）则根柢训典，其才识沉毅，而发也骞以闳，其功力刻深，而出也慎也肆。渊叔名其诗集曰《延江生》，幼渔名其诗集曰《汉鳖生》，益皆以牂牁水名也。[2]

"漫衍浩汗，幽深奥折"之山水，培育出"怀抱瑰伟，冥合万物"之诗人。"雄杰才丰""气盛锐挺"或"沉毅刻深"之人，"得其意"而创作出与"漫衍浩汗"之山水相称的诗篇。

---

[1] 杨元桢：《郑珍巢经巢诗集校注》后集·卷四第571～572页，贵州人民出版社1992年版。

[2] （民国）《贵州通志·艺文志》卷十七第806～807页，贵州人民出版社1989年版。

黔中"大山地理"之特征，是多山多石，多大山多奇石，是山国。它与江南之水乡不同，与西北之塞漠迥异，与华北之平原亦大有区别。其山高谷深，山川险阻，天下无有出其右者，所谓"塞天皆石，无地不坡"是也。作者在本书之第一章曾总结说：

> 黔中地理特征，与繁华都会之地固然无与伦比，与广博坦荡之中原相比，亦迥然不同。虽然文化地理学者常常将黔中归入荆楚，归置入长江流域。但是，黔中之佳山秀水与荆楚同，而其险山激水则为荆楚所不具，此位于高原之黔中与处于平原之荆楚在地理特征上的显著区别。位于高原之黔中与西北塞漠之地理，同有雄奇险峻之美，但塞漠之苍凉悲壮则为黔中所无，黔中之清秀隽朗又为塞漠所不具。概括地说，黔中地理之特征，多山多水，山高谷深，实兼具荆楚之清秀隽朗与塞漠之雄奇险峻于一体，是典型的"大山地理"。

山国之人，"得山之气"，受大山之熏陶和涵育，故其人往往得山之骨，或承"羲皇以上之遗风"，有"质重而矜气节"的特点，或傲岸质直，或清刚沉静，或重厚朴鲁。据陈灿《江西布政使刘公家传》说：

> 《黔书》云：天下之山聚于黔，其山之磊落峭拔，雄直清刚之气，一钟为巨人。近世如平远丁文诚，贵阳石侍郎，镇远谭中丞，遵义唐中丞，类皆以刚直著。[1]

陈夔龙《含光石室诗草序》亦说：

> 吾黔僻处万山中，去上京绝险远，风气号为陋音。士生其间，率多

---

[1] （民国）《贵州通志·人物志》卷五第206页，贵州人民出版社2001年版。

质直沉静,不屑屑走声逐影,务以艺鸣于绮靡浮嚣之世。[1]

具有"大山性格"的黔中文人所创作的文学作品,呈现出"大山风格"。以"大山风格"概括黔中古近代文学的风格特征,不是作者的发明,是黄万机的首创。他在《贵州汉文学发展史》一书中指出:"贵州作家们生活在崇山峻岭之间,自幼感受着大山的雄伟与奇崛之气,对其性格志趣和文学作品的风格气势,都产生不同程度的影响。"[2]因此,黔中作家大都具有坚强不屈的性格特质,他们的文学作品大都具有阳刚之美、奇崛之美。刚强的性格特质不仅是个别作家所具有,而且可以说是黔人的主导性格。因为他们生长在大山中,大山的形象、意蕴、气象使他们耳濡目染,逐渐形成一种具有普遍性的质直傲岸的性格特征。"大山风格"亦不是个别现象,而是黔中古近代文学的普遍特征。黄氏沿着地理—性格—风格之逻辑,讨论黔中地理、黔人性格和黔文风格之影响关系,很有启发性,确为卓见。进一步研究,作者认为,黔中古近代文学的风格特征是多样化的,不同时代、不同地域、不同民族、不同经历的作家,其文学风格当有各自的特点。但是,概括地说,作为共同生活在"大山地理"中的黔中古近代诗人,在"大山地理"和"大山性格"之影响下产生的"大山文学"所呈现的"大山风格",则是其主导方面,或者说是其共同风尚。分而言之,这又主要体现在坚强清稳和野古浅直两个方面。

---

[1] 李立朴等编校:《陈夔龙全集》(下册)第652页,贵州民族出版社2014年版。
[2] 黄万机:《贵州汉文学发展史》第40页,贵州人民出版社1999年版。

二、坚强清稳——"大山风格"类型之一

徐世昌《晚晴簃诗汇》卷五十四说:"黔诗堂庑甚大,非必偏尚一宗,而骨干坚实,藻韵不匮。"所谓"骨干坚实,藻韵不匮",就是"坚强清稳"。以"坚强清稳"概括黔中古近代文学风格,并非作者之臆造,乃是缘于学者对黔中古近代诗歌风格之评价的综合概括。所谓"坚强",即雄峭挺劲、峥嵘岸异、奇兀瑰玮。所谓"清稳",即清丽稳健。"坚强清稳"诗歌风格之形成,与黔中"大山地理"密切相关。如果说多山多石、雄奇险峻的"大山地理"涵孕了黔中文学的"坚强"风格;那末,山高谷深、清秀隽朗的"大山地理"则影响了黔中文学"清稳"风格之形成。

1. "坚强之气"

曾国藩评论黔中晚清著名散文家、外交家黎庶昌的散文说:"莼斋(黎庶昌字)生长边隅,行文颇得坚强之气。锲而不舍,可成一家言。"[1] 所谓"坚强之气",即指一种雄肆华赡、挺劲瑰玮之散文风格。吴汝纶《答黎莼斋书》评价黎氏散文,亦说:"其体势博大,动中自然,在曾门中已能自树一帜。"[2]《清史稿·黎庶昌传》称其散文"廉悍峭折似半山,风神逸宕颇近庐陵。""体势博大"和"廉悍峭折",均指黎氏散文的"坚强之气"。

黎氏为文"颇得坚强之气",用他自己在《致南屏书》中的话说,亦是"平生好雄奇瑰伟之文"。所以,他编选《续古文辞类纂》的动机,据他说,是"循曾氏之说,将尽取儒者之多识格物、博辨训诂,一内

---

[1] 薛福成:《拙尊园丛稿序》,(民国)《贵州通志·艺文志》卷十七第764页,贵州人民出版社1989年版。
[2] 吴汝纶:《吴汝纶尺牍》,黄山书社1990年版。

诸雄奇万变之中，以矫桐城末流虚车之饰"。[1] 即以"雄奇"之文拯桐城末流之"浅弱不振"和"虚车之饰"。

文如其人。罗文彬《拙尊园丛稿跋》说黎氏"人奇遇奇，故文特有奇气"。其实，黎氏散文之有"奇气"或"坚强之气"，除其"人奇遇奇"之原因外，曾国藩所谓"生长边隅"，当亦是其重要原因。按照曾国藩之语意，是因为黎庶昌"生长边隅"，所以其"行文颇得坚强之气"。黎庶昌"生长边隅"，涵蕴于多山多石的"大山地理"之中，养成"廉靖沉毅，刚健果决""胸怀高亮，清明广夷"之性格，[2]故能冲破桐城义法之局限，摆脱"浅弱不振"之弊端。[3]且又转益多师，尤重乡贤郑珍"纯白古健，变化曲折，不预设局度，任其机轴，操纵自如"之文风，[4]故能创作出"颇得坚强之气"的散文。

非仅黎氏散文如此，可以说，以雄峭挺劲为内涵的"坚强之气"，是黔中古近代大部分文人创作的共同特点。比如黔中明代诗人越其杰，据吴中蕃《屡非草选序》说：

> 世之无傲骨者，必不能有奇肠，无傲骨而有奇肠，是绕指之可以刺钟也。岂然哉？易观之松与石乎？绝壁无援，澄溪寡合，疏疏落落，未尝近人而人自不能去之。非傲则奇，固不著也。而昔人之戒，或又以为不足，若何耶？是傲而有所得失也。而世之以傲而得失者，孰有如自兴

---

[1] 黎庶昌：《续古文辞类纂自序》，（民国）《贵州通志·艺文志》卷十八第865页，贵州人民出版社1989年版。
[2] 黎汝谦：《黎公家传》。薛福成《拙尊园丛稿序》亦说："莼斋恂恂如不胜衣，而意气迈往，若视奇绩伟勋可挨契致。"
[3] 黎庶昌：《续古文辞类纂叙》说："桐城宗派之说，流俗相沿，既逾百岁，其弊至于浅弱不振，为有识者所讥。"
[4] 郑知同：《郑征君学述》。黎庶昌《续古文辞类纂》收录郑珍散文七篇之多，足见其对郑珍文之重视。

先生者乎?……先生道岸虽整而冲襟甚坦,有廉隅而无城府,故其诗亦冰棱铁桥,旷而能持。[1]

越氏诗歌虽时染竟陵习气,然其"冰棱铁桥",自有"坚强之气",所谓"苍质蔚然,冷韵铿然,天渊渟然,邱壑生姿"是也。[2] 或如秀水姚佺所谓:

> 今人之诗,转移之诗也。公诗自写其境之所遭,心之所蓄而已,并不转三唐、汉、魏之朽骨,以障开生面。然而黜其佻巧者,本之自然;谢其夸毗者,归之实际;去其叫噪者,由乎冲虚而音情顿挫,虚节生亮,遂乃自成大雅。[3]

"本之自然""归之实际"和"虚节生亮",亦正是"坚强之气"的具体呈现。越氏诗歌风格所以如此,与其性格及其塑造其性格之地理环境大有关系。

越氏性格,一言以蔽之,直傲而已。故吴中蕃评越氏,屡言其傲。莫友芝评越氏,亦说他"直谅不入""性倜傥,善骑射,顾傲岸不谐于世,自许能兵,屡踬屡起,皆傲累之"。[4] 越氏直傲之性格,决定其诗歌有"坚强之气",所谓"奇肠之必出于傲骨"是也。越氏有"傲骨",故其有"奇肠",因而其诗如"冰棱铁桥,旷而能持",有"坚强之气"。

对"坚强之气"的追求,于越氏来说,是一种自觉的行为。比如,

---

[1] 《黔诗纪略》卷十六第616页,贵州人民出版社1993年版。
[2] 《黔诗纪略》卷十六第616页,贵州人民出版社1993年版。
[3] 《黔诗纪略》卷十六第616~617页,贵州人民出版社1993年版。
[4] 《黔诗纪略》卷十六第612页,贵州人民出版社1993年版。

他自称："诗非奇傲宁无作，客若寻常只闭门。"[1]"欲擅千秋绝，何妨一世疑。"[2]"吐我欲言诗或旷，取人所弃见非疏。"[3]"欲使众知诗觉浅，曾经人到境非奇。"[4]其人"直傲"，其诗则"奇傲""坚强"。其人其诗的此种特质，皆与多山多石的"大山地理"相关。如陈法《黔论》讨论黔人之"五病"，曰陋、曰隘、曰傲、曰暗、曰呆。"傲"居其一，所谓"傲"是指任性使气，是傲骨而非傲气，是"直傲"，是傲岸质直，是"坚强之气"。在明清士流社会中，黔中士子多以傲岸质直、廉峻刚正著称。[5]可以说，是以傲岸质直为内涵的"大山性格"和以磊落峭拔为特征的"大山地理"，共同铸就了以"坚强之气"为特征的"大山文学"。

又如杨文骢，此人可谓是黔中古近代文学艺术史上在域外产生重要影响的第一位诗人和画家。杨氏之得名，与其跟江南名流董其昌、吴伟业、陈继儒、陈子龙、邢昉等人的交游有关，因而亦不免染上当时江南文士之"时习"。但是，值得重视的，主要还是他作为一位黔中士子身上固有的"坚强之气"。如陈田《明诗纪事》说：

> 龙友诗画均负异才，南游江浙，得师友而画学益精，遂为吾黔一大宗；诗则与王季重、陈木叔辈游，颇染时习，然俊骨妙趣犹时露于字里行间也。[6]

即杨文骢虽与江南名士交游而浸润于江南"时习"之中，但仍不失大

---

[1] 越其杰：《赠友》，《黔诗纪略》卷十七第666页，贵州人民出版社1993年版。
[2] 越其杰：《苦吟》，《黔诗纪略》卷十七第679页，贵州人民出版社1993年版。
[3] 越其杰：《秋日对残菊》，《黔诗纪略》卷十七第675页，贵州人民出版社1993年版。
[4] 越其杰：《天开岩作》，《黔诗纪略》卷十七第675页，贵州人民出版社1993年版。
[5] 参见本书第二章之"山国黔中与黔人质直傲岸性格"。
[6] 《黔诗纪略》卷十六第612页，贵州人民出版社1993年版。

山本色,所以"俊骨妙趣"时时溢露。故陈子龙《洵美堂集序》说文骢诗,"有幽峭之思,沉郁之色,壮烈而不失和平,夷旷而中存庄雅,渢渢乎廊庙之音,泠泠乎山水之调也"。[1]"幽峭之思""俊骨妙趣",正是所谓的大山本色。莫友芝在《山水移集跋》中,亦说文骢诗"挺劲岸异,已有不可一世之概,未到者浑融耳"。[2]《黔诗纪略·杨文骢传证》亦说:

  《山水移》诗筋骨崛强,稍乏蕴含。然古诗如《石梁观瀑》《玩月》《断桥》《珍珠帘》《大将军赠人头杯》等篇,别有幽光劲响,动人心魄。……律诗亦无熟媚语,《玉京洞老人》一绝,极得盛唐人遗韵,虽少作,颇见大才。[3]

文骢诗"未到浑融"和"稍乏蕴含",这是其不足之处。但是,其诗"挺劲岸异""筋骨倔强""有幽光劲响""无熟媚语",这正是"大山风格"固有的特征。这样的评价亦见于黔人黎兆勋,其云:

  龙友先生画名在诗上,观《山水移集》论画几三分之一,殆以画学侵其诗功,故其诗劲骨峥嵘,足凌同时卧子诸公,而精炼中程似少不及。[4]

黔中古近代大部分诗人的创作,皆有文骢诗歌的这种特点,即挺劲岸异、筋骨峥嵘而稍乏蕴含或未到浑融。如桐梓傅尔元,著《居易

---

[1] (民国)《贵州通志·艺文志》卷十四第577页,贵州人民出版社1989年版。
[2] (民国)《贵州通志·艺文志》卷十四第575页,贵州人民出版社1989年版。
[3] (民国)《贵州通志·艺文志》卷十四第578~579页,贵州人民出版社1989年版。
[4] 转引自莫友芝:《山水移集跋》,(民国)《贵州通志·艺文志》卷十四第575页,贵州人民出版社1989年版。

堂诗集》五卷,莫友芝评价说:"明经诗涉笔生硬,情味稍乏,而棱棱风骨,亦自不凡。"[1]

又如贵阳吴中蕃,著《敝帚集》,莫友芝评价说:"先生忠孝文章,推吾黔有明一代后劲,其为诗直抒所见,粗服乱发,不屑屑句揉字炼以为工,而质厚气苍,自然瑰异。"[2]

再如广顺朱文,著有《湄云集》一卷,明亡后自号"大傲",与吴中蕃友善,莫友芝说他"为诗清放有奇气,修文李专传其诗法,有出蓝之誉"。[3]

还有遵义李专,著《白云诗集》十卷,郑珍评价其诗说:"凡其胸中悲愤抑郁,一寄之于诗。其诗豪宕不羁,独抒性情,如白云在空,自舒自卷,飘忽幻化,毫不任力。清放得之东坡,隽永近于诚斋,视铺排饾饤者,夷然不屑也。"[4]

遵义罗兆甡,著《明日悔》《问石集》等集,郑珍评价其人其诗说:"沉雄顿挫,挥洒自如。当其兴会飚发,蹶杜陵之壁垒,笑信阳之客气。若使旗鼓中原,与朱、王数子上下驰骋,未知谁拔赵帜。遵义诗人之冠冕也。为文雄峭,不规矩前人,词亦入苏、辛之室。"[5]陈田亦说:"鹿游(兆甡字)身经乱离,才益横放,意偶有拂,使酒骂座。古诗奔走放轶,奇情快语,云骇涛惊,洵不羁之才也。"[6]故李专《题鹿游集》有"笔头独走江山气"之评。

---

[1] 《黔诗纪略》卷三十第1231页,贵州人民出版社1993年版。

[2] (民国)《贵州通志·艺文志》卷十四第586页,贵州人民出版社 1989年版。

[3] (民国)《贵州通志·艺文志》卷十四第582页,贵州人民出版社1989年版。

[4] (道光)《遵义府志》卷三十四《列传二》第1066页,遵义市志编纂委员会办公室整理出版,1986年版。

[5] (道光)《遵义府志》卷三十四《列传二》第1060页,遵义市志编纂委员会办公室整理出版,1986年版。

[6] (民国)《贵州通志·艺文志》卷十五第610~611页,贵州人民出版社1989年版。

贵阳夏炳荣，著《砚云草》四卷，其自述诗学云："诗以言情，贵浑成蕴藉，余不免失之粗豪，情伏于中而不能制，牢骚抑又过矣。"[1]

毕节余家驹，著《时园诗草》二卷，李怀莲序之曰："牂牁夜郎之间，万山突兀，其天地之灵气，自开辟以来秘而不发。明入版图，虽代有诗人，然草昧初开，厥道未广。先生西南世家，其胸襟之阔大，宜与寻常文士不类，又能特立风尘之外，以养其高标，故为诗沉雄浩荡，不名一家。当其上下千古，绝所依傍，奇情快论，破空而出，山川景物无不另开生面，其气魄固足雄压一切。而语带烟霞，不染尘氛，又似姑射仙人，遗世独立，尤飘飘乎有凌云之气，而非山泽之癯所可望也。"[2]

遵义黎庶蕃，著《椒园诗钞》七卷，陈田评价说："椒园气豪，颇自挥霍，不能如乃兄之苦吟，而出语轩轩豪爽，有抉风豪士之气。"[3]

贵筑张人鉴，著《钧珊遗草》一卷，陈田说他"拈毫弄笔，腕下多奇兀语，是昌谷、玉川之流"。[4]

贵筑傅衡，著《师古堂诗钞》八卷，陈田评价说："虎生（傅衡字）才气纵横，落落不与人合，或目为狂生……诗笔突兀，与其人称。"[5]

以上诗人，如越其杰之"奇傲"，杨文骢之"劲骨峥嵘"，吴中蕃之"质厚气苍"，朱文之"奇气清放"，李专之"豪宕不羁"，罗兆甡之"奇情快语"，夏炳荣之"粗豪"，余家驹之"沉雄浩荡"，黎庶蕃之"轩轩豪爽"，张人鉴之"奇兀"等，都有一股"坚强之气"，皆是"大山风格"的具体呈现。

---

[1]（民国）《贵州通志·艺文志》卷十六第711页，贵州人民出版社1989年版。
[2]（民国）《贵州通志·艺文志》卷十六第739~740页，贵州人民出版社1989年版。
[3]（民国）《贵州通志·艺文志》卷十七第752页，贵州人民出版社1989年版。
[4]（民国）《贵州通志·艺文志》卷十七第767页，贵州人民出版社1989年版。
[5]（民国）《贵州通志·艺文志》卷十七第768页，贵州人民出版社1989年版。

充分体现"大山风格"之"坚强之气"的,还有遵义诗人赵旭,他著有《播川诗钞》五卷。其为人以狂傲著称,是典型的"大山性格"。据莫友芝《播川诗钞序》说:

> 晓峰(赵旭字)少游学齐鲁、三吴间,多接其韵人畸士,谈款盛气不可一世。好读史,口析古今成败事,洋洋洒洒,豁心露肝,而持论务出新意,不为苟同,神曲民之褒衣博带,窃声华,取富贵,蔑如也。颇不能降心衔样工书义以就有司。……遂试拔萃,既受卷,忽左右顾盼,是乌知我者,还其卷。学使者疑其病,婉慰之,行且应曰:今日兴不佳。遽出,则相与忻清流,跨层岩,有所会,绣咏而返,其率傲如此……酒酣耳热,抵掌谈艺,狂奴故态,未尝不欲碎唾壶。

他对诗歌尤其偏爱,"其为诗,不屑作经人道语。当其得意,如万山之颠,一峰孤起,四无凭藉,神眩目惊,自谓登仙羽化无此乐也"。[1]其为人如此,其诗歌风格,恰如陈田所说,是"奇气喷薄,沉雄激宕"。[2]莫友芝评价其诗,亦说:

> 诗卷所以长留天地间者,骨与韵而已。非是,虽工弗贵。风泠云上,读之悠悠穆然,深远无际,而不知情之何以移者,韵胜也。冰棱铁桥,读之眉宇轩昂,投袂欲起,而不知神之何以王者,骨胜也。吾友赵君晓峰之诗,其庶几以骨胜者乎?……余故知后之人之读吾晓峰之诗,其一往耿峭不可磨灭之劲骨,犹当撑拄纸上,以得其为人。[3]

---

[1] (民国)《贵州通志·艺文志》卷十六第720页,贵州人民出版社1989年版。
[2] (民国)《贵州通志·艺文志》卷十六第720页,贵州人民出版社1989年版。
[3] (民国)《贵州通志·艺文志》卷十六第719~720页,贵州人民出版社1989年版。

"大山风格"以骨胜，赵旭诗"奇气喷薄，沉雄激宕"，其"冰棱铁桥""耿峭劲骨"，正是典型的"大山风格"。赵旭其人其诗之特质，皆涵孕于崔嵬奇崛之"大山地理"中。故其好友郑珍序其诗，即以大娄山为切入点，其云：

> 余尝过桐梓，观大娄山，经其东南，曾盘崔嵬，蟊地隐天，草木烟云，郁郁苍苍，绵延百里，莫测所蕴积。意其穷深雄阔，塞明裂坤，地尊五岳之气，必有负玮抱者，或外来，或本产，出其精芒光焰，歌啸恣肆乎其间，然后与兹山相称。……今阅吾友晓峰赵君《诗钞》，于余所言与兹山称者，乃始欣然谓若有可信。[1]

所谓"与兹山相称"，即诗之风格与大娄山之品格相称，或者说，是大娄山"曾盘崔嵬""穷深雄阔"之品格，孕育了赵旭诗歌"奇气喷薄，沉雄激宕"之风格，是"大山地理"孕育了"大山性格"，是"大山性格"之黔人创作出具有"大山风格"的文学作品。

2."清稳"之风

所谓"清稳"，即清丽稳健。如前所述，雄奇险峻的"大山地理"铸就了黔中文学的"坚强之气"，清秀隽朗的"大山地理"涵养了黔中文学的"清稳"之风。讨论黔中古近代文学的"清稳"风格，首先必须对"清"之审美内涵作简要说明。

作为一个审美范畴，"清"在古代中国人的人生趣味和诗学观念中，占有相当重要的地位。自先秦以来，儒道两家皆把"清"作为人的一种基本品格，"如果说我们把儒家人格之'清'称为清节、清正、

---

[1] （民国）《贵州通志·艺文志》卷十六第718～719页，贵州人民出版社1989年版。

清直的话,那么道家人格之'清'则是清秀、清玄、清逸,带有脱俗、飘逸的色彩"。[1]至汉末魏晋时期,在人物品鉴之风气中,读书人以"清流"自任,"清"成为当时人物品鉴中使用频率最高的词汇之一,亦是人物品鉴中的最高品目之一。"清"作为一种审美范畴和文学批评概念,亦大体形成于魏晋时期。曹丕《典论·论文》、陆机《文赋》、刘勰《文心雕龙》、钟嵘《诗品》,皆大量使用"清"这个概念展开文学批评。自唐宋以来直至明清时期,"清"便成为诗论家品评诗人和品鉴诗歌的最高审美范畴之一。其中,虽有六朝重"清丽"、唐人尚"清新"、宋元重"清淡"之区别,[2]但总体上以"清"为诗之本质特征,则是学者的共识,故有"诗以清为主",[3]"诗之妙处无他,清空而已",[4]"诗最可贵者清",[5]"诗,清物也",[6]"诗,乾坤之清气也",[7]"清,诗之神也"等说法。[8]

  作为一个集中体现古代中国文人生活情趣和诗学理想的审美范畴,"清"的基本内涵很复杂。据蒋寅《清:诗美学的核心范畴》说:"清"的基本内涵如下:一是明晰清净,二是超脱尘俗而不委琐,三是新颖,四是凄冽,五是古雅,六是浅弱单薄。而且"清"又是个相当开放的审美概念,派生能力极强,可以朝不同的方向发展,向脱俗延伸会发展为"清奇""清峭",向刚健延伸就产生"清刚""清壮",向空灵延伸就产生"清虚""清空",向圆熟延伸就产生"清厚""清

---

[1] 何庄:《尚清审美趣味与传统文化》第103页,中国社会科学出版社2007年版。
[2] 何庄:《尚清审美趣味与传统文化》第103页,中国社会科学出版社2007年版。
[3] 宋咸熙:《耐冷谈》卷三,清道光九年武林亦西斋刊本。
[4] 田同之:《西圃诗说》,《清诗话续编》(上册),上海古籍出版社1983年版。
[5] 胡应麟:《诗薮》外编卷四,上海古籍出版社1958年版。
[6] 钟惺:《隐秀轩集》卷十七《简远堂诗序》,上海古籍出版社1992年版。
[7] 赵一清:《东潜文稿》卷上《春凫诗稿序》,辽宁教育出版社1998年版。
[8] 汪端:《明三十家诗选·凡例》,清同治癸酉刻本。

老"，向典雅延伸就产生"清典""清雅"等。[1]

黔中古近代诗人亦有浓厚的尚清审美趣味，其诗歌创作亦有相当明显的尚清倾向。故学者论黔人诗歌，多重其清美。如明代思南人王蕃著《一瓢文集》，莫友芝称其"为诗清逸"。[2]贵阳人袁应福著《渔矶诗草》，莫友芝称其诗"亮节清音，独具风格，当文恭之后，君采之前，亦几几自树一帜也"。[3]贵阳人杨师孔著《秀野堂集》，王思任序称其诗"清贵落字，高古决格，华亮取响，岑、孟、钱、刘之伦也"。[4]贵阳人越其杰著《屡非草》四卷，杨文骢序称其诗"清清泠泠，如世外道人"。[5]普安谢士章著《计谐集》等，陈田说他"性耽吟事，淡于仕进，恬静之意，清俊之篇，不亚君采"。[6]广顺人朱文著《湄云集》一卷，莫友芝称其"为诗清放有奇气"。[7]清代遵义人孙士鹏著《山水怡情草》，陈田称其"诗多清脆之音"。[8]贵阳人潘驯著《瘦竹亭文集》八卷，潘淳序称"其诗清挺拔俗，如游渭川，檀栾千顷，笼烟带雨，不知襟怀之何以洒濯也"。[9]贵阳人潘德征著《玉树亭集》二卷，潘淳序称其诗"气味之清远，风格之高淡，类朱考亭称陶渊明'不待安排，胸中自然流露'者"。[10]遵义人李专著《白云诗集》十卷，郑珍评其诗"清放得之东坡，新隽近于诚斋，而其善道意中语，俯拾似

---

[1] 蒋寅：《古典诗学的现代诠释》第49～54页，中国社会科学出版社2003年版。
[2] （民国）《贵州通志·艺文志》卷十四第554页，贵州人民出版社1989年版。
[3] （民国）《贵州通志·艺文志》卷十四第555页，贵州人民出版社1989年版。
[4] （民国）《贵州通志·艺文志》卷十四第558页，贵州人民出版社1989年版。
[5] （民国）《贵州通志·艺文志》卷十四第561页，贵州人民出版社1989年版。
[6] （民国）《贵州通志·艺文志》卷十四第573页，贵州人民出版社1989年版。
[7] （民国）《贵州通志·艺文志》卷十四第582页，贵州人民出版社1989年版。
[8] （民国）《贵州通志·艺文志》卷十六第685页，贵州人民出版社1989年版。
[9] （民国）《贵州通志·艺文志》卷十五第596页，贵州人民出版社1989年版。
[10] （民国）《贵州通志·艺文志》卷十五第604页，贵州人民出版社1989年版。

易,力求乃难,尤为白文公真种子"。[1]铜仁人徐阊著《淡园纪年诗钞》四卷,王原《松棚诗话》称其诗"如杨柳当风,芙蓉出水,清词丽句,潇洒出尘"。[2]黄平人石志猷著《退庵遗诗》一卷,陈田称其诗"清警可诵"。[3]印江人敖兴南著《蓼汀诗集》八卷,陈田称其诗"清丽芊绵"。[4]黔西人张琚著《焚余草》一卷,郑珍序称其"为诗摇笔千言,清拔自肆,然才豪语易,往往蛟蚓互杂,决去范围"。[5]遵义人郑珏著《悦坳堂遗诗》一卷,黎筱庭称其诗"纯发于天籁,其一种清真之气流露纸上可喜"。[6]贵阳人颜嗣徽著《望眉草堂集》十二卷,钱衡序称其诗"肆力于眉山,遂清雄独往,自见真际"。[7]毕节人王铭勋著《铁云轩诗集》四卷,曾纪凤序称其诗"模山范水,托月烘云,缕缕清思,沁人心脾"云云。[8]

讨论诗文创作中的尚清风尚,值得注意的,还有傅玉书《跋唐汉芝诗》,其云:

> 色泽丰容,不为孤子,而其气自清;和易圆转,不烦雕镂,而其境自新。盖其情真,风骨犹有存于诗之先者,斯可以言清新也。

傅氏对于时俗以"孤子为清,雕镂为新"的观点,不以为然。他以为:"富人贵家,绮罗珠翠,日更月异,适见其陈陈而已。若藐姑射之神人,

---

[1] (民国)《贵州通志·艺文志》卷十五第611页,贵州人民出版社1989年版。
[2] (民国)《贵州通志·艺文志》卷十五第612页,贵州人民出版社1989年版。
[3] (民国)《贵州通志·艺文志》卷十五第632页,贵州人民出版社1989年版。
[4] (民国)《贵州通志·艺文志》卷十六第669页,贵州人民出版社1989年版。
[5] (民国)《贵州通志·艺文志》卷十六第690页,贵州人民出版社1989年版。
[6] (民国)《贵州通志·艺文志》卷十六第721页,贵州人民出版社1989年版。
[7] (民国)《贵州通志·艺文志》卷十七第780页,贵州人民出版社1989年版。
[8] (民国)《贵州通志·艺文志》卷十七第783页,贵州人民出版社1989年版。

不事工鬟妍笑，而人见之，固不厌也。然则不求新而自新者，岂以其不清哉！"[1] "清"非"孤子"，"新"亦不是"雕镂"。"清"是"色泽丰容"，"新"是"和易圆转"。"清新"犹如藐姑射之神人，是一种自然之美。此种自然之美，是"情真"之产物。

黔中明清两代诗人，其影响最大、成就最高者，郑珍之前，当推谢三秀和周起渭。如郑珍《书周渔璜先生桐埜书屋后》说：

> 贵州数诗家，有明推雪鸿。国朝二百年，吾首桐埜翁。
> 雪鸿宦不达，桐埜寿未丰。天欲文西南，大笔授两公。
> 谢诗春空云，周诗花林红。吾以两公较，尤多桐埜雄。[2]

傅玉书《黔风录自序》亦说："予少时闻先君子及诸父尝论乡先辈以诗名者，谢雪鸿蜚声于前代，周桐埜驰誉于今时。"[3] 赵懿《莘斋诗钞序》亦说："谢雪鸿、周桐埜之诗，黔之启钤风雅者与！"[4] 柳诒徵《遂雅堂全集题语》说："黔中诗家，焜耀海内。俶落雪鸿，袭奕桐埜。"[5] 可以说，在郑、莫之前，谢三秀、周起谓代表黔中诗学的最高水平，这已是学者的共识。值得注意的，就是这两位代表黔中古代（郑珍以前）诗学最高水平的诗人，其诗歌风格皆获得"清稳"之评价。如朱彝尊《静志居诗话》说："君采（谢三秀字）诗甚清稳，由其生于天末，习染全无，此黔人之轶伦超群者也。"[6] 邓之诚《清诗纪事初编》说："起

---

[1] 《黔诗纪略后编》卷十一，清宣统三年陈夔龙京师刻本。
[2] 杨元桢：《郑珍巢经巢诗集校注》后集·卷一第400页，贵州人民出版社1992年版。
[3] （民国）《贵州通志·艺文志》卷十八第846页，贵州人民出版社1989年版。
[4] （民国）《贵州通志·艺文志》卷十七第784页，贵州人民出版社1989年版。
[5] （民国）《贵州通志·艺文志》卷十七第821页，贵州人民出版社1989年版。
[6] 朱彝尊：《静志居诗话》卷十七第523页，黄君坦点校，人民文学出版社1990年版。

渭（周渔璜字）生长边方，诗颇清稳，故自可贵。"[1]代表黔中古代诗学成就的谢、周二人，其诗歌风格皆有"清稳"之特点。据评述者的意思，他们的诗所以"清稳"，皆与二人"生于天末"或"生长边方"有关。换言之，就是边省黔中的"大山地理"涵孕了谢、周二人"清稳"的诗歌风格。[2]

黔中诗人尚清，与黔中"大山地理"中佳山秀水之清秀隽朗特征有关。"清"字从水，其本义是"水清"。《说文》说："清，澂也，澂（澄）水之貌。"又说："澂，清也。"故韩经太指出："'水原思维'和'水境玄鉴'是清美文化的逻辑起点。"[3]何庄以为尚清审美趣味之形成与水崇拜观念相关，认为"尚清在某种程度上就是'尚水'"。[4]或者说，山清水秀的地理环境更能培养人的尚清审美趣味。南方多水，故古代学者讨论南北文风之差异，多指出南方文风之清丽特点，如魏徵《隋书·文学传序》说："江左宫商发越，贵于清绮；河朔词义贞刚，重乎气质。"[5]颜之推《颜氏家训·音辞》说："南方水土和柔，其音清举而切诣，失在浮浅，其辞多鄙俗。北方山川深厚，其音沉浊而鈋钝，得其质直，其辞多古语。"[6]黔中"大山地理"，除了有多山多石的雄奇险峻特点外，还有佳山秀水之清秀隽朗。故生活其中的

---

[1] 邓之诚：《清诗纪事初编》，上海古籍出版社2012年版。

[2] 法式善《梧门诗话》论及田榕，亦说田诗"清稳"，其云："近日黔人称诗，多宗玉屏田端云榕。……余于傅竹庄明府寓斋见手钞端云诗一册，五言如'林影残枫泓，人烟失浦桥'，'晴烟看放鸭，夜雪听叉鱼'，七言如'藤花半合杉皮屋，水气斜侵麂眼篱'，'百年天地入诗卷，万里云山入酒瓶'，《桃源道中》云：'终朝鼓棹弄潺湲，松石阴阴鸥鹭闲。怪得蓬窗岚气重，武陵源接绿萝山。'俱极清稳。"（张寅彭、强迪艺：《梧门诗话合校》卷八第261页，凤凰出版社2005年版）

[3] 韩经太：《清美文化原论》，《中国社会科学》2003年第2期。

[4] 何庄：《尚清审美趣味与传统文化》第16页，中国社会科学出版社2007年版。

[5] 魏徵：《隋书》第1730页，中华书局1973年版。

[6] 王利器：《颜氏家训集解》第473页，中华书局1980年版。

文人涵蕴成尚清的审美趣味，其诗歌创作自然亦有清丽、清新之美。

但是，不能忽视的，是尚清亦或有其负面价值，或以为"清之失或弱"，[1]或以为"清典之失也轻"。[2]蒋寅亦以为"清"之审美内涵有"负价"一面，即浅、弱、浮、薄。[3]黔中古近代诗人尚"清"，但却往往能够避免浅、弱、浮、薄之"负价"。因为黔中古近代诗人生活在大山之中，受雄奇险峻之"大山地理"的熏染和陶铸，往往内含"坚强之气"，将尚清趣味与"坚强之气"结合起来，避免了浅、弱、浮、薄之"负价"。同时，亦使"坚强之气"部分地获得柔性的滋养，将清丽、清新与稳健、坚强有机地结合起来，从而形成所谓的"清稳"之风。朱彝尊和邓之诚指出黔中诗人的"清稳"风格时，特别强调其"生于天末"或"生长边方"，其原因亦正在于此。

朱彝尊以"清稳"评谢三秀诗，可谓切近其实。谢三秀生长于清秀隽朗的佳山秀水中，日夕流连于贵阳南明河畔之私家园林里。[4]又遍游江南，与江南诗坛名流巨子诗酒唱和，其以清为尚，故是情理中事。但是，谢氏之"清"，不是清浅、清浮、清淡，而是清雄、清刚，是"清稳"。当时诗坛名流李维桢称其诗为"治世遗音"，撰《雪鸿堂诗集序》，极力推崇，虽有借机攻击三袁、钟、谭之目的，但其推扬谢诗确是有感而发。他认为谢诗"其格整而不滞，其气雄而不放，其指深

---

[1] 王崇简：《青箱堂文集》卷四《法黄石诗序》，清康熙刊本。
[2] 刘善经：《论体》，[日本]遍照金刚《文镜秘府论》南卷，人民文学出版社1980年版。
[3] 蒋寅：《清：诗美学的核心范畴》，《古典诗学的现代诠释》第52~53页，中国社会科学出版社2003年版。
[4] 莫友芝说："先生（谢三秀）所居之远条堂，当与诗中所及之杨愿之石林精舍、越玉岑江阁南园、李芳麓西园、越汉房溪园、薛文叔东崖、李承明吟望亭、汤明府别墅、萧季律曲溪，皆大半左右南明，衡宇相望，去城南江亭不远，一时文酒往还，可称极盛。"（《黔诗纪略》卷十四第586页，贵州人民出版社1993年版）

而不晦,其致清而不薄,其词丽而不浮,诗家诸体无不精当,诗品诸妙无不备具"。[1] "整而不滞",是"清通";"雄而不放",是"清刚";"深而不晦",是"清雅";"丽而不浮",是"清丽"。最要紧的是"清而不薄",是"清稳"。谢诗之"清稳",几成学者定论。如王祚远《远条堂集题词》称其"才情所擅,发越清迥,遂成全璧,欲句摘字比而不可得"。[2] 吴中蕃《雪鸿堂诗选序》说:"先生之诗,冲融淹润,绝无鬼趣嚚习。"[3] 虽未拈出"清稳"之目,但其意义大体相近。莫友芝《雪鸿堂诗蒐逸序》称其诗"咀嚼六代,步骤三唐,清雄宕逸,风格隽远",有"冲和之音,恬淡之味,苍润之色"。[4] "清雄",义近"清刚""清稳",意谓谢诗于清丽、清新中自有清拔、刚健之气。谢诗之所以"清雄宕逸",在莫友芝看来,是因为他"崛起万山中,摆脱习染",故能"遒然高举",因而"清雄宕逸"。[5] 这与朱彝尊的评价很近似。

邓之诚以"清稳"评价周起渭诗,亦大体妥当。在人才济济的清代康熙诗坛,起渭之所以能"领袖群伦",为"风雅之宗",[6] 就在于他以"清稳"之诗风横空出世,"异军突起,拔戟自成一队",[7] 所谓"波澜压群雄,馆阁洗疲癃"是也。[8] 起渭之诗,时人亦有定评,

---

[1] 《黔诗纪略》卷十四第544页,贵州人民出版社1993年版。
[2] 《黔诗纪略》卷十四第545页,贵州人民出版社1993年版。
[3] 《黔诗纪略》卷十四第545页,贵州人民出版社1993年版。
[4] 《黔诗纪略》卷十四第546页,贵州人民出版社1993年版。
[5] 《黔诗纪略》卷十四第546页,贵州人民出版社1993年版。
[6] 毛奇龄:《稼雨轩近诗序》,《桐埜诗集》之"附录",贵州人民出版社1999年版。
[7] 郑方坤:《国朝诗钞小序·桐埜诗集》,《桐埜诗集》之"附录",贵州人民出版社1999年版。
[8] 莫友芝:《以周渔璜先生〈桐埜〉、〈回青〉、〈稼雨〉诸集本与陈耀亭上舍授梓,弁之十韵》,见莫友芝《重刊桐埜诗集序》之"附诗",《桐埜诗集》卷首,贵州人民出版社1999年版。

如田雯《稼雨轩诗序》称："渔璜之诗，有以新为工者，有以奇为工者。新如茧丝观盆，游光濯色，天女散花，幽香万片。奇如夏云怪峰，千态万变。"[1] 其"新"，是"清新"；其"奇"，是"清奇"。"清"是其底色，"新"和"奇"是其显象。据陈允恭说，起渭作诗，"大要以清远之思，运俊逸之气，或冲澹而和雅，或高洁而沉雄，无粗厉之词，无阐缓之调"，故能"一洗傭耳瓢目生吞活剥之弊"。[2] 起渭以"俊逸之气"运"清远之思"，故其诗方能"无粗厉之词，无阐缓之调"，故而有"清稳"之风。所以，郭元钎称起渭为诗"无形似之言与浮游之响，其于馆阁之体，枘凿不相入矣"。[3]（道光）《贵阳府志·耆旧传》亦称其诗"无纤佻尘险之习，无肤廓叫嚣之态，和平清缓，而意亦独至"。龙汝钧《周桐埜汇志》称其诗"近体则俊逸和雅，无粗厉婵缓之词"。[4] 汪辟疆以为"周诗为筑诗家之冠"。[5] 其弟子吴蔡说："尝侍师坐，师盛称贵阳周渔璜起渭之《桐埜集》，为西南巨手，雄深隐秀，兼而有之。"[6] 因"雄深"而稳健，因"隐秀"而清雅，故而有"清稳"之格。以上诸家的评论，皆是对起渭诗歌"清稳"之风的诠释。

起渭诗以"清稳"称，与其性格有关，与其成长的地域环境有关。故自来评论起渭其人其诗者，皆着意强调他成长于黔中的"大山地理"环境，轻之者或敬之者，无不如此。如陈允恭《桐埜诗集序》、郑方坤《国朝诗钞小传·桐埜诗集》、田雯《稼雨轩诗序》、陈汝楫《汪泛刻本

---

[1] 周起渭：《桐埜诗集》之"附录"，贵州人民出版社1999年版。
[2] 陈允恭：《桐埜诗集序》，《桐埜诗集》之"附录"，贵州人民出版社1999年版。
[3] 郭元钎：《桐埜诗集序》，《桐埜诗集》之"附录"，贵州人民出版社1999年版。
[4] 周起渭：《桐埜诗集》之"附录"，贵州人民出版社1999年版。
[5] 汪辟疆：《读常见书斋小记》之《贵州四名家》，《中华文史论丛》1980年第3辑。
[6] 汪辟疆：《近代诗派与地域》，上海古籍出版社2001年版。

桐埜诗集序》、（道光）《贵阳府志·耆旧传》、杨钟羲《雪桥诗话》、龙汝钧《周桐埜汇志》等，或说"公起僻远"，或称其"崛起西南"，或谓其"生自远方"，或道其"鬼方旧壤，僻陋在夷"，或云其"生山国中"，或说其"起自遐方"等。如果说像毛奇龄《稼雨轩近诗序》称"贵阳周先生"，郭元钎《桐埜诗集序》称"贵阳周公渔璜"，则比较客观，不含感情色彩或其他深意。而刻意强调他出自"山国""西南""僻远"或"远方"，则可能含有深意，表明他的诗歌创作与他成长的地域环境之间有密切关系。

事实上，起渭其人其诗确与他成长的黔中"大山地理"关系密切。起渭其人，"易直坦率，不立崖岸"，[1]"为人易直，不立崖岸，与人交有始终"。[2]或如查慎行《送周桐埜前辈督学顺天》诗说："先生人中龙，天与君子性。平时颇跌宕，临事乃刚正。……公貌谦愈冲，公怀直且劲。和光得人爱，严气生成敬。"[3]"刚正""直劲"，正是典型的"大山性格"。故龙汝钧《周桐埜汇志》说："桐埜生山国中，赋性刚毅。""刚毅"之"大山性格"正是在"山国"之"大山地理"中培育起来的。故起渭之尚清，不流于清弱、清薄，而是以"清稳""清雄"著称，正是因为有这种"大山性格"做支撑。故此，他之作诗，虽有"清远之思"，但辅之以"俊逸之气"，故自然"清稳"，自当"清雄"。

周起渭以"清稳"诗风洗涮沉积多年的馆阁习气，冲击流行文坛的"尖险之习"和"叫嚣之态"。其对自身的诗学取径亦相当自信，"每于世之能诗者狂噱捧腹，曾有句云：安得世人尽聋聩，凭君高坐说文章"。[4]另有两件佚事亦能说明他如何摆脱习气而追求"清稳"风格。

---

[1] 陈允恭：《桐埜诗集序》，《桐埜诗集》之"附录"，贵州人民出版社1999年版。
[2] 杨钟羲：《雪桥诗话续集》，《桐埜诗集》之"附录"，贵州人民出版社1999年版。
[3] 《桐埜诗集》之"附录"，贵州人民出版社1999年版。
[4] 田雯：《稼雨轩诗序》，《桐埜诗集》之"附录"，贵州人民出版社1999年版。

据方棻如《书桐埜诗集后》说：

> 文辀幼攻诗，一乡先生讽之曰：诗之道柔，而子以刚，失之。文辀由是不为诗，及谒桐埜先生，先生诘之以诗，文辀以前故对。先生曰：子误矣，宋元以后之诗，所以不逮唐人者，正以其不能刚耳，流于柔弱稚薄，无复先民深劲清刚之气，安得健于此者？以大气举之。
>
> 一日倚酒谓文辀曰：子不为诗，故自佳。子浙东学诗者，高则挦扯义山，薰衣剃面；次乃承陆务观之余窍，若张打油、胡钉铰之为，即千手目，如一也。段师琵琶，须不近乐器十年乃可授。子不为诗，几是耶！[1]

先说后一段文字，段师教人学琵琶，"须不近乐器十年乃可授"，可知习气一旦染上，要摆脱它极不容易。学诗一旦染上习气，必然陷入"千手如一"的状态，毫无个性与创造。"浙东学诗者"为习气所染，故于诗无所成就。于此，黔中诗人似有先天之优势，因为他们生于天末，长于遐方，习染全无，故能"异军突起，拔戟自成一队"。再说前一段文字，在周起渭看来，宋元以来之诗风"流于柔弱稚薄"，或有"纤佻尖险之习"，或有"肤廓叫嚣之态"，总之，不免"鬼趣嚣习"。其中最缺乏者，乃"深劲清刚之气"。故起渭提倡"先民深劲清刚之气"，以拯救宋元以来"柔弱浅薄"之"鬼趣嚣习"，可谓切中要害。可以说，在黔中"大山地理"中成长起来的"赋性刚毅"之周起渭，带着"生于天末"而"习染全无"之先天优势和黔中地域文学的"深劲清刚之气"，为主流诗坛之沉疴痼疾，提供了一副苦口良药。

所以，正如朱彝尊指出谢三秀诗"清稳"，是因为他"生于天末"；邓之诚评价周起渭诗"颇清稳"，亦是由于他"生长边方"。朱彝尊评谢诗"清稳"，是由于他"习染全无"；（道光）《贵阳府志·耆

---

[1] 周起渭：《桐埜诗集》之"附录"，贵州人民出版社1999年版。

旧传》说周诗"无纤佻尘险之习，无肤廓叫嚣之态"，亦是因为他"不为习气所染"。因此，作者认为，黔中古代诗歌史上最有成就的两位诗人，皆得力于黔中地理的"江山之助"。黔中"大山地理"与黔中文学"大山风格"之关系，于此可见一斑。

三、野古浅直——"大山风格"类型之二

如果说质直傲岸的"大山性格"铸就了黔中文学"坚强清稳"的文学风格，那末率真自然的"大山性格"则培植了黔中文学"野古浅直"的文学风格。黔中文学"野古浅直"的艺术风格之形成，与黔人在"大山地理"之涵孕下形成的质直自然的"大山性格"有关，与山国黔中纯朴本真之民情风俗有关。或者说，黔中文人生活在真山真水中，涵养于纯朴本真之民情风俗里，较少受到外界虚伪造作风气的感染，形成一种普遍的崇真尚质之地域风尚，表现在艺术作品中，就是一种"野古浅直"的文学风格。

1. 率真自然的地域风尚与诗道情真的诗学观念

山国黔中的地域人文风尚，一言以蔽之，就是率真自然。这种率真自然之情性，除了真山真水的自然陶染外，更值得注意的，是少数民族文化风尚和阳明心学潮流之浸润。作者在第一章讨论"民族风尚与黔中地域文化品格"时，已经指出：黔中地区生活着苗、布依、侗、彝、水、仡佬等十七个世居少数民族，其民族性格，"若未琢之璞，未绳之木"，有"淳庞质素""直情率遂"之特点。[1] 或如梁启超《中国地理大势论》所说，"滇黔，三苗南蛮之故墟也，其民之稍优者，

---

[1] 王阳明：《何陋轩记》，吴光等编校《王阳明全集》卷二十三，上海古籍出版社2011年版。

大率流宦迁贾，来自他乡。至其原民，则犹有羲皇以上之遗风焉。"[1] 或如爱必达《黔南识略》所说，黔人性格"类淳朴而悫诚"，"大率皆质野而少文，纤啬而重利"。[2] 其民族风尚，能歌善舞，极富浪漫情怀、娱乐精神和诗性精神。黔中古近代文人生活在真山真水的自然环境中，沐浴于真情率性和诗性激情的民族文化风尚中，自然涵孕而成真率质素的诗性精神。另外，作者在讨论"阳明心学与黔中文化品格"时，已说过：阳明心学在黔中地区的形成，与黔中地域文化的影响有关，实际上王阳明就是基于苗、彝族人淳庞浑朴之质性而提出"良知"学说，进而建构起心学体系。同时，阳明心学在黔中地区的传播，对黔中地域文化品格之形成有重要影响，它涵养和强化了黔中士人去伪存真、尚朴重质和大胆创新的精神。黔中士人生活在真山真水中，涵孕于淳庞质素之民风民俗里，陶染于存真去伪的阳明心学思潮中，所以养成一种率真自然的个性特征。

黔中士子率真自然的性格特征，体现在诗学观念上，就是对陶渊明的特别推崇和钦仰。关于这个问题，作者前有详论，[3] 兹不赘言。需要说明的是，黔中文人在诗与情性之关系问题上，于情性之真与正二者之间，或者说于真情与正情之间，更加偏爱真情。

传统中国学者对于诗歌理论之探讨，自《尚书·尧典》至陆机到钟嵘和刘勰，通过世代学者的努力建构，已基本形成一个从"诗言志"至"诗缘情"到"诗本情志"的自足系统；对"情""志"来源的追溯，从讲自然物候变化之动人，到谈论人生曲折经历之起情，已兼顾到自然与社会之两面，亦已构成一个完备周全的解释体系。可以说，至魏晋六朝，传统中国学者已基本完成对诗歌理论的大体架构。此后便成

---

[1] 夏晓虹编校：《中国现代学术经典·梁启超卷》第712页，河北教育出版社1996年版。
[2] 爱必达：《黔南识略》卷一《总序》，贵州人民出版社1992年版。
[3] 参见本书第二章第三节之"黔中明清文人对陶渊明的追慕与效仿"。

为中国诗学的一个传统模式，为历代学者继承、诠释、补充和发展。借用社会学家的术语，此诗学传统可名之为"诗学大传统"。

黔中学者在讨论诗学问题时，往往将"诗言志""诗缘情"或"诗道性情"之类的常语，置于论文之开端或结尾，作为论诗之依据和准则，表明其对"诗学大传统"的接受。因此，其关于诗歌本质的讨论，与"诗学大传统"的观点颇为近似。如越其杰以为：真正的诗歌，应是"带性灵来"，[1]"风雅"一道之宗旨在于"潜迫""不朽"之"性灵"，即所谓"性灵原不朽，风雅在潜迫"是也。[2]张元臣以为："风骚"之根本在"性灵"，明确提出"要从性灵出，遂得风骚旨"。[3]赵维熙谓"诗以道性情，有性情而后有诗。性情愈笃，则诗亦愈工"。[4]李怀莲以为"诗者，乾坤之灵气也"，"诗人泄造化之所欲泄，必自性灵流露而后可传"。[5]犹如"诗学大传统"在"诗本情志"之总论下有"言志""缘情"之厘分，黔中"诗学小传统"在"诗道性情"之原则下，亦有"情真"与"情正"之区分。

就"诗本情真"一面言。黔中士子生活在真山真水中，涵养于纯朴本真之民情风俗里，较少受到外界虚伪造作风气之感染。其山真水真，人真情真，诗真文真，故其品诗论文亦最尚真朴。如郑珏提出"诗

---

[1] 越其杰：《改诗》，《黔诗纪略》卷十六第619页，贵州人民出版社1993年版。

[2] 越其杰：《苦吟》，《黔诗纪略》卷十七第679页，贵州人民出版社1993年版。

[3] 张元臣：《任邱逆旅见人题壁因而有作》，《黔诗纪略后编》卷五，宣统三年陈夔龙京师刻本。

[4] 赵维熙：《修竹吾庐吟草序》，（民国）《贵州通志·艺文志》卷十六第712页，贵州人民出版社1989年版。

[5] 李怀莲：《时园诗草序》，（民国）《贵州通志·艺文志》卷十六第739页，贵州人民出版社1989年版。

出于性真"说。[1]陈夔龙以为:"诗无工拙,惟其真耳。"[2]萧光远以"真"评冯正杰诗,以为"其人真,故发为诗,其事真,其景真,其情真"。[3]杨绂章以"真"为诠评诗文之唯一准则,谓"有真学问必有真赏识,有真赏识何患无真品题,品题定而诗集传矣",以为白居易、陆游诗,"皆独具性灵,直抒胸臆。白不以浅露为嫌,陆不以坦率为病,皇皇然并称大家,无他,惟其真也"。[4]糜鸿远将"山水之真形,园林之真境,与夫昆弟、朋友、戚好之真性情"融铸于诗,故其诗得以流传,而格调派诗歌"真相既失,真味遂泯,传故不久,所谓言尽而意亦尽者以此"。[5]彭崧岳谓"诗文之道,发于性情,性情不真者,其诗文不足道"。[6]任珏崖更以"真"解释才子佳人传奇之经久不衰,以为"万物莫不有情,而人之情为独挚;人亦莫不各有其情,而才子佳人之情为最真。真则奇,奇则传"。[7]

黔中学者以"真"为文学之至境,以"真"为准则诠释各种文学现象。或有从创作上探讨者,如陈启相以为诗以"自然元音"为上,而世俗所重之四声八病、雕虫小篆,则将此"自然元音"之"一片灵光,

---

[1] 郑珏:《悦坳遗诗自序》,(民国)《贵州通志·艺文志》卷十六第721页,贵州人民出版社1989年版。
[2] 陈夔龙:《亭秋馆诗钞序》,(民国)《贵州通志·艺文志》卷十八第835页,贵州人民出版社1989年版。
[3] 萧光远:《野人堂集序》,(民国)《贵州通志·艺文志》卷十六第711页,贵州人民出版社1989年版。
[4] 杨绂章:《澹云轩诗集序》,(民国)《贵州通志·艺文志》卷十七第809页,贵州人民出版社1989年版。
[5] 糜鸿远:《澹云轩诗集序》,(民国)《贵州通志·艺文志》卷十七第809页,贵州人民出版社1989年版。
[6] 彭崧岳:《成山庐稿序》,(民国)《贵州通志·艺文志》卷十六第734页,贵州人民出版社1989年版。
[7] 任珏崖:《梅花缘传奇前序》,(民国)《贵州通志·艺文志》卷十八第835页,贵州人民出版社1989年版。

打入畏缩苦趣"。[1]陶廷杰提出:"诗以道性情,不在词藻,恐失真性情耳",[2]即声律平仄、辞藻雕饰有碍于真情之传达。或有从文学欣赏之角度探讨者,如万大章自述其读诗经历说:

> 顾率直不竞于侪辈,弃置十余年,不复作,亦不复读。惟师友感事寄兴,情真语挚,悲壮淋漓,辄爱不释手,且不费诵习而自能历久不忘,以视六经四史,时时入览,犹不能掩卷终篇者,乃觉劳逸殊形,得失异致。若是乎声音之道感人深矣![3]

诗篇之所以比"六经四史"感人至深,而且"不费诵习而自能历久不忘",乃在其"感事寄兴,情真语挚",即最契合于人之性灵本真。"情真语挚"之诗篇与"六经四史"的此种赏读效果之差别,或许显示的便是情真与情正之不同。"情真语挚"之诗篇显示的是人之真情,"六经四史"展示的是人之正情。真情是人性之本真状态,正情则是本真人性通过社会改造后的状态。真情是自然的,正情是社会的。因此,社会性的正情比之自然性的真情,其与人性之原初状态终究有一层隔膜。故其作用于人心,比起自然之真情,则略显迟钝。

真情是自然的,正情是社会的。真情通过社会改造而成为正情。正情虽然仍以真情为基础,但它已渗透了为社会秩序之整合而建构起来的道德观念和价值观念,它虽然逐渐远离人性之本真,但因其更能适应文明社会秩序整合之需要,故而亦得到学者之赞同和提倡,特别

---

[1] 陈启相:《方外集序》,(民国)《贵州通志·艺文志》卷十八第834页,贵州人民出版社1989年版。
[2] 陶廷杰:《水云山人诗草序》,(民国)《贵州通志·艺文志》卷十七第762页,贵州人民出版社1989年版。
[3] 万大章:《畅园诗草序》,(民国)《贵州通志·艺文志》卷十七第817页,贵州人民出版社1989年版。

是儒家学者,其所提倡的"乐而不淫,哀而不伤"的"温柔敦厚"之"诗教",便是以正情为依皈。

"诗道情正"与"诗本情真"并非矛盾对立的两种诗学理论,亦甚难遽言其有高下等级之分。真情是自然性的,是为己的,是个人性的,有浪漫色彩;正情是社会性的,是为人的,具现实关怀。就批评家来说,若强调诗篇之光彩照人,独立不羁,感人至深,则重诗之真情;若偏重诗篇的政治教化和劝善惩恶之功能,则重诗之正情。简言之,情真动人,情正育人。基于此,现实精神强烈的学者在二者之间便有高下轩轾。如傅龙光《吟我诗集序》云:

> 汉晋以来,为诗者多矣,得性情之正而合于古人言志之旨者,不数数也。其或执一偏之性,纵一往之情,而不觉乖于性情之正者,有矣。然犹有性情者存也。又或摹仿声调,裒积故实,则为古人所役;或趋赴俗尚,谀悦人情,则为今人所役;或雕刻木石,搜讨虫鱼,则并为万物所役,安在有性情与志乎?[1]

傅氏以"诗本情性"为准则,将诗厘分为三品:上品是"情正"者,即"得性情之正而合于古人言志之旨者";中品是"情真"者,即"执一偏之性,纵一往之情,而不觉乖于性情之正者";下品则是无情无性者,即情性为古人、今人、万物所奴役而不能彰显者。与傅氏观点略近的,是马冲然《屡非草序》,其云:

> 诗,道性情者也,无性情不可以言诗。然使恣情任性,无择语,无择吟,亦不可以言诗。故依人而不求诸己,自是而不知其非,通病也。[2]

---

[1] (民国)《贵州通志·艺文志》卷十四第579~580页,贵州人民出版社1989年版。
[2] 《黔诗纪略》卷十六第614页,贵州人民出版社1993年版。

所谓"恣情任性"者，真情之自然流露也；所谓"依人而不求诸己"者，则是无性无情者也。其所论虽甚简略，然其以情性之真、正、有、无论诗为三品，则与傅氏全同。

以平正之态度论之，正情与真情并无高下之分，育人与动人皆为社会人生之所必需。一个没有明显偏激情绪和怪癖行为者，其发自性灵之真情，必与群体公认之正情相通相融；群体公认之正情，首先必须是真情，伪诈矫揉绝非正情。故欲在真情与正情之间划分等级者，实缘论者所取之视角不同而已。如儒家为人，故重正情；道家为己，故尚真情。浪漫作家其情真，现实作家其情正。真情与正情之间并无截然显明之区分界线，按古代学者的见解，真情之歌与正情之诗皆源于"诗三百"。如傅玉书《黔风旧闻录》云：

> 愚闻之庭训曰：古诗与唐体裁各异，且各有盛衰偏全之分，而要必源于"三百"，归于"三百"，则其义一也。古诗正始于苏、李，盛于建安、晋、宋，衰于梁、陈。方其盛也，班、张、曹、刘、阮、郭、颜、谢，各有所长，而得其全者靖节也。唐诗正始于陈伯玉，盛于开、宝之际，及中、晚而渐衰。然就其盛时，曲江、太白、王、韦、高、岑、东川、道州之徒，亦与中、晚诸家各擅其胜，而得其全者少陵也。故必知陶而后可与读《文选》，必知杜而后可与读《全唐》。间以斯意求宋、元、明诗，十仅一二得。[1]

陶渊明和杜甫分别是古诗和唐诗创作之集大成者，虽然未可完全以情真、情正概指古诗、唐诗。但是，说陶渊明是情真之代表，杜甫是情正之典型，则大体不差。而且，二者皆"源于'三百'，归于'三百'"，可知"诗三百"作为中国古典诗歌之总源，实兼备真情与正情二方面。

---

[1] 《黔诗纪略》卷二十六第1083页，贵州人民出版社1993年版。

依傅氏之意，宋、元、明以来的诗歌，得《诗经》真情、正情之精义者，"十仅一二"，故其视宋、元以来为古典诗歌精神之沦丧期。此说虽有传统诗论家之偏见，但就中国古典诗歌固有之精神传统而言，宋、元以来确有古典诗学精神沦丧之迹象。因此，1949年以前出版的《中国文学史》，大多详于唐、宋以前，略于唐、宋以后；1949年以前大学中文系的教授讲授中国文学史，亦往往只讲到唐、宋。如王瑶回忆说："以前北京大学中文系标榜所谓'余杭章氏之学'，入学后先修文字声韵之学，即从小学入手。小学是为了通经的，所以中国文学史也讲到唐代就差不多了，元明清可以不讲，更何况'五四'以后。"[1] 陆侃如回忆他1949年以前的文学史教学工作时，亦说："我教过二十年的'中国文学史'，都是详于周秦，略于唐宋，至明清就根本不讲了。我所认识的担任这门课的朋友们，讲授的进度都一样。"[2] 鲁迅亦说过："我以为一切好诗，到唐已被做完，此后倘非能翻出如来掌心之'齐天大圣'，大可不必动手。"[3] 可见，傅氏之观点并非完全是偏见，而是部分传统学者的共识。

综上，黔中"诗学小传统"关于诗与情性之关系的探讨，关于真情与正情之厘分以及相关问题的讨论，基本上是在"诗学大传统"的背景上展开的，它不仅深化和补充了"诗学大传统"中的某些观点，而且亦因其特定地理和文化背景的影响下形成了一些地方特色。

诗本情真，诗道情正。或有情本真纯却因尘世之浸染而渐为虚伪者，因利欲之熏心而渐为邪恶者。如何规避情性之伪恶，而使之重返

---

[1] 王瑶：《"鲁迅研究"教学的回顾与瞻望——在"鲁迅研究教学研讨会"上的发言》，《鲁迅研究动态》1988年第8期。
[2] 陆侃如：《关于大学中文系问题》，《人民教育》1952年2月19日。
[3] 鲁迅：《鲁迅书信集·致杨霁云（1934年12月20日）》，人民文学出版社1976年版。

纯真，渐趋雅正，此为道德家与文学理论家所共同重视者。黔中"诗学小传统"对此甚为关注，亦有比较周全的认识，并对"诗学大传统"的观点有所补充和深化。

培育真情和锻炼正情，各依其情感之特点而采用不同的方式。真情之属性是自然的，故培育自然之真情，莫若借助于自然之山水，昔人所谓"得江山之助"者是也；正情之属性是社会的，故锻炼"正情"，莫若借助于学与行，昔人所谓"文本学行"者是也。传统观念以为：一位真正的文人，必须具备"读万卷书，行万里路"的生活阅历。此与作者所谓培育真情和锻炼正情的两种方式颇相契合，可相互参证。

就培育真情一面言之。关于传统性善、性恶二论之分辨，兹不具论。不过，就人之天性纯真这一点，作者深信不疑。作者深信一婴幼儿之性情绝对是纯朴本真的，我们常以"天真"指称儿童性情，便是此意。随着孩子涉世渐深，种种尘俗观念逐渐蒙蔽其真心，其伪变巧诈之虚情遂日益增生。真情即诗情，真情泯灭，诗情亦渐趋枯竭。因此，理论家以为诗人之可贵在其有童心，在于他能时时屏蔽外在尘俗观念之渗透以保持其童心，在于他能常常俯身于孩童学习其童心。

培育真情的途径，除俯身于儿童之童心以求返璞归真外。另一条重要途径，就是通过畅游山水以求此心与彼境之合二为一，以彼境之天然本真洗涤此心之尘俗伪变。如前所述，黔人生存在真山真水中，涵孕于纯朴本真之民情风俗里，其山真水真，故其人真、情真、诗真、文真。黔中文人于山水之自然清真对人情之纯朴本真的影响和浸染，自有切身体会和深刻认识。首先，能领略山水妙趣的文人，多持"山水通灵"之观点。如杨文骢谓："性情等山理，静朴杳难穷。"[1]即山之理与人之情原可对等互通。何德峻《东山志自序》认为，山水与人物之间有"气类"而"情属"的关系，[2]这是对杨文骢"性情等山理"一语的最佳诠释。另外，其他外籍文人借黔中山水、人物发表的见解，亦多持此种观点。如钱溥《十景集序》谓"山川之与人物可相有而不可相无者"，[3]陈炜《山水移跋》谓"世界别无可移，惟名山名水名人三者，常互为流动关生而不碍"，[4]李肇亨《山水移题辞》谓"天地间山川奇秀之气，原与吾精神相通"等，[5]皆指出了山水与人物之间此种"气类"而"情属"的关系。

山水与人物"气类"而"情属"。山水为自然之物，其与生俱来的真朴之性，亘古不变；人为社会之物，其被世俗之尘染而渐丧其本真。人之游情于山水，山水即可以其亘古不变的真朴之性，荡涤人物的尘俗之心，并进而助长其文章的灵动之气。或者说，文章之灵动，来自作者心灵之真纯；作者心灵之真纯，来自山水真朴之性之陶染。如越其杰《山水移序》云："习气山中尽，灵机触处多。""眠餐皆秀气，盥漱亦幽寻。但觉神情异，那知沁入深。清非前日骨，静获古人心。结想渐成性，英灵感至今。"[6]真朴之山水浸入心骨，变异神情，涤除习气，使人返璞归真，此如杨文骢所谓"山水生童心"是也。[7]

---

[1] 杨文骢：《舟过虎丘，月生索余作兰卷，走笔图之，并题其后，诗中之画耶？画中之诗耶？唯月生自参之》，关贤柱《杨文骢诗文三种校注》第308页，贵州人民出版社1990年版。
[2] （民国）《贵州通志·艺文志》卷九第382页，贵州人民出版社1989年版。
[3] （民国）《贵州通志·艺文志》卷十四第514页，贵州人民出版社1989年版。
[4] 关贤柱：《杨文骢诗文三种校注》第21页，贵州人民出版社1990年版。
[5] 关贤柱：《杨文骢诗文三种校注》第34页，贵州人民出版社1990年版。
[6] 关贤柱：《杨文骢诗文三种校注》第21页，贵州人民出版社1990年版。
[7] 杨文骢：《独坐有感因怀刑孟贞五首》（其一），关贤柱《杨文骢诗文三种校注》第289页，贵州人民出版社1990年版。

山水生童心，诗人因山水之游而涵育其真性，助长其童心，其发为诗文，则固有一种灵动勃然之气荡漾其中。所以，越其杰说："无穷冰雪句，都赖山水成。"[1]

总之，童心即诗心，真情即诗情，诗人培育其诗心与诗情，除了亲近儿童以求返璞归真外，最重要的途径之一，便是畅游山水以洗涤俗念。此当是传统诗人乐山乐水之主要目的，是传统文学中山水文学特别兴盛的重要原因，亦是黔中古近代文人热衷山水文学创作的主要原因。

3. 黔中古近代文学野古浅直的风格

黔中文士因山水之助养，风俗之涵孕，以及阳明心学之助推，自有一种真情和野趣，并形成一种普遍的重朴尚真之地域风尚，体现在文学观念上，就是对诗道情真之偏爱，对著名诗人陶渊明的推崇；体现在文学创作上，就是呈现出野古浅直的文学风格。

如明代黔中诗人龚诩，自称"野人"，以"野古"名其斋室，名其诗集曰《野古集》。他在诗集自序中，对时俗"骂疏俗粗鄙者类曰野，而目方直廉介者类曰古"，不以为然。对于世人以"野古"目其诗歌，他解释说：

> 予生草野间，所与交者，黄童、白叟而已，是故踪迹罕涉乎势利之途，谈论不越乎耕牧之事，衣冠不随乎时，礼貌不拘乎俗，与夫一言一动，举不谐人耳，悦人目，而适人意也。或者以野骂之，或者以古目之。[2]

---

[1] 越其杰：《山水移序》，关贤柱《杨文骢诗文三种校注》第21页，贵州人民出版社1990年版。

[2] 《黔诗纪略》卷一第48页，贵州人民出版社1993年版。

龚诩本昆山人，洪武年间随父龚誉谪戍五开卫，遂隶五开军籍，后调守金川门，靖难，改名王大章，隐居江阴、常熟间，读书治学，卖药为生。他虽非土生土长的黔籍文士，且长期隐居于江阴、常熟间，但毕竟是在黔中长大，耳濡目染，感同身受，其经历与一般黔中文士相近。像他描述的如此人生经历，才能写出具有"野古"风格的诗篇。其实，这种经历乃是黔中大多数文士的普遍经历，故而黔中文学普遍具有"野古"之风格，亦是情理中事。《四库全书总目提要》说：

> 盖诩诗格调在《长庆集》、《击壤集》间，其伤于鄙俚浅俗者，继贞（按，即李继贞，曾为《野古集》作序，称删其诗十之二三）稍汰之也。要其性情深挚，直抒胸臆。律以选声配色，雕章琢句，诚不能与文士争工；律之以纲常名教之旨，则不合于风人之旨者，鲜矣。

贱之者曰"鄙俚浅俗"，尊之者曰"野古"。其不拘于"选声配色，雕章琢句"，是"性情深挚"之自然流露，是重朴尚真之风尚的产物，亦是偏爱情真的必然结果。

黔中文士生于天末，长于草野，罕涉势利之途，免于时习之影响，"率皆质直沉静，不屑屑走声逐影，务以艺鸣于绮靡浮嚣之世"，[1]而其诗风普遍呈现出野古浅直的特点。王思任在为黔中明代诗人杨师孔《秀野堂集》作序时，借题发挥，对主流文人鄙弃不复道的文学"野趣"，做出别开生面的解释。他盛赞"野趣"，以为：

> 野也者，天地间之大文也，此惟大文之人能领略而啜飨之。是故善同者得之则亨，善谋者适之则获，善礼乐者用之则进，善游者乘之则入

---

[1] 陈夔龙：《含光石室诗草序》，（民国）《贵州通志·艺文志》卷十七第786页，贵州人民出版社1989年版。

于百昌之无极。无论野之功用被广而收多，即人眼不及郊牧者，能逃其身不处于圹垠乎？一日不得野趣，则人心一日不文。端木氏之晳，不如子夏之癯；蔡得珪之青石，不如仲尉之堵；五侯之鲭，不如庾郎之贫菜；朱弦牙板，肉好广奏，不如秦岳之乌乌，未有野而不秀者也。

古今对野趣之高度赞扬和深刻剖析，恐无有超出于此者。在他看来，"舒卷天云，纵横草木，布置川岳，呼遣鱼鸟"之"野趣"，是为文之先决条件。所以，"一日不得野趣，则人心一日不文"，"野也者，天地间之大文也"。但是，"野趣"又非一般世俗之人所能欣赏。世俗之人，所热衷者，乃"嗜欲之所丛，人声之所哄"。"惟大文之人能领略而噉飨""野趣"。"野趣"之可贵，"野趣"对于文人及创作活动之所以如此重要，就在于它真。杨师孔诗之所以"秀野"，就在于它"蒙气尽除"，是"天空独语"。所以，王思任进一步说：

予尝论诗，颂不若雅，雅不若风。盖廊庙必庄严，田野多散逸。与廊庙近者文也，与田野近者诗也。[1]

"散逸"者近真，"庄严"者似伪。"国风"之所以高于"雅颂"，"田野"之所以胜于"廊庙"，"散逸"之所以优于"庄严"，就在于它真。诗人尚真朴，必崇"野趣"。"野趣"与诗歌之关系，于此可见一斑。

黔中士子因为尚真重朴，因为生于天末或长于边隅而远离喧嚣之世，不受习气之感染，其人真，其性野，其文亦有"野趣"。作者认为，王思任对"野趣"的赞美，实质上就是对以杨师孔为代表的黔中诗人野古浅直之"大山风格"的称赏，是对黔中地域文学之独特性的深度

---

[1] 王思任：《秀野堂集序》，（民国）《贵州通志·艺文志》卷十四第558～559页，贵州人民出版社1989年版。

发掘。或者说，王思任的真正用意是力图以边省文人之真与边省文学之野，疗治中土主流文人之伪和主流文学之雅。因此，在一定程度上可以说，王思任亦是一位典型的文学"边缘活力"论者。

黔中文人情性之真率，体现于文学风格者，还有"浅直"一格。作者在上节讨论黔中古近代文学的"坚强之气"时，曾指出杨文骢诗"未到浑融"和"稍乏蕴含"，傅尔元诗"涉笔生硬，情味稍乏"，吴中蕃诗"直抒所见，粗服乱发"，夏炳荣诗"失之粗豪"等，皆是"浅直"诗风的具体表现。

犹法贤在为其友人薛维和《妪解诗集》作序时，对文学之"浅直"风格作过一番别开生面的解释，提出"文家自适己事"的观点。薛维和名其诗集曰《妪解诗集》，显然取意于白居易"老妪能解"之创作典实，体现其力求通俗平易、浅显率直的创作追求。据犹法贤说：

> 薛维和为人谨饬而达性，耽花草，游情诗酒间，每有闲吟，辄见性真。持以示予，予亟赏之。或病其失之浅，维和亦数数以浅嫌，予独不谓然，维和衔杯对花，兴会所至，书之碧筒，裒然成集。要其性真流露，悠然自得。

据此可知，薛维和诗确有浅而直的特征。其诗之所以"浅直"，是因为其人"性真"。"性真流露"于文，故常呈"浅直"之态。他人以浅为病，薛氏以浅为嫌，而犹法贤以浅为贵，他解释说：

> 浅岂易言者哉？文家三字诀，典、显人之所能为也，浅则非人之所易为。盖由烹炼既久，流露目前而自得之浅。浅而老，浅而有味，罕皆云"蓬莱清浅"，正复人所不能到。于诗亦然。白香山诗，厨下老妪都解，

> 解乃香山佳处，岂以都解病香山哉！[1]

诗之"浅"境胜于"典""显"，乃在于创作者之"性真流露""悠然自得""自适己事"，而不是刻意制作。但是，这并非率意为之，而是"烹炼既久，流露目前"。

又如遵义诗人李为诗"浅直"，据郑珍说："（李为）所著诗曰《翠竹亭草》，浅而实绮，直而实婉，纯任真素，毫不雕饰；于《击壤》极相似，而无讲学人头巾腐习。"[2]此种"浅直"境界，与陶渊明的诗歌风格很相似。钟嵘《诗品》卷中评陶渊明诗说："世叹其质直，至如'欢言酌春酒''日暮天无云'，风华清靡，岂直为田家语耶！"[3]苏轼说得更明白，他认为陶诗"质而实绮，癯而实腴"，[4]"外枯而中膏，似淡而实美"。[5]黔中古近代文人以"性真"为基底追求"浅直"的诗歌风格，虽然未必达到如陶渊明那样的境界，但其心向往之，故而呈现出景仰、追慕和效仿陶渊明诗歌的创作风尚。

要之，在率真自然的地域人文风尚的影响下，黔中古近代文学大多呈现出"野古浅直"的艺术风格。诗之"野古"与"浅直"，皆缘于诗人之"性真"，此所谓"豪华落尽见真淳"是也。

文如其人。其人质直沉静，其诗乃坚强、清稳；其人率真自然，其文乃野古、浅直。黔中文人在"大山地理"的浸润下，形成质直沉静、率真自然之性格，故其发为诗文，亦有坚强、清稳、野古、浅直的特点。所谓"大山风格"，一言以蔽之，曰：坚强清稳、野古浅直。一般而言，

---

[1]　（民国）《贵州通志·艺文志》卷十五第 652 页，贵州人民出版社 1989 年版。
[2]　黄万机等点校：《郑珍全集》七《播雅》第 445 页，上海古籍出版社 2012 年版。
[3]　陈延杰：《诗品注》第 41 页，人民文学出版社 1961 年版。
[4]　胡仔：《苕溪渔隐丛话》前集卷四引，人民文学出版社 1962 年版。
[5]　苏轼：《苏轼文集》卷六十七。

荆楚佳山秀水，清秀隽朗，其文得之清稳而失之坚强，得之秀丽而失之古雅；塞漠雄奇博厚，苍劲悲壮，其文得之坚强而失之清稳，得之浅直而失清丽。唯黔中兼荆楚之佳山秀水与塞漠之雄奇峻伟于一体，故其人其文亦兼具荆楚之清秀与塞漠之坚强为一体。所谓的"大山风格"，即指此种融清秀与坚强为一体的文学风格。

结 语

  从地域空间的视角研究文学，于作者而言，是一次学术尝试。虽然近年来文学地理学的研究引起学术界的高度重视，关于文学地理学之学科属性、研究目的和研究方法的讨论，亦是方兴未艾，备受关注。但是，运用文学地理学的理论和方法，对某地区或某时代之文学进行系统深入的研究，并不多见。具有范式意义的个案研究，更是罕见。因此，本课题的研究，是在缺乏可资借鉴的范式研究之基础上，进行的一次学术尝试。

  令人欣慰的是，在此次学术尝试中，却有一些意外的收获。它使我对文学地理学的理论和方法深信不疑，并坚信它是突围文学研究困境、发掘文学研究学术增长点的重要途径。于中国古代文学的研究而言，尤其如此。通过从地域空间的视角对黔中古近代文学生产和传播的研究，使我更加充分地认识到，文学地理学学科的创建，对于拓展文学研究领域，开阔文学研究视野，更新文学研究方法，发掘文学研究史料，具有特别重要的意义和价值。将地域空间观念引入文学研究，不仅是可能的，而且是必须的。它不仅能够彰显文学活动的特殊性、复杂性和差异性，而且使长期以来被忽略的边省文学和民间文学得到重视，在空间视野下与主流或中心的文学得到同等对待，其价值（包括文学价值和社会价值）得到肯定和彰显。更为重要的是，因为空间视角的引入，文学消费和文学传播的研究亦得到学者的高度重视，成为文学研究的重要内容之一。因为空间视角的引入，文学活动与空间生产的互动影响关系才会引起学者关注，从而改变过去只重空间影响文学而忽略文学创造空间的研究状态。因为空间视角的引入，文学史上许多令人不解或众说纷纭的问题，如艺术创造与"边缘活力"问题，文学体裁、题材和风格的地域性特征问题，方能获得令人信服的解释。

或许是论题本身的复杂和难度，所以，尽管作者用了四十余万字的篇幅，从地域空间的视角讨论黔中古近代文学的生产和传播，但是，于论题而言，是难尽其详，许多属于本论题之论域内的问题，尚未完全展开，或者根本未曾涉及；于作者而言，则是意犹未尽，或者因学力的局限，或者因精力之不足，许多本应讨论的问题而不得不暂时搁置。所以，本篇"结语"并非结论，而是对已经讨论的问题做一个回顾和总结，对已经涉及但尚不深入或者有进一步探讨余地的问题，以及与本论题有关而未涉及的问题，做一个初步的构想，以为下一步的深入研究做准备。

第一，本书以文学地理学的理论和方法研究黔中地域文学的生产和传播，就其研究对象而言，属于地域文学研究。作者认为，地域文学研究，理当涉及地域内的家族文学和地域内的地方性文学的研究。首先，作者在"绪论"中已经指出：地域文学与家族文学在某种意义上有重叠的部分，家族是在特定地域中生存，家族本身就是地域性的，地域文学实际上就是由若干家族文人集团和家族文学构成的。因此，文学地理学研究文学的地域性特征，讨论地域环境与文学活动之间的互动影响关系，必须要探讨文学活动与家族网络之间的关系。或者说，文学的地域性特征，就是由地域内若干家族文学特征集合构成。因此，研究地域文学，理当涉及家族文学。其次，一个大的地域范围，又是由若干各具特色的较小地域空间构成。于文学而言，一个较大范围的地域文学，又是由若干各具特色的较小地域空间中的地方性文学集合构成。因此，研究一个较大地域范围内的地域文学，理当探讨较大地域范围内的若干地方性文人集团及其创作，研究其个性特征，分析其相互影响，总结其共同特点，进而获得其较大地域范围内的文学特征的认识和理解。

从学理上讲，文学地理学视野下的黔中古近代文学研究，理当涉及黔中地域内的家族文学和地方性文学的研究。因为这两种情况在黔中古近代文学史上都比较明显。黄万机说：

> 贵州汉文学中有两个较特殊的现象：一是家族文人集团，二是地域文人集团。如贵阳有《潘氏八世诗集》，铜仁有《徐氏十二世诗集》，麻哈（今麻江）有《艾氏家集》（有九世诗作），遵义宦氏、唐氏也是几代人有诗文集。成就最大、影响最深的是遵义《黎氏家集》，收录诗、词、文集达38卷。地域性的文人集团，大都是师生及朋友，志趣相投，相互激励、唱和，形成相近的风格流派。其中影响较大的，晚明有以谢三秀为首的一批诗人，如越其杰、杨师孔、李时华等，家住南明河畔，日夕过从，游赏吟咏，极一时之盛。清初则有遗民诗人吴中蕃、潘骧、朱文，与后辈周渔璜、刘子章等相唱和。晚清则有遵义"沙滩文人集团"，其他则有以明代遗老钱邦芑为首的"他山诗人群"；清代前期有以胡学汪父子为代表的"黎平四家"，乾嘉之际有以傅玉书为代表的"瓮安诗人群"；晚清有以杨文照为首的"黔南六家"，等等。[1]

---

[1] 黄万机：《贵州汉文学发展史·前言》第2~3页，贵州人民出版社1999年版。

此种显著的家族文学和地方性文学现象，放在全国文学界来看，亦是比较突出的。如贵阳《潘氏八世诗集》，集潘氏家族二百余年间十三位诗人的诗作；铜仁《徐氏十二世诗集》，集徐氏家族三百余年间十六位诗人的诗作；麻哈《艾氏家集》，集艾氏家族三百余年间九代诗人的作品；遵义《黎氏家集》，集黎氏家族百余年间祖孙几代人的部分作品，亦达三十八卷之多，另有九十三卷存目。如此显著的文学家族现象，当与黔中地域环境的影响有关。本书虽已涉及上述家族中的部分作家，但仅从作家个人角度出发，而未能从家族文学现象之视角切入，故而未能彰显黔中地域文学中的家族现象。所以如此，实因兹事体大，非一章一节可以呈其梗概，必有专门之研究方能究其原委。故而暂时搁置，留待将来做"黔中古近代家族文学"专题研究。

黔中古近代地方性文人团体，亦是值得注意的研究课题。如以郑珍、莫友芝、黎庶昌为代表的沙滩文人集团，有别集行世者，就有三十多人，可谓极一时之盛，为晚清全国文学界少见的地方性文人团体，实乃研究黔中古近代文学不可忽视的重要文学现象。本书于此团体中的诗人多有讨论，但亦未能从文人团体之角度切入，故而亦未能彰显黔中古近代地方性文学创作现象。其所以如此，一是因为学力不逮，二是由于篇幅有限，只好留待异日做"沙滩文人集团"专题研究。实际上，遵义沙滩文化一直是我感兴趣的学术课题，读赵园的《易堂寻踪》和《聚合与流散——关于明清之际一个士大夫群体的叙述》，[1] 让我蠢蠢欲动，意欲像她那样，放弃"论说"方式，而以"叙述"的形式，用随笔这种比较自由的文体讲述清末民国时期遵义沙滩以郑、莫、黎为代表的士大夫群体的故事，讲述他们的性情，追寻他们的行踪，

---

[1] 赵园：《易堂寻踪》，江西教育出版社2001年版。《聚合与流散——关于明清之际一个士大夫群体的叙述》，中国文联出版社2009年版。

体味他们的喜怒哀乐、人际情感、物质境遇和精神境况。之所以迟迟未能动手，是由于讲述这种故事需要若干有意味的生活细节，而在沙滩文人的文集中，这类生活细节的记录似乎较少。当然，这亦与我未能比较全面地阅读有关，以后应当在此多下功夫。

明清之际黔中遗民群体的文学创作亦值得重视。黄万机《贵州汉文学发展史》专列《遗民诗人》一章，述其大概。黔中遗民文人群体，比较重要的有陈启相、黎怀智、谈亮、钱邦芑、钱点、傅尔元、郑逢元、朱文、吴中蕃等，其文学创作各有成就。其中以诗歌创作影响较大的是吴中蕃，本书以之为个案讨论黔中古代山水诗歌的创作，但不是从遗民身份切入，所以亦未能展示黔中遗民诗人创作的一般特点。实际上，我一直觉得"明朝与贵州"是一个值得认真研究的课题。明朝与贵州之间确实发生了很多意味深长的事件，如明初之建文帝，据说流亡到贵州，在贵州地区留下了许多传说故事和行踪遗迹；晚明之永历帝流亡贵州，在贵州安龙建立政权达四年之久。明王朝的一头一尾皆与贵州发生关联，确实是很有意味的事情。比如，建文帝是否确实流亡贵州，可置而不论。而贵州地区广泛传播着关于建文帝的传说故事，有许多关于建文帝的行踪遗迹，无论是附会还是史实，我们皆可依据此类材料研究明清时期贵州人关于建文帝的想象，以及其国家观念和文化认同。再如，"南明王朝与贵州"这项课题亦曾一度进入我的研究视野，至今依然保持高度的兴趣。通过这项研究，可以展现明清转折之际黔中地区的社会格局，以及黔人的国家观念、民族意识和文化认同。而遗民诗人是尤其值得重视的群体，张晖的遗著《帝国的流亡——南明诗歌与战乱》，[1]虽然是个未定稿，但于研究明清之际黔中遗民诗人及其诗歌创作，确有较大的参考价值和启发意义。阅读此

---

[1]　张晖：《帝国的流亡——南明诗歌与战乱》，中国社会科学出版社2014年版。

书，亦曾使我产生研究黔中明清之际遗民诗人的冲动。

第二，地理环境和地域区位对文学生产的影响，理当包含各种文学门类。本书第四章讨论"边省地域与黔中古近代文学文体"，以为黔境即诗境，黔中古近代文人擅长诗，与黔中地理环境有关；黔人不擅长词、曲、小说，亦与黔中的"大山地理"和黔人的"大山性格"有关。即便是在晚清民国时期产生了几位在全国有一定影响的词人，亦因"大山地理"环境之影响，而较少涉及风月艳情，多写人生际遇、伤时感乱、山川景物和民情风俗，多以清空豪放为特色，较少香艳绮丽之作。本书讨论地域环境对黔中古近代文学生产的影响，多集中于诗人和诗歌的探讨，亦涉及词体创作，而于散文创作则基本未尝涉及。

事实上，黔中古近代散文创作，亦有可圈可点之处，亦有明显的地域性特征。大量的地记作品，就是一个值得关注的领域，其地域性特征，自不待言。宦游黔中的田雯，其《黔书》之散文艺术，就很受学者推崇。据我观察，《黔书》的散文艺术就颇具"大山"之灵气，颇有"大山"之风格。可以说，它就是在黔中"大山地理"之涵孕下创作出来的作品。黔中古近代散文创作，号称大家，能在域外发生较大影响者，当推郑珍和黎庶昌。郑珍诗名特盛，学术影响大，故其散文成就往往被掩盖。如莫友芝评价郑珍说："论吾子平生著述，经训第一，文笔第二，歌诗第三。而惟诗易见才，将恐他日流传，转压两端耳。"[1] 事实确如莫氏所预言。受郑珍散文影响颇深的黎庶昌，在黔中古近代文学史上，是专以散文见长的第一位作家。吴汝纶《答黎莼斋书》称其文"体势博大，动中自然，在曾门中已能自树一帜"。曾国藩称其文"颇得坚强之气"。所谓"体势博大""坚强之气"，

---

[1] 莫友芝：《巢经巢诗钞序》，张剑等编《莫友芝诗文集》第578页，人民文学出版社2009年版。

均是受到"大山地理"影响所致。所以，研究黔中古近代散文创作，地理环境之影响仍是一个不能忽略的因素。本书的研究，因篇幅所限，以及笔者学力不济，未能在这方面做专门的探讨，实为憾事。

  本书虽然以诗歌为主研究边省地理对黔中地域文学生产的影响，但亦仅仅是选择部分诗人和作品进行分析论证，大量的诗人诗作都未曾涉及或未作深入的讨论。如晚明时期是黔中古代诗歌史上的第一次文人创作高潮，产生了以谢三秀、越其杰、杨文骢、吴中蕃、孙应鳌为代表的一大批在全国均有一定影响的诗人。本书讨论越其杰较多，亦比较深入，对其性格特征、作品内容、诗歌艺术以及与竟陵派诗风的关系，皆有比较深入的探索。于吴中蕃的讨论，亦有联系地域环境的影响，阐释其思想性格和山水诗歌创作之关系，发表了一些个人见解。实际上，晚明黔中在域外影响最卓著的诗人，当推谢三秀和杨文骢。"贵州数诗家，有明推雪鸿"，[1]其游历江南，深受江南文人如汤显祖、李维桢的推崇，有"天末才子""治世遗音"之目。而文名最盛者，是杨文骢，他与当时江南文坛名流董其昌、吴伟业、陈继儒等交流，以诗、书、画驰名于世，被列为"崇祯八家"之一。本书虽时时提及这两位著名诗人，然于其诗文作品则基本上未尝作深入的讨论。好在"晚明黔中诗学研究"课题已经进入了我的学术视野，并已有了初步的研究计划，或可弥补本书的缺憾。

  本书着重从文人创作来研究边省地域对文学生产的影响。但是，就黔中古近代文学创作之实际情况看，民族民间文学是其中不可或缺的一个重要组成部分，其成就和影响可与文人创作相提并论，甚至超过文人创作。其所受地域环境之影响而呈现出来的地域性特征，当比

---

[1] 郑珍：《书周渔璜先生桐埜书屋图后》，杨元桢《郑珍巢经巢诗集校注》后集·卷一第400页，贵州人民出版社1992年版。

文人创作更深入更显著。因为文人游走天下，四海为家，或者可以在一定程度摆脱地域环境的影响；文人追慕诗学"大传统"，追逐文坛主流时尚，或者在一定程度上亦能淡化作品内容和风格上的地域性特征。而民族民间文学基本上是由生于斯、长于斯、亡于斯的民族民间艺人所创作，并与其日常生活密切相关，较少受到诗学"大传统"的浸润和文坛主流时尚的感染，所以，其地域性特征当更显著，或者说，它完全就是地域性的，基本上就是民族性的。因此，研究地域环境对文学生产和传播的影响，民族民间文学才是最佳的个案研究对象。

黔中地区有着丰富多彩的民族民间文学。比如戏曲，历史上的黔中文人较少关注戏曲创作，据（民国）《贵州通志·艺文志》载录，黔中古近代文人创作的戏曲作品仅有两部，即傅玉书的《鸳鸯镜传奇》和任璇的《梅花缘传奇》。但是，民族民间戏曲却是异常丰富，并且形成了鲜明的地域特色和民族特征，如久负盛名的傩戏、阳戏、地戏、文琴戏、侗戏、布依戏等，就受到民族民间文艺理论家的高度重视。若能从地域空间的视角展开研究，定能有所创获，可以为"边省地域对文学生产和传播的影响"提供一个典型个案。又如英雄史诗，苗族英雄史诗《亚鲁王》的发现，给学术界带来了惊喜，打破了史诗学界关于南方少数民族无英雄史诗的成见。《亚鲁王》是麻山地区的苗族在丧葬仪式吟唱的作品。若能从地域空间的视角进行研究，定能有新的发现。因为《亚鲁王》除了具有鲜明的民族特色，还与麻山地区的地域文化有特别密切的关系。《亚鲁王》有明显的山地文化特色，若能基于地域空间的视角，将之与产生于滨海地区的古希腊《荷马史诗》、产生于高原地区的藏族《格萨尔王传》、产生草原环境的蒙古族《江格尔》加以比较研究，亦可以为"地域环境对文学生产和传播的影响"提供又一个典型个案。

贵州地区的少数民族民歌，数量和质量皆引人注目。它就是在"大山地理"环境下成长起来的民族民间艺人创作的"大山文学"，最能体现黔人的"大山性格"。闻一多在《西南采风录序》中对其精神特质有高度评价。他引录了几首民歌，如女子所唱："斯文滔滔讨人厌，庄稼粗汉爱死人。郎是庄稼老粗汉，不是白脸假斯文。""吃菜要吃白菜头，跟哥要跟大贼头。睡到半夜钢刀响，妹穿绫罗哥穿绸。"男子所唱："马摆高山高又高，打把火钳插在腰。哪家姑娘不嫁我，关起门来放火烧。"然后评论说："你说这是原始，是野蛮。对了，如今我们需要的正是它。我们文明得太久了，如今人家逼得我们没有路走，我们该拿出人性中最后最神圣的一张牌来，让我们那在人性的幽暗角落里蛰伏了几千年的兽性跳出来反噬他一口。"处在国破家亡的关键时刻，闻一多从这些带有"野蛮"和"兽性"的民歌中看到了民族的希望，他说："感谢上苍，在前方，姚子青、八百壮士、每个在大地上或天空中粉身碎骨了的男儿，在后方几万万以'睡到半夜钢刀响'为乐的'庄稼老粗汉'，已经保证了我们不是'天阉'！……还好，还好，四千年的文化，没有把我们都变成'白脸斯文'！"[1]民歌受地域环境之影响显而易见，民歌亦最能体现民族性格和文化心理。所以，文学地理学视野下的黔中古近代文学研究，民歌当是值得特别关注的对象。本书于此未予讨论，是为今后又一个需要致力的研究方向。

另外，还需要说明的是，作者在讨论"边省地域与黔中古近代文学传播"之"传入：黔中古近代文人对域外文学的接受"时，主要探讨了黔中古近代文人对域外"诗学大传统"的追慕，对陶渊明、李白、王昌龄、柳宗元等著名诗人的想象，对域外诗学主流时尚如竟陵派、

---

[1] 刘兆吉：《西南采风录》卷首，商务印书馆2002年影印本。

宋诗派、神韵说、性灵派诗风的接受。但暂时搁置了一个相当重要的学术课题，即汉族题材少数民族文学研究。所谓汉族题材少数民族文学，是指中土主流社会以汉族为主的文学创作题材流传到少数民族地区，经少数民族作家或民间艺人以本民族语言和艺术形式改编的文学作品。这是研究文学传播不可多得的个案，著名民族文化和文学研究专家梁庭望高瞻远瞩，独具慧眼，主编《汉族题材少数民族叙事诗译注》丛书，凡五卷。其中与贵州相关的，是龙耀宏主编的《侗族 水族 苗族 白族卷》。作者以为，这是研究黔中文人对域外文学之接受与想象的一个特别重要的文本。梁庭望在《总序》中指出："汉族题材少数民族叙事诗的产生是汉文化对少数民族影响的产物，这种影响达到了深层结构，水乳交融。"他认为，少数民族对汉族文学的接受有五个特点：一是题材的选择，二是体裁的更新，三是主题的切换，四是身份的变化，五是情节的改变。其学术价值重大，梁庭望说：

> 从文化传播学的角度看，这些作品对研究汉文化传播的条件、时机、途径和方式，对研究我国民族关系有很大的参考价值。其传播过程的变异、增殖、衰（引者按：当作"删"）减、变形，和引进时的时代背景、民族状况、思想倾向密切相关。一个民族为什么会引进某个汉族题材，一定是在民族内容有某种共同的表达需要。从这类作品里，我们还可以研究不同民族的思想倾向、民族风情、审美特点和文化变迁，研究各自的接受美学，探讨不同民族的心理素质。[1]

这些意见，对于此项研究有重要指导意义。除了汉族题材少数民族叙事诗，还需重视的，是汉族题材少数民族或地域性戏曲艺术。如前所述，

---

[1] 龙耀宏：《汉族题材少数民族叙事诗译注·侗族 水族 苗族 白族卷》书首，民族出版社2012年版。

贵州的傩戏、阳戏、地戏、文琴戏、侗戏、布依戏等，亦多取自于汉族文学题材，其中三国故事、杨家将故事、水浒故事、西游故事最为常见。研究这些民族性、地域性戏曲艺术对传统中土主流社会的文学题材的取舍和改编，亦是研究文学传播的重要内容，于本书研究主题之深化，亦大有裨益。但是，由于种种原因，这些饶有趣味而又极富学术价值的问题，皆未能在书中展开讨论。不是作者无心于此而有意忽略，确是因为心有余而力不足。故附记于此，以作今后学术发展的一个重要方向。

第三，还是关于文学传播的问题。尽管作者在本书中用了较大篇幅探讨边省地域对黔中古近代文学传播的影响，比较全面地从传出、传入、传世三个层面进行讨论。但是，有心涉及而无力研究的问题依然不少，如前述汉族题材少数民族叙事诗和戏曲艺术，便是一个显例。此外，关于黔中古近代文人别集的刊刻和传播问题，亦是本书研究必须重视而未能展开深入讨论的问题。别集的刊刻是文学传播的重要手段，讨论地域环境对黔中古近代文学传播的影响，应当涉及别集刊刻和传播的两个方面：一是黔中古近代文人别集在域内外的刊刻与传播，二是域外文人别集在黔中地区的刊刻与传播。

本书讨论"黔中古近代文学域外传播的现状和特点"和"黔中古近代文人对地方文献的搜集和整理"两项问题时，对此略有涉及，但做得远远不够。从论题的重要性看，应当有专章讨论。之所以未能做到，主要是因为作者目前所能掌握的材料相当有限。大体而言，黔中地区刻书业起步晚，规模小，发展缓慢，至晚清时期才稍具规模，至民国时期因文通书局的创办而跻身全国图书出版印制之先进行列。今日可供参考的著作，仅有何明扬《贵州版史研究》一书，[1] 此书乃内部印刷品，

---

[1] 何明扬：《贵州版史研究》，贵州省史学学会近代史研究会编，1997年版。

非公开出版物。其内容大体相当于一个资料汇编,所集资料亦相当有限。所以,作者虽然认识到此问题于本课题研究之重要性,亦有意于此,但因资料不足,无法展开讨论,故而亦只能暂时搁置。

第四,地理空间视角的引入,极大地拓展了文学研究的视野和范围。作者在"绪论"中指出:文学活动与地域空间关系的研究,不仅要研究地理空间对文学创作的影响,亦应当研究文学活动对地理空间的创造;不仅要研究地理空间对作者和作品的影响,亦应当研究其对读者的影响。但是,过去的研究通常是以前者为中心,于后者则是语焉不详。作者虽然明确意识到这个问题,并且对其研究之重要价值亦有充分的认识。但是,在本书中,对这两个问题,即边省地域环境对读者阅读心理和审美态度的影响,文学活动对边省地域空间的创造,仍然未能充分展开讨论。

对于前者,本书关于研究黔中古近代文人对陶渊明的效仿,对李白等唐代诗人的追慕,对明清诗坛主流风尚的接受,已略有涉及,但显然是不充分的,今后应当加强这方面的研究。

对于后者,本书基本上没有涉及,但确是作者特别感兴趣的学术课题。作者深信:文学活动有创造地域空间之人文意义的功能,是塑造地方性人文风尚的一种力量;文学活动可以创造空间,可以改造空间,可以赋予空间以文化意义,从而将自然景观升华为人文景观,将一个纯粹的自然环境改造成人文环境。台湾学者廖宜方在其博士论文《唐代的历史记忆》中,提出的关于名胜古迹之建构,来自于地方官员、在地文人和民间社会三股力量之合力的观点,对于我们探讨文学活动创造地理空间课题,有重要启发意义。他认为,名胜古迹的建构往往要经历这样一套程序:"地方官员兴建亭台楼阁,举行游宴,布置出一个地方文化的公共舞台。文人则在舞台上扮演关键角色,追溯历史故事，生产文化记忆。地方社会则共襄盛举。不少胜境与古迹的文化和历史记忆，正是从这个舞台上诞生的。"[1] 在地文人"生产文化记忆"的方式，就是文学活动，通过赋诗作文赋予地理空间的文化意义。地方人士"共襄盛举"，通常是采取编撰民间传说、演绎历史故事的方式，这亦是一种文学活动。亦就是说，是地方官员搭建物质空间，在地文人和地方人士通过文学活动赋予物质空间以精神意义，从而实现再造空间的目的。文学活动再造空间的意义，大体如此。基于这样的认识，作者曾拟有"贵州人文景观之建构历史与地域特征"研究计划，拟选取贵州境内十个著名人文景观，逐个进行专题研究。首先考察地方官员建构物质景观的历史沿革，其次广泛搜集在地文人围绕此景观创作的诗词歌赋，再次全面整理民间社会围绕此景观编撰的民间传说和演绎的历史故事。重点通过对在地文人和民间社会的文学活动的分析阐释，研究此景观之人文意义的生成过程及其地域性特征。作者深信，这是一件饶有趣味的工作，不仅具有相当重要的学术价值，亦有充分的社会价值。此项工作若能按期开展，或能对本书之研究起补充作用。

以上是作者是对本书研究的一个反思和省察。通过反思和省察，我们发现，文学地理学视野下的黔中古近代文学研究，实在是一个论域相当广泛的课题；从地域区位和地理环境的角度研究文学的生产和传播，可做的事情实在太多。所以，本书的研究只是一个起点，许多问题尚未完全解决，众多问题根本未曾涉及。本篇"结语"亦只是对本书研究的一个总结，而非结论。许多与本书研究相关的重要问题，仍需做进一步的研究。比如，上文提到的，黔中古近代家族文学研究，黔中古近代地域文人集团研究，明清之际黔中遗民诗人的国家观念与文化认同研究，黔中古近代地记文学研究，晚明黔中诗学研究，明清

---

[1] 廖宜方：《唐代的历史记忆》第143页，台湾大学文学院历史系博士论文，2009年。

诗坛主流风尚与黔中地域诗学研究，晚清文学大背景下郑珍其人其诗研究，文学地理学视野下的贵州民族民间文学研究，边省民族民间文学的汉族题材研究，黔中古近代文人别集之刊刻与传播研究，边省地域与黔中古近代文人的接受心理研究，贵州人文景观之建构历史与地域特征研究，等等，皆与本书研究直接相关，或者说，是需要在本书中加以讨论而被暂时搁置下来的问题。之所以如此，除了与作者的学力、精力和时间有关外，更重要的原因还在于论题本身的复杂性。以上列举的十余项课题，既非朝夕可致，亦非一章一节之篇幅所能容纳。其中的每一项专题，皆可展开专门研究而撰成专题论著。学无止境，良非虚言。这些问题的研究，既非本书所能容纳，亦非作者当下所能胜任。故附记于此，留待异日再作探讨，或者学界同仁有意共襄盛举，择其所好而展开研究，亦是我特别希望的。

参考文献

一、古籍文献类

司马迁撰:《史记》,北京:中华书局,1982。

王先谦撰:《汉书补注》,北京:中华书局,1983。

葛洪撰:《西京杂记》,《笔记小说大观》本,扬州:江苏广陵古籍刻印社,1983。

刘琳著:《华阳国志校注》,成都:巴蜀书社,1984。

王利器著:《颜氏家训集解》,上海:上海古籍出版社,1980。

魏徵撰:《隋书》,北京:中华书局,1973。

范文澜著:《文心雕龙注》,北京:人民文学出版社,1978。

韩愈撰:《韩昌黎全集》,北京:中国书店,1991。

柳宗元撰:《柳宗元集》,北京:中华书局,1979。

吴光等编校:《王阳明全集》,上海:上海古籍出版社,2011。

徐朔方笺校:《汤显祖全集》,北京:北京古籍出版社,1999。

沈德潜撰:《归愚文钞余集》,清乾隆三十二年刻本。

孔尚任撰:《孔尚任诗文集》,北京:中华书局,1962。

唐顺之撰：《荆川先生文集》，《四部丛刊》初编本。

华夫编：《赵翼诗编年全集》，天津：天津古籍出版，1996。

徐霞客撰：《徐霞客游记》，石家庄：河北人民出版社，1998。

戴震撰：《戴震文集》，北京：中华书局，1980。

朱彝尊撰：《静志居诗话》，北京：人民文学出版社，1990。

袁枚撰：《随园诗话》，北京：人民文学出版社，1960。

洪亮吉撰：《北江诗话》，北京：人民文学出版社，1998。

薛雪撰：《一瓢诗话》，北京：人民文学出版社，1979。

陈衍撰：《石遗室诗话》，上海：上海书店出版社，2002。

法式善撰，张寅彭、强迪艺点校：《梧门诗话合校》，南京：凤凰出版社，2005。

陈声聪撰：《兼于阁诗话》，上海：上海古籍出版社，1985。

丁福保编：《清诗话》，上海：上海古籍出版社，1963。

郭绍虞编选：《清诗话续编》，上海：上海古籍出版社，1983。

钱锺书著：《管锥编》，北京：中华书局，1986。

莫友芝等编：《黔诗纪略》，贵阳：贵州人民出版社，1993。

陈田编：《黔诗纪略后编》，清宣统三年陈夔龙京师刻本。

朱五义注：《王阳明在黔诗文注释》，贵阳：贵州教育出版社，1996。

刘宗碧、龙连荣、王雄夫点校：《孙应鳌文集》，贵阳：贵州教育出版社，1996。

吴中蕃撰：《敝帚集》，《黔南丛书》本，贵阳文通书局铅印。

谢三秀撰：《雪鸿堂诗蒐逸》，《黔南丛书》本，贵阳文通书局铅印。

江闿撰：《江辰六文集》，《黔南丛书》本，贵阳文通书局铅印。

杨文骢撰，关贤柱校注：《杨文骢诗文三种校注》，贵阳：贵州人民出版社，1990。

周起渭撰，欧阳震等校注：《桐埜诗集》，贵阳：贵州人民出版社，

1999。

田榕著，罗仕勋校注：《碧山堂诗钞》，北京：中华诗词出版社，2008。

郑珍著，黄万机等点校：《郑珍全集》，上海：上海古籍出版社，2012。

郑珍著，杨元桢校注：《郑珍巢经巢诗集校注》，贵阳：贵州人民出版社，1992。

郑珍著，白敦仁笺注：《巢经巢诗钞笺注》，成都：巴蜀书社，1996。

郑珍著：《巢经巢文集》，清光绪二十年高培谷资州官廨刻本。

郑珍著，王锳等点校：《郑珍集·文集》，贵阳：贵州人民出版社，1994。

莫友芝著，张剑等校点：《莫友芝诗文集》，北京：人民文学出版社，2009。

陈夔龙著，李立朴、徐君辉、李然编校：《陈夔龙全集》，贵阳：贵州民族出版社，2014。

姚华著：《弗堂词》，《黔南丛书》本，贵阳文通书局铅印。

黎兆勋著：《葑烟亭词》，《黔南丛书》本，贵阳文通书局铅印。

章永康著：《瑟庐诗草》，《黔南丛书》本，贵阳文通书局铅印。

陈钟祥著：《香草词》，《黔南丛书》本，贵阳文通书局铅印。

田雯著：《黔书》，《丛书集成》初编本。

张澍著：《续黔书》，《黔南丛书》本，贵阳文通书局铅印本。

郭子章著：《黔记》，《黔南丛书》本，贵阳文通书局铅印本。

李宗昉著：《黔语》，《黔南丛书》本，贵阳文通书局铅印本。

爱必达著，杜文铎等点校：《黔南识略》，贵阳：贵州人民出版社，1992。

罗绕典著，杜文铎等点校：《黔南职方纪略》，贵阳：贵州人民出版社，

1992。

陈楸荣著：《乡居文草》，贵州民族大学图书馆藏抄本复印件。

《中国地方志集成·贵州府县志辑》，成都：巴蜀书社等，2006。

《中国地方志集成·省志辑·贵州》之《康熙贵州通志》，南京：凤凰出版社，2010。

（道光）《贵阳府志》，贵阳：贵州人民出版社，2005。

（道光）《遵义府志》，遵义：遵义市志编纂委员会办公室整理出版，1986。

（道光）《大定府志》，北京：中华书局，2000。

（道光）《永宁州志》，成文出版社据道光十七年刊本影印。

（咸丰）《安顺府志》，贵阳：贵州人民出版社，2007。

（民国）《贵州通志·艺文志》，贵阳：贵州人民出版社，1989。

（民国）《贵州通志·人物志》，贵阳：贵州人民出版社，1989。

锦屏县政协文史资料委员会、锦屏县志编纂委员会办公室编：《锦屏碑文选辑》，1997。

陈琳主编：《贵州省古籍联合目录》，贵阳：贵州人民出版社，2007。

二、研究著作类

刘师培著，劳舒编：《刘师培学术论著》，杭州：浙江人民出版社，1998。

刘师培著：《中古文学论著三种》，沈阳：辽宁教育出版社，1997。

汪辟疆著：《汪辟疆文集》，上海：上海古籍出版社，1988。

夏晓虹编校：《中国现代学术经典·梁启超卷》，石家庄：河北教育出版社，1996。

傅斯年著：《中国古代文学史讲义》，北京：时代文艺出版社，2009。

鲁迅著:《汉文学史纲要》,北京:人民文学出版社,1976。

严迪昌著:《清诗史》,杭州:浙江古籍出版社,2002。

严迪昌著:《清词史》,杭州:浙江古籍出版社,2001。

刘世南著:《清诗流派史》,北京:人民文学出版社,2004。

梅新林著:《中国文学地理形态与演变》,上海:复旦大学出版社,2006。

曾大兴著:《中国历代文学家之地理分布》,武汉:湖北教育出版社,1995。

曾大兴著:《文学地理学研究》,北京:商务印书馆,2012。

袁行霈著:《中国文学概论》,北京:高等教育出版社,1990。

林拓著:《文化的地理过程分析》,上海:上海书店出版社,2004。

葛剑雄、吴松弟、曹树基著:《中国移民史》,福州:福建人民出版社,1997。

葛兆光著:《中国思想史》,上海:复旦大学出版社,2000。

邬国平、王镇远著:《中国文学批评史·清代卷》,上海:上海古籍出版社,1996。

罗时进著:《地域·家族·文学:清代江南诗文研究》,上海:上海古籍出版社,2010。

启功主编:《冉冉流芳惊绝代——朱启钤学术讨论会文集》,贵阳:贵州人民出版社,2005。

蓝勇著:《西南历史文化地理》,重庆:西南师范大学出版社,1997。

蒋寅著:《古典诗学的现代诠释》,北京:中华书局,2003。

王永平著:《中古士人迁移与文化交流》,北京:社会科学文献出版社,2005。

李圣华著:《晚明诗歌研究》,北京:人民文学出版社,2002。

陶礼天著:《北风与南骚》,北京:华文出版社,1997。

戴伟华著:《地域文化与唐代诗歌》,北京:中华书局,2006。

蔡靖泉著:《楚文学史》,武汉:湖北人民出版社,1996。

何庄著,《尚清审美趣味与传统文化》,北京:中国社会科学出版社,2007。

杨义著:《重绘中国文地图通释》,北京:当代中国出版社,2007。

宁夏江著:《晚清学人之诗研究》,广州:暨南大学出版社,2011。

贵州省社科院文学研究所编:《贵州明清作家论丛》,贵阳:贵州人民出版社,1986。

贵州省文管会办公室等编:《贵州节日文化》,北京:中央民族学院出版社,1988。

黄万机著:《郑珍评传》,成都:巴蜀书社,1989。

黄万机著:《黎庶昌评传》,贵阳:贵州人民出版社,1989。

黄万机著:《客籍文人与贵州文化》,贵阳:贵州人民出版社,1992。

黄万机著:《贵州汉文学发展史》,贵阳:贵州人民出版社,1999。

黄万机著:《莫友芝评传》,贵阳:贵州人民出版社,1992。

余怀彦著:《王阳明与贵州文化》,贵阳:贵州教育出版社,1996。

贵州省史学会近代史研究学会编:《贵州版史研究》,1997。

石培华、石培新著:《孤独与超越——感受一个真实的贵州》,贵阳:贵州人民出版社,1998。

黄涤明著:《黔贵文化》,沈阳:辽宁教育出版社,1998。

中国历史文献研究会、贵州历史文献研究会编:《学者笔下的贵州文化:贵州文化国际学术研讨会论文集》,贵阳:贵州人民出版社,1998。

张晓松著:《山骨印记——贵州文化论》,贵阳:贵州教育出版社,2000。

唐莫尧著:《贵州文史论考》,贵阳:贵州教育出版社,2000。

黄万机、田原著:《黔山灵秀钟人杰——历代英才与贵州文化》,贵阳:

贵州教育出版社，2003。

刘学洙、史继忠著：《历史的理性思维——大视角看贵州十八题》，贵阳：贵州教育出版社，2004。

汪文学著：《汉唐文化与文学论集》，贵阳：贵州大学出版社，2008。

汪文学编著：《贵州古近代文学理论辑释》，北京：民族出版社，2009。

谭德兴著：《近代贵州儒学与文化》，贵阳：贵州大学出版社，2009。

张新民等著：《贵州：传统学术思想世界重访》，贵州人民出版社，2010。

母进炎主编：《黔西北文学史》，贵阳：贵州大学出版社，2011。

向笔群等主编：《乡土中国——新农村建设中的贵州文学研究》，北京：中国书籍出版社，2011。

易闻晓主编：《黔学论集》，成都：西南交通大学出版社，2012.

戴明贤著：《子午山孩：郑珍 人与诗》，北京：人民文学出版社，2013。

陈蕾著：《郑珍诗研究》，台北：台湾花木兰文化出版社，2014。

廖宜方著：《唐代的历史记忆》，台湾大学文学院历史系博士论文，2009。

［日］青木正儿著，孟庆文译：《中国文学思想史》，沈阳：春风文艺出版社，1985。

［英］迈克·克朗著，杨淑华、宋慧敏译：《文化地理学》，南京：南京大学出版社，2005。

［美］爱德华·希尔斯著，傅铿、吕乐译：《论传统》，上海：上海人民出版社，1991。

三、研究论文类

金克木著:《文艺的地理学研究设想》,《读书》1986 年第 4 期。

傅璇琮著:《文学编年史的编写与唐代文学研究》,《唐代文学年鉴》,桂林:广西师范大学出版社 1998 年版。

朱伟华著:《地域文化与地域文学之断想》,《山花》1998 年第 2 期。

周晓风著:《世界文学、国别文学与区域文学》,《文学评论》2002 年第 4 期。

韩经太著:《清美文化原论》,《中国社会科学》2003 年第 2 期。

蒋寅著:《清代诗学与地域文学传统的建构》,《中国社会科学》2003 年第 5 期。

李浩著:《古代文学研究的困境与学术突围》,《河南社会科学》2003 年第 5 期。

杨义著:《重绘中国文学地图与中国文学的民族学、地理学问题》,《文学评论》2005 年第 3 期。

张廷银著:《民间及地方文献中的文学史意义》,《齐鲁学刊》2008 年第 2 期。

杨旭辉著:《地域人文生态视野与明清诗文研究》,《西北师大学报》2010 年第 1 期。

杨义著:《从文学史看"边缘活力"》,《人民日报》2010 年 2 月 26 日。

刘小新著:《文学地理学:从决定论到批判的地域主义》,《福建论坛》2010 年第 10 期。

后 记

这是我关于贵州地域文化与文学研究的第三部书。前两部书是关于贵州地域文化与文学资料的搜集、整理和研究，其一是《贵州古近代文学理论辑释》，民族出版社2009年出版，该书从贵州古近代公私文献中辑录文学理论资料约二百篇，略加提要和诠释，为重建中国文学理论体系贡献学术资源。我在该书"后记"中说："我的这本书是用'挖'的方式完成的，即从主流学者以为'卑之无甚高论'的边省地方文献中，'挖'出了约两百篇自认为还有一点价值的文学理论文章。"虽然今日看来多有不完备的地方，但自信尚有拓荒的性质。其二是《道真契约文书汇编》，中央编译出版社2014年出版，该书收录道真县玉溪镇五八村仲家沟邹氏家族自乾隆二十三年（1758）至1957年共两百年间的契约文书三百七十余件。我很珍视这批文书，愿意耗费一年有余的时间去编校整理，主要是受法国年鉴学派治学方法的影响。曾任《年鉴》主编之一的法国历史学家埃马纽埃尔·勒马杜拉里，利用帕米埃主教雅克·富尼埃于1320年到蒙塔尤办理案件的记录资料，著成《蒙塔尤：1294—1324年奥克西坦尼的一个山村》一书，是为一个叫"蒙塔尤"的小山村过去三十年历程写的一部长达五十万字（汉译本字数）的乡村史。这实在令人惊讶！编校《道真契约文书汇编》，我的深层动机是想利用这批契约文书为仲家沟这个偏僻的小山村建构一部乡村史。如今这个计划虽然未能实现，但亦并未完全放弃。本书以"边省地域与文学生产"为题，采用文学地理学的理论和方法研究黔中古近代文学，是我对贵州地域文化与文学持续关注的一个产品。

实际上，我的专业背景是中国古代文学，侧重于汉魏晋南北朝文学与文化的研究，出版过学术专著《汉晋文化思潮变迁研究——以尚通意趣为中心》，力图从汉末魏晋时期知识界盛行的尚通意趣之角度，对汉晋八百年间的文化思潮作通盘的诠释。近期即将出版的《扬雄与六朝之学》，则是在《汉晋文化思潮变迁研究》之基础上，提出"六朝之学始于扬雄"的核心观点，以为扬雄是汉晋文化思潮变迁中的关键人物，进而彰显两汉之际在中国文化思想史上的转折意义，以为两汉之际是可以与殷周之际、唐宋之际相提并论的中国古代思想文化史上的三大重要转折时刻。虽然汉魏晋南北朝文化与文学是我过去、现在乃至将来都要重点关注的研究领域。但是，近年来，我可谓是一心二用，一边是沿着既定的学术思路开展汉魏晋南北朝文化与文学的研究，另一边则是饶有趣味地开展贵州地域文献、文化和文学的搜集、整理和研究。

之所以一心二用，花费大量的精力和时间去拓展一个自己并不太熟悉的学术阵地。一方面是由于管理工作的需要，我在学校图书馆工作过五年，主要从事地方特色文献的搜集和整理。追溯我对贵州地域文化和文学的研究兴趣，大概就是从这个时候开始的，《贵州古近代文学理论辑释》一书就是在这段时期做出来的。后来又在文学院工作过五年，主持中国语言文学学科建设，根据学院的实际情况，提出以地域性、民族性和应用性为特色建设中国语言文学学科，带领团队侧重开展贵州地域文献、文化和文学的研究，亦以身作则做一些具体项目的研究，《道真契约文书汇编》就是在这种背景下做出来的，国家社科基金项目"边省地域对文学生产和传播的影响研究"，亦是在这种情况下申报的。现在呈现给读者的这本书，就是这项课题的研究成果。所以，关注地域文化和文学，一定程度上确实与我从事的管理工作有关。当然，还有一个更深层次的原因，就是出于乡土情结而对脚下这片土地的关注。我在《贵州古近代文学理论辑释》一书之"绪论"中，说过这样一段话："作为一名黔中子弟，作为一位在黔中这块古老而神秘的土地上教书育人并研治中国古代思想文化史的学者，关注本土文化，搜集、整理和传承乡邦文献，追寻和探讨黔中先民在这块土地上的曲折经历和心路历程，是一项义务，亦是一种责任，更是一位真正的学者必须具备的一种学术姿态。"本着乡土情结而从事本土地域文化和文学的研究，从管理职责发展为学术兴趣，其间经历了七八年时间，如今成为我的学术生活中不可或缺的两大重要组成部分。目前，手上正在开展的"贵州地域文化精神研究""贵州地域形象史研究"，就是在这种学术兴趣的趋动下开展的持续研究。

老实说，我和我的团队成员们热衷贵州地域文化与文学的研究，还存有另外一个学术野心，即通过研究，建构一门具有特色的中国地域之学——黔学。鉴于贵州地域文化与文学长期以来处于一个被轻视、被忽略和被描写的尴尬地位，因而建构黔学可能会遇到诸多障碍和质疑，甚至有"夜郎自大"之嫌疑。黔学能否为"学"？建构黔学有无学理依据？这是可以继续讨论的问题。我认为，黔学之所以成为"学"，是有充分学理依据的。"多山多石"的山国地理和"不边不内"的通道地位，以及"割川、滇、湘、粤之剩地"而构成的区域地理和因之而形成的"五方杂处"的地域文化,及其以"大杂居、小聚居"为特点的民族分布格局和因之而形成的"和而不同"的民族文化,使贵州的地理特征、地域区位、人文风尚、地域文化和民族性格皆自成一体,与其他地域相比,皆有相当明显的特殊性和独立性。所以,以自古及今与黔地、黔人相关的精神文化为核心内容,建构一门有别于其他地域之学的黔学,不仅是可能的,而且亦是有学理依据的。

中国地域之学是一门研究地域文化的综合性学问,目前国内已有的徽学、湘学、蜀学、闽学、岭南学等地域之学,经过学者的深入研究和反复论证,逐渐被学术界接受,从而成为中国地域之学的重要组成部分。黔学因其地理环境、地域区位及其人文生态的特殊性,使其在中国地域之学中具有不可替代的地位,并且会极大地丰富中国地域之学。因此,建构黔学,不仅是可能的,而且还是必须的。当前,在政府主导和社会各界的共同努力下,"多彩贵州"已经被打造成为一个有重要影响的贵州地域形象品牌。我认为,如果说"多彩贵州"是贵州的地域形象品牌,那末,黔学则是贵州的学术文化品牌,两者具有天然的互补性,是相辅相成、相得益彰、缺一不可的互动影响关系。黔学研究之目的,就是为了赋予"多彩贵州"以文化底蕴和精神源泉,彰显"多彩贵州"的文化根基。黔学研究亦可借"多彩贵州"的载体而得以传播和壮大。"多彩贵州"离开了黔学研究,将是没有文化、没有根基、没有底蕴的"多彩贵州";黔学研究离开了"多彩贵州",将是没有社会依托和社会效益的黔学研究。所以,我以为,摆脱长期以来被轻视、被忽略和被描写的尴尬地位,重塑贵州人文形象,重建黔人的文化自信,增强贵州多民族的文化凝聚力和地域认同感,是当代贵州经济社会发展建设中必须面对和着力解决的问题。而开展黔学研究,建构黔学学科,可为解决这一重大现实问题,提供重要支撑。

开展黔学研究，建构黔学学科，必须着力解决三大问题，即黔学是什么（黔学理论建构与体系构成问题）、黔学有什么（黔学存在与发展的独特规定性问题）、黔学能什么（黔学为区域经济社会发展服务及其路径与方式问题）。重点开展黔学理论与学理研究、黔学学源与学缘研究、黔学文献搜集与整理研究、黔学个案研究和黔学应用研究等内容。此项工作头绪繁多，内容复杂，可谓任重道远，决非朝夕可致，亦难独立胜任。唯有群策群力，贡献集体智慧与力量，方可取得预期成效。目前各项工作正在有序开展，如"中国西南布依族抄本文献丛刊"整理与研究、"中国乌江流域民国档案"整理与研究、"贵州古近代名人日记丛刊"等大型文献的整理与研究工作，皆在有序实施和积极筹划之中。

管理职责与学术兴趣能够如此有机结合，于我而言，是一件很幸运的事情。回想起来，自2006年本着专业背景整理贵州古近代文学理论资料开始，至今已有近十个年头。十年时间的大部分精力浸淫在一个研究领域，于学术事业言，不算太长，因为有些学术问题是需要用尽毕生之精力去从事的；于个人生命言，亦不算太短，因为一个人一辈子没有几个十年。好在兴趣在此，亦就可以不必计较时间之长与短了。

本书的研究和写作，从立意构想，到课题申报，到资料搜集，到撰写修改，前后经历了七八年的时间。于2008年前后，我在辑释贵州古近代文学理论资料时，利用手上辑录的材料，撰写《地域环境对黔中明清文学的影响研究》一文，发表在《江汉论坛》2009年第5期上，《中国社会科学文摘》2009年第9期以《边省地域与文学生产》转摘，这是我从事此项课题研究的早期情况。2010年我在上述研究成果的基础上，以"边省地域对文学生产和传播的影响研究——以黔中明清文学为例"为题，申报国家社科基金课题，并获准立项，由此才开始对本课题进行深入、全面的研究。

此项工作的进行相当艰难，进展尤其缓慢。首先是可资借鉴的研究成果较少。运用文学地理学的理论和方法，对某地区或某时代之文学进行系统深入的研究，并不多见。具有"范式"意义的个案研究，更是罕见。本书是在缺乏借鉴的基础上，进行的一次学术尝试。关于黔中古近代文化的宏观研究，张晓松的《山骨印记——贵州文化论》和刘学洙、史继忠的《历史的理性思维——大视角看贵州十八题》，是见解独到、认识深刻的启人心智之作，本书的研究多受其启发，在写作中亦多有引证。在此，谨表谢忱。关于黔中古近代文学研究，比较全面系统的著作，是黄万机的《贵州汉文学发展史》。本书的研究和写作，亦多受其启发，并有借鉴和引用。在此，谨表敬意。除此之外，多是一些单篇散论，且多是叙述性或介绍性文字，高水平的论文不多见，可资借鉴的成果较少。在如此的学术基础上开展研究，其进行之艰难，是可以想见的。其次，近五六年来，由于种种原因，我往往不能专心致志地从事本课题的研究。因为工作和学习的缘故，常常奔波于路途之中。本书的诸多资料就是在旅途中阅读的，许多章节就是旅社中写就的。还有，就是我的胡思乱想和三心二意，往往抑制不住对一些新问题的兴趣和冲动，因而常常放下手中的工作去做一些其他的事情。如编校《道真契约文书汇编》，撰写《中国人的精神传统》和《中国古代性别与诗学研究》两部著述，还完成了一篇博士论文《扬雄与六朝之学》。所以，本课题研究，进展得相当缓慢，亦是有原因的。

由于种种原因，本课题的研究时断时续，最终还是如期完成。虽然诸多问题尚未充分讨论，部分问题尚未完全涉及，但毕竟了结一桩心愿，研究工作可暂告一段落，这是令人欣慰的事情。感谢匿名鉴定专家，他们为本书提出了许多建设性意见，亦指出了一些文献资料上的细节问题，使本书的修改渐趋完善，亦避免了文献资料上的一些细节错误。

在我过去的每一部书稿的"后记"中，我都会提到我的女儿汪叙辰，因为我在学术上的进展是与她的成长同步的。学术上的辛苦探索而导致的单调孤寂的日常生活，因她的存在而倍感温馨，稍觉滋润。作为高二学生的她，学习任务与我的研究任务一样繁重。虽然我的这种抄抄写写的学者生活不能完全被她所理解，但父女俩常常深夜挑灯并肩奋斗的情景，亦是值得感念的事情。当然，还得提及我的爱人陈慧平女士，因她的用心操持，才使我们父女俩感觉到每天的生活都充满阳光和温情。

人到中年，经营一些大的课题，常感力不从心。但此生已无改行的可能，学问之路还得继续走下去，只能勉力为之。孤灯夜伴，展玩书卷，摆弄文字，后半生的日子大概就只能这样去过了。

汪文学

二〇一六年元月一日于花溪

"汪文学学术作品集"后记

十年前，出版个人学术论文集《汉唐文化与文学论集》，我写过一篇"后记"，名为"读书·教书·著书——十三年学术研究和教书育人之回顾与展望"。整整十年过去了，如今又提笔撰写个人学术作品集之"后记"，对二十三年之学术历程进行回顾和总结。十年一个轮回，十三年做一次反思，二十三年做一次总结，是巧合还是命定？这不好说。但这次总结与前次不同，前次只是一个阶段性的反思，故而简略；此次则是一个转折性的总结，所以务求详尽。以下，便是我对自己二十三年治学经历之回顾与学术工作之反思，以及今后研究方向的展望。

一

过去在大学里从教的时候，我对学生尤其是刚走进大学校门的新同学，特别强调大学四年的学习生活于人生发展的意义。我以为，大学四年的学习，奠定一个人一生的文化背景，确定其人生发展之方向，决定其人生发展的高度。因此，我常常建议我的学生：你必须学有所长，你必须在这四年做出你的人生规划,并根据自己的兴趣和人生规划学习。

其实,这亦是我的经验之谈。我是1987年上的大学,回顾大学四年的学习生活,我只记得做了两件事情:一是写小说,二是学习中国古代文学。大学一、二年级,我的主要工作是写小说。整整两年,我写短篇,写中篇,还写过长篇。记得当时写得很入迷,除了上课之外,几乎所有课余时间都用在了这上面。大学三、四年级,我的主要工作是学习中国古代文学。之所以放弃写小说转而专心学习中国古代文学,一方面是因为写了两年,没有作品发表过,不免有些丧气;另一方面则是因为我对中国古代文学这门课程产生了浓厚兴趣。杨树帆先生在"先秦文学"课程上讲的第一课是"先秦神话"。先生古今中外旁征博引讲述"神话"的定义、研究方法和研究动态,深深地吸引了我,使我放弃小说的写作,转而重点学习中国古代文学。就是这一节课,改变了我的学习兴趣,确定了我的人生方向。因此,在大学三、四年级这两年中,我把所有课余时间都用在了中国古代文学的学习上,整天就泡在图书馆里读书和抄材料,真是达到了如饥似渴的地步。不过,现在想来,前两年的写作训练亦没有白费,它在一定程度上培育了我的文字表达能力,养成了我勤于写作的习惯。

我大学四年就做了这两件事,但就是这两件事奠定了我的知识背景,决定了我的人生方向。我于1991年大学毕业后顺利考上中国古代文学专业的研究生。与现在硕士研究生的批量招生和规模培养不同,我们那个时代硕士研究生招生数量很少,三位导师带两个学生,就像师傅带学徒一样,完全是手把手地带着读书、写笔记和做论文。导师祁和晖先生,主要从事汉唐文学和巴蜀地域文化研究,精研杜诗。先生待我如子,对我关爱有加,其治学上开阔的境界和独特的视角,使我受益匪浅。在我的治学经历中,博览群书之习惯,跨学科的研究取径，多半得自于先生的教诲和启发。导师何宁先生，主要从事先秦两汉诸子之研究，精研《淮南子》，著成《淮南子集释》这样的名山事业。先生秉承乾嘉学派的治学方法，主张一辈子读通一部书。其治学之谨严、待人之宽厚，长者风范，仙风道骨，尤为后学所景仰。很长一段时间，我想做《法言》《人物志》等书之集释或笺注，就是受先生治学精神之影响。导师王发国先生，主要从事中国古代文学理论之研究，精研钟嵘《诗品》，其关于《诗品》之考证著述，尤为学界所推崇。我之所以还能做一些考证性的论文，就是直接受益于先生的教育。

作为一位学者，研究方向或者研究课题的选择，与个人兴趣和性格大有关系。记得我在硕士论文选题时，最先尝试的是做初唐诗研究。我大略花了半年多的时间，通读了初唐近百年的诗歌。但是，读完之后，我没有找到任何感觉，亦没有找到研究的切入点，并且发现自己不适合做纯粹的诗词研究。我认为，做纯粹的诗词研究，研究者应当具备较为发达的形象思维能力，具备诗性气质，最好是能够写诗，对诗歌写作本身有比较真切的体验和理解。我不会写诗，形象思维能力较差，这亦是我在小说创作的道路上走不下去的主要原因。自信抽象思维能力比较发达，并且愿意下功夫，比较适合做文化思想史方面的研究。因此，我最后以汉唐文化思想方面的课题作为硕士论文选题，写成"汉唐雄风共性论——唐人慕学汉人风范之历史文化心态研究"一文，有十五六万字。我是基于王勃提出的"唐承汉统"说，研究唐诗中以汉代唐的原因，探讨唐人慕学汉人之历史文化心态。这篇论文的写作，奠定了我侧重从思想文化角度研究中国传统文化的方向。

在我的学术生涯中，自谓对学术有浓厚的兴趣，有一定的学术精神和学术理想，既能做一些细密的考证，亦能做一点宏观的研究，与三位恩师的教诲有直接的关系。三年硕士研究生阶段的学习，坚定了我以学术研究为终身职志的选择，奠定了我侧重于从思想文化之角度切入中国传统文化研究的学术取向。所以，硕士研究生学业完成后，我便毫不犹豫地选择去高校从事中国古代文学的教学和研究工作，并且最终如愿以偿。

二

1994年我硕士研究生毕业，进入贵州民族大学中文系从事中国古代文学的教学和研究工作。我提交给时任系主任李华年先生审查的入职材料，是一本约有五万字的"读扬雄《法言》笔记"。先生对我关爱有加，使我记忆犹新的，是在我刚进校不久，先生与我的一次谈话。大意有两点：一是一定要把课程讲好，这是在高校立足的根本；二是一定要把学问做好，这是在学界立身之根本。二十余年的教学和科研实践，我算是没有辜负先生的期望。自信比较擅长讲课，亦还能够得到学生的欢迎。如果说有什么秘诀的话，那就是我喜欢将自己的读书心得和研究成果带入课堂，以培养学生的学习兴趣、学术想象力和创造力为教学目的，因而深受学生的欢迎。自信对学术研究有浓厚兴趣，有较强的学术精神和学术理想，二十余年先后出版十余种著述，在几个学术专题之研究上，提出了个人的学术见解，亦获得学术界的认同。大体做到以教学促进科研，以科研带动教学，使教学与科研相得益彰。

记得在1994年的夏天，因阅读冯天瑜先生的《中华文化史》而对"正统论"课题发生兴趣。书中零星讨论的"正统论"问题，引起我的注意，并意识到这是一个对中国古代政治文化产生过重大影响而又被学术界严重忽略的课题。于是搜集相关材料，撰成《中国古代正统观论纲》一文，于1995年5月在贵州省中华文化研究会召开的"传统文化与时代精神"学术会上交流，得到与会专家的认可，于是立意开展系统深入的专题研究。从搜集资料到完成定稿，历时五年，命名为《正统论——发现东方政治智慧》，于2002年交由陕西人民出版社出版。这是我的第一部学术著作，书中提出的"正统论是具有古代中国特色的权力合法性理论"的观点，至今依然自信是对"正统论"研究的重要补充。

从事人文社科的学术研究，学术积累不可或缺。但是，一个重要学术课题的捕捉，机缘亦是至关重要的。记得1998年2月，我在《读书》杂志上读到葛兆光先生的《知识史与思想史——思想史的写法之二》一文，其中关于"东汉博学通儒的知识主义倾向，使得当时知识阶层的知识取径大大拓展"，进而"瓦解了儒家经典作为知识的唯一性"，使"各种杂驳的知识就成了人们阅读的热门"一段文字，引起我的极大兴趣。联想到我曾经关注过的在东汉中后期知识界备受重视的"通人"群体，我意识到东汉中后期知识界盛行的尚通意趣对汉晋文化思潮变迁的重要影响。因此，从汉末魏晋六朝时期知识界盛行的尚通意趣的角度，研究汉晋文化思潮之变迁，成为我当时关注的重点课题。大约花了两年多时间，完成书稿的写作，命名为《汉晋文化思潮变迁研究——以尚通意趣为中心》，于2003年交由贵州人民出版社出版。葛兆光先生的这篇文章，是激发我写作这本书的重要机缘。如果没有这篇文章的启发，我不会想到写作这本书。书中提出的"尚通意趣是汉晋文化思潮变迁之关键"的观点，至今依然自信是解释汉晋文化思潮变迁的重要视角。

学术研究的开展和学术课题的捕捉，还与个人的人生经历有关。我出生在一个传统农村家庭中，少时于我影响最深，让我最感亲近的是祖父母。记得在小时候，祖父经常带着我走亲访友。在那时的农村，酒席是四方桌，什么身份坐什么位置，是有相当讲究的。通常的规矩是：祖孙同凳，父子不同席。这个规矩在乡下讲得很严，我多次亲眼看见村中的年轻人因为不懂得这个规矩，坐错了位置，而被人嘲笑。我一直不明白其中的原因，祖父亦未能给我做出明白的解释，好像亦没有人能够说得清楚。祖父享年七十有五，他是在一个特别阴冷的冬天的傍晚，突然中风倒地，就在那天深夜，他靠在我的肩头上离开了人世。祖父去世后，我一直想写点文字纪念那段影响我一生的人伦经历。天生稚拙而沉静的我，最终未能写出这篇纪念文字，倒是由此激发了我对祖孙关系和父子伦理的学术思考，并试图对"祖孙同凳，父子不同席"的礼俗现象做出解释，最终著成《中国古代父子疏离、祖孙亲近现象初探》一文，并将此作为我对祖父母的一种理性的追忆或怀念。这段人生经历和这篇论文的写作，激发了我对人伦关系的研究兴趣。大约从2002年秋天开始，我花了近两年的时间，对传统中国人伦关系进行通盘诠释，撰成《传统人伦关系的现代诠释》一书，交由贵州民族出版社出版。

在《传统人伦关系的现代诠释》中，我对中国传统社会的人伦关系，进行了饶有兴趣的现代诠释。虽然夫妇关系的探讨在书中占有较大的篇幅，但是，我仍感意犹未尽。因为在我看来，两性关系包括夫妇关系和情人关系。此书限于篇幅和体例，于夫妇关系有较详尽的讨论，而于情人关系则是语焉不详。因此，从那时起，我便萌生出写一部专门讨论两性情爱关系的专著的想法。于是，从2007年春开始，我花了近四年的时间，集中精力开展传统中国社会男女两性情爱关系的研究，著成《诗性风月——中国古典文学中的情爱》一书，交由中央编译出版社出版。应该说，这本书是顺着《传统人伦关系的现代诠释》一书的学术理路延伸出来的。实际上，此书的研究和写作已经大大超出我最初的设想，一不小心就写出了四十多万字，并且还意犹未尽，许多话题还萦绕在头脑里，欲罢不能，欲弃不忍。有些问题已经初步涉及，但是尚欠深入，或者未能做出令人信服的解释。

因此，由两性情爱关系之研究引申出来的"性别诗学研究"，进入我的学术视野，于是著成《中国古代性别与诗学研究》一书，于2012年交由台湾花木兰文化出版社出版。因研究性别诗学，而延展到对中国古代文学之古典美与现代性的思考，"中国古典诗学理想"课题又进入我的学术视野，于是便有了《温柔敦厚：中国古典诗学理想》一书的写作。

三

学术研究方向和研究课题的选择，还与个人的工作经历有关。我于2006年从中文系调到学校图书馆工作，主要从事地域文献的搜集、整理和研究，构建图书馆的馆藏特色；2010年又从图书馆调到文学院工作，主要从事以地域性、民族性和应用性为特色的中国语言文学学科建设。于是，地域文化、区域文学和地方文献的研究，又逐渐进入到我的学术视野。

众所周知，近代以来出版的中国文学批评史，基本上皆以中土主流精英的经典理论为研究对象，很少涉及地域文献，特别是边省地方文献中的文论材料。当然，代表一个时代文学思想之主体特色和重要成就的，主要还是文化中心地区的主流知识精英之观点。但是，撰写"中国文学批评史"，建构"华夏民族文学理论体系"，除了重点考察主流知识精英的文学观念，亦必须关注文化边缘地区的士子对文学的看法；除了重视中土主流人士之文学理论，亦应当兼顾边省少数民族民间艺术家的文学思想。如此"重写"的"中国文学批评史"和重建的"华夏民族文学理论体系",才是名副其实的。于是,辑录和校释贵州古近代地方文献中的文学理论资料,编著《贵州古近代文学理论辑释》一书,就是在这种背景下,基于这样的学术理念,利用在图书馆工作的便利条件做出来的。

因为编著《贵州古近代文学理论辑释》一书,接触到大量的贵州地域文献,尤其是其中关于边省地域影响文学生产和传播的史料,引起我的注意,于是撰写《地域环境对黔中明清文学创作的影响研究》一文,发表在《江汉论坛》2009年第5期,并被《中国社会科学文摘》2009年第9期转载。随后,便以这篇论文为基础,开展边省地域对文学生产和传播的影响研究,并于2012年以"边省地域对文学生产和传播的影响研究——以贵州明清文学为例"为题,申请并获得国家社科基金立项资助。此项工作,历时三年有余,著成《边省地域与文学生产——文学地理学视野下的黔中古近代文学生产和传播研究》一书,于2016年交由上海古籍出版社出版。

虽然我的学科背景是中国古代文学,但却时常保持着对文学人类学、文学地理学和文学伦理学等交叉学科的浓厚兴趣,特别是近年来渐成时尚的关于地域学或地方性知识的研究,虽然距离我的学科背景相当遥远,但还是深深地吸引着我。比如赵世瑜先生的《小历史与大历史:区域社会史的理念、方法与实践》一书,就使我大开眼界,恍然大悟:原来学问可以这样做,原来学问必须这样做。无论是作为方法论还是作为研究对象的区域社会史研究,其追求"回到历史现场"的治学理念,其"以民俗乡例证史,以实物碑刻证史,以民间文献证史"的研究方法,其"进村找庙,进庙找碑"的治学路径,的确在史学研究领域树立起一种新的研究"范式",具有相当重要的启示意义。

尤其是对于像我这样从事从文献至文献的中国古代文学研究者来说，确有耳目一新之感。

区域社会史研究尤其重视地方性资料的发现与整理，地方性知识的搜集与描述。实际上，区域社会史的研究就是通过地域性资料的解读和地方性知识的阐释，以建构地方经济社会的发展历史。贵州区域社会史研究，首先面临的突出问题，就是地方性资料的严重欠缺。贵州地域人文传统的欠缺和单薄，乃至出现"千年断层"现象；贵州文化长期以来一直处于被忽略、被轻视和被描写的地位，主要就是因为贵州地域文献资料长期以来没能得到有效的搜集、整理和传承。由于地方文献资料的严重短缺，必然出现人文传统的"千年断层"；地方文献的大量散佚，体认和建构地域人文传统缺乏必要的支撑，其文化形象就一直处在被忽略、被轻视和被描写的地位。因为缺乏足够的文献资料，所以不能建构起自我的人文传统和塑造出自我的文化形象，缺乏"我者"的自我"描写"，亦就必然陷入"他者"的"描写"之中，其"被描写"的地位就不可避免。在"被描写"的过程中，因为对象不能提供足够的文献资料，"被描写"的真实性、全面性和正确性就大打折扣，被歪曲、被忽略和被轻视亦就在所难免。基于这样的研究现状，沿着这样的学术思路，搜集、整理贵州地域文献资料，就成为我和我的研究团队特别重视的基础工作，于是编校《道真契约文书汇编》，整理严修《蟫香馆使黔日记》，主编"中国乌江流域民国档案丛刊""贵州古近代名人日记丛刊""中国西南布依族抄本文献丛刊"等大型地域文献，就逐渐地开展起来。

2012年，我负笈桂林，在胡大雷先生的指导下攻读博士学位，撰写题为"扬雄与六朝之学"的博士论文。游学胡门三年，其时先生正在主持国家社科基金重大招标课题"桂学研究"的研究工作。

先生关于"桂学"的研究和学科体系的建构,深深地吸引了我,激发我建构"黔学"学科的强烈愿望。亦就是从这时起,我不再满足于做贵州地域文化课题的个案研究和贵州地方文献的个别整理,而是产生了更大的学术理想,就是力图建构具有特色的中国地域之学——黔学,建构以黔学研究、贵州精神和多彩贵州三位一体的当代贵州精神文化体系。

黔学能否成为"学"?这是首先必须解决的问题。我认为,"多山多石"的山国地理和"不边不内"的通道地位,以及"割川、滇、湘、粤之剩地"而构成的区域地理和因之而形成的"五方杂处"的地域文化,及其以"大杂居、小聚居"为特点的民族分布格局和因之而形成的"和而不同"的民族文化,使贵州的地理特征、地域区位、人文风尚、地域文化和民族性格皆自成一体,与其他地域相比,皆有相当明显的特殊性和独立性。所以,以自古及今与黔地、黔人相关的精神文化为核心内容,建构一门有别于其他地域之学的黔学,不仅是可能的,而且亦是有学理依据的。黔学的学科基础和学理依据,成为当时我特别关注的课题。

大体上说,贵州精神是灵魂,多彩贵州是形象,黔学研究是基石。三者相辅相成,相得益彰,是建构当代贵州精神文化体系的三大要素。所以,我以为,摆脱长期以来被轻视、被忽略和被描写的尴尬地位,重塑贵州人文形象,重建黔人的文化自信,增强贵州多民族的文化凝聚力和地域认同感,建构当代贵州精神文化体系,是当代贵州经济社会发展建设中必须面对和着力解决的问题。"贵州地域文化精神研究"和"贵州地域形象史研究"等课题,就是在这种学术兴趣之驱动下开展起来的。

四

回顾过去二十余年的学术经历，或是由于个人的学术兴趣，或是因为某种偶然的机缘，或者缘于个人的人生经历，或者由于工作之需要，我在几项学术专题上做了一些研究，积累了一些心得体会，养成了个人的学术习惯，发表了一些个人看法，提出了一些学术观点。就学术习惯而言，以下两点，于我而言是比较受益的。

其一，端正书写的习惯。我的这种习惯养成很早，是在小学三四年级的时候，至今依然保持。自认为个人在学术研究上有一点成绩，与这个习惯大有关系。

记得那是在四十多年前一个晚春的周末，我随了父亲去乡公所的医务室上班，父亲为乡亲们看病拿药，我闲着无事，就在乡公所的楼上楼下、室里室外闲逛。大厅左侧宣传栏上张贴的一些考试试卷吸引了我，那是当时乡村干部的时事政治考试试卷，经过红笔批改，还写有分数，现在我还记得第一道题目是"党的十一大总路线是什么"，第二道题目是"新时期的总任务是什么"。到底是出于什么目的，我至今依然没有想清楚，反正当时我产生了偷走这些试卷的强烈冲动。我装着若无其事的样子，楼上楼下、室里室外逛了一圈，在确认不会被发现的情况下，迅速扯下这些试卷，立即将它揉成一团，塞进裤裆里，偷偷地"跑"回家。那一年我八岁，小学三年级学生，这是我一生中干的第一件"偷鸡摸狗"的事情。回到家，我躲在房间里，仔细"研究"这些试卷，通过精心比照，花了两天时间，整理出一份"标准"答案。不知出于什么原因，我很入迷，反反复复地抄写、背诵这份试卷，持续了差不多两年，几乎是一天抄写一遍。至今在我右手中指指节上的那颗胡豆大小的老茧，就是那时握笔给磨出来的。现在想起来，这件在别人看来毫无意义的事情，对我后来的读书生活产生了重要影响，使我养成工整书写的学习习惯，养成做事认真和爱好整洁的生活习惯。

现在的年轻人都不再用钢笔书写，许多专家学者和年轻人一样，把电脑作为书写的工具。用电脑书写，有方便快捷、便于修改的好处。但是，长期以来，我还是坚持用钢笔书写，大到几十万字的学术专著，小到几千字的学术论文，我都坚持用钢笔在三百字的方格稿纸上一丝不苟地书写。只有这样，我的头脑才是清楚的，思维才是敏捷的，思路才是连贯的。朋友们都笑话我落伍了，但我还是固执地坚持着。我亦这样要求我的孩子和学生。亦许这种做法真的已经落伍，但我还是固执地认为：认真书写对年轻人的成长很重要。我甚至常常偏执地以学生的书写态度论定他的生活态度和工作作风。我以为：你不一定能成为书法家，但你必须提笔书写。一提笔写字，你就得认真。这是一种态度，是学习的态度，亦是生活的态度。

在如今这个信息化时代，资料的获取极其便利，网络环境下的资料搜寻更是方便快捷。再要求学生抄书和背书，的确有些不合时宜。不过，于我个人而言，抄书是有益的，背书是有趣的。从小养成的抄书习惯，一直保持到读研究生那个时候。如今的我已渐渐失去了抄书的热情，虽然为了进行专题研究仍在做一些资料摘录式的读书笔记。但是，我仍然要求我的孩子和学生，在读书阶段应当养成抄书和背书的习惯，应当养成认真书写的习惯。

其二，博览群书的习惯。这种习惯的养成，始于读硕士研究生那几年，至今依然保持。我始终认为，只有博览群书，才能触类旁通，才能博而返约。许多重要的学术突破，往往是在学科边缘之际或交叉学科之间。只有博览群书，才能捕捉到有价值的学术课题，才能触类旁通，进而提升研究之高度、扩展研究之宽度、掘进研究之深度。个人在学术上能够捕捉到一些有价值的课题，能够有一些心得体会和学术见解，多半缘于这个习惯。

我的专业背景是中国古代文学，研究方向是汉魏晋南北朝文学。但是，长期以来，我一直在做着所学专业以外的事情。比如，《正统论——发现东方政治智慧》一书，据说这项研究应该属于政治学的范畴。《汉晋文化思潮变迁研究》一书，据说这本书又属于思想史的范畴。《传统人伦关系的现代诠释》一书，按照学科分类，应当属于伦理学的范畴。《贵州古近代文学理论辑释》一书，这显然属于文献学的范畴。《诗性风月——中国古典文学中的情爱》一书，书名是责任编辑基于图书销售之需要而改定，实际上是关于传统中国文化语境中的两性情爱关系之研究，虽然书中引用了大量的古代文学材料，但本质上不是关于古代文学的研究，其学科归属很难确定。另外，目前正在着手的"两汉之际政治与文化的综合研究"，已经完成的"贵州地域形象史研究""贵州地域文化精神研究"等课题，其学科归属亦很不明确，或者大体可以归入历史学领域。

其实，我的学科疆界划分观念比较淡薄。当我对某个问题产生兴趣，认为它值得研究，并且手边又有一些材料可以利用，以为通过自己的努力又能够做得出来的时候，我便毫不犹豫地去做了，根本不曾想到它到底属于哪个学科门类，所以常常是一不小心就迈进了别人的地盘上去了。这样的做法，说得好听一点，是知识渊博，兴趣广泛；说得不好听一点，是没有专业方向，是杂家，因此亦就不成其为家。其实，从内心里我很尊敬和佩服那些一辈子只研究一本书或一个人的学者，就像我的老师何宁先生，一辈子就做《淮南子》研究，做成《淮南子集释》这样的名山事业；像我的老师王发国先生，一辈子就以钟嵘《诗品》为中心开展中国古代文学理论研究，做成《诗品考索》这样的不朽著作；或者像我的老师祁和晖先生那样，执着于杜甫诗歌的研究；像我的博士导师胡大雷先生，专注于先秦两汉魏晋南北朝文学和文献的研究，成为当代学界在该领域的领军人物。但是，我总是抑制不住自己的好奇心，因为博览群书，常常见异思迁，往往胡思乱想。有时亦扪心自问：耗上几年的时间去经营一些不断涌现出来的一个又一个"胡思乱想"，是不是代价太大？带着这样的疑惑，我曾专程去拜访一位我向来尊重的前辈学者，他的一番点拨让我茅塞顿开，豁然开朗。他说：学问之道当由博返约、由广入专。四十不惑。四十岁以前不妨博览群书，广泛涉猎；四十岁以后应当从事专门之学，以自成一家。遗憾的是，当我准备收住这些"胡思乱想"，打算专注于中国古代文学之研究时，我却离开了学术界，转行做了公务员。看来，此生只能做一个学术杂家了。

五

回顾过去二十余年的学术经历，总结过去的学术研究，反思已往的治学追求和学术理想，下述三个问题常常萦绕于心，这不仅是我过去二十余年的治学心得，亦可能成为影响我今后学术生涯的重要因素。

其一，学术创新与问题意识之关系。创新是学术研究之灵魂，没有创新价值的学术研究就是伪学术，就是制造学术垃圾。我深信，新材料的发现和新方法、新视角的运用是推动学术创新的重要途径。同时，新问题的捕捉，亦是促进学术创新的重要动力。比如，一条大家都耳熟能详的史料摆在面前，有的人匆匆读过，不曾有任何发现，而有的人却能从常见的材料中发现新问题、大问题，通过研究进而推动学术发展。这关键在于学者是否具备独到的学术眼光和敏锐的学术洞察力。有学术眼光和敏锐洞察力的学者，常常具有强烈的问题意识，因而能够在常见材料中捕捉到有价值的学术新问题，开展具有创新价值的学术研究。所以，学术研究之成败得失，往往与学术选题有特别密切的关系。一般而言，选题水平与学者的学术素养有关，与学者是否具备敏锐的学术洞察力有关。

学者必须具备强烈的问题意识。问题意识推动学术创新，在他人没有问题的地方发现问题，在他人信以为真的地方产生怀疑，这就是问题意识，这就是学术精神。我甚至以为，学者的学术生命应该由问题构成，一辈子解决几个学术难题，在几个学术大问题上有独特见解，便算是没有枉费此生。更进一步，就个人兴趣而言，我更追求对一个个具体的学术问题做深度的开掘，提出个人的独立见解，而不大乐于做面上的陈述，如文学史、文化史、思想史之类。当然，真正有价值的文化史或文学史之类的著作，必定是在著作者经历了若干个案问题之研究后所撰著。在问题研究中，我追求"一句话结论"的学术境界，即一部数十万字的研究著作，最终当能用一句话来概括结论，如此方才算有见解，有结论。即使这个见解有问题，这个结论有偏颇，亦略胜于通过数十万字的讨论而没有任何结论的著作。比如，在《正统论——发现东方政治智慧》中，讨论唐宋以来影响广泛的"正统论"，与以梁启超、饶宗颐为代表的学者以"正统论"为中国古代史学理论之观点不同，我提出"正统论是古代中国政治权力合法性理论"的观点，基本实现了"一句话结论"的学术追求。在《汉晋文化思潮变迁研究——以尚通意趣为中心》中，讨论汉晋文化思潮之变迁，得出"尚通意趣是汉晋间学风、士风、文风变迁之关键"的结论，亦大体实现了"一句话结论"的学术追求。在《扬雄与六朝之学》中，我用了近三十万字的篇幅，研究扬雄影响六朝之学的可能性，讨论扬雄对六朝之学的具体影响，提出"六朝之学始于扬雄"这个观点，亦算是得出了"一句话结论"。其他如《诗性风月——中国古典文学中的情爱》《边省地域与文学生产——文学地理学视野下的黔中古近代文学生产和传播研究》《温柔敦厚：中国古典诗学理想》，等等，亦大体实现了"一句话结论"的学术追求。总之，我并不反对其他形式的学术表述，仅是出于个人学术兴趣而偏爱以问题切入研究的学术表达，乐于以问题意识建构自己的学术生命，偏爱"一句话结论"的学术研究模式。

其二，学术高度与研究深度的统一。2012年，我负笈桂林，游学胡门。大雷先生以为：学术研究当是高度与深度的统一，即以某人或某书为出发点，研究一个时代、一种思潮或者一个流派，既有微观的研究以示其深度，又有宏观的展现以示其高度。大雷先生的用意，我能理解：传统中国的学问博大精深，过于宏观的论述往往流于空疏，过于细微的研究容易陷入琐碎。你必须成为某一局部领域的研究者，你必须是古代某位学者文人或专书的研究专家，你在学术界才有立足之地。宏观的研究应当从某人或某书出发，才能达到高度与深度的统一。

学术研究的深度与高度之统一，就是以小见大的问题。在《汉晋文化思潮变迁研究——以尚通意趣为中心》一书中，我从当时知识界流行的尚通意趣这个被一般学者忽略的视角，对汉晋八百年间文化思潮之变迁进行通盘诠释。虽然不是以专书或专人为出发点，但亦基本上做到了小题大做，算是既有高度亦有深度的作品。又如《扬雄与六朝之学》一书，就是基于高度与深度相统一的治学理念展开的。若专注于扬雄之研究，亦许有深度，但可能没有高度；若专注于六朝之学的研究，则有可能流于空疏，有高度而无深度。而研究扬雄与六朝之学之渊源影响关系，则或可能达到高度与深度的统一。

其三，阵地战或者游击战的问题。我常常将学术研究比喻成行军打仗。打仗有两种类型：一是阵地战，二是游击战。正规军一般打的是阵地战，虽然偶尔亦打游击战。学术研究亦是如此，以学术为职志之学者往往打的是阵地战，即以一两个学术问题为中心向周边延展，或者以一个问题为起点向前延伸。虽然亦偶尔对其他问题发生兴趣，打打游击，但其重点则主要是在一两个阵地上。

回顾过去二十余年的学术研究，我打的是阵地战，主要是在三个阵地上经营。一是以"正统论"研究为起点的学术阵地。在2002年出版的《正统论——发现东方政治智慧》一书，我从权力合法性理论的角度，对古代中国上层政治权力和政治秩序展开研究。为了全面认识古代中国社会的结构特点，必须对民间社会秩序和网络有一个全面的研究。于是，我又潜心于传统社会人伦关系的研究，著成《传统人伦关系的现代诠释》一书，这是学术研究的自然拓展。在本书中，我用一章的篇幅讨论传统社会的婚姻关系和爱情理想，但因论题、体例和篇幅的限制，许多问题尚未完全展开讨论，尤其是爱情理想和情人关系。于是，我又专注于传统社会情爱关系之研究，企图通过传统中国人的情爱生活视角，研究华夏族人的文化心理和诗性精神，著成《诗性风月——中国古典文学中的情爱》一书。传统中国人的情爱生活中有浓厚的诗性精神，传统中国人的诗学理想有明显的女性化特征，于是性别诗学又进入到我的学术视野，因而有了《中国古代性别与诗学研究》一书。再进一步，因对中国古代诗学之研究，古代诗学之古典美与现代性问题引起我的关注，于是就有了《温柔敦厚：中国古典诗学理想》一书。此研究阵地，将来可能发生的延展，目前尚难预料。

二是汉晋文化与文学研究领域。我在2000年前后有近三年的时间，着力于从汉末魏晋时期知识界普遍流行的尚通意趣之视角，对汉晋八百年间学术文化思潮之变迁，作通盘的诠释，撰成《汉晋文化思潮变迁研究——以尚通意趣为中心》一书，以为"魏晋之学始于汉末"，提出"尚通意趣是汉晋间学风、士风、文风转移之关键"的新说。因为讨论汉晋文化思潮之变迁，注意到扬雄在其中所起到的关键作用，故撰成《扬雄与六朝之学》一书，深化或部分修正了"魏晋之学始于汉末"的观点，提出"六朝之学始于扬雄"的新说。

　　三是以贵州地域文化为中心的研究阵地。作为一位贵州本土学者，关注和研究本土地域文化，是责任和担当，亦是情理中事。我用了近三年的时间从贵州古近代地方文献中辑录文学理论资料，进行分类整理和诠释研究，著成《贵州古近代文学理论辑释》一书。因此项工作而涉猎较多的地方文献，在偶然情况下发现一批数量可观且自成体系的民间契约文书，于是又有近两年时间投入到契约文书的整理工作中，著成《道真契约文书汇编》一书。为了构建黔学学术体系，黔学文献的搜集整理成为我特别关注的问题。因此，我用了近两年的时间点校整理严修《蟫香馆使黔日记》，还持续主编"中国乌江流域民国档案丛刊""贵州古近代名人日记丛刊""中国西南布依族抄本文献丛刊"等大型地域文献。因为辑释贵州古近代文学理论资料，从地域角度思考文学的生产和传播，文学地理学研究进入我的学术视野，于是又有近两年的时间投入到边省地域对文学生产和传播的影响研究中，著成《边省地域与文学生产——文学地理学视野下的黔中古近代文学生产和传播研究》一书。因为力图集贵州文化、贵州精神和贵州形象三位一体建构当代贵州精神文化体系，于是关于贵州地域文化精神、贵州地域文化形象等课题进入我的学术视野，因此著成《贵州地域文化精神研究》和《贵州地域形象史研究》二书。如果说前两个阵地主要还是基于个人的学术兴趣，那末在这个阵地上的耕耘，除了学术兴趣外，还有基于重建乡邦文化的社会责任和学术担当。

以问题意识推动学术创新,以问题研究构建学术生命。追求学术高度与研究深度的统一,偏爱既有高度又有深度的学术研究。认真经营几个学术阵地,以一两个学术问题为中心向周边延展。以上三点,是我过去二十余年的学术追求,亦是我今后的学术理想。

六

在过去的学术经历中,我养成的一个习惯,就是每隔一段时间要做一次学术总结和研究规划。回顾过去的研究,分析其得与失;检点当下的工作,清理研究进展和思考问题;谋划未来的工作,规划读书方向和研究课题。总之,力图使自己的研究工作有目的地进行,有计划地开展。

回顾过去二十余年的学术经历,我的学术研究主要是打阵地战,侧重在上述三个阵地上工作。因为在学术研究上主张打阵地战,未来的学术规划,是接着做还是另起炉灶?我主张接着做。如果另起炉灶,重新开辟一个新阵地,则将面临诸多问题:一是知识储备不足,白手起家,做起来将会捉襟见肘,无法得心应手;二是我依然还对上述三个阵地保持着高度的兴趣,以为还有足够的空间可以耕耘;三是人到中年,精力有限,不想阵地过多,战线太长,只想在这三个阵地上持续耕耘下去。

首先,基于"正统论"研究建构起来的学术阵地,其延展之方向和结果,已经大大超出我最初的预料。从注目于中国古代政治权力合法性理论的研究(《正统论——发现东方政治智慧》),延展到探讨传统中国社会的民间秩序和人际伦理(《传统人伦关系的现代诠释》）；因不满足于当下人伦关系之研究对两性情爱关系的普遍忽略，而专题探讨传统中国语境中的两性情爱关系（《诗性风月——中国古典文学中的情爱》）；因对两性情爱关系之诗性特征的重视，而延伸到性别诗学之研究（《中国古代性别与诗学研究》）；因性别诗学研究之延展，而对中国古代诗学之古典美与现代性发生兴趣，于是又有关于中国古典诗学之理想品格的研究（《温柔敦厚：中国古典诗学理想》）。这是学术理路上的自然延伸和学术兴趣上的自然拓展，但是，从权力合法性理论之研究扩展到中国古典诗学之探讨，这是我最初没有预料到的。

从目前个人的学术兴趣来看，此学术阵地仍将沿着中国古代诗学方向继续延展，一些相关的新课题，渐次进入我的学术视野，成为我当下特别关注、近期可能开展的研究课题。一是"想象的诗学——传统中国语境中的孤独诗学研究"。关注孤独诗学研究，始于2012年年初阅读台湾学者蒋勋先生的《孤独六讲》，比较详细的研究方案在2012年6月就已经写出来了。在孤独中想象，因孤独而回忆。孤独中的人，最擅想象，最喜回忆。孤独诗学的研究，实际上包括想象诗学和回忆诗学两个方面。这是一个有趣的学术课题，遗憾的是在很长一段时间都腾不出手来做。二是文学伦理学研究。十多年前，我便对文学伦理问题发生兴趣，试图以"传统中国语境中的文学伦理问题研究"为题开展专题研究，研究工作虽然没有实质性地开展起来，但基本构想已大体形成，研究思路亦比较明晰，问题清单已大体列出。基于文学创作者、文学题材、文学风格、文学欣赏、文学功能这五个层面建构一门文学伦理学，并以中国古代文学为例，开展传统中国语境中的文学伦理问题研究，是我当下特别想做的课题。

其次，在汉晋文化与文学研究阵地上，探讨汉晋文化思潮变迁发展之"内在理路",提出"魏晋之学始于汉末",起于汉末魏晋之尚通意趣(《汉晋文化思潮变迁研究——以尚通意趣为中心》)。据此延展开来,进一步探讨在尚通意趣之影响下,扬雄在汉晋文化思潮变迁中的关键作用,提出"六朝之学始于两汉之际,始于扬雄"的观点(《扬雄与六朝之学》)。这是学术研究向纵深发展的必然结果。

就目前的情况看,此学术阵地的拓展,以下两项课题引起我的极大兴趣。一是"两汉之际政治与文化的综合研究"。因深入研究扬雄的学术思想和文学创作的创新意义,注意到两汉之际,扬雄在思想和文学上的革新、刘歆在学术上的变革和王莽在政治上的改革,实为同一历史文化背景下的时代性大变革。因此,在"六朝之学始于扬雄"这个观点之基础上,"两汉之际政治与文化的综合研究"进入我的学术视野。该课题意在通过两汉之际政治、文化、学术、思想和文学的综合研究,揭示两汉之际在中国文化史上的重大转折意义,以为"两汉之际"实可与"殷周之际""唐宋之际"并列为中国古代历史上的重大转折时刻。二是"顾随诗学研究"。在对扬雄文学深入研究的过程中,我注意到扬雄在中国古代文学古典美之建构上的重要意义,由此而思考中国古代文学古典美之建构、解构与重构问题,认为中国古代文学之古典美建构于扬雄、理论阐释于刘勰、解构于韩愈、重构于顾随,于是"顾随诗学研究"课题进入到我的学术视野。发现顾随在中国诗学史上的价值,对顾随以诗心和诗情为核心的"情操诗学"理论进行初步探讨,以为其是中国晚清民国时期最具系统性和原创性的诗歌理论建构者,其"情操诗学"理论就是对沦落了千余年的中国古典诗学理想品格的重构或再造。

第三,在地域学研究阵地上,从辑释贵州古近代文学理论资料开始(《贵州古近代文学理论辑释》),逐渐侧重贵州地域文献资料的搜集和整理，于是便有对契约文书的关注（《道真契约文书汇编》），对日记文献的重视（《蟬香馆使黔日记》），对档案文献的偏爱（《中国乌江流域民国档案丛刊·沿河卷》），对民族文献的珍视（"中国西南布依族抄本文献丛刊"）等等。因辑释贵州古近代文学理论资料，从地域角度思考文学的生产和传播，文学地理学研究进入我的学术视野，于是便有对边省地域于文学生产和传播之影响的研究（《边省地域与文学生产——文学地理学视野下的黔中古近代文学生产和传播研究》）。因搜集和整理贵州地域文献资料，研究贵州地域文学和区域文化，构建具有特色的中国地域之学——黔学，就成为我在相当长一段时期特别关注的问题，于是便有关于贵州地域文化精神的研究（《贵州地域文化精神研究》），再有关于贵州地域形象的研究（《贵州地域形象史研究》）。

　　地域文化与文学的研究空间相当广阔，在贵州区域文化与地方文学这个学术阵地上要做的事情还很多。目前重点关注以下几项课题：一是地域文献的搜集整理，比如"中国乌江流域民国档案丛刊""贵州古近代名人日记丛刊""中国西南布依族抄本文献丛刊"等大型地域文献的搜集、整理和出版，还得持续下去。"中国西南苗疆走廊稀见文献资料丛刊""中国清水江、都柳江、盘江流域民国档案丛刊"等大型地域文献的搜集和整理，正在筹划中。二是黔学学术体系和学术品牌的营建，尚需进一步努力，一部名为"黔学十论"的著作正在谋划之中，重点解决"黔学"何以成为学，"黔学"能否成为学，"黔学"的学术体系和理论架构等基础性问题。三是有关贵州地域文化的几项专题研究，如"南明王朝与明清之际贵州社会格局和士人心态研究""苗族的历史记忆与文化心性——基于蚩尤传说的研究""山地爱情——贵州山地民族的爱情文化解读""晚清诗学大背景下的郑珍诗学研究"

等，亦渐次进入我的学术视野，成为我近期可能开展的研究课题。

如前所说，人到中年，精力有限，不想阵地过多，战线太长，主要还是打算在原有的几个学术阵地上持续耕耘。但是，基于当下我从事的文化和旅游工作，文化旅游课题应该亦必须成为我今后重点关注的对象。目前这方面的具体研究计划尚未形成，但是，诸如基于乡土文化的中国乡村旅游研究、贵州山地旅游文化品格之构建研究、贵州人文景观之文化构成与地域分布研究、基于文化线路的古苗疆走廊的人文资源和旅游价值的研究等课题，亦渐次进入我的学术视野，成为我今后学术工作的一个重要组成部分。

汪文学
二〇一八年五月二十日于贵阳花溪